LE LIVRE DES DEUX CHEMINS

DU MÊME AUTEUR

LE PACTE : UNE HISTOIRE D'AMOUR, Presses de la Cité, 1999 ; J'ai lu n° 5936.
LA PURE VÉRITÉ, Presses de la Cité, 2001 ; J'ai lu n° 6639.
LE CERCLE DE SALEM, Presses de la Cité, 2002 ; J'ai lu n° 7697.
POUR QUE JUSTICE SOIT FAITE, Presses de la Cité, 2005 ; J'ai lu n° 8170.
MA VIE POUR LA TIENNE, Presses de la Cité, 2007 ; J'ai lu n° 8588.
LA COULEUR DE LA NEIGE, Presses de la Cité, 2008 ; J'ai lu n° 8846.
LE RIDEAU DÉCHIRÉ, Presses de la Cité, 2009 ; J'ai lu n° 9148.
PARDONNE-LUI, Michel Lafon, 2013.
LOUP SOLITAIRE, Michel Lafon, 2015.
À L'INTÉRIEUR, Michel Lafon, 2016.
LA TRISTESSE DES ÉLÉPHANTS, Actes Sud, 2017 ; Babel n° 1576.
MILLE PETITS RIENS, Actes Sud, 2018 ; Babel n° 1638.
UNE ÉTINCELLE DE VIE, Actes Sud, 2019.

Titre original :
The Book of Two Ways
Éditeur original :
Ballantine, Penguin Random House LLC, New York

ISBN 978-2-330-14715-0

À Frankie Ramos,
bienvenue dans la famille
(et dans mes innombrables questions sur la médecine) !

Et à Kyle Ferreira van Leer,
qui, en mentionnant le premier le Livre des deux chemins,
m'a donné matière à réfléchir.

La mort va être une aventure grandiose.

James Matthew Barrie*

* *Peter Pan*, James Matthew Barrie, L'École des loisirs, 2013, traduction de Stéphane Labbe.

PROLOGUE

Mon agenda grouille de personnes mortes.

En entendant une sonnerie de téléphone, je plonge la main dans la poche de mon pantalon cargo et récupère rapidement l'appareil. J'ai oublié d'éteindre l'alarme avec le décalage horaire. Encore à moitié endormie, je vérifie la date et lis les noms qui s'affichent : *Iris Vale. Eun Ae Kim. Alan Rosenfeldt. Marlon Jensen.*

Je ferme les yeux pour faire ce que je fais tous les jours à la même heure : me souvenir d'eux.

Ratatinée et frêle comme un oiseau au moment de mourir, Iris avait aidé l'homme qu'elle aimait à prendre la fuite au volant d'une voiture alors qu'il venait de braquer une banque. Médecin en Corée, Eun Ae n'avait jamais obtenu l'autorisation d'exercer son activité sur le sol américain. Alan m'avait montré fièrement l'urne qu'il avait achetée pour ses futures cendres en lançant d'un ton goguenard : *Je ne l'ai pas encore essayée.* Quant à Marlon, il avait changé tous les WC de sa maison, refait les sols et curé les gouttières ; il avait également acheté et caché des cadeaux pour ses deux enfants, en prévision de la remise de diplôme à la fin du lycée. Puis il avait emmené sa fille de douze ans dans la salle de réception d'un bel hôtel et avait dansé la valse avec elle pendant que je filmais la scène avec mon téléphone. Le jour où elle se marierait, il y aurait cette vidéo d'elle dansant avec son père.

Tous ont été mes clients. Ils sont désormais des histoires que je garde à l'esprit.

Les passagers de ma rangée sont tous endormis. Après avoir rempoché mon téléphone, j'enjambe délicatement la femme assise à ma droite en veillant à ne pas la déranger – exercice de yoga du passager aérien – puis me dirige vers les toilettes situées à l'arrière de l'appareil. Là, je me mouche et contemple mon reflet dans le miroir. Je suis à l'âge où cet acte me surprend toujours, parce que je crois chaque fois découvrir une femme plus jeune que celle qui me regarde en cillant. Des rides creusent de petits éventails autour de mes yeux, semblables aux sillons d'une carte familière. Si je détachais la tresse posée sur mon épaule gauche, la lumière impitoyable des néons capterait les premiers fils d'argent glissés dans mes cheveux. Je porte un pantalon ample à ceinture élastiquée, comme à peu près toutes les femmes sensées frôlant la quarantaine, embarquées sur un vol long-courrier. J'attrape une poignée de mouchoirs en papier et déverrouille la porte pour regagner mon siège mais une grappe d'hôtesses et de stewards rassemblés autour de l'office exigu me bloque le passage. Alignés les uns contre les autres comme un froncement de sourcils, ils se taisent en me voyant.

— Madame, s'il vous plaît, regagnez votre siège, m'ordonne l'un d'eux.

Je réalise soudain que leur métier n'est pas très différent du mien. Quand on voyage en avion, on est coincé entre deux endroits : le point de départ et le point d'arrivée. Le personnel navigant est là pour aider les passagers à négocier en douceur cette transition. En tant qu'accompagnatrice de fin de vie, c'est ce que je fais aussi, sauf que le voyage conduit de la vie à la mort et qu'à l'arrivée, on ne débarque pas au milieu de deux cents autres voyageurs. On s'en va seul.

J'enjambe de nouveau la passagère endormie côté couloir et boucle ma ceinture au moment où les lumières s'allument au-dessus de nos têtes, éclairant la cabine qui s'anime aussitôt.

— Mesdames et messieurs, annonce une voix, le commandant de bord vient de nous informer que nous devons prévoir un atterrissage d'urgence. Nous vous prions d'écouter attentivement les consignes communiquées par le personnel de cabine.

Je suis pétrifiée. *Prévoir un atterrissage d'urgence.* L'oxymore virevolte dans ma tête.

Une clameur parcourt les fauteuils mais on n'entend aucun hurlement, aucun éclat de voix. Même le bébé derrière moi qui n'a pas arrêté de brailler pendant les deux premières heures de vol ne bronche pas.

— On va s'écraser, murmure ma voisine. Oh mon Dieu, on va s'écraser.

Elle divague, c'est sûr. Il n'y a même pas eu de turbulences. Tout s'est passé sans encombre. Au même moment, les hôtesses et les stewards se déploient dans les allées pour entamer une étrange chorégraphie composée de gestes robotiques tandis que les haut-parleurs diffusent les consignes de sécurité correspondantes. *Attachez vos ceintures. Quand vous entendrez "position de sécurité", penchez-vous en avant et adoptez la position de sécurité. À l'arrêt complet de l'appareil, nous vous demanderons de détacher vos ceintures. Vous vous dirigerez alors vers les sorties en laissant vos affaires à bord.*

Partir en laissant tout derrière soi.

Pour quelqu'un qui gagne sa croûte sur le dos de la mort, je me rends compte que j'ai très peu songé à ma propre fin.

Lorsqu'on est sur le point de mourir, il paraît qu'on voit sa vie défiler devant ses yeux.

Mais moi, je ne vois pas Brian, mon mari, dans son pull constamment zébré de poudre de craie tombée des vieux tableaux noirs de son laboratoire de sciences physiques. Je ne vois pas non plus Meret qui, petite, me demandait de vérifier qu'il n'y avait pas de monstres cachés sous son lit. Et je ne vois pas ma mère – telle qu'elle était à la fin de sa vie ou bien avant, quand Kieran et moi étions gamins.

À leur place, c'est *lui* que je vois.

Aussi distinctement que si c'était hier, j'imagine Wyatt en plein désert égyptien, le soleil embrasant son chapeau, le cou strié de poussière dans le vent soufflant sans relâche, les dents étincelantes comme un éclair de lumière. Un homme qui ne fait plus partie de ma vie depuis quinze ans. Un endroit que j'ai laissé derrière moi.

Une thèse que je n'ai jamais terminée.

Pour pouvoir accéder à la vie après la mort, les habitants de l'Égypte ancienne croyaient qu'il leur faudrait d'abord prouver leur innocence lors du jugement de l'âme. Leur cœur était déposé sur le plateau d'une balance tandis que la plume de Maât, symbole de la vérité, se trouvait sur le plateau d'en face.

Je ne suis pas certaine que mon cœur sortira vainqueur de cette épreuve.

La femme assise à ma droite récite à mi-voix des prières en espagnol. Je cherche fébrilement mon téléphone, songeant un instant à l'allumer pour envoyer un message. Je sais pourtant que je ne capterai aucun signal. De toute façon, je n'arrive pas à déboutonner la poche de mon pantalon. Une main attrape la mienne, l'agrippe.

Je baisse les yeux sur nos poings, serrés si fort qu'aucun secret ne pourrait s'échapper de nos paumes.

Position de sécurité ! hurlent en chœur les hôtesses et les stewards. *Position de sécurité !*

Qui se souviendra de moi ? Voilà la question qui me traverse tandis que nous tombons à pic.

J'apprendrai beaucoup plus tard que lorsqu'un avion s'écrase, le personnel navigant communique aux équipes de secours le nombre d'âmes présentes à bord. D'âmes, pas de personnes. Comme s'ils savaient que nos corps étaient seulement de passage sur terre.

J'apprendrai également que l'un des filtres à kérosène s'était bouché en plein vol. Que le voyant indiquant le même problème sur le deuxième filtre s'était allumé quarante-cinq minutes plus tard et que malgré tous leurs efforts, les pilotes n'avaient pas réussi à réparer la panne, raison pour laquelle ils avaient été obligés de procéder à un atterrissage d'urgence. J'apprendrai que l'avion s'était posé près de Raleigh-Durham, sur le terrain de football d'une école privée. Une aile avait heurté les gradins, l'appareil avait basculé et roulé sur le côté avant de se disloquer.

J'apprendrai beaucoup plus tard ce qu'il était advenu du bébé et de sa famille, installés derrière moi. Arrachée de ses glissières, la rangée de trois sièges avait été projetée hors de l'appareil et ils étaient morts sur le coup. J'apprendrai que six autres passagers avaient péri, broyés entre les plis de la carlingue, et qu'une hôtesse n'était jamais sortie du coma. Je lirai les noms des passagers des dix dernières rangées qui n'avaient pas réussi à s'extraire du fuselage disloqué avant que les flammes ne l'engloutissent.

J'apprendrai que je fais partie des trente-six rescapés de l'accident.

Je sors complètement abasourdie de la salle d'examen où l'on nous a conduits après nous avoir transportés à l'hôpital. Une femme en uniforme se tient dans le hall, en pleine discussion avec un homme au bras maintenu en écharpe. La compagnie aérienne a dépêché une équipe d'assistance pour superviser les examens médicaux, distribuer victuailles et vêtements de rechange et assurer l'accueil des familles rongées par l'inquiétude.

— Madame Edelstein ?

Je cligne des yeux avant de me rendre compte que c'est à moi qu'elle s'adresse.

Un million d'années plus tôt, j'étais Dawn McDowell. J'avais publié sous ce patronyme. Mais Edelstein est le nom qui figure sur mon passeport et mon permis de conduire. C'est le nom de Brian.

Elle tient dans sa main la liste des rescapés et trace un trait à côté de mon nom.

— Avez-vous été examinée par un médecin ?

— Pas encore, je réponds en jetant un coup d'œil par-dessus mon épaule, en direction de la salle que je viens de quitter.

— OK. Vous avez sûrement des questions… ?

Des questions ? C'est un euphémisme.

Pourquoi suis-je vivante alors que d'autres sont morts ?

Pourquoi ai-je réservé une place sur ce vol ?

Et si je m'étais présentée trop tard à l'embarquement, si j'avais loupé l'avion ?

Si j'avais fait un seul des mille autres choix qui auraient pu m'éviter cet accident ?

Cette dernière interrogation me fait penser à Brian et à sa théorie du multivers. Quelque part, dans un espace-temps parallèle, un autre moi assiste à ses funérailles.

Au même instant, je pense – encore, toujours – à Wyatt.

Il faut que je parte.

Je m'aperçois que j'ai parlé à voix haute lorsque la représentante de la compagnie aérienne m'adresse la parole :

— Dès que nous aurons reçu le rapport du médecin, vous serez libre de partir. Quelqu'un va venir vous chercher ou avez-vous besoin de réserver un billet d'avion ?

Parce que nous avons une chance inouïe, nous, les rescapés : la compagnie nous offre un billet pour la destination de notre choix – la ville où nous comptions nous rendre, celle où nous avons embarqué ou une autre, si ça nous chante. J'ai déjà appelé mon mari. Brian a proposé de venir me chercher mais j'ai refusé. Sans lui dire pourquoi.

Je m'éclaircis la gorge.

— J'aimerais réserver un billet d'avion.

— Très bien, fait la femme en hochant la tête. Où devez-vous aller ?

Je pense : *Boston. Chez moi.* Mais quelque chose me trouble dans sa formulation : elle ne m'a pas demandé où je *voulais* aller mais où je *devais* aller et une autre destination jaillit dans mon esprit comme un diable de sa boîte.

J'ouvre la bouche. Et je réponds.

TERRE/ÉGYPTE

J'ai entendu ces chants qui sont dans les tombes anciennes,
Ce qu'ils disent pour magnifier la vie sur terre,
Et dénigrer la nécropole.
Mais pourquoi s'attaquer ainsi à la terre d'éternité,
Un endroit bon et juste, sans peur,
Qui hait l'idée même du chaos ?
Ici, personne ne craint son prochain.
Cette terre, sans aucun opposant,
Est la terre où reposent toutes nos familles
Depuis la nuit des temps.
Ceux qui naîtront après des millions et des millions
Tous y viendront, sans exception !

Tombe de Neferhotep,
d'après une traduction anglaise
des professeurs Colleen et John Darnell.

Ma mère, qui a vécu et s'est éteinte avec des superstitions plein la tête, nous obligeait à prononcer cette phrase quand on partait en voyage : *Nous n'allons nulle part.* C'était censé repousser le diable. Je ne peux pas dire que je crois en ce genre de fadaises mais d'un autre côté, je n'ai pas prononcé la formule avant de quitter la maison et voilà où ça m'a menée.

Quand on émerge de l'aéroport du Caire en plein mois d'août, on a l'impression de marcher sur la surface du soleil. Même tard le soir, la chaleur glisse sur la peau en vagues insistantes, pareille à la lame d'un couteau. Je sens déjà une rigole de sueur couler le long de ma colonne vertébrale. Je débarque comme ça, sans avoir préparé mon voyage, et me retrouve au milieu d'autres humains en mouvement : un groupe de touristes hébétés et chiffonnés qui s'entassent dans une fourgonnette ; un adolescent occupé à décharger des bagages fermés par du ruban adhésif, empilés dans une remorque stationnée le long du trottoir ; une femme en train de replacer sur ses cheveux le foulard chahuté par la brise.

Me voilà soudain entourée d'hommes braillards. "Taxi ? Vous voulez un taxi ?"

Impossible de cacher mes origines occidentales : elles sont visibles depuis la pointe de mes cheveux roux jusqu'au bout de mes baskets, en passant par mon pantalon cargo. Je hoche la tête et croise le regard de l'un d'entre eux, un chauffeur à l'épaisse moustache, vêtu d'une chemise rayée à manches longues. Les autres se dispersent, semblables à des mouettes lancées à la recherche d'une nouvelle miette de pain.

— Vous avez une valise ?

Je secoue la tête. Tout ce que je possède se trouve dans le petit sac que je porte en bandoulière.

— Américaine ? demande-t-il encore.

J'acquiesce et un large sourire fend son visage, dévoilant une rangée de dents blanches.

— Bienvenue en Alaska !

Étonnant que, quinze ans plus tard, la même blague nulle circule toujours à l'adresse des touristes. Je me glisse sur la banquette arrière de son véhicule.

— Je veux aller à la gare Ramsès. Combien de temps ?

— Quinze minutes, *inch'Allah.*

— *Shokran.*

Merci. Je suis surprise de voir à quelle vitesse l'arabe revient sur mes lèvres. Il doit y avoir un endroit à l'intérieur du cerveau où sont stockées toutes les informations dont on pensait ne plus jamais avoir besoin, comme les paroles de *MacArthur Park* ou les formules pour multiplier les matrices ou, dans mon cas, tout ce qui concerne l'Égypte. Quand Meret était petite, elle disait *la dernière fois* pour parler d'un événement survenu cinq minutes ou cinq ans plus tôt – et c'est exactement ce que je ressens en ce moment. Comme si j'étais retournée sur mes pas pour ramasser le morceau de vie que j'ai abandonné en quittant ce pays. Comme s'il avait attendu mon retour pendant tout ce temps.

La vitre est baissée et je sens déjà la poussière m'envelopper. En Égypte, le sable recouvre tout : les chaussures, la peau, l'air qu'on respire. On en trouve même dans la nourriture. Il grignote aussi les dents des momies.

Bien qu'il fasse nuit, Le Caire vibre de toutes ses contradictions. Les voitures se partagent l'autoroute avec les charrettes tirées par des ânes.

Les étals de bouchers décorés de pièces de viande suspendues à des crochets métalliques côtoient les échoppes de souvenirs. Une espèce de bolide customisé nous double comme une flèche, semant dans son sillage les rythmes saccadés d'un morceau de rap qui s'entremêlent avec la voix du muezzin amplifiée par les haut-parleurs. C'est l'appel à la prière de la nuit, la *salat isha*. Nous longeons le Nil, ses rives jonchées de détritus. La gare Ramsès apparaît enfin. "Cinquante livres", annonce le chauffeur.

Les taxis égyptiens n'appliquent pas de tarifs fixes : c'est au chauffeur d'apprécier lui-même le montant de sa course. Je lui tends quarante livres en ouvrant la portière. Il sort à son tour, m'interpelle en arabe avec véhémence. "*Shokran*, dis-je, *shokran.*" Bien qu'ici, ce genre de scène soit monnaie courante et que personne n'y prête attention, je sens mon pouls s'accélérer tandis que je me dirige vers la gare.

Il n'est pas facile pour un Occidental de se rendre en Moyenne-Égypte. Comme les touristes ne sont pas censés emprunter les trains, je monte à bord sans billet et j'attends le passage du contrôleur pour faire celle qui ne savait pas. Le tortillard s'est déjà mis en branle, il est trop tard pour m'obliger à descendre et l'employé me réclame le prix du trajet en haussant les épaules. Lorsque je descends à Minya quelques heures plus tard, je suis la seule Blanche dans la gare. Presque la seule *personne*, en fait.

J'étais censée arriver à 2 h 45 du matin mais le train a eu du retard et il est 4 heures passées. J'ai l'impression d'avoir voyagé vingt-quatre heures d'affilée. Il n'y a qu'un seul chauffeur de taxi à la gare de Minya et il est en train de jouer sur son téléphone quand je frappe à la vitre. Il me jette un coup d'œil. J'ai les cheveux en bataille, je suis épuisée. *"Sabah el-khier"*, lui dis-je. Bonjour.

"Sabah el-noor", répond-il.

Je lui indique ma destination, à un peu plus d'une heure d'ici en voiture. Il prend la route du désert en direction de l'est. Tournée vers la vitre, je compte les djebels et les *wadis* – les collines et les vallées – qui ondulent dans l'obscurité, à fleur d'horizon. Lorsque nous nous arrêtons aux postes de contrôle tenus par des gamins encore imberbes et armés de vieilles mitraillettes des années 1960, j'enroule mon écharpe autour de ma tête et fais semblant de dormir.

Le chauffeur m'observe en douce dans le rétroviseur intérieur. Il se demande sûrement ce que fabrique une Américaine dans un taxi en plein cœur de l'Égypte, la seule région qu'aucun circuit touristique ne sillonne. J'imagine ce que je lui dirais si je trouvais le courage ou les mots pour lui parler.

Qu'avez-vous l'impression de ne pas avoir terminé ? C'est l'une des questions que je pose à mes clients. Et aussi : y a-t-il quelque chose que vous n'avez jamais fait et que vous voudriez faire avant de quitter cette vie ? Je crois bien avoir tout entendu : réparer la porte d'entrée qui frotte, prendre un bain dans la mer Rouge, publier ses Mémoires ou jouer une partie de poker avec un ami qu'on n'a pas vu depuis des lustres. Pour moi, c'est *ça.* Cette poussière, ce voyage éreintant, ce paysage semblable à un large ruban décoloré.

Dans une vie antérieure, je voulais être égyptologue. C'est d'abord la culture qui m'a fascinée. J'étais en CM1 et on étudiait l'Égypte ancienne. Je me souviens, je grimpais tout en haut de la cage à écureuil et, le visage offert au vent, je m'imaginais à bord d'une felouque en train de traverser le Nil. Mon bien le plus précieux était alors un livret du Musée égyptien du Caire : le catalogue de l'exposition *Trésors du Pharaon doré* que ma mère avait déniché dans une librairie d'occasion. Au lycée, j'ai appris le français et l'allemand car je savais que j'aurais besoin de ces deux langues pour traduire les travaux de recherche. Par la suite, j'ai choisi des universités proposant des cursus en égyptologie et fait mes études grâce à une bourse intégrale allouée par l'université de Chicago.

Tout ce que j'ai appris ou presque sur l'Égypte ancienne tourne autour de deux thèmes fondamentaux. Le premier est historique : l'Égypte fut gouvernée par trente-deux dynasties de pharaons qui ont régné pendant trois grandes périodes : l'Ancien Empire, le Moyen Empire et le Nouvel Empire. La Ire dynastie commence avec le roi Narmer, à l'origine de l'unification de la Haute et de la Basse-Égypte autour de 3150 av. J.-C. L'Ancien Empire est bien connu car c'est la période des pyramides, construites pour abriter les tombes des rois. Autour de 2150 avant notre ère, une guerre civile éclate en Égypte. Le pays est alors fractionné en quarante-deux provinces autonomes, les nomes, dirigée chacune par un nomarque. Pendant cette période, chaque nomarque protège son propre nome. Quelques alliances furent formées mais le pharaon installé dans le Nord ne règne pas sur un pays unifié ; en réalité, c'est un peu comme un *Game of Thrones* à la sauce égyptienne. Le Moyen Empire voit le jour lorsque le roi Mentouhotep II réunifie la Haute et la Basse-Égypte autour de 2010 avant notre ère. Cette époque prend fin avec l'invasion des Hyksos venus du nord. S'ensuit alors une période durant laquelle l'Égypte reste sous le joug de souverains étrangers. Lorsque Amôsis parvient enfin à vaincre les Hyksos, le pays est réunifié et le Nouvel Empire fondé en 1150 av. J.-C.

Le deuxième concerne les pratiques religieuses de l'Égypte ancienne. La plupart de ces pratiques sont directement liées à Rê, le dieu du Soleil qui, comme l'astre, traverse le ciel chaque jour à bord d'une longue embarcation baptisée la barque solaire, et à Osiris, le dieu du monde souterrain. Osiris est également l'enveloppe corporelle du dieu du Soleil ; les deux divinités sont alors comme les deux faces d'une même pièce. Cela n'avait rien d'étonnant pour les anciens Égyptiens : Osiris et Rê constituent simplement les deux facettes d'une même entité, à l'image de la Trinité chrétienne composée du Père, du Fils et du Saint-Esprit. Chaque nuit, Rê rend visite à Osiris et se glisse dans son corps pour y puiser la force de hisser le soleil le lendemain matin. Le modèle égyptien de la vie après la mort imitait d'ailleurs ce cycle : comme Rê, l'âme du défunt renaissait chaque jour et regagnait son corps à la nuit tombée.

La majeure partie de nos connaissances sur l'Égypte ancienne provient des tombes. Les Égyptiens de l'époque préparaient la mort et ce qu'il advenait après avec un soin infini. Même les personnes qui ne savent pas grand-chose sur l'égyptologie ont entendu parler du Livre des morts ou, comme l'appelaient les anciens Égyptiens, le Livre pour sortir au jour. Datant du Nouvel Empire, ce recueil de formules doit aider le ou la défunte à voyager jusque dans l'au-delà. Il s'inspire de textes funéraires plus anciens mais moins célèbres tels que les Textes des pyramides de l'Ancien Empire, premier corpus du genre. Ces derniers compilaient des formules servant à repousser les créatures maléfiques, des incantations que le fils du roi mort devait prononcer lors des cérémonies funéraires et des consignes à l'intention du défunt pour l'aider à atteindre le monde d'après. Sous le Moyen Empire, les textes funéraires étaient peints sur les cercueils des nobles et des autres citoyens et comprenaient plusieurs sortes de formules. Il y avait celles destinées à réparer les liens familiaux parce que la mort peut nous séparer des personnes qu'on aime ; celles censées protéger le défunt tout au long de son voyage avec Rê sur la barque solaire et les aider à vaincre Apep, le serpent du chaos qui tentait de stopper l'embarcation en avalant l'eau sur laquelle elle naviguait et, enfin, des formules pour aider le défunt à ne faire plus qu'un avec Osiris, nuit après nuit.

Les Textes des sarcophages contenaient également le Livre des deux chemins, première carte de l'au-delà jamais découverte. Ce texte n'était inscrit que dans certains cercueils du Moyen Empire, généralement peint au fond de la cuve. Sur cette carte, deux voies serpentent à travers le royaume des morts d'Osiris : la voie terrestre, noire, et la voie fluviale, bleue. Un lac de feu sépare les deux chemins. Quand on regarde la carte, on a l'impression de devoir choisir entre le ferry et la voiture : les deux itinéraires conduisent au même endroit, c'est-à-dire au champ des Offrandes où le défunt peut festoyer avec Osiris pour l'éternité. Sauf qu'il y a un piège : certains chemins ne mènent nulle part. D'autres précipitent les voyageurs vers des démons ou des cercles de feu. Le texte est parsemé de formules magiques qu'il faut prononcer pour franchir les portes surveillées par des gardiens.

La formule 1130 est le premier passage que j'ai traduit dans le Livre des deux chemins : *Tout homme qui connaît cette formule sera comme Rê dans le ciel, comme Osiris dans le monde souterrain, et il descendra dans le cercle de feu mais aucune flamme ne l'attaquera, pour toujours et à jamais.*

Pour toujours et à jamais. *Neheh djet.* Chez les anciens Égyptiens, le temps s'écoulait de plusieurs manières. Il pouvait être linéaire et éternel, à l'image d'Osiris. Ou bien cyclique, avec des réincarnations quotidiennes comme celle de Rê. Ces deux façons d'appréhender le temps n'étaient pas incompatibles, au contraire : pour réussir sa mort, il fallait expérimenter l'une et l'autre. Le tombeau était le tissu conjonctif, la batterie magique permettant d'alimenter la vie éternelle. La plupart des égyptologues étudient les dessins et les hiéroglyphes séparément mais lorsque j'ai commencé mes études, j'ai très vite réfléchi à leur disposition à l'intérieur du sarcophage, avec le Livre des deux chemins inscrit sur le fond de la cuve. Et si la momie enfermée à l'intérieur était censée activer la magie, un peu comme une clé ?

Les versions du Livre des deux chemins publiées à ce jour proviennent presque exclusivement des cercueils de nomarques découverts dans la nécropole de Deir el-Bersha, vivier tentaculaire de tombes de hauts dignitaires taillées dans la pierre. Véritable cité des morts. Il y a quinze ans, j'étais étudiante et je travaillais dans ces tombes dans l'espoir d'étayer ma thèse.

Qu'avez-vous l'impression de ne pas avoir terminé ?

Tandis que le chauffeur prend la direction du sud et me ramène à Deir el-Bersha, je regarde de nouveau par la vitre, frappée par la beauté du ciel étalé au-dessus du désert. Des zébrures bleutées, rosées, orangées annoncent la naissance d'un nouveau jour. Une étoile me fait un clin d'œil avant d'être avalée par le soleil.

Sirius. Je suis arrivée en Égypte le jour du lever héliaque de l'étoile.

L'Égypte formant une vallée, il est possible d'y observer les étoiles comme nulle part ailleurs et les Égyptiens de l'Antiquité inscrivaient l'apparition des groupes d'étoiles dans leur calendrier solaire. Tous les dix jours, une nouvelle constellation surgissait à l'est juste avant le lever du soleil, après avoir disparu pendant soixante-dix jours. Sirius était la plus importante d'entre toutes. Le lever de Sirius, également baptisée Sothis ou *Sopdet*, était un signe de renaissance parce qu'il survenait à la saison des crues du Nil. Le fleuve sortait alors de son lit et fertilisait les champs en y déposant une couche de limon. Afin de célébrer l'événement, les Égyptiens voyageaient pour participer à de grandes fêtes, laissant souvent des inscriptions dans leur sillage. Mais ils en profitaient surtout pour s'enivrer et faire l'amour – c'était un peu Coachella à chaque nouvelle crue.

Wyatt m'avait raconté un jour que, pendant ces libations orgiaques, les fêtards buvaient jusqu'à se faire vomir pour imiter le débordement du Nil. *Ils savaient vivre, ces Égyptiens*, avait-il plaisanté.

Levant de nouveau les yeux, je cherche Sothis dans le ciel. Et comme les anciens Égyptiens, je vois en elle un signe.

Deir el-Bersha se trouve en plein cœur de l'Égypte, en face de Mallawi, une ville située sur l'autre rive du Nil. Seules les personnes autorisées par le gouvernement y ont accès, à cause des dégâts provoqués par d'anciens séismes et de récents pillages.

J'inspecte le paysage et aperçois enfin les tombes creusées dans la pierre que je connais bien. Des dizaines de minuscules portes métalliques sont alignées sur une bande de calcaire striée – on dirait un hôtel creusé dans les parois du *wadi*, la vallée. Un hôtel mortuaire. Je repère précisément l'endroit où j'ai passé trois saisons, dans le tombeau de Djehoutyhotep II, grand chef du nome de la Hase. En dessous, bardée d'échafaudages, se trouve la tombe récemment découverte. Je plisse les yeux mais ne remarque aucune activité de ce côté-là.

Ce n'est pas la seule nouveauté à Bersha. De vastes cimetières modernes qui n'existaient pas en 2003 s'étirent légèrement au sud des tombeaux. À côté d'une mosquée se dresse à présent une église aux couleurs vives fréquentée par les chrétiens coptes. Le long des berges du Nil, quelques agriculteurs cheminent sur d'étroits sentiers surélevés quadrillant leurs champs tandis que d'autres chargent un tas de feuilles de palmiers dattiers, semblables à de larges éventails, sur une charrette tirée par un âne.

Et soudain, nous voici arrivés à la maison des fouilles. Je règle la course et descends du taxi dans un tourbillon de sable.

La maison a changé, elle aussi.

Elle a été construite avec des briques de terre crue en 1908 par l'architecte britannique Gerald Hay-Smythe qui la souhaitait à l'image des monastères médiévaux coptes. Le porche s'était effondré avant mon arrivée, à l'époque où j'étais étudiante, et personne n'avait jamais entrepris de le réparer. Il a été reconstruit depuis.

Il n'y a aucune voiture garée à l'extérieur et le calme qui règne alentour laisse penser qu'il n'y a personne à l'intérieur. Je longe un carré d'oignons sauvages et un vélo piqueté de rouille, abandonné dans la cour de devant. Des draps, des chemises et des *galabeyas*, les longues tuniques traditionnelles, sèchent sur des cordes à linge. Il y a quinze ans, la famille égyptienne qui s'occupait de la maison des fouilles et des résidents égyptologues étendait nos vêtements au même endroit. Tout notre linge de lit sentait bon le soleil.

Je lance un "bonjour" interrogateur. Il n'y a pas de porte où frapper, juste un passage voûté. J'avance d'un pas hésitant, dérange un chat qui se réfugie en miaulant sur un rebord de fenêtre effrité. Les yeux mi-clos, la bête me jauge avant de disparaître à l'intérieur.

Je m'enfonce dans le long couloir qui sépare l'aile occupée par les employés de maison de celle réservée à l'équipe archéologique. Une fine couche de sable tapisse le sol, les murs, tout. "Il y a quelqu'un ?" Seul un flot de swing me répond en grésillant, échappé des entrailles de la bâtisse. Je passe la tête dans une pièce sans porte où s'entassent de vieux matelas une place recouverts de housses à l'effigie de trois héroïnes Disney : Cendrillon, Blanche-Neige et la Belle au bois dormant. Un peu plus loin dans le couloir, je reconnais la porte du magasin, la remise où nous entreposions toutes les trouvailles que nous mettions de côté pour les étudier plus tard. Je ne peux pas m'empêcher d'y entrer. Dans la lumière tamisée, je laisse mon regard glisser sur les boîtes en carton soigneusement étiquetées, empilées sur les étagères. Soudain, je fais volte-face, certaine d'être observée. Sur une table pliante repose une momie qui se trouvait là bien avant mon premier séjour et y restera probablement longtemps après mon passage.

— George, dis-je à voix basse en l'appelant par le prénom dont tout le monde l'affublait il y a quinze ans. Ça fait plaisir de te revoir.

Un peu plus loin encore, je tombe sur la salle d'eau composée d'une cabine de douche et de toilettes. Je m'y enferme et effleure du bout des doigts la pancarte usée mais toujours scotchée derrière la porte de la petite pièce : NE TIREZ PAS LA CHASSE D'EAU SUR CE QUI EST JAUNE, LE PAPIER-TOILETTE, VOS ESPOIRS & VOS RÊVES.

"Min hunak ?" Une voix se rapproche. *Qui est là ?*

Le pantalon autour des chevilles, je me relève d'un bond, me rhabille et me lave les mains. Puis je sors du cabinet de toilette pour essayer de m'expliquer. C'est alors que je tombe nez à nez avec un souvenir vivant.

Comme si c'était hier, je revois cet homme au visage mat et buriné et ses mains délicates poser devant moi une assiette de salade fraîchement essorée alors que je suis attablée. Il est sans âge, figé dans le temps : le gardien qui s'occupait de la maison quand j'étais étudiante se tient devant moi.

— Hasib ?

Ses yeux s'agrandissent et, en entendant mon accent, il s'adresse à moi en anglais :

— C'était mon père, Hasib.

Je cligne des yeux.

— Tu es… *Harbi* ?

Harbi n'était qu'un adolescent à l'époque, mais c'était aussi l'un de nos collaborateurs les plus dévoués. Il faisait tout ce que lui demandait le professeur Dumphries : descendre les câbles et le matériel pour nous permettre d'étudier les hiéroglyphes ornant la partie haute des murs, rester planté des heures durant sous le soleil brûlant, armé d'un miroir qu'il orientait pour mieux capturer la lumière pendant que nous nous efforcions de reproduire le plus précisément possible les motifs creusés dans la pierre.

Il plisse les paupières.

— Dawn ?

— Tu te souviens de moi ?

S'il dit oui, il ne sera peut-être pas le seul à se souvenir.

— Bien sûr. Tu me rapportais des *Superman*.

C'est vrai : chaque fois que je faisais escale à Heathrow, j'achetais une bande dessinée pour Harbi et une barre chocolatée Cadbury pour Hasib.

— Je suis venue les mains vides, aujourd'hui. Ton père est toujours là ?

Il secoue la tête.

— Il est mort.

Parmi mes clients, les musulmans sont toujours plus à l'aise pour parler de la mort que les chrétiens, généralement terrifiés par cette phase de transition.

— Je suis désolée. Je garde de très bons souvenirs de lui. Plein.

Un sourire éclaire le visage de Harbi.

— Moi aussi. Je m'occupe de la maison des fouilles, maintenant. Avec mon fils.

Il marque une pause, fronce les sourcils.

— *Mudir* ne m'a pas prévenu de ton arrivée.

Quand je l'entends prononcer ce mot, *mudir*, le directeur, je pense aussitôt à Dumphries qui occupait cette fonction en tant que chef du département d'égyptologie de Yale. Mais bien sûr, un nouveau directeur a pris sa place. Wyatt.

— Ça s'est décidé à la dernière minute, dis-je d'un ton évasif. Où sont les autres ?

— C'est vendredi, répond Harbi en haussant les épaules.

Le vendredi était notre jour de repos et nous en profitions souvent pour aller visiter d'autres sites de fouilles.

— Ils ont passé la nuit à Sohag, ajoute-t-il.

Cette autre mission archéologique organisée par Yale se situe à environ trois heures et demie de route, en direction du sud.

— Ils rentrent quand ?

— Pour déjeuner, *inch'Allah*.

— Tu crois que je peux les attendre ici ?

— Oui, oui. Mais tu dois avoir faim, *doctora*.

Je sens mon visage s'empourprer.

— Oh, en fait je ne suis pas… *doctora*.

Pour Harbi, logiquement, tous les visiteurs de la maison sont des universitaires diplômés, comme ceux de Yale. Il ne lui vient pas à l'idée que l'étudiante qui a travaillé ici trois saisons d'affilée n'a pas présenté sa thèse de doctorat.

Harbi me considère un moment dans l'attente d'une explication. Comme je reste muette, il avance dans le couloir.

— Mais tu dois quand même avoir faim, lance-t-il par-dessus son épaule.

Je remarque qu'il boite. Que lui est-il arrivé ? A-t-il fait une chute sur le chantier ? Souffre-t-il de sa blessure ? Je ne peux pas lui poser des questions personnelles étant donné que je ne suis pas prête à répondre aux siennes.

— En fait, non, je n'ai pas très faim, dis-je en le suivant. Ne t'embête pas…

Ignorant mes protestations, Harbi m'entraîne vers la plus grande pièce de la maison qui sert à la fois d'espace de travail et de salle à manger.

— Fais comme chez toi, je t'en prie.

Il me plante là pour se diriger d'un pas traînant vers la cuisine minuscule. Ses sandales en caoutchouc couinent sur le carrelage. Sous le dôme de briques de banco trône la table autour de laquelle nous prenions nos repas. Je reconnais les griffures sur le plateau en bois, les taches aux mêmes endroits. Mais c'est ce qui a changé qui me coupe le souffle. Disparus, les rouleaux de papier réfléchissant Mylar et les piles inégales de feuilles et de pochettes en papier kraft. À leur place, de l'autre côté de la salle à manger, plusieurs ordinateurs encombrent des bureaux emboîtés comme les pièces d'un puzzle. Un fatras de câbles entortillés, semblables à des monstres marins, et branchés à des protecteurs de surtension se balancent dangereusement dans le vide avant d'atteindre à grand-peine une prise fixée au mur. Des tablettes sont en train de charger. J'aperçois aussi deux grosses caméras numériques. Le mur du fond est recouvert d'une immense affiche : c'est la reproduction épigraphique de la scène de traction du colosse découverte dans la tombe de Djehoutyhotep sur laquelle Wyatt et moi avons travaillé pendant toute une saison – la dernière pour moi. Je reconnais les dessins minutieux que j'avais réalisés à la main sur du Mylar. À présent tracés à l'encre, ils sont accompagnés des transcriptions de Wyatt dans la marge. S'il me fallait une preuve de mon passage entre ces murs, une preuve que j'ai accompli quelque chose d'utile, alors la voici étalée sous mes yeux.

Je sors dans le patio par la porte-fenêtre au moment où Harbi reparaît, chargé d'une petite pile d'assiettes.

— Assieds-toi, je t'en prie, dit-il et je me glisse à mon ancienne place, autour de la table.

Harbi a apporté une salade de tomates et de concombres parsemée de coriandre, des tranches de fromage à pâte molle et une galette d'*aish shamsi*, le pain qu'on laisse lever au soleil avant de l'enfourner. Je me rends vite compte en commençant à manger que je suis affamée. Harbi m'observe en souriant.

— Pas faim, se moque-t-il.

— Un peu, j'admets avant de sourire à mon tour. Très.

Pour le dessert, il dépose devant moi une part de *basbousa*, un gâteau à base de noix de coco, de miel et de semoule moyenne. La dernière cuillérée avalée, je me cale au fond de ma chaise.

— Je crois que je ne mangerai plus rien pendant trois jours.

— Alors ça veut dire que tu restes, réplique Harbi.

Je ne peux pas. J'ai une vie de l'autre côté de la planète, une famille qui s'inquiète pour moi. Pourtant, il y a quelque chose de tellement irréel dans le fait d'être ici de nouveau… J'ai l'impression d'avoir réussi à remonter le temps, tout simplement. De jouer une sorte de jeu. Comme quand on fait un rêve merveilleux, qu'on sait que ce n'est pas vrai mais qu'on évite délibérément de se réveiller.

Après le départ de Harbi, je me rends compte que sa dernière phrase n'était pas une question mais plutôt un constat. Comme s'il avait déjà pris la décision à ma place.

Et je n'ai pas protesté.

Ma mère disait que les yeux bleus portaient malheur parce qu'on pouvait lire dans les pensées d'une personne aux yeux clairs mais je n'ai tenu aucun compte de cet avertissement le jour où j'ai rencontré Wyatt Armstrong. C'était en 2001. J'étais une étudiante en doctorat fraîchement débarquée à Yale, j'avais cinquante dollars sur mon compte en banque et je partageais un logement avec une colocataire. Depuis mon arrivée à New

Haven trois jours plus tôt, une pluie froide rinçait la ville sans répit. La veille de la rentrée, en fin de journée, je sortais de la bibliothèque Sterling et regagnais mon appartement lorsque la pluie a redoublé d'intensité. Comme j'avais peur de mouiller la pile de livres que je serrais dans mes bras – parmi lesquels plusieurs épais volumes des transcriptions des Textes des sarcophages d'Adriaan de Buck –, j'ai poussé la première porte qui se trouvait sur ma route

Pour un mercredi soir, l'humeur qui régnait au bar Toad's Place était disons… aussi sautillante que le batracien dont il portait le nom. L'endroit était rempli de filles de Yale et de Quinnipiac venues en bus, qui arpentaient York Street perchées sur des talons et moulées dans des minijupes couvrant à peine leurs fesses. À l'intérieur, les étudiants de première année se bousculaient autour du bar, brandissant leurs cartes d'identité falsifiées comme s'il s'agissait de badges du FBI. Un groupe de metal jouait à pleins tubes quelque part dans le fond de la salle, étouffant les cris euphoriques d'une bande de filles occupées à encourager les deux participants d'un concours de beuverie.

Le sol collait aux semelles de mes baskets, une odeur de Budweiser et d'herbe flottait dans l'air. Ayant jeté un coup d'œil au rideau de pluie et optant pour le moindre mal, je me frayai un chemin jusqu'au bout du bar. Arrivée à destination, je me perchai sur un tabouret et posai ma pile de livres sur le comptoir en essayant de me faire toute petite.

Je le remarquai tout de suite, bien sûr. Il avait roulé les manches de sa chemise jusqu'aux coudes. Ses cheveux dorés retombèrent sur ses yeux lorsqu'il attrapa le verre, le souleva et le reposa d'un coup sec, vide, sur le comptoir scarifié. Autour de lui jaillit un concert d'exclamations enthousiastes : *Mark ! Mark ! Mark !* Mais il ne sourit pas, ne leva pas les bras en signe de victoire, ne consola pas non plus le perdant. Il se contenta de hausser les épaules comme s'il savait depuis le début que l'affrontement se terminerait ainsi, que la victoire lui revenait de droit.

Le prototype du connard.

Il y avait bien quelques héritiers de bonne famille à l'université de Chicago mais à Yale, ils étaient légion : la norme plutôt que l'exception. Je n'étais pas là depuis très longtemps et pourtant, les quelques étudiants que j'avais déjà eu l'occasion de rencontrer semblaient tout droit sortis des pages d'un magazine de déco chic, genre *Town & Country*. Ma colocataire, que j'avais dénichée en punaisant une annonce sur le tableau d'affichage, venait de la Hudson Valley et n'avait que le mot *dressage* à la bouche. Je croyais que ça avait un rapport avec la mode, jusqu'au jour où je l'ai vue dans sa tenue d'équitation.

Soudain, le type leva les yeux et son regard bleu captura le mien. On aurait dit le cœur d'un glacier et j'éprouvais la même sensation que lorsqu'on touche un morceau de glace carbonique et qu'on ne peut plus décoller la main, même si on essaie de toutes ses forces.

Au même moment, il ouvrit la bouche et laissa échapper un long rot sonore.

Je me détournai, écœurée. La serveuse posa une serviette en papier devant moi.

— Qu'est-ce que je te sers ?

Je n'avais pas les moyens de me payer un verre mais je ne pouvais pas non plus attendre que la pluie cesse sans rien commander.

— De l'eau gazeuse ?

— Elle prendra un Hendrick's frappé. Avec un zeste de citron vert.

Le type était venu s'asseoir à côté de moi. Tellement furtif et silencieux que je n'avais rien remarqué.

Je fus d'abord étonnée par son accent – britannique. Puis aussitôt après, par son arrogance sans borne.

— Non, merci.

— C'est ma tournée, insista-t-il. En général, je suis imbattable pour deviner la boisson préférée des gens.

Il désigna d'un hochement de tête une fille en bustier à sequins qui dansait toute seule.

— Margarita Skinnygirl ou, quelle horreur, spritzer rosé.

Il fit ensuite un geste en direction de deux types en blousons de cuir en train de s'embrasser à pleine bouche.

— Whisky Fireball.

Puis il pointa le doigt sur moi.

— Dry martini. Je me trompe ?

J'avais effectivement un faible pour le gin mais j'aurais préféré mourir plutôt que de l'admettre.

— Rectificatif : avec trois olives au bleu ! lança-t-il à l'adresse de la serveuse avant de reporter son attention sur moi. Tu préfères le salé, pas vrai ?

L'ombre d'un sourire joua sur ses lèvres tandis qu'il ajoutait :

— À moins que tu ne sois du genre insipide.

Ce type était décidément insupportable. Dehors, les rafales de pluie et de vent avaient pris des allures d'ouragan mais tant pis : je préférais encore affronter les éléments plutôt que me coltiner cet abruti prétentieux. Je tendis la main pour récupérer mes livres. Il en prit un au sommet de la pile, l'ouvrit et jeta un coup d'œil aux hiéroglyphes.

— Égyptologie. Ça, je l'avais pas vu venir.

Il me rendit le livre et se pencha légèrement vers moi pour demander à voix basse :

— Serais-tu un artéfact antique présentant un intérêt culturel avéré ? Auquel cas je te fouillerais volontiers.

Je clignai des yeux.

— Ça marche vraiment, ce genre de réplique bidon ?

— Une fois sur deux. Mais j'ai un plan B : je me glisse dans la peau d'un défenseur du relativisme culturel et, toi, tu adoptes la position du missionnaire, d'accord ?

— Je suis contente que tu aimes l'histoire parce que, dans une minute, tu feras partie de mon passé.

J'avalai une grande gorgée du cocktail avant de sauter du tabouret.

— Merci pour le verre.

— Attends, fit-il en me retenant par le bras. J'efface tout et je recommence sérieusement. Je m'appelle Wyatt.

— Menteur.

— Je te demande pardon ?

— Tes amis t'appellent Mark.

— C'est un surnom. Le diminutif de marquis d'Atherton.

— Parce que tu es marquis ?

— Euh, non.

Il hésita un instant avant d'ajouter :

— C'est mon père, le marquis. Moi, je suis seulement comte.

Il leva son verre, le cogna contre le mien.

— Anglais pure souche, avec des ancêtres descendants de Guillaume le Conquérant, j'en ai bien peur, et pas mal de relations consanguines depuis.

Il me gratifia d'un sourire, sincère cette fois, comme s'il voulait m'inclure dans sa blague. Et tout à coup, je compris comment ce mec était devenu un connard imbu de sa personne. Ça n'avait rien à voir avec son titre de comte. C'était sûrement parce que quand il souriait – quand il esquissait ce sourire à la fois éclatant et presque contrit –, tout le monde tombait sous le charme.

— OK, reprit-il. Et toi, tu es… ?

— Sur le départ, complétai-je en posant mon verre sur le comptoir.

Le lendemain matin, j'arrivai la première dans la petite salle de séminaire où Ian Dumphries, le chef du département égyptologie de Yale, avait invité tous les étudiants titulaires d'un master à une réunion de prérentrée pour cette nouvelle année universitaire. J'avais déjà eu plusieurs entretiens avec lui lorsque j'avais posé ma candidature pour intégrer le programme de doctorat. Contrairement à de nombreux égyptologues, il ne focalisait pas son attention sur un seul aspect de la discipline, par exemple l'architecture de terre crue ou la bataille de Qadesh ou encore la grammaire égyptienne. Ian Dumphries avait publié une multitude d'articles sur toutes sortes de sujets : le Livre des deux chemins, l'archéologie du Moyen Empire, l'histoire de la religion égyptienne et commentait même, de temps en temps, un ostracon démotique. Vu le sujet de thèse que je voulais proposer, il me fallait un tuteur ouvert d'esprit. Dumphries était à mes yeux un homme aussi brillant que terrifiant et je tombai des nues lorsqu'il m'accueillit par mon nom de famille. “McDowell. Bienvenue à Yale.”

J'avais choisi cette université principalement parce que je savais que j'aurais l'occasion de travailler à Deir el-Bersha en étudiant ici. Dans les années 1890, la nécropole avait été la chasse gardée d'un égyptologue britannique, Percy E. Newberry qui travaillait alors avec Howard Carter (qui s'illustrera plus tard avec Toutankhamon). La supervision du site avait changé de mains de nombreuses fois avant que Yale ne fasse l'acquisition de la concession en 1998, date à laquelle le professeur Dumphries fut nommé responsable du site.

Cinq autres étudiants déboulèrent dans la salle, absorbés dans une conversation animée. Nous n'étions que sept doctorants dans ce département et ce détail avait également pesé dans la balance. Ils s'installèrent autour de la grande table sans cesser de bavarder avec la décontraction des gens qui se connaissent bien. J'étais la seule nouvelle, cette année-là.

— Ça me fait plaisir de constater que vous avez tous survécu à un été de plus, déclara Dumphries. J'aimerais vous présenter notre dernière offrande, Dawn McDowell. Nous l'avons volée à l'université de Chicago. Je vais vous demander de vous présenter rapidement à tour de rôle, d'accord ? Dites juste qui vous êtes et comment vous avez atterri ici.

Ma curiosité assoiffée absorba le nom des écoles où ils avaient étudié et les sujets de leurs thèses. Le dernier étudiant était en train de conclure sa présentation lorsque la porte s'ouvrit à toute volée. Wyatt Armstrong entra dans la salle d'un pas assuré, tenant en équilibre instable une boîte Dunkin' Donuts contenant plusieurs gobelets de café et une autre remplie de beignets miniatures.

— Désolé du retard. C'est une longue et sinistre histoire mettant en scène une bétonnière, un bébé en pleurs et un dragon de Komodo mais au lieu de vous faire subir l'ennuyeux récit de mes tribulations, j'ai préféré vous apporter des gâteaux pacificateurs et du café pas terrible.

Je le regardais fixement, le cœur battant, calculant mentalement les probabilités. Dans une école de sept mille cinq cents étudiants en troisième cycle, combien de chances avais-je de me retrouver dans un minuscule département avec la seule personne que j'avais espéré ne jamais revoir ?

Je guettai la réaction de Dumphries avec ses vêtements impeccables et son air légèrement guindé. Contre toute attente, il se contenta de secouer la tête en esquissant un petit sourire.

— Assieds-toi, Wyatt, ordonna-t-il sur le ton qu'utilisent les parents exaspérés par un gamin qui les fait tourner en bourrique mais qu'ils aiment secrètement par-dessus tout. Tu arrives juste à temps pour expliquer à Mlle McDowell qui tu es et pourquoi je te tolère dans les parages.

Wyatt se laissa choir sur la chaise vide, à côté de moi. S'il fut surpris de me voir, il ne le montra pas.

— Tiens, tiens, salut, Olive, murmura-t-il d'un ton moqueur.

— Je m'appelle Dawn.

Il arqua un sourcil.

— Ah oui ? susurra-t-il avant d'enchaîner : j'ai fait des études d'égyptologie à Cambridge et je suis arrivé ici il y a trois ans. Comme je suis un obsédé de la linguistique, je bosse comme maître assistant dans toutes les classes d'écriture hiéroglyphique, hiératique et démotique du premier cycle. Ma thèse s'intitule : *Discours rituel et formes verbales interlocutoires dans les Textes des sarcophages*. Il m'a fallu six mois pour pondre un titre aussi sexy alors je te déconseille de me le voler.

— Les Textes des sarcophages ? répétai-je.

— Dawn a l'intention d'étudier le Livre des deux chemins, intervint Dumphries.

Wyatt planta son regard sur moi.

— Ce qui veut dire qu'on va pas mal se croiser, tous les deux.

— Je ne suis pas spécialiste en philologie, fis-je remarquer. J'essaie juste de combler un vide dans les recherches effectuées jusqu'à présent.

Je me tournai vers les autres doctorants afin de poursuivre mes explications.

— En 1904 et 1906, Pierre Lacau a publié les textes constituant le Livre des deux chemins découverts dans plusieurs sarcophages conservés au Caire, mais la plupart des textes trouvés sur ou à l'intérieur des cercueils n'ont jamais été recensés comme tels.

Maintenant que j'étais lancée sur ce sujet qui me passionnait, les mots coulaient plus vite.

— En fait, j'aimerais me concentrer sur l'iconographie. On ne peut pas regarder la carte du Livre des deux chemins sans concevoir le sarcophage comme le microcosme de l'univers. Imaginez que la paroi frontale du cercueil représente le levant et la paroi arrière le couchant. Le fond de la cuve représente le monde souterrain, doté de sa carte. Le couvercle est Nout, la déesse du ciel, et entrer dans un sarcophage équivaut alors à retourner dans son ventre… pour ressusciter dans l'au-delà depuis cet endroit. La momie occupe ainsi tout l'espace entre la terre et le firmament.

Dumphries hocha la tête.

— La thèse de Wyatt proposera une nouvelle traduction du Livre des deux chemins. Et dans la sienne, Dawn compilera pour la première fois toutes les représentations illustrées du même livre.

Un étudiant émit un ricanement moqueur.

— Vous devriez publier en tandem.

— Pas bête, fit Dumphries. Dawn est trop modeste pour vous le dire mais elle a déjà publié un chapitre de sa thèse dans le *Journal of the American Research Center in Egypt.*

Je me sentis rougir. C'était rare que le travail d'un étudiant de premier cycle fût accepté par un journal d'égyptologie et je n'étais pas dupe : c'était en partie pour cela que Yale m'avait fait les yeux doux. J'en étais immensément fière.

— L'article s'appelait "Le corps offre au cercueil sa cohérence", ajoutai-je.

Le regard de Wyatt fut comme une brûlure et je me tournai vers lui.

— C'est *toi* qui as écrit ça ?

— Tu l'as lu ?

Il acquiesça d'un rapide mouvement de tête puis jeta un coup d'œil à Dumphries, tellement élogieux à mon sujet. Eut-il l'impression de perdre un peu son statut de chouchou ? Toujours est-il qu'à cet instant, quelque chose bougea en Wyatt Armstrong, comme si son armure se remettait en place.

Durant le mois qui suivit, nous fîmes tout notre possible pour nous éviter, Wyatt et moi, nous croisant uniquement lorsque nous ne pouvions pas faire autrement, à savoir le lundi et le mercredi à 9 h 15. Nous encadrions alors seize étudiants de premier cycle inscrits au cours de Dumphries intitulé "Les dieux de l'Égypte ancienne". Durant ces séances, nous prenions soin de nous asseoir de part et d'autre de la grande table de la salle de conférences. On nous annonça en octobre que nous accompagnerions Dumphries et sa classe au MFA, le musée des Beaux-Arts de Boston, où se tenait la nouvelle exposition sur le Livre des deux chemins.

À l'époque, je n'avais jamais vu la carte du monde souterrain autrement qu'imprimée dans des publications. Rien n'aurait gâché ma joie de pouvoir examiner d'aussi près une image du Livre des deux chemins. Rien du tout. Pas même Wyatt.

Le jour de la sortie, Dumphries fit une présentation dans une salle de classe du musée. Une série de photos du chantier de fouilles de Deir el-Bersha défila sous nos yeux tandis qu'il posait le décor :

— Imaginez-vous en 1915, dans la peau de l'égyptologue qui vient de découvrir un puits funéraire de neuf mètres de profondeur sous un éboulis rocheux dans une nécropole du Moyen Empire. Vous avez déblayé l'entrée et venez de vous faufiler pour la première fois à l'intérieur de la tombe 10A. Vous laissez vos yeux s'habituer à la pénombre et là, que voyez-vous ? Une tête de momie décapitée posée sur le couvercle d'un cercueil.

En face de moi, un étudiant haussa les sourcils.

— Putain mais on est carrément dans *Indiana Jones*, là.

À côté de moi, Wyatt ricana.

— La tombe 10A appartenait au nomarque Djehouty-nakht et à sa femme qui portait le même nom que lui.

Wyatt se pencha vers moi.

— Ça devait pas être facile pour le facteur…

— Ils vivaient aux alentours de 2000 av. J.-C., donc au Moyen Empire, et gouvernaient une province de Haute-Égypte. Au cours des quatre mille ans séparant leur mort de la découverte de leur sépulture au XXe siècle, des pilleurs se sont introduits dans leur tombe. Ils ont volé l'or, les bijoux et tous les objets de valeur avant de jeter la momie décapitée dans un coin. Ils ont ensuite mis le feu à la chambre pour détruire les preuves de leur passage. Heureusement, certaines choses ont survécu aux flammes. Elles ont été rapportées au MFA en 1921 par des égyptologues de Harvard. C'était la première fois que ces trouvailles étaient exposées.

Je fixai l'image projetée sur l'écran : la tête de la momie, enveloppée dans des bandes de lin effiloché, brunie par la résine plusieurs fois millénaire. Les sourcils avaient été peints à la main, les cavités orbitaires étaient légèrement proéminentes. Les coins de la bouche pointaient vers le bas d'un air vaguement désappointé.

Une étudiante de licence leva la main.

— Et le reste du corps, on sait où il est ?

— En Égypte, répondit Dumphries. Ce qu'on ne sait pas en revanche, c'est s'il s'agit d'un cadavre d'homme ou de femme. C'est dingue de se dire qu'on a eu quatre mille ans pour élucider ce mystère et que certaines questions sont toujours sans réponse.

Il passa à la diapo suivante.

— L'évolution des Textes des sarcophages et du Livre des deux chemins reflète plus un désir de changer les tendances en matière de décoration funéraire qu'une volonté d'ouvrir plus largement l'accès à l'au-delà sacré. Lorsque le nombre de sarcophages s'est multiplié au Moyen Empire, les formules qu'on trouvait autrefois sur les papyrus précieux étaient désormais peintes sur les parois du cercueil en bois.

Il cliqua de nouveau et l'image familière du Livre des deux chemins emplit l'écran avec ses deux lignes sinueuses, l'une bleue et l'autre noire, séparées par le lac de feu pourpre.

— Le Livre des deux chemins apporte une nouvelle fois la preuve de la symbiose entre Rê et Osiris, expliqua Dumphries. Si Rê se lance dans la traversée du monde souterrain, c'est essentiellement pour s'unir à la momie d'Osiris. Les routes qui parcourent ce territoire permettent à Rê d'aller retrouver Osiris. L'objectif des défunts consiste à devenir à la fois Rê et Osiris dans le but d'atteindre la vie éternelle.

Il suivit du bout du doigt les lignes ondulantes de l'image projetée.

— Cela dit, Le Livre des deux chemins ne mentionne pas explicitement *deux* chemins ; il parle juste de… *chemins.* Les routes bleue et noire ne portent aucun nom spécifique mais on peut imaginer qu'il s'agit d'un itinéraire terrestre et d'un autre fluvial conduisant tous deux au monde souterrain et donc au même résultat.

Dumphries parcourut la salle du regard et je me rendis soudain compte qu'il me cherchait.

— McDowell, dites-nous ce qu'était la clé de la résurrection selon le Livre des deux chemins.

— La connaissance, répondis-je en me redressant. C'est la raison pour laquelle les textes étaient placés *à l'intérieur* du sarcophage. Ils contiennent des formules que les défunts doivent connaître pour surmonter tous les obstacles qui se dresseront sur leur route jusqu'au sanctuaire d'Osiris.

— Exactement. D'ailleurs, qui pourrait se passer de la connaissance pour surmonter les épreuves de ce monde… ou du suivant ? Des questions ? conclut-il en se tournant vers les étudiants.

Une main se leva.

— Est-ce que ce sera au programme des partiels ?

Dumphries balaya la question en détournant les yeux.

— Quelqu'un d'autre ?

— Est-ce qu'il fallait être super riche pour avoir le Livre des deux chemins peint sur son sarcophage ?

— Ceux que nous avons trouvés à Bersha appartenaient à de hauts dignitaires du nome de la Hase mais une bonne mort n'était pas liée au statut social. Chaque Égyptien pouvait devenir *akh* – l'esprit transfiguré.

Une troisième élève leva la main.

— Est-ce que le sexe du défunt était important ? Est-ce que les femmes pouvaient aussi avoir une carte ?

— Oui, répondit Dumphries. On en a retrouvé dans des tombeaux de femmes issues de la noblesse.

Wyatt croisa les bras.

— Certains égyptologues prétendent que les femmes devaient se parer d'attributs masculins pour s'unir à Osiris, à l'image des pharaonnes qui portaient la traditionnelle barbe postiche du roi.

— Je ne suis pas d'accord avec cette théorie, objectai-je. En égyptien ancien, le mot *cadavre* est déjà du genre féminin. Et dans le cercueil d'une femme datant du Moyen Empire, on a remarqué que les pronoms utilisés dans les formules avaient tous été féminisés, c'est-à-dire spécialement modifiés pour la défunte.

Wyatt et moi nous mesurâmes du regard pendant que Dumphries éteignait le projecteur.

— Quand *momie* et *popi* auront terminé de se chamailler, railla--t-il, vous pourrez déambuler librement dans le musée. Armstrong, McDowell, je vous passe le flambeau.

Sur ce, il partit en compagnie du conservateur du musée pour examiner les objets rapportés de Bersha qui ne faisaient pas partie de l'exposition. Les étudiants nous suivirent dans les allées. Wyatt était le premier maître assistant. Même si j'avais convoité cette position, je n'étais pas aussi compétente que lui pour enseigner le déchiffrage des hiéroglyphes. Et j'étais bien obligée d'admettre qu'il assurait comme un chef.

Wyatt demanda aux étudiants de se rassembler en demi-cercle à l'entrée de la nouvelle exposition. Tous tenaient un petit paquet de feuilles sur lesquelles étaient imprimés les hiéroglyphes inscrits sur les sarcophages qu'ils verraient en premier. Les filles du groupe, et même quelques garçons, le regardaient comme s'il était le créateur de l'univers. Certains étudiants s'inscrivaient au cours de Dumphries uniquement pour l'assistant british qui, à en croire les rumeurs, était à lui seul un condensé de Harrison Ford et du poème de Yeats, *La Seconde Venue*.

— La conception de l'alphabétisation en Égypte ancienne est souvent réductrice : soit on savait lire, soit on ne savait pas. Alors qu'il s'agit en réalité d'un continuum tout au long de la période antique. Si vous étiez prêtre ou bureaucrate, vous appreniez les hiéroglyphes. Si vous vouliez devenir scribe, vous appreniez le hiératique, c'est-à-dire l'écriture cursive des hiéroglyphes, qui facilitait au quotidien la rédaction des contrats, des testaments et des documents nécessaires à la vie des villages. Mais même les gens du peuple savaient reconnaître les principaux symboles, tout comme on reconnaît un panneau STOP à sa forme même si on n'arrive pas à lire les lettres. Avec un peu de chance, chacun d'entre vous saura bientôt déchiffrer les hiéroglyphes aussi bien qu'un bureaucrate. Alors allons-y.

Les anciens Égyptiens sont à l'origine du développement de notre alphabet. Lorsque les locuteurs des langues sémitiques sont partis de la zone géographique aujourd'hui baptisée Israël pour voyager jusqu'en Égypte, ils ne possédaient aucun système d'écriture. En voyant les Égyptiens graver leurs noms dans la pierre, ils ont voulu faire pareil. Ils ont donc choisi des hiéroglyphes représentant des objets ordinaires – de l'eau, un œil, une tête de taureau – et les ont utilisés pour former les premières lettres de ces mots dans leur propre langue.

L'ibis renvoyait à *Djehouty* – le nom du dieu Thot en Égypte antique. La ligne brisée figurait l'ondulation de l'eau, la lettre *n.* Juste en dessous, le bâton représentait *khet.* Le cercle traversé de lignes horizontales se lisait *kh* – répétant les sons émis par le bâton – et la miche de pain, *t.* La traduction d'un hiéroglyphe comprend deux étapes. La première consiste à transposer les sons des dessins étudiés dans une écriture utilisant des signes alphabétiques. La translittération de celui-ci donnait donc *ḏḥwty-nḫt*…

— Voici le sarcophage de Djehouty-nakht, lança Wyatt. Que faut-il vérifier avant toute chose ?

— La direction dans laquelle sont tournés les visages dessinés, répondit une étudiante. Parce que c'est ce qui indique le sens de la lecture.

— Exact. Donc, en l'occurrence, l'oiseau regarde vers la gauche, ce qui signifie… ? reprit Wyatt en interrogeant la fille du regard.

— Que nous lirons les colonnes du texte de gauche à droite.

— Très bien. Ce qu'il faut savoir, c'est que l'une des raisons pour lesquelles il a fallu si longtemps avant de parvenir à déchiffrer les hiéroglyphes, c'est qu'ils ne sont ni purement phonétiques ni complètement idéographiques. C'est une combinaison des deux à laquelle s'ajoute une troisième catégorie de signes, histoire de brouiller encore plus les pistes : les déterminatifs. Ces derniers ressemblent à des indices qui donnent des informations sur le sens des mots auxquels ils sont accolés.

Le petit groupe d'étudiants se rapprocha, plissant les yeux pour mieux étudier les images ornant la paroi extérieure du sarcophage de Djehouty-nakht. Elles étaient peintes en gris-bleu et certaines ressortaient en relief sur la bande de peinture coquille d'œuf tandis que d'autres étaient si discrètes qu'on peinait à les distinguer du grain du bois.

— Qui voit un idéogramme ? demanda Wyatt.

Un jeune type posté à côté de lui désigna la frêle silhouette de canidé perchée sur un piédestal.

— Le chacal.

— Très bien. Le chacal est le dieu Anubis ou, dans l'ancienne langue égyptienne, *Inpou*. Le hiéroglyphe représente son nom. Mais qu'est-ce qu'on peut voir juste devant ?

Wyatt fit glisser son doigt sur la plaque de verre, soulignant une série de signes.

C'était l'une des premières combinaisons de hiéroglyphes que j'avais apprises. C'était aussi l'une des plus répandues.

— *Hotep di nisu*, lut Wyatt. Une offrande que le roi remet de la part de… ?

— D'Anubis, répondit l'étudiant qui avait montré le chacal. Le dieu de l'embaumement.

— Tout à fait. Il joue un rôle très important pour les momies.

Il esquissa un sourire espiègle avant d'ajouter :

— Et pour les *popis* aussi, bien sûr. Et qu'est-ce qui vient après ? Est-ce que quelqu'un sait ce que signifient ces quatre pots attachés ensemble ?

— Les offrandes se trouvent à l'intérieur ? suggéra un autre étudiant.

— Non, parce que ce n'est pas un idéogramme, intervint une fille du groupe. C'est un phonogramme. Le dessin des pots attachés ensemble représente le mot *khenet*. Ce ne sont pas des pots, en fait. C'est juste une ruse pour écrire trois lettres de l'alphabet : *khn-n-t*.

Les sourcils de Wyatt se soulevèrent.

— Bravo.

Les joues de la fille virèrent au rouge écarlate.

— Ça me touche beaucoup, venant de vous.

— Non mais j'y crois pas, marmonnai-je.

Tandis qu'il se lançait dans un nouveau cours de translittération, mon regard fut attiré par une sculpture découverte dans la tombe 10A, en même temps que les cercueils des Djehoutynakht. Deux artisans façonnés dans du bois se tenaient agenouillés près d'un métier à tisser. Au premier plan, des femmes filaient le lin. Aussi surprenant que cela puisse paraître, les brins de lin et le métier à tisser étaient intacts, tels qu'ils avaient été déposés dans la chambre funéraire avec les autres sculptures, les poteries et les ouchebtis quatre millénaires plus tôt.

— C'est l'heure de la chasse au trésor, déclara Wyatt en leur distribuant une liste d'objets. Vous allez travailler par deux, alors choisissez un partenaire. Les réponses se trouvent quelque part dans l'exposition. La première équipe qui reviendra avec les photos sur un téléphone gagnera dix points supplémentaires sur son prochain devoir à rendre. C'est parti !

Il se tourna vers moi tandis que les étudiants s'égaillaient rapidement.

— Est-ce que j'étais aussi débile quand j'étais à leur place ?

— Tu veux vraiment connaître la réponse ? répliquai-je.

Il s'éloigna en direction des cercueils des époux Djehoutynakht.

— Tout bien réfléchi, non. Mais regarde-moi ça.

Nous restâmes tous les deux immobiles, hypnotisés par le Livre des deux chemins recouvrant le sarcophage intérieur du gouverneur. Il y avait la porte rectangulaire rouge sur la ligne d'horizon. Les deux voies conduisant au monde souterrain : la fluviale peinte en bleu, la terrestre peinte en noir. Et la ligne pourpre entre les deux, le lac de feu. Après l'avoir étudié pendant des années sur des photos et des dessins, j'avais l'impression d'avoir décroché le Saint-Graal sauf qu'il était enfermé à double tour dans une vitrine en verre.

— J'aimerais bien savoir qui, en voyant ça, a été le premier à penser que c'était une carte, murmura Wyatt.

— Bah, à ma connaissance, le cercueil n'était pas vide. Le défunt était clairement censé se lever et choisir l'un des deux chemins pour atteindre le champ des Offrandes.

— Je ne voudrais surtout pas te contredire mais le Livre des deux chemins que nous avons sous les yeux était peint sur la *paroi* du cercueil de Djehouty-nakht. Donc… ta théorie ne tient pas.

Je m'écartai de lui pour observer le panneau de cèdre richement décoré situé à l'avant du sarcophage extérieur. Une porte en trompe-l'œil permettait au *ba*, l'une des composantes de l'être humain, de circuler entre l'au-delà et le monde des vivants. Djehouty-nakht était représenté devant cette porte. À côté de lui, le texte réclamait des offrandes au roi et à Osiris : de l'encens, du vin, plusieurs variétés d'huile, des fruits, de la viande, du pain, des oies.

Dans le cercueil placé à l'intérieur de la cuve, la momie du gouverneur avait dû être allongée sur le flanc gauche, le regard tourné vers l'est. Des formules extraites des Textes des sarcophages recouvraient les parois intérieures, formant une protection supplémentaire, comme une dernière épaisseur de tissu.

— Les formules des Textes des sarcophages entouraient la momie pour une raison bien précise, fis-je observer à voix basse.

— Oui, admit Wyatt. Le papyrus se désintègre mais pas le cèdre. Une fois de plus, je ne voudrais pas que tu me prennes pour un chieur mais…

— Mais c'est plus fort que toi, c'est ça ?

Il haussa les épaules.

— Ce sont des textes, Olive. Tu vas avoir du mal à les intégrer à tes théories sur l'iconographie.

Je croisai les bras sur ma poitrine.

— Je m'appelle Dawn. Et je déteste que tu m'appelles Olive.

Wyatt se pencha vers la vitre. Tellement près que son souffle dessina un petit cercle de buée.

— Je sais, murmura-t-il. C'est le but du jeu.

À l'heure où la maison des fouilles mijote dans le soleil de la fin d'après-midi, tous les êtres vivants en font autant. Les ventilateurs ne brassent pas l'air assez vite et la chaleur irradie des murs de briques en terre. Une mouche qui tournoyait autour de mon repas s'écrase sur la table creusée de cicatrices. Sur les berges du Nil, les champs de maïs et de luzerne entrelacent leurs sillons efflanqués, semblables à une rangée de soldats ivres rentrant chez eux d'un pas titubant.

Quand j'étais étudiante en doctorat, c'était l'heure à laquelle je quittais le site archéologique d'un pas traînant. Le soleil forgeait une couronne de feu au-dessus de ma tête. De retour à la maison, nous poursuivions parfois notre travail dans la remise mais la plupart du temps, levés à l'aube, nous nous efforcions de rattraper notre déficit de sommeil en nous accordant une petite sieste dans nos chambres respectives.

Je revois la mienne et le ventilateur que je devais rafistoler avec du ruban adhésif pour le faire fonctionner. Je me déshabillais et m'allongeais en culotte et soutien-gorge sur l'étroit lit une place, puis je faisais semblant de dormir jusqu'à ce qu'un léger coup résonne sur la cloison qui nous séparait. Je répondais en frappant à mon tour. Pendant que le reste de la maisonnée paressait, il se glissait dans ma chambre, enroulait son corps autour du mien et nous nous enflammions à l'unisson.

Harbi propose de me préparer un lit mais je ne veux pas mettre la charrue avant les bœufs. Il retourne chez lui et je continue d'attendre seule.

Il est presque 10 heures du matin à la maison. Brian doit être au travail et Meret à l'école.

Je devrais leur dire où je suis.

Mais il y a des sentiments que la langue anglaise ne réussit pas à exprimer pleinement. Les émotions liées au deuil, par exemple, débordent le cadre de ce petit mot de cinq lettres. Quant au mot *joie*, il semble trop compact, trop ramassé pour décrire l'élan qu'il provoque. Comment peut-on confesser avec des mots qu'on a commis une erreur, qu'on aimerait remonter le temps et retenter sa chance ? Comment dire ça sans blesser les personnes qui prennent leur petit-déjeuner en face de vous tous les jours depuis quinze ans, qui savent ce que vous commandez chez Starbucks et quel côté du lit vous laisser quand vous dormez à l'hôtel ?

Alors au lieu de les prévenir, je déambule dans la maison en essayant de brider ma curiosité. Évitant délibérément les ordinateurs portables et les iPad qui jonchent la pièce principale, je me glisse dans la petite alcôve située tout au fond. Les murs sont tapissés d'étroites étagères de cèdre encombrées de livres que nous compulsions pour nos travaux de recherche. J'attrape quelques revues apparemment plus récentes, m'assieds par terre en tailleur et entreprends de reconstruire le brillant parcours professionnel de Wyatt.

En 2013, il a découvert la tombe de Djehouty-nakht, fils de Téti, qui aurait vécu sous la XIe dynastie juste avant que Mentouhotep II ordonne la réunification de l'Égypte. Ce Djehouty-nakht – un nom aussi répandu que Jean au Moyen Empire – était bien connu des spécialistes de l'Égypte antique pour les inscriptions hiératiques qu'il avait tracées à l'encre dans les tombeaux de ses ancêtres. Tous s'accordaient à dire qu'il avait accompli un travail de restauration incroyable dans ces sépultures, après les dégâts qu'elles avaient subis. Malgré cela, l'endroit de sa dernière demeure n'avait jamais été localisé.

Dans cette quête, il y a d'abord la découverte, en 2003, d'un *dipinto*, une pierre ornée d'inscriptions à l'encre. Le message décrivait la visite à Deir el-Bersha d'un nomarque plus récent, Djehoutyhotep, venu assister au lever de Sirius et qui avait, à cette occasion, passé la nuit dans la cour située à l'entrée de la tombe de Djehouty-nakht.

Je me mordille les lèvres en promenant les doigts sur la photo de ce texte hiératique que je connais si bien, suivi par la transcription hiéroglyphique de Wyatt. J'étudie la manière dont il a transposé chaque signe, l'un après l'autre.

Comment *nous avons* transposé chaque signe.

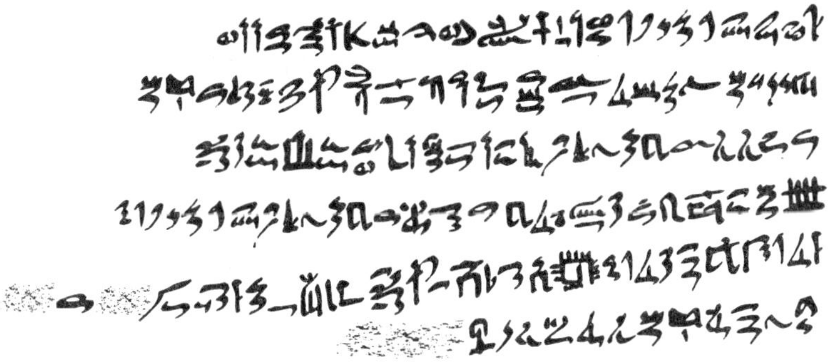

ḥsb.t 7 3bd 4 pr.t 14 ḫr ḥm n nswt bỉty ḫ3-k3.w-rʿ ʿnḫ ḏ.t r nḥḥ
hrw pn ỉwt pw ỉr.n ỉry-pʿ.t ḥ3ty-ʿ ḥry-tp ʿ3 n wnw ḏḥwty-ḥtp r ḏw pn
r m33 pr.t špd.t
ỉỉ.n=ỉ ḥnʿ ḫry-ḥb.w ḥm.w-k3 m-ḫt šzp.n=ỉ sš m ḫnw r-nty ḫpr pr.t špd.t 3bd 4 pr.t 15
ỉw sḏr.n=n m wsḫ.t n ỉs n ḏḥwty-nḫt ms n ttỉ nty mḥ [. . .] r [. . .]
pr.n=n m ḏw pn m wš3w [. . .]

Année royale 7, quatrième mois de Peret, quatorzième jour sous la majesté du roi de la Haute et de la Basse-Égypte Kha-kau-re, vivant pour toujours et à jamais.

En ce jour, le comte, noble héréditaire et gouverneur du nome de la Hase Djehoutyhotep, est venu sur cette montagne pour voir le lever de Sothis.

Après avoir reçu la lettre de la Résidence annonçant ce lever au quinzième jour du quatrième mois de Peret, je me suis rendu ici en compagnie des prêtres-lecteurs et des prêtres funéraires.

Nous avons passé la nuit dans la cour du tombeau de Djehouty-nakht, né de Téti, qui est à [...] coudées de [...]

Au cœur de la nuit, nous avons quitté cette montagne [...]

C'est stupéfiant de lire ce texte dans sa version finale, publiée noir sur blanc, et mes yeux sont comme aimantés par chaque ligne, chaque symbole. Je les ferme pourtant et je sens aussitôt la pierre sous ma main, encore gorgée de soleil.

Une autre preuve de ma présence ici, il y a bien longtemps. Preuve aussi que ce que je faisais était important.

Je feuillette les revues mais il n'y a rien sur la découverte de la tombe par Wyatt. Sur l'étagère du bas, je repère un ouvrage relié, pas très épais, dont le titre figure sur la tranche : *Discours rituel et formes verbales interlocutoires dans les Textes des sarcophages.*

Je vérifie la date sur la page de garde : 2008. La thèse de Wyatt, achevée et publiée après mon départ.

Au milieu du premier paragraphe, il cite un article : "Le corps offre au cercueil sa cohérence", publié par McDowell en 2002.

Je retiens mon souffle. Touche du bout des doigts mon nom de jeune fille.

Une conversation avec l'auteure de cet article devant un sarcophage exposé au musée des Beaux-Arts de Boston a bouleversé le plan initial de ma thèse, écrit Wyatt. *Tout au long de mon analyse grammaticale, j'ai cartographié les endroits occupés par les différentes formes du discours (première personne, dialogue, narration à la troisième personne) à l'intérieur du cercueil et au fur et à mesure je me suis rendu compte que les textes étaient positionnés selon un modèle géographique établi à la fois par rapport aux parties du corps et par rapport aux zones du monde souterrain.*

— C'est une blague, dis-je à mi-voix.

Il est impossible, conclut Wyatt, *de séparer la grammaire de son contexte.*

Il aura peut-être fallu des années mais il aura finalement admis que j'avais raison.

Les mots se mettent soudain à ondoyer sur la page. Je m'essuie les yeux. Alors que je m'apprête à refermer le livre, je remarque la première note de la thèse de Wyatt. Dans les publications universitaires, ce premier commentaire fait généralement office de dédicace de la part de l'auteur à la personne de son choix. Wyatt a inséré son texte au bas de la page, un poème traduit des papyrus Chester Beatty, retranscrit sans commentaire.

L'Unique, la sœur sans pareille,
La plus belle du monde.
Regarde-la, telle l'étoile étincelante de l'an nouveau
Au seuil d'une bonne année.

Celle dont brille la grâce, dont la peau luit d'un tendre reflet.
Elle possède des yeux au regard limpide
Et des lèvres au doux parler.
Jamais parole superflue ne sort de sa bouche.

Elle, dont le cou est long, la poitrine lumineuse,
Est dotée d'une chevelure couleur de lapis-lazuli,
Ses bras surpassent l'éclat de l'or
*Ses doigts sont semblables aux calices de lotus**.

Tous les lecteurs de la thèse de Wyatt prennent ce texte au pied de la lettre et voient en lui un magnifique exemple des poèmes d'amour de l'Égypte antique.

Tous… sauf moi.

* Source : blog de Marie Grillot. *(Toutes les notes sont de la traductrice.)*

Le premier Européen à séjourner à Deir el-Bersha fut un frère dominicain, Johann Michael Vansleb. Le religieux décrivit par la suite sa visite de ce qu'il appelle la "grotte hiéroglyphique". Les non-égyptologues ont du mal à se rendre compte que cet art ne se limite pas au tracé subtil de lignes et de pattes de mouche. Il recouvre au contraire de couleurs éclatantes les murs et les plafonds des sépultures : bleu cobalt, brun rougissant, turquoise, jaune, ocre, noir de jais. Ce ne sont pas que des monuments dédiés aux hommes et aux femmes enterrés à l'intérieur. Les scènes reflètent le mouvement, le son, l'émotion. Elles racontent des histoires.

Contrairement aux tombeaux royaux du Nouvel Empire où les textes indiquant la marche à suivre pour atteindre la vie après la mort tapissent les murs et où les représentations des dieux semblent être la norme, les tombeaux des nomarques du Moyen Empire recèlent des scènes de la vie quotidienne. On cuisine, on pile le grain, on danse, on se divertit, on joue de la musique, on se livre à des combats de lutte, on chasse, on fait l'amour, on pose des pièges, on fait les vendanges, on récolte, on bâtit, on laboure, on promène des chiens de race basenji. Dans la tombe de Baqet, un pan de mur entier inventorie les différentes prises de lutte. Dans une autre, le maître des lieux est représenté tenant en laisse un griffon domestiqué, suggérant que l'homme était un explorateur qui s'était aventuré si loin qu'il avait rencontré une créature fabuleuse aux confins du monde connu. Il y avait aussi des hiéroglyphes cryptographiques que le visiteur déchiffrait comme des charades ou des rébus. Tout ça pour dire que chaque fois que l'on pénètre dans une tombe datant du Moyen Empire, on ne peut s'empêcher de penser que les Égyptiens s'amusaient sacrément bien, il y a quatre mille ans. Leurs sépultures célébraient les plaisirs de l'ici et du maintenant – ce qu'on faisait tout au long de sa vie sur Terre et ce qu'on emportait avec soi après la mort.

En juillet 2003, j'étais de retour dans cette maison pour entamer ma troisième saison sur le site de Deir el-Bersha avec le département d'égyptologie de Yale. Nous venions d'habitude au mois de janvier, jamais à cette période de l'année, mais le professeur Dumphries avait programmé une expédition supplémentaire avant la rentrée universitaire parce qu'il devait rendre une communication à l'automne et je n'avais aucune envie de louper ça, malgré la chaleur accablante. Wyatt et moi travaillions ensemble dans la tombe de Djehoutyhotep II, nomarque du milieu de la XIIe dynastie.

L'équipe suivait une routine bien établie. Tous les matins, mon réveil sonnait à 4 h 30. Je m'habillais à tâtons dans l'obscurité, pantalon en toile beige, T-shirt à manches longues, et laçais mes chaussures de marche. Les premiers attablés dans la grande pièce commune n'étaient pas obligés d'attendre la nouvelle tournée d'omelettes de Hasib. J'étais généralement la plus rapide, avec une ostéologue anglaise qui nous avait rejoints cette saison. Il y avait aussi un doctorant de première année, un conservateur chargé de nettoyer les objets d'art dans la tombe et Dumphries.

Wyatt arrivait toujours en dernier, les cheveux humides et ébouriffés, les yeux brillants. C'était le genre d'individu toujours de bonne humeur le matin que nous avions tous envie d'étrangler.

— Bon, lança-t-il en s'attablant un jour alors que les fourchettes cliquetaient déjà dans les assiettes, je suis numéro quatre, si ça intéresse quelqu'un.

— Sur dix, c'est ça ? ironisa Yvonne, l'ostéologue.

— Je dirais plutôt sur cent, rectifiai-je à mi-voix.

— C'est pas une note, fit Wyatt. C'est l'échelle des selles de Bristol. Type 4 : comme une saucisse lisse et douce…

— Ferme-la, ordonnai-je. Je t'en prie. Pour l'amour de Dieu. On est à table.

Dumphries se mit à rire.

— C'est important de surveiller ça, dans le désert. Je serais plutôt type 3, personnellement.

— Quelqu'un est clairement de type 2 autour de cette table, continua Wyatt en me gratifiant d'un sourire moqueur. Légèrement constipé.

— Je ne vois pas comment je pourrais avoir des problèmes de transit alors que tu passes ton temps à me faire chier, répliquai-je du tac au tac.

Des rires éclatèrent autour de la table. Je m'arrangeais d'ordinaire pour terminer mon petit-déjeuner avant l'arrivée de Wyatt, de sorte que je me levais lorsqu'il s'asseyait et partais préparer mon sac pour la journée. J'étais obligée de passer huit heures d'affilée avec lui dans une tombe creusée dans la pierre mais en dehors de ça, j'évitais autant que possible de croiser son chemin. La journée, tous les étudiants bossaient comme des damnés sur les sites de fouilles et tous dormaient comme des bébés à huit heures du soir mais Wyatt n'était pas comme les autres. Il n'avait pas peur de se faire remonter les bretelles par Dumphries, au contraire : il provoquait les réprimandes, brandissant un soir une bouteille de whisky rapportée de Yale et nous mettant au défi de jouer à *Je n'ai jamais*... ; entamant une partie de poker avec Dumphries qui s'éternisait jusqu'à minuit ou apprenant aux ouvriers égyptiens à jurer couramment en anglais.

Ce matin-là, tandis que Wyatt régalait son auditoire d'une histoire rocambolesque débutant à la Bristol Royal Infirmary, l'hôpital qui avait développé la fameuse échelle, et se terminant par un bouledogue obèse et le prince Charles, je me levai de table et me dirigeai vers l'espace de travail pour rassembler mes affaires.

Je roulai une feuille de Mylar vierge, la fourrai dans mon sac avant d'en vérifier le contenu : un petit miroir, une douzaine de feutres, des brosses, un carnet, un appareil photo, un double décimètre, une bouteille d'eau et les impressions des photos de référence de la scène que nous étions en train d'étudier. Comme je devais le porter jusqu'au chantier, la préparation de mon sac était millimétrée. Dumphries partait en Range Rover avec le matériel plus encombrant. Et les sous-fifres marchaient.

— Départ dans cinq minutes, claironna ce dernier.

Il se leva pour aller préparer ses affaires et parler à Hasib.

Je vérifiai de nouveau le contenu de mon sac. Il manquait quelque chose... mais quoi ? Mon écharpe. Je la portais pour me protéger des rafales de sable dehors et de la poussière à l'intérieur de la tombe. J'avais dû l'oublier dans ma chambre.

Je filai dans le couloir. J'étais à quatre pattes, à moitié couchée sous mon lit métallique pour récupérer le foulard qui avait glissé contre le mur quand Wyatt passa la tête dans l'entrebâillement de la porte.

— Je vois qu'il y a du progrès, Olive.

— Qu'est-ce que tu fiches dans ma chambre ?

Je me redressai en rampant et m'assis sur les talons, l'écharpe enroulée autour de la main.

— J'ai perdu mon carnet de notes, répondit-il.

— Et pourquoi *ton* carnet serait dans *ma* chambre ?

— Je ne sais pas. Je le cherche, c'est tout.

Je me levai.

— Demande au dernier mort de ta famille.

Wyatt cligna des yeux.

— Quoi ?

— C'est ce que dit ma mère quand on perd quelque chose. C'est une superstition. Elle est irlandaise.

— Tout s'explique ! Pas étonnant qu'on s'entende comme chien et chat.

Je haussai les épaules.

— C'est pas moi qui ai perdu mon carnet, après tout.

Wyatt passa une main dans ses cheveux.

— Je ne sais pas qui est mort en dernier, dans ma famille.

J'éteignis la lampe de chevet puis le ventilateur.

— Dans ce cas, c'est ton problème.

— Et merde. Bon, d'accord. C'est l'oncle Edmond. Du Surrey.

Je croisai les bras en haussant les sourcils.

— Oncle Edmond, gronda Wyatt, où est mon carnet ?

Au même instant, Dumphries apparut devant la porte de la chambre.

— Ah quand même, te voilà ! lança-t-il à Wyatt en lui tendant un petit calepin marron. C'est à toi, ça ?

Je me faufilai entre eux.

— *Erin go bragh**, murmurai-je à l'adresse de Wyatt.

L'entrée de la tombe de Djehoutyhotep II m'a toujours fait penser à *La Planète des singes* : l'imposante façade taillée dans la pierre s'est affaissée sur la gauche après des années de séismes, de pillages et de fouilles. Les titres du défunt et les noms des rois qu'il a servis sont gravés, tels des ornements, sur l'architrave

* Véritable serment d'allégeance à l'Irlande, cette expression d'origine gaélique peut se traduire par : "L'Irlande pour toujours."

et l'entrée. Deux colonnes palmiformes supportent le portique et l'antichambre est décorée d'une remarquable scène de pêche et de chasse à travers le désert. Un passage étroit conduit à la chambre intérieure mesurant 7,60 mètres de profondeur, 6,10 mètres de large et 5 mètres de haut. À l'intérieur de cette pièce où je travaillais cet été-là se trouve la scène la plus célèbre de la tombe : un colosse représentant Djehoutyhotep II tiré par un traîneau. À gauche de cette image, une vaste fresque réunit Djehoutyhotep et sa famille, ses gardes et quelques hauts dignitaires. La porte du bâtiment vers laquelle était transportée la statue se dressait à droite de l'image et devant cette porte se tenaient plusieurs personnes portant des offrandes. L'art égyptien propose une échelle hiérarchique – les personnes les plus importantes sont les plus grandes – et des perspectives composites. Les dessins représentent en effet les visages de profil mais les yeux de face. Les artistes retenaient le trait le plus caractéristique de l'individu – les yeux pour le visage ou, pour le torse, un téton – et l'accentuaient à outrance.

Publiée en 1894, la description la plus célèbre de la tombe est signée Percy Newberry. Ce dernier s'était entouré de Marcus Blackden chargé de reproduire les dessins et Howard Carter, alors âgé de dix-sept ans, c'est-à-dire bien longtemps avant qu'il ne découvre la tombe de Toutankhamon. La publication de Newberry contient toutefois plusieurs erreurs, des parties incomplètes et des imprécisions qui n'apparaissent que lorsque l'on se tient devant l'entrée de la tombe. Wyatt et moi avions cette chance et notre mission de la saison consistait à repérer et répertorier ces erreurs afin que Dumphries puisse publier une version corrigée.

Le jour se levait à peine mais l'atmosphère à l'intérieur de la tombe était déjà étouffante. Mohammed et Ahmed, deux de nos collègues égyptiens, utilisaient une station totale pour relever les points d'élévation. Assis dehors devant l'entrée de la tombe, le doctorant de première année triait les tessons de poterie en plusieurs catégories : bols et tasses, moules à pain, jarres et pièces insolites, comme ce fragment orné d'un timbre. J'avais épousseté la surface de la scène du colosse sur laquelle je travaillais et m'étais acquittée de la corvée quotidienne consistant à scotcher la feuille de Mylar sur le mur de pierre. Ce papier réfléchissant était un véritable cauchemar pour moi. Mou et poisseux quand il faisait chaud, il devenait dur comme du bois en hiver. Plus il était fin, moins il tenait le coup dans cette chaleur mais s'il était trop épais, on avait du mal à voir à travers et donc à tracer les hiéroglyphes. Bref, c'était un enfer mais c'était aussi le seul outil dont nous disposions à l'époque pour reproduire en deux dimensions sur une feuille de papier une inscription en trois dimensions gravée dans la pierre.

Je jetai un coup d'œil à Wyatt qui discutait avec Moustafa, l'inspecteur des antiquités. Celui-ci avait exprimé son désir d'apprendre à déchiffrer les hiéroglyphes et Wyatt le guidait patiemment, traçant des signes dans le sol sablonneux de la tombe ou désignant des caractères inscrits sur le mur.

— Et là, celui qui ressemble à un *touchdown* ? demanda Wyatt.

Je haussai les sourcils, surprise qu'il connaisse ce terme spécifique au football américain.

Il avait dessiné le signe bilatéral représentant le *ka*, la partie de l'âme désignant ce qui se transmet de génération en génération. Tandis que Moustafa fouillait sa mémoire, je reportai mon attention sur la paroi rocheuse.

Harbi tenait un grand miroir pour réverbérer la lumière inondant l'entrée de la tombe de manière à éclairer de gauche à droite la partie du texte que j'étais en train d'étudier. Lorsqu'on trace des hiéroglyphes, il faut imaginer que la lumière dégringole d'un point situé sur la gauche, avec un angle de 45 degrés, et si le hiéroglyphe est sculpté en creux, il faut lui ajouter un contour ombré, légèrement plus épais.

Je levai le feutre du Mylar et plissai les yeux pour me concentrer sur un détail que je peinais à distinguer.

— Harbi, tu peux m'envoyer un peu plus de lumière de ce côté-là, s'il te plaît ?

Jeune, maigre et tout en muscles, Harbi se débattit avec le miroir pour tenter de diriger le faisceau lumineux vers l'endroit que je lui indiquais mais compte tenu de l'emplacement du caractère, il lui était impossible de se rapprocher.

— Attends, j'ai une idée, annonçai-je en sautant de l'escabeau pour aller fouiller dans mon sac, à la recherche de mon miroir de poche. Oriente-la par là, ordonnai-je à Harbi en pointant le doigt vers le mur, sur un point situé au-dessus de ma tête.

Je levai alors mon petit miroir pour capter le flot de lumière qu'il dirigeait vers l'endroit que je lui avais indiqué et m'arrangeai pour le projeter sur le hiéroglyphe que je voulais observer de plus près.

— Celui-là, c'est mon préféré, lança Wyatt en montrant le signe qu'il venait de tracer sur le sol.

Moustafa fronça les sourcils.

— Un pistolet ?

— Façon de parler, oui. Pense plus… En dessous de la ceinture.

— Est-ce que c'est un phallus ?

— Oui. Comme préposition, ça signifie *devant.*

Comme c'est étonnant, ruminai-je.

— Il y a un passage dans les Textes des sarcophages où les défunts décrivent chaque partie de leur anatomie, depuis leurs doigts jusqu'à leurs orteils en passant par leurs oreilles et leur phallus et chaque partie est un dieu différent.

Wyatt désigna le symbole tracé dans le sable.

— Moi, j'appellerais le mien Rê. Parce que lui aussi ressuscite toutes les nuits.

Je basculai légèrement le miroir de poche de sorte que le rai de lumière percute l'œil de Wyatt. Il grimaça et leva une main en l'air pour se protéger.

— Dis donc, Wyatt, fis-je d'un ton sirupeux, t'as l'intention de bosser aujourd'hui ?

Il se redressa en se frottant les mains pour enlever la poussière.

— Le cours est terminé, mon ami, déclara-t-il à l'adresse de Moustafa. Faut que j'aille gagner ma croûte.

Du bout de sa chaussure, il effaça le signe qu'il avait tracé puis passa sous l'échelle où je me tenais.

— Je n'arrive pas à croire que tu aies fait ça ! m'exclamai-je.

— Quoi donc ? Montré ce hiéroglyphe à Moustafa ? demanda-t-il d'un air innocent.

— Non... tu viens de passer sous l'échelle.

— Laisse-moi deviner... Encore une superstition de ta mère irlandaise, c'est ça ?

Il alla chercher un feutre dans son sac.

— Dis-moi vite ce que je dois faire pour éviter que la tombe ne s'écroule sur moi...

— Ma mère te répondrait que tu dois repasser sous la même échelle mais à reculons, cette fois. Ou bien croiser les doigts et les garder comme ça jusqu'à ce que tu voies un chien.

— Un chien ? répéta-t-il en secouant la tête. Je préfère encore vivre dangereusement, désolé.

Posant une main sur une feuille de Mylar, il entreprit de dessiner les hiéroglyphes situés dans son champ de vision.

— La seule superstition à laquelle ma famille croit depuis toujours dit qu'il ne faut jamais laisser une goutte de cognac au fond de la carafe. Il faut la boire en entier ou ça porte malheur. À la réflexion, je sais pas trop si ça s'appelle de la superstition ou de l'alcoolisme.

— Ma mère est pétrie de superstitions.

— C'est quoi, la plus bizarre ?

Je réfléchis quelques instants.

— Il ne faut jamais mettre les pieds sur la table parce que c'est là que se trouve le visage de Dieu.

— Sur la table ?

— Apparemment. Et si tu offres un mouchoir à quelqu'un, la vie de cette personne sera remplie de tristesse. Oh, et casser de la vaisselle porte chance.

Wyatt se tourna vers moi.

— Tu as cassé beaucoup de vaisselle dans ta vie ?

La lumière que Harbi s'était donné tant de mal à capturer pour moi, en vain, effleurait sans effort les cheveux de Wyatt, semblable à une bénédiction.

— Ouais.

— Alors peut-être qu'elle essayait juste de te consoler. Il paraît que c'est ce que font les mères, en général.

Je lui jetai un regard en douce. À en juger par l'amertume contenue dans sa voix, sa mère à lui n'était pas du genre très aimant. Pourtant, le Wyatt que je connaissais était un jeune type blanc affublé d'un titre de noblesse et jouissant de tous les privilèges du monde. Sa mère avait peut-être oublié d'aller le chercher à son entraînement de cricket un jour.

Assez bizarrement, j'eus honte de cette pensée dès qu'elle me traversa l'esprit mais avant que j'aie le temps de me demander si Wyatt méritait autre chose que mon dédain habituel, la voix de Dumphries résonna à mes oreilles.

— Salut, mes poulets ! Comment va notre colosse ?

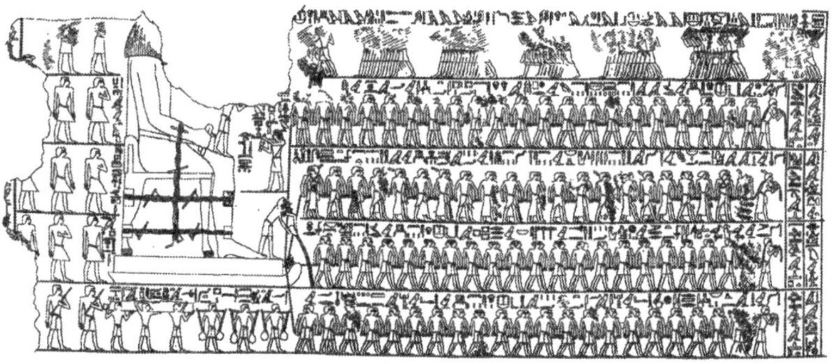

Je descendis de mon perchoir et allai me poster à côté de lui. Wyatt se joignit à nous et nous contemplâmes ensemble la représentation de l'impressionnante statue de Djehoutyhotep II tirée sur un traîneau. Elle avait été encore plus spectaculaire, autrefois. En 1890, les inscriptions avaient subi de lourds dommages : tous les hiéroglyphes situés à gauche de la fresque avaient été prélevés sauvagement. Des graffitis recouvraient également d'autres parties du texte – des écrits coptes laissés par les peuplades ayant habité à l'intérieur des tombes et quelques mots grecs tracés jadis par des touristes. En gros, notre travail consistait à reproduire l'image en incluant tous les dégâts causés par le temps, l'érosion et les êtres humains afin de pouvoir ensuite établir des hypothèses concernant les morceaux manquants. Sous le

Moyen Empire, les inscriptions autobiographiques étaient assez simples à déchiffrer mais on tombait toujours sur une tournure de phrase ou une formulation grammaticale insolite qui nous demandait plus de temps parce qu'elle était difficile à transposer et nous obligeait à consulter des publications et des ouvrages de référence. Dans ces cas-là, deux cerveaux valaient mieux qu'un.

Raison pour laquelle Dumphries nous avait confié cette tâche à tous les deux.

Il nous gratifia chacun d'une tape sur l'épaule.

— Que cela soit écrit et accompli, plaisanta-t-il en faisant allusion à la réplique de Ramsès II dans le film *Les Dix Commandements.* Ce qui, comme vous le savez, n'est que pure foutaise.

Il s'éloigna pour aller échanger quelques mots avec les autres tandis que Wyatt et moi retournions à nos postes de travail.

— Tu savais que le film de Cecil B. DeMille s'était servi de cette scène du colosse comme image de référence ? lança-t-il d'un ton blagueur.

Dumphries nous l'avait répété au moins vingt fois depuis notre arrivée, deux semaines plus tôt.

— Ah bon ? répliquai-je, faussement candide. Tu me l'apprends, tu vois.

Dumphries adorait pointer toutes les erreurs contenues dans *Les Dix Commandements*. Le péplum véhiculait par exemple l'idée que tout ce que disait un pharaon avait force de loi, que personne ne mettait sa parole en doute. Or, les Égyptiens fréquentaient beaucoup les tribunaux et même lorsqu'on soupçonnait qu'un pharaon avait été assassiné, comme Ramsès III, une assemblée de juges indépendants était constituée et toutes les personnes impliquées dans le meurtre étaient interrogées avant que ne soit finalement prononcée la sentence à l'encontre de l'assassin.

J'étais en train de dessiner le contremaître qui, debout sur la statue, dirigeait ceux chargés de tirer le colosse.

— Tu as vu *Les Dix Commandements* ? demandai-je à Wyatt.

— Je le regardais tous les ans, à Pâques.

— Ils se sont plantés, là aussi. Le contremaître ne brandit pas un fouet. Il tape dans ses mains, regarde.

Soudain, Wyatt gravit les marches de l'autre côté de l'échelle et passa un doigt sur les hiéroglyphes tracés près du contremaître.

— Mots prononcés : surveiller le temps pour que les soldats non loin de… je n'arrive pas à lire cette partie… Djehoutyhotep, bien-aimé du pharaon.

Il rencontra mon regard avant de conclure :

— C'est le DJ, en fait.

— Carrément : il balance le son, là, fis-je en rigolant.

— Comment ça va, Deir el-Bersha ? Faites du bruit pour DJ Houtyhotep !

Il sauta à terre et désigna les hommes en train de tirer le colosse.

— Cecil B. DeMille n'a pas foiré que ça. Les mecs qui tractaient ce machin n'étaient pas des esclaves. Il y a un morceau manquant, une inscription qui dit que la statue était tirée par trois troupes de recrues, avec l'aide des sculpteurs et des carriers qui l'avaient façonnée.

— Peut-être mais Charlton Heston devait être dans le plan, répliquai-je juste avant de perdre l'équilibre.

Je me serais rompu le cou en tombant sur le sol de pierre mais heureusement, Wyatt était là et nous nous sommes retrouvés tous les deux par terre, l'un sur l'autre. Il avait roulé sur le côté et amorti ma chute en me serrant fermement dans ses bras.

Dans cette tombe où le temps s'était arrêté, nous aurions pu n'être plus que tous les deux, suspendus. Ses mains agrippèrent mes épaules et je lus dans ses yeux une peur sincère – il ne s'inquiétait pas pour lui mais pour moi.

— Ça va ? souffla-t-il.

Plaquée contre lui, je sentis sa voix plus que je ne l'entendis. *Est-ce que ça allait ?*

Au même instant, il émit un grognement. Soudain consciente de peser sur lui de tout mon poids, je m'écartai rapidement.

— Merci d'avoir amorti ma chute.

— Merci de m'avoir brisé le genou, répliqua-t-il en pliant la jambe avant de se relever. Je croyais que c'était à moi qu'il devait arriver malheur…

La feuille de Mylar s'était décrochée dans le feu de l'action. Un gémissement s'échappa de mes lèvres. J'allais encore devoir faire des pieds et des mains pour replacer correctement ce fichu machin. Je ne pus toutefois m'empêcher de m'émerveiller devant la beauté du tableau ainsi dévoilé : la peau d'un magnifique brun-rouge des personnages tractant la statue, les jaunes fanés du colosse en pierre, le collier en faïence turquoise du nomarque dominateur qui marchait derrière, le blanc de sa tunique délicatement plissée.

— "Mon nom est Ozymandias, Roi des Rois. Voyez mon œuvre, ô puissants, et désespérez !" murmurai-je, récitant les vers de Shelley.

Wyatt vint se poster à côté de moi, les yeux levés vers le tableau.

— C'est pas le bon colosse, lâcha-t-il.

Je le savais, bien sûr. Shelley avait écrit son poème en pensant à la statue géante de Ramsès II.

— Peut-être, mais l'idée est la même.

Il y eut un court silence.

— Je suis sûr que Djehoutyhotep serait ravi de savoir qu'on parle encore de lui quatre mille ans après sa mort, dit-il finalement. Parce qu'on continue à le faire vivre rien qu'en prononçant son nom. Je veux dire, regarde autour de toi, ajouta-t-il en esquissant un geste ample. Il y a des noms, des actions, des textes autobiographiques partout. Parce que les tombes étaient conçues pour être visitées. C'est comme ça qu'on conserve les souvenirs.

Il se tourna vers moi.

— Et c'est pour ça qu'on veut être publiés, non ?

Je secouai la tête.

— Tu crois vraiment qu'on deviendra immortels ? Nous deux, petits doctorants de rien du tout qui ne valons pas plus qu'une note en bas de page dans une des publications de Dumphries ?

Wyatt rigola.

— Je ne t'oublierai pas, Olive. Même si j'essaie de toutes mes forces.

Je lui donnai un léger coup de poing dans l'épaule.

— Ce n'est pas la même chose que de rester dans les mémoires.

Il me gratifia d'un sourire.

— N'est-ce pas ?

J'oublie le temps qui passe, plongée dans la lecture de la thèse de Wyatt, toujours assise par terre en tailleur. Le soleil a basculé si bas que mes yeux commencent à picoter tandis que j'essaie de continuer à lire dans la pénombre. Il y a des lampes, bien sûr, mais je n'ai pas envie de me lever pour les allumer – j'ai bien trop peur que tout cela ne parte en fumée. Peur de me réveiller à Boston et de me retrouver avec la pellicule savonneuse d'une bulle de rêve éclatée. Je poursuis donc ma lecture.

Bien que les Textes des sarcophages ne mentionnent nulle part que le cercueil est le microcosme du monde souterrain, la disposition des textes en est la preuve flagrante (McDowell, 2001).

La formule 1029, la première du Livre des deux chemins, décrit le lever du soleil : Un tremblement secoue l'horizon oriental du firmament lorsque résonne la voix de Nout. Pour Rê elle déblaie les chemins devant Osiris le Grand, pendant que Rê parcourt le monde souterrain. Lève-toi, ô Rê !

Je ferme les yeux et une série de souvenirs défilent sous mes paupières closes : Harbi occupé à peler une orange dans la cour de la maison ; mes mains et mes ongles brunis par la poussière ; l'improbable réconfort d'un thé brûlant dans la chaleur caniculaire. Mes plantes de pied douloureuses après une journée passée debout. Je roule à vélo, le bout de mon écharpe blanche flotte dans mon dos. Je suis assise sur le guidon et c'est Wyatt qui pédale.

Nout est la déesse du ciel, la mère d'Osiris. Le monde souterrain se trouve également à l'intérieur de son corps ; le sarcophage peut être Nout, auquel cas la momie reposant en son sein devient Osiris.

Je me souviens de la lune posée sur le rebord de ma fenêtre, veillant sur mon sommeil. Du picotement du sable sous mes cuisses nues. Du ronronnement du ventilateur dans ma chambre, revenant à la vie après une coupure d'électricité. Du bruit de *sa* respiration.

La formule lève-toi *renvoie précisément au mouvement accompli par une momie – comme si elle se réveillait –, ce qui veut dire que Rê, ici,* est *une momie ; Rê, ici,* est *le défunt couché dans le cercueil.*

Quand nous étions là pour la saison, il y avait toujours tellement de sable et de poussière que je me rinçais les yeux tous les soirs avec du sérum physiologique. Je battais ensuite des paupières avec l'impression de découvrir un monde nouveau. C'est exactement ce que je ressens en ce moment, en lisant l'explication des théories que je n'ai jamais eu l'occasion de prouver.

— Nom de Dieu.

Je relève la tête, m'efforce de voir dans la semi-obscurité. Wyatt est exactement comme dans mon souvenir. Plus vieux, mais seulement en largeur d'épaules et en rides, dessinant des éventails autour de ses yeux. Le reliquat de lumière s'accroche à ses cheveux, toujours dorés – une couronne de prince.

— Je n'ai pas cru Harbi quand il m'a annoncé la nouvelle, lance-t-il.

Je me lève avec sa thèse dans les mains. J'ai l'impression qu'un mur instable se dresse entre nous, comme si nous étions des aimants et que des perches nous forçaient à garder nos distances. Je sais aussi ce qui pourrait se passer si l'une de ces perches cédait.

Wyatt ne sourit pas et moi non plus. Je pointe le menton en avant.

— Tu m'as dit un jour que tu serais prêt à tout pour moi.

— Dawn…

Je lui coupe la parole.

— Je veux travailler ici. Je veux terminer ce que j'ai commencé.

EAU/BOSTON

La vie demanda à la mort : "Pourquoi les gens m'aiment-ils et pourquoi te haïssent-ils ?" La mort répondit : "Parce que tu es un ravissant mensonge et que je suis une douloureuse vérité."

AUTEUR INCONNU

Quand je rentre à la maison, Brian m'attend. Il me dévisage d'un air hébété comme si j'étais une hallucination puis marche vers moi prudemment, comme s'il tentait d'approcher un animal sauvage ou une personne dont le monde vient de s'effondrer. Il me prend dans ses bras, me serre fort contre lui.

— Nom de Dieu, Dawn, chuchote-t-il d'une voix tremblante. J'ai cru que tu étais partie pour de bon.

Lentement, mes bras se lèvent pour l'enlacer. Mes paupières se ferment. Je balaie vigoureusement les souvenirs qui affluent et m'oblige à regarder devant. Et nulle part ailleurs.

Et si c'était aussi simple que ça de repartir de zéro ? Quand Meret était petite, elle avait une ardoise magique remplie de minuscules paillettes métalliques qui se déplaçaient à l'aide d'un stylo magnétique. Lorsqu'elle avait terminé de dessiner ce qu'elle voulait, elle actionnait une réglette et toute la limaille retombait au bas de l'écran qui redevenait vierge. Mais au bout de quelques mois, les ombres floues de ses anciens chefs-d'œuvre restaient accrochées aux fibres du jouet et même lorsqu'elle dessinait par-dessus, je devinais toujours les fantômes de son imagination.

— Dawn, insiste Brian.

Une excuse, une amorce.

— Je n'ai pas envie d'en parler.

C'est trop frais, trop à vif. Un jour, peut-être, mais pas maintenant.

Il hoche la tête en enfonçant les mains dans ses poches. C'est un signe de nervosité, chez lui.

— Est-ce que tu… vas bien ?

— Je suis là, non ?

J'ai essayé de prendre un ton léger mais la réponse tombe comme une nappe de brouillard nous empêchant d'y voir plus clair.

— Tout ça, c'est ma faute.

Je ne proteste pas. S'il n'avait pas fait ce qu'il a fait, ou s'il avait agi autrement, je ne serais jamais partie.

— Est-ce que Meret…

— Elle est dans sa chambre.

Je me dirige vers l'escalier mais la voix de Brian me retient.

— Elle ne sait rien. Je n'ai pas voulu l'inquiéter.

Je fais volte-face. Ce mensonge par omission était censé protéger Meret mais peut-être aussi Brian. Peu importe. Pour le moment, je le vois comme un cadeau tombé du ciel.

La chambre de Meret ne cessera jamais de me surprendre. Ça fait des années que nous l'avons décorée pour accueillir notre petite fille et pourtant, je m'attends toujours à me retrouver dans du rose et du jaune, avec la frise de papier peint parsemée d'hippopotames en tutus. Quand je trie le linge et que je tombe sur ses soutiens-gorges aux couleurs vives, j'ai souvent un coup au cœur parce que, hier encore, je pliais ses grenouillères piquetées de coccinelles et ses robes à volants.

Meret est une adolescente, à présent, mais les murs de sa chambre ne sont pas recouverts de posters de Sia ou de 21 Savage. Elle a accroché la reproduction d'une planche d'insectes signée Adolphe Millot et des photos en gros plan des cellules d'un épiderme d'oignon et d'une racine d'élodée observées au microscope. Meret veut être scientifique depuis le jour où son père l'a aidée à fabriquer son premier volcan avec du bicarbonate de soude dans l'évier de la cuisine. Elle avait quatre ans.

La lumière est allumée dans sa chambre et elle dort sur les couvertures. Un livre – *Lab Girl* – gît sur le sol, probablement tombé de ses mains. Je le ramasse et le pose sur la table de chevet. Au moment où je m'apprête à éteindre la lumière, Meret s'agite et me regarde en clignant des yeux.

— Tu es rentrée, murmure-t-elle.

Je me demande ce que Brian a bien pu lui raconter. Est-ce qu'elle a entendu notre dispute, juste avant mon départ ?

Je rabats les couvertures pour qu'elle puisse se glisser dans son lit. Son haut de pyjama remonte, dévoilant un bourrelet grassouillet autour de sa taille. Je me mords la lèvre. Meret déteste son corps, et pas seulement parce qu'elle a quatorze ans mais aussi parce que ses deux parents sont minces. Je remarque une boule de tissu violet dans la poubelle – c'est le T-shirt que je lui ai offert pour son anniversaire. Elle avait déballé le paquet et affiché un sourire de circonstance mais je l'avais vue jouer avec l'étiquette indiquant la taille du vêtement : Junior XXL. *Maman*, m'avait-elle dit, *je suis pas si énorme que ça.* Je m'étais sentie horriblement mal à l'aise. D'un autre côté, est-ce que ça n'aurait pas été pire si j'avais pris une taille en dessous et que le T-shirt avait été trop petit ?

Au moins, je n'ai pas oublié son anniversaire – c'est déjà ça.

— Tu veux bien rester avec moi jusqu'à ce que je me rendorme ?

Dans un autre univers, je ne pourrais pas dire oui.

Je caresse ses cheveux et décide de prendre tout ça comme une bénédiction – ce revirement d'humeur par lequel je retrouve grâce à ses yeux ; le fait qu'elle ne m'en veuille plus pour son cadeau d'anniversaire ; le mélange de tristesse et de soulagement dans les yeux de Brian à cause de quelque chose qui avait failli se produire, mais seulement failli.

Quelques pensées se bousculent dans ma tête : même si j'ai quitté cette maison, je suis revenue à la case départ, sans trop savoir comment.

Enfant, j'aimais beaucoup lire la rubrique nécrologique et j'ai demandé un jour à ma mère pourquoi les gens mouraient par ordre alphabétique. Elle ne m'a pas répondu. Elle a craché par terre parce que parler de la mort revenait à l'inviter chez soi. Ma mère était irlandaise et superstitieuse – têtue à double titre. Elle accrochait des épingles de nourrice à mes vêtements pour éloigner le mauvais œil, nous interdisait de siffler dans la maison et si nous sortions et que nous devions revenir sur nos pas, elle nous obligeait à regarder dans un miroir pour empêcher notre chance de tourner. En fait, je n'ai jamais entendu ma mère parler de la mort et c'est presque risible, quand on sait que je suis devenue accompagnatrice de fin de vie.

J'étais étudiante de troisième cycle et entamais ma troisième saison de fouilles en Égypte quand j'ai appris qu'elle était mourante. Atteinte d'un cancer des ovaires de stade 4, elle avait préféré cacher la vérité à ses deux enfants. À l'époque, mon frère Kieran n'avait que treize ans et elle ne voulait pas l'inquiéter. Quant à moi, je vivais ma passion et elle ne voulait pas briser mon élan. Mon père, capitaine de l'armée américaine, était mort dans un accident d'hélicoptère quand ma mère était enceinte de Kieran. Je me suis donc retrouvée chargée de famille presque du jour au lendemain. J'étais furieuse contre ma mère parce qu'elle ne m'avait rien dit. Je passais toutes mes journées à son chevet dans le centre de soins palliatifs où elle avait été admise et ne la quittais que pour retrouver Kieran à la maison quand il rentrait du collège. Je la regardais se dissoudre dans les draps, ressemblant de plus en plus à un souvenir et de moins en moins à une mère. Et puis un jour, tout près de la fin, elle a serré ma main dans la sienne. "Ton père est mort seul. Je me suis toujours demandé s'il avait eu peur. S'il avait eu envie de dire quelque chose." *Et toi, est-ce que tu as peur ?* La question me brûlait les lèvres. *Est-ce que tu veux dire quelque chose ?* Mais avant que j'ouvre la bouche, ma mère esquissa un sourire. "Au moins, tu es avec moi", conclut-elle.

Je pensai alors à mon père qui avait rendu son dernier soupir seul, à l'autre bout du monde. Puis à ma mère, taisant la maladie qui la rongeait inexorablement jusqu'à ce qu'elle ne fût plus que l'enveloppe de la femme que je connaissais. C'est effrayant, la mort. C'est bouleversant et douloureux et ça ne devrait pas être normal de l'affronter seul.

Je compris à ce moment-là que je pouvais remédier à ce problème, à mon échelle.

Après la mort de ma mère, la vie que je menais prit fin de manière brutale. Impossible pour moi de retourner à Yale : j'étais la tutrice légale de Kieran. J'avais besoin de travailler et je trouvai du boulot dans l'institution qui avait accueilli ma mère. Au début, le directeur m'embaucha par pitié pour me permettre de régler les factures. J'étais étudiante en doctorat, je n'avais aucune compétence pratique, on m'a donc mise à l'accueil. J'accomplissais également des petites tâches de secrétariat et je rendais visite aux patients. J'étais douée pour ça, passer du temps auprès des malades. J'aimais recueillir leurs anecdotes, explorer leur passé, rassembler les images de celui ou celle qu'ils avaient été. Après tout, c'était un travail d'archéologue. Un jour, le directeur du centre a laissé entendre que je pourrais peut-être faire carrière dans ce secteur. J'ai donc suivi des cours en ligne pour décrocher un diplôme d'assistante sociale en milieu hospitalier et j'ai eu la chance de trouver un poste dans une unité de soins palliatifs. Je faisais signer les formulaires de refus de réanimation, demandais si des dispositions avaient été prises pour les obsèques, vérifiais la situation financière des familles. J'apportais mon soutien à la fois aux patients et aux aidants qui portaient tous de lourds fardeaux. Mon travail consistait à les délester des charges énormes qui pesaient sur leurs épaules pour leur laisser le temps de souffler, ne serait-ce qu'une heure. Mais c'était toujours trop court et certains aspects du travail s'avéraient usants, comme le nombre croissant de patients et le monceau de paperasse à remplir ; ou l'obligation de sourire aux blagues débiles d'un médecin de l'unité. Ou encore la nécessité de réévaluer les malades au bout de quatre-vingt-dix jours pour s'assurer qu'ils rentraient toujours dans la catégorie des patients en soins palliatifs… sachant que ceux qui ne répondaient plus aux critères demeuraient gravement malades et continuaient d'avoir besoin de soins et de soutien tout au long de cette épreuve.

Après presque dix ans passés en unité de soins palliatifs, j'ai entendu parler d'une formation intitulée "Introduction au métier de sage-femme de fin de vie". Ça m'a tout de suite parlé : il y a bien des sages-femmes qui nous aident à passer de l'état de personne seule à celui de mère, pourquoi n'y aurait-il pas des sages-femmes pour nous aider à franchir le passage entre la vie et la mort ? J'ai appelé l'organisme mais il n'y avait plus de place. J'ai dit à la formatrice que j'apporterais mes repas, ma chaise, que je ne ferais pas plus de bruit qu'une mouche collée au mur. Dès ses premiers mots, j'ai été captivée : "Les doulas de fin de vie se reconnectent à une époque où les gens ne mouraient pas seuls." En grec, le mot *doula* signifie "la femme qui aide" et tout comme les doulas spécialisées dans l'accompagnement des futures mamans savent qu'il est possible de soulager l'inconfort et la douleur ressentis durant l'accouchement, les thanadoulas, comme on les appelle aussi, proposent les mêmes services à l'autre bout de la vie.

J'ai commencé à travailler comme doula de fin de vie il y a cinq ans et encore aujourd'hui, peu de gens ont entendu parler de cette activité. Il existe aux États-Unis une association nationale des doulas de fin de vie, la Neda, qui définit les compétences de base et dispense un certificat professionnel aux accompagnatrices désireuses d'exercer cette activité mais soyons clairs : cette spécialité des services à la personne ressemble encore à un vaste territoire en friche. Le système d'assurance santé Medicare ne rembourse pas mes prestations et ce que je propose n'est pas perçu de la même manière selon les personnes concernées. La demande est là, c'est indéniable : c'est un véritable "tsunami argenté" qui déferle avec le vieillissement des baby-boomers. Et leurs enfants sont soit trop occupés soit habitent trop loin pour s'occuper d'eux. D'un point de vue culturel, la société est en pleine mutation et le besoin de se faire aider existe réellement. Sans parler du mouvement de prise de conscience générale qui souligne l'aspect éphémère de notre passage sur Terre.

Les thanadoulas n'accomplissent aucun acte médical – mon contrat d'assurance ne couvre pas les risques liés à la responsabilité civile professionnelle. J'interviens auprès de plusieurs types d'institutions : maisons de retraite, centres de soins palliatifs, résidences médicalisées. Alors que les centres de soins palliatifs fonctionnent grâce à des équipes de soignants, les accompagnatrices de fin de vie travaillent en solo et accomplissent toutes sortes de tâches à l'exception des soins médicaux. Je peux rester vingt-quatre heures sur vingt-quatre avec un client mais ce n'est pas une obligation. C'est à chaque personne de décider ce qui lui convient le mieux et les besoins évoluent souvent, au fur et à mesure que la maladie progresse. Je suis à l'écoute. J'apporte un peu de répit aux aidants. Je fais en sorte que la personne en fin de vie ne soit jamais seule si tel est son souhait. Je recueille des informations et j'en partage à mon tour : je parle des obsèques, de ce à quoi il faut s'attendre au bout du chemin. J'anticipe les besoins et établis un plan pour les satisfaire, qu'il s'agisse de l'organisation d'une veillée ou d'une messe d'enterrement. Je recommande des médecins ou des aumôniers. J'apporte un réconfort physique et moral en pratiquant un massage des pieds, un nettoyage des chakras, en proposant une séance de visualisation, de méditation, de respiration guidée. Je peux soulager un aidant en accomplissant à sa place un geste simple du quotidien – brosser les dents, donner une douche – mais ça aussi, c'est un choix personnel. J'apporte les vêtements au pressing, je fais les courses, j'emmène mes clients chez le docteur.

Comme je travaille en tandem avec les professionnels de santé dans les unités de soins palliatifs, je suis bien placée pour savoir que certains types de soins ne sont pas médicaux mais holistiques, spirituels – et c'est là que j'interviens. Il peut s'agir d'organiser des obsèques au domicile du défunt, d'aider la famille à laver et à préparer le corps. De proposer une séance d'acupuncture pour soulager la douleur ou prodiguer quelques conseils pour vendre une voiture en train de croupir dans un garage parce que plus personne ne l'a conduite depuis 1970. Il m'arrive parfois d'aider les familles à mettre de l'ordre dans les affaires du défunt : je m'occupe alors de crypter les cartes de Sécurité sociale et les informations bancaires et je détruis le tout une fois que c'est réglé. Une doula de fin de vie est une sorte de magasin général. Je suis un entrepreneur de la mort. J'aime prendre cet exemple quand je dois décrire mon métier : si vous avez une folle envie de glace à la noix de pécan à trois heures du matin et que vous êtes dans une unité de soins palliatifs, vous serez obligé d'attendre la visite d'un parent ou d'un bénévole pour assouvir votre envie. Si vous engagez une thanadoula, elle se débrouillera pour vous apporter votre glace dans les meilleurs délais. Et si vous m'embauchez, *moi*, la glace sera déjà dans le congélateur.

Après treize années passées dans ce secteur, je sais que nous sommes particulièrement nuls quand il s'agit de se préparer à la mort, aussi bien au plan intellectuel que psychologique. Comment peut-on apprécier la vie si l'on passe chaque minute à redouter qu'elle se termine ? Je sais que la plupart des gens, à l'instar de ma mère, ont peur de parler de la mort, comme si c'était une maladie contagieuse. Je sais qu'on est la même personne quand on approche de la fin : si on est d'une nature fougueuse, on le restera jusqu'au bout. Si on est angoissé de son vivant, on sera angoissé sur son lit de mort. Je sais que je dois être une sorte de miroir pour les personnes que j'accompagne : elles plongent dans mon regard et découvrent que je les vois telles qu'elles étaient avant et pas comme elles sont aujourd'hui.

Après treize années passées dans ce secteur, je pensais en connaître un rayon sur la mort.

Je me trompais.

Je m'endors dans la chambre de Meret et y passe toute la nuit. Le lendemain matin, Brian et moi esquissons un ballet soigneusement chorégraphié. On ne s'adresse la parole qu'en cas de nécessité absolue et on s'attache aux détails pratiques pour mieux contourner le registre des émotions. Il part aujourd'hui présenter ses travaux de mécanique quantique dans le cadre d'une conférence au Perimeter Institute de Waterloo dans l'Ontario, et c'est le Gros Truc. Il y a quinze ans, un physicien théoricien qui croyait à l'existence d'univers parallèles passait pour un hurluberlu alors qu'aujourd'hui, moins de la moitié des scientifiques spécialisés dans le même domaine s'accrochent encore à ces préjugés obsolètes.

Je suis heureuse qu'il parte. Ainsi, l'inévitable se dilue. J'ai attendu qu'il soit descendu préparer le café avant d'aller prendre une douche. Dans la cuisine, on évite de se regarder mais on prononce toutes les bonnes paroles pour que Meret ne perçoive pas la tension qui règne entre nous. Il ne veut pas me pousser dans mes retranchements parce qu'il a peur du résultat. Et moi, je préfère qu'il s'abstienne précisément pour la même raison. Je lui remplis son mug de voyage. Il embrasse Meret sur le sommet du crâne et attrape son sac. Il part pour l'aéroport et quelques minutes plus tard, Meret monte dans le bus qui doit la conduire à son atelier d'activités scientifiques.

Pour la première fois depuis mon retour, je me retrouve seule dans la maison. Avec un long soupir, je tombe le masque et j'enfouis mon visage dans mes mains. Comment dois-je m'y prendre pour retrouver le cours normal des choses ?

Tout à coup, la porte d'entrée s'ouvre.

— Tu as oublié quelque chose ? fais-je en croyant m'adresser à Meret.

Mais ce n'est pas elle. Brian se tient sur le seuil de la cuisine, les clés à la main comme s'il venait de se rappeler quelque chose.

— Toi, dit-il. Je t'ai oubliée, toi.

Il s'avance dans la pièce et vient s'asseoir en face de moi.

— Je ne peux pas partir, Dawn. Il faut qu'on parle.

— Qu'est-ce que tu veux que je te dise ?

Brian baisse les yeux sur la table.

— Tu n'es pas obligée de parler. Je te demande juste de m'écouter.

Je connais son prénom : Gita. Je sais qu'elle a étudié à Cambridge avant de venir à Harvard après son doctorat. Je me souviens même du jour où Brian l'a invitée à dîner avec d'autres collègues pour essayer de la convaincre de rejoindre leur cursus de sciences physiques. "Tu crois qu'elle fera l'affaire ? avais-je demandé alors. Tu penses que tu pourras travailler avec elle ?"

J'ai de nouveau entendu parler d'elle lorsque Brian m'a dit qu'il l'avait emmenée déjeuner au restaurant parce qu'elle avait du mal à intégrer le cercle des postdoctorants. J'ai trouvé que ça lui ressemblait tellement, ce genre d'initiative : le cœur sur la main, voulant à tout prix résoudre un problème qui n'existait pas encore. La plupart du temps, il était tellement absorbé par son travail qu'il avait tendance à négliger les échanges avec les autres et je me suis dit que c'était bon signe qu'il se soucie du bien-être d'une nouvelle recrue. Une semaine plus tard, Gita a eu besoin de ses conseils pour acheter une voiture. On lui avait dit que certains concessionnaires arnaquaient volontiers les femmes seules, qu'il valait mieux prospecter avec un homme qui tâterait les pneus du bout du pied et poserait des questions sur la carburation. Brian s'était plaint – *Je ne suis pas son baby-sitter* – mais il l'avait accompagnée et elle était ressortie du parking au volant d'une Toyota RAV4. Quelques semaines plus tard, il avait rapporté à la maison une corbeille pleine de barres chocolatées Cadbury – Crunchie, Twirl – et de paquets de Rolo et Meret avait fondu en larmes, persuadée qu'il y avait un message caché derrière ce cadeau. *Gita a rapporté ça d'Angleterre*, avait expliqué Brian, sincèrement décontenancé. *C'était censé te faire plaisir.*

Et puis un jour, il avait accepté d'aller chez elle pour l'aider à installer un climatiseur dans son appartement. C'était l'anniversaire de Meret, on avait prévu de faire un bon repas tous les trois mais ça lui était sorti de la tête et au lieu de rentrer à la maison il avait suivi Gita comme un petit chien. Arrivé chez elle, il avait retiré sa chemise – il serait plus à l'aise en T-shirt pour bricoler. Puis il avait monté l'appareil à l'étage et l'avait fixé sur le rebord de la fenêtre conformément aux instructions de montage. Avec son perfectionnisme habituel, il avait scellé l'appareil et rebouché soigneusement les trous pour empêcher les insectes de s'y faufiler.

Je lui avais envoyé deux textos : *T'es où ?* et : *L'anniversaire de Meret ???* Il les avait lus mais n'avait pas répondu.

En redescendant au salon, il avait trouvé Gita assise sur le canapé. Elle avait enfilé la chemise qu'il avait enlevée et l'attendait avec une bouteille de champagne frais et deux verres. Pour le remercier, avait-elle expliqué.

Brian m'a dit qu'il était parti sur-le-champ.

Je l'ai cru quand il m'a raconté toute l'histoire d'une voix bredouillante. Je l'ai cru parce que s'il avait accepté l'invitation de Gita, il n'aurait pas rapporté que des effluves de roses : la culpabilité aurait exsudé par tous ses pores.

— Pourquoi tu n'as pas répondu à mes textos ? avais-je attaqué.

— J'étais en train d'installer un climatiseur.

— Pourquoi tu ne m'as pas répondu après, quand tu avais terminé ?

Il a levé les mains en l'air. Il savait que, quoi qu'il dise, ce ne serait pas la bonne réponse.

— Je suis désolé, Dawn. Je t'assure. Je suis désolé… C'est ma faute.

— Il faut que je parte, avais-je marmonné.

— Partir ? Mais où ?

Je m'étais retournée vers lui comme une furie.

— Je crois que pour le moment t'es mal placé pour me poser ce genre de question.

Tandis que je me dirigeais rapidement vers la porte, je l'avais senti qui tentait de me retenir, inébranlable et immobile, comme les poids auxquels sont accrochés les ballons de baudruche dans les magasins d'articles de fête, alors qu'ils n'ont qu'une seule envie : prendre leur envol.

Voilà ce qui s'est passé. Voilà pourquoi on en est là aujourd'hui. On ne peut pas continuer à coexister sous le même toit sans négocier une espèce de traité.

— Je t'écoute, dis-je.

Il enfouit une main dans sa tignasse.

— Je ne sais pas comment effacer cet épisode.

Cette posture passive. Comme s'il n'était qu'un simple observateur, qu'il n'avait joué aucun rôle dans l'histoire.

— On n'a rien fait, Dawn. Je te le jure.

— Si vous n'avez rien fait, pourquoi est-ce que tu ne m'as pas prévenue que tu allais chez elle ? Pourquoi est-ce que tu n'as pas répondu à mes SMS ?

Je déglutis avant d'ajouter :

— Pourquoi est-ce que tu t'es comporté comme si tu avais quelque chose à cacher ?

— Parce que j'ai eu honte quand je me suis rendu compte que j'avais oublié l'anniversaire de Meret.

Je le dévisage.

— Tu crois vraiment que c'est pour ça que je suis partie ?

Il grimace.

— Je voulais… juste me rendre utile. J'étais à mille lieues d'imaginer qu'elle avait autre chose en tête. Mais maintenant, bien sûr, je… je me dis que j'aurais dû le deviner.

Ça aussi, j'y crois. Brian est tellement terre à terre qu'il faudrait parfois lui donner un bon coup sur la tête pour qu'il capte les nuances et les subtilités. Mais je pense aussi qu'il garde un secret dont il n'est peut-être même pas conscient : seul avec une jolie femme, une bouteille de champagne et une part de liberté, il avait eu envie, ne serait-ce que fugacement, de se retrouver dans un autre espace-temps.

Il n'a peut-être pas profité de la situation mais ça ne veut pas dire que ce n'était pas une trahison.

Les épaules de Brian s'affaissent. Il se penche au-dessus de la table. Il me faut un peu de temps avant de comprendre ce qui se passe. Parce que je ne l'ai jamais vu faire ça depuis que nous sommes mariés.

Il pleure.

Brian a toujours été solide, stable, fiable. C'est la bobine de fil de mon cerf-volant, la prise de terre de mon flux électrique. Le jour où je n'avais nulle part où aller, il m'a accueillie chez lui. Quand un patient s'éteint sous mes yeux, c'est lui que je serre dans mes bras pour me rappeler ce que ça fait d'être en vie. Il m'a toujours secourue. Jusqu'à aujourd'hui.

En le voyant à ce point désemparé, bouleversé, j'ai l'impression que la Terre s'est légèrement décalée de son axe. Le monde m'est encore familier mais il y a quelque chose qui cloche, comme quand on change sa raie de côté en se coiffant. Ça vibre tout au fond de moi, et cette note je l'identifie rapidement : c'est celle de la douleur. Parce que c'est ça, le mariage. Un diapason d'émotions.

La mémoire musculaire de notre couple me pousse à quitter ma chaise avant que mon esprit ne prenne le dessus. Je m'approche de Brian et lui caresse les cheveux. Je ne supporte pas de le voir souffrir même s'il est à l'origine de sa propre souffrance.

Il est debout en un éclair et s'accroche à la bouée que je lui tends. Parce que c'est une véritable opération de sauvetage. Il y a quinze ans, le cours de ma vie a été définitivement modifié par les attentions d'un jeune physicien, nous ne nous sommes plus quittés depuis et mon geste nous invite à remonter le temps. C'est une traînée de miettes faite d'un millier d'étreintes comme celle-ci. Un terrain que nous connaissons bien.

On éprouve une sensation d'entièreté quand on se blottit dans les bras de la personne qui nous enlace depuis quinze ans. C'est comme rouler dans le creux le plus moelleux du matelas ou trouver la dernière définition des mots croisés du dimanche. C'est la chaleur du feu de cheminée qui envahit la pièce. Le pigeon voyageur qui aperçoit son perchoir.

Mais l'amnésie sélective fait aussi des siennes : elle repeint tout en blanc, et même si ma peau s'attendrit sous les caresses de Brian, mon esprit s'accroche aux fumerolles de la vieille dispute qui nous a séparés.

C'est plus fort que moi : je presse mon visage contre le col de sa chemise et prends une longue inspiration. Ça sent le savon. L'amidon. Aucune trace de roses. Mes yeux se ferment.

Je me redresse brusquement.

— Ton exposé.

— Rien à foutre de l'exposé. Il y aura d'autres occasions.

Un petit sourire étire mes lèvres.

— Dans un autre univers, tu l'as déjà présenté et tu as reçu un tonnerre d'applaudissements.

— Dans un autre univers, j'ai quitté la scène sous les huées du public.

Je plonge dans les yeux de Brian, vert sapin virant au noir tandis qu'il me regarde sans ciller. C'est un scientifique, il n'a jamais été très doué avec les mots. Pourtant, même dans son silence, j'arrive à détecter la trajectoire de ses pensées. L'esprit de Brian fonctionne en kets, les petits encadrés qu'utilisent les physiciens pour représenter l'état quantique de ce qui se trouve entre les crochets – en d'autres termes, pour désigner la vraie nature d'une chose. Celle de notre mariage, dans ce cas précis.

— Dans un autre univers, dis-je, on est déjà nus.

Des semaines plus tard, je prendrai ce moment T et le retournerai dans ma tête comme une de ces boules remplies de fausse neige. Je me demanderai pourquoi j'ai prononcé ces mots, alors que la culpabilité pesait encore lourdement entre nous. Peut-être voulais-je voir si nous pouvions nous rapprocher suffisamment pour écraser les reproches. Ou peut-être était-ce plus facile, après ce qui était arrivé et au lieu de continuer à se disputer à propos du passé, d'être ouvertement, viscéralement dans le *maintenant.*

Il ne me quitte pas des yeux, cherchant – *espérant* – l'absolution. La dernière fois que nous nous sommes retrouvés tous les deux, je n'avais qu'une seule envie : prendre mes jambes à mon cou et ça, Brian le sait. Mais il sait aussi que je suis revenue.

J'enlève mon T-shirt.

Brian m'embrasse et prend le relais, baissant mon short. Il scrute chaque centimètre carré de peau qu'il dévoile. Puis il me hisse sur le plan de travail et se place entre mes jambes. Je détache fébrilement sa ceinture, fais glisser son pantalon. Ses mains encerclent mes hanches comme deux parenthèses, contenant une cascade de mots brefs : *ça, s'il te plaît, maintenant.* D'un mouvement fluide et rapide, il m'attire contre lui, attrape mes jambes et les enroule autour de sa taille tandis qu'il s'enfonce en moi. Ses dents effleurent mon cou ; mes ongles mordent sa peau. Il commence à bouger mais je ne veux pas qu'il s'écarte. Collés l'un à l'autre, nous poursuivons ensemble les mêmes chimères. Il jouit au moment où je me contracte autour de lui et, quelques instants plus tard, je reviens à la réalité parce que je sens encore en moi les tressautements de son pouls.

Je croise son regard. Un petit sourire satisfait flotte sur ses lèvres.

— Eh ben dis donc, murmure-t-il.

Je ris.

Nous avons ce que je pense être une vie sexuelle normale pour un couple marié : deux fois par semaine, des mouvements savamment étudiés pour s'octroyer une dose de plaisir en un minimum de temps avant une bonne nuit de sommeil. Celui qui jouit en premier veille à ce que l'autre ne soit pas en reste. C'est toujours bon, et parfois vertigineux. Comme aujourd'hui. Quand il ne s'agit plus de *sexe* à proprement parler mais plutôt d'un dépassement des limites de son propre corps pour remplir celui de l'autre. Qui, de son côté, fait la même chose.

À bien des égards, ces instantanés sont un microcosme du mariage. Il y a pas mal de *C'est toi qui as fini le lait ? Tu vas à la poste aujourd'hui ?* mais de temps en temps, il y a aussi des moments de transcendance : quand on se lève d'un même élan le jour où notre fille traverse l'estrade pour aller chercher son diplôme de fin d'école primaire ; quand on accroche le regard de l'autre pendant un dîner et qu'on entame une discussion silencieuse ; quand on se surprend à contempler sa maison et sa famille en pensant : *Ça. On a fait tout ça.*

Brian était tombé amoureux de moi rapidement. Il m'a dit un jour que lorsque nous étions ensemble, il n'avait plus l'impression de se fondre dans le décor. La nourriture avait meilleur goût. L'air était plus pur. Il a ajouté que je n'avais pas simplement changé son monde à lui. J'avais changé *le* monde.

Il attrape un torchon et me le tend. C'est le côté poisseux de l'amour dont personne ne s'occupe jamais à Hollywood. *Comment ils font ?* avait-il chuchoté un jour, au cinéma. *Ils dorment dans les draps tout humides ?* Il effleure mes lèvres d'un rapide baiser et tapote le marbre du plan de travail.

— Promets-moi de bien nettoyer ça avant de préparer le prochain repas, lance-t-il avant de se retirer.

Mais je le retiens en croisant mes chevilles au creux de ses reins et plante mes yeux dans les siens. On ne fait pas ça souvent quand on vit avec la même personne depuis tant de temps. On jette un coup d'œil, on survole du regard, on accroche celui de l'autre mais on s'abreuve rarement de son visage comme s'il était une oasis dans le désert. C'est pourtant ce que je fais à cet instant précis : je le fixe encore et encore jusqu'à ce qu'il s'agite en me gratifiant d'un sourire gêné.

— Qu'est-ce qu'il y a ? J'ai un truc collé quelque part ?

— Non.

Au bout d'un moment, je trouve enfin ce que je cherchais. Cet étonnement émerveillé. Cette idée qu'il pourrait très bien se réveiller un jour et s'apercevoir que tout ceci n'était qu'un rêve. *Ah, te voilà quand même. Toi, l'homme dont je suis tombée amoureuse.*

J'ai rencontré Brian dans la cuisine commune du centre où ma mère était en train de mourir. Nos chemins se sont croisés devant la machine à café. Au bout de quelques jours, je savais qu'il avait un faible pour les cafés aromatisés – à la noisette ou à la vanille – et qu'il était gaucher. Il y avait toujours des traces de graphite sur la tranche de sa main, comme s'il passait son temps à écrire avec un crayon à papier.

Je restais au chevet de ma mère et, la plupart du temps, j'apportais un pique-nique que je mangeais à la table rayée de la cuisine. Brian était là aussi, griffonnant des formules mathématiques d'une écriture si serrée que j'étais obligée de plisser les yeux pour distinguer les chiffres. Je ne comprenais rien, de toute façon. Les pages étaient truffées de factorielles, d'exposants et d'équations qui dépassaient largement mes connaissances en mathématiques.

— Bonne journée ou mauvaise journée ? lui demandai-je une fois.

C'est l'équivalent du *Comment ça va ?* dans une unité de soins palliatifs où la mort rôde en permanence.

— Mauvaise journée, répondit Brian. Ma grand-mère a la maladie d'Alzheimer.

J'acquiesçai en silence. Ma mère avait toute sa tête, c'était déjà ça.

— Elle me prend pour un nazi alors je me suis dit qu'il valait mieux que j'aille faire un tour, ajouta-t-il en se passant une main dans les cheveux. Ça craint, quand même. De penser que son corps a survécu à l'Holocauste et qu'au bout du compte, c'est son cerveau qui lâche.

— Tu es un petit-fils en or, en tout cas. Tu es là tout le temps.

Il haussa les épaules.

— C'est elle qui m'a élevée. Mes parents sont morts dans un accident de voiture quand j'avais huit ans.

— Je suis désolée.

— Ça ne date pas d'hier.

Brian me regarda ouvrir un paquet de biscuits apéritif.

— C'est tout ce que tu manges ?

— J'ai pas eu le temps d'aller faire les courses…

Il poussa vers moi la moitié de son sandwich à la dinde.

— C'est ta mère, c'est ça ?

Ce n'était pas difficile à deviner mais ça n'en était pas moins douloureux de savoir que quelqu'un avait posé des questions, formulé des jugements, eu pitié de moi.

— Bonnes capacités de déduction.

— C'est de la mécanique quantique.

Je levai les yeux, perplexe. Il était de nouveau en train d'écrire, penché sur ses papiers.

— Tu ne ressembles pas à un physicien.

Je contemplai ses yeux de la même couleur que le verre dépoli qu'on ramasse sur les plages, ses cheveux trop longs qui retombaient constamment sur son visage.

— Ah bon ? Comment je devrais être ?

Je sentis mes joues s'empourprer.

— Je ne sais pas. Un peu…

— Négligé ? Coincé ? suggéra-t-il avant de hausser un sourcil. Et toi ? Qu'est-ce que tu fais quand tu ne veilles pas sur une personne en train de mourir ?

Sa façon franche et directe de dire les choses fut la première chose qui me plut chez lui. Pas d'euphémisme, pas de nuance. À l'époque, je trouvais son côté brut de décoffrage plutôt rafraîchissant parce que j'étais incapable de prononcer certains mots à voix haute. Je ne pouvais pas dire par exemple que j'étais une égyptologue déracinée du pays des pharaons ni que je ne pourrais jamais terminer ma thèse. Et que, contrairement aux équations mathématiques qu'on posait sur une feuille, il n'y avait pas de solution logique à mon problème.

— Je n'ai jamais rien compris à la mécanique quantique, fis-je pour éluder la question. Apprends-moi quelque chose.

Il tourna la page et dessina un cercle minuscule.

— Tu sais ce que c'est, un électron ?

J'acquiesçai.

— C'est une particule, c'est ça ? Un peu comme un atome ?

— C'est subatomique, en fait. Mais dans le cas qui nous intéresse, tu dois juste savoir qu'il se comporte comme une sphère. Et s'il y a bien une chose qu'on sait à propos des sphères, c'est qu'elles tournent sur elles-mêmes, d'accord ? Que ce soit dans le sens des aiguilles d'une montre ou dans le sens contraire.

Il traça un deuxième cercle sur la page.

— Ce qui est génial à propos des électrons, c'est qu'ils peuvent tourner dans les deux sens en même temps.

— J'y crois pas une seconde.

— Normal. Sauf qu'on a fait plein d'expériences qui ne peuvent s'expliquer que par ce phénomène. Par exemple… imagine que tu prends un écran opaque qui bloque complètement la lumière. Dedans, tu découpes deux petites ouvertures – appelons-les fente 1 et fente 2. Si tu projettes un rayon laser sur les fentes en face d'un mur et que tu bouches la fente 1, tu verras une petite tache de lumière sur le mur, alignée avec la fente 2. Si tu bouches la fente 2, tu verras une petite tache de lumière sur le mur, alignée avec la fente 1. Que se passe-t-il si on débouche les deux fentes en même temps ?

— On voit les deux taches de lumière ?

Son regard s'éclaira.

— Ce serait logique, en effet. Et pourtant, ce n'est pas ça. On verra toute une rangée de taches lumineuses disposées à intervalles réguliers et d'intensités variables. Ça s'appelle un schéma d'interférence. Les physiciens n'ont trouvé qu'une seule explication possible à ce phénomène : la lumière qui passe par la fente 1 interagit forcément avec la lumière qui passe par la fente 2 puisqu'on sait que lorsqu'il n'y a qu'une seule fente ouverte, on ne voit qu'une seule tache sur le mur… et quand l'autre fente est ouverte, on ne voit là aussi qu'une seule tache sur le mur… alors que quand elles sont toutes les deux ouvertes, on obtient un truc qu'on n'a jamais vu avant. Et puis Einstein a débarqué et il nous a expliqué que la lumière n'était pas un flot continu mais qu'elle était constituée de particules séparées donc peut-être que le motif projeté sur le mur est le résultat de ces particules individuelles qui passent par les deux fentes et se percutent. Les scientifiques ont ralenti le faisceau laser jusqu'à ce que la lumière ne passe plus que photon par photon dans une fente. Ils pensaient qu'ainsi, le schéma d'interférence disparaîtrait mais il n'en fut rien. Il n'y avait plus qu'une seule explication pour les physiciens : le seul photon qui passe simultanément à travers les deux fentes interfère avec lui-même. Même si l'idée déplaît fortement à tous les instincts évolutionnaires qu'on nous a implantés.

Il me jeta un coup d'œil.

— Le phénomène d'interférence, c'est ce qui fait marcher ton ordinateur portable, au cas où tu penses encore que je te raconte des conneries.

— C'est quoi, le rapport avec les électrons ?

— On sait qu'ils tournent à la fois dans le sens des aiguilles d'une montre et en sens inverse, expliqua Brian. Imaginons qu'on enferme un électron dans une boîte. À côté de l'électron, il y a un petit mécanisme qui se déclenchera si l'électron tourne dans le sens des aiguilles d'une montre mais qui ne se déclenchera pas s'il tourne en sens inverse. Si le mécanisme se déclenche, il enverra un signal à un fusil qui tirera une balle et tuera un chat.

— C'est une grande boîte, dis donc.

— Reste concentrée. Donc, si l'électron tourne dans le sens des aiguilles d'une montre…

— Le mécanisme se déclenche, la balle part, le chat meurt.

— Et si l'électron tourne dans le sens inverse des aiguilles d'une montre ?

— Il ne se passe rien.

— Exactement.

Il chercha mon regard.

— Mais que se passera-t-il si l'électron tourne dans les deux sens en même temps – puisque c'est ce qu'il fait et qu'on le sait ?

— Soit le chat meurt soit il ne meurt pas ?

— En fait, le chat est à la fois mort et vivant, corrigea Brian.

— C'est carrément postapocalyptique, murmurai-je. Ton histoire est mignonne mais je n'ai jamais vu de chat zombie, désolée.

— Niels Bohr a dit à peu près la même chose. La démonstration mathématique était imparable, il le savait, mais lui non plus n'avait jamais vu de chat mort-vivant. Donc il s'est dit qu'il devait y avoir quelque chose de spécial dans l'acte d'observation qui faisait que le chat n'était plus à la fois vivant *et* mort mais devenait soit vivant soit mort.

— Comme la conscience humaine ?

— C'était la suggestion de John von Neumann. Mais quelle qualité particulière permettrait aux humains de déterminer que le résultat d'un système quantique doit se réduire à un seul état défini ? Et si ce n'est pas un humain… mais par exemple un furet qui observe l'expérience ? Et le chat dans la boîte, alors ? On *sait* qu'il a un intérêt personnel dans le résultat final. Donc est-ce qu'il a le pouvoir de faire s'effondrer l'état de l'électron ou du mécanisme de déclenchement ou du fusil ? La théorie de l'effondrement a fait un tabac chez les jeunes branchés jusque dans les années 1950, date à laquelle Hugh Everett III a proposé une autre explication au fait qu'on ne trouve aucun chat zombie sur terre. Il a dit que, tout comme l'électron, le mécanisme de déclenchement, le fusil et le chat sont des objets quantiques, quiconque observe ce qui se passe dans la boîte l'est aussi.

Brian dessina alors un petit bonhomme bâton avec une jupe et un bras en l'air.

— Au début, elle se tient à côté de la boîte et elle ne sait pas ce qu'elle va découvrir en regardant à l'intérieur. Mais dès l'instant où elle soulève le couvercle… elle se retrouve divisée en deux copies distinctes d'elle-même. Dans une version, elle voit un chat avec des bouts de cervelle éparpillés partout. Dans l'autre, elle entend un miaulement. Si tu lui demandes ce qu'elle a vu, une version d'elle te répondra que le chat est mort et l'autre te dira que le chat est vivant. L'observateur ne voit qu'un seul résultat, jamais les deux, même si les lois de la mécanique quantique nous montrent que les deux versions de cette pauvre bestiole existent. Et si notre observatrice ne voit qu'un seul résultat, c'est parce qu'elle est coincée dans un espace-temps spécifique et qu'elle ne peut donc pas voir l'autre.

Il m'adressa un sourire.

— C'est toute la théorie d'Everett. Si on ne voit pas de chats zombies ni d'électrons qui tournent simultanément dans les deux sens, c'est parce qu'à la minute où nous les regardons, nous devenons partie intégrante de cette équation mathématique et nous nous divisons nous-mêmes en plusieurs espaces-temps où plusieurs versions de nous voient des résultats concrets et différents.

— Comme dans un univers parallèle, fis-je remarquer.

— Exactement. J'ai utilisé le terme d'espace-temps mais on peut tout à fait parler d'univers. Ce qui compte, c'est pas cette histoire de chat dans la boîte. C'est important parce que nous sommes tous composés de molécules, comme ces électrons. Si tu zoomes encore et encore et encore, tu verras que tout ce que nous faisons s'explique par la mécanique quantique.

— Qu'est-ce qui se passe avec ces deux univers différents ?

— Ils s'éloignent de plus en plus. Par exemple, l'observatrice qui découvre le chat mort sera peut-être tellement traumatisée qu'elle abandonnera ses études, tombera dans la came et n'inventera jamais la technologie qui aurait pu nous aider à mettre au point un traitement contre le cancer. Pendant ce temps, celle qui aura vu le chat vivant se sentira comme investie d'une mission et deviendra le chef du département de sciences physiques à Oxford.

Il promena son pouce sur la pile de feuilles noircies de chiffres.

— C'est ce que je fais, tu vois. Je détruis ma carrière à petit feu en proclamant que le multivers est constamment en train de bifurquer, générant un nouvel espace-temps dès qu'on prend une décision ou qu'on échange avec quelqu'un.

— Pourquoi est-ce que ça ruinerait ta carrière ?

— Disons que les physiciens adeptes de cette théorie sont mis à l'écart par la communauté scientifique. Mais un jour…

— Un jour, on dira que tu es un génie.

J'hésitai un instant avant d'ajouter :

— À moins que ce ne soit déjà le cas dans un autre espace-temps.

— Exactement. Tout ce qui *peut* arriver arrive *vraiment* – dans une autre vie.

J'inclinai la tête sur le côté en le dévisageant.

— Donc, dans un autre univers, ma mère n'est pas en train de mourir.

Il y eut un silence.

— Oui, répondit-il finalement. C'est ça.

— Et dans un autre univers, on ne s'est pas rencontrés.

Brian secoua la tête tandis qu'un flot de sang envahissait son visage.

— Mais dans *cet* univers, fit-il, j'aimerais beaucoup t'inviter à dîner.

Quand je sors de la douche, le sac de voyage de Brian est posé sur le lit. J'entends l'eau ruisseler de nouveau dans la salle de bains et mon regard se pose sur ses affaires.

Je me détourne en laissant échapper un petit grognement et me dépêche d'enfiler mes sous-vêtements puis un short et un débardeur.

J'attrape ensuite un peigne pour démêler mes cheveux avant de les attacher en tresse. Je n'ai plus rien à faire dans la chambre et pourtant, je ne peux pas partir.

L'eau coule toujours dans la salle de bains.

Je me dirige vers le sac, tire sur la fermeture éclair. La trousse de toilette et les chaussures de Brian sont sur le dessus. Je les écarte, sors un pull en coton, le renifle. Est-ce un parfum de rose, encore ? Ou bien est-ce un effet de mon imagination ?

— Dawn ?

Il se tient derrière moi, une serviette de toilette nouée autour de la taille. Mes doigts s'engourdissent, mon corps se fige. Prise la main dans le sac, au sens propre du terme. Je suis une voleuse, une espionne. Je suis Daisy en train de se vautrer dans les vêtements de Gatsby.

— Je croyais que... c'était réglé, dit-il.

— Parce qu'on a fait l'amour ? Si mes souvenirs sont bons, c'est toi qui m'as dit que ce genre de truc ne voulait rien dire.

— Je n'ai pas couché avec elle.

Il vient s'asseoir sur le lit et me prend le pull des mains.

— Non. Mais tu y as *pensé.*

Là, je suis méchante, rancunière, sans pitié. Je soigne ma blessure à coups de fiel. Brian m'a présenté des excuses. Je devrais lui pardonner. Non ?

D'un autre côté, il était avec *elle* le jour de l'anniversaire de Meret. Il a loupé le dîner. Il est rentré enveloppé d'effluves de roses – il y en avait partout : sur ses vêtements, dans ses cheveux. L'odeur éclaboussait notre mariage.

— Elle te plaît ?

Je me suis forcée à lui poser la question. Les mots sont comme des coutelas dans ma gorge.

— Bah..., bredouille Brian, je l'ai embauchée.

— Mauvaise réponse, je réplique en me levant.

Je suis presque arrivée à la porte quand il me saisit par le poignet et m'oblige à me retourner.

— Je n'ai jamais aimé personne d'autre que toi.

Un jour, il y a eu un tremblement de terre à Boston. J'étais allée chercher Meret à l'école maternelle et plusieurs arbres étaient tombés sur la route. C'était un séisme léger par rapport à ceux qui survenaient le long de la faille de San Andreas mais pour une population qui n'avait pas l'habitude de sentir le sol frémir sous ses pieds, l'événement n'en demeurait pas moins traumatisant.

La journée s'est écoulée comme d'habitude : j'ai préparé un gratin de macaronis au fromage pour le déjeuner, emmené Meret au parc, je l'ai poussée sur les balançoires puis l'ai confiée à la baby-sitter pour me rendre au chevet d'une patiente en soins palliatifs. Ses yeux étaient grands comme des soucoupes. Elle m'a raconté que le lit avait glissé sur le sol avec elle dedans et que les flacons de médicaments avaient sauté de l'étagère, comme balayés par la main d'un fantôme. *Vous l'avez senti ?* m'a-t-elle demandé mais j'ai secoué la tête. J'étais dans la voiture au moment où la terre avait tremblé. Les roues grondaient à l'unisson avec le sol et j'ignorais tout de l'événement avant qu'elle ne m'en parle. Une catastrophe avait subtilement transformé le monde et je ne m'en étais pas rendu compte.

Brian refuse de lâcher ma main. Je sens son pouce effleurer mes doigts.

— S'il te plaît, Dawn. Je sais que je ne peux pas revenir en arrière mais ça n'arrivera plus jamais.

Je le crois. Mais je ne lui fais pas confiance.

— Je déteste les roses, putain, je lâche avant de quitter la pièce.

Le plus dingue quand on reprend le cours de son ancienne vie alors qu'elle a failli s'interrompre, c'est que rien n'a changé : c'est toujours la même routine. On peut avoir le cœur brisé, les nerfs à vif, il faut toujours sortir les poubelles. Faire les courses. Mettre de l'essence dans la voiture. Des personnes dépendent toujours de vous.

En route pour le domicile d'un nouveau client potentiel, j'appelle mon frère. Kieran est interne en neurochirurgie et répond rarement au téléphone, aussi suis-je étonnée d'entendre sa voix plutôt que de tomber sur sa messagerie.

— Kieran ?

— Dawn ?

— Je ne pensais pas que tu répondrais.

— Désolé de te décevoir, réplique-t-il avec une pointe d'amusement dans la voix. Quoi de neuf ? Attends, laisse-moi deviner. Tu as une éruption de boutons bizarroïdes.

Il est vrai que je l'appelle souvent pour lui poser des questions d'ordre médical. Est-ce que l'épidémie de grippe a déjà débarqué à Boston ? Que faut-il faire pour soulager une fasciite plantaire ? Et encore tout un tas de trucs auxquels il ne peut pas répondre parce que ce n'est pas sa spécialité.

— Je ne suis pas malade, en fait. Je voulais juste entendre ta voix. Tu… tu me manques.

— Merde, c'est beaucoup plus grave qu'une éruption cutanée. Ramène-toi vite aux urgences.

— Ta gueule, fais-je avec un sourire dans la voix.

— Trêve de plaisanterie, que se passe-t-il ?

J'hésite.

— J'essayais de me souvenir si papa et maman se disputaient, parfois.

— Sachant que je n'étais qu'un zygote quand papa est mort, je ne vais pas pouvoir te renseigner, désolé.

— Je sais.

— C'est à propos de toi et Brian ? demande Kieran. Vous ne vous engueulez jamais.

— Il y a un début à tout, je suppose.

Il ne bronche pas, s'attendant probablement à ce que je développe, mais je n'ai pas très envie d'en dire plus.

— Écoute, Dawn, dit-il finalement, arrête de t'inquiéter. Brian et toi, vous êtes en quelque sorte la *règle.* Le mètre étalon. Vous êtes l'équivalent conjugal du soleil qui se lève tous les matins et du ciel bleu quand on ouvre les yeux. Vous resterez ensemble jusqu'à la fin des temps. C'est ce que tu veux, non ?

— Oui, réponds-je. Bien sûr.

Au centre de soins palliatif où je travaillais, il y avait une chatte tigrée qui prédisait la mort. Elle n'avait à ma connaissance pas d'autre nom que la Chatte mais elle faisait partie des murs et le budget de l'établissement avait alloué une somme pour l'achat de sa nourriture. Il y avait aussi deux chiens qui rendaient visite aux patients à des fins thérapeutiques mais la chatte, elle, était d'une nature farouche et ne supportait pas d'être caressée. Sa seule utilité, à ma connaissance, consistait à nous avertir chaque fois qu'une personne avait moins de vingt-quatre heures à vivre.

Quand je rentrais dans une chambre et trouvais la chatte roulée en boule au pied du lit, je pouvais être sûre que son occupant allait bientôt mourir, c'était systématique. Je ne sais pas s'il s'agissait d'un sixième sens ou d'une espèce de marqueur olfactif – on apprend bien à certains chiens à détecter des cancers grâce à leur odorat –, toujours est-il que ce satané greffier gagnait à tous les coups.

Dans le centre où j'ai commencé à travailler auprès de malades en fin de vie, il s'est presque écoulé une année entière avant que quelqu'un ne meure sous mes yeux. (Encore aujourd'hui, la plupart de mes clients s'éteignent lorsque leur chambre est vide, comme s'ils se raccrochaient par la seule force de leur volonté aux personnes qui pleureront leur disparition.) Un matin, je suis entrée dans la chambre de Judith et la Chatte m'a regardée fixement en remuant la queue.

Sans vouloir alarmer sa fille Alanna qui s'occupait d'elle presque seule, j'examinai rapidement Judith. Elle était inconsciente et respirait difficilement. Je croisai le regard de la chatte, hochai la tête. L'animal sauta à terre et se faufila hors de la pièce.

— Alanna, commençai-je, si vous avez une dernière chose à dire à votre maman, ne tardez pas à le faire.

Des larmes envahirent aussitôt les yeux de la femme.

— C'est déjà l'heure ?

S'il y a bien une chose que j'ai apprise depuis que je côtoie de près la mort, c'est que son imminence surprend toujours, même dans une unité de soins palliatifs.

Je tirai une chaise près d'elle. Alanna se pencha en avant, retenant inconsciemment son souffle chaque fois que sa mère inspirait. La respiration de Cheyne-Stokes – qui se met parfois en place quand une personne est en train de mourir – est un cycle composé d'inspirations ralenties suivies de halètements rapprochés. Après une pause durant laquelle la respiration s'arrête, tout recommence dans le même ordre. La séquence se répète ainsi à intervalles réguliers. Bien qu'il s'agisse d'un processus parfaitement normal dès lors que le système respiratoire cesse de fonctionner, les bruits émis par le mourant sont terrifiants et particulièrement difficiles à supporter pour les proches qui savent que c'est le début de la fin.

Mon travail consiste à soutenir mes patients mais également les personnes qui les entourent. Je tentai donc de distraire Alanna en lui posant quelques questions : comment s'était passée la nuit ? Depuis quand sa mère n'avait pas ouvert les yeux ? Comme je la voyais se recroqueviller sur elle-même, je lui demandai de me raconter comment ses parents s'étaient fiancés.

J'ai lu quelque part que toutes les histoires étaient des histoires d'amour. L'amour d'une personne, d'un pays, d'un style de vie. Ce qui signifie, bien sûr, que toutes les tragédies proviennent de la perte de ce qu'on aime.

Un malade en phase terminale terrorisé par ce qui l'attend trouvera un certain réconfort à se plonger dans ses souvenirs. Nous avons parfois tendance à oublier qu'il fut un temps où nous étions jeunes. Et que ce temps n'était pas celui des fins, mais celui des commencements.

Alanna leva les yeux sur moi.

— Papa et maman étaient issus de milieux très différents. La famille de papa avait de l'argent alors que celle de maman tirait le diable par la queue. Ils avaient décidé d'aller se balader dans les parcs nationaux et maman était arrivée avec une glacière pleine de sandwichs parce que chaque fois qu'ils sortaient quelque part en famille, sa mère préparait un pique-nique. L'idée ne lui était jamais venue à l'esprit qu'on pouvait manger au restaurant.

J'imaginai Judith, où qu'elle fût à cet instant précis, en train d'écouter sa propre histoire, souriant en son for intérieur. On sait que, de tous les sens, l'ouïe est le dernier à disparaître.

— Ils sont allés voir le geyser Old Faithful à Yellowstone, reprit Alanna. Papa avait prévu de la demander en mariage. Mais il y avait un bonhomme qui n'arrêtait pas de poser des questions et comme maman avait lu tout ce qu'elle avait trouvé sur le geyser avant de partir en randonnée, elle répondait à chacune de ses colles. À quelle fréquence se produisent les éruptions ? À peu près vingt-deux fois par jour. Quelle est la hauteur du jet ? Une quarantaine de mètres. Quelle est la température de l'eau ? Plus de 90 degrés.

Elle esquissa un pâle sourire.

— Papa commençait à perdre patience. Alors il a fini par tapoter le bras de maman en disant : "J'ai une question." Ensuite, il a posé un genou à terre et a demandé : "Où s'écoule toute cette eau ?"

Je ris de bon cœur.

— Alors : où ?

— Aucune idée. Elle ne lui a jamais répondu. Elle a juste dit oui.

Nous baissâmes les yeux sur Judith qui laissa échapper un soupir flûté puis cessa de respirer complètement.

Alanna se figea.

— Est-ce que… elle est… ?

Je ne répondis pas tout de suite. Je voulais d'abord m'assurer qu'il ne s'agissait pas d'une apnée. Mais au bout de cinq minutes, alors qu'aucun bruit de respiration ne s'était fait entendre, j'annonçai à Alanna que Judith était partie.

Elle appuya son front contre la main de sa mère qu'elle tenait encore dans la sienne. Tandis qu'elle pleurait à chaudes larmes, je fis ce que je faisais toujours dans ces circonstances : je lui caressai le dos en murmurant quelques paroles apaisantes pour lui laisser le temps d'exprimer son chagrin. Puis je m'éclipsai et me rendis à l'accueil. "J'ai besoin d'une infirmière pour déclarer un décès", expliquai-je avant de retourner auprès d'Alanna.

Au bout d'un moment, elle se redressa et essuya ses larmes.

— Il faut que j'appelle Peter.

Son mari. Et sûrement une bonne douzaine de proches. Ses paupières étaient gonflées, ses yeux légèrement hagards.

— Ça peut attendre une minute, fis-je remarquer, désireuse de lui dire des choses qui l'aideraient à surmonter sa peine. Judith m'a souvent dit qu'elle avait beaucoup de chance de vous avoir près d'elle.

Alanna effleura le poignet de sa mère.

— Elle est où en ce moment, à votre avis ?

Il existe une multitude de réponses à cette question et aucune n'est meilleure ou moins bonne que les autres. Je décidai de lui livrer ma seule certitude.

— Aucune idée, dis-je avant de faire un geste en direction du corps allongé sur le lit. Mais pas là-dedans, en tout cas.

Au même instant, la mâchoire de Judith se crispa et elle prit une longue inspiration saccadée.

Le regard d'Alanna croisa le mien.

— Je croyais qu'elle était…

— Moi aussi.

L'infirmière fit son apparition. En voyant la patiente qui respirait encore, elle haussa un sourcil.

— Fausse alerte ?

Cette histoire, je la raconte souvent dans des conférences et des ateliers : la première personne que j'ai vue mourir sous mes yeux est morte deux fois. Ça fait toujours rire et pourtant, ce n'est pas drôle. Pas du tout. Il suffit de penser à Alanna qui a perdu sa mère une autre fois. Et d'imaginer un instant d'être obligé de subir deux fois de suite le pire traumatisme de sa vie.

Ma nouvelle cliente potentielle est née le même jour que moi. Pas seulement le même jour et le même mois, mais aussi la même année. J'ai accompagné des personnes en fin de vie plus jeunes que moi et, dans quelques cas effroyablement tristes, des enfants. Jusqu'à présent, j'ai essayé d'être philosophe en me disant que c'était leur heure, pas la mienne. Aujourd'hui cependant, je parcours la fiche de renseignements avec la sensation de lire une métaphore.

Winifred Morse habite à Newtonville, dans une maisonnette accolée aux pelouses vertes du campus de la faculté de droit du Boston College. Elle est atteinte d'un cancer de l'ovaire de stade 4 et, contrairement à la plupart de mes clients, c'est elle qui m'appelle. Généralement, je reçois des demandes de la part de membres de la famille inquiets qui souhaitent que j'accompagne leur proche sans lui dire que c'est mon métier, comme si se présenter en tant que doula de fin de vie précipiterait leur mort. Je refuse ce genre de propositions parce que cela me semble malhonnête. Concrètement, je demande aux aidants d'attendre que la personne concernée sente la mort approcher, qu'elle-même accepte l'idée qu'elle a besoin d'aide.

Je me gare devant la maison et je reste dehors quelques instants. Les yeux fermés, j'inspire puis expire profondément plusieurs fois pour évacuer la tension accumulée dans mes épaules et ma colonne vertébrale, poussant Brian dans les recoins de mon esprit. Les seuls problèmes que j'accepterai de considérer pour le moment sont ceux de Winifred Morse. Il sera toujours temps de régler les miens plus tard.

C'est Felix, son mari, qui vient ouvrir la porte. Il mesure au moins un mètre quatre-vingt-quinze, longiligne et anguleux, avec des airs de mante religieuse. Quand je me présente, il sourit mais la joie ne dépasse pas le contour de ses lèvres.

— Entrez, entrez, dit-il et je me retrouve dans un hall tapissé d'art moderne.

Sur plusieurs tableaux, des taches rose pâle évoquent des courbes féminines vues sous un certain angle. Sur d'autres, des traces noires enragées font penser aux griffes d'une bête tentant de s'échapper du cadre qui l'emprisonne. Sur une autre se déploie de haut en bas un méticuleux camaïeu de bleus, tel un répertoire coloré de toutes les humeurs marines. Celui-ci me fait penser à ma mère.

Je ne connais pas grand-chose à l'art contemporain, à part qu'il est censé susciter des émotions et je n'arrive pas à détourner les yeux de cet océan de bleus.

— J'aime bien celui-là, moi aussi, déclare Felix en venant se poster à côté de moi, les mains enfoncées dans ses poches, les coudes saillants. Win l'a peint quand elle était enceinte d'Arlo.

Je classe cette information en me demandant où est leur fils en ce moment, comment il vit la maladie de sa mère.

— Donc, c'est une artiste.

Les lèvres de Felix frémissent.

— C'était, oui. Elle n'a pas touché un pinceau depuis qu'elle est tombée malade.

J'effleure son bras.

— Et vous ?

— Je ne suis pas artiste. Je serais même incapable de dessiner un bonhomme en fil de fer. Je suis moniteur d'auto-école, dit-il en me lançant un regard embarrassé. Je voulais être docteur mais mes résultats scolaires laissaient à désirer. Alors j'ai trouvé un autre moyen de sauver des vies.

J'essaie d'imaginer Felix en train de se contorsionner pour s'installer à la place du passager, apprenant patiemment à ses élèves qu'il faut toujours mettre le clignotant avant de déboîter.

— Je ne parlais pas de votre travail. Comment vous sentez-vous ? Vous arrivez à manger ? À dormir ?

Il me dévisage d'un air perplexe.

— Ce n'est pas plutôt à Win que vous devriez demander ça ?

Je m'arrange toujours pour avoir une conversation privée avec l'aidant quand je rencontre un nouveau client. Parfois, ils ne remarquent rien de plus que moi chez la personne qu'ils aiment et qu'ils accompagnent dans cette épreuve – une main qui tremble en soulevant un verre d'eau, des nuits agitées. Ils me disent si elle ne dort plus, si elle a des sautes d'humeur, si elle voit des personnes qui ne sont pas là. Il arrive que mes clients fassent bonne figure en ma présence, qu'ils refusent d'admettre qu'ils ont mal ou peur mais les proches me diront toujours la vérité parce qu'ils pensent que ça m'aidera à leur donner la réponse à la question qu'ils n'osent poser à la personne qu'ils aiment : *Quand et comment est-ce que cela va se passer ?*

Le chagrin par anticipation est aussi réel que dévastateur. Il peut générer des questions aussi variées que *Comment vais-je survivre maintenant que je suis seul au monde ?* ou *Qu'est-ce que je vais faire quand internet tombera en panne parce que c'est toujours elle qui se chargeait d'appeler l'opérateur ?*

— Je vais lui demander tout ça, réponds-je à Felix, mais je dois aussi m'assurer que vous allez bien – ça fait partie de mon travail.

Je promène un regard circulaire sur le vestibule où les accessoires de la maladie se mêlent aux objets d'art : un déambulateur, une paire de chaussettes de contention, un sachet de pharmacie posé sur une console.

— Le cancer a envahi toute votre vie, à vous aussi, fais-je remarquer.

Il laisse passer un instant avant de murmurer :

— Ma vie à moi, c'est la sienne.

Il cherche mon regard.

— Vous allez vite comprendre. Je n'ai jamais rencontré personne qui lui ressemble. Quand je pense à ce que sera la vie quand elle ne sera… plus là, c'est le vide total dans mon esprit. Je n'arrive pas à imaginer que quelqu'un puisse prendre sa place. Il y aura comme un vide en forme de Win et j'ai peur que ce soit une sorte de puits sans fond.

Ses yeux sont humides quand il se tait. Il semble surpris de me trouver là.

— Venez, je vous accompagne, dit-il finalement.

Il me guide à travers les pièces de ce pavillon terrier qui recèle plus de méandres que ne le laisse présager son étroite façade. Win se trouve dans le bureau où des étagères remplies de livres couvrent les murs du sol au plafond, déployées derrière elle comme les ailes d'un aigle royal. Elle se déplace lentement parce qu'elle vient d'être opérée mais elle est debout et avance en traînant les pieds pour ranger un livre. Lorsqu'elle se tourne vers moi, je remarque aussitôt les effets de la chimiothérapie, des rayons et des autres traitements médicamenteux : la peau fine comme du papier, le blanc des yeux tirant sur le jaune. Ses clavicules pointent par-dessus l'encolure de son T-shirt. Ses cheveux ont commencé à repousser, soyeux comme le duvet d'un caneton. Son ventre est distendu par un trop-plein de liquide.

— Vous devez être Dawn, dit-elle en me tendant la main.

Même diminuée, elle dégage une énergie pétillante qui attire le regard, captive aussitôt l'attention. Ses yeux mordorés, d'une couleur insolite, ressortent sur sa peau sombre. J'imagine la puissance de son magnétisme avant que la maladie ne la terrasse. Felix n'avait aucune chance.

— Je suis ravie de faire votre connaissance, Winifred, dis-je en toute sincérité.

Les gens que je rencontre sont une des raisons pour lesquelles j'aime tant mon travail. Certes, je les perds tous systématiquement, mais en un sens, c'est aussi pour cela qu'il me tient à cœur d'apprendre à les connaître avant qu'ils tirent leur révérence.

— Appelez-moi Win. La plus grande *winneuse* de tous les temps sauf que, moi, c'est à la loterie de la mort que j'ai gagné. Win la mal nommée, conclut-elle en esquissant un sourire sarcastique.

— Dans la rubrique des aberrations, le présent progressif du verbe mourir, *être en train de mourir*, n'est pas mal non plus, renchéris-je. On est vivants jusqu'à ce qu'on ne le soit plus.

Je jette un coup d'œil en direction de Felix avant d'enchaîner :

— Et comme curiosité linguistique, le nom de votre mari décroche la palme. Felix Morse signifie littéralement *Mort heureuse*, en latin.

Win laisse échapper un petit rire.

— Vous m'êtes sympathique, Dawn.

C'est exactement l'objectif de cette première entrevue : il s'agit de vérifier que ma cliente potentielle se sent à l'aise avec moi et que ce sentiment est réciproque. Dans le cas de Win, son âge est également un facteur déterminant. Je ne peux pas me permettre de m'identifier à mes clients, consciemment ou inconsciemment. Je ne leur serais d'aucune utilité si j'étais sans cesse en train de me demander de quoi j'aurais envie à leur place ou de penser que ça pourrait être moi.

Quand j'étais étudiante en licence à Chicago, je travaillais comme bénévole dans un foyer d'accueil pour femmes battues. J'avais fait connaissance là-bas d'une fille qui avait à peu près mon âge. Elle avait perdu son père quand elle était gamine et s'occupait seule de son garçon de deux ans. Je m'étais prise d'affection pour elle, au point que je n'arrivais pas à m'endormir tant que je ne m'étais pas assurée qu'elle et son fils avaient bien dîné et qu'elle n'était pas retournée chez elle, auprès de son mari violent. Un jour, la responsable des bénévoles m'a appelée pour me dire que je ne tiendrais pas longtemps si je m'impliquais autant dans chaque cas. *Tu n'es pas cette femme*, avait-elle ajouté. Depuis, j'ai appris à garder mes distances et il m'arrive de refuser des missions lorsque je sens que j'aurai du mal prendre du recul. Il y a des limites que je ne dois pas franchir, même dans un secteur qui a naturellement tendance à rapprocher les gens. Je les regarde à tour de rôle.

— Et si nous nous asseyions ?

Win et Felix prennent place sur un canapé en cuir tandis que je m'installe dans un fauteuil.

— Bon, dis-je, qu'aimeriez-vous savoir ?

— Eh bien, pour commencer, les docteurs m'ont dit qu'il me restait moins d'un mois à vivre, lance Win.

Les doigts de Felix se mêlent aux siens.

— C'est pour cette raison qu'ils disent "pratiquer" la médecine. Ils peuvent toujours quantifier le temps qu'il vous reste à vivre mais en réalité, ils n'en savent rien. Il est possible que ce soit plus long comme il est possible que ce soit plus court. Mon travail consisterait à faire en sorte que vous vous sentiez prête, quoi qu'il advienne.

— Nous devrions peut-être parler de vos tarifs, intervient Felix.

— Nous y viendrons. Mais pas aujourd'hui. C'est juste une prise de contact. Voyons d'abord si nous sommes compatibles. Ensuite seulement, nous pourrons commencer à planifier notre avenir.

Je ne prends jamais la décision d'accepter ou de refuser un client avant le deuxième entretien. Et je leur demande de bien réfléchir de leur côté. Il est nécessaire de laisser passer un peu de temps après la première rencontre.

Je me tourne vers Win.

— Comment vous sentez-vous aujourd'hui ?

Toujours commencer par l'état de santé physique avant d'aborder le mental.

— Je suis debout, répond Win. J'ai pris une douche.

Je capte le message : aujourd'hui est un bon jour. Il arrive qu'un client n'ait ni la force de se lever ni de s'habiller.

— Avez-vous remarqué un œdème autour de la zone opératoire ?

Win secoue la tête.

— Et vos pieds, vos mains : est-ce qu'ils sont enflés ?

Mes questions suivent un ordre bien défini : *Avez-vous des douleurs ? Avez-vous assez chaud ? Avez-vous mangé aujourd'hui ? Avez-vous réussi à dormir ?* Je demande à Felix si le service de soins palliatifs leur a remis des ampoules de morphine. Ce dispositif antidouleur est stocké au réfrigérateur avec d'autres médicaments en cas de besoin urgent, en attendant l'arrivée de l'infirmière.

— Avez-vous l'impression de recevoir tout le soutien dont vous avez besoin ?

Win dévisage Felix. Un échange silencieux s'établit entre eux.

— Moi, oui, répond-elle. Mais j'aimerais qu'il ne soit pas obligé de s'occuper de moi. Ce n'est pas juste pour lui.

— Ce n'est pas juste tout court, marmonne Felix.

— Je vais vous expliquer à quoi sert une doula de fin de vie, dis-je en me penchant en avant. Je suis là pour vous assister et veiller à ce que vos besoins soient satisfaits sur-le-champ. Je peux vous aider à régler tout ce que vous n'avez pas encore eu le temps de faire : organiser vos funérailles, préparer votre testament, mettre de l'ordre dans vos finances. Je peux ranger et nettoyer votre garage si le bazar vous rend dingue. Je peux passer une malle au peigne fin pour retrouver une photo de votre grand-mère que vous aviez très envie de revoir. Je peux vous accompagner à l'opéra ou vous lire *Cinquante nuances de Grey*. Je peux m'occuper de vos comptes sur les réseaux sociaux de sorte que vos amis soient prévenus de votre disparition le moment venu. Je peux vous installer dehors pour que vous puissiez observer les oiseaux.

Fidèle à mes habitudes, je débite tout ça d'un ton neutre, sans prendre de pincettes et sans faire semblant de croire que la mort n'est pas inéluctable.

— Est-ce qu'il y a quelque chose que vous ne faites pas ? demande Felix d'un ton blagueur.

— Les vitres, je réponds en souriant. Plus sérieusement : je ne m'occupe pas des prises de médicaments. Je ne suis pas habilitée à en prescrire et je n'en administre pas. Ça, c'est votre partie. Je ne change pas non plus les couches quand cela s'avère nécessaire. Je peux aider à changer les draps et à installer mes clients dans leur fauteuil roulant mais en général, je préfère laisser ça aux aidants parce que cela représente un risque pour moi, dans le cas où je me retrouverais seule avec Win.

Je me tourne vers elle.

— Tout ce que vous aurez à faire, c'est me dire ce qui vous aiderait à vous sentir plus sereine à n'importe quel moment de la journée et je ferai de mon mieux pour vous satisfaire.

Elle me regarde fixement.

— Est-ce que vous serez là quand je mourrai ?

— Si c'est ce que vous souhaitez, oui : je serai là.

La pièce se referme autour de nous, semblable à un cocon à l'intérieur duquel nous avons déjà commencé à nous transformer.

— Comment saurez-vous à quel moment cela se produira ? demande Win à mi-voix.

— Je serai en contact avec l'équipe médicale qui vous suit. Et puis il y a des signes et des symptômes qui indiquent que le corps est en train de lâcher.

Elle continue de me dévisager à travers ses paupières mi-closes, comme si elle pesait les mots qu'elle s'apprête à prononcer.

— Vous me plaisez, décrète-t-elle finalement. Vous n'êtes pas du genre à baratiner pour me faire plaisir.

— Je prends ça pour un compliment.

— Et vous avez raison. Comment avez-vous atterri dans ce secteur d'activité ?

— Ma mère est morte dans un centre de soins palliatifs et j'ai découvert que j'étais assez douée pour aider les gens à se préparer à mourir.

— Vous devez voir des trucs incroyablement tristes.

— C'est vrai, je vois des trucs incroyablement tristes. Et d'autres simplement incroyables.

— J'aimerais bien savoir quel genre de choses on vous a demandées, fit Win.

— Pendant mon stage d'assistante sociale à l'hôpital, j'ai été appelée un jour aux urgences. Ils venaient de réceptionner un homme mort accompagné de la baby-sitter de ses enfants, une gamine de seize ans. Il avait une liaison avec elle. Ce soir-là, ils avaient décidé de prendre de la meth et comme il avait déjà gobé du Viagra, il avait succombé à une crise cardiaque foudroyante. La fille était dans tous ses états, les infirmières essayaient de joindre la famille du défunt. Sa femme et ses enfants sont arrivés à l'hôpital mais le problème, c'est que le mort était encore en érection. J'ai donc dit au médecin qu'il fallait absolument trouver un moyen de camoufler ça, je ne voulais pas que les enfants le voient dans cet état. On s'est servi d'un rouleau de sparadrap pour rabattre son sexe contre sa cuisse et on a caché le corps sous six couvertures. *Six.* Ensuite, je me suis éclipsée et j'ai mis la baby-sitter dans un taxi. Elle m'a demandé si elle pourrait aller à l'enterrement. Je lui ai répondu qu'elle ferait mieux de réfléchir à ses choix de vie.

Win éclate de rire.

— Je vous promets que vous n'aurez pas à camoufler mon érection quand je mourrai.

— Si toutefois cela devait arriver, je réclamerais le double de mes honoraires.

Win aurait pu devenir mon amie, je le sens, si nous nous étions rencontrées dans d'autres circonstances. Cette pensée devrait m'inciter à prendre davantage de recul et pourtant, je sais déjà que je vais accepter ce travail.

— Est-ce que vous aimeriez que je vous apporte quelque chose, là, tout de suite ?

— Oui, répond Win sans hésiter. Du temps.

— Je pensais à des choses plus triviales comme un oreiller ou un milkshake aux pépites de chocolat.

Si elle s'inquiète du temps qui lui reste à vivre, c'est probablement parce qu'elle a peur d'abandonner les personnes qu'elle aime. Felix. Et son fils. Il me vient alors une idée.

— On pourrait appeler Arlo par Skype.

— Si vous réussissez à faire *ça*, je vous lègue tous mes biens, déclare Win.

— Arlo n'est plus là, explique Felix. Il est mort il y a trois ans.

— Je suis vraiment désolée. J'aimerais beaucoup que vous me parliez de lui.

Pour la première fois depuis mon arrivée, un mur s'est dressé entre nous. Win s'écarte légèrement. Désireuse de changer de sujet, j'enchaîne sur une question plus neutre.

— Qu'est-ce que vous avez fait aujourd'hui ?

Elle lève les yeux, accepte de sortir de sa coquille.

— J'ai lu un livre sur Willard Wigan, le micro-sculpteur.

— Micro-sculpteur ?

— C'est un artiste mais ses créations tiennent dans le chas d'une aiguille ou sur une tête d'épingle. Il faut un microscope pour les admirer.

— Felix m'a dit que vous étiez une artiste, vous aussi.

— Wigan est célèbre alors que moi… je barbouillais.

— Au passé.

Ignorant ma remarque, elle continue à parler du sculpteur.

— Ce qui me fascine, c'est l'idée de passer à côté d'une œuvre d'art simplement parce qu'elle n'est pas visible à l'œil nu. Vous imaginez le nombre de fois où vous vous êtes dit : *Oh, ce n'est rien du tout…* Alors qu'en fait, un rien peut être carrément énorme.

J'observe Win et je sais qu'elle fait allusion à l'évolution de sa maladie : le premier élancement, la douleur sourde, sa manière de balayer les premiers signes d'un revers de main. Je regarde en moi, pense à Brian.

Relevant le menton, je leur adresse un grand sourire.
— Racontez-moi comment vous êtes tombés amoureux.

Felix se souvient que Win portait une robe d'été jaune qui ressemblait à un arc électrique drapé sur son corps. Il était incapable de détourner les yeux, complètement hypnotisé. Win déclare que ce n'est pas tout à fait vrai. S'il ne pouvait pas détourner les yeux, c'est parce qu'il était payé pour veiller à ce qu'elle ne fasse pas d'embardée avec la voiture, qu'elle évite de percuter un arbre.

Ils livrent leur version à tour de rôle. Terminent la phrase de l'autre, comme si les mots étaient un bonbon qu'ils suçotaient chacun leur tour.

Win assure que Felix était la personne la plus sérieuse qu'elle avait jamais rencontrée. 10 h 10, avait-il expliqué. C'est la bonne position des mains sur le volant pour faire face à toutes les situations. Aussi incroyable que cela puisse paraître, il lui avait fallu attendre d'avoir une bonne vingtaine d'années pour que quelqu'un lui enseigne cette leçon de vie.

Felix a su qu'il était amoureux le jour où elle lui a avoué qu'elle connaissait toutes les paroles de la chanson *A Whiter Shade of Pale*.

Win dit qu'il avait un regard empli de douceur.

Felix l'a demandée en mariage après l'avoir invitée au bowling. Win avait grandi en Nouvelle-Angleterre au milieu des quilles. C'était la première fois qu'elle soulevait une boule aussi lourde et volumineuse. Lorsqu'elle lança le bras en arrière, la boule lui échappa des doigts et heurta la bouche de Felix, emportant ses deux incisives.

Il lui a demandé de devenir sa femme dans un cabinet d'urgences dentaires.

C'était gagné d'avance, raconte-t-il. Parce que même si elle n'avait pas été amoureuse de lui, elle se serait sentie coupable et aurait été obligée d'accepter.

En sortant de chez Win et avant de rentrer chez moi, je fais une halte dans un parking près de Boston Harbor. Ce n'est pas du tout sur mon chemin mais c'est l'endroit où je vais quand j'aimerais que la terre s'arrête de tourner.

Tous les jours en été, on peut apercevoir les gros bateaux aménagés pour l'observation des baleines, aussi stables et imposants que leurs proies, transportant à leur bord un flot de touristes ininterrompu, semblable au krill continuellement filtré par les fanons des cétacés. Il y a des glaciers ambulants, des couples armés de perches à selfies et des hommes arborant l'uniforme militaire colonial proposant des visites guidées historiques. Un peu plus loin se dressent la silhouette à trois mâts de l'*USS Constitution* et, dans l'autre direction, le toit anguleux de l'Aquarium de Nouvelle-Angleterre où ma mère apprenait à d'autres enfants que nous tout sur les mollusques, les étoiles de mer et les mares résiduelles.

Ma mère fut la première personne à m'emmener ici. Installé dans un porte-bébé, Kieran était blotti contre sa poitrine et elle me serrait la main tellement fort qu'elle me faisait mal.

— Quand je suis arrivée à Boston, m'expliqua-t-elle ce jour-là avec son accent chantant qui me rappelait toujours l'été et ses abeilles voletant de corolle éclatante en corolle éclatante, je n'avais aucune envie d'être là. Alors je venais ici tous les jours en me disant que si je fixais l'horizon attentivement, j'arriverais peut-être à apercevoir ma maison.

Il était bien entendu parfaitement impossible de distinguer les rivages de l'Irlande même par temps clair mais ça ne l'avait jamais empêchée d'espérer.

— Un jour, j'en ai eu tellement marre d'attendre que j'ai sauté dans le port, à cet endroit précis, et je me suis mise à nager.

Rien de tout cela ne m'avait étonnée. Ma mère était taillée pour l'océan. En Irlande, elle longeait tous les matins à la nage la côte de Kerry, même quand l'eau était glacée. Elle me racontait que les dauphins la suivaient et qu'elle nageait parfois plusieurs heures d'affilée, obligeant son père à venir la chercher dans son vieux fourgon quelques kilomètres plus loin. Enceinte de moi, elle continuait à nager de longues heures dans la piscine d'une YMCA. Les sages-femmes ont dit à ma mère que je m'étais présentée par le siège parce que je n'avais aucune idée de ce que pouvait être la gravité, de quel côté était le haut, de quel côté le bas.

Le jour où elle avait sauté dans le port, personne ne l'avait remarquée. Elle nageait avec assurance et fluidité, fendant l'eau au milieu des bouées et des bateaux jusqu'à ce que la houle devienne plus sombre, plus brutale, là où une ligne invisible séparait le port de l'océan. Elle m'avait raconté qu'un cormoran lui avait servi de guide, son beau ventre blanc pointant comme une flèche tandis qu'il volait au-dessus de sa tête. La nuit était déjà tombée lorsqu'elle avait été repêchée par le capitaine d'un remorqueur qui ne parlait pas d'autre langue que le portugais et qui n'avait cessé de montrer ses jambes en secouant la tête, visiblement persuadé d'avoir recueilli une sirène.

— La vérité, Maidan, je vais te la dire, avait conclu ma mère en m'appelant par mon surnom qui signifiait *matin* en irlandais. J'ai presque réussi. L'océan n'est pas le même là-bas, en Irlande. Il est plus doux, moins salé. Et j'ai vu la côte. J'étais à deux doigts d'y arriver.

Je la croyais quand j'étais gamine. Aujourd'hui, bien sûr, je sais qu'il est inconcevable qu'une petite bonne femme ait réussi à traverser l'Atlantique à la nage en l'espace de quelques heures. Mais au fond, ce n'est pas ça l'important, si ? On se raconte tous des histoires qu'on finit par croire, au bout du compte.

Ma mère a passé une bonne partie de sa vie à se demander quelle autre femme elle aurait été si elle n'avait pas quitté sa terre natale. Une nageuse olympique, peut-être. Ou simplement une employée dans le pub de son père. L'épouse d'un autre homme, la mère d'une autre fille.

Il m'arrive d'y penser, moi aussi. Si on m'avait demandé de me projeter dans l'avenir il y a quinze ans, je me serais vue en égyptologue reconnue, comptant plusieurs publications à son actif. J'aurais pu être curatrice au Metropolitan Museum of Art, j'habiterais à Chelsea, je connaîtrais les lignes du métro new-yorkais par cœur et je ferais mon footing à Central Park avec mon petit chien. Ou je serais professeur et propriétaire de ma propre concession en Égypte. J'y emmènerais mes étudiants deux fois par an et nous exhumerions ensemble des secrets enfouis dans le sol sablonneux. J'enseignerais peut-être au Queen's College d'Oxford, je déambulerais dans les rayonnages de l'Ashmolean

Museum ou j'animerais tous les ans des conférences dans le cadre de la Current Research in Egyptology à Madrid, Prague ou Cracovie.

Je serais peut-être au Grand Café dans High Street, en train de fouiller dans mon porte-monnaie, à la recherche de quelques pièces d'une livre pour payer mon *latte*. Et tout à coup, l'homme derrière moi dans la file d'attente me proposerait de régler mon café.

Peut-être que cet homme serait Brian, de passage à Oxford pour donner une conférence sur le multivers pour les étudiants du département de sciences physiques.

Voilà ce que je me dis : que notre rencontre était inévitable.

Que c'était écrit.

Meret avait sept ans quand Brian a décidé de lui offrir un microscope à Noël. Je n'étais pas d'accord ; je trouvais que c'était un cadeau coûteux pour une petite fille qui n'avait pas l'âge de manipuler des lames de verre. Il s'est avéré que j'avais tort. Meret passait des heures penchée au-dessus de l'instrument, s'amusant à interchanger les cinq loupes, observant sur les lames fournies dans la boîte des ailes de libellule, des ovaires de concombre, des crins de cheval et du pollen de tulipe. Elle utilisait méticuleusement la pince à épiler et les écouvillons pour préparer ses propres spécimens qu'elle badigeonnait avec de l'éosine ou du bleu de méthylène. Les murs de sa chambre étaient tapissés de dessins tirés de ses observations : la dentelle d'une feuille de lilas plusieurs fois grossie, un entrelacs de bactéries semblables à des spaghettis, les formes géométriques piquetées d'un œil bizarre des cellules d'oignon. Ainsi débuta son histoire d'amour avec les sciences. Une histoire qui dure encore à ce jour.

Au collège, les profs l'adorent et ça n'a rien d'étonnant. Elle est intelligente, curieuse et très mature pour son âge. Ils détectent son potentiel rien qu'en la regardant. Contrairement aux élèves qui, pour leur part, ont du mal à voir au-delà de son apparence physique.

À l'école primaire, la plupart des enfants se débarrassent de leurs ventres potelés et de leurs joues rebondies. La plupart sauf Meret.

Ce n'est pas parce qu'elle ne fait pas de sport ou qu'elle mange n'importe quoi, non : c'est une histoire de constitution physique et si la sienne ne correspond pas au modèle de la perfection, eh bien ils n'ont qu'à le modifier, leur foutu modèle.

Mais.

Mais je me souviens encore de ce que ça fait d'avoir quatorze ans. Je me revois en train de m'inspecter dans le miroir avec la sensation de ne pas me reconnaître. Je sais que Meret éprouve la même chose quand elle contemple son reflet mais je remarque surtout qu'elle fait tout pour l'éviter. La différence, c'est que mon corps était en train de se transformer et c'est cette métamorphose qui me mettait mal à l'aise. Pour Meret, c'est le contraire : son corps ne change pas. Il est toujours aussi rond, replet, robuste, et c'est ce qu'elle essaie de cacher à tout prix.

Quand elle a commencé à porter des vêtements plus grands que les miens, je lui ai dit que les tailles différaient d'une marque à une autre, que je mettais un 36 dans telle boutique et un 40 dans une autre. Elle m'a dévisagée un long moment. *C'est ce que disent toutes les maigres*, a-t-elle finalement rétorqué avant d'aller s'enfermer dans sa chambre pour le reste de la journée.

Je suis sa mère, alors je fais forcément tout de travers. Si je ne sers que des légumes pour le dîner, elle pense que je fais ça pour son bien. Il y a des sujets tabous que j'évite d'aborder : la nourriture, le sport, la psychothérapie, le poids. Chaque fois que quelqu'un lui dit qu'elle est mon portrait craché, je devine ses pensées : *ouais, c'est ça – enfouie sous les kilos en trop.* J'aimerais trouver le moyen de lui faire comprendre que son prénom, Meret, la décrit parfaitement : c'est un homonyme d'un mot signifiant *valeur*.

Brian est aussi désemparé que moi. Il n'a jamais été en surpoids, pas même quand il était gosse. Il a toutefois un avantage sur moi : Meret ne se compare pas à lui quand elle le regarde. C'est peut-être pour cette raison que le lien qui les unit a toujours été un petit peu plus intense, un petit peu *plus*, tout simplement. On dira ce qu'on voudra de Brian mais on ne pourra jamais lui reprocher de ne pas jouer son rôle de père à la perfection. Il adore ça et aurait volontiers eu dix autres enfants si le destin n'en avait pas décidé autrement. Au bout d'un moment, on a arrêté d'essayer. *On ne peut pas perfectionner le modèle original, c'est tout,* me répétait-il tous les mois lorsque je lui annonçais que non, je n'étais toujours pas enceinte.

Cet été, Meret participe à un camp d'adolescents "Sciences et technologie". On a presque été obligés de la forcer à s'inscrire mais comme elle intègre un nouveau lycée à la rentrée prochaine, cette activité lui permettra de sympathiser avec d'autres adolescents avant la reprise des cours. On dirait que l'idée porte ses fruits : elle nous parle sans cesse d'une Sarah qui, comme elle, est une biologiste en herbe. Elle m'a envoyé un texto aujourd'hui pour me demander la permission d'aller dîner chez sa nouvelle amie ce soir.

Je suis donc étonnée de la voir débarquer alors que je suis en train de préparer à manger pour Brian et moi.

— Salut ! Qu'est-ce que tu fais là ?

— J'habite ici, non ? réplique-t-elle en s'affalant sur le canapé.

Elle attrape aussitôt un coussin qu'elle pose sur son ventre. Est-elle seulement consciente de faire ça chaque fois qu'elle s'assied ?

— Qu'est-ce qu'on mange ?

— Je croyais que tu dînais chez Sarah, je réponds avant de grimacer – il ne faudrait surtout pas qu'elle aille s'imaginer que je lui reproche d'avoir faim.

— C'est ce que j'ai fait, dit Meret en jouant avec les pampilles du coussin. Mais j'ai juste grignoté.

Je la regarde d'un air compatissant.

— Il y avait du porc au menu ?

Meret déteste cette viande. Elle n'en mange plus depuis qu'elle a appris que les cochons étaient plus intelligents que n'importe lequel des animaux domestiques.

— Non, il y avait du poulet frit et une salade César.

Ses joues se colorent tandis qu'elle enchaîne :

— C'est galère, tu vois. Si je mange que de la salade, ils pensent : *La pauvre, elle fait des efforts, pourtant.* Mais si je prends du poulet, ils se disent : *Pas étonnant qu'elle soit énorme.*

J'essuie mes mains dans un torchon et traverse le salon pour m'asseoir à côté d'elle.

— Personne ne pense ça, ma puce.

— Elle m'a invitée à venir chez elle samedi.

— C'est génial ! dis-je d'un ton peut-être légèrement trop enjoué.

Meret s'enfonce un peu plus dans le canapé.

— Vous avez travaillé sur quoi, aujourd'hui ?

Son visage s'éclaire.

— On a isolé l'ADN de l'épinard.

— Waouh, fais-je en clignant des yeux. Pourquoi ?

— Parce que c'est possible, c'est tout. Ça ressemble à une toile d'araignée.

Elle lâche le coussin pour pouvoir parler avec ses mains.

— Est-ce que tu savais qu'on partage quatre-vingt-cinq pour cent de nos gènes avec le poisson-zèbre ? Et que moins de deux pour cent de notre ADN reçoivent les instructions pour fabriquer des protéines ? On appelle tout le reste l'ADN poubelle parce que c'est juste un tas de séquences aléatoires qui ne codent apparemment rien d'important.

— Ça fait beaucoup de place inutile dans un chromosome, dis donc.

— Ouais. Sauf que cet espace tient peut-être un rôle important mais que personne n'a découvert la pierre de Rosette de l'ADN pour le moment.

Je tire sur une de ses boucles.

— Ce sera peut-être ta grande contribution à la science.

Elle hausse les épaules.

— Tu sais ce qu'on dit : l'homme de la situation est généralement une femme.

Et puis soudain, elle se penche vers moi et m'enlace. L'adolescence ressemble décidément aux étés bostoniens : des orages balayés par le soleil en un clin d'œil. Quelques averses de grêle. Et de temps en temps, des cieux limpides.

J'enroule mes bras autour d'elle comme si je pouvais de nouveau lui servir de cocon, lui éviter les secousses de la vie. Les sensations que j'éprouvais quand je la couvais sous les arceaux protecteurs de ma cage thoracique affluent à ma mémoire. L'idée d'avoir deux cœurs battant à l'unisson. Ces sensations sont toujours présentes. Mais les battements sont parfois moins audibles.

Au même moment, Brian entre dans la pièce. Après avoir appelé le Perimeter Institute pour annuler son intervention à la dernière minute, il s'est rendu à son laboratoire. Il jette sa mallette sur le plan de travail de la cuisine et pique une tranche de mozzarella dans la salade caprese que j'ai préparée pour le dîner.

— Beurk ! fais-je d'un ton dégoûté. Tu pourrais au moins te laver les mains avant de piocher dans le plat.

— Elle a raison, approuve Meret. Un seul gramme de caca humain peut contenir jusqu'à un trillion de germes.

— Merci de me couper l'appétit, ironise Brian en se penchant pour l'embrasser.

Il hésite un quart de seconde avant de m'étreindre brièvement.

J'inspire. Shampooing Neutrogena. Old Spice.

J'expire.

— Meret a isolé de l'ADN aujourd'hui.

Il émet un sifflement.

— Rappelle-moi combien coûte ce camp ?

— C'était de l'ADN de légumes, précise Meret. Mais quand même.

Elle se lève soudain d'un bond.

— Au fait, merci pour mon cadeau d'anniversaire ! C'est juste parfait.

Il a dû lui acheter quelque chose qu'il aura déposé dans sa chambre pendant que je rendais visite à Win. Son regard croise le mien tandis que Meret lui saute au cou.

— Désolé du retard, murmure-t-il.

— C'est pas grave.

Pendant une fraction de seconde, je ressens un pincement de jalousie. Pourquoi lui pardonne-t-elle toujours tout ? Pourquoi ne me laisse-t-elle rien passer ?

Les parents qui ont plusieurs enfants prétendent tous les aimer aussi fort mais personnellement, j'ai du mal à le croire. Et je pense que c'est la même chose dans l'autre sens : un enfant ne dira jamais qu'il préfère son père ou sa mère mais dès qu'il y a un pépin, les lignes bougent souvent en faveur d'un des deux parents.

J'aimerais tellement être celle qu'elle aime le plus, de temps en temps.

Mais bien sûr, je garde ça pour moi. Plaquant un sourire sur mon visage, je me tourne vers Meret :

— Qu'est-ce qu'il t'a offert, papa ?

Brian répond plus vite qu'elle.

— J'ai failli oublier. J'ai acheté des places pour une conférence au MIT, samedi. Ils ont invité une zoologue qui va nous raconter ses mésaventures. Elle a été mordue par une chauve-souris vampire et pourchassée par un gorille. Il paraît qu'elle viendra avec une pieuvre vivante.

— Trop cool, fait Meret.

— Mais tu devais aller chez Sarah…

J'essaie d'accrocher le regard de Brian pour le supplier en silence de ne pas insister. J'aimerais lui faire comprendre qu'il est mille fois plus important de passer du temps avec une copine que de rencontrer un céphalopode.

— Je n'ai jamais dit que je voulais y aller, proteste Meret en me lançant une œillade assassine. Elle veut qu'on se baigne dans sa piscine.

Il fait plus de trente degrés dehors et l'air est saturé d'humidité.

— C'est chouette, non ? dis-je à l'adresse de Brian en lui jetant un regard appuyé.

— Mais oui, c'est génial. Je suis sûr qu'on pourra regarder la conférence en ligne, de toute façon.

— Hors de question que j'aille là-bas, déclare Meret.

— Enfin, Meret…

Elle fait volte-face, les poings serrés le long de ses cuisses.

— Si on se baigne dans sa piscine, je vais être obligée de retirer mon T-shirt et je ne veux pas retirer mon T-shirt.

— Elle ne se moquera pas de toi…

— Non. Elle aura pitié de moi. Et c'est encore pire.

Meret enroule ses bras autour de sa poitrine comme deux ailes derrière lesquelles elle aimerait disparaître.

— Tu ne comprends vraiment *rien*, lâche-t-elle avant de filer à l'étage.

Je passe mes mains sur mon visage.

— Et merde.

— Tout ça pour un poulpe, marmonne Brian en me suivant dans la cuisine.

— Tu ne pouvais pas savoir.

Je sors les blancs de poulet du four, découpe trois portions que je dispose sur les assiettes, verse quelques cuillerées de riz avant d'ajouter les tranches de tomates à la mozzarella. Nos regards se tournent vers l'escalier.

— Tu l'appelles ?

Brian secoue la tête.

— Certainement pas.

Je recouvre une assiette d'une feuille de papier d'aluminium.

— Je lui monterai tout à l'heure.

Il évolue autour de moi dans une chorégraphie bien rodée, sortant les verres et les couverts pendant que je pose nos deux assiettes sur la table de la cuisine. Une certaine grâce se dégage de la manière dont nous tournoyons dans l'espace exigu, comme la lune autour du soleil. Je ne suis pas sûre de savoir qui est qui.

Maintenant que Meret n'est plus là pour jouer le rôle de tampon, l'air se charge d'électricité et le plus petit mot de travers pourrait tout faire exploser.

— Comment s'est passée ta journée ? demande Brian.

Question neutre. Terrain familier.

— Bien, je réponds en avalant une bouchée. Et toi ?

— J'ai discuté avec les organisateurs de la conférence. Ils m'ont proposé de revenir au mois d'octobre.

— Super.

— Ouais.

Je lève les yeux, m'aperçois que Brian m'observe fixement.

— Quand est-ce que c'est devenu aussi compliqué ? demande-t-il à mi-voix en rougissant obligeamment. Pas juste ça, ajoute-t-il tandis que sa main balaie l'espace qui nous sépare. Tout.

Il jette un coup d'œil vers l'escalier. Je repose ma fourchette. Je n'ai plus faim, tout à coup. C'est peut-être un conseil que je devrais donner à Meret : le meilleur régime consiste à se réveiller un matin en se demandant comment diable on en est arrivé là.

— Je peux te poser une question ? Tu as acheté combien de billets pour la conférence au MIT ?

Brian incline la tête sur le côté.

— C'est une question piège ?

— Non. Juste de la curiosité.

— Deux. D'habitude, tu vas voir tes clients le samedi et je me suis dit…

— Tu t'es dit.

Il a l'air sincèrement déconcerté.

— Tu veux voir la pieuvre ? Je peux sûrement avoir une autre place…

— On s'en fout de la pieuvre. Pourquoi est-ce que tu ne m'as pas demandé si je voulais venir ?

Brian se frotte le front en soupirant.

— Est-ce qu'on peut… éviter de s'engueuler ? Est-ce qu'on peut manger tranquillement ?

Avec un hochement de tête, je soulève mon couteau et ma fourchette et entreprends de tailler mon blanc de poulet en petits morceaux. Je recommence ensuite la même opération. Combien de fois vais-je pouvoir les recouper ? Je compte jusqu'à cent en maniant mes couverts. Puis repousse les cubes minuscules sur le pourtour de mon assiette.

— Dawn.

Brian a observé toute la scène. Sa voix est comme enveloppée dans du coton, tellement sourde que je l'entends à peine. Elle me fait penser à un os sauvagement fracturé, incapable de se ressouder.

Je rencontre son regard par-dessus la table soudain vaste comme un océan. Nous pourrions être sur deux continents différents. Nous sommes comme ma mère échouée à Boston, plissant les yeux pour tenter d'apercevoir la côte irlandaise.

— Dis-moi ce que tu attends de moi, murmure Brian d'un ton implorant.

Je devrais plonger et nager vers lui mais je suis déjà en train de couler. Ici, sur la terre ferme.

— Je ne devrais pas avoir à te le dire.

TERRE/ÉGYPTE

D'un point de vue juridique, Wyatt ne peut pas m'embaucher sur son chantier de fouilles. La concession appartient à Yale et je n'ai plus aucun lien avec l'université. La procédure est la même à chaque saison : l'équipe de doctorants et de collaborateurs missionnés par le département égyptologie a obtenu des visas de travail délivrés par le gouvernement égyptien qui vérifie les références de tous les participants dans le domaine des antiquités avant de donner son aval.

Je ne sais pas pourquoi j'ai demandé du travail à Wyatt. C'est sorti de ma bouche tout seul, à la place de toutes les autres choses que j'aurais vraiment voulu lui dire. D'un autre côté, c'est plus simple de commencer par là et ça me laisse un peu de temps avant de passer au reste.

— Il y a bien quelqu'un que tu peux contacter, dis-je d'un ton suppliant. Quelqu'un qui pourrait contourner la loi.

Je me rappelle qu'à l'époque où j'ai quitté le pays, les Occidentaux n'étaient pas censés emprunter la route du désert reliant Minya au Caire. Hasib, le père de Harbi, avait donné à Wyatt des indications pour se rendre à l'aéroport par un autre itinéraire en lui recommandant de ne pas s'aventurer sur la route défendue. *Sauf si tu veux relever le défi*, avait-il ajouté. Wyatt l'avait pris au mot : chaque fois que nous nous arrêtions à un poste de contrôle, il jouait l'innocent et expliquait que nous n'avions pas la moindre idée de cette interdiction jusqu'à ce qu'on nous fasse signe de passer.

Wyatt se laisse choir sur le bras d'un fauteuil avachi.

— Excuse-moi… Je me trompe ou tu n'as pas remis les pieds sur un chantier de fouilles depuis quinze ans ?

Un pincement me serre le cœur. De toute évidence, Wyatt n'a pas cherché à savoir ce que je devenais mais au fond pourquoi l'aurait-il fait ? C'est moi qui suis partie sans un regard en arrière. Je me force à lever les yeux.

— Non, tu as raison.

— Pourquoi, Dawn ? demande-t-il à voix basse. Pourquoi maintenant ?

J'hésite. J'aimerais trouver le moyen de lui dire la vérité sans susciter sa pitié.

— Est-ce que tu sais que quand on abat un arbre, on peut voir tous les moments marquants de sa vie rien qu'en observant les cernes de sa souche ? On peut repérer la date d'un feu de forêt. Ou celle d'une attaque d'insectes. Ou encore une année de sécheresse, une autre où quelque chose s'est abattu sur son tronc, ce qui l'a obligé à pousser dans une autre direction ?

En le voyant hocher la tête, je lance en guise de conclusion :

— Eh bien disons que c'est un de ces moments.

— Tu as été déviée vachement loin de ta trajectoire pour atterrir ici, en Égypte.

— Ou peut-être que j'ai été déviée vachement loin de ma trajectoire le jour où je suis partie d'ici.

Il plisse les yeux.

— Écoute, Dawn, j'aimerais pouvoir t'aider mais je ne vois pas com…

— Wyatt. S'il te plaît.

— Dawn, tu es sûre que ça va ? Si tu as des problèmes…

— J'ai juste besoin de travailler.

Un soupir s'échappe de ses lèvres.

— Je pourrais peut-être te trouver quelque chose en janvier prochain. Ce n'est même pas notre saison de fouilles officielle.

— Mais tu es là. Tu bosses. Je veux dire, c'est un signe, non ? Que tu sois là, que je sois là aussi…

J'avale ma salive avant d'enchaîner :

— Je sais que tu as toujours besoin d'aide. Tu n'es pas obligé de me payer. Laisse-moi juste une chance. Et après ça – ma voix tremblote –, tu ne me verras plus jamais si c'est ce que tu souhaites.

Wyatt me dévisage sans mot dire. Ses yeux sont toujours du même bleu que le cœur d'une flamme, le bleu du ciel qui reste coincé sous nos paupières quand on les ferme après l'avoir contemplé trop longtemps. Ses doigts tapotent un tatouage sur sa cuisse. J'ai l'impression de voir les rubans de ses réflexions et de sa raison alimenter la machine de ses pensées.

— Je n'ai pas oublié la promesse que je t'ai faite il y a longtemps, commence-t-il et je devine aussitôt qu'il va me dire ce que je n'ai pas envie d'entendre.

Je me prépare, soudain consciente d'avoir fait une erreur. Les *et si* n'ont jamais le dernier mot dans la vraie vie.

— Je ne peux rien te promettre mais je vais essayer de demander une autorisation provisoire.

Je relève la tête.

— C'est vrai ?

— C'est ce que tu veux, non ?

— Oui, dis-je dans un souffle.

Je fais un pas vers lui mais me heurte à ce drôle de mur invisible dressé entre nous.

— Merci.

— Ne me remercie pas tout de suite, lance Wyatt en se levant. Je n'ai encore rien fait et si tu obtiens l'autorisation de rester, tu vas bosser comme un forçat, je préfère te prévenir tout de suite. Viens, je vais te présenter au reste de l'équipe et on passera au Bureau des antiquités à Minya cet après-midi.

Il se dirige vers la porte en me faisant signe de le suivre. J'entends les rumeurs de la maison, les discussions en arabe de Harbi et sa famille qui préparent le repas, le glougloutement des canalisations submergées par les flots d'eau.

Wyatt s'arrête soudain – si brusquement que je manque lui rentrer dedans. Il pivote sur ses talons et nous voici tous les deux dans le couloir, immobiles, les yeux dans les yeux.

— Une dernière chose, dit-il. Je ne sais pas pourquoi tu es là. Je ne sais pas ce que tu caches. Tu as peut-être complètement perdu la main.

Il marque une pause. L'ombre d'un sourire joue sur ses lèvres, comme s'il s'apprêtait à relever un nouveau défi.

— Mais il se trouve que c'est mon boulot de déterrer les trucs.

Il y a encore peu de temps, le gouvernement égyptien garantissait un emploi à tous les diplômés universitaires du pays. Résultat : il y avait un trop-plein de fonctionnaires et une carence de tâches à accomplir. Une étude avait montré qu'un fonctionnaire moyen travaillait effectivement une demi-heure par jour. Ce qui expliquait pourquoi les emplois générés par la concession de Yale étaient si convoités. Quinze ans plus tôt, le père de Harbi et le reste de l'équipe locale avaient pris leur travail tellement à cœur que c'était devenu une affaire de famille qui se transmettait de génération en génération. Wyatt me présente Mohammed Mahmoud, le fils du Mohammed que je connaissais à l'époque. Il travaille maintenant avec Harbi, Abdou et Ahmed. Les quatre hommes préparent à manger, entretiennent la maison et donnent un coup de main sur le site. Entre deux saisons de fouilles, Mohammed Mahmoud et sa famille habitent à Louxor.

À ceux que je n'ai encore jamais vus, Wyatt explique que je suis une amie de longue date. Certains me donnent du *doctora*, comme Harbi un peu plus tôt. "Appelez-moi Dawn", dis-je d'un ton désinvolte, consciente du regard de Wyatt constamment posé sur moi.

Je me tourne vers lui lorsque nous quittons la cuisine.

— Qu'est-ce qui est arrivé à Harbi pour qu'il boite comme ça ?

Il appuie son épaule contre le mur de stuc.

— Comment ça se fait que tu n'aies pas terminé ton doctorat ?

Je ne réponds pas, alors il hausse les épaules.

— Dis-toi que c'est une espèce de troc, OK ? Si tu veux des réponses, tu dois en donner aussi.

— J'ai suivi une formation pour devenir assistante sociale en milieu hospitalier. Parce que j'ai dû abandonner mes études universitaires.

Wyatt scrute mon visage, hésitant visiblement à me croire.

— Harbi s'est cassé la jambe il y a cinq ans. Il est tombé d'une échelle dans un puits funéraire. La fracture ne s'est jamais ressoudée correctement.

À ces mots, je revois l'échelle tanguer sous mes pieds dans la tombe de Djehoutyhotep II, et Wyatt qui me rattrape et amortit ma chute. Je me souviens de l'odeur qui imprégnait ses vêtements, un mélange de soleil brûlant et de caramel au beurre. Quelques semaines plus tard, j'avais découvert qu'il gardait toujours des bonbons dans sa poche, pour lui et aussi pour les gamins aux pieds nus qui l'attendaient dans la chaleur infernale à l'entrée du *wadi*, à la fin de notre journée de travail.

— Viens. Je vais te montrer sur quoi on bosse en ce moment.

Du swing résonne encore dans la pièce principale où, penché au-dessus d'une table, un jeune type aux cheveux très courts est en train de dessiner des silex du Paléolithique soigneusement alignés devant lui. Wyatt en soulève un et me le donne. Je passe le doigt sur la pointe cannelée.

— Joe, je te présente Dawn.

Joe remonte ses lunettes en me gratifiant d'un signe de tête, attendant visiblement une explication qui ne vient pas.

— C'est le seul étudiant en doctorat qui est resté sur le site aussi tard dans la saison, ajoute simplement Wyatt.

— J'espère bien décrocher une médaille, plaisante Joe. Ou au moins une épitaphe sur ma tombe : Ici repose Joe Cullen, mort desséché dans le désert.

— C'est pour ta thèse, tous ces silex ? dis-je en souriant.

Il hoche la tête, occupé à graver des numéros sur de minuscules étiquettes métalliques.

— Ouais. Je m'intéresse à toutes les activités manuelles des anciens Égyptiens. Tout ça, ce sont des outils primitifs. Je note le numéro de la saison, la date et l'endroit où ils ont été trouvés.

— On utilisait des étiquettes en papier, à l'époque, dis-je d'un ton pensif.

Joe lève les yeux, manifestement surpris par ma remarque.

— Une expédition européenne qui travaillait dans le Sud, à Assouan, avait entreposé sa récolte de tessons de poterie dans des cagettes en feuilles de palmier, explique-t-il. Les termites sont passés par là et ils n'ont retrouvé qu'un tas de fragments sans étiquette. Ce système d'étiquetage nous permet de lutter contre deux fléaux difficilement évitables en Égypte : la dessiccation et les insectes.

Je repose délicatement l'outil sur la table.

— Ça, c'est un grattoir, dit-il. On en a trouvé plein, ce qui laisse penser qu'il y avait un gros travail de préparation de peaux dans le désert.

— C'est très intér…

— Ne le relance pas, coupe Wyatt d'un ton amusé. Ou il va vouloir te montrer ses hachettes.

Il me conduit ensuite de l'autre côté de la pièce où un homme brun d'une trentaine d'années est concentré sur un écran d'ordinateur.

— Tu as réussi à réparer la bête, Alberto ?

Il hoche la tête et lève les yeux, remarque ma présence. Son visage en lame de couteau doté d'un nez pointu se transforme quand il sourit, dévoilant des dents d'une blancheur étincelante.

— Tu ne m'as pas dit qu'on avait de la compagnie. Une ravissante compagnie, en plus.

Je sens mon visage s'enflammer. Ça fait bien longtemps que je n'ai pas rougi comme ça.

— Ce n'est pas de la compagnie. Dawn travaille ici, déclare Wyatt en me coulant un regard de biais. Enfin, peut-être.

Je jette un coup d'œil à l'écran où le plan en trois dimensions d'une tombe creusée dans la pierre pivote sur lui-même.

— Alberto est notre spécialiste italien de l'archéologie numérique.

Il y a quinze ans, ce métier n'existait pas. Wyatt se moque de moi en voyant mon expression.

— Je sais. On est des vieux croulants.

— Tu dessines les plans numériques du site, c'est ça ? je demande.

Alberto secoue la tête.

— Non, je fais de la photogrammétrie et de la géomatique. Le mappage numérique en trois dimensions a remplacé les mesures linéaires que tout le monde utilisait avant.

Wyatt enfonce quelques touches et zoome sur la maquette affichée sur l'écran jusqu'à ce qu'apparaissent distinctement les hiéroglyphes tapissant le mur de la tombe. On a presque l'impression d'y être vraiment.

— Incroyable, pas vrai ? murmure-t-il.

— C'est hallucinant, oui. Comment ça marche ?

— Je prends une photo du site, explique Alberto, je la rentre dans le logiciel et… comment vous dites, déjà ? *Bim*, on obtient la modélisation en 3D et la topographie du site.

Wyatt pointe le doigt sur une icône du bureau.

— Montre-lui celle-là.

Il me tend une paire de lunettes de jeux vidéos que j'enfile pendant qu'une image se charge devant mes yeux. Je retiens mon souffle, brusquement téléportée dans un *wadi* que je connais bien : un surplomb rocheux, une cuvette sombre et tranquille. Je tends le bras pour essayer de toucher mais bien sûr, ce n'est que du virtuel.

— Tourne à gauche, ordonne Wyatt.

J'obéis et je me penche en avant pour faire semblant de marcher. Je me rapproche encore et parviens enfin à lire l'inscription hiératique peinte sur la roche que nous avons découverte il y a plusieurs années.

C'est tellement différent de nos méthodes de travail de l'époque... Les feuilles de Mylar que nous utilisions alors attiraient la poussière et fondaient à cause de la chaleur. Il y avait aussi les reflets de lumière capturés dans le film plastique, ce qui m'obligeait constamment à corriger mon dessin par rapport aux signes gravés dans la pierre. Mais ça... C'est révolutionnaire, il n'y a pas d'autre mot.

— Tous nos sites de fouilles sont replacés *in situ* dans le paysage, explique Wyatt. L'idée, c'est de pouvoir proposer des visites virtuelles aussi réalistes que possible pour éviter qu'un flot de touristes avec leurs bananes autour de la taille inonde la Moyenne-Égypte. Avec les méthodes d'avant, on perdait la moitié des informations, à savoir *pourquoi* les inscriptions avaient été placées dans tel endroit et pas ailleurs.

Je me penche de nouveau en avant pour m'approcher du mur de pierre virtuel.

— L'épigraphie doit prendre énormément de temps.

— Tu n'imagines même pas, fait Wyatt en me reprenant les lunettes avant de me tendre un iPad. Alberto conçoit une orthoimage aplatie à partir de l'image haute définition en 3D et la transfère là-dessus. À partir de là, je peux dessiner les hiéroglyphes comme dans un album de coloriage. Il est possible de jouer avec les couleurs et de modifier les contrastes si la pierre elle-même est fissurée, comme le calcaire, et qu'il faut distinguer ce qui fait partie de la pierre et ce qui fait partie de la gravure.

— Quand il a terminé de tracer, j'intègre le résultat dans l'image en 3D du site, ajoute Alberto.

— Ce qui veut dire qu'on obtient un dessin abouti d'une partie du chantier au bout d'une saison de fouilles.

— Et c'est génial pour des sites comme celui sur lequel on bosse en ce moment, poursuit Alberto. Au lieu d'être obligé de décider s'il faut creuser de ce côté-ci ou de ce côté-là et au lieu de détruire des couches chaque fois qu'on entreprend de nouvelles fouilles, il suffit de prendre une photo en 3D avant de commencer, puis une autre après avoir retiré la première couche, puis une autre après la deuxième, *e così via*. C'est comme un gâteau d'anniversaire qu'on peut couper, reformer puis recouper autant de fois qu'on veut.

— Le seul bémol, lance Joe de l'autre côté de la pièce, c'est que les iPad surchauffent, les batteries se vident et mes oreilles innocentes doivent supporter d'entendre des chapelets de jurons dans une multitude de langues.

L'espace d'un instant, je me dis que j'arrive beaucoup trop tard. Qu'il est impossible de reprendre le cours des choses là où je l'ai laissé. Et puis Wyatt me reprend l'iPad et effleure quelques icônes jusqu'à ce qu'une image en 3D emplisse l'écran.

— La tombe de Djehouty-nakht, dit-il en me redonnant la tablette.

J'avais lu plusieurs publications sur la découverte de la tombe des Djehouty-nakht quand j'étais étudiante en doctorat. Leurs cercueils étaient exposés au musée des Beaux-Arts de Boston. Pourtant, la photo que j'ai sous les yeux – une chapelle funéraire et un puits à différentes étapes de son excavation – ne me dit rien.

— Pas Djehouty-nakht II, précise Wyatt. Djehouty-nakht, fils de Téti.

Je fais glisser mes doigts sur l'écran pour essayer d'agrandir les photos.

— Ça n'a pas encore été publié, annonce-t-il tranquillement.

Autrement dit : je suis la première personne à voir ces photos, en dehors de son équipe.

C'est une sensation unique – inégalable – d'être le premier ou la première à découvrir un fragment de monde dont on ignorait jusqu'alors l'existence. Le pouls s'accélère, le cœur cogne, on en oublie de respirer. Comme pétrifié, on essaie de retenir ce moment où on est seul face à ce miracle qui nous appartient, avant l'arrivée des autres. J'ai eu la grande chance de vivre cette expérience une fois, avec Wyatt. Et j'ai éprouvé à peu près les mêmes sensations une deuxième fois, en donnant naissance à Meret.

— J'ai appris que tu l'avais trouvée, dis-je dans un souffle.

Mais lire un entrefilet et voir le résultat sur un écran sont deux choses très différentes.

Je m'aperçois que j'ai parlé tout haut en croisant le regard de Wyatt posé sur moi. Son expression est impénétrable.

— C'est encore mieux en vrai, dit-il avant d'ajouter : Allez, en route pour Minya.

Il me propose d'aller me changer avant de partir. Lorsque je lui explique que je n'ai pas de bagages, il plisse les yeux.

— Tu es venue en Égypte les mains dans les poches ?

— En quelque sorte, oui.

— Dans l'intention de travailler sur un chantier de fouilles ?

Je lève le menton d'un demi-centimètre.

— Oui.

— Sans tenue appropriée.

— Disons que je me suis décidée à la dernière minute.

Il ouvre la bouche pour répliquer mais se ravise.

— Alberto ! appelle-t-il avant de s'éloigner. J'ai besoin de ton aide.

J'entends leurs voix étouffées, quelques bribes de leur échange animé. Les seuls mots que je distingue sont *pas qualifié* et *à la journée*. Finalement, Wyatt déclare : "Je suis encore le directeur, que je sache." Une phrase cascade alors en italien : *Avere gli occhi foderati di prosciutto.* Puis des pas s'éloignent.

Dix minutes plus tard, j'arbore un pantalon d'Alberto. Parmi tous les archéologues présents dans la maison des fouilles, il est celui dont le gabarit se rapproche le plus du mien : étroit de hanches, il mesure seulement quelques centimètres de plus que moi. Je serre la ceinture au dernier cran et fais des revers au pantalon. Wyatt m'apporte ensuite l'une de ses chemises en coton à manches longues. Bien qu'elle soit toute propre, elle est encore imprégnée de son odeur.

— Tiens, lance-t-il d'un ton bourru en posant une paire de chaussures de marche devant moi tandis que je remonte les manches de la chemise qui cachent mes mains.

Ce sont des chaussures de femme, pointure 39, qui me vont parfaitement. J'aimerais bien savoir à qui elles appartiennent mais j'ai bien compris que mes questions n'étaient pas les bienvenues.

Wyatt ramasse un chapeau posé sur la table, près de l'entrée. Il a connu des jours meilleurs mais son bord rigide résiste sûrement au vent qui souffle sans répit.

— Sers-toi, me dit-il en désignant l'assortiment hétéroclite de couvre-chefs.

Il y a des panamas, des bobs et des casquettes de base-ball dotées d'un cache-nuque pour se protéger du soleil de plomb. J'attrape un chapeau de cow-boy que j'enfonce sur ma tête, pressant le pas pour m'accorder aux longues enjambées de Wyatt qui se dirige déjà vers le Land Rover recouvert d'une fine couche de sable. Ça me fait tout drôle de m'asseoir à la place du passager. Je me déplaçais toujours à pied quand j'étais étudiante. Du coin de l'œil, je regarde Wyatt passer habilement les vitesses tandis que nous avançons sur la route cahoteuse reliant la maison des fouilles au désert.

Le Bureau régional des antiquités se trouve à Mallawi mais la plupart des autorisations sont délivrées à Minya. Nous retournons donc dans la ville d'où je viens. Le trajet est mouvementé, imprégné de sable et de sueur. Le cuir fendillé du siège est brûlant, le soleil est un chat lové entre nous. Je n'arrête pas de me pencher en avant pour décoller la chemise de ma peau transpirante. Dans notre sillage, un nuage de poussière se soulève, semblable à un panache de fumée.

Au bout d'un quart d'heure de silence, je tente une approche :

— Je n'étais pas sûre de te trouver là au mois d'août.

— Et pourtant, tu es venue, réplique Wyatt.

Je reporte mon attention sur la route.

— Alberto et Joe ont l'air sympa, dis-je au bout d'un moment.

J'ai lu dans un magazine que les hommes et les femmes ne discutaient pas de la même manière : les hommes préfèrent être assis côte à côte pour parler parce que le face-à-face évoque pour eux l'idée de confrontation alors que les femmes, elles, préfèrent se voir pour pouvoir décoder tous les signaux non verbaux. En guise de conclusion, l'auteur de l'article conseillait aux femmes d'aborder les sujets épineux pendant les trajets en voiture, lorsqu'elles sont assises à côté de leur mari, plutôt que pendant le repas, quand ils mangent l'un en face de l'autre.

De toute évidence, le journaliste n'était jamais monté dans un Land Rover en compagnie de Wyatt.

Il jette un coup d'œil dans ma direction, le poignet appuyé sur le volant.

— Tu veux vraiment qu'on parle de la pluie et du beau temps ?

— J'essaie juste d'entamer une conversation.

— Tu n'avais pourtant pas l'air pressée de me parler, excuse-moi.

— Ce n'est pas facile pour moi…

— Parce que tu crois que c'est plus facile pour moi, peut-être ? s'emporte Wyatt.

Ses mots sont comme des couteaux qui me clouent à mon siège. Je ferme les yeux.

— Je suis désolée.

Je n'ai pas besoin de vérifier pour savoir qu'il m'observe. Je le sens. L'air semble plus lourd. Soudain, c'est comme si quelqu'un venait de casser une vitre alors qu'un incendie fait rage : j'arrive de nouveau à respirer. Wyatt a détourné les yeux pour se concentrer sur la route, ses traits sont détendus.

— Si je suis ici alors qu'il fait une chaleur de tous les diables, c'est parce que le semestre s'est terminé au mois de mai, dit-il en ignorant la dernière moitié de notre échange. Ensuite, il y a eu le ramadan et je dois terminer de fouiller cette tombe avant la reprise des cours à la mi-septembre.

Il ne me dit pas tout. Ça doit avoir un rapport avec le financement de son chantier. Peut-être ne peut-il pas obtenir de quoi poursuivre les fouilles tant qu'il n'a pas apporté la preuve qu'il a effectivement découvert une nouvelle tombe abritant un cercueil intact.

— Estime-toi heureuse de ne pas bosser dans le milieu universitaire, ajoute-t-il. Même si je suppose que le métier d'assistante sociale n'est pas non plus une partie de plaisir.

Son ton est amical. Il veut faire la paix, on dirait.

— Je ne suis pas assistante sociale. Je suis doula de fin de vie.

— Dou-quoi ?

— Je m'occupe de malades en phase terminale.

— Si je comprends bien, tes clients meurent d'envie de te rencontrer.

Je rigole.

— On peut dire ça, oui. Ma réorientation professionnelle n'a pas été aussi brutale que je l'avais imaginé, finalement. Parce que, dans un sens, la mort est mon sujet d'étude depuis mes dix-huit ans.

Il me jette un coup d'œil.

— Pareil.

— Et toi ? Tu planches toujours sur le Livre des deux chemins ?

Il acquiesce d'un hochement de tête.

— Tu te souviens de la traduction qu'on utilisait ? Elle est devenue obsolète en 2017 avec la parution d'une nouvelle publication. Du coup, on se retrouve presque avec deux Livres des deux chemins et même quand les formules concordent, on trouve de grandes différences à l'intérieur du texte.

Il ne me parle plus comme à une ennemie ou à une réfugiée mais comme à une collègue. Je retiens mon souffle, submergée par une sensation que je n'ai pas éprouvée depuis bien longtemps, cette espèce de déclic qui se produisait dans mon cerveau quand j'écoutais une conférence d'une incroyable limpidité ou que je venais à bout d'un déchiffrement compliqué.

— Donc l'ancienne traduction était fausse.

— Disons qu'elle n'était pas parfaite, nuance Wyatt. Oh, et puis tu te souviens que tu étais folle de rage en découvrant que les Textes des pyramides découverts dans les cercueils n'avaient jamais été imprimés dans les publications autour des Textes des sarcophages ?

— *Folle de rage*, c'est peut-être un peu exagéré…

— Ils l'ont été, finalement. En 2006. Tu étais au courant ?

— Le seul livre que je lisais en 2006 s'appelait *Bonsoir Lune*, dis-je en riant.

Wyatt se tourne vers moi. L'air qui circule dans l'habitacle a été comme aspiré.

— C'est un livre pour enfants, non ? Tu as des enfants ?

— Un, dis-je à mi-voix. Une fille.

— Je suppose qu'elle a un père, fait observer Wyatt, le regard de nouveau rivé sur la route.

J'avale ma salive.

— En effet.

Je baisse les yeux sur mes mains croisées sur mes genoux et joue avec mon alliance tandis que le silence s'installe de nouveau entre nous.

— J'ai beaucoup pensé à toi, tu sais, murmure Wyatt. Je me suis demandé comment il était possible de se volatiliser comme ça.

Il y a tant de choses que j'ai envie – non : *besoin* – de lui dire. Mais les mots restent bloqués dans ma gorge, figés par la peur : peur qu'il n'ait pas le temps de s'occuper d'une femme de presque quarante ans qui se demande quelle autre vie elle aurait pu avoir si. Peur qu'il me renvoie d'où je viens ou qu'il se moque de moi. Pire encore : peur de me heurter à son indifférence. Peur qu'il me traite comme une amatrice, qu'il me prenne gentiment de haut comme quand, étudiants en doctorat, nous rencontrions quelqu'un qui s'était passionné pour les pyramides dans son enfance ou avait adoré Brendan Fraser dans le film *La Momie*.

Et moi ? Avais-je pensé à lui ? Je mentirais si je prétendais le contraire. On ne peut pas dire que je m'étais languie de lui, en revanche : j'aimais Brian. Mais de temps en temps, alors que j'étais confortablement absorbée par mon train-train quotidien, il surgissait dans ma tête. L'année de mes trente ans, par exemple, quand nous sommes allés en Grèce et qu'en flânant dans les ruelles pavées, j'ai vu des gamins en train de trier des tessons de poteries. Ou en traçant le trait d'eye-liner sur mes paupières – je regardais la vaguelette noire dans le miroir de la salle de bains et revoyais Wyatt s'évertuant à dessiner les yeux soulignés de khôl de la femme d'un nomarque sur une feuille de Mylar.

— J'ai pensé à toi quand le FBI a élucidé le mystère de la momie décapitée, dis-je à Wyatt. Tu te souviens, Dumphries ne savait pas si la tête exposée au MFA appartenait au nomarque ou à sa femme.

J'avais lu l'article dans *The Boston Globe* : l'équipe médicale avait scanné la tête de la momie et remarqué la présence de mutilations au niveau de la bouche et des mâchoires, les zones impliquées dans le processus de mastication. J'avais tout de suite deviné pourquoi : les lésions avaient été causées pendant la cérémonie de l'ouverture de la bouche pratiquée sur le défunt afin qu'il puisse manger et boire dans le royaume des morts. Mais comme les médecins n'arrivaient toujours pas à identifier la momie de façon catégorique, ils avaient fait appel aux agents du FBI qui avaient extrait l'ADN d'une dent.

— Je crois que j'avais lu un article là-dessus, moi aussi, dit Wyatt. Et c'était…

J'ouvre la bouche et nous nous exclamons en chœur : "Monsieur Djehouty-nakht !" avant d'éclater de rire.

Il a l'air tellement à l'aise, ici. Bronzé, les cheveux qui frisottent sur ses tempes humides de sueur. Que serait-il arrivé si les rôles avaient été inversés ? Si sa vie à lui avait basculé à la suite d'un appel téléphonique et que j'étais restée là ? Serait-il à l'heure qu'il est engoncé dans un costume trois pièces, vivant à Londres et travaillant dans la finance ou pour le gouvernement ? Je me souviens soudain qu'il appartient à l'aristocratie britannique ; il se livrerait donc aux activités des gens de son rang. D'autres images se forment dans mon esprit : Wyatt en train de jouer au polo. Wyatt assis derrière une montagne de papiers encombrant un bureau en acajou plus ancien que mon pays natal. Wyatt souriant à sa femme qui s'appellerait Pippa ou Araminta et aurait appris à monter à cheval avant même de savoir marcher. La question s'échappe de ma bouche :

— Tu es marquis, maintenant ?

— Ah ! En fait… oui.

— Je suis désolée, dis-je puisque cela signifie que son père est mort.

— C'est de la pure connerie, ce titre. Je me partage entre l'Égypte et New Haven et je me contrefous des histoires d'étiquette et de devoirs liées au rang social. Au grand dam de ma mère, soit dit en passant.

Il marque une pause. Un sourire moqueur étire ses lèvres.

— Mais comme tu ne m'as jamais appelé *my lord* à l'époque où j'étais un simple comte, tu devrais peut-être commencer à le faire.

— Je préfère encore avaler ma langue.

Son sourire s'épanouit.

— Je dois admettre que c'est la première fois que j'entends parler de ce métier – doula de fin de vie.

— C'est un autre modèle d'accompagnement. C'est, comment dire… plus intense, si ce mot veut encore dire quelque chose. Dans le cadre d'une prise en charge médicale classique, un médecin passe en moyenne sept minutes avec chaque patient. Alors que, moi, je peux faire partie de la famille si c'est ce que souhaite le client. Je passe du temps avec lui, je reste sur le qui-vive mais j'ai aussi suffisamment de recul pour poser les questions difficiles à l'équipe soignante et ça ne me dérange pas d'appeler quinze fois de suite telle ou telle administration si c'est nécessaire.

Je réfléchis à mes responsabilités et m'efforce de les analyser d'un point de vue extérieur.

— Je crois que je suis là pour donner du temps aux gens au moment où ils en ont le plus besoin, conclus-je.

— Ça doit être déprimant, non ?

— Je pleure de temps en temps, admets-je en haussant les épaules. La première fois que ça m'est arrivé devant une cliente, je m'en suis voulu à mort mais son frère m'a appelée le soir même pour me remercier. En me voyant pleurer, il a réalisé que sa sœur représentait pour moi bien plus qu'un chèque en fin de mois. Donc oui, il y a de la tristesse. Mais il y a aussi des moments de beauté.

— Une preuve ? lance Wyatt d'une voix tonitruante.

Je me mords la lèvre pour retenir un sourire : c'était ce que Dumphries grondait toujours quand on travaillait sur le terrain et qu'on émettait une hypothèse qu'il nous demandait d'étayer.

— J'ai eu une cliente transsexuelle, une fois, et juste avant sa mort, sa mère a dit : "J'ai donné naissance à un fils mais c'est une fille que j'enterre." Ma cliente est partie juste après ça, comme si c'était ce qu'elle avait besoin d'entendre avant de mourir.

— Qu'est-ce que tu as appris depuis que tu fais ce métier ?

C'est tellement professionnel, comme question, que je me force de nouveau à ne pas sourire.

— J'ai appris que la mort surprenait tout le monde, ce qui est complètement idiot, quand on y pense. Ce n'est pas franchement une grosse surprise. Mais ce qui m'étonne le plus, je crois, c'est de voir que tant de personnes sont incapables de discerner les contours de leur vie avant d'être arrivées tout au bout. Tu comprends ce que je veux dire ?

Wyatt hoche la tête.

— Bien sûr. C'est en commençant à construire ta tombe que tu prends conscience que c'est toi qui seras enterré à l'intérieur.

— La vie et la mort ne sont que les deux faces d'une même pièce, dis-je en me tournant vers lui.

Il me dévisage d'un air hébété.

— Quoi ?

— Je viens de me rendre compte que tu n'as jamais vraiment abandonné tes études, en fait, répond-il.

Nous dépassons l'immense panneau Al-Minya niché dans les falaises rocheuses, rappelant curieusement les lettres de Hollywood à Los Angeles. Pendant que Wyatt essaie de trouver une place de parking, je regarde deux hommes qui marchent dans la rue en se tenant par la main. Ce geste n'a pas la signification qu'on lui prête chez nous : ici, c'est une simple marque d'amitié. En Égypte, l'homosexualité est un crime puni par la loi.

Wyatt se gare devant la petite échoppe d'un glacier.

— Tu as faim ? demande-t-il. C'est ma tournée.

Je suis affamée, oui, malgré le bon repas que m'a préparé Harbi. Je m'approche de la vitrine délicatement festonnée de givre. Fraise, chocolat, fleur d'oranger, noix de coco. Je pointe l'index sur le parfum Norio, la version égyptienne des biscuits Oreo. Wyatt commande pour moi en arabe. Les phrases coulent de sa bouche avec une facilité déconcertante. Les intonations tout en rondeurs et les *el* empreints de douceur donnent aux mots une consistance suave comme le miel.

Il me tend un cône et me voici soudain propulsée dans ma chambrette de la maison des fouilles, quinze ans plus tôt. Wyatt était venu me rejoindre en douce pendant que tout le monde dormait, brandissant un paquet de Norio.

— Où est-ce que t'as dégoté ça ? avais-je demandé en déchirant fébrilement l'emballage.

— À cheval donné on ne regarde pas les dents, avait-il répliqué en capturant mes lèvres. Des douceurs pour ma douce.

Je levai les yeux au ciel avant de m'appliquer à séparer le biscuit de la crème. Lorsque je le vis mordre dans un biscuit entier, je poussai un cri horrifié.

— Mais qui fait ça ? On est censé manger la crème et le biscuit séparément !

— Ah oui et qui a décrété ça ? La Gestapo du biscuit fourré ? riposta-t-il en enfournant un deuxième gâteau dans sa bouche.

— Franchement, ça relève de la pathologie. T'es un vrai psychopathe, je t'assure.

— Eh bien oui, je mange mes Norio comme un homme des cavernes et si tu veux tout savoir, je me suis cousu un costume de peau avec les dépouilles des étudiants en licence que j'ai massacrés.

— Je ne suis pas sûre de pouvoir continuer à t'aimer.

Il suspendit son geste tandis qu'un sourire fendait son visage, semblable à l'aube chassant la nuit.

— Tu m'aimes, c'est vrai ?

Je cligne des yeux. Planté sur le trottoir, Wyatt me tend une serviette en papier.

— Tu dégoulines, dit-il.

— Merci, fais-je en enroulant mon cône dans la serviette.

— Les Oreo me manquent trop, avoue Wyatt en avançant dans la rue. Et aussi les verres remplis de glaçons. Et les bains. Merde, je sais que c'est hyper british, mais je donnerais tout pour prendre un bain.

Je cale mon pas sur le sien. *Moi, c'est ça qui me manque*, je réponds en silence.

Une pancarte accrochée sur la porte du Bureau des antiquités nous informe que le directeur est momentanément indisponible, ce qui peut signifier qu'il est parti visiter des sites archéologiques ou qu'il est en train d'organiser une nouvelle exposition au musée ou encore qu'il s'occupe plus généralement de l'héritage culturel du pays… mais il sera bientôt de retour, *inch'Allah*. La note ne précise toutefois aucune heure. Je me tourne vers Wyatt.

— On fait quoi, maintenant ?

— On attend, répond-il.

Il avance dans l'ombre dispensée par le linteau de la porte et s'accroupit, le dos appuyé contre le battant fermé à clé. D'un geste de la main, il me fait signe de le rejoindre.

— Non, Wyatt, dis-je en me frottant la nuque. Tu as sûrement mille choses à faire. Tu ne vas pas perdre un après-midi ici à attendre Dieu sait quoi. On ne sait même pas si ce type va revenir.

Je me force à faire une pause. C'est vrai, je lui ai demandé de m'aider à obtenir une autorisation mais il est hors de question qu'il perde son temps à cause de moi.

— Tu as essayé et je te suis infiniment reconnaissante, je t'assure, mais…

— Dawn, coupe-t-il en tendant une main vers moi tandis qu'il se protège du soleil avec l'autre.

Je le regarde sans mot dire, paralysée par une sensation de déjà-vu.

— Tais-toi, ajoute-t-il.

Je lui donne ma main. Ses doigts s'enroulent autour des miens, lisses et puissants, tellement familiers que je sens ma poitrine se contracter. Comment peut-on vivre plus d'une décennie sans tenir la main d'une personne et avoir l'impression que son empreinte est restée vivace malgré tout ?

Il m'oblige à m'asseoir à côté de lui, épaule contre épaule.

— Premièrement…

Il s'interrompt en faisant la moue.

— *Premièrement…* qui parle encore comme ça, aujourd'hui ? Je suis un vrai ringard, ma parole.

Je laisse échapper un petit rire et il secoue la tête.

— Bref : j'ai effectivement mille choses à faire mais je bosse presque vingt-quatre heures sur vingt-quatre et comme c'est moi le directeur, j'ai le droit de m'accorder un après-midi de repos si j'estime en avoir besoin. Deuxième – il hésite… ment : je n'ai pas l'impression de perdre mon temps.

Il suit une lézarde dans le trottoir avec le bout de son pouce.

— Je te suis redevable, Dawn. Je n'aurais jamais découvert cette nouvelle tombe sans toi. Alors le moins que je puisse faire pour te remercier, c'est poireauter le cul par terre pendant des heures s'il le faut dans le centre-ville de Minya.

La citation qu'il a glissée à mon intention dans sa thèse me revient à l'esprit.

— Je suis quasi persuadée que tu aurais fini par la trouver même si tu ne m'avais jamais rencontrée.

— Tu te trompes. Tout a commencé avec ce *dipinto*.

Je me souviens de ce fameux après-midi. L'atmosphère était tellement paisible que le monde semblait être sur pause et nous nous trouvions dans une cavité ombragée située sous une paroi rocheuse du *wadi* où nous n'avions pas la permission d'aller. Je me souviens d'avoir frotté la pierre tout doucement et je me souviens de Wyatt glissant un doigt sous les inscriptions en hiératique, traduisant les bribes qu'il parvenait à déchiffrer, parmi lesquelles la mention d'une tombe que personne n'avait jamais trouvée sur le site de Bersha, malgré plusieurs siècles de fouilles.

Je me souviens de la main de Wyatt emprisonnant la mienne, serrant si fort que c'en était presque douloureux, et moi serrant à mon tour et aussi fort.

— J'ai cherché cette tombe pendant dix ans, de 2003 à 2013, explique-t-il. Et pendant tout ce temps, je n'ai absolument rien trouvé. Dumphries m'a laissé faire uniquement parce qu'il voulait que je me rende compte par moi-même que je m'égarais. C'est mon impression, en tout cas. Il a même failli me convaincre que quand bien même Djehoutyhotep II aurait compté parmi ses lointains parents un Djehouty-nakht, l'inscription gravée dans la pierre était trop abîmée pour qu'on puisse affirmer avec certitude que la tombe de ce dernier faisait effectivement partie de cette nécropole. Après tout, elle était peut-être ailleurs.

Le travail de l'archéologue s'apparente un peu à la préparation d'un gâteau : il faut procéder couche par couche, la plus récente sur le dessus et la plus ancienne au fond, l'objectif principal consistant à savoir ce qui a été déposé où et à quelle date. Il ne faut pas se laisser leurrer par quelqu'un qui aurait creusé un trou dans une couche plus ancienne et jeté quelque chose dedans. Quand on fouille, on ne tombe jamais sur de magnifiques hiéroglyphes pimpants et limpides. On brasse d'abord des tonnes de boue. On trouve des éclats de poterie. On cherche une aiguille dans un océan de sable.

— Et puis en 2013, je me tenais au sommet de la tombe de Djehoutyhotep II, là où nous avions travaillé ensemble pendant cette dernière saison. Je regardais autour de moi en essayant de comprendre ce qui m'avait échappé jusque-là. Et tout à coup, j'ai pensé à Howard Carter.

— Comme il se doit, je plaisante.

— Disons plutôt : comme il se doit quand on a passé dix ans de sa vie à chercher quelque chose qui persiste à nous échapper.

Pendant toute une décennie, Carter avait en effet cherché sans relâche – et sans succès – le tombeau de Toutankhamon construit sous le Nouvel Empire. En 1922, son mécène, Lord Carnarvon, l'informa de son intention d'abandonner les recherches. Carter le supplia alors de le laisser fouiller une dernière partie du site, se déclarant prêt à financer lui-même les opérations. Lorsque Lord Carnarvon donna son accord pour une ultime campagne, Carter se rendit sur le tombeau de Ramsès VI qui avait été fouillé bien des années plus tôt. Il commença par dégager les cabanes d'ouvriers érigées sur une couche de déblais autour de la tombe, et finit par découvrir des marches conduisant à une deuxième sépulture enfouie sous la première.

— *"Avons enfin fait une découverte extraordinaire dans la vallée"*, murmure Wyatt, citant les premiers mots du télégramme envoyé par Carter à Carnarvon après sa découverte du couloir fermé du sceau de la nécropole royale – un chacal couché sur les neuf ennemis.

L'archéologue dut alors recouvrir les marches et attendre l'arrivée de Carnarvon pour que celui-ci puisse assister à l'ouverture du tombeau et savourer les fruits de ses investissements.

Je dévisage Wyatt, comprenant enfin ce qu'il essaie de me dire.

— Attends une minute. T'es sérieux, là ? La tombe de Djehouty-nakht était *juste en dessous de nous* pendant tout ce temps ?

Il hoche la tête.

— J'avais regardé partout, sauf là où je me trouvais ce jour-là. J'ai donc creusé à une soixantaine de centimètres de l'entrée de la tombe de Djehoutyhotep II et je suis tombé sur le haut d'un linteau. Il y avait suffisamment d'inscriptions autobiographiques pour que je puisse reconnaître les glyphes de Djehouty-nakht. Deux semaines plus tard, j'avais déblayé l'entrée recouverte de peinture rouge et verte imitant le granit. La porte était ornée d'un sceau en forme de scarabée géant. Entre-temps, je m'étais documenté, j'avais lu un paquet d'inscriptions et je savais qu'il s'agissait de Djehouty-nakht, fils de Téti. Cinq générations le séparent de Djehoutyhotep II et il est plus vieux d'une ou deux générations que les Djehouty-nakht du MFA de Boston. Son nom est mentionné dans neuf autres inscriptions laissées après son passage dans d'autres sépultures de la Moyenne-Égypte.

Je reste bouche bée.

— Donc c'est vraiment le grand-père de cette nécropole ?

— Très probablement, oui. On pense qu'il a vécu durant la Première Période intermédiaire, sous la XIe dynastie. Il pourrait bien être le prédécesseur direct d'Ahanakht Ier, le premier nomarque connu à s'être fait creuser une tombe dans la roche à Bersha.

— Une preuve ?

Il rigole.

— Rien de formel mais je ne suis pas le seul à penser ça. Compte tenu des dates de leurs règnes en tant que nomarques, ça colle. Et on sait avec certitude que Djehouty-nakht aimait se balader en Moyenne-Égypte pour restaurer des tombes dans d'autres nécropoles, donc c'est tout à fait plausible qu'il ait commencé par les sépultures de cette zone pour sa propre famille.

— Ce qui expliquerait également pourquoi son nom figurait sur le *dipinto* : c'était en quelque sorte un endroit sacré où les hauts dignitaires venaient passer la nuit avant une fête, fais-je remarquer.

— Et s'il y a un Livre des deux chemins dans le cercueil entreposé dans le puits funéraire, enchaîne Wyatt, ce sera certainement la plus ancienne des versions connues.

— Attends une seconde : tu n'es pas encore entré dans la chambre funéraire ? Après toutes ces années ?

Il glisse une main dans ses cheveux.

— J'ai commencé les fouilles en 2013 et il nous a fallu trois saisons pour déblayer ce qui se trouvait devant la tombe et répertorier le tout avant de pouvoir accéder au puits. Ensuite, on a été privés de subventions pendant toute une année et j'ai été obligé de trouver d'autres sources de financement. Heureusement, j'ai réussi à dégoter un nouveau mécène. Je bosse toujours à plein temps à Yale, ce qui fait que je ne peux pas travailler plus de deux à trois mois par an sur le chantier. Ce qui explique ma présence à Minya début août.

Il pivote légèrement, calant son épaule contre la porte pour me faire face.

— Donc, tu es peut-être venue en Égypte sur un coup de tête, poursuit-il. Ou peut-être que l'univers savait que ta place était ici, maintenant.

S'il entendait ça, Brian lèverait les yeux au ciel en rétorquant que ce ne sont rien d'autre que les lois de la physique qui nous divisent en plusieurs versions de nous-mêmes, chacune d'elles étant persuadée que le chemin qu'elle a emprunté est unique et providentiel.

Dans un de ces mondes, je suis à Boston.

Dans un autre, je suis en Égypte et je serai aux côtés de Wyatt lorsqu'il ouvrira ce cercueil et découvrira le Livre des deux chemins.

Dans un autre encore, le directeur des antiquités refuse de me délivrer un permis de séjour.

Une ombre s'abat sur nous. Je lève la tête en plissant les yeux. Une silhouette d'homme découpée par le soleil se dresse sur le trottoir. Je n'arrive pas à voir son visage mais il pointe un doigt vers moi en demandant :

— Je te connais, toi, non ?

En 2003, le directeur des antiquités Moustafa Awad était un inspecteur chargé de dresser l'inventaire de tout ce que Dumphries et son équipe découvraient sur le chantier archéologique. À l'époque il était jeune et avide de connaissances. L'histoire de son pays le passionnait. Je me souviens que Wyatt lui apprenait les signes de l'ancien alphabet égyptien ; je le revois encore agiter les mains, s'esclaffer ou s'arracher les cheveux quand la grammaire abordait le nominatif, les pronoms et d'autres complexités qui le dépassaient. En quinze ans, son ventre a doublé de volume et ses cheveux et sa barbe sont saupoudrés de gris.

Il nous sert le thé dans son bureau climatisé. Wyatt s'adosse à la chaise trop étroite pour sa carrure, porte la tasse à ses lèvres.

— J'avais complètement oublié que tu connaissais Dawn.

— Je n'oublie jamais un visage, explique Moustafa en m'adressant un clin d'œil. Et le tien, je l'ai vu trois saisons d'affilée.

Je lui rends son sourire.

— Depuis quand as-tu été nommé directeur ?

— Voyons… J'ai fait mes deux ans de service militaire en 2009 et en rentrant on m'a proposé ce poste, *Alhamdoulilah.*

Que Dieu soit loué. Il se tourne vers Wyatt.

— Je dois avouer que j'ai été très surpris de te voir assis sur le pas de la porte comme un mendiant. J'avais prévu de passer voir le chantier demain.

— Oui, je sais mais il s'agit d'une affaire urgente, commence Wyatt en me jetant un regard de biais. J'aimerais que Dawn rejoigne l'équipe assignée à la concession de Yale.

— Ah, je vois.

Moustafa se lève et farfouille dans les dossiers posés sur son bureau.

— J'ai les formulaires pour les permis du mois de décembre juste là…

— Oh, désolé, coupe Wyatt. Je me suis mal exprimé. Je voulais dire *maintenant*, précise-t-il en interceptant le regard de Moustafa. Demain.

Moustafa se laisse choir sur sa chaise de bureau et joint ses mains pour former une sorte de pyramide.

— Je vois, murmure-t-il en fixant Wyatt. C'est au directeur des antiquités que tu demandes ça ?

Wyatt esquisse un hochement de tête mais Moustafa l'interrompt :

— Parce que bien sûr, en tant que directeur, je ne prendrais jamais le risque de compromettre la réputation irréprochable des fouilles archéologiques égyptiennes. Tu imagines très bien ce qui se passerait si quelqu'un apprenait que j'ai fait une exception pour une concession. Les autres s'empresseraient de venir me demander une faveur, c'est certain.

Mes mains se crispent sur les bras du fauteuil.

— Bien sûr, approuve Wyatt d'un ton conciliant. C'est la raison pour laquelle c'est à *l'ami* que je m'adresse.

Un large sourire fend le visage de l'Égyptien.

— Alors dans ce cas, c'est différent. Si tu reçois un visiteur sur le site, disons une invitée personnelle, je fermerais volontiers les yeux tant qu'elle ne fait rien d'autre qu'observer.

Il se lève et me tend la main.

— Bon retour parmi nous, Dawn.

Les anciens Égyptiens prêtaient d'immenses pouvoirs aux mots. Dans certaines légendes, le simple fait de connaître le vrai nom d'un dieu permettait de terrasser l'ennemi. Pour franchir les portes surveillées par des gardiens à tête d'animaux dans le Livre des deux chemins, il fallait savoir prononcer les bonnes paroles. La sépulture elle-même, où l'âme *ba* du défunt s'unissait chaque nuit au corps momifié, regorgeait de mots. Les visiteurs de la tombe lisaient les formules inscrites sur les murs au cours du *peret kherou*, littéralement une sortie par la voix. Il y avait des listes de poissons et de volailles, de bières et de bateaux, de pains et de bœufs, tout ce dont le défunt pourrait avoir besoin dans l'au-delà et lorsqu'on prononçait ces mots à voix haute, ils apparaissaient magiquement à l'intention de la personne regrettée.

J'étais en train de penser à tout ça un après-midi, alors que je travaillais dans la tombe de Djehoutyhotep II. C'était ma première saison de fouilles et Wyatt et moi tentions de reproduire plusieurs sections de la chambre intérieure. L'heure du déjeuner approchait. J'étais debout depuis quatre heures et demie du matin et je mourais de faim. Perdue dans la contemplation d'une grande fresque représentant toutes sortes d'aliments, j'écoutais les grognements de mon estomac.

— J'ai entendu, murmura Wyatt.

Je terminais de dessiner une oie rôtie sur une feuille de Mylar. Le volatile ressemblait davantage à une dinde mais il n'y avait pas de dinde en Égypte ancienne. Même à l'époque moderne, on appelait ça *dik roumi*, le poulet romain.

Lorsque mon ventre gronda de nouveau, Wyatt leva les yeux de son travail.

— Si tu n'arrêtes pas ça tout de suite, on va se faire attaquer par les chauves-souris.

Je jetai un coup d'œil en direction du plafond qui ondulait à la manière d'un vaste rideau sombre.

— Elles ne savent même pas qu'on est là.

— La saison dernière, un des chercheurs postdoctorants nous a assuré qu'au cas où elles s'envoleraient, elles ne nous percuteraient pas grâce au phénomène d'écholocalisation. Il avait à peine refermé la bouche qu'une chauve-souris l'a frappé en pleine tronche.

Je plissai les yeux pour mieux les observer. L'une d'elles s'était détachée du groupe pour se diriger à petits pas vers un pan de plafond dégagé. Comme si elle avait déchiré le coin d'un sac de grain, une nuée noire la rejoignit. J'attrapai mon miroir et essayai de projeter un peu de lumière vers le haut pour les compter.

Wyatt saisit mon poignet.

— Ne fais surtout pas ça, malheureuse ! Elles vont voler dans tous les sens.

Un frisson me parcourut.

— Il doit bien y avoir un nom pour désigner un groupe de chauves-souris énervées, reprit-il. Tu sais, comme une harde de cerfs. Ou une clique de furets.

— Tu viens de l'inventer, celui-là.

— Non, je te promets. On dit aussi une conspiration de lémuriens.

— Un sabbat, lançai-je. Une convention de sorcières, si tu préfères. Voilà comment on appelle une nuée de chauves-souris.

— Hé, tu peux jeter un coup d'œil à ce fragment abîmé ?

Je rampai en direction de l'extrémité droite du mur. Wyatt était en train d'examiner une portion de texte arrachée ou effacée depuis plusieurs siècles. Il pointa son doigt sur les vestiges d'un hiéroglyphe.

— C'est un oiseau, déclarai-je au bout de quelques instants.

— Merci, Sherlock. Mais quoi comme oiseau, quand tu regardes l'arrière de sa tête ? Est-ce que c'est un vautour *aleph* ou un busard *tiw*… ?

— Je dirais que ça ressemble à un *aleph*.

Wyatt esquissa un sourire moqueur.

— Alors dans ce cas, ne m'en veux surtout pas, c'est sûrement un *tiw*.

Je n'avais jamais prétendu être aussi douée que Wyatt en épigraphie mais si j'avais dessiné ce vautour à sa place, il aurait certainement eu plus d'allure que ce qui était en train de se matérialiser sur le Mylar posé devant lui. Je lui tournai le dos et posai mon regard sur la longue file de personnages mêlant les parents proches de Djehoutyhotep et les membres de son escorte. Les teintes de peau composaient un véritable nuancier, même si les femmes étaient généralement peintes en jaune et les hommes en rouge. Dans l'Égypte ancienne, les épouses des hauts dignitaires n'allaient pas travailler aux champs mais restaient chez elles pour s'occuper de la maison. Et déjà à l'époque, les personnes de couleur claire jouissaient de certains privilèges.

Sous une rangée de dames richement vêtues, une guirlande de porteurs de sceaux trimballait une multitude d'objets : un arc, des flèches, des lances, des boucliers, des haches et une chaise à porteurs. Un basenji tacheté doté d'une queue bouclée accompagnait la procession. Le chien n'était pas proportionné à la taille des autres personnages : il était beaucoup plus grand que nature, ce qui signifiait son importance aux yeux de Djehoutyhotep.

Wyatt avait suivi mon regard.

— Tu savais que les anciens Égyptiens donnaient à leurs chiens des noms d'êtres humains mais qu'ils appelaient tous les chats "chat" ?

— Ça me semble logique, fis-je.

Le nom du basenji était clairement écrit sur son dos : d'abord avec le hiéroglyphe représentant "la vie" – *ankh* – suivi de la jeune caille signant le *ou.*

— Ankhou, murmurai-je en souriant. Tu as déjà eu un chien ?

— Mon frère en a eu un.

— Il ne voulait pas le partager ?

— Il n'a pas eu besoin de le faire, répondit Wyatt, sibyllin.

Il s'assit par terre, lâcha son feutre et se massa la main.

— Tu sais ce que ça veut dire, Ankhou ?

— Le vivant.

— Oui. Mais le mot a la même racine que celui qui désigne une concubine : *ankhet.*

— Tu penses vraiment qu'à ça, c'est dingue. Le cul et rien d'autre.

— Une chose est sûre, c'est que ce bon vieux Djehoutyhotep ne pensait effectivement qu'à ça.

Il désigna le bord gauche de la fresque, là où l'image de Djehoutyhotep avait été dérobée ou rongée par le temps, désormais occupé par un grand espace vide où subsistaient quelques traces d'un pagne pour homme. En face de lui se tenait une silhouette féminine : son épouse, Hathorhotep. Venait ensuite un escadron de onze femmes dont certaines étaient désignées par leur nom.

— On sait que c'est sa femme grâce à l'inscription au-dessus de sa tête, reprit Wyatt en désignant l'extrême gauche du panneau. Et celle-ci, c'est très certainement sa mère, Sat-kheper-ka. Il y a ensuite une ribambelle de filles, une ou deux sœurs… mais ces trois-là étaient ses concubines, placées pour l'éternité entre sa femme et ses enfants. Comme c'est convivial.

— Tu n'as aucune certitude là-dessus.

Il sortit un livre de son sac à dos : la description de la tombe publiée par Newberry en 1895, et tourna rapidement les pages.

— Il y a un bloc de pierre au musée du Caire qui appartient à cette tombe, selon Fraser.

Je me penchai par-dessus son épaule et tendis l'oreille tandis qu'il déchiffrait une colonne de hiéroglyphes.

— L'*Ankhet*, sa bien-aimée… dont il chante les louanges… tous les jours, ânonna Wyatt.

Après avoir étudié rapidement les signes imprimés sur la page, je ramassai son feutre et, sans enlever le bouchon, commençai à tracer des formes sur le sol sablonneux de la tombe.

— Donc ça, pour toi, ça signifie *courtisane*, dis-je en redessinant les hiéroglyphes représentant *Ankhet* : l'ankh, le *n* de l'eau, le *kh* du placenta, le *t* de la miche de pain.

— Mais la seule chose dont on soit absolument sûr, c'est que ces hiéroglyphes ne sont pas toujours d'une grande clarté, poursuivis-je en levant les mains devant moi pour figurer les deux plateaux d'une balance. Vautour *aleph* ? proposai-je en guise d'exemple. Ou busard *tiw* ?

Je me penchai de nouveau vers le sol.

— Donc supposons que Newberry ait commis une toute petite erreur en transcrivant ce signe en 1895.

J'effaçai le troisième signe pour remplacer le troisième *h* par le *niwt* très semblable, représentant la cité.

— Si on apporte une légère retouche artistique, le sens du hiéroglyphe change du tout au tout, continuai-je. Maintenant, il signifie citoyenne. C'est-à-dire une femme mariée qui occupe une fonction au sein du conseil municipal. L'exact opposé d'une concubine, en fait.

Wyatt me dévisagea d'un air hébété. Puis il éclata de rire.

— Bien joué, Olive. Si seulement le statut des femmes d'aujourd'hui pouvait être revalorisé grâce à une faute grammaticale…

Au loin résonnait sourdement l'appel à la prière de la mi-journée, relayé par de puissants haut-parleurs, rivalisant de vigueur avec le tintement des cloches de l'église copte. Wyatt bondit sur ses pieds et tendit la main pour m'aider à me relever.

— Dépêche-toi. On va louper tous les bons petits plats.

Dès que nous émergeâmes de la tombe, la lumière et la chaleur nous enveloppèrent comme une seconde peau. J'enroulai mon écharpe autour de mes cheveux tandis que nous longions la nécropole pour nous diriger vers la cabane du *gaffir.* Hasib avait préparé un pique-nique – du pain, des poivrons, des tomates – et quelques étudiants étaient déjà installés avec Dumphries.

— On a bien cru qu'on vous avait perdus, lança ce dernier en nous voyant arriver.

Je m'assis en tailleur et pris un pain pita dans lequel j'écrasai grossièrement une part de Vache qui Rit. Dumphries me fit passer sa réserve personnelle de cinq épices asiatiques que tout le monde lui jalousait. Ma première bouchée était pleine de sable, comme d'habitude.

Je jetai un coup d'œil à Wyatt, occupé à tartiner sa pita de beurre de cacahouètes.

— Professeur Dumphries, commençai-je, comment appelle-t-on un groupe de lémuriens ?

— Pourquoi est-ce que tu… oh, après tout, on s'en fout, grommela-t-il. On appelle ça une conspiration.

Wyatt leva les yeux, un sourire triomphant aux lèvres.

Sur la route de la maison des fouilles se trouve le Ramsès Café, petite paillote à ciel ouvert plantée comme une oasis au milieu du désert. Quelques tables de pique-nique se dressent sous un auvent recouvert de chaume clairsemé. En face de la gargote, un chat pousse de longs miaulements au bord de la route en coude. Des publicités pour une marque de bière égyptienne jaunissent dans des cadres accrochés au mur de tôle ondulée. Il n'y a aucun client. Wyatt propose de s'arrêter pour déjeuner et rigole en voyant ma tête.

— Ça ne craint rien, je t'assure. J'ai mangé plein de fois ici en rentrant de Minya et je suis toujours vivant.

Je m'installe en face de lui, pose mes coudes sur les carreaux rouges et blancs de la nappe en plastique poisseuse. Wyatt ôte son chapeau et le jette à côté d'un rouleau d'essuie-tout et d'une corbeille à couverts. Il lève les yeux vers le toit de paille.

— Une fois, je suis venu ici avec Dumphries et il y avait un chat qui se baladait là-haut. Un chat qui avait la diarrhée.

— Je ne veux pas savoir comment s'est terminée cette histoire.

— Dumphries aurait préféré ne pas le savoir non plus, crois-moi.

— J'ai lu quelque part qu'il avait appris à son chien à lire le moyen égyptien.

— C'est vrai. Mais seulement les vingt-quatre signes unilitères, précise Wyatt. Et oui, c'était une chienne basenji. Elle confondait toujours le *k* et le *t*.

À sa décharge, ils se ressemblaient beaucoup.

— L'éloge funèbre que tu as écrit pour le *Yale Alumni Magazine* était parfait, dis-je.

Il me dévisage avec attention.

— J'en conclus que l'association des anciens élèves a réussi à retrouver ta trace.

J'entends ce qu'il dit à demi-mot : lui n'y est pas arrivé. Mais a-t-il seulement essayé ?

Je hausse les épaules, bien décidée à rester de bonne humeur.

— Yale n'hésiterait pas à contacter la CIA pour retrouver ses anciens élèves, juste pour booster ses campagnes de levée de fonds.

Je me tais un instant avant de croiser son regard.

— Ça n'a pas dû être facile pour toi. La mort de Dumphries.

— J'ai passé beaucoup de nuits à rêver de son poste, avoue Wyatt. Mais j'en ai passé dix fois plus à regretter de ne pas avoir pu profiter de son enseignement encore quelques années. J'avais trente-six ans quand j'ai pris sa relève à la tête du département. Ça fait sept ans et malgré ça, une grande partie de la communauté des égyptologues me prend encore pour un débutant.

— Publier ta découverte de la nouvelle tombe leur clouerait le bec pour de bon.

Wyatt hausse un sourcil.

— Quelle loyauté…

— J'essaie juste de faire bonne impression sur mon nouveau patron.

Il rit.

— Dire qu'il fut un temps où tu aurais préféré prendre le premier avion plutôt que d'être obligée de travailler sous mes ordres.

Il ne sait pas à quel point ses paroles font mouche. Je me force à rencontrer son regard.

— Je sais que tu as remué ciel et terre pour ça. Pour moi.

Je me tais de nouveau. C'est l'heure de tomber les masques : je dois dire à Wyatt pourquoi je suis ici. Mais la vérité semble perchée au sommet d'une montagne, inaccessible pour moi qui la contemple d'en bas.

Je suis sauvée par l'arrivée d'un serveur qui déboule d'un air impatient, comme si c'était nous qui l'avions fait attendre. Wyatt commande un coca et je lui demande s'il est possible d'avoir une bouteille d'eau. "Pourquoi pas ?" lance-t-il d'un ton désabusé en haussant les épaules. Il se dirige vers une glacière d'où il extirpe une bouteille qu'il m'apporte aussitôt. Pendant que

Wyatt commande une portion de *baba ghanoush* et d'houmous, je dévisse le bouchon et asperge accidentellement le serveur. Il lâche son stylo en me jetant un regard hostile puis se dirige en fulminant vers la cuisine pour transmettre la commande – et très vraisemblablement préparer lui-même les plats.

Wyatt essuie la table à l'aide d'une serviette en papier.

— Les Égyptiens disent que si tu renverses de l'eau sur quelqu'un, tu ne reparleras plus jamais à cette personne.

— Je mettrais ma main à couper que ce serveur n'avait de toute manière aucune envie de me revoir.

— Tu es toujours superstitieuse ? demande Wyatt. Comme ta mère ?

Je le regarde d'un air surpris.

— Je n'arrive pas à croire que tu t'en souviennes.

— Je me souviens de tout.

Il parle d'une voix basse, empreinte de douceur. Ses intonations m'envoûtent.

— Dawn. Les fantômes ne réapparaissent pas au bout de quinze ans. Qu'est-ce qui se passe ?

Personne ne peut rembobiner le cours de sa vie, récrire le scénario. Comme on fait son lit, on se couche, dit le proverbe. Et c'est tellement vrai dans mon cas.

J'ai bien vécu. J'ai aimé et été aimée en retour. J'ai aidé des gens. Trouvé un métier – peut-être pas celui dont je rêvais mais un métier malgré tout gratifiant. Si je mourais aujourd'hui, j'aurais sincèrement l'impression d'avoir contribué à rendre ce monde un tout petit peu meilleur que ce qu'il était avant.

J'ai bien vécu, c'est vrai. Mais peut-être aurais-je pu avoir une vie extraordinaire.

Comment dire à l'homme que j'ai abandonné que je pense avoir fait une erreur ?

— Je ne suis pas venue ici pour terminer ma thèse.

Wyatt hoche la tête sans me quitter des yeux.

— Alors pourquoi es-tu venue ?

Mes pensées se bousculent.

Parce que. Tu es là.

Parce que je n'ai pas eu l'occasion de voir comment cela aurait pu tourner. Ce que j'aurais pu devenir, moi.

Parce que s'il existait un jardin de peut-être, tu serais la plante envahissante dont je n'ai jamais réussi à me débarrasser.

Mais au lieu de ça, je secoue la tête.

— Je ne sais pas. C'est le chaos dans ma vie.

Wyatt reste silencieux un long moment. Mes paroles l'ont-elles vexé ? Peut-être me voit-il comme une geignarde en pleine crise de la quarantaine ou comme une femme au foyer en proie à un ennui profond. Il ramasse machinalement le stylo que le serveur a abandonné là.

— Est-ce qu'il sait que tu es là ?

Inutile de faire semblant de ne pas comprendre. Je secoue la tête.

Wyatt se met à gribouiller sur le coin d'une serviette en papier.

— Ce n'est pas si désagréable que ça, le chaos, déclare-t-il avant de se lever pour aller aux toilettes.

Sur la serviette, il a dessiné les signes hiéroglyphiques représentant une *nonne*.

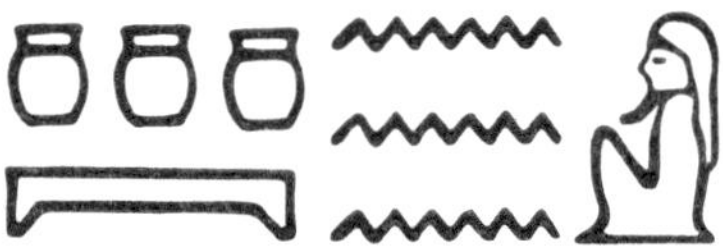

Je lis *eaux chaotiques*, étonnée d'avoir réussi à déchiffrer ça. Ces deux mots peuvent tout aussi bien désigner la pluie qu'une inondation. Le sens peut être positif : c'est le Nil qui inonde la vallée et arrose les champs. Ou dévastateur, comme la destruction d'une ville. Les anciens Égyptiens pensaient que le chaos était le premier ingrédient indispensable de l'univers. Il pouvait tout balayer sur son passage, mais c'était aussi l'endroit où l'on pouvait repartir de zéro.

La maison des fouilles n'est pas aussi bondée que pendant les saisons ordinaires, il y a de la place pour moi. Harbi me prépare une chambre au fond du couloir, à quelques mètres de celle que j'occupais avant. Lorsque j'entre dans la pièce, je vois un matelas propre criblé de princesses Disney posé sur le sommier et une pile de draps blancs bien pliés. Un oreiller plat se dresse à la tête du lit. Quelqu'un a déposé un échantillon de tube dentifrice. Les vêtements que je portais en arrivant sont soigneusement empilés sur la table de chevet.

Je remercie Harbi et m'assieds sur le lit tandis qu'il referme la porte derrière lui, caressant du plat de la main Cendrillon et son prince charmant, la Belle et la Bête, Aurore et le prince Philippe, Ariel et le prince Éric. Tous heureux et amoureux pour toujours.

Je jette le drap-housse sur le matelas, masquant les personnages de contes de fées. Un petit nuage de poussière se soulève pendant que je fais le lit. Je m'allonge en toussotant, fixe le plafond. Il y a une auréole dont la forme me rappelle celle de l'Ohio. Un dégât des eaux, peut-être ? Pendant les saisons de fouilles, nous rentrions le soir en traînant les pieds mais nous précipitions dans la salle de bains avant la coupure d'électricité, rentrant prudemment dans la cabine de douche parce que l'eau était tout de suite très chaude – on voyait la flamme danser dans le chauffe-eau. C'était une torture de se raser les jambes : je me souviens que j'étais obligée de secouer le rasoir en l'air pour rafraîchir les lames avant de les poser sur ma peau. L'eau inondait le sol et il fallait la repousser vers la bonde à l'aide d'une raclette en caoutchouc avant de laisser la place au suivant.

Je rejoignais ensuite les experts en poterie occupés à tamiser des seaux de sable et bavardais avec les jeunes étudiants en doctorat pendant qu'ils tentaient d'assembler des tessons à la manière d'un puzzle en trois dimensions. Il m'arrivait aussi de passer du temps auprès des spécialistes de l'étude des ossements. Je les regardais farfouiller dans le stock impressionnant entreposé dans un coin du magasin. Le travail de fouilles sur le terrain est souvent rapide mais la phase d'analyse s'étire dans le temps.

Comme il n'y avait pas de télévision, Dumphries s'était lancé dans une lecture théâtralisée d'un roman de Jackie Collins. En participant sous sa houlette à ma première saison de fouilles, j'ai cessé peu à peu de le considérer comme un demi-dieu. À force de côtoyer une personne au quotidien, ses excentricités et ses défauts finissent par nous sauter aux yeux : Dumphries mettait six morceaux de sucre dans son café du matin, ses ronflements auraient réveillé Osiris et il gloussait bêtement chaque fois qu'il lisait le mot *érection* dans *Les Dessous de Hollywood.*

À chaque nouvelle saison, j'emportais avec moi de gros pavés pour être sûre de ne pas me trouver à court de lecture une fois sur place. La littérature russe m'accompagna la première année. La deuxième fut consacrée à David Foster Wallace. En 2003, je me suis plongée dans des romans de fantasy.

Alors que je lisais allongée sur mon lit un après-midi, Wyatt passa la tête dans l'entrebâillement de la porte.

— Qu'est-ce que tu fais ?

— Du parapente, répondis-je sans lever les yeux de ma page.

— C'est de la science-fiction ? insista Wyatt en étudiant la couverture.

— De la fantasy.

— Y a une différence ?

J'ignorai sa question, pressée qu'il s'en aille.

— De quoi ça parle ? demanda-t-il encore en venant s'asseoir au bord du lit.

C'était une histoire d'amour mais il était hors de question de lui fournir cette arme.

— De deux frères, dis-je. L'un est élevé pour devenir roi et l'autre découvre *dans ce chapitre* qu'il est le véritable héritier.

Indifférent au message que je venais de lui faire passer, Wyatt me prit le livre des mains.

— Hé !

Il le feuilleta et ses yeux pétillèrent en lisant les paragraphes que j'avais soulignés. Je faisais toujours ça quand les auteurs réussissaient à exprimer des choses que je n'arrivais pas à formuler.

— "On peut passer sa vie à planifier l'avenir, il y aura toujours des surprises sur la route", lut-il d'un ton songeur. "On peut aussi vivre un tremblement de terre et s'en remettre facilement, comme si on était destiné à sentir le sol s'ouvrir sous nos pieds."

Il me jeta un regard.

— Je crois que c'est ça, la morale de l'histoire. On ne sait jamais rien, conclut-il en lançant doucement le livre dans ma direction.

L'épais volume atterrit lourdement sur mon ventre et un grognement s'échappa de mes lèvres. Je n'eus pas le temps de lui demander ce qu'il voulait dire au juste : il avait déjà quitté la pièce.

Cette fois, je n'ai pas pris de livre pour tuer le temps mais je peux toujours terminer la thèse de Wyatt. Vu qu'il vient de m'embaucher, ce serait sans doute une bonne idée.

Je traverse la maison sans faire de bruit. Le bâtiment est désert, plongé dans l'obscurité. Un flot de musique grêle sort d'un poste de radio du côté des Égyptiens et une légère odeur de tabac parfume le couloir. Dans la bibliothèque, la pile de livres que j'ai laissée par terre est toujours là. Je glisse le fascicule sous mon bras.

— Qu'est-ce que tu fais ?

La voix me fait sursauter. Je n'ai pas entendu que quelqu'un me suivait. Pivotant sur mes talons, je me retrouve nez à nez avec Alberto qui me dévisage d'un air interrogateur, les mains dans les poches.

— J'essaie de trouver quelque chose à lire ? dis-je d'un ton interrogateur, comme s'il m'avait prise en flagrant délit de je ne sais quoi.

Ses yeux noirs me scrutent. Glissent sur le livret coincé sous mon bras avant de remonter jusqu'à mon visage.

— Alors comme ça, tu fais partie de l'équipe.

— En quelque sorte, oui. Je veux dire, je ne serai pas payée. Je ne suis pas venue pour ça.

Alors pourquoi es-tu là ? Il ne pose pas la question à voix haute. Ce n'est pas la peine.

Il y a quelque chose d'inconfortable dans le silence qu'il laisse planer entre nous – j'ai l'impression d'être une mouche empêtrée dans les fils d'une toile d'araignée. Je sens bien que ma présence ici le dérange mais je n'arrive pas à savoir pourquoi… sauf s'il craint que je ne ralentisse l'avancement des travaux.

Qu'à cela ne tienne. Il ne me reste plus qu'à lui prouver que je ne rechigne pas à la besogne. Je me force à sourire.

— On a une grosse journée, demain. Je ferais mieux d'aller me coucher.

Je sens le poids de son regard tandis que je longe le couloir en direction de ma chambre.

Une fois seule, je soulève la pile de vêtements posée sur la table de chevet et sors mon téléphone de la poche de mon pantalon. Je l'allume. Aucun signal.

Quelqu'un frappe doucement à la porte qui s'ouvre avant que j'aie le temps de répondre. Wyatt se penche en avant. Des ombres jouent sur son visage. Ses yeux sont du même bleu immuable. Il voit le téléphone dans mes mains et je sens mes joues s'empourprer.

— J'aurais dû penser à prendre un forfait international...

— Tu as tout ce qu'il te faut ? demande-t-il poliment.

J'acquiesce d'un signe de tête.

— Harbi frappera à ta porte à 4 h 30. Le petit-déjeuner est servi dans la pièce principale à 5 heures.

Il hésite avant d'ajouter :

— Je n'ai pas l'intention de te ménager.

— Je sais.

Ses doigts se contractent sur le chambranle de la porte.

— J'espère aussi que tu es consciente que tu n'as peut-être pas fait le meilleur choix en venant te cacher dans une tombe qui risque fort de se retrouver à la une des médias.

— J'en prends bonne note.

Son regard s'arrête sur le livre posé à côté de moi.

— Si tu veux de la lecture pour te changer les idées, je peux te proposer des choses mille fois plus divertissantes. Il y a encore des Jackie Collins dans le coin, c'est sûr. Joe est fan de mangas. Ou tu peux aussi te plonger dans l'une de mes dernières publications... Tu verras : j'ai succombé aux plaisirs des règles de ponctuation les plus tordues.

— OK. Mais c'est celle-ci que je veux lire.

Il incline la tête sur le côté. Entrant à flots par la lucarne du couloir, la lune nimbe ses cheveux d'un voile argenté et creuse les parenthèses autour de sa bouche. L'espace d'un instant, je peux lire son avenir.

— Alors dors bien.

Il prononce ces mots mais ne part pas. Comme s'il ne savait pas comment s'y prendre pour franchir le seuil. D'autres images me reviennent en mémoire : quand il me rejoignait discrètement dans ma chambre à l'époque, il calait la chaise de bureau sous la poignée de la porte pour s'assurer qu'on ne serait pas dérangés. On était barricadés à l'intérieur. Ensemble.

— Wyatt ? dis-je, la gorge sèche. Merci... Pour la citation.

En croisant son regard ébahi, je comprends soudain qu'il a inséré la note en bas de page comme une fusée de détresse, une sorte de SOS lancé à travers les océans et les continents. Finalement et contre toute attente, le message a trouvé son destinataire.

— Avec plaisir, Olive, dit-il avant de quitter la pièce pour de bon.

EAU/BOSTON

Harvard Square est quadrillé de routes qui lui donnent des airs de puzzle mal assemblé. Les bâtiments universitaires sont éparpillés sur les parcelles ainsi découpées tandis qu'un groupe de bâtisses en brique de style géorgien occupent la cour principale. Cet été, Brian donne des cours à la Harvard Extension School. C'est un boulot tranquille et bien payé puisque les thèmes qu'il aborde sont les versions simplifiées des cours qu'il donne à ses étudiants de sciences physiques pendant l'année universitaire.

Je me faufile au fond de l'amphithéâtre au moment où il projette la première diapo et m'efforce de le voir à travers le regard des autres.

Brian a les cheveux noir corbeau, parsemés de rares fils d'argent. Il est grand et élancé et je sais qu'au moins une de ses étudiantes de premier cycle a composé un poème sur ses yeux – il y était question d'un rayon de soleil transperçant une forêt et je l'ai taquiné pendant des semaines à ce sujet. Il porte l'uniforme de l'enseignant : une chemise à col boutonné froissée, un blazer chiffonné, un pantalon en toile, une paire de derbies. C'est le genre de type à qui on a envie de boutonner le col et lisser les plis de la veste. On a aussi très envie de repousser la mèche de cheveux qui retombe sans cesse sur ses yeux pour qu'il puisse poser sur nous un regard confus, comme si un secret nous unissait, assorti d'un sourire fugace qui chavire le cœur.

Je balaie des yeux la salle de conférences. Comme il s'agit d'un cours de vulgarisation, l'auditoire n'est pas uniquement composé de jeunes gens en âge d'aller à l'université. Il y a des couples de personnes âgées, des femmes en tenue de yoga, des actifs dont les horaires de travail leur permettent de prendre une longue pause déjeuner.

— Selon les lois de la mécanique quantique, dit Brian, vous pourriez très bien être immortels.

Il me fait penser à un tigre faisant les cent pas devant un public qui sait qu'il est en train de les titiller.

— Une théorie très controversée a été avancée par Max Tegmark du département de sciences physiques, vous savez, celui qui se trouve au bout de la rue.

Il fait allusion au prestigieux Massachusetts Institute of Technology et sa remarque provoque quelques rires dans l'assistance.

— Cette théorie s'appelle le "suicide quantique".

Il appuie sur la télécommande logée dans sa main et une image emplit l'écran : une notation bra-ket contenant un électron, un fusil et un chat.

— Vous vous souvenez de l'état quantique de l'électron qui tourne dans les deux sens en même temps ? Celui qui a simultanément tué et n'a pas tué le chat de Schrödinger ? Poussons le raisonnement un peu plus loin. Supposons qu'il y a dans ce ket notre électron tourbillonnant, un mécanisme de déclenchement, un fusil mais que, cette fois, c'est *vous* qui êtes à la place du chat. Si l'électron tourne dans le sens des aiguilles d'une montre, le mécanisme se déclenche, le fusil tire une balle et vous êtes mort. Si l'électron tourne dans le sens inverse des aiguilles d'une montre, le mécanisme ne se déclenche pas, le fusil ne tire aucune balle et vous restez en vie. On joue en quelque sorte à la roulette russe avec un électron.

Une nouvelle diapo remplace la précédente.

— Nous savons qu'en vertu des lois de la mécanique quantique, vous serez divisé en deux versions de vous-même au terme de cette expérience : une version qui se fera tuer et une autre qui continuera de vivre. Dans l'un de ces deux univers, vous quittez votre labo de physique, vous allez chercher votre gamin au centre de loisirs et vous sirotez une bière sur votre terrasse en regardant un épisode de *Fleabag* sur Amazon Prime. Dans l'autre, tout le monde assiste à votre enterrement.

Il écarte les mains avant de poursuivre :

— C'est là que ça devient vraiment intéressant. La version morte de vous ne sait pas du tout où vous vous trouvez ni ce qui se passe. Forcément, puisque vous êtes mort. À l'inverse, la version vivante et donc consciente de vous garde en mémoire l'idée que vous avez survécu à l'expérience. Donc le seul résultat que vous percevrez chaque fois, si vous faites l'expérience du suicide quantique, c'est celui où vous restez en vie. Vous pourrez recommencer un millier de fois : vous survivrez à tous les coups – une quasi-impossibilité statistique… et pour cause : c'est la seule version de vous capable de percevoir quelque chose.

Il s'interrompt un instant, arque un sourcil.

— Paradoxalement, pour ceux d'entre vous qui douteraient encore de la théorie du multivers, cette expérience pourrait très bien vous apporter la preuve de l'existence des univers parallèles. En effet, s'il n'existe qu'un seul univers, vous devrez vous attendre à mourir une fois sur deux quand vous ferez cette expérience. En revanche, s'il existe plusieurs univers et que vous conduisez l'expérience du suicide quantique une demi-douzaine de fois et en sortez *toujours* vivant, vous serez bien obligé de reconnaître l'existence indubitable d'autres mondes et d'autres espaces-temps.

Je me laisse aller contre le dossier de la chaise en me demandant si une autre version de moi-même se trouve en ce moment dans un monde où son mari croise son regard et sourit en l'apercevant.

Je me demande si ça efface tous leurs problèmes.

Meret avait dix ans quand nous l'avons emmenée à Disney World. J'étais excitée comme une puce en m'embarquant pour l'attraction Space Mountain, les montagnes russes géantes plongées dans le noir. Mais à mi-parcours, notre wagonnet s'est immobilisé dans un long crissement. Une voix échappée d'un haut-parleur nous a demandé de bien vouloir rester assis pendant que le personnel réglait un problème technique. Et tout à coup, les lumières se sont allumées.

Ce qui avait été excitant dans le noir s'avéra terrifiant une fois éclairé. Je vis soudain les lacets serrés, le peu d'espace entre le haut de nos têtes et les armatures métalliques, l'étroitesse des rampes. La transformation fut un véritable choc : ce que j'avais cru voir jusqu'alors s'avérait en réalité complètement différent.

J'éprouve exactement la même sensation en regardant Brian, aujourd'hui. Comme si le foyer que nous avons construit, le couple que nous formons, la vie que nous menons m'apparaissaient soudain baignés d'une lumière crue, révélant les mécanismes grinçants, les pentes abruptes et les virages à 180 degrés composant notre quotidien.

— Poussons encore un peu plus loin le raisonnement, poursuit Brian. Si nous partons du principe que le cancer, les crises cardiaques, la maladie d'Alzheimer et tous les autres facteurs susceptibles de vous tuer sont la somme d'une tonne d'événements cellulaires – et donc subatomiques –, cet électron tourbillonnant peut activer ou ne pas activer un gène qui causera une réaction responsable de votre mort. Les irréductibles défenseurs de l'immortalité quantique prétendent que chacun d'entre nous est, dans un univers défini, l'être vivant le plus âgé de la planète, ayant esquivé toutes ces balles, qu'elles soient réelles ou génétiques. En guise de conclusion, devriez-vous expérimenter à titre personnel le suicide quantique ? Je ne vous le conseille pas, pour les mêmes raisons que l'hypothèse de Tegmark me semble critiquable. En effet, chaque fois que vous sortirez vivant de cette expérience, les témoins de votre survie vous prendront pour la personne la plus veinarde de cette planète. En revanche, chaque fois que l'issue vous sera fatale, les gens qui auront assisté à votre mort se rendront à vos funérailles accablés par le chagrin et iront se recueillir sur votre tombe. De leur point de vue à eux et dans la vaste majorité des univers, vous êtes assuré de mourir. C'est d'ailleurs le problème avec l'immortalité quantique : tout est subjectif, jamais objectif. Même si vous arrivez à prouver l'existence de cette théorie, vous ne pourrez la prouver qu'à vous-même et à personne d'autre. Pour votre entourage, vous serez juste un mort complètement débile.

Il éteint le projecteur et se tourne vers l'auditoire.

— Des questions ?

Une jeune femme lève la main.

— Comment puis-je accéder à l'univers dans lequel Hillary Clinton est présidente ?

Brian sourit.

— Malheureusement, c'est impossible. Vous êtes coincée ici pour le moment. La porte est fermée.

Vous êtes coincée ici pour le moment.

Si c'est le cas, s'il a raison, je vais devoir m'accommoder de cet endroit que nous occupons depuis quinze ans, Brian et moi. Il doit bien y avoir certains avantages à rester dans sa zone de confort. Après tout, que choisit-on spontanément dans son armoire : le jean neuf encore raide ou celui dans lequel on se sent comme dans un pyjama ?

— Il y a néanmoins une composante philosophique dans cette question, poursuit Brian et ses mots me font tressaillir – aurait-il deviné mes pensées ? On ne choisit pas l'univers dans lequel on évolue. Vous pouvez pratiquer toute la pensée positive, tous les rites vaudous que vous voulez, vous n'atterrirez jamais dans l'espace-temps de votre choix. Selon les lois de la physique, on se traîne sur un chemin jusqu'au prochain embranchement et c'est là qu'on est aspiré dans tel ou tel univers. En d'autres termes, il n'est jamais question de libre arbitre. C'est du hasard pur, fondé sur le sens de rotation qu'aura pris ce fameux électron.

À cet instant, le regard de Brian se pose sur moi. Je croyais qu'il ne m'avait pas vue m'asseoir au fond de la salle alors qu'en réalité, il sait que je suis là depuis le début. Il me gratifie d'un demi-sourire contrit, comme si je l'avais surpris en train de faire quelque chose d'embarrassant alors qu'il fait juste son métier.

— Gardez bien ceci à l'esprit : la physique affirme que s'il vous arrive malheur, il y aura toujours une autre version de vous quelque part. Une version qui se réjouira en toute conscience de pouvoir profiter d'une deuxième chance. Donc, soit on devient des adeptes de l'immortalité quantique, soit on décide de vivre chaque jour comme si c'était le dernier.

Brian termine son cours dans une salve d'applaudissements que j'entends à peine. Pendant que j'avance à contre-courant parmi les étudiants qui se dispersent déjà, il rassemble ses notes en me jetant un coup d'œil de temps en temps. Puis il s'éloigne du pupitre pour venir à ma rencontre.

C'est comme ça que ça va se passer, pensé-je en continuant à avancer. *Comme ça qu'on va pouvoir recommencer.*

Je suis prête à faire ce premier pas.

Nous nous retrouvons finalement l'un en face de l'autre. Le silence s'épaissit entre nous.

— Salut, dit-il à voix basse.

J'ouvre la bouche mais avant que les mots ne sortent, un mouvement attire mon attention dans mon champ de vision périphérique. Une jeune femme coiffée d'une tresse brune, épaisse comme une corde, patiente un peu à l'écart. Elle porte la vieille mallette en cuir de Brian, s'agrippe à la poignée comme si c'était le Saint-Graal.

— Si tu arrives encore en retard à la réunion du département, je ne te couvrirai pas, cette fois, lance-t-elle à l'adresse de son collègue.

J'ai l'impression d'être invisible.

Un parfum de roses assaille mes narines.

La grand-mère de Brian avait appris l'anglais en regardant *Autant en emporte le vent* en boucle dans un cinéma de quartier. J'essayai d'imaginer ce qu'on devait ressentir en débarquant dans un pays dont on ne parle pas la langue. Après avoir passé une saison en Égypte, immergée dans mes recherches doctorales, je venais de rentrer à Boston pour regarder ma mère mourir et j'avais un peu l'impression de me retrouver en terre inconnue.

Lors de notre premier rendez-vous, Brian me raconta que sa grand-mère avait survécu à l'occupation nazie en Pologne, au camp de travail forcé de Pionki, à une chaîne de montage à Auschwitz et au typhus à Bergen-Belsen. Je le regardais déchiqueter son petit pain et siroter mon deuxième verre de vin tout en me parlant d'elle.

— Pionki n'était pas censé recevoir des enfants. C'était un camp de travail et les gamins n'étaient pas assez costauds pour trimer comme des forçats. Mais il y avait ce couple originaire du même village que ma grand-mère qui avait une petite fille de cinq ans, Tobie. Ils n'avaient pas supporté l'idée d'être séparés d'elle et l'avaient emmenée en cachette quand ils avaient été déportés. Ma grand-mère savait que si les nazis découvraient Tobie, ses parents et elle seraient punis, voire tués. Elle a donc tout fait pour éviter ça.

— C'est fou, murmurai-je en essayant de superposer à l'image de la vieille dame rabougrie et décharnée agonisant sur son lit d'hôpital celle de la jeune femme pleine de vitalité dépeinte par Brian.

— Ma grand-mère parlait couramment allemand, ce qui lui a valu d'être affectée aux tâches administratives plutôt qu'aux travaux de force. Son poste lui permettait de surveiller les allées et venues des officiers nazis, alors elle a eu l'idée de proposer un jeu à Tobie : quand elle attachait une écharpe blanche à l'entrée du bureau, Tobie devait promettre d'aller se cacher dans un endroit que même ses parents ne trouveraient pas et de rester dans sa cachette tant que l'écharpe blanche – et donc l'officier – n'avait pas disparu.

Je me penchai en avant.

— Que s'est-il passé ?

Brian haussa les épaules. La flamme d'une bougie vacilla entre eux.

— Ma grand-mère a été déportée à Auschwitz. Elle a perdu la trace de Tobie et de ses parents.

— C'est triste, comme fin.

— Qui a dit que c'était fini ? répliqua Brian. Petit bond dans le temps, on est en 1974. La guerre est terminée depuis quelques décennies et ma grand-mère rend visite à ma mère qui habite à New York et qui est enceinte de moi…

— Ooooh.

Je calai mon menton dans le creux de ma main, plongeai dans ses yeux. J'étais un peu pompette et le changement d'ambiance était bien appréciable, après deux semaines passées au chevet de ma mère mourante.

— Ma mère traîne ma grand-mère chez Saks pour s'acheter des vêtements de grossesse. Ma grand-mère fatigue, alors elle va s'asseoir au rayon chaussures en attendant que sa fille termine ses courses. Elle est perdue dans ses pensées quand elle remarque soudain qu'une femme la regarde fixement. Encore et encore.

Je le fixais moi aussi. Brian n'était pas beau à proprement parler. Il était séduisant. Ses traits étaient un peu trop anguleux et son sourire de guingois. Quand je le regardais, je n'avais pas cette impression de sauter à pieds joints dans une fournaise qui me coupait le souffle. C'était tout le contraire, en fait, comme si je pouvais enfin respirer normalement.

— Au bout d'un moment, la femme s'est approchée d'elle en disant : *Pardonnez-moi… ?*

Je clignai des yeux. *Pardonne-moi.*

Tout à coup, je n'étais plus dans un petit restaurant italien ; je ne tenais plus un verre de vin entre mes doigts. J'étais dans un endroit où l'atmosphère vibrait, où le ciel était piqueté d'étoiles invisibles à Boston.

J'étais avec quelqu'un d'autre.

Mais ça, bien sûr, Brian n'en savait rien.

— La femme a demandé à ma grand-mère si elle avait été internée à Pionki. Ma grand-mère a répondu oui mais le visage de l'autre ne lui disait rien.

— C'était Tobie ! m'exclamai-je en me forçant à reprendre le fil de la conversation.

— Exactement. Mais bien sûr, ce n'était plus une fillette de cinq ans, dit-il en souriant. Elles sont restées en contact depuis tout ce temps. Tobie a rendu visite à ma grand-mère une semaine avant ton arrivée au centre de soins.

J'avalai une longue gorgée de vin et concentrai mon attention sur Brian.

— Tu m'as remarquée tout de suite ?

— 4 septembre, peu après 10 heures du matin. Je me rends compte que ça peut faire peur, dit comme ça.

Des questions se mirent à danser dans ma tête. Pourrais-je repartir de zéro à Boston après ce que j'avais vécu en Égypte ? La grand-mère de Brian se réveillait-elle encore en sursaut des années après sa libération, à la fois terrifiée et amère de voir s'effacer progressivement les souvenirs de sa vie d'avant la guerre ?

La maladie d'Alzheimer lui avait-elle apporté une forme de soulagement ?

J'eus soudain envie de me bourrer le crâne avec des détails qui n'auraient rien à voir avec le Livre des deux chemins ou Wyatt Armstrong et l'expression de son visage quand il dormait et qu'un cauchemar le poursuivait.

— C'est quoi ton deuxième prénom ? demandai-je tout à trac à Brian.

— Rhett, répondit-il en riant. Ma grand-mère n'était pas la seule à adorer *Autant en emporte le vent.* Elle a transmis sa passion à ma mère.

— Vois le côté positif. Tu aurais pu t'appeler Ashley.

Le sourire de Brian s'élargit.

— Les choux de Bruxelles : pour ou contre ?

— Pour. Mais à bas le céleri !

— Tout le monde aime le céleri.

— Il n'y a que les personnes tristes qui mangent ce légume, protestai-je. Ça n'a aucun goût et c'est épuisant pour les mâchoires. Premier animal de compagnie ?

— Un varan.

— Pourquoi ne suis-je pas étonnée ?

— Dans un monde où tous les gamins de primaire jouaient avec des hamsters, je passais forcément pour un original.

Il ferma à moitié les yeux pour mieux réfléchir à sa prochaine question.

— Générique de série que tu connais par cœur ?

— *M*A*S*H* ! Je regardais les rediffusions avec ma mère. Et toi ?

— *Drôle de vie*, fit Brian. Sans commentaire, merci.

Nous continuâmes ce petit jeu en partageant un tiramisu et une deuxième bouteille de vin. J'appris qu'il pouvait nouer une queue de cerise avec sa langue. Je lui dis que je savais siffler entre mes pouces. À cette heure-ci, les contours de la pièce commençaient à devenir flous et nous étions les derniers clients.

— Quand as-tu chanté pour la dernière fois ? lançai-je sur un ton de défi.

Il baissa la tête en esquissant un léger sourire.

— J'ai chanté pour ma grand-mère. Elle est la seule à trouver que j'ai une voix de baryton qui sonne plutôt juste, répondit-il avant de vider son verre. OK : quelle information étonnante aimes-tu balancer en soirée ?

— Quand la momie de Ramsès II a été envoyée en France dans les années 1970, elle a voyagé avec un vrai passeport et l'encadré réservé à la profession indiquait : *Roi/Décédé.*

Brian éclata de rire.

— Excellent !

Le serveur vint nous apporter l'addition. J'eus un coup au cœur en voyant le montant – je n'avais jamais commandé de bouteilles de vin dans un restaurant, seulement des verres. Mais lorsque je voulus attraper ma petite pochette en cuir, Brian me retint par le poignet.

— C'est pour moi, je t'en prie, déclara-t-il sans relâcher son étreinte.

Nos doigts s'entremêlèrent. J'acceptai l'invitation d'un hochement de tête.

— Ne fais pas durer le suspense, s'il te plaît. C'est quoi, ton scoop à toi ?

Brian effleura mes doigts avec son pouce, guettant ma réaction, comme s'il craignait que je disparaisse sous sa caresse.

— M&M's signifie Mars and Murrie, répondit-il d'un ton posé. Mon grand-père Carl recevait sa pension de retraite de l'entreprise Mars et quand j'étais gamin, je trouvais ça carrément génial, qu'il reçoive des chèques de l'espace.

Il sortit une liasse de billets de vingt dollars qu'il déposa sur l'addition.

— Si tu pouvais te rendre n'importe où en clignant des yeux, où irais-tu ? demanda-t-il.

— En Égypte.

La réponse avait coulé de mes lèvres aussi naturellement que s'enchaînaient les battements de mon cœur.

— Et toi ?

— Là où tu es partie en clignant des yeux.

J'avais l'impression d'être métamorphosée. À quand remontait la dernière fois où j'avais ri, souri, eu une conversation normale ? Attendre la mort de ma mère ressemblait à une lente suffocation : cela faisait des semaines que je retenais mon souffle. Alors que ce soir-là, avec Brian, je pouvais m'évader. Je n'étais pas une fille dont la mère s'éteignait à petit feu. Ni une étudiante en doctorat dont l'avenir avait été mis entre parenthèses. Je n'avais pas quitté un homme à des milliers de kilomètres d'ici.

J'étais juste une femme qui avait besoin d'oublier le monde réel un moment.

Quand j'y repense, je n'étais sans doute pas très honnête, ni envers Wyatt ni envers Brian. Je n'avais pas les idées claires. Pire : je m'efforçais de *ne pas* réfléchir.

Ce soir-là, Brian m'a emmenée dans la maison où il vivait avec sa grand-mère avant qu'elle soit hospitalisée. Sa chambre était peinte dans plusieurs nuances de gris et ses draps étaient anthracite. Nous nous retrouvâmes rapidement l'un en face de l'autre, nus, les chevilles prises dans nos vêtements. Ses mains se refermèrent en coupe autour de moi et je songeai à ses kets de physicien, les états quantiques des choses.

— Je n'ai jamais fait ça, confessa-t-il. Ça te dérange ?

— Moi, si, répondis-je. Ça te dérange ?

Son sourire de travers étira ses lèvres.

— C'est mieux que l'un de nous sache comment piloter ce machin, murmura-t-il en s'allongeant sur moi.

Ses cheveux glissèrent sur son front, pareils aux plumes d'un corbeau, lorsqu'il baissa la tête pour m'embrasser.

Et quand il se tendit comme un arc, j'enroulai mes bras et mes jambes autour de lui pour qu'il m'entraîne dans sa chute vertigineuse. Ce fut trop rapide mais je m'accrochai à ses épaules et le serrai contre mon cœur.

— Ça valait le coup d'attendre ? demandai-je dans un souffle.

Il rougit de la tête aux pieds.

— Aucun physicien digne de ce nom ne remet ses conclusions sans avoir renouvelé plusieurs fois son expérience.

Sa remarque me fit sourire.

— Parle-moi encore de cette méthode scientifique.

— La théorie est largement surestimée. Je préfère mener mes recherches sur le terrain.

Je me souviens de cette nuit. Ses caresses étaient tellement différentes… Cela aurait pu devenir gênant ; ce fut au contraire une révélation. J'aurais dû pleurer mais au lieu de ça, je me surpris à crier. Brian explora du bout des doigts les contours de mon corps, traçant des lignes et des courbes comme si j'étais une nouvelle constellation et que sa destination dépendait des signes qu'elle lui indiquait. L'euphorisant frisson de la chute rivalisait avec la découverte d'un endroit où il faisait doux atterrir.

Brian aurait sûrement contesté mes dires au nom des lois de la mécanique quantique mais cette nuit-là, j'eus la certitude d'avoir changé plusieurs fois d'espace-temps.

Nos deux corps étroitement emboîtés, je sombrai dans le sommeil et rêvai de ma mère et de l'exposition sur les mares résiduelles qu'elle animait à l'aquarium de Boston. *Le bernard-l'hermite*, disait-elle, *est trop fragile pour survivre seul. Pour se protéger, il doit trouver une coquille à sa taille. Il se glisse alors à l'intérieur comme dans un refuge. Et il transportera cette coquille partout avec lui.*

La première fois que Brian et moi fîmes l'amour, je me réveillai en pleine nuit et me glissai hors du lit. Je déambulai dans la maisonnette. J'ouvris les armoires à pharmacie, lus les étiquettes sur les flacons de comprimés. Inspectai le contenu du réfrigérateur. Examinai toutes les photos croisées sur mon chemin. Je pus ainsi retracer l'histoire de Brian en le voyant en tenue de tee-ball, puis sur son trente-et-un au bal de promo et enfin lors de la cérémonie de remise de son diplôme universitaire. J'effleurai les minuscules bibelots sur les étagères : un gland en verre soufflé, un mortier et son pilon en laiton, des presse-papiers taillés dans une pierre qui avait l'air de suinter tant elle scintillait.

Je jetai un coup d'œil aux livres, aussi.

Il y avait toute la collection des enquêtes policières des Frères Hardy et plusieurs romans d'Isaac Asimov. *Guerre et Paix* et *Anna Karénine*. Des recueils de poésie polonaise de Szymborska et Miłosz.

Il y avait aussi un livre orné d'une jaquette en toile verte usée jusqu'à la trame, une anthologie de vieux contes de fées polonais. La couverture s'ouvrait sur un terrifiant dessin à l'encre de la Baba Yaga, griffue et squelettique, dans sa maison faite des os des enfants qu'elle avait dévorés. La sorcière volait les nourrissons à leurs mères, les enfermait dans une cage et les engraissait jusqu'à ce qu'ils soient assez dodus pour être mangés. Je lus l'histoire du garçonnet à qui elle ordonna de s'allonger dans un plat pour qu'elle puisse le rôtir. Lorsqu'il lui répondit qu'il ne savait pas comment faire, elle lui montra en se recroquevillant dans le plat. Le garçon se dépêcha alors de l'enfourner avant de prendre ses jambes à son cou.

J'imaginai la grand-mère de Brian en train de lui lire ces contes après la mort de ses parents. Je pensai à sa libération du camp de

Bergen-Belsen, lorsqu'elle était trop faible pour se tenir debout devant les soldats américains venus la secourir. Je la vis ensuite chez Saks, assise au milieu des boîtes de chaussures, ce jour où les espaces-temps s'étaient télescopés.

Je pensai à ma mère allongée dans son lit d'hôpital. Si parfaitement immobile qu'en rentrant dans sa chambre, j'allais toujours presser ma joue contre sa poitrine pour m'assurer qu'elle respirait encore.

Puis je retournai auprès de Brian qui ne s'était même pas aperçu de mon absence et me blottis dans ses bras.

Dans tous les contes de fées, il n'y a qu'un seul moyen de s'en sortir : il faut courir loin sans s'arrêter. Sans jamais regarder en arrière.

Brian me rattrape à l'angle de Harvard Square où un long escalator, semblable à un tunnel pour l'enfer, s'enfonce vers la station de métro. Il me saisit par le bras, m'oblige à me retourner. Nous voici dans une bulle au croisement de JFK Street et Brattle Street, postés devant le magasin Curious George où j'emmenais souvent Meret quand elle était petite. Je refuse obstinément de le regarder, posant plutôt mes yeux sur une affiche géante du petit singe et de son acolyte, l'homme au chapeau jaune.

— Comment il s'appelait ? je demande.

Brian me dévisage d'un air hébété.

— Quoi ? Qui ça ?

— L'homme au chapeau jaune. Qui a eu l'idée d'écrire toute une série d'albums pour enfants sans donner de nom à son personnage principal ?

Il secoue la tête comme si ce geste allait réduire l'espace entre nous.

— Pourquoi est-ce que tu es venue à mon cours ?

Je me force à rencontrer son regard.

— La question que tu devrais te poser, c'est pourquoi est-ce que j'en suis partie.

Le bout de ses oreilles rosit.

— Dawn. Elle était là parce que c'est son boulot. C'est une postdoctorante qui travaille sous mes ordres.

— On dirait que ça lui plaît bien, comme position, je réplique, surprise de sentir des larmes glisser le long de mes joues. On a l'impression que vous parlez un langage codé que vous êtes les seuls à comprendre.

L'incrédulité se lit sur le visage de Brian.

— Elle m'a simplement dit que j'allais être en retard à une réunion. Ce n'est pas un secret d'État.

— Ce n'est pas ce qu'elle t'a dit qui me dérange. C'est sa manière de le dire.

Cette façon de s'adresser à lui valait autant que des petits gestes intimes, comme rajuster sa cravate avant qu'il ne monte sur l'estrade ou retirer une miette à la commissure de ses lèvres. Comme si elle voulait l'accaparer.

Il me lâche le bras. On dirait qu'il vient de se rendre compte que nous nous tenons au beau milieu d'un espace public grouillant de monde.

— Est-ce que je peux te poser une question ? Si j'avais effectivement couché avec Gita… est-ce que tu serais encore plus remontée que ça contre moi ?

Ses paroles réveillent un souvenir que je croyais bien enfoui dans le tréfonds de ma mémoire. Étudiante en licence à Chicago, j'étais allée au cinéma avec un type, un soir. On avait pris un verre dans un bar après le film et il m'avait invitée dans sa chambre, sur le campus. Allongés sur le grand lit, on s'était embrassés et j'avais senti sa main se glisser sous ma chemise. Quand il avait fait mine de vouloir descendre plus bas, je m'étais levée en disant que je voulais rentrer.

Il m'a rattrapée à la porte avant que j'aie le temps de l'ouvrir et m'a plaquée contre le battant. Un sourire a joué sur ses lèvres, aussi enjôleur que celui qu'il m'avait servi toute la soirée. *Tu plaisantes, j'espère ?*

Je ne sais pas pourquoi j'ai paniqué, toujours est-il qu'au lieu de prendre ça pour une invitation désinvolte, je me suis sentie menacée. Il était beaucoup plus fort et plus costaud que moi, et j'étais prisonnière de son étreinte.

Je lui ai décoché un bon coup de genou dans les testicules avant de m'enfuir comme une voleuse. Et je ne lui ai plus jamais adressé la parole.

Ça fait plus de vingt ans que je n'ai pas repensé à cet incident et pourtant, je me rappelle encore son prénom, la couleur de son pull, ce que j'avais mangé le soir. Le titre du film que nous étions allés voir m'échappe, je ne sais plus comment s'appelait le bâtiment où il habitait mais pour autant, les contours floutés de mes souvenirs n'effacent pas la réalité de cette mésaventure. Je n'en ai jamais parlé à personne. Mes amis n'en ont jamais rien su. Je n'ai pas alerté l'équipe enseignante et n'en ai pas soufflé mot à ma mère. J'avais eu de la chance, après tout. Ça aurait pu tourner au drame.

J'ai donc préféré vivre dans le déni.

C'est la raison pour laquelle je me force aujourd'hui à articuler les mots coincés au fond de ma gorge.

— Tu te comportes comme s'il ne s'était rien passé, dis-je à Brian. Mais c'est faux. C'est toi qui as pris la décision de l'embaucher. Et de la suivre chez elle alors que tu aurais pu passer la soirée avec nous. Que tu aurais *dû* passer la soirée avec nous. Je ne peux pas m'enlever tout ça de la tête.

Je le plante devant la fresque de George, le petit singe curieux, main dans la main avec l'homme au chapeau jaune. Syndrome de Stockholm, pensé-je en m'éloignant. Comment serait-il possible sans ça de se laisser arracher à son milieu naturel et de considérer son ravisseur comme son meilleur ami ?

Trois semaines s'écoulèrent au cours desquelles ma mère s'étiolait de jour en jour, au point que lorsque je venais la voir certains matins, je ne distinguais plus que les lignes de sa silhouette sur les draps d'hôpital. Ce fut également pendant cette période que l'assistante sociale du centre m'aida à mettre de l'ordre dans les comptes bancaires de la famille.

Le semestre de printemps redémarra à Yale. Je reçus une lettre du secrétariat universitaire m'informant que je pouvais remplir une dispense temporaire pour raison médicale. Et j'appris au même moment que nous étions criblés de dettes.

Mes frais universitaires n'étaient pas la seule cause du désastre, même s'ils contribuaient largement à creuser le trou. Il y avait aussi le crédit de la maison, des dépenses par carte bancaire et la voiture que nous avions achetée lorsque j'étais entrée au lycée.

Je découvris par la même occasion que mes parents, qui s'étaient toujours conduits comme un couple marié, ne l'étaient pas au regard de la loi. Pourquoi n'avaient-ils pas officialisé leur union ? Je l'ignorais et, à ce stade, ma mère était trop malade pour pouvoir éclairer ma lanterne. Qu'ils ne soient jamais passés devant monsieur le maire signifiait concrètement que la pension militaire à laquelle nous aurions pu prétendre au décès de mon père ne pouvait nous être versée.

J'allais avoir vingt-cinq ans, j'avais 150 000,00 dollars de dettes sur le dos, j'étais sur le point de devenir tutrice légale d'un adolescent de treize ans et je n'avais pas de quoi payer les funérailles de ma mère.

Quand une personne est à l'article de la mort, elle passe plus de temps *ailleurs* que dans sa chambre d'hôpital : perdue dans les plis de sa mémoire, elle examine le canevas de sa vie ou s'abîme dans ses rêves. Combien d'heures suis-je restée au chevet de ma mère ? Le maximum, je suppose. Je me disais que même si elle n'était plus consciente, elle savait que j'étais auprès d'elle. Une autre chose m'importait presque plus que le reste : quand viendrait le moment de se remémorer ces dernières semaines, je saurais que j'avais été auprès d'elle.

L'Égypte paraissait alors si lointaine et si étrangère que mon esprit peinait à la concevoir. Il y avait l'ici, il y avait le maintenant et même ces moments se délitaient pour ne plus former qu'un magma confus.

Je ne voyais pas Brian très souvent. Il ne cherchait pas à s'immiscer dans mon intimité. Lorsque je quittais la chambre pour aller boire un café, je le croisais dans la cuisine et il me tendait une collation parce que j'avais oublié de manger. Il me prenait dans ses bras si j'avais besoin de pleurer et me raccompagnait jusqu'à ma voiture quand je partais retrouver Kieran.

Ma mère est morte un mardi. À un instant donné, le monde était un endroit où j'avais un parent et l'instant suivant, tout ça n'existait plus. Je me rappelle avoir eu la sensation qu'un élément fondamental avait déraillé. Comme si, en me réveillant le matin, le ciel était devenu vert et l'herbe bleue et que je devais faire semblant que tout était normal. Après l'incinération, Kieran et moi avons pris le bateau pour les îles de Shoals et dispersé ses cendres dans la mer. J'aime à croire que le courant l'a ramenée jusqu'aux rivages irlandais.

Je commençai ensuite à assembler les pièces de ma nouvelle vie et m'y glissai comme dans un déguisement. Je mis la maison en vente et repérai des logements à louer dans le même quartier pour que Kieran ne soit pas obligé de changer de collège. Je préparai des cookies aux flocons d'avoine que j'offris au personnel soignant du centre pour les remercier. Quand la directrice évoqua une possible offre d'emploi, je fondis en larmes dans son bureau.

Un peu plus tard, je lui demandai des nouvelles de la grand-mère de Brian. Comment allait-elle ? Et lui, tenait-il le coup ?

— Elle est morte deux semaines avant votre maman, m'informa la directrice, visiblement étonnée. Je croyais que vous étiez au courant.

Je secouai la tête en pensant au nombre de fois où j'avais croisé Brian dans la cuisine et les couloirs. Je me revis en train de quitter sans bruit la chambre de ma mère, cédant à l'envie de passer un petit moment avec lui. De respirer un bon coup. Chaque fois que j'avais eu besoin de compagnie, il était là.

— Je ne comprends pas… Il était là tout le temps, pourtant.

Mon interlocutrice haussa les sourcils.

— Pour *vous*, murmura-t-elle.

Il est pratiquement impossible d'estimer le prix d'une bonne mort. Pour le moment, les prestations des doulas de fin de vie sont réservées aux personnes qui ont de quoi se les offrir parce que le système de santé Medicare ne les rembourse pas, hélas, contrairement aux frais facturés par les unités de soins palliatifs. Ce qui signifie concrètement que c'est à moi de fixer mes honoraires. Et aussi qu'ils varient. Comment savoir à l'avance s'il est préférable d'opter pour une somme forfaitaire ou pour un taux horaire ? Si je propose un tarif forfaitaire pour m'occuper d'une patiente de quatre-vingt-quatorze ans atteinte d'Alzheimer dont les habitudes de sommeil commencent à changer et qui semble respirer de plus en plus difficilement, elle peut vivre encore deux semaines… ou deux ans. Imaginons que mes honoraires s'élèvent à 1800 dollars et que je sois obligée de l'accompagner pendant deux ans, la mission ne sera financièrement pas rentable pour moi. Si elle meurt deux semaines plus tard en revanche, je percevrai un salaire plus que correct. J'essaie d'établir mes devis en fonction de plusieurs critères : la maladie, le pronostic médical et une sorte de perception intuitive des besoins de tel ou tel client à l'approche de la mort. Mais la vérité, c'est que je gagne et je perds un peu chaque fois.

Je sais que c'est ignoble de parler de la mort dans des termes aussi bassement matérialistes mais c'est précisément le problème avec elle : on ne sait pas comment en parler. Alors on utilise des euphémismes, on convoque les anges et les portes du paradis en oblitérant totalement le fait qu'il faut d'abord mourir pour en arriver là. On la traite comme quelque chose de mystérieux alors qu'en réalité, c'est bien la seule expérience que nous sommes tous amenés à partager.

Je suis aussi cruellement consciente qu'avoir quelqu'un auprès de soi lorsqu'on va mourir ne devrait pas être un luxe mais un droit. Il faut du cœur pour faire ce travail et on ne se lance pas là-dedans pour devenir riche. Je le ferais volontiers bénévolement. Je *l'ai fait* bénévolement. J'ai même fait du troc : je me suis occupée de la mère d'une manucure qui m'a fait les ongles gratuitement pendant un an. Un éleveur m'a donné un quartier de bœuf pour me remercier d'avoir accompagné sa femme atteinte de la maladie de Charcot. Bien que je dirige ma propre affaire, je peux me permettre d'exercer cette activité parce que j'ai la chance d'avoir un mari qui gagne tous les mois un bon salaire.

C'est ma deuxième visite chez Win et Felix. Ils ont préparé du thé glacé dans des verres embués et des petits gâteaux aux amandes. J'espère qu'ils ne se sont pas donné tout ce mal pour moi. Je suis censée leur faciliter la vie, pas leur causer des tracas en plus.

J'ai pris la décision d'accepter cette mission, à condition que Win veuille bien de moi. Je me dis qu'elle rentre parfaitement dans mon planning – je m'occupe actuellement de plusieurs malades au long cours qui ont encore quelques années devant eux – mais je sais qu'il y a autre chose : Win dégage un truc qui me fascine totalement. C'est peut-être aussi l'idée que je pourrais très bien être à sa place, quelque chose de cet ordre-là.

Felix garde les yeux rivés sur ses notes. Chez la plupart des aidants, cette conversation sans fard produit une sorte de déclic : c'est la première fois qu'ils prennent réellement conscience que la personne qu'ils aiment va mourir. Même le diagnostic du docteur n'est pas aussi direct.

— Est-ce que… nous devons signer quelque chose ?

J'attends qu'il me regarde.

— Non. En revanche, il y a une poignée de main secrète que je vais devoir vous apprendre.

Ses yeux s'arrondissent légèrement et je souris.

— Je plaisante. Oui, il y aura des documents à signer. Mais nous ne sommes pas obligés de faire ça tout de suite. Je suis une femme de parole et je suppose que vous êtes aussi du genre à tenir vos engagements.

Je sors un petit cahier et j'écris WIN en haut de la première page. Lorsqu'elle quittera ce monde, ce carnet sera noirci de notes. Il y aura des commentaires sur nos sorties, des souvenirs, des demandes spéciales, des consignes médicales. C'est la trace de papier qu'elle laissera derrière elle.

— Si vous vous sentez suffisamment en forme, lui dis-je, j'aimerais commencer par vous poser quelques questions. Avez-vous parlé de l'ordonnance de NR avec l'équipe des soins palliatifs ?

Elle penche la tête sur le côté.

— NR ?

— Non-réanimation. Il y a un formulaire réservé à l'hôpital et un autre pour l'extérieur. Vous devez le signer si vous ne voulez pas qu'on fasse quoi que ce soit dans le cas d'un arrêt respiratoire.

— Comme quoi ? demande Felix.

— La réanimation cardiorespiratoire. Appeler les secours.

— Ça veut dire…

— Opter pour une mort naturelle. Exactement.

Win pose une main sur le bras de son mari.

— Mon cœur, on parle du dernier acte, là. Quoi qu'il advienne.

— Je sais, admet Felix. Mais je veux dire, s'il y a d'autres options…

— Les personnes qu'on réanime après un arrêt respiratoire vivent en moyenne dix-huit mois de plus. Mais elles ont les côtes brisées parce qu'une fois que l'équipe médicale entame les compressions, elle a l'obligation légale de continuer jusqu'à ce que le patient soit réanimé ou déclaré mort. Bref, si vous survivez, vous souffrirez et on ne peut pas non plus savoir à l'avance combien de temps votre cerveau sera privé d'oxygène.

— Et si je n'ai pas envie de ça ? demande Win.

— Dans ce cas, il faut signer un formulaire de non-réanimation.

Elle cherche le regard de Felix et hoche vigoureusement la tête.

Je poursuis mes questions sur les traitements de maintien en vie – l'alimentation par sonde, les respirateurs, les défibrillateurs – afin d'être sûre qu'elle ne veut rien de tout ça. Je parle des procurations médicale et bancaire, de la sédation active, des traitements antibiotiques de confort dans le cas d'infections urinaires ou autres. Je parle des traditions culturelles et de l'organisation des obsèques. Voudra-t-elle de la musique, un office religieux, rien de tout ça ? Avec qui voudra-t-elle passer les derniers instants de sa vie et qui ne veut-elle absolument pas voir ? Ce n'est pas parce qu'on est train de mourir qu'on n'a plus le droit de prendre des décisions. Tandis que je coche des cases, Felix semble se recroqueviller de plus en plus sur son siège. Je le gratifie d'un sourire amical.

— Est-ce qu'il serait possible d'avoir un café, s'il vous plaît ?

Il se lève aussitôt. Dès que la porte se referme sur lui, Win croise mon regard.

— Merci, murmure-t-elle.

Je hoche la tête.

— Les maris ont tendance à se décomposer littéralement quand on aborde ce genre de détails.

— Il m'arrive de penser que c'est plus dur pour lui que pour moi, dit Win. Après tout, je ne serai plus là alors que lui sera coincé ici, condamné à revivre toutes ces semaines.

— Je veillerai à ce qu'il ne soit pas seul. Je suis là pour lui aussi.

J'entends Felix s'affairer dans la cuisine.

— Sans compter que les questions que j'aimerais vous poser maintenant l'auraient certainement rétamé. Avez-vous pensé à ce que vous voudriez qu'il advienne de votre corps ?

— Est-ce que je veux être enterrée ou incinérée, c'est ça ?

— Ce sont deux options, en effet. Mais il y a aussi les funérailles écologiques. Et l'aquamation : on plonge le corps dans une cuve remplie d'une solution alcaline, comme la soude caustique. Tous les muscles, la graisse et les tissus se dissolvent. Puis les os sont réduits en poussière et rendus à la famille.

— Ça ressemble à la mort du Joker dans Batman, murmure Win.

— Ce n'est pas encore légal dans le Massachusetts mais ça l'est dans le Maine.

— Non, c'est bon. Je ne meurs pas d'envie de tester ça.

Je hausse un sourcil.

— Pas mal, la blague. Il y a aussi les forêts cinéraires.

— On m'enterre et un arbre pousse sur mon cadavre ?

— En fait, ce sont les cendres qui servent d'engrais à l'arbre planté. L'humusation est le dernier truc à la mode. Autrement dit, le compost humain. Le procédé est surtout recommandé dans les agglomérations urbaines où il n'y a plus de place pour construire des cimetières.

— Et donner mon corps à la science ?

En discutant avec des personnes mourantes, j'ai eu l'occasion de m'apercevoir qu'elles faisaient preuve d'un grand pragmatisme. Elles savent qu'elles ont une liste de choses à accomplir et nombre d'entre elles sont prêtes à en parler en toute objectivité. Dans cette situation curieusement ambivalente, elles sont conscientes de leur départ imminent mais veulent aussi s'octroyer le droit de décider de quelle manière elles tireront leur révérence. En échangeant avec elles, j'ai également remarqué que cette conversation se déroulait rarement en présence des personnes qu'elles aiment, comme si l'acte d'amour ultime consistait à épargner à son partenaire les modalités pratiques de sa mort.

— Donner son corps à la science est une option, en effet, dis-je à Win, mais avant de vous lancer dans ce projet, vous devez savoir que votre corps subira peut-être un tas de choses que vous êtes loin d'imaginer. Certes, il n'est pas impossible que vous terminiez entre les mains d'étudiants en médecine, mais votre cadavre pourra aussi servir à la préparation d'implants fessiers ou labiaux ou bien encore être utilisé dans des simulations d'accidents de voiture. À moins qu'on ne le laisse se décomposer dans une ferme de Virginie pour les étudiants de la police scientifique.

Win frémit.

— Hors de question que je finisse dans la raie des fesses d'une inconnue, lance-t-elle d'un ton amusé mais je perçois autre chose derrière sa plaisanterie.

— Quand les gens tiennent ce genre de propos, fais-je avec délicatesse, je les soupçonne de croire que le corps et l'esprit ne forment qu'une seule et même entité. Qu'une partie d'eux sera toujours là, même après leur mort.

Elle lève son visage vers moi et je la vois clairement, l'acceptation que la route se termine… simplement. Qu'il n'y a aucune promesse de retour après la mort – que nous n'en avons jamais eu la preuve, en tout cas.

— C'est quand même pas de bol, remarque Win. J'adorerais pouvoir assister à mes propres funérailles, rien que pour savoir qui dira des méchancetés sur moi.

— J'ai eu une cliente qui voulait à tout prix être présente à son enterrement, si bien qu'elle l'a organisé avant de mourir. Quelques personnes ont lu des textes à sa mémoire et elle a applaudi avec le reste de l'assistance. Ensuite, elle a bu et elle a dansé. Elle a passé un moment extraordinaire.

— On peut vraiment faire ça ? demande Win, stupéfaite.

— *Nous* pouvons tout faire. Il n'y a pas de modèle préétabli.

— Avant, je disais en rigolant à Felix que je voulais le cercueil de verre hermétiquement clos de Blanche-Neige… jusqu'au jour où j'ai vu les momies au British Museum. Je ne crois pas être exhibitionniste à ce point, même si j'étais sûre d'être plutôt bien conservée pour quelqu'un de quatre mille ans.

La dernière momie que j'ai vue se trouvait dans la nécropole égyptienne de Tounah el-Gebel. Le corps était celui d'une riche jeune fille prénommée Isadora ayant vécu sous le règne romain au IIe siècle de notre ère. Isadora s'était amourachée d'un soldat originaire d'Antinoë, une ville située sur la rive orientale du Nil. Comme son père désapprouvait leur amour, elle s'enfuit pour aller rejoindre son amant mais son bateau se retourna et elle mourut noyée. Selon les croyances des anciens Égyptiens, quiconque périssait dans le Nil était automatiquement élevé au rang de *hesy*, autrement dit *mort sacré*. Terrassé par le chagrin, son père fit construire une belle tombe en plein désert, petit bâtiment flanqué d'une volée de marches aujourd'hui délabrées. À l'intérieur, on peut lire les dix vers d'un couplet élégiaque grec : *Pour dire la vérité, ce sont les nymphes, ô Isidora, les nymphes de l'eau, qui t'ont élevée.*

La momie d'Isadora est conservée sur place dans un cercueil de verre. Je revois son crâne lisse enrobé de résine, le trou béant entre ses lèvres ouvertes et l'éclat de ses dents, son nez pincé. Son cou frêle dépassant du modeste drap blanc qui la recouvre des épaules jusqu'aux chevilles. Le bout de ses orteils.

J'étais avec Wyatt quand j'ai visité cette tombe.

Je secoue la tête, chassant son prénom et reportant mon attention sur Win.

— Les Égyptiens ne se faisaient pas embaumer uniquement pour rester présentables. C'était pour eux une manière de contrôler la décomposition du *khat*, c'est-à-dire du cadavre. Pour accéder à la vie éternelle, il fallait absolument conserver le corps en bon état car il abritait l'âme du défunt. Il incarnait en quelque sorte le voyage de Rê, le dieu du Soleil, qui s'unissait chaque nuit au corps d'Osiris avant de renaître au petit matin.

— Comment ils faisaient pour conserver les corps ?

— Les prêtres étaient chargés de prélever les organes qu'ils plaçaient dans des vases canopes. Ces jarres étaient ensuite enterrées avec le corps et surveillées par plusieurs dieux : Kébehsénouf le faucon protégeait les intestins ; Hâpi le babouin gardait les poumons ; Imsety à visage humain gardait le foie et enfin Douamoutef le chacal protégeait l'estomac. Le cerveau était extrait par les voies nasales. Ils ne touchaient pas au cœur car c'était le siège de la personnalité et de l'intelligence du défunt. Le corps était ensuite bourré de natron, une espèce de sel, et de lin avant d'être enveloppé dans plusieurs centaines de mètres de bandelettes. Des amulettes, des prières et des formules magiques étaient parfois insérées ou inscrites sur les bandes de tissu qu'on enduisait d'une couche de résine. L'opération était répétée plusieurs fois puis la momie était recouverte d'un linceul. Tout ça durait à peu près soixante-dix jours.

— Pour sécher ?

— Oui, mais c'était aussi parce que l'étoile Sothis disparaissait du ciel pendant tout ce temps avant de reparaître au moment de la crue annuelle du Nil. La mort puis la renaissance, vous voyez le tableau. Ensuite, un prêtre-*sem*, généralement le fils aîné du défunt, dirigeait la cérémonie de l'Ouverture de la bouche pour que le mort puisse manger, boire, parler et faire l'amour dans l'au-delà. La momie était alors placée dans un ou plusieurs cercueils et la chambre funéraire était scellée. Jusqu'à ce qu'un archéologue décide de transporter le tout dans un musée quelques millénaires plus tard.

La salle des momies au Musée égyptien du Caire est toujours bondée. Des dizaines de pharaons y sont exposées : de Ramsès II à la reine Hatchepsout en passant par Séthi Ier dont le corps est si bien conservé qu'on croirait qu'il fait une sieste. Il y a aussi ce roi momifié mort sur le champ de bataille, portant au-dessus de l'œil la trace de la lame ennemie qui l'a tué. Ça m'a toujours un peu angoissée de voir les foules de touristes amassées autour des momies. Ce voyeurisme me met mal à l'aise.

— À l'origine, les sépultures égyptiennes ont été construites pour permettre aux êtres humains d'explorer et de célébrer la vie. Ils n'ont jamais eu envie d'exhiber leurs corps momifiés, conclus-je. C'était quelque chose d'intime.

Lorsque je me tais enfin, je me rends compte que Win a écouté mes explications d'un air émerveillé.

— C'était quoi, en premier ? La mort ou l'Égypte ?

Je cligne des yeux.

— Pardon ?

— C'est votre truc, dit-elle à voix basse.

— Mon quoi ?

— Votre truc, l'Égypte. C'est ce qui fait battre votre cœur. Mon truc à moi, c'était l'art.

Elle s'adosse aux coussins du canapé.

— Vous avez déjà entendu parler de Marina Abramović ?

Je secoue la tête.

— C'est une artiste performeuse. Elle a longtemps travaillé avec son compagnon, Ulay. Ils avaient créé une installation où ils marchaient en se bousculant pendant une heure. Une autre fois, ils se sont attachés tous les deux par les cheveux et se sont tenus dos à dos pendant dix-sept heures. En 1977, ils ont inspiré et expiré le même petit volume d'air jusqu'à perdre connaissance. Quand j'étais étudiante en histoire de l'art, on a analysé le projet qu'ils avaient monté dans les années 1980 : assis l'un en face de l'autre, ils avaient passé sept heures à se dévisager en silence.

— Je n'ai jamais compris pourquoi on appelle ça de l'art.

Win me jette un regard surpris.

— Qu'est-ce que l'amour, si ce n'est pas de l'art ? En 1988, Abramović et Ulay ont présenté leur ultime performance commune. Au départ, ils avaient projeté de parcourir la Grande Muraille de Chine en partant chacun d'un côté, de se retrouver à mi-parcours et de se marier. La création s'appelait *The Lovers*. Mais pendant les préparatifs, Ulay a annoncé à Marina qu'il avait une liaison avec une autre femme. Ils ont rompu mais ont décidé malgré tout de faire cette marche sur la Grande Muraille. Leur histoire ne s'était pas terminée comme prévu mais est-ce que ce n'est pas ça, la vie réelle ? Ils ont donc entamé leur marche, séparés par un peu moins de six mille kilomètres et, pendant tout ce temps, Abramović a continué à espérer qu'ils se remettraient ensemble. Ils se sont rejoints trois mois plus tard mais au lieu de marcher vers elle comme convenu, Ulay s'est arrêté et l'a attendue entre deux temples parce qu'il trouvait que c'était le cadre idéal pour immortaliser leurs retrouvailles. C'est là qu'elle a compris qu'elle n'avait pas envie de le récupérer, raconte Win en secouant la tête. L'amour, ce n'est pas une simple histoire de mise en scène. Ce sont des montagnes à escalader et des déserts à traverser, c'est aller là où on croit se sentir chez soi, c'est se blottir dans les bras de son compagnon et se rendre compte que son étreinte ne nous comble plus. Voilà pourquoi c'est de l'art.

— Waouh, fais-je, à bout de souffle. Vous m'avez convaincue.

Je la regarde avec attention. Il y a tant de choses à apprendre sur cette femme et je dispose de si peu de temps pour la connaître. Que se passera-t-il lorsque nous nous rejoindrons à mi-chemin ?

— On forme une sacrée équipe, toutes les deux, ajoute-t-elle. L'amour et la mort.

Au même instant, Felix fait son apparition, tenant à la main la tasse de café dont je n'ai pas réellement envie.

— Qu'est-ce que j'ai loupé ? demande-t-il.

Le temps n'est plus une donnée quantifiable quand on attend la mort de quelqu'un. Les heures se transforment douloureusement en jours et les jours se fondent en semaines. On peut rester plusieurs jours sans se doucher sans même s'en apercevoir. On oublie de manger. On dort, on se ronge les sangs, on veille sur le mourant dans un monde dépourvu de rythme circadien.

J'ai été malade comme un chien après la mort de ma mère. J'étais incapable d'avaler quoi que ce soit, incapable de fermer l'œil. J'ai même cru que j'avais développé une maladie auto-immune déclenchée par le chagrin jusqu'au jour où un docteur m'a envoyée faire une prise de sang. Et m'a annoncé que j'étais enceinte. J'ai alors repensé aux dernières semaines passées au chevet de ma mère. Tandis que je m'autorisais quelques parenthèses de plénitude et d'insouciance dans les bras de Brian, je n'avais pas été très à cheval sur la contraception.

Je songeai à annoncer la nouvelle à Brian mais j'étais tellement nouée que tout me coûtait. Chaque fois que je répétais ce que j'allais lui dire, je voyais ma mère en train de se signer superstitieusement. *Si une femme enceinte assiste à un enterrement*, disait-elle, *elle sème la tristesse dans ses entrailles.*

Finalement, je prévins Brian que j'avais quelque chose d'important à lui dire et l'emmenai à Boston Harbor où nous nous assîmes côte à côte et lançâmes aux mouettes les miettes des cookies italiens que nous avions achetés chez Mike's Pastry. Puis je lui annonçai que j'étais enceinte.

Je n'avais pas la moindre idée de sa réaction. C'est une chose de se faire du bien quand on traverse des épreuves douloureuses. C'en est une autre d'attendre un bébé.

Le visage de Brian s'illumina. Je vis l'information pénétrer son cerveau, faire tourner les rouages de son esprit.

Pendant une minute terriblement angoissante, je crus qu'il allait me demander de l'épouser.

Parce que, bien sûr, je pensais toujours à Wyatt. Et je l'avais trahi, à quoi bon le nier, même s'il n'en savait rien. Même si je pouvais justifier cette incartade en invoquant le besoin physique d'évacuer, de fuir, en affirmant que tout ça n'était qu'un pauvre pansement collé sur un immense chagrin. Ma relation avec Brian était toutefois empreinte de respect. Je l'aimais bien, à défaut de l'aimer tout court.

Quand je pensais à Wyatt cependant, il s'éloignait de plus en plus, pareil à une île qu'aucun pont ne rendrait accessible. J'avais songé à le contacter, bien sûr, mais la nouvelle de ma grossesse anéantit mes intentions. Je n'avais honnêtement aucun mot pour décrire ce que j'avais fait. Aucun mot pour dire pourquoi j'avais agi ainsi.

— Dawn, commença Brian d'un ton solennel, on est bien ensemble, tu ne trouves pas ? Si on essaie de voir quelque chose de positif dans la mort de ta mère et dans celle de ma grand-mère… c'est peut-être ça, ajouta-t-il en prenant mes mains dans les siennes. Viens habiter avec moi.

J'expirai l'air que je retenais dans mes poumons. Brian me proposait une échappatoire. Des œillères pour m'obliger à regarder devant et surtout pas derrière.

— J'ai largement la place de t'accueillir. Et je pourrai t'aider à t'occuper de Kieran.

Un arrangement raisonnable. Un début timide. Il nous restait huit mois, après tout, pour y voir plus clair.

Sur le coup, je ne me suis pas rendu compte qu'en plantant des graines, on obtenait aussi des racines.

Brian contemplait mon ventre d'un air émerveillé.

— Tu es sûre ? Est-ce que nous allons vraiment… ?

J'avais eu dans l'idée de repartir en Égypte pour terminer mon doctorat. Peut-être pas tout de suite – dans quelques années – mais les choses étaient claires dans ma tête : j'étais une égyptologue, bien que temporairement sur la touche.

Mais voilà que Brian avait dit *nous*.

Il me lançait une bouée avant même que je m'aperçoive que j'étais en train de me noyer. Et je l'attrapai à deux mains. J'envoyai une lettre à Yale pour me désinscrire officiellement du programme d'égyptologie.

Je n'avais toujours pas écrit à Wyatt. Il avait sûrement réintégré le campus entre-temps. *J'avais besoin de toi, mais tu n'étais pas là.* Voilà ce que j'aurais pu lui dire. Mais il aurait peut-être bien aimé être à mes côtés… Comment le savoir ? Je ne lui avais pas demandé. Il m'était impossible de justifier mes actes sans me détester. Et vu les conséquences desdits actes, Wyatt me détesterait forcément, lui aussi. Je reportais donc chaque jour la rédaction de cette lettre.

Je m'installai chez Brian avec Kieran. J'achetai un berceau dans un vide-grenier.

En allant aux toilettes le lendemain, je remarquai des taches de sang dans ma culotte.

Il ne s'était pas écoulé une semaine depuis que le docteur m'avait annoncé que j'étais enceinte et, à ma grande stupeur, ce qui ressemblait alors à un problème insurmontable s'était déjà transformé en désir viscéral. Lorsque le radiologue de l'hôpital Brigham and Women's haussa les épaules en déclarant que ce genre de pertes n'avait rien d'anormal, je décidai de mettre toutes les chances de mon côté. Plus question de tergiverser. Je présentai mes excuses au bébé qui grandissait en moi – j'avais eu tort de douter, ne fût-ce qu'un instant. Je glissai une pièce d'un penny toute neuve dans toutes mes chaussures. Et dormais avec un couteau sous mon matelas pour éloigner les esprits malfaisants.

J'accouchai deux semaines avant le terme mais mes rituels de protection fonctionnèrent à merveille : Meret était un beau bébé potelé, la perfection incarnée. Ses poumons étaient bien formés et même quand je restais éveillée des heures durant pour surveiller les mouvements ondulatoires de sa minuscule cage thoracique, je ne remarquais rien de suspect : tout était fluide et régulier. *Tu vois*, déclara Brian, déjà amoureux de sa fille, *tu n'avais aucune raison de t'inquiéter.*

En rentrant de chez Win, je trouve Meret dans sa chambre, penchée au-dessus d'une expérience scientifique, entourée de fioles et d'écouvillons.

— Ça te dit d'aller faire une balade ? C'est plus humide du tout.

C'est drôle, en tant que mère, on a l'impression que le simple fait de donner la vie à un enfant devrait suffire à établir un lien fort avec lui et pourtant, ça ne se passe pas tout à fait comme ça. Ce n'est pas parce qu'on porte un amour inconditionnel à quelqu'un qu'on ne doit pas sans cesse entretenir la flamme. Je me souviens que, dès sa naissance, Meret tournait la tête chaque fois qu'elle entendait ma voix, comme attirée par un aimant. Toutes les conversations que j'avais eues pendant ma grossesse constituaient ses seuls repères sonores, de sorte qu'elle reconnaissait instantanément les intonations de ma voix. Dans ce domaine-là, Brian partait avec un handicap. Il avait donc passé des heures à lui parler, pas comme s'il s'adressait à un bébé mais comme si sa fille était une adulte miniature. Il la prenait dans le porte-bébé quand il tondait la pelouse, lui donnait sa compote de pêches en lui expliquant ce qu'il faisait dans son laboratoire. Conscient de la distance qui les séparait, il s'évertuait à l'amadouer, la charmer, passait du temps avec elle jusqu'à ce qu'elle se rapproche, petit à petit.

Ce dont je ne me rendais pas compte à l'époque, c'est que chaque pas esquissé vers lui l'éloignait de moi.

Je n'ai aucune envie de détruire la relation qu'entretiennent Meret et son père. Ça ne m'a jamais traversé l'esprit. Simplement, mon métier m'oblige à côtoyer des gens qui, par définition, me quitteront et il m'arrive parfois de me demander si toutes les relations que je tisse avec les autres sont condamnées à se terminer aussi.

Meret me jette un regard soupçonneux.

— Tu veux aller marcher.

— Oui. Je suis restée assise pendant des heures. Toi, tu étais au camp d'ados, on n'a pas eu l'occasion de passer beaucoup de temps ensemble.

J'hésite avant d'ajouter :

— Tu me manques. J'ai l'impression de ne plus te voir.

— Ça, c'est pas possible. Je suis trop grosse pour qu'on ne me remarque pas.

Ses mots sont tranchants comme la lame d'un couteau.

— Meret…

— On pourrait aller au cinéma. Ou commencer un club de lecture mère-fille. Je veux dire, y a plein de trucs à faire qui ne demandent pas forcément d'efforts physiques mais comme t'en as marre de voir ta grosse vache de fille, tu…

— Meret ! Arrête ça tout de suite !

Ça me brise le cœur de l'entendre s'autoflageller. Quand j'étais enceinte, elle me donnait des coups de pied tellement vigoureux que je devais parfois m'appuyer contre un mur pour reprendre mon souffle. Je disais alors à Brian qu'elle n'avait pas l'air d'être à l'aise dans ma peau. Il semblerait qu'elle ne soit pas plus à l'aise dans la sienne, hélas.

— Je t'aime, dis-je avec ferveur, en espérant que mes mots résonnent plus fort que la détestation d'elle-même que je l'entends hurler en silence. Dis-moi ce qui ne va pas, d'accord ? S'il te plaît.

Je la sens s'attendrir un instant. Elle hésite, se demande probablement ce qui se passerait si nous étions côte à côte au lieu de nous affronter. Finalement, elle se détourne et reporte son attention sur la fiole qu'elle tient entre ses doigts.

— Pourquoi tu ne me dis pas ce qui ne va pas, toi ? réplique-t-elle. T'es tellement douée pour ça.

Notre maison abrite une chambre d'amis qui me sert également de bureau. J'y ai installé mon ordinateur portable, les dossiers de mes clients et une banquette futon. Lorsque je m'occupe de quelqu'un qui s'approche à grands pas de la fin et que je travaille presque vingt-quatre heures sur vingt-quatre ou que mes horaires sont décousus, j'emménage dans cette chambre pour éviter de réveiller Brian en pleine nuit.

Mais ce soir, c'est différent. Je prends mes oreillers, des draps et une couette et m'installe là-bas simplement parce que j'en ai décidé ainsi.

Je ne sais pas trop ce que je cherche, en fait. Même si je réussis à me débarrasser de Gita, elle ne s'effacera pas comme ça. C'est un peu comme les images télévisées qui s'impriment tels des spectres sous les paupières longtemps après qu'on a éteint. Et puis il n'est pas impossible que Brian dise la vérité : il faisait partie de la commission de sélection des postdoctorants mais n'a peut-être pas le pouvoir d'en renvoyer un.

À moins qu'il ne s'agisse pas du tout de Gita et de Brian.

Mais de notre couple.

Meret descend dîner de mauvaise grâce et joue avec la nourriture sans réellement manger ce qu'il y a dans son assiette. En voyant ça, je ne peux m'empêcher de redouter une razzia nocturne dans le frigo et cette pensée m'emplit aussitôt de honte. Brian ne rentre pas et je ne reçois aucun texto de sa part. La maison est silencieuse comme une tombe.

Dans quatre ans, Meret sera à l'université et nous serons coincés là, Brian et moi, forcés de faire la conversation alors que nous n'aurons plus rien à nous dire.

Je me suis occupée d'une cliente dont le mari avait eu une liaison, ce qui ne les avait pas empêchés de rester mariés encore trente-cinq ans après la tromperie. Elle avait failli le quitter mais il l'avait retenue en lui promettant de faire ses quatre volontés si elle restait. Après avoir réfléchi à sa proposition, elle lui avait dit qu'elle voulait pouvoir lui demander où il se trouvait à toute heure de la journée et qu'il devrait lui répondre chaque fois. C'était la seule manière pour elle de regagner un peu de confiance et sans cette passerelle, elle serait incapable d'atteindre le rivage bien lointain du pardon. Elle lui posait la question vingt fois, certains jours. Et le laissait parfois tranquille plusieurs semaines d'affilée.

Épuisée, j'espère m'endormir sur-le-champ mais je déchante rapidement. Mon regard glisse sans cesse sur le réveil : minuit, 1 heure, 2 heures du matin. En entendant le léger cliquetis de la porte d'entrée à 2 h 30, je saute du lit et vais me poster en haut de l'escalier, tel un ange vengeur. Brian lève la tête. Des cernes violacés soulignent ses yeux. Il hésite un instant avant de gravir les marches, comme s'il me mettait au défi de l'en empêcher.

Mais je m'évapore aussi vite qu'une nappe de brume.

— T'étais où ?

— Quelle importance ? lance-t-il sans se retourner. Tu croiras ce que tu voudras, de toute façon.

En voyant la lumière dans la chambre d'amis, il ralentit imperceptiblement puis rentre dans la nôtre et ferme la porte derrière lui.

Je m'appuie un instant contre le battant, paumes posées à plat, imaginant que, de l'autre côté, Brian en fait autant.

Meret m'attend dans la cuisine le lendemain matin. Elle évite mon regard mais demande d'un air embarrassé :

— Tu veux qu'on aille faire un tour ?

Elle doit se préparer pour partir à son camp d'activités scientifiques. J'ai un mal de crâne lancinant dû au manque de sommeil.

Malgré tout, je reçois son invitation comme une fleur avide de soleil.

— Oui, super ! Je vais chercher mes baskets et j'arrive.

Tandis que nous marchons le long du réservoir, je bavarde avec elle en me demandant ce qui a bien pu la faire changer d'avis. On imagine ce qu'on ferait si on gagnait un million de dollars au loto. Meret parle de Sarah. Elle me dit que le dispositif qu'elles ont inventé ensemble pour qu'un œuf jeté du haut de deux étages ne se casse pas a remporté un concours. Oh, et selon la rumeur, l'une des animatrices serait une amie de la princesse Kate. Je lui raconte l'histoire de Marina Abramović et de la Grande Muraille.

— Alors qu'est-ce qui s'est passé ? demande-t-elle.

Je hausse les épaules.

— Ils se sont enlacés. Et c'était fini.

— Mais c'est trop triste. Je veux dire, avoir fait tout ça pour ça.

Je lui jette un regard interrogateur.

— Tu penses qu'elle aurait dû lui pardonner ?

— Carrément pas, répond Meret, catégorique. Il l'a trompée, quand même.

— Tu crois vraiment que tout est aussi tranché, dans la vie ?

— Pas toi ?

Il faut croire que si, puisque je ne parle toujours pas à Brian.

— Moi en tout cas, je ne marcherai pas trois mille kilomètres pour un garçon, lâche Meret.

— Je suis ravie de l'apprendre.

Elle s'immobilise brusquement et se tourne vers moi. Ses pommettes sont toutes roses, des mèches de cheveux châtains s'échappent de sa tresse. Elle a les yeux gris, presque argentés, et parfois bleus : leur couleur vire au rythme de ses humeurs.

— Maman, dit-elle en se mordillant la lèvre inférieure. Je suis désolée de m'être conduite comme une peste.

Quand Meret faisait des caprices à la maison et qu'elle était à l'école primaire, Brian et moi demandions une réunion avec l'équipe enseignante. Nous nous attendions au pire mais on nous présentait toujours notre fille comme un modèle de bonne conduite. Il n'y avait aucun problème à signaler en classe. *Parfait*, concluait Brian, *si elle doit piquer une crise, je préfère que ça se passe avec nous.*

Il y a quelque chose de rassurant dans le fait d'être une sorte de refuge pour quelqu'un. Même si cela implique parfois de recevoir des ruades et des coups de poing ou une volée de paroles désagréables.

Je glisse un bras sur les épaules de Meret.

— Peste autant que tu veux, dis-je d'un ton léger. Je sais encaisser.

Elle se remet à marcher, me coule une œillade à travers ses cils.

— J'aimerais te poser une question mais j'ai peur de la prononcer à voix haute.

— Tu peux tout me demander, ma puce.

— Est-ce que vous allez divorcer, papa et toi ?

Bon. Sa question a le mérite de répondre à celle que je me posais de mon côté : oui, Meret est au courant des tensions qui règnent entre nous. Sans doute étais-je naïve de croire qu'elle n'avait rien entendu de nos disputes. Et cela pourrait aussi expliquer pourquoi elle me rejette pour mieux me rattraper, visiblement tiraillée entre deux extrêmes. Terrorisée à l'idée de me perdre, elle se dit peut-être qu'il serait moins douloureux de se détacher de moi… ?

J'ai très envie de lui demander ce qu'elle sait exactement mais je ne peux pas faire ça sans jeter la pierre à Brian et ce ne serait pas honnête de ma part.

J'arrête de marcher et pose les mains sur ses épaules.

— Meret. Je n'ai pas l'intention de partir.

— C'est ce que tu as fait, pourtant.

Tu étais au courant ? Je me retiens de lui poser la question.

— On s'est disputés, ton père et moi. Mais tout va rentrer dans l'ordre.

Elle scrute attentivement mon visage, comme pour voir si je dis ou non la vérité.

— Est-ce que c'était à cause de moi ?

— Non ! Bien sûr que non, voyons.

— Alors pourquoi ?

Je réfléchis rapidement.

— À cause d'une histoire d'argent. Les couples mariés se disputent, tu sais. Et ils passent à autre chose. Tu verras, un jour.

Elle baisse la tête.

— Ça, j'en doute.

— Dans un avenir tout proche, des files de prétendants se presseront autour de la maison. Je sais tout ça parce que je suis ta mère.

Meret réprime un sourire.

— Justement. Tu manques peut-être *un tout petit peu* d'objectivité.

— OK. Rappelle-moi juste de te dire *Je t'avais prévenue* quand ce jour viendra.

Nous rentrons à la maison en silence. Nos bras balancent en cadence le long de nos corps. Lors de l'un de ces chassés-croisés, j'effleure la main de Meret. Elle attrape mes doigts.

Et les serre fort entre les siens.

De retour à la maison, Meret monte se doucher et se préparer.

Je suis en train de couper des fraises sur le plan de travail lorsque Brian pénètre dans la cuisine.

— Excuse-moi pour hier soir, dit-il. Je n'étais pas avec elle.

— Je ne t'ai pas posé la question.

Il hoche la tête.

— Je sais.

Il fut un temps où nous avions tant de choses à nous dire, tous les deux : on parlait pendant le dîner et devant la télé et puis au lit, jambes emmêlées – nous nous racontions tous les fragments de journée que nous n'avions pas eu la chance de vivre ensemble. Alors d'où vient-il, ce silence embarrassant qui plane désormais entre nous ? Avons-nous peur que tous les sujets deviennent sensibles ou bien n'avons-nous plus rien à nous dire, après toutes ces années ?

La lame du couteau dérape et je sursaute tandis qu'une estafilade apparaît le long de mon pouce.

— Et merde.

Des larmes me piquent les yeux. J'aspire le sang puis écarte mon doigt pour examiner la coupure. Une bulle rouge jaillit aussitôt.

— Merde ! s'exclame à son tour Brian en attrapant un torchon de cuisine qu'il enroule autour de mon doigt. Lève la main audessus de ta tête.

J'obéis docilement.

— Reste ici, ordonne-t-il avant de filer à l'étage.

L'entaille est profonde. Je sens mon cœur battre au bout de mon pouce. Dès que je soulève le torchon pour jeter un coup d'œil, le sang se remet à couler et je m'empresse d'appuyer.

Brian descend bruyamment l'escalier, les bras chargés d'une boîte contenant du collyre, des ciseaux à pansements, un spray antiseptique, des compresses stériles – bref, tout un arsenal de produits pharmaceutiques.

— Quoi, t'as pas pris de tampons ? dis-je d'un ton moqueur.

— Pardon ?

— Tu as descendu toute l'armoire à pharmacie, Brian. Ce n'est qu'une coupure.

Il retire le torchon et nous regardons ensemble le sang affluer à la surface de la peau. Je rabats le tissu et appuie plus fort. Je me sens un peu faiblarde, tout à coup. Brian pose sa main sur la mienne pour ralentir l'hémorragie.

— J'ai peut-être besoin de points de suture, dis-je à mi-voix.

— C'est pas joli à voir mais je ne crois pas, non, répond-il avec une moue amusée. Et je suis docteur.

Un sourire effleure mes lèvres.

— Tu as un doctorat, nuance.

Il cherche mon regard.

— Dawn. Tu me fais confiance, oui ou non ?

Nous ne parlons plus d'une coupure au doigt, tout à coup.

Tel un chirurgien concentré sur son opération, Brian vaporise l'antiseptique sur la plaie puis pose une compresse qu'il fixe à l'aide d'une bonne longueur de sparadrap. Lorsqu'il a terminé, mon pouce ressemble à une boule de neige perchée sur une cime.

Je lui fais confiance, c'est certain. Je sais que je peux compter sur lui pour prendre soin de moi. C'est comme ça depuis le début.

Il pose mon coude sur la table de la cuisine de manière à ce que mon pouce soit plus haut que mon cœur et maintient doucement mon poignet dans cette position. C'est ainsi que Meret nous trouve quelques instants plus tard.

— Je rêve ou vous faites un bras de fer ?

— Mais non, voyons, répond Brian comme si l'idée lui paraissait ridicule. On se tient par la main.

Ce qui est tout aussi ridicule.

Nous éclatons de rire tous les trois et bien que la plaie continue de saigner et qu'une douleur lancinante irradie mon pouce, je me rends compte que cela fait un moment que je ne me suis pas sentie aussi bien.

C'est un chien qui m'a fait côtoyer la mort pour la première fois – un springer anglais noir et blanc baptisé Dudley que mes parents avaient adopté avant ma naissance. Dudley n'était heureux qu'allongé de tout son long contre nous, la truffe enfouie dans le creux du coude ou du cou ou collée contre nos ventres. Il était mon compagnon de jeu quand il n'y avait personne d'autre. Je lui enroulais des sautoirs de perles en plastique autour du cou, j'accrochais des clips au bout de ses longues oreilles, je le déguisais pour l'inviter à prendre le thé et lui versais de l'eau dans une minuscule tasse dans laquelle il peinait à plonger sa longue langue rose. Il dormait au pied de mon lit et m'attendait devant la porte d'entrée, son grand corps ondulant comme la semi-remorque d'un camion lorsqu'il voyait le bus scolaire se garer le long du trottoir. Tous les ans, je lui préparais un gâteau de riz au beurre de cacahouètes pour son anniversaire. Puis mon père fut mobilisé et je pleurais dans la fourrure de Dudley pour que ma mère ne m'entende pas. C'était le genre de chien avec un cœur bien trop gros pour son corps, raison pour laquelle il le partageait toujours avec moi.

En me réveillant une nuit, j'avais alors onze ans, j'ai vu Dudley debout dans le noir, en train de faire pipi sur ma descente de lit. Ce n'était pas du tout son style et j'ai lu dans son regard que lui-même ne comprenait pas ce qui se passait. J'ai épongé la flaque et n'en ai pas parlé à ma mère. Je pressentais déjà que je n'aimerais pas ce qu'elle allait me dire.

Elle l'a découvert bien assez vite en marchant dans une autre flaque alors qu'elle venait chercher ma panière de linge sale. Quand je suis rentrée de l'école ce jour-là, elle avait déjà emmené Dudley chez le vétérinaire. J'ai éclaté en sanglots. *C'est normal d'avoir peur*, m'a dit ma mère.

Le vétérinaire nous a annoncé que Dudley avait un cancer de la vessie et qu'une grosse tumeur bloquait son urètre. J'ai demandé à ma mère ce qu'il allait devenir et j'ai tenu à l'accompagner lorsqu'elle l'a ramené chez le vétérinaire pour le faire euthanasier. Ce dernier n'a pas caché son étonnement en me voyant attendre dans la voiture avec Dudley. J'étais assise sur la banquette arrière, le chien collé à moi comme s'il voulait se glisser sous ma peau. Je lui ai donné un biscuit pendant que le vétérinaire lui administrait un sédatif. J'ai continué à caresser son pelage jusqu'à ce qu'il s'endorme pour toujours.

Ma mère ne m'a pas bousculée. Pour une fois, il n'y avait pas de superstitions à respecter. Elle a attendu que je lui adresse un petit signe de tête puis elle a laissé le vétérinaire transporter le corps de Dudley à l'intérieur. Au lieu de se glisser au volant, elle s'est assise à l'arrière à côté de moi. *C'est normal d'être triste*, a-t-elle murmuré.

Ce qu'il y a d'étrange avec la mort, c'est que nous sommes tous terrifiés à l'idée qu'elle puisse arriver, nous sommes effondrés quand elle survient mais nous remuons ciel et terre pour ignorer la réalité de ces sentiments.

Quand j'arrive chez Win ce jour-là, elle m'a préparé une surprise. Un cadre est posé sur ses genoux. Je reconnais tout de suite un tableau égyptien, des hiéroglyphes dessinés sur une feuille de papyrus.

— J'ai ça depuis une éternité, explique-t-elle, mais je n'ai pas la moindre idée de ce que ça veut dire. J'aimais bien le type à la peau verte, en fait.

Osiris. Il ne m'en faut pas plus pour démarrer.

— C'est un extrait du Livre des morts. Les Égyptiens l'appelaient le Livre pour sortir au jour, ce qui est beaucoup plus juste. Il accompagne les défunts tout au long de leur voyage vers l'autre monde. Et ce tableau est une reproduction d'un papyrus découvert dans la tombe d'Ani, construite sous le Nouvel Empire.

Le Livre pour sortir au jour contient deux cents formules magiques parmi lesquelles beaucoup sont illustrées mais on n'en trouve que quelques-unes dans les sépultures et sur les papyrus.

Tout dépendait de la richesse du propriétaire de la tombe : combien de formules pouvait-il s'offrir ? C'est un peu comme si quelqu'un décidait d'être enterré avec ses versets préférés de la Bible. Les formules étaient écrites sur les linceuls des momies, les bandelettes, les cercueils, les scarabées, les ouchebtis, les murs des tombes et les papyrus. Certaines étaient très simples. D'autres plus insolites, comme la formule 100 qui recommandait de prononcer les mots selon un ordre bien précis qui devait être dessiné sur une feuille de papyrus vierge et propre à l'aide d'une pâte à base d'argile verte délayée dans de l'eau. Dans ces conditions seulement, le défunt pouvait monter à bord de la barque solaire de Rê qui le conduirait dans l'au-delà.

— Cette scène est très célèbre, dis-je à Win. C'est celle du chapitre 125 qui montre la pesée du cœur d'Ani.

Sur cette image, le défunt est conduit dans la salle des deux Maât où son cœur est posé sur le plateau d'une balance en face de la plume de Maât qui symbolise la vérité. Ce tableau – qui n'est pas sans rappeler le jour du Jugement dernier – est aussi la seule formule à n'avoir jamais été repérée dans le Livre des deux chemins. Quelques fragments des Textes des sarcophages du Moyen Empire ont certainement évolué vers ce rituel de la Pesée du cœur du Nouvel Empire mais je n'ai pas passé assez de temps sur le terrain pour pouvoir mettre en lumière ce cheminement.

— Pourquoi est-ce qu'il est vert ? demande Win en tapotant la couronne blanche d'Osiris.

— Il y a tout un mythe de régénération après sa mort – c'est une longue histoire. En gros, sa peau verte symbolise la fertilité et la renaissance. Il porte la barbe postiche des dieux – vous voyez le bout légèrement recourbé ? – et il a la forme d'une momie. La femme derrière lui s'appelle Isis. On la reconnaît au trône perché sur sa tête. C'est l'épouse d'Osiris. C'est elle qui l'a ressuscité après sa mort et qui a protégé leur fils Horus. Elle aide aussi les morts à franchir ce passage.

— Elle fait comme vous, en gros.

Je laisse échapper un petit rire.

— Euh, oui, peut-être. Sauf que je n'ai pas l'intention de peser votre cœur.

— Que se passe-t-il après la pesée ?

— Ceux qui sont “justes de voix”, c’est-à-dire innocents, accèdent à la vie éternelle.

Je suis les hiéroglyphes du bout des doigts pour les lire de droite à gauche, dans le sens vers lequel ils sont tournés. La formule commence par un titre en rouge qu’on appelle une rubrique et les signes sont en cursive.

— Formule pour entrer dans la grande salle…

Win me regarde avec stupeur.

— Vous savez lire ça ?

Je touche chaque signe, traduisant au fur et à mesure.

— La bouche rouge est la lettre *r* qui veut dire *formule*.

Je me retrouve soudain en plein désert, des grains de sable picotent ma nuque tandis que je trace soigneusement à l’encre des hiéroglyphes sur un morceau de Mylar qui glisse sous mes doigts.

— L'oiseau plus la colline plus les jambes en marche représentent *aq* qui veut dire entrer.

J'imagine Harbi en train d'installer une échelle pour Dumphries qui se plaint de la chaleur comme un gamin. Je vois Wyatt debout de l'autre côté de la tombe, ses dents blanches étincellent dans un sourire parce qu'il vient de faire une blague.

— La caille, le linge plié, le cercle avec les lignes et la miche représentent *wsḫ.t* – *wesekhet* – qui signifie "grande salle".

L'échelle que vient de déplier Harbi bascule, je la retiens d'une main et une écharde transperce ma peau.

— Les deux plumes d'autruche, *mꜣꜥ.ty*, sont les deux Maât, autrement dit les deux vérités.

Debout dans le soleil brûlant, Wyatt soulève ma main. *Arrête de gigoter, ça va être pire.*

— Au-dessus des plumes, des signes phonétiques disent la même chose.

Sa main est chaude. Il enfonce une aiguille sous la pulpe du pouce pour déloger l'écharde. Une goutte de sang perle au bout de mon doigt. Wyatt le porte à ses lèvres et aspire le liquide pourpre. Il ne me quitte pas des yeux.

Je regarde le pansement qui recouvre la blessure que je me suis faite ce matin comme si elle avait recommencé à saigner.

La voix de Win interrompt ma rêverie.

— Vous gâchez vos talents en travaillant comme doula de fin de vie, décrète-t-elle. Vous pourriez donner des cours à l'université !

Je secoue la tête en souriant.

— Je vous serai beaucoup plus utile comme doula que comme professeur, croyez-moi.

— Continuez !

Elle fait un geste en direction d'une autre partie du tableau où une table dressée derrière Osiris réunit les noms des dieux du tribunal. Ici, les hiéroglyphes sont en écriture rétrograde : les signes sont dirigés vers la droite mais se lisent de gauche à droite, comme dans d'autres litanies religieuses extraites des Textes des sarcophages et du Livre des deux chemins. Je poursuis mes explications.

— Cette partie présente la confession négative. Le défunt énumère quarante-deux fautes qu'il n'a pas commises.

Je montre les bras rouges avec les paumes tournées vers le bas, signe de la négation, et le moineau, déterminatif indiquant la transgression. *Je n'ai pas mal agi. Je n'ai pas menti. Je n'ai pas forniqué avec le fornicateur.*

— Dire que j'ai toujours pris les Égyptiens pour un peuple sexuellement très moderne.

— Ils ne condamnaient pas le sexe avant le mariage, fais-je observer. Le mot *vierge* n'existe pas en égyptien ancien.

— Voilà un concept très égalitaire.

— C'est vrai mais il y avait tout de même certaines conditions. On n'avait pas le droit de faire l'amour avec une personne mariée. L'infidélité était un motif de divorce.

— C'était donc ça, la clause de rupture, ironise Win en posant le plat de sa main sur le pourtour du cadre. Et pour vous, c'en est une aussi ?

Comment a-t-elle réussi à percer la façade que je lui ai présentée ? Je ne lui ai même pas parlé de Brian et j'ai pourtant l'étrange impression qu'elle en sait pas mal sur ma vie privée.

— Je crois qu'il y a de nombreuses façons d'être infidèle sans que cela implique forcément de forniquer avec le fornicateur, murmure Win avant que j'aie le temps de répondre.

— C'est la raison pour laquelle il y a quarante et une confessions négatives en plus de celle-ci.

Win pose le cadre à côté d'elle sur le canapé.

— Et après, c'était terminé ? On débitait ses confessions et on passait à l'étape suivante ?

— Non. Il fallait répéter quatre fois : *Je suis pur, je suis pur, je suis pur, je suis pur.* Le défunt devait ensuite connaître tout un tas d'informations pour poursuivre son chemin. Il fallait par exemple qu'il connaisse le nom de ses propres pieds pour que le sol l'autorise à avancer. Dans une autre salle, c'était le nom des portes qu'il devait donner. Il y avait aussi des instructions sur la tenue vestimentaire qu'il convenait de porter lors du jugement et ce qu'il fallait offrir où et à qui. Si vous faisiez tout ça, si vous répondiez correctement à toutes les questions et que votre cœur était plus léger que la plume de la vérité, si vous étiez très gentil avec le passeur divin pas commode du tout qui était chargé de transporter toutes les âmes, alors vous vous retrouviez dans le champ des Offrandes où l'on vous rendait tout ce que vous aviez laissé derrière vous : les personnes que vous aimiez, vos animaux de compagnie, votre jardin. Vos souvenirs. La vue depuis votre fenêtre préférée. Tout ce qui vous procurait du plaisir durant votre vie mais cette fois, c'était pour l'éternité.

— Ça a l'air… chouette, dit Win en suivant le contour de la couronne d'Osiris. Et ceux qui avaient un cœur trop lourd ?

— Ils se faisaient dévorer par une créature monstrueuse, croisement d'hippopotame, de crocodile et de lion.

— Doux Jésus.

— Ah non, pas lui. Il faudra encore patienter plusieurs millénaires.

Win se lève. J'enregistre instinctivement la manière dont elle se tient sur ses pieds et la maigreur de ses bras tandis qu'elle s'agrippe au bras du canapé.

— Très bien, Dawn Edelstein, lance-t-elle, il y a plein de gens qui traversent une phase égyptienne quand ils sont gosses, qui construisent des pyramides en Lego et déguisent leur petit frère en momie en l'enveloppant dans du papier-toilette. Mais mon petit doigt me dit que cette passion ne vous a jamais quittée. Allez-vous me dire *pourquoi* vous connaissez tout ça ?

— J'étais égyptologue, dans une autre vie.

Les pupilles de Win se rétrécissent. J'ai l'impression qu'elle me jauge méticuleusement, de la même manière que je l'observe de mon côté, et pendant un quart de seconde, je me demande qui s'occupe de qui, ici.

— Vous croyez en l'existence d'autres vies ?

Je vois Wyatt s'éloigner de moi. Les vaguelettes de chaleur lui donnent des allures de mirage. Comme s'il n'était plus que le simple fruit de mon imagination.

— Je veux y croire, oui, dis-je posément.

TERRE/ÉGYPTE

Dans mon rêve, Brian prépare une expérience dans un laboratoire rutilant. Il s'est mis en tête d'ouvrir la porte d'un univers parallèle. Pour ce faire, il va projeter à travers un aimant géant un faisceau de particules subatomiques à l'intérieur d'un tunnel bouché par un mur. S'il se débrouille bien, quelques-unes des particules deviendront les images miroirs d'elles-mêmes et traverseront directement le mur, prouvant qu'il existe bel et bien un monde fantôme à côté de celui dans lequel nous vivons.

Brian abaisse le levier de l'accélérateur de particules. Je me tiens suffisamment près de lui pour remarquer ses ongles coupés au carré et la fine cicatrice qui zèbre son pouce, souvenir du coup de marteau qu'il s'est donné en montant le grand lit de Meret. Des cognements retentissent, pareils aux battements de cœur métalliques d'un appareil d'IRM. Je ressens une pression terrible, c'est une tempête emprisonnée dans ma cage thoracique, et je comprends soudain pourquoi la scène m'apparaît aussi nettement : je suis coincée dans le faisceau de particules. J'appelle Brian : *Attends ! Il y a une erreur…*

Mais il est trop absorbé par sa tâche pour m'entendre. La sensation de lourdeur s'intensifie. L'étau se resserre autour de ma poitrine. Les paroles de Brian me reviennent en mémoire : *Nous sommes tous composés de molécules, comme ces électrons. Si tu zoomes encore et encore et encore, tu verras que tout ce que nous faisons s'explique par la mécanique quantique.*

Me voici soudain lumière, air, vitesse. Et puis plus rien. Je me prépare au choc mais il n'y en a pas. Je me retrouve de l'autre côté d'un miroir que je martèle de toutes mes forces mais mes coups sont étouffés par les cognements réguliers de l'accélérateur de particules. Je n'entends plus que ça.

Blam. Blam. Blam. Et puis : "Dawn ?"

J'ouvre grands les yeux. Je suis allongée sur un matelas étroit dans une chambre que je ne connais pas. Je consulte ma montre : 4 h 30 du matin.

Je me traîne jusqu'à la porte, l'entrebâille. Je suis en T-shirt et en culotte – je n'ai rien d'autre à mettre pour dormir. Un rai de lumière m'aveugle et, l'espace d'un instant, mon rêve refait surface.

La lumière s'éteint, cédant la place à l'obscurité la plus totale. Je distingue pourtant la silhouette de Wyatt, la blancheur de ses dents, la lampe frontale au-dessus de ses sourcils.

— Il y a une coupure d'électricité, déclare-t-il. Tiens, prends ça.

Il me colle une autre lampe frontale dans la main. Un flot de souvenirs vivaces me submerge. Je me revois me déplacer à tâtons dans le noir chaque fois qu'il y avait une panne d'électricité, ce qui arrivait souvent pendant la saison des fouilles. Je glisse le bandeau élastiqué autour de ma tête, enfonce le bouton. Wyatt fronce les sourcils.

— Il faut qu'on te trouve un pyjama, lâche-t-il avant de tourner les talons.

Il fait frais de bon matin, c'est le moment idéal pour travailler. "Au point G du jour", plaisantait Dumphries (avant d'ajouter en me coulant un regard goguenard : "Pour celles qui ont la chance de savoir ce que c'est"). La maison ressemble à un nid de campagnols : sombre et feutrée, pleine de grattements et de chuchotis pendant que tout le monde s'agite avant le départ. S'il n'y a pas d'électricité, il n'y a pas d'eau au robinet et donc pas de douche. Je ramasse un gant de toilette humide dans le cabinet de toilette et me le passe sur le visage et sous les bras.

Joe est déjà à table quand j'arrive dans la pièce principale. En pleine conversation, Wyatt et Alberto se taisent brusquement en m'apercevant. J'aimerais bien savoir ce qu'il leur a dit à mon sujet. Parce que je trouve ça très bizarre qu'Alberto soulève son gobelet de jus de fruits d'un air pénétré en refusant obstinément de me regarder. Je lance un "Bonjour" à la cantonade et m'assieds au moment où Mohammed Mahmoud apporte un petit-déjeuner froid : du pain et de la confiture, du miel, des céréales. Pas de café puisqu'il n'y a pas d'eau chaude. Les pots et les assiettes circulent autour de la table et j'essaie de cerner l'humeur matinale de chacun en observant les comportements. Joe jacasse joyeusement. Alberto se tait. Wyatt consulte son téléphone.

La sonnerie de son appareil retentit soudain. Il s'éloigne de la table pour prendre l'appel.

— La moto d'Omar est en panne, annonce-t-il. Il arrivera en retard.

— Qui est Omar ?

— L'inspecteur des antiquités, répond Joe.

— *Per piacere, il sale ?* grommelle Alberto.

— Il ne parle pas anglais tant qu'il n'a pas eu sa dose de café, explique Joe en me passant la salière.

— On ne se passe pas le sel de main en main, dis-je en posant la salière sur la table, entre Alberto et moi. Ça porte malheur.

Wyatt intercepte mon regard et arque un sourcil.

Je me sens barbouillée mais je me force quand même à avaler une tartine de miel. J'ai supplié Wyatt de me laisser travailler sur le site, c'est moi qui l'ai forcé à m'accepter dans son équipe mais ce matin, des doutes me chavirent l'estomac. Même si j'arrive à ne pas me couvrir totalement de ridicule, j'ai peur d'être complètement larguée à cause de tous ces progrès technologiques.

— Dawn ? Allô ?

En entendant mon prénom, je m'aperçois que Wyatt me parle. Depuis un moment, dirait-on. Tous les regards sont fixés sur moi.

— On part dans cinq minutes, reprend-il d'un ton neutre. Sois prête.

Je hoche la tête, les joues en feu. Alberto lève les yeux au plafond en lançant à voix haute : "*Santo cazzo Madre di Cristo*", et je n'ai pas besoin de traduction.

Abdou, Mohammed Mahmoud et Ahmed sortent de l'annexe où ils habitent et commencent à charger le matériel sous les ordres d'Abdou, le *reis*, autrement dit le chef de leur petite équipe. Je porte les mêmes vêtements d'emprunt qu'hier, le même chapeau. J'avance vers le Land Rover, mal à l'aise, ne sachant pas trop comment me rendre utile. Joe me rejoint et me tend une caisse contenant un assortiment de brosses, une règle, un miroir, une lampe torche, un iPad et un chargeur sans fil. "Tu pourras te servir de mes affaires", dit-il en attrapant un keffieh qu'il enroule autour de mon cou. Je remonte le tissu sur mon nez et ma bouche pour me protéger du sable.

Wyatt émerge de la maison et grimpe dans le 4×4. Abdou est au volant. L'arrière du véhicule est rempli de matériel. Je marche dans les traces des roues avec Alberto et Joe. Le soleil se hisse à l'horizon, drapant le désert d'un voile rouge sang, comme si la lune avait été massacrée pendant la nuit.

Les tombes de la nécropole ressemblent à des grains de maïs disposés à intervalles réguliers, alignés en rang le long du djebel. Celle de Djehouty-nakht se situe légèrement en contrebas, du fait de la topographie du flanc montagneux. En approchant, j'aperçois une fente dans la paroi rocheuse, à proximité de la nouvelle ouverture. C'est certainement la raison pour laquelle les autres sépultures n'ont pas pu être construites au même niveau. Les tombes plus récentes, comme celle de Djehoutyhotep II, ont été creusées au-dessus, dans une corniche intacte.

En la voyant aujourd'hui, je me demande pourquoi nous ne l'avons pas remarquée il y a quinze ans. Mais je connais la réponse à ma question : elle était ensevelie sous les amas de pierres provenant des autres tombes. Les décombres des précédents chantiers masquaient complètement son entrée.

Nous continuons à avancer et gravissons à présent les marches en pierre saupoudrées de sable. Je garde un souvenir viscéral de ces moments : chaque fois que j'arrivais à cet endroit, j'avais l'impression d'avoir basculé dans un monde futuriste. Je n'étais plus l'étudiante qui remontait le temps couche par couche pour m'imprégner d'une civilisation ancienne : j'étais le dernier être humain sur terre. Le Land Rover est déjà garé et déchargé lorsque j'arrive devant la tombe. Joe m'a expliqué que la mission principale de cette saison avait été de creuser le puits et de l'étayer afin que Wyatt et les ouvriers puissent descendre en toute sécurité. En plus de la famille de Harbi venue de Louxor, des manœuvres coptes et musulmans ont été embauchés pour sortir les décombres. Tous armés d'un panier traditionnel en feuilles de palmier, ils forment une chaîne humaine et se passent de mains en mains les *maqtafs* remplis de gravats. Le sable qu'ils extraient de la tombe forme un cône géant que deux hommes nettoient à l'aide de tamis immenses, au cas où il s'y cacherait quelques trouvailles dignes d'intérêt.

— Ils ont trouvé quelque chose ? je demande à Joe.

— Quelques grains d'orge, c'est tout.

Prélevés à la pince à épiler, les grains avaient été placés dans un sachet en plastique refermable et subiraient plus tard une analyse archéobotanique.

Wyatt appelle Joe depuis l'intérieur de la tombe.

— Le boss me réclame, ajoute-t-il en me gratifiant d'un sourire d'excuse.

Je m'arrête à l'entrée de la tombe. Les hiéroglyphes sont sous mes yeux, maintenant.

J'effleure délicatement le linteau puis me lance vaillamment dans la translittération du texte.

ḥry-tp ꜥꜣ n wn.t ḏḥwty-nḫt
Nomarque du nome de la Hase, Djehouty-nakht.

La dernière inscription hiéroglyphique datée a été écrite par un prêtre nubien en visite à Philae en 394 av. J.-C. Bien que l'empereur byzantin ait fermé tous les temples, il autorisait encore les Nubiens à vénérer Isis. L'ensemble de la langue fut ensuite oublié durant mille cinq cents ans, jusqu'à la découverte de la pierre de Rosette en 1799. Rédigé en écriture démotique, hiéroglyphique et grecque, ce texte terriblement ennuyeux parle de réductions fiscales et des prêtres officiant dans les temples. Mais comme il porte le même message en trois écritures et deux langues, il a fourni la clé permettant le déchiffrement de l'écriture hiéroglyphique égyptienne. En 1822, Jean-François Champollion publie la première traduction de hiéroglyphes.

Ce qu'il a dû éprouver en plongeant dans l'histoire et en comprenant ce qui avait été écrit quatre mille ans plus tôt… eh bien, je l'éprouve aussi en posant ma main sur les signes gravés dans la pierre, comme l'artiste qui les a dessinés là en se demandant peut-être qui les lirait dans les années à venir.

L'intérieur de la tombe bourdonne d'activité. Je rentre en promenant mon regard sur les murs parés de couleurs éclatantes. Voilà ce qui échappe souvent aux profanes : lorsqu'une tombe demeure inviolée pendant plusieurs millénaires dans le désert, elle ne subit aucune dégradation. Si les conditions de sa préservation sont restées optimales, elle se livre dans toute sa splendeur d'origine. Les rouges sang, les bleu-vert, les jaunes moutarde, les blancs cassés… J'en ai le souffle coupé.

Une scène de chasse recouvre un pan entier de la tombe. Des poissons se croisent dans un étang bleu cobalt tandis que d'autres s'entassent dans un filet délicatement tressé. Des hippopotames s'ébattent dans l'eau et sur le rivage un lion se repaît d'une gazelle tandis que deux crocodiles s'accouplent. Des ibis flânent dans les broussailles, des oies traversent le ciel. Djehouty-nakht et sa femme se tiennent sur le côté. Il tient dans une main un bâton de jet, sorte de boomerang en bois utilisé pour la chasse. Je me tourne légèrement, m'approche d'un autre détail : des harpistes et des luthistes jouent de la musique, des femmes tapent dans leurs mains et des hommes dansent tandis qu'un nain tourne sur la tête pour divertir la compagnie. À côté d'eux se trouvent des femmes occupées à filer et à tisser, à ramasser et à presser le raisin pour faire du vin, à moudre les céréales entre deux pierres pour préparer du pain dans des moules en terre. À l'extrême droite de la fresque, deux ânes se roulent dans la poussière non loin d'un chien *yuyu* avec sa longue queue et son corps de lévrier. Une scène guerrière vient compléter le tableau : soldats armés de flèches et de boucliers, ennemis vaincus gisant dans des mares de sang s'écoulant de leurs fronts. Peinte dans un coin de la fresque, une porte ornementée permet à l'âme *ba* de circuler librement.

Le mur jouxtant l'ouverture du puits funéraire représente les offrandes apportées à Djehouty-nakht qu'un scribe répertorie sur un rouleau de papyrus. Le *peret kherou*, la formule des offrandes, court le long du déballage de mets et de cadeaux. Djehouty-nakht se dresse dans toute sa splendeur au milieu d'un jardin piqueté de fleurs de lotus, sous un portique soutenu par des colonnes en faux granit. Des domestiques portent une ombrelle et les sandales du nomarque. Il est entouré de son épouse et de ses enfants – trois filles et deux fils. L'un d'eux tient en laisse un gros chien basenji dont le collier est orné d'une clochette. Puisant dans mon savoir rouillé, je m'efforce de déchiffrer les hiéroglyphes en lisant à mi-voix.

"*i͗ri͗-pˁ.t ḥꜣty-ˁ* . . . . . . quelque chose *mry nṯr i͗mi͗-r ḫꜣs.wt i͗ꜣb.wt mꜣˁ-ḫrw ḏḥwty-nḫt sꜣ tty* . . . "

Noble et maire… quelque chose… *l'un de ceux qu'aime le dieu, dirigeant des terres orientales étrangères, juste de voix, Djehouty-nakht, fils de Téti.*

— *smr-nswt*, dit une voix derrière moi.

Mains dans les poches, Wyatt me regarde progresser tant bien que mal dans le déchiffrement.

— Ami du roi, traduit-il. C'est incroyable, non ?

J'acquiesce d'un hochement de tête.

— Je me rappelle avoir vu des fresques similaires dans d'autres tombes de cette nécropole.

— Bah, c'est comme quand tu déménages en banlieue et que tu retrouves les mêmes meubles et la même décoration dans toutes les maisons parce que tout le monde veut faire comme le voisin.

— Ou comme les Djehouty-nakht de Boston.

Il rit.

— Prête à gagner ta pitance ?

Sans attendre ma réponse, il traverse la tombe et je lui emboîte le pas. Mes yeux croisent un hiéroglyphe inscrit à côté de Kem, la femme de Djehouty-nakht.

mry. Bien-aimée.

— Tu vas t'occuper de la paléographie des hiéroglyphes situés près du puits funéraire. Ils étaient cachés sous les gravats jusqu'à maintenant, m'explique Wyatt avant de se tourner vers Alberto, en train d'installer son matériel photographique. Joe lui a prêté son iPad. Tu peux lui envoyer les photos ?

— C'est déjà fait, répond Alberto d'un ton sec.

Une fois de plus, je me demande ce que me vaut une telle froideur alors qu'il s'était montré si amical à mon arrivée.

Wyatt a déjà allumé l'iPad. Il passe en revue les photos de la paroi située juste en face de moi, prises sous différents angles. Puis il détache le stylet et trace l'un des hiéroglyphes, comme il m'a montré hier à la maison des fouilles.

— Quand tu auras terminé, Alberto créera une modélisation en 3D du mur en y insérant tes dessins. Surtout, n'oublie pas de sauvegarder ton travail.

Tant de choses ont changé depuis mon dernier chantier dans une tombe à Deir el-Bersha. Je n'en reviens toujours pas. En 2003, après avoir tracé les hiéroglyphes sur une feuille de Mylar, nous faisions une photocopie légèrement réduite du dessin puis corrigions toutes nos erreurs en comparant cette reproduction en noir et blanc avec les vraies inscriptions. Il nous fallait plusieurs saisons pour venir à bout d'un seul panneau. Wyatt et moi comparions ensuite nos notes pour être sûrs de ne pas avoir commis d'erreurs dans nos tracés. *À ton avis, qu'est-ce qu'il y avait là, avant que ça ne soit abîmé ? Et la forme de ce signe, qu'est-ce que tu en penses ?* L'iPad qui permet de corriger sur-le-champ le tracé d'un hiéroglyphe est un outil magique.

Je me cale dans un petit recoin entre la paroi et Abdou qui parle en arabe avec un ouvrier. Posté dans le puits, ce dernier soulève un panier lourd de gravats.

— Si tu as des questions, demande à Alberto, conclut Wyatt.

Autant dire que je vais tout faire pour ne pas en avoir.

Abdou passe à côté de moi pour descendre dans le puits. Quelques instants plus tard, je l'entends réclamer le *moudir*.

— Le devoir m'appelle, lance Wyatt.

Il pose le pied sur le premier barreau de l'échelle avant de se retourner vers moi.

— Prends bien soin de noter l'emplacement de chaque bloc d'inscriptions par rapport à l'ensemble de la tombe, ordonne-t-il avant de disparaître dans le goulot.

À l'époque, Wyatt se fichait totalement de savoir où se trouvaient les hiéroglyphes dans une sépulture. C'est une preuve supplémentaire qu'il s'est rangé à mes théories.

Je pose le bout du stylet sur l'écran tactile et aussitôt un trait noir se matérialise sous mes yeux. S'il est trop épais, je peux l'affiner en appuyant simplement sur un bouton. J'agrandis les photos au point de voir le grain de l'image et commence à dessiner pixel par pixel.

Les premiers hiéroglyphes me donnent du fil à retordre. Mais l'instinct finit par prendre le dessus. Mes doigts bougent tout seuls, comme mus par une force extérieure sur une planche Ouija, traçant le contour d'un bec de cormoran et les oreilles du *Hr*, le visage vu de face. La langue coule de nouveau en moi, semblable à un jet d'eau dans un tuyau rouillé, de plus en plus limpide.

Je m'écarte, masse les os de mes poignets douloureux et électrisés.

C'est laborieux.

C'est époustouflant.

Ma mère m'avait raconté un jour qu'elle rêvait en irlandais quand elle était enfant. Elle s'imaginait en train de nager avec les *merrows* et les *kelpies**, et leurs conversations silencieuses voguaient d'esprit en esprit dans la langue ancienne parlée par sa grand-mère. J'avais toujours cru qu'elle me racontait des salades jusqu'au jour où, durant ma dernière saison de fouilles, je me suis mise à rêver en moyen égyptien. Mon rêve était toujours le

* Les *merrows* et les *kelpies* sont des créatures légendaires marines, issues du folklore écossais et irlandais.

même : je marchais dans le désert en pleine nuit, pressée de voir le soleil se lever, essayant à tout prix de ne pas perdre des yeux la silhouette qui avançait devant moi. *Ne te retourne pas*, suppliais-je dans cette langue ancienne. *Fais-moi confiance. Je suis toujours là.* Mais il n'entendait jamais. Ou ne comprenait pas.

Chaque fois que j'ai des crampes dans les doigts, que mon pied s'ankylose et que je dois changer d'appui, je jette un coup d'œil dans l'ouverture du puits. J'observe Wyatt qui participe au ballet des paniers remplis de sable et de pierres. Je sens qu'il impose le respect. L'autorité repose sur ses épaules de la même manière que le soleil joue dans ses cheveux – comme s'il était naturellement à sa place.

À chaque nouvelle saison, la femme du professeur Dumphries venait passer une semaine à la maison des fouilles. Nous avions baptisé l'événement la Visite conjugale et l'ambiance était à la fête. Bette Dumphries apportait une caisse de champagne français, des paquets de roulés au chocolat HoHos et des boîtes de céréales américaines bourrées de sucre. En sa présence, Dumphries se transformait en boute-en-train, pour autant qu'un professeur aussi génial que versatile puisse endosser ce rôle-là. Pendant toute la durée de son séjour, nous cachions la table creusée de cicatrices sous une toile cirée et nous battions à chaque repas pour manger à côté d'elle parce qu'elle nous régalait d'anecdotes compromettantes sur son mari : la fois où il avait eu peur d'une chauve-souris égarée dans leur chambre ; le jour où il avait mis le feu à un four à micro-ondes et fait disjoncter les compteurs électriques de tout l'immeuble.

Pour la dernière soirée avant le départ de Bette en 2003, Dumphries installa un tourne-disque sur le toit de la maison et nous bûmes du Taittinger en le regardant danser un fox-trot endiablé avec sa femme. Un délicieux parfum de vieux continent flottait dans l'air, un peu comme si nous avions remonté le temps jusque dans les années 1930, que nous n'étions plus des étudiants en Égypte mais des expatriés recréant sous les étoiles un bout de notre terre natale.

Il était minuit passé. Les autres étudiants avaient regagné leurs chambres l'un après l'autre. Une règle tacite gouvernait cette fête : on pouvait faire la bringue aussi longtemps qu'on le voulait du moment qu'on était debout à 4 h 30 pour aller travailler. Il ne restait plus que nous quatre ce soir-là : Dumphries et sa femme toujours en train de danser sur les mélodies cuivrées d'un orchestre de big band, et Wyatt et moi.

Il n'était pas question pour moi de déclarer forfait avant lui. Car même dans ce genre de circonstances apparemment détendues, Dumphries continuait d'évaluer ses étudiants et je n'avais aucune envie de passer pour celle qui jette l'éponge. Sans compter que Dumphries avait la réputation de s'épancher sur *tout et n'importe quoi* après avoir sifflé une ou deux bouteilles de vin. Dans un moment de faiblesse, peut-être révélerait-il son tout dernier projet de publication et peut-être même proposerait-il à Wyatt de participer aux travaux de recherche si je n'étais plus dans les parages. Tout était possible et je ne pouvais pas me permettre de louper pareille aubaine.

Je servis du champagne à Wyatt.

— Ton verre est vide.

Il plissa les yeux.

— Depuis quand es-tu barmaid ?

Je haussai les épaules.

— Depuis que la picole est gratuite.

Apparemment désireux de bâillonner sa nature suspicieuse, Wyatt s'affala sur un coussin de satin orange et leva le doigt en direction du ciel piqueté d'étoiles.

— La constellation du lièvre, murmura-t-il.

— Il n'y a pas de constellation du lièvre, objectai-je.

— Bien sûr que si. Elle est pile dans le viseur d'Orion.

Il me fixa comme si j'étais une débile profonde avant d'ajouter :

— Pourquoi est-ce que tu crois que le nome de la *Hase* s'appelle comme ça ?

Je préférai me taire, ne trouvant rien à répliquer. J'étais un peu fatiguée, j'avais beaucoup trop bu et je ne voulais surtout pas montrer de signe de faiblesse devant Wyatt et Dumphries qui, à cet instant précis, était en train de faire basculer Bette d'un mouvement gracieux.

Wyatt bondit sur ses pieds et me tendit la main.

— Viens, Olive. Donnons-leur une leçon.

Je clignai des yeux.

— Je ne sais pas danser.

— Je ferai tout le boulot, t'inquiète. Comme d'habitude.

Saisissant mon poignet, il m'attira vers lui si vigoureusement que je dus m'accrocher à ses épaules pour éviter de le percuter de plein fouet. Il posa une main sur ma hanche, emprisonna mes doigts de l'autre et j'eus l'impression d'être une phrase coincée entre deux parenthèses. Lorsqu'il se mit à bouger au rythme de la musique, je titubai et il resserra aussitôt son étreinte pour m'éviter de chanceler. Je n'avais jamais dansé avec un partenaire aussi chevronné. À la fois puissant et autoritaire. Je ne pouvais pas ne pas le suivre. Virevoltant là où il virevoltait. Emplissant l'espace qu'il venait de libérer. Il m'entraînait dans son sillage comme une trace d'écume.

Quand les derniers accords de la mélodie flottèrent dans l'air chaud et que les notes continuèrent à vibrer dans l'obscurité tels des spectres sonores, Dumphries se pencha vers Bette pour lui baiser la main. Elle rit, enroulant ses doigts autour de ceux de son mari et exerçant une pression pour lui transmettre un message silencieux dont seuls les vieux couples ont le secret.

— Aux plus jeunes, nous cédons la nuit, déclama Dumphries en enlaçant sa femme par la taille. Et le reste du champagne.

Ils disparurent dans l'escalier conduisant à la maison. Je lançai un coup d'œil à Wyatt.

— Bon… On ferait mieux d'aller se coucher, nous aussi.

Wyatt attrapa la dernière bouteille de champagne et fit sauter le bouchon.

— Pardon, Olive ? s'exclama-t-il d'un air faussement offensé. Je ne suis pas ce genre de garçon, désolé.

Il porta le goulot à ses lèvres et avala une longue lampée avant de me tendre la bouteille.

— On pourrait aller se coucher… ou on pourrait déguster cet excellent millésime.

Ainsi donc, il me lançait un défi. Qu'à cela ne tienne. Je ne lui donnerais pas le plaisir de me débiner. Je me rassis par terre et pris à mon tour une grande gorgée de champagne.

— Où est-ce que tu as appris à danser ?

— Dans les bras de l'adorable Eleanora DeBussy, soupira-t-il en m'observant à travers ses cils. Elle m'a tout appris, des meilleures positions jusqu'au *Carolina shag*.

Je levai les yeux au ciel et Wyatt s'esclaffa.

— Eleanora DeBussy avait soixante-quinze ans et sentait la sardine en boîte.

— Pourquoi tu ne l'as pas dit tout de suite ?

— Parce que c'est tellement plus drôle de t'asticoter.

— Ta vie ne m'intéresse pas, ripostai-je. Je me fous totalement de ce que tu apprends et avec qui.

Wyatt récupéra la bouteille et avala une autre gorgée.

— Imagine la scène : à l'instant où je te parle, Dumphries se livre sûrement à un langoureux strip-tease pour sa chère et tendre.

Je fermai les yeux de toutes mes forces.

— Cette image est imprimée sur ma rétine. Merci.

— C'était juste histoire de dire que chaque pot avait effectivement son couvercle.

Il s'allongea par terre, les yeux braqués sur le ciel étoilé.

— Tu crois qu'ils font des jeux de rôle ? Genre : *Tu seras Isis et je serai Osiris.*

— Oh non… Arrête ça tout de suite, OK ? Parle de tout ce que tu veux, sauf ça.

Wyatt me tendit la bouteille.

— Pauvre petite Olive. Elle se choque tellement facilement.

— Lâche-moi la grappe.

Il roula sur le côté, posa la tête entre ses bras croisés.

— Tout dépend de ce que tu appelles "ta grappe".

Je ne pus m'empêcher de rire.

— J'ai l'impression d'être retournée en maternelle, avec toi.

— Dans ce cas, jouons à un jeu, proposa-t-il. Action ou vérité.

La nuit était délicieusement floue, les étoiles ressemblaient à des trous de cigarette incandescents dans le velours noir du ciel. J'imaginais déjà une bonne dizaine de défis à lancer à Wyatt, tous plus ou moins humiliants.

— D'accord, fis-je en lui redonnant la bouteille. Vérité.

— Quelle a été ta première impression de moi ?

— J'ai tout de suite pensé que tu étais un sale con arrogant. C'est une impression qui dure, d'ailleurs, ajoutai-je en m'allongeant, prenant appui sur mes coudes. Action ou vérité ?

— Vérité.

— Le truc le plus dingue que tu aies fait, bourré ?

Wyatt ne répondit pas. Soit il s'était endormi soit il allait s'avouer vaincu. Au moment où je m'apprêtais à lui dire qu'il devrait passer la nuit avec George la momie dans le magasin, il prit la parole :

— Je me suis pointé à Eton avec une nouvelle bagnole – ce qui est strictement interdit – et j'ai foncé dans le Burning Bush.

— Le quoi ?

— C'est un réverbère. J'ai réussi à convaincre le directeur que le responsable de l'accident était un type que je ne pouvais pas encadrer. Il s'est fait virer et je n'ai jamais été emmerdé.

Ses dents étincelèrent dans l'obscurité.

— Action ou vérité ?

— Vérité, répondis-je.

— Dernière fois que tu as regardé une vidéo porno en ligne ?

— Jamais.

Wyatt se redressa.

— Nom de Dieu, Olive. Tu ne sais pas ce que tu loupes.

— Peut-être que c'est toi qui loupes quelque chose si tu as besoin de te branler devant un écran. Action ou vérité ?

— Vérité, répondit-il en rigolant.

— Combien de filles as-tu larguées ?

— Toutes. Je ne supporte pas l'idée d'être abandonné.

Il parut se rendre compte en même temps que moi qu'il n'avait pas eu l'intention de prononcer la deuxième phrase à voix haute. Il baissa la tête, glissant son ongle de pouce dans une rainure du plancher tandis que deux taches rouges coloraient ses pommettes.

— Action ou vérité, dit-il.

— Vérité.

— Quel est ton secret le plus intime ?

Mon secret, c'est que je ne peux pas m'empêcher de te regarder.

Même quand je me l'interdisais. Même quand il se comportait en salaud fini. Même quand j'étais résolue à l'ignorer… Je sentais toujours sa présence, où qu'il se trouve : près de moi, dans le désert, quelque part dans la maison, dans mes pensées.

La vérité me brûlait les lèvres.

— J'ai changé d'avis, déclarai-je. Action.

— T'as pas le droit de revenir sur ta décision.

— Bien sûr que si. Selon les règles américaines.

— C'est des conneries.

— Tu veux vraiment te priver de me lancer un défi ?

Il hésita quelques instants.

— Mange un insecte, ordonna-t-il.

Je me levai en vacillant et longeai d'un pas mal assuré le parapet entourant la terrasse. Lorsque j'aperçus une bestiole en train de cavaler sur la rambarde, je la capturai et l'enfournai dans ma bouche sans réfléchir.

— Mmm. Bien croustillant.

Wyatt me fixa d'un air éberlué.

— Tu viens de bouffer un putain d'insecte.

Je haussai les épaules.

— Et si tu me disais quelque chose que je ne sais pas ?

— En plus de mes talents de danseur, je sais faire la différence entre une fourchette à dessert et une fourchette à huître et je sais aussi qu'on sert les plats par la gauche dans un dîner.

J'écoutai attentivement ses réponses à ma question de pure forme.

— Eleanora DeBussy enseignait la danse et la bienséance, poursuivit-il. Et elle m'a également bourré le crâne avec le *Debrett's Peerage.*

— Qu'est-ce que c'est que ça ?

— Un vieux bouquin merdique sur la noblesse du Royaume-Uni.

Je me rappelai que ses amis l'appelaient Mark, clin d'œil à son titre de marquis. Dans mon esprit, les titres de noblesse évoquaient Jane Austen, des salles de bal bardées de dorures et des gros hommes en queue-de-pie et monocle. Wyatt fronçait les sourcils, visiblement perdu en lui-même. Il avait l'air tellement malheureux que j'eus soudain très envie de le libérer de ses pensées. Une douleur sourde irradia mes côtes, comme si j'étais surprise de ressentir autre chose que de l'agacement en sa présence.

— Hé, murmurai-je. À ton tour. Vérité.

Wyatt s'éclaircit la gorge.

— La pire journée de ta vie ?

— Le jour où mon père est mort en mission. Il était militaire.

Il se redressa pour s'asseoir près de moi. Nos épaules se frôlèrent.

— C'est horrible.

— À la réflexion, ce n'est pas ça, ma pire journée. Non, je l'ai vécue trois ans plus tard, quand je me suis rendu compte que ma mère ne s'en remettrait jamais.

Je basculai la tête en arrière parce que je n'aurais pas supporté de voir de la pitié dans le regard de Wyatt et là, incroyable mais vrai, je vis très clairement la fameuse constellation du lièvre.

— Mon grand frère est mort d'un lymphome de Hodgkin quand j'avais douze ans, confessa-t-il à mi-voix. C'était lui le comte de Rawlings, pas moi. J'étais en quelque sorte l'enfant bonus : on me laissait vivre ma vie et ça m'allait très bien. À la mort de mon frère, j'ai réalisé d'un coup que ces histoires de descendance et de titre me concernaient aussi, que ça me plaise ou non. Je veux dire, imagine que tu es l'enfant du roi mort et qu'on te nomme régent alors que tu as juste envie de pleurer, rien d'autre. Mon père m'a fait comprendre que j'allais devoir renoncer à ma fascination puérile pour l'Égypte. Il fallait que j'arrête de me prendre pour Indiana Jones, que je rentre bien sagement à la maison et que j'aille bosser dans une banque d'affaires pour gagner un maximum de fric. Mais moi, je n'ai jamais voulu de cette vie-là. Je veux vivre la mienne, c'est tout.

Il laissa échapper un rire d'autodérision.

— Merde, il a sacrément dérapé, notre petit jeu… Bon, parle-moi de ta *meilleure* journée.

J'étais vaguement consciente que nous avions vidé la bouteille de champagne.

— Tous les étés, ma mère nous emmenait passer un après-midi à Newburyport, mon frère et moi. Il y a une réserve ornithologique à Plum Island et une petite plage tout au bout. Comme ils n'autorisent qu'un nombre limité de voitures, il n'y a jamais grand monde. On regardait les pluviers faire leur nid, on se promenait au bord de l'eau. Elle est tellement froide qu'elle t'engourdit les chevilles en quelques minutes. On ramassait les objets charriés par la mer : une botte, un leurre et même un jour un petit conteneur rempli de boîtes de thon.

Je me tus quelques instants avant de reprendre :

— Ça n'a rien d'extraordinaire, dit comme ça. Mais on était tous les trois, dans un endroit où je me suis toujours sentie heureuse, et il n'y en a pas tant que ça.

Je levai les yeux. Wyatt me regardait comme s'il me voyait pour la première fois et peut-être était-ce le cas, finalement. Peut-être l'avais-je toujours tenu à bonne distance.

— Action ou vérité, lança-t-il. Choisis Action.

Mes dents s'enfoncèrent dans ma lèvre inférieure et Wyatt tressaillit.

— Action.

Le mot tomba de ma bouche, sec comme une feuille d'automne.

— Pardonne-moi, Olive.

Un frisson de peur me parcourut, accompagné de cette espèce de sixième sens qui vous souffle que votre vie sera désormais scindée en deux : l'*avant* et l'*après.*

— Pour quoi ?

— Pour ça, murmura Wyatt en se penchant pour m'embrasser.

La nuit se resserra autour de nous tel un nœud coulant. La main de Wyatt s'aventura sous ma tresse, se referma sur ma nuque. Je sentis sur ses lèvres le goût du champagne, du caramel. De la stupeur. Bizarrement, il avait l'air aussi sidéré que moi.

Je posai une main sur son cœur, comme si je voulais le peser face à une plume de la vérité.

Puis je le repoussai, me levai précipitamment et pris la fuite.

Lorsque nous faisons une pause-thé à 10 heures, j'ai l'impression de ne pas avoir fermé l'œil depuis plusieurs jours. J'étire mes muscles douloureux avant de quitter le confort ombragé de la tombe pour sortir dans la chaleur accablante. Le *gaffir*, un homme trop maigre au visage fripé comme une pomme séchée au soleil, nous apporte du thé qu'il verse dans de petits verres. On pourrait penser qu'avaler une boisson chaude en plein désert revient à gratter une allumette sur la surface du soleil – totalement inutile – mais en réalité, c'est tout le contraire. Plus la boisson est chaude et plus elle rafraîchit le corps. *"Shokran"*, dis-je en prenant le verre qu'il me tend et il hoche la tête en me gratifiant d'un sourire édenté.

Wyatt est le dernier à nous rejoindre, accompagné d'Omar, l'inspecteur dont la moto a été réparée entre-temps.

— Ah, lance ce dernier en posant sur moi un regard pétillant. C'est donc *elle*.

J'aimerais bien savoir ce que Wyatt lui a dit. L'inspecteur s'incline légèrement.

— Je suis heureux de faire votre connaissance.

Puis il se tourne vers Wyatt et tous deux reprennent leur conversation concernant l'avancement des travaux. Combien de temps avant l'ouverture de la chambre funéraire ? veut savoir l'inspecteur. J'essaie de ne pas écouter mais je m'aperçois vite que Joe et Alberto tendent aussi l'oreille. Quand Wyatt déclare qu'ils devraient pouvoir entrer dans la chambre funéraire dès demain et que Moustafa Awad, le directeur des antiquités, sera là pour l'occasion, une onde d'excitation palpable circule entre nous.

— On bosse là-dessus depuis des semaines, m'explique Joe à voix basse. À croire que tu es notre porte-bonheur.

Alberto quitte la tente du *gaffir* en grognant.

Les sépultures égyptiennes comportaient des endroits réservés au public et des espaces privés. Les visiteurs se rassemblaient dans les premiers tandis que la pièce abritant le cercueil du défunt n'était pas accessible. Un puits était creusé perpendiculairement au sol de la tombe puis une petite niche funéraire tout en longueur était aménagée au fond de ce puits. Le cercueil était ensuite descendu et installé dans la niche que l'on refermait à l'aide d'une plaque ou de plusieurs blocs de calcaire, placés devant l'entrée de la chambre funéraire. Le puits était alors comblé avec un mélange de sable et de terre et finalement scellé à l'aide d'un autre bloc de pierre bouchant l'accès à la partie privée de la sépulture.

Ce bloc a été retiré il y a plusieurs semaines. Si Wyatt dit que nous pourrons entrer dès demain dans la chambre funéraire, cela signifie que le puits est pratiquement dégagé.

Du coin de l'œil, je le regarde avaler son thé d'un trait puis gratifier Omar d'une tape dans le dos. Au même instant, Abdou entre dans la tente et remet une liasse de papiers à Wyatt en s'excusant du dérangement.

— Encore trois heures de boulot et la journée sera sûrement terminée, me dit Joe. La chaleur devient carrément insupportable après 14 heures.

— *Inch'Allah*, je réponds, ce qui me vaut un sourire.

— Prête ?

— À me plier en huit sous une saillie rocheuse ? Tu penses, que je suis prête ! Maintenant, je sais pourquoi il vaut mieux avoir ton âge quand on est étudiant en doctorat.

Joe se dirige vers la sortie et je lui emboîte le pas. La voix de Wyatt résonne dans mon dos.

— Dawn. Juste une chose.

Joe hausse les sourcils : *Bonne chance à toi.* Le *gaffir* débarrasse la théière et les verres puis quitte la tente, me laissant seule avec Wyatt. Il est assis et je n'arrive pas à lire son expression d'où je suis. Je m'aperçois tout à coup que ce n'est pas une liasse de papiers qu'il tient entre ses mains.

— C'est mon iPad, dis-je bêtement.

— Techniquement, c'est le mien, corrige-t-il.

Mon cœur s'emballe. Aurais-je dû l'emporter sous la tente parce que ce n'est pas très prudent de laisser ce genre d'outil sans surveillance ? A-t-il jeté un coup d'œil à mon travail et trouvé le résultat décevant ?

Va-t-il me renvoyer chez moi ?

Il allume la tablette, fait défiler les fichiers que j'ai sauvegardés. Agrandit l'un des hiéroglyphes que j'ai dessinés, une inscription très endommagée. Un petit son s'échappe du fond de sa gorge.

— Je peux l'améliorer, dis-je d'un ton précipité.

— Non, tu ne peux pas, objecte Wyatt et j'ai l'impression que tout en moi se pétrifie.

Il rabat la housse et me tend la tablette.

— Je n'ai jamais vu personne dessiner mieux que toi les hiéroglyphes, murmure-t-il. Tu aurais pu être scribe.

Un flot de sang empourpre mon visage.

— Merci.

— Tout se passe bien, apparemment.

— Je suis contente de pouvoir me rendre utile.

— Pareil, répond Wyatt en soulevant le bord de son chapeau pour me laisser voir ses yeux. Même si je ne sais pas trop de quelle manière je te suis utile.

Je serre l'iPad contre ma poitrine.

— Tout avance plutôt bien, on dirait, fais-je pour changer de sujet. Tu crois vraiment que tu auras atteint la chambre funéraire avant la fin de la journée ?

Il hoche la tête.

— Oui. On va peut-être même pouvoir demander à quelques hommes de dégager les blocs de pierre posés tout au fond. Ceci dit, je serai légalement obligé d'attendre l'arrivée de Moustafa avant de pouvoir rentrer à l'intérieur et ça, ça risque de me mettre les nerfs à vif.

— Légalement, je répète et je sais que nous pensons à la même chose à cet instant : une autre découverte, un autre inspecteur – enfreindre certaines règles. Vous avez trouvé autre chose dans les gravats ?

Wyatt me gratifie d'un sourire rayonnant.

— Non, rien du tout.

Toute la terre et le sable qui bouchaient le puits ont été tamisés par les ouvriers, au cas où une amulette aurait été oubliée, un collier de fleurs ou encore les fragments d'un ouchebti. Moins on trouvait d'objets funéraires dans les décombres, plus on avait de chances de découvrir une chambre funéraire intacte, c'est-à-dire un cercueil contenant une momie qui n'aurait pas été saccagée par les pilleurs de tombes.

— Wyatt, dis-je dans un souffle, c'est…

— Carrément hallucinant. Je sais.

Dès qu'elle sera publiée, cette découverte donnera un sacré coup de pouce à sa réputation et à sa carrière d'universitaire. J'attends la bouffée de jalousie mais elle ne vient pas. Ce n'est pas la vie que j'ai choisie.

Wyatt me dévisage comme si j'étais une grille de mots croisés qu'il n'arrive pas à terminer, bien qu'il ait relu trois fois toutes les définitions. Je jette un coup d'œil en direction de la tombe où une ribambelle d'ouvriers se passent de nouveau les *maqtafs* remplis de sable, leurs *galabeyas* blanches ondulant au rythme de leurs mouvements, semblables aux voiles d'une flotte de navires voguant sur l'océan.

— Tu sais, murmure encore Wyatt, le mystère pour tous les autres, c'est cette momie enterrée à plus de cinq mètres sous terre. Ce n'est pas la femme réapparue en Égypte avec quinze ans de retard.

Je déglutis.

— Je ferais mieux d'y retourner.

— Non, lance Wyatt d'un ton tranchant comme le silex.

Il retire son chapeau, esquisse un sourire amusé.

— Je me chargerai de t'excuser auprès de ton patron, t'inquiète.

Perplexe, je m'assieds par terre et croise les jambes en tailleur. Wyatt est installé sur un petit tabouret pliant. J'ai l'impression d'être une gamine de maternelle devant son instituteur.

— Je suppose que tes journées de travail ne ressemblent pas à ça, d'habitude, fait-il observer.

— Pas vraiment, non. Quoique. C'est pas si différent, au fond. Parce que l'objectif de tout ça, dis-je en faisant un geste vers l'entaille dans la paroi rocheuse, c'était de préparer une bonne mort, pas vrai ?

— C'est dingue de se dire que c'était devenu une industrie locale.

— Pourquoi ? Pense à toutes les personnes qui ont été employées pour construire cette tombe.

— Et toi, tu construis les tombes du XXIe siècle, observe Wyatt. À la différence qu'elles ne sont pas creusées dans la pierre.

— Exactement. Elles sont faites d'anecdotes, de conversations, de techniques de relaxation et de testaments. De rubriques nécrologiques. De mots de passe de réseaux sociaux. Tu savais que tu pouvais désigner une personne chargée de supprimer tous tes profils en ligne à ta mort ? Comme ça, les gens ne reçoivent plus chaque année une notification le jour de ton anniversaire.

— Voilà pourquoi je ne suis pas sur Facebook.

— J'ai vu ça, dis-je avant de plaquer une main sur ma bouche comme pour ravaler mes mots.

Un sourire étire le coin de ses lèvres.

— Tiens, tiens, murmure-t-il.

— Tout le monde sait mourir, fais-je en haussant les épaules. Mais ça ne veut pas dire qu'on n'a pas besoin d'être soutenu le moment venu.

Wyatt lance un nouveau coup d'œil en direction de la tombe.

— Laisse-moi jouer le rôle de l'avocat du diable, d'accord ? On n'a pas besoin d'un coach de fin de vie…

— Une doula.

— OK, une *doula.* Pas plus qu'il nous faut une tombe creusée dans la pierre pour devenir un mort béni. Si tu n'avais pas les moyens de faire peindre les textes sur ton cercueil, tu pouvais prendre du papyrus. Est-ce que tu savais que j'avais trouvé des dizaines de maisons des âmes dans les cimetières du Moyen Empire, à côté des tombes des pauvres qui sont en fait de simples trous dans la terre ? Des maisons miniatures et quelques bols d'offrandes qui contenaient peut-être un oignon ou une miche de pain. L'idée, c'était de rendre l'au-delà accessible à *tout le monde.* À partir du moment où l'on avait une vie moralement irréprochable.

— Au fond, rien n'a changé en quatre mille ans. Pour avoir une bonne mort, il faut avoir eu une bonne vie.

— Alors, Olive ? demande-t-il à voix basse. Est-ce que tu as eu une bonne vie ?

Ma bouche a un goût de cendre, tout à coup.

— Je me plais à croire qu'elle n'est pas encore terminée, réponds-je d'un ton léger.

Wyatt détourne les yeux et j'échappe enfin à son regard perçant.

— Tant que quelqu'un se souvient de toi, tu ne meurs jamais vraiment.

Je pense aux noms qui remplissent le calendrier de mon téléphone actuellement hors service. La litanie des morts que je récite tous les jours en me remémorant un minuscule détail de la vie de chacun : la *French manucure* impeccable de celle-ci, la collection de timbres étrangers de celui-là, un teckel adoré pour qui une autre cousait des nœuds papillons.

— Djehouty-nakht a très probablement ordonné les travaux de construction de sa tombe le jour où il est devenu nomarque, déclare Wyatt. Il a eu de la chance qu'elle soit prête au moment où il a tiré sa révérence.

— Chaque commencement est déjà le début de la fin, fais-je remarquer avant d'ajouter sur un ton ironique : j'ai l'impression de débiter à la chaîne des citations de biscuits chinois.

— Tu as toujours su voir les choses dans leur ensemble.

— Wyatt Armstrong… Serait-ce un *compliment* ?

Il tape son chapeau contre sa cuisse. Un petit nuage de fumée se dresse entre nous.

— Tu avais raison. Quand tu disais que le cercueil était le microcosme de l'univers.

— J'ai vu que tu t'en étais rendu compte. J'ai lu ta thèse.

Je me penche en avant pour ramasser un caillou plat.

— Mais quand même, est-ce que tu pourrais me graver ça dans la pierre ?

Wyatt rit de bon cœur.

— Ce que tu disais il y a toutes ces années… c'est juste la partie visible de l'iceberg.

Il se lève, tend la main pour m'aider à me relever.

— C'est fou quand on y pense, non ? Imagine ce qui se serait passé si on avait travaillé ensemble depuis le début, au lieu d'être en concurrence.

Je me laisse aller à cette supposition, le temps d'un battement de cœur : de notre collaboration serait née une parfaite traduction du Livre des deux chemins, composée d'images et de textes intimement mêlés. Une nouvelle conception démontrant que l'accès à l'au-delà ne dépendait pas uniquement des inscriptions mais aussi de leur emplacement par rapport au défunt.

Une carte avec deux voies ; une clé que nous aurions fabriquée tous les deux.

— Je te raccompagne, déclara Wyatt. On n'est pas payés pour boire du thé.

— Qui paie, d'ailleurs ? Yale ?

Il secoue la tête.

— Ça fait des années qu'ils ont repris leurs billes. On est soutenus par un mécène privé, maintenant. Plein aux as, évidemment, mais c'était déjà comme ça à l'époque de Howard Carter et Lord Carnarvon.

Dès que nous sortons de la tente, la chaleur nous enveloppe comme une chape de plomb.

— Ce ne serait pas un peu toi, le Lord Carnarvon de cette équation ?

— Pas si l'on s'en tient aux relevés de comptes bancaires. S'il y a bien un domaine dans lequel les Atherton ont excellé au fil des générations, c'est la dilapidation progressive de la fortune familiale.

— Heureusement que tu as trouvé Dailey, fais-je remarquer en mentionnant le nom du mécène.

Wyatt me jette un regard étonné et je hausse les épaules.

— Joe parle beaucoup.

L'un des ouvriers lui adresse un signe de la main. Il baisse les yeux sur l'iPad.

— Allez, au boulot.

Je le regarde se mêler à une grappe de travailleurs, s'accroupir pour examiner la surface d'un tamis. Au lieu de regagner la tombe, je reviens légèrement sur mes pas pour entrer dans le *wadi*, le seul endroit où l'on peut assouvir tranquillement ses besoins naturels. Je baisse mon pantalon, m'accroupis et me dépêche de faire ce que j'ai à faire. Mon téléphone glisse de ma poche quand je me rhabille.

En le ramassant, je m'aperçois que dans cette vaste étendue désertique l'appareil capte un léger signal.

Combien de fois ai-je demandé à Meret d'arrêter d'envoyer des textos pendant que nous étions à table ? À cet instant, j'imagine son téléphone vibrer entre son verre et un plat de purée. Je tapote l'écran.

Je rentre bientôt. Je t'aime.

Dis à papa que je serai bientôt à la maison.

Je me dirige vers la tombe, ralentis le pas dans les derniers mètres ombragés de l'oued. Je repense aux inscriptions que j'ai tracées toute la matinée. Le dernier message d'un noble d'Égypte ancienne qui n'est plus que poussière.

J'ajoute deux petits mots : *Pardonne-moi.*

Le lendemain du jour où Wyatt m'a embrassée était un vendredi. Je m'en souviens parce que c'était notre jour de repos hebdomadaire. Dumphries raccompagnait sa femme à l'aéroport du Caire et les autres étudiants partaient visiter les tombes d'Akhenaton et de Néfertiti à Tell el-Amarna. Je serais allée avec eux, en temps normal. C'était un des plaisirs de ces saisons de fouilles, explorer d'autres régions du pays pendant nos moments de liberté, mais ce jour-là, Wyatt avait annoncé au petit-déjeuner son intention de rester parce qu'il avait du travail à rattraper. Malgré mon envie de voir Amarna, je décidai de rester aussi. Je voulais parler à Wyatt. Lui dire que ce qui s'était passé dans la nuit, quoi que ce fût, ne se reproduirait plus.

Il travailla dans sa chambre toute la matinée. Pendant ce temps, assise à la table de la salle commune, je m'efforçais de trouver les trois solutions manquantes d'une grille de mots croisés entamée par quelqu'un d'autre. Mais j'attendais surtout Wyatt. Lorsqu'il émergea finalement de sa tanière, il évita la grande pièce et sortit de la maison en claquant la porte.

Je me levai d'un bond, me précipitai dehors. Les marches du perron étaient désertes. Wyatt n'était déjà plus là. Je suivis le chemin qui descendait vers le Nil, longeant plusieurs petits carrés surélevés d'orge et de fèves, mais ne vis aucune trace de lui. En sens inverse, le sentier filait vers l'ouest en direction du désert et du chantier où nous allions travailler chaque jour. Je fronçai les sourcils. Il n'avait pas le droit de se rendre seul sur le site le vendredi. Je me mis pourtant à trottiner vers le banc de sable inondé de soleil.

Lorsque enfin j'aperçus au loin la chemise blanche de Wyatt, je transpirais à grosses gouttes, mon visage était en feu et je me maudissais de ne pas avoir pris le temps d'attraper un chapeau. Je criai son nom mais les deux syllabes furent emportées par le vent.

— Hé ! hurlai-je tandis qu'il s'engageait dans une vallée asséchée à l'est de la nécropole. *Hé !*

Wyatt fit volte-face. Son regard s'assombrit, comme si j'étais la dernière personne qu'il avait envie de voir.

— Qu'est-ce que tu fais là ? lança-t-il.

— Non : toi, qu'est-ce que *tu* fais là ?

— Je me balade. Je n'arrivais pas à me concentrer.

— Je ne te crois pas.

Il ricana.

— Je trouve ça adorable que tu me considères comme une bête de travail mais en l'occurrence, je piquais du nez sur ma feuille. J'avais besoin d'air frais.

Le soleil était au zénith, nous étions en plein désert. Et il avait le culot de parler d'air frais…

— Je voulais qu'on discute à propos d'hier soir, commençai-je.

— Pas moi, lâcha-t-il en pivotant sur ses talons pour repartir en direction de l'oued.

— Je t'interdis de me toucher de nouveau ! criai-je.

— Ça tombe bien, lança-t-il par-dessus son épaule. Parce que je n'ai aucune envie de le faire.

Je le regardai s'enfoncer à pas décidés dans le désert.

— Où tu vas ?

— Là où je suis sûr de ne pas te trouver !

Ses paroles me mirent en pétard. Comment avais-je pu oublier un seul instant à quel connard prétentieux j'avais affaire ? Je n'avais décidément aucune crainte que l'épisode de la nuit dernière se reproduise puisque je veillerais à ne plus jamais m'approcher de lui.

Soudain, Wyatt s'immobilisa. Et se retourna vers moi, les mains dans les poches.

— Je te prie de m'excuser d'avoir pris la liberté de t'embrasser, déclara-t-il d'un ton solennel. Je peux mettre ça sur le compte de l'alcool ou prétexter que tout ce temps passé dans des tombes joue bizarrement sur ma libido ou simplement invoquer une grossière erreur de ma part. Choisis l'option que tu préfères.

J'étais plutôt d'accord avec lui sur le fond mais je n'appréciai guère d'être traitée d'erreur. Pourtant, c'était bien ce que je voulais entendre, non ?

Alors que faisais-je encore là ?

— Toujours est-il que pour le moment, Olive, j'ai une gueule de bois phénoménale mâtinée d'une bonne dose de dégoût de moi-même et j'aimerais beaucoup qu'on me foute la paix. Alors rentre vite à la maison.

Pendant quelques instants, je restai plantée là à le regarder me tourner le dos et s'enfoncer plus avant dans la crevasse sablonneuse.

Rentre vite à la maison.

Comme s'il s'adressait à une enfant, pas à une étudiante en doctorat. Comme si je n'étais pas aussi habilitée que lui à marcher dans ce foutu désert aride.

— Va te faire foutre ! m'écriai-je, folle de rage. Va te faire foutre, espèce de trou du cul condescendant, héritier de mes couilles !

Je le rattrapai en courant, furieuse d'avoir cru, ne serait-ce qu'une milliseconde, qu'il méritait ma compassion, et que, finalement, nous n'étions pas des adversaires mais que nous formions une équipe.

Wyatt se retourna et recula en trébuchant tandis que ma colère s'abattait sur lui, semblable à un djinn déchaîné, surgissant dans un tourbillon de sable.

Enfonçant mon index dans son torse, je le repoussai contre une saillie rocheuse.

— Je suis aussi intelligente que toi. Je suis aussi compétente que toi. Et je suis…

Ma voix se brisa tandis que je me penchais en avant, effleurant du bout des doigts le rectangle de calcaire granuleux près de son épaule gauche.

— Wyatt, dis-je dans un souffle. Regarde.

Dans ce petit repli érodé de l'oued, sous une corniche naturelle qui nous protégeait des rayons tyranniques du soleil, se cachait un *dipinto* : des inscriptions à l'encre délavée, sur un morceau de pierre.

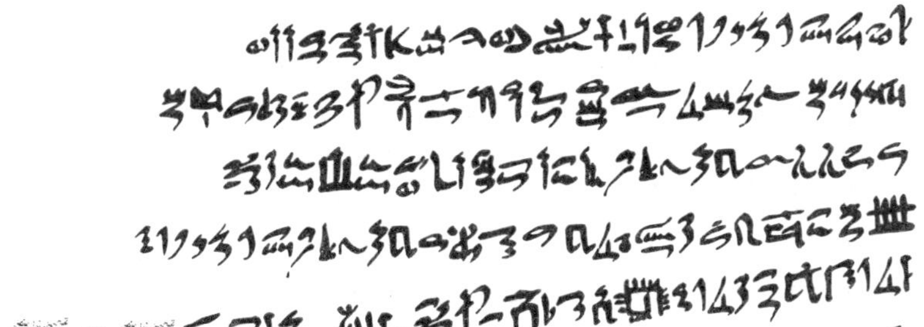

Les battements de mon cœur s'affolèrent. Je remerciai le ciel d'avoir suivi un cours sur les papyrus du Moyen Empire – nous avions traduit tant de textes en hiératique pour ce module ! Contrairement aux hiéroglyphes qui pouvaient se lire dans les deux directions, les inscriptions en hiératique se lisaient toujours dans le même sens : de droite à gauche. Wyatt se retourna et appuya ses mains sur la paroi, au-dessus de moi qui m'étais accroupie pour déchiffrer à mi-voix. D'une voix hésitante, il se mit à traduire à son tour par-dessus mon épaule. "Année de règne 7, quatrième mois de Peret, quatorzième jour sous la gouvernance de sa majesté Kha-kau-re, roi de la Haute et de la Basse-Égypte, vivant pour toujours et à jamais…"

Je savais que les nomarques de Deir el-Bersha avaient laissé des inscriptions commémoratives dans les carrières du nord de la nécropole de Hatnoub. Les universitaires les avaient utilisées pour reconstruire l'histoire de certaines familles. Il n'était donc pas improbable que quelques milliers d'années plus tôt des nomarques se soient arrêtés ici, sous cette saillie rocheuse, pour célébrer quelque chose.

Je parcourus le paragraphe suivant du *dipinto* mais les mots étaient moins visibles que les premiers.

— En ce jour, le comte, noble héréditaire et gouverneur du nome de la Hase…, murmurai-je.

— … Djehoutyhotep.

Nous prononçâmes ce nom en chœur. Nous l'avions vu tellement de fois dans la tombe où nous travaillions. C'était l'équivalent ancestral du graffiti *Kilroy was here*, repéré à plusieurs endroits pendant la bataille de Normandie en 1944. Sauf qu'ici, il ne s'agissait pas d'un soldat américain mais du nomarque dont nous connaissions la sépulture sur le bout des doigts pour avoir méticuleusement recopié ses inscriptions pendant les trois saisons précédentes.

Wyatt se frotta le menton.

— *Spd.t*, dit-il en montrant les lettres. Il est venu dans cette montagne pour assister au lever de Sothis.

D'autres mots me sautèrent aux yeux : *Peret, jour quinze. Prêtres. Tombe.*

— Il manque quelques morceaux, déclara Wyatt, mais en gros, je pense qu'il est venu ici pour participer à des festivités et qu'il a passé la nuit dans la nécropole, dans la tombe de quelqu'un.

— Djehouty… nakht ? traduisis-je en effleurant le nom du propriétaire de la tombe. Ceux du MFA de Boston ?

— Non. Un autre Djehouty-nakht. Fils de Téti.

Il se mit à lire attentivement.

— *Nous avons passé la nuit dans la cour de la tombe de Djehouty-nakht, fils de Téti, qui se trouve à… coudées de…*

Wyatt passa une main sur sa nuque.

— Il y avait des chiffres, là. Qui indiquaient la distance.

Ils étaient illisibles, hélas. Quatre millénaires d'intempéries les avaient effacés. Je me tournai vers lui.

— Mais quand même. Ça veut dire qu'une tombe de cette nécropole…

— N'a pas encore été découverte.

Je me redressai. L'importance de cette trouvaille – pas seulement l'inscription peinte sur la roche mais l'éventuelle découverte d'une nouvelle tombe dont personne n'avait soupçonné l'existence jusqu'à présent – me coupa le souffle. Tout à coup, mes pieds décollèrent du sol : Wyatt m'avait prise dans ses bras et me fit tourbillonner en criant : "Nom de Dieu de nom de Dieu !" J'éclatai de rire. Il me relâcha brusquement.

— On ne peut pas en parler, dit-il.

— Quoi ?

— On n'a pas le droit d'être là sans la présence d'un inspecteur. Il faut qu'on trouve le moyen de faire venir Dumphries jusqu'ici et de rejouer la scène de la découverte.

Ses yeux me transpercèrent.

— Tu es avec moi ?

Wyatt aurait très bien pu me faire porter le chapeau, raconter à Dumphries que je me baladais là où je n'aurais pas dû et prétendre qu'il avait fait cette découverte tout seul. Au lieu de quoi, il me proposait un partenariat.

— Je croyais que tu me détestais, articulai-je.

Wyatt baissa la tête.

— J'avais *envie* de te détester. J'ai *essayé*, avoua-t-il d'une voix qui trahissait sa frustration. Tu débarquais de l'université de Chicago et de toutes les spécialités que tu aurais pu étudier, c'est la mienne que tu avais choisie.

Je me raidis.

— Tu n'as pas le monopole du Livre des deux chemins.

— Je sais. Mais quand même. Presque personne ne s'intéresse à la Moyenne-Égypte.

— C'est pour ça qu'elle me plaît.

— C'est pour ça qu'elle me plaît aussi, rétorqua Wyatt. Et j'étais bon dans ma partie. Le meilleur, même. J'avais l'impression d'être le fils unique, l'enfant prodige. Jusqu'à ce que tu te pointes avec tes idées de microcosme complètement loufoques et voilà que Dumphries décide de prendre *deux* maîtres assistants au lieu d'un. Il t'invite ensuite à participer au chantier de fouilles alors qu'il ne le propose jamais aux étudiants en première année de doctorat. Le temps passe et il te couve maintenant comme sa petite protégée...

— De quoi tu parles, là ? explosai-je. Dumphries n'a que ton nom à la bouche et toi, t'arrêtes pas de lui faire de la lèche, c'est répugnant !

— Parce que je ne peux pas me permettre de te céder ne serait-ce qu'un demi-centimètre de terrain !

Je tombai des nues. Il ne m'était jamais venu à l'esprit que Wyatt était aussi jaloux de moi que je l'étais de lui.

— Tu n'as jamais remarqué que chaque fois que des visiteurs viennent voir le site, c'est à toi qu'il demande de leur présenter le chantier ? Ou bien que c'est toujours moi qui porte les *maqtafs* remplis de cailloux pendant que tu traces tranquillement les inscriptions ? C'est toi qu'il remarque alors que c'est moi qui devrais capter toute son attention. Oh, et puis merde, Olive, lâcha-t-il d'un ton rageur. Moi aussi, je ne vois que toi, c'est plus fort que moi.

Si ses mots étaient empreints de violence, ses caresses furent tout le contraire. Sa main glissa dans mes cheveux. Il enroula une mèche autour de ses doigts. Ses yeux étaient un océan. *Voilà comment les gens se noient*, pensai-je.

Lorsqu'il m'embrassa cette fois, je lui rendis son baiser.

C'était une sensation extraordinaire, cette complicité qui nous liait désormais alors que nous avions toujours été à couteaux tirés. Nous nous rendîmes ensemble à la tombe de Djehoutyhotep en complotant à voix basse, essayant d'échafauder un scénario dans lequel la redécouverte du *dipinto* passerait pour un pur hasard et où nous serions tous les deux responsables de cette trouvaille. Après avoir rejeté plusieurs plans, nous décidâmes finalement de nous livrer à une reconstitution fidèle des faits tels qu'ils s'étaient produits : Wyatt partait en balade, je le suivais et repérais les inscriptions tracées à l'encre sur la pierre.

Le lendemain matin, nous étions en train de travailler dans l'antichambre, penchés sur nos feuilles de Mylar dans un silence peu habituel, lorsque Wyatt se pencha par-dessus mon épaule.

— Ce n'est pas ça, déclara-t-il.

Je me retournai, dardant sur lui un regard noir.

— Si, c'est ça.

— C'est un signe trilitère, insista-t-il. Pas un sceptre.

J'hésitai. Wyatt était meilleur que moi en translittération, je le savais, mais j'étais sûre de mon interprétation.

— Non, tu te trompes...

— Je sais, murmura Wyatt en m'adressant un clin d'œil. Je me disais que ce serait bien de ne rien changer à nos habitudes.

— Dans ce cas, arrête de m'emmerder, répliquai-je du tac au tac.

Il rigola puis retourna vers le mur sur lequel il travaillait. Comment faisait-il pour rester aussi calme ? Chaque fois que je voyais l'inspecteur en pleine conversation avec Dumphries, je me mettais à transpirer à grosses gouttes.

À l'heure de la pause, le *gaffir* vint nous servir du thé. Assise à côté de Wyatt, j'imaginais le goût de la menthe sur ses lèvres. Dumphries nous régala d'une de ses nombreuses anecdotes, en l'occurrence la découverte sur le chantier de Hiérakonpolis d'un cortège d'animaux – léopards, hippopotames, éléphants – inhumés avec leurs propriétaires cinq millénaires plus tôt.

Wyatt me donna un discret coup de genou. "Désolé, une envie pressante", déclara-t-il en se levant. Il contourna la tente et s'éloigna à grandes enjambées. Nos toilettes de fortune avaient été installées dans un *wadi* à proximité de la nécropole. L'endroit avait été minutieusement fouillé avant d'être aménagé en "petit coin". En réalité, Wyatt prit une autre direction pour se rapprocher de la maison des fouilles. Nous croisions les doigts pour que l'excitation de la découverte étouffe dans l'œuf les questions embarrassantes, par exemple : pourquoi Wyatt avait-il marché aussi loin pour se soulager ?

Nous espérions aussi que le moment choisi jouerait en notre faveur. Lorsque Dumphries annonça la fin de la pause, je regagnai la tombe avec les autres étudiants et le groupe de spécialistes qui travaillait avec nous. Cela devait faire cinq bonnes minutes que je contemplais fixement la main signant le *d* sur la paroi droite de l'antichambre lorsque Wyatt déboula devant l'entrée de la tombe en appelant Dumphries.

Nous le suivîmes jusqu'à l'endroit qu'il venait supposément de découvrir, accompagnés de Moustafa, notre inspecteur. Bien entendu, la corniche n'avait pas bougé de place. Évitant soigneusement de croiser le regard de Wyatt, je me concentrai plutôt sur Dumphries qui venait de s'accroupir pour ramasser un tesson de poterie.

— Qu'est-ce qu'on a là, Armstrong ? demanda-t-il.

— À mon avis, cet endroit était un site très fréquenté lors des fêtes de la crue du Nil, répondit Wyatt.

— C'est ce morceau de cruche à bière qui te fait dire ça ? On en trouve aussi dans les tombes.

J'avançai de quelques pas dans les replis ombragés de la crevasse, conformément à notre plan. Le *dipinto* avait l'air différent, délavé par la lumière qui le caressait sous un autre angle.

— Professeur Dumphries ? fis-je. Je crois que vous devriez venir jeter un coup d'œil.

Dumphries me rejoignit et Wyatt vint se poster de l'autre côté. Il se lança aussitôt dans la traduction des inscriptions hiératiques avec cet air suffisant que tout le monde lui connaissait.

— Il y a eu des festivités, en effet, déclara Dumphries d'une voix teintée d'excitation. Ça ressemble aux *dipinti* retrouvés à Hatnoub.

Il se baissa, lut le texte deux fois de suite puis se redressa en tapotant ses mains poussiéreuses sur ses cuisses.

— Pendant le règne de Sésostris, commença-t-il, Djehoutyhotep II s'est arrêté ici même et a passé la nuit dans la tombe de son ancêtre Djehouty-nakht. Un graffiti de Sheikh Said nous indique qu'un certain Djehouty-nakht aimait entretenir les tombes des ancêtres mais personne n'a jamais su où le caser dans l'arbre généalogique, ni même où il avait été enterré.

Il nous regarda à tour de rôle, Wyatt et moi, puis un sourire radieux éclaira son visage.

— Jusqu'à ce jour, mes poulets.

Dans son dos, Wyatt croisa mon regard. Le secret brillait entre nous comme une étoile aux branches ciselées, dotée d'un aveuglant pouvoir de séduction.

Dumphries fêta la découverte au bourbon. Des flots de bourbon. Assis sur le toit, sous les constellations que tant de pharaons avaient admirées, notre mentor porta un toast à notre santé.

— À la vessie de Wyatt et au regard d'aigle de Dawn, proclama-t-il, qui ont fait basculer cette saison de fouilles dans le royaume du très spectaculaire.

Il annonça ensuite quelques changements de programme pour le peu de temps qu'il nous restait à passer à Deir el-Bersha. Nous formerions deux groupes : le premier continuerait à travailler dans la tombe de Djehoutyhotep tandis que le deuxième, sous ma houlette et celle de Wyatt, copierait le *dipinto* et préparerait l'annonce de sa découverte à paraître dans une prochaine publication. Comme nous avions désormais deux fois plus de travail à accomplir dans le même laps de temps, la petite fête s'acheva aux alentours de neuf heures du soir.

Lorsque je pris congé, Wyatt sifflait des shots avec une poignée d'étudiants plus jeunes que nous. Je descendis l'escalier en même temps que Dumphries, épaule contre épaule. Là où nos chemins étaient censés se séparer, le professeur plongea les mains dans ses poches et bascula sur ses talons.

— Dawn, commença-t-il en m'observant à travers ses paupières mi-closes, je suis tellement heureux que l'université de Chicago ait accepté de te laisser partir chez nous.

Il s'inclina légèrement puis s'éloigna. Grisée par le bourbon et ce compliment inattendu, je regagnai ma chambre. Les murs de la maison penchaient bizarrement et le sol tanguait sous mes pieds. Je refermai la porte et m'affalai sur le lit, sombrant dans le sommeil tout habillée.

Je me réveillai enserrée dans un cocon d'obscurité, une main plaquée sur ma bouche. Je me débattis sous les draps, les yeux écarquillés, jusqu'à ce que je parvienne à distinguer Wyatt dans la pénombre. Il était assis au bord du lit, sa silhouette découpée par le clair de lune. Il retira sa main et pressa un doigt sur ses lèvres. *Chut.*

— Viens, murmura-t-il.

Ma mère m'avait toujours dit qu'il y avait deux catégories de personnes dans la vie : les meneurs et les suiveurs. *Marche en tête, Maidan*, me répétait-elle, *si tu ne veux pas être condamnée à regarder le dos d'une personne plus courageuse que toi.* Je m'étais toujours considérée comme une éclaireuse mais cette nuit-là, j'aurais suivi Wyatt n'importe où. S'il m'avait emmenée au bout du monde, je lui aurais emboîté le pas sans hésiter.

Au lieu de quoi, il brandit une bouteille de bourbon de la réserve privée de Dumphries.

— Tu l'as volée ? chuchotai-je mais il se contenta de sourire.

Nous sortîmes sans bruit de la maison et la main de Wyatt se referma sur la mienne. Sa paume tiède était juste à la bonne taille : elle englobait ma main si parfaitement que je m'étonnai de ne pas avoir remarqué plus tôt que quelque chose me manquait à cet endroit.

La nuit, le désert était un monde d'ombres et de formes : la langue ondulante et rugueuse d'une bête sauvage sous mes pieds, l'œil de la lune transperçant un voile de nuages, le ciel béant comme une cicatrice. Je n'aurais pas été surprise de voir surgir sur le chemin un basilic, dardant sur nous son regard foudroyant, ou de me retrouver nez à nez avec un sphinx exigeant la résolution d'une énigme pour nous laisser passer. Nous avancions en silence, de peur sans doute que les mots rompent le charme.

Wyatt n'alluma pas la lampe torche qu'il tenait dans son autre main avant d'avoir atteint l'entrée de l'oued. Presque instinctivement, nous marchâmes vers la saillie abritant le *dipinto*. L'inscription n'était qu'une tache de couleur dans l'obscurité. Wyatt déboucha la bouteille de bourbon et but au goulot avant de me la passer.

— À Djehouty-nakht, lança-t-il. Nous allons le retrouver.

— Nous ? répétai-je.

Il hocha la tête.

Dumphries n'avait pas parlé de partir à la recherche de cette tombe oubliée. Il était déjà débordé par son travail dans une autre sépulture et se lancer dans pareille aventure sans aucune indication ni point de départ précis ressemblait à une pure perte de temps. D'un autre côté, ce n'était pas parce que notre professeur était trop occupé ou trop près de la retraite pour relever ce genre de défi que nous étions obligés de rester les bras croisés.

Nous formerions une équipe, McDowell & Armstrong, et ensemble, nous exhumerions la tombe de Djehouty-nakht. Nos recherches sur le Livre des deux chemins marqueraient l'histoire de l'égyptologie, grâce à une nouvelle version découverte au fond de la cuve d'un cercueil jamais ouvert qui n'existait encore que dans nos rêves, cette nuit-là. Des petites filles qui n'avaient jamais imaginé devenir archéologues connaîtraient mon nom. Nous dirigerions ensemble le département égyptologie d'une université – Wyatt enseignerait la philologie pendant que je me concentrerais sur l'iconographie et l'imagerie. Des journalistes du monde entier viendraient nous interroger sur les découvertes que nous aurions faites sous une corniche au milieu du désert.

Un *dipinto*. Une tombe.

Nous deux.

Je regardai Wyatt du coin de l'œil. Il s'était assis contre la paroi rocheuse, sous l'inscription.

— Comment ? risquai-je.

Il comprit tout de suite ce que je voulais dire.

— Je ne sais pas. C'est dingue quand même, que ce soient justement les distances qui aient été effacées.

Sans les unités de longueur jadis exprimées en coudées, retrouver la dernière demeure de Djehouty-nakht ne serait pas une mince affaire. La nécropole était fouillée depuis plus de deux siècles par les égyptologues ; comment était-il possible qu'une armada d'archéologues ait ratissé le site sans croiser cette tombe ?

— En même temps, si ç'avait été facile, quelqu'un l'aurait certainement trouvée avant nous, fis-je observer.

— Exact. On a du pain sur la planche, déclara Wyatt en soulevant de nouveau la bouteille. Mais ce soir, Olive… on fait la fête.

Nous bûmes à tour de rôle, assis côte à côte dans la joie confuse qui imprégnait encore les lieux redevenus silencieux, comme la chaleur recrachée par le sable en fin de journée. Je trouvais ça formidable de boire ici, à l'endroit même où Djehoutyhotep avait fait la même chose des millénaires plus tôt.

— À quoi tu penses ? demanda Wyatt.

Que c'est un pur gâchis qu'un garçon ait des cils aussi longs.

— Que j'aurais adoré être là pour le lever héliaque de Sirius.

Il me prit la main et la porta à ses lèvres. Un geste tellement courtois, tellement anglais. Ce qui ne m'empêcha pas de tressaillir lorsque sa bouche entra en contact avec ma peau.

— *L'Unique, la sœur sans pareille*, murmura-t-il. *La plus belle du monde. Regarde-la, telle l'étoile étincelante de l'an nouveau, au seuil d'une bonne année.*

Wyatt récitait les vers d'un poème d'amour de l'Égypte ancienne. Les festivités donnaient lieu à de grands rassemblements au cours desquels il était enfin possible de rencontrer des personnes en dehors de son village et de se courtiser. À cette occasion, on échangeait des poèmes pour attirer l'objet de son désir.

— *Celle dont brille la grâce, dont la peau luit d'un tendre reflet*, continua Wyatt. *Elle possède des yeux au regard limpide et des lèvres au doux parler… Jamais parole superflue ne sort de sa bouche.*

Sa voix était une rivière, j'étais un caillou et chaque syllabe me modelait.

— *Elle, dont le cou est long*, souffla-t-il en se penchant pour déposer un baiser sous mon oreille. *La poitrine lumineuse.*

Ses dents sur ma clavicule.

— *Est dotée d'une chevelure couleur de lapis-lazuli…*

Dénouant ma tresse, il plongea sa main libre dans l'épaisseur de mes cheveux puis posa sa paume sur mon épaule.

— *Ses bras surpassent l'éclat de l'or… Ses doigts sont semblables aux calices de lotus.*

Retournant à son point de départ, il embrassa ma main, glissa rapidement sa langue entre mes doigts.

— Et maintenant, Olive, à quoi penses-tu ?

Maintenant ? J'étais incapable de répondre. Incapable d'articuler le moindre son.

Wyatt m'allongea doucement sous le *dipinto*, retenant ma nuque dans le creux de sa main. Je serrai les poings. Des grains de sable glissèrent entre mes phalanges comme dans un sablier.

— Pour une fois, chuchota Wyatt, au lieu d'admirer ton cerveau, me donnes-tu la permission d'admirer ton corps ?

Lorsqu'il s'écarta d'un demi-centimètre, parfaitement immobile, je compris qu'il attendait une réponse.

Au lieu de quoi, je levai les mains vers lui et entrepris de déboutonner sa chemise. Sa peau était lisse et chaude sous mes paumes, ses muscles frémirent lorsque je le caressai, comme si un courant électrique jaillissait de la pulpe de mes doigts. Lui aussi semblait avoir perdu l'usage de la parole, aussi captura-t-il mes lèvres dans un baiser aux saveurs mêlées de sucre et de tabac.

Je me soulevai telle une vague, enroulai mes bras autour de lui. Sans trop savoir comment, nous avions changé de place : il avait étalé sa chemise et son pantalon et s'était allongé dessus. Lorsque je m'agenouillai à côté de lui, des grains de sable s'incrustèrent dans mes paumes, roulèrent sur mes poignets.

Il était nu, à l'exception de ses chaussettes. J'étais encore tout habillée et tremblais comme une feuille. Je promenai mes doigts sur son ventre, sentis ses muscles se contracter.

— Olive, grogna-t-il. Tu vas me faire exploser.

J'effleurai le bout de son sexe circoncis. Un étranger pouvait culturellement devenir égyptien s'il acceptait de se faire circoncire. Il existait même une stèle où un prisonnier racontait qu'il avait été enrôlé dans l'armée égyptienne aux côtés de cent vingt autres hommes et…

La main de Wyatt encercla mon poignet.

— Arrête de penser à cette stèle, marmonna-t-il et nos regards se soudèrent tandis qu'il terminait à voix haute la phrase qui avait failli se former dans ma tête : *Je fus circoncis avec 120 hommes. Je ne frappai personne et personne ne me frappa. Je ne griffai personne et personne ne me griffa…* Tes pensées n'ont pas de secret pour moi, conclut-il en nous faisant rouler dans le sable granuleux. Et franchement, si tu es encore en train de cogiter, c'est que je ne m'y prends pas très bien.

Ses cuisses se resserrèrent autour des miennes mais il veilla à ne pas m'écraser sous son poids. Il me dévêtit, rabattant les pans de ma chemise et tirant sur les jambes de mon pantalon comme sur des pétales de lotus – *elle m'aime, un peu, beaucoup, passionnément, à la folie, pas du tout.*

Elle m'aime.

Il versa une rasade de bourbon sur ma poitrine frémissante et lécha chaque goutte du liquide ambré. Sa bouche navigua entre mes seins. Le sable crissa entre nous lorsqu'il plaqua son corps contre le mien. Douleur et plaisir ; le juste équilibre. Nous avions été ennemis mais au nom de quoi nous étions-nous battus ? J'avais déjà tout oublié.

— Dawn, susurra Wyatt.

Le nom était autrefois considéré comme une partie de l'âme et cette nuit-là, je pris conscience de son pouvoir magique. C'est la raison pour laquelle les cartouches étaient entourés d'anneaux *shen*, symboles de protection éternelle. C'est la raison pour laquelle un roi effaçait le nom de son prédécesseur. C'est la raison pour laquelle, tant que quelqu'un continue de prononcer le prénom d'une personne, celle-ci ne meurt jamais vraiment.

Je plongeai dans ses yeux lorsqu'il s'enfonça en moi. Nous bougeâmes ensemble, sur une partition de musique que je ne pourrais jamais chanter à voix haute mais qui ne cesserait jamais de résonner à mes oreilles.

Quelque part dans le temps, d'autres buvaient et dansaient. Une étoile verte fila à l'horizon.

Nous étions vieux de plusieurs millénaires.

Ses mains s'accrochèrent à mes cheveux.

Balayèrent le sable collé à mon ventre.

Éraflures, coupures, dents, coudes.

Wyatt s'enroula autour de moi à la manière de Mehen, le serpent protecteur entourant le dieu du Soleil dans le Livre des deux chemins pour l'éloigner du chaos.

Je perdis le compte de nos orgasmes et de nos dérives. Et même lorsque nous n'étions plus soudés, nous nous touchions toujours, de sorte que la distance entre nous ressemblait à la ligne séparant la mer du ciel, si floue qu'il était impossible de distinguer où commençait l'une et où s'arrêtait l'autre.

Nous nous endormîmes drapés dans la nuit et lorsque les derniers fils de notre couverture se désagrégèrent, je sus que Wyatt était réveillé aussi.

— À quoi tu penses ? demandai-je.

Ses bras m'enveloppèrent plus étroitement.

— À Sekhmet.

Sekhmet était l'autre facette de Hathor, une déesse céleste liée à Rê. En tant que Hathor, elle représentait la joie, la créativité, la beauté et l'amour. On la reconnaissait à sa coiffe composée d'un disque solaire logé entre deux cornes de vache. En tant que Sekhmet en revanche, elle était une déesse à tête de lionne, une chasseuse féroce qui protégeait les pharaons et les menait au combat. Disons que Hathor déchaînée et en période prémenstruelle se transformait en Sekhmet. Et Sekhmet apaisée redevenait Hathor. Lors du lever héliaque de Sirius, Sekhmet/Hathor était Sothis, fille de Rê.

Dans les tombeaux du Nouvel Empire, ceux de Toutankhamon et de Séthi Ier par exemple, se trouvait un texte baptisé le Livre de la vache céleste. Ce texte racontait comment les hommes s'étaient rebellés contre Rê qui avait décidé de se venger en détruisant l'espèce humaine. Il confia cette mission à Sekhmet. Mais la nuit précédant le massacre programmé, Rê revint sur sa décision. Problème : Sekhmet était déjà lâchée. Comment s'y prend-on pour stopper une implacable machine à broyer ?

Réponse : on demande aux hommes de brasser de la bière et aux femmes de piler de l'ocre rouge. À l'aube, tout ce petit monde répandit sur les champs des litres de bière teintée. Lorsque Sekhmet arriva dans l'intention de détruire l'humanité, elle prit la bière vermillon pour du sang humain et, assoiffée d'hémoglobine, lapa le breuvage jusqu'à la dernière goutte. Ivre morte, elle aurait été incapable de faire du mal à une mouche, et encore moins de détruire l'humanité…

En s'enivrant toute la nuit pour fêter la crue du Nil, les Égyptiens imitaient Sekhmet, apaisant sa colère avec de la bière afin qu'elle puisse absorber le trop-plein d'eau rougie par le limon qui dégringolait en aval, menaçant d'emporter les villages installés sur les rives du fleuve.

Blottie dans les bras de Wyatt, je lui jetai un regard incrédule.

— Tu penses à une nana saoule assoiffée de sang ?

Je sentis son sourire dans le creux de ma nuque.

— Je pense que *c'est toi*, la nana saoule assoiffée de sang.

— Je te préfère *tellement* quand tu ne parles pas.

Wyatt rigola.

— Tu connais la légende du gardien de troupeau ?

C'était une histoire du Moyen Empire que je n'avais encore jamais lue. Je secouai la tête.

— Le narrateur rencontre Sekhmet dans les marécages avant qu'elle ne se remétamorphose en Hathor, expliqua Wyatt. C'est une bête sauvage et il fait dans son froc parce qu'il croit qu'elle va le dévorer tout cru. Mais à la fête le lendemain, elle est redevenue femme et se prépare joyeusement à accueillir la nouvelle année.

Il enfouit son visage dans la courbe de mon épaule. Ma peau était imprégnée de son odeur.

— Je pensais être venu dans le désert avec une lionne, murmura-t-il, et je me retrouve avec une déesse dans les bras.

Nous contemplâmes ensemble le lever du soleil, explosion de roses et d'orangés – renaissance de l'univers.

Puis nous regagnâmes la maison des fouilles pour grappiller quelques minutes de sommeil avant le début officiel de la journée. Lorsque je me réveillai seule dans ma chambrette inondée de soleil, une vague de panique me submergea. J'avais loupé une matinée de travail… quelle serait ma punition ? Je me levai d'un bond et sortis précipitamment dans le couloir.

La maison était déserte, normal : tout le monde était parti sur le chantier. Un bruit de vaisselle cassée retentit soudain dans le magasin. Intriguée, je remontai le couloir et découvris Wyatt, occupé à ramasser des fragments de poterie qu'il rangeait ensuite dans un carton.

Mille pensées tournoyèrent dans ma tête : s'il était là aussi et que nous étions seuls, il aurait pu venir me rejoindre dans ma chambre. Sauf s'il n'en avait pas envie. Ou qu'une petite partie de lui – c'était mon cas – n'arrivait pas à croire ce qui s'était passé la nuit dernière. Ou pire encore : regrettait.

— Dis-moi que ce n'est pas toi qui as cassé ça, lançai-je d'un ton faussement dégagé.

Il sursauta, fit volte-face.

— Nom de Dieu, Olive ! J'ai failli avoir une crise cardiaque…

— Ce sera sans doute la mort la plus douce qui soit après le savon que Dumphries va nous passer lorsqu'il s'apercevra qu'on ne s'est pas réveillés.

— Détends-toi. Je lui ai dit qu'on avait tous les deux une vilaine gueule de bois. Apparemment, découvrir un nouveau *dipinto* et peut-être même une tombe oubliée nous a donné le droit à une petite parenthèse de déconnade.

— En parlant de ça, fis-je en avalant ma salive. Ce truc entre nous.

— Oui. Quoi donc ?

Les mots m'égratignaient la gorge mais il fallait à tout prix les faire sortir.

— On avait beaucoup trop bu.

Il me dévisagea fixement.

— Essaierais-tu de me dire que tu as profité de la situation ?

— Plutôt qu'on en a profité tous les deux.

Et c'était le moment le plus étourdissant de ma vie.

— On était partis pour faire la fête, continuai-je. C'était… couru d'avance que ça se termine comme ça.

Enfonçant une main dans sa poche, Wyatt marcha en silence vers le fond de la pièce en faisant courir son autre main le long de la boîte où reposait George la momie.

— Tu crois qu'on a fait une erreur.

Je tentai de dire oui. Vraiment. Il y avait une bonne centaine de raisons qui me poussaient à penser ça. À commencer par le fait qu'on ne s'appréciait pas beaucoup, tous les deux. Plus objectivement, nous étions deux étudiants en doctorat, nous venions de faire une découverte importante – ce n'était pas le moment de batifoler si on voulait être pris au sérieux. Pourtant, je fus incapable d'ouvrir la bouche.

Wyatt fondit sur moi à la vitesse de l'éclair et me poussa contre une rangée d'étagères qui tressautèrent bruyamment sous l'assaut. Sa bouche s'abattit sur la mienne. Il déchira la ceinture de mon pyjama, souleva mes hanches et me pénétra. Nouant mes jambes autour de lui, source de mon feu intérieur, je m'embrasai sur-le-champ.

— Seigneur, souffla-t-il en tremblant entre mes bras lorsque je glissai finalement le long de son corps pour reposer les pieds par terre. Ça ressemble à une erreur, ça aussi ?

Mais ce n'était pas parce que le même désir nous consumait que nous étions faits l'un pour l'autre. Ce n'était pas parce que nous avions fait ensemble une découverte historique que nous formions une équipe.

— Mais merde, Wyatt, j'essaie juste de te laisser partir.

— Qui t'a dit que c'est ce que je voulais ? Olive, tu es la seule personne à comprendre mes blagues sans que j'aie besoin de les expliquer. J'étais tellement occupé à essayer de trouver un domaine dans lequel j'aurais pu te surpasser que je n'ai même pas fait attention à tout ce qui nous rapproche. Chaque fois que je repense aux cinq années qui viennent de s'écouler, tu fais partie du tableau. J'étais persuadé que tu représentais une menace. Alors qu'en fait, on était juste censés passer tout ce temps ensemble, tu ne crois pas ?

Il s'écarta de moi, le souffle court.

— Alors arrête de vouloir m'éloigner de toi, OK ?

Il se tut un instant, pressa dans ma main un éclat de pierre.

— C'est pour ça que je suis venu ici, andouille.

Il tourna les talons et sortit de la remise.

Sur le fragment de calcaire vaguement triangulaire, Wyatt avait écrit au feutre quelques lignes en hiératique. Je reconnus le texte de l'ostracon Gardiner 304 à propos duquel j'avais publié un article, comparant ce poème au Cantique des cantiques dans la Bible.

Les deux textes étaient échangés comme des gages d'affection pendant les fêtes célébrant les récoltes. Les deux ne traitaient ni de politique, ni de religion. Juste de sentiments intimes.

Les deux parlaient d'amants non mariés.

Le poème original avait été griffonné sur un morceau de calcaire. Le papyrus coûtait cher, les éclats de roche ou les tessons de poterie servaient de supports d'écriture bon marché. Wyatt m'avait donné l'équivalent d'un post-it en Égypte antique.

Je l'embrasserai devant tout le monde,
Pour que tous puissent comprendre mon amour.
Elle est celle qui a dérobé mon cœur –
Posé sur moi, son regard n'est que fraîcheur.

Cet éclat de calcaire est la seule chose que j'ai emportée, lorsque j'ai quitté l'Égypte.

EAU/BOSTON

Je sais depuis ma plus tendre enfance que l'amour a un prix. Ma mère me racontait souvent l'histoire de Tristan qui alla chercher en Irlande Iseult la Blonde pour la ramener à son oncle le roi. Mais le jeune homme tomba éperdument amoureux de la belle. Le roi les condamna tous les deux à mort – Tristan fut envoyé à la potence, Iseult au bûcher. Ayant réussi à s'échapper, Tristan vola au secours de sa bien-aimée qu'il ramena au roi pour sauver son honneur. Bien des années plus tard, alors qu'il était marié à une autre, Tristan reçut une lance empoisonnée. Mortellement blessé, il envoya chercher son premier amour, sans savoir si elle répondrait à son appel. Si elle acceptait de venir, le navire hisserait une voile blanche. Si au contraire elle refusait, la voile serait noire. Iseult se précipita au chevet de son amant, les voiles blanches claquèrent au vent. Trop faible pour se lever, Tristan demanda à sa femme de lui indiquer la couleur des voiles mais celle-ci, folle de jalousie, lui mentit et répondit qu'elles étaient noires. Tristan mourut de chagrin. En découvrant le corps sans vie de son bien-aimé, Iseult la Blonde eut le cœur brisé et mourut à son tour. Peu de temps après leurs funérailles, un noisetier se mit à pousser sur la tombe de Tristan, un chèvrefeuille recouvrit celle d'Iseult et les deux arbrisseaux s'enchevêtrèrent si étroitement qu'il fut impossible de les séparer.

La morale de cette histoire, concluait ma mère, c'est qu'il ne faut jamais planter un chèvrefeuille à côté d'un noisetier.

En présence de Meret, Brian et moi faisons comme s'il ne s'était rien passé. Il y a même des moments, quand nous sommes tous les deux, où j'oublie qu'on s'est disputés. Mais d'autres fois, je suis furieuse contre lui d'avoir bêtement fragilisé l'équilibre de notre couple. Je continue de dormir dans mon bureau et, certaines nuits, je me réveille avec le souvenir de notre querelle coincé entre les dents.

La vérité, c'est qu'il m'est plus facile de passer du temps auprès d'une femme en train de mourir que dans un mariage que j'essaie tant bien que mal de ranimer. Win devient rapidement ma cliente principale. Je lui rends visite trois fois la première semaine, puis quatre la semaine suivante et tente de me persuader que je ne fais surtout pas ça pour passer moins de temps à la maison avec Brian.

Un jour, Win et moi prenons le métro pour aller au MFA, le musée des Beaux-Arts de Boston. Une collection de tableaux de Manet prêtée par le Metropolitan Museum of Art y est exposée et Win a très envie de la voir. Nous déambulons parmi les toiles, nous nous asseyons lorsqu'elle est fatiguée et terminons notre visite dans une salle remplie de tableaux contemporains.

— Je ne comprends rien à l'art moderne, avoué-je devant *L'Enlèvement des Sabines* de Picasso.

La tête penchée sur le côté, j'observe l'entrelacs de silhouettes géométriques, les corps distordus piétinés par les chevaux, l'œil du soldat nu peint sur son glaive.

Win laisse échapper un rire amusé.

— Il n'y a rien à comprendre. C'est une question de sensations.

— Ça ne ressemble même pas à des êtres humains.

— C'est fait exprès. Ça montre bien ce que la guerre fait aux hommes. Elle les transforme en machines à tuer : les armes et les parties du corps ne font plus qu'un. Le sang des victimes se mélange, on ne distingue plus rien.

Je la dévisage en clignant des yeux.

— Vous avez enseigné ?

Elle rit de nouveau.

— Non. J'étais attentive en cours, c'est tout.

Win attrape son téléphone et me montre la photo d'un tableau admirablement exécuté. Une femme est allongée nue sur un lit ; une servante noire lui apporte un bouquet de fleurs.

— C'est l'*Olympia* de Manet, déclare-t-elle. On dit souvent que ce tableau marque le début de la période moderne. Vous voyez comme elle vous regarde droit dans les yeux ? C'était tellement perturbant pour le public de l'époque que lorsque Manet a exposé cette œuvre à Paris en 1865, il s'est fait assassiner par la critique. Le tableau était surveillé pour empêcher ses détracteurs de le vandaliser. Manet ne l'avait pas peint à la gloire d'une déesse ou d'une icône religieuse. Il montrait une vraie femme – en l'occurrence une travailleuse du sexe – qui mettait l'observateur au défi de la regarder dans les yeux au lieu de faire comme si elle n'existait pas.

Win hausse les épaules avant de poursuivre :

— Parce que, bien sûr, tous les riches bourgeois des salons mondains baisaient des putes mais ils n'aimaient pas beaucoup qu'on le leur rappelle.

Je lui prends le téléphone des mains, touche l'écran pour agrandir la photo. Et plonge directement dans les yeux de la femme. Sa main est plaquée sur sa cuisse creusée d'une fossette.

— J'adorerais voir ce tableau en vrai.

— Allez au musée d'Orsay, déclare Win. C'est magnifique.

J'essaie de m'imaginer à Paris avec Brian, en train de flâner dans les salles d'un musée. Je m'y vois très bien. Mais il n'y a personne à côté de moi. Brian se méfie de l'art, du cinéma, de tout ce qui est susceptible de provoquer des émotions. Pour lui, tout ce qui ne se quantifie pas n'a pas de légitimité.

Nous venons d'entrer dans une salle où toutes les toiles me rappellent les peintures que Meret me rapportait de l'école maternelle : dégoulinures de peinture qui pourraient maculer une bâche de protection, grands rectangles superposés gris et bruns.

— C'est exactement ce que je voulais dire, je lance à l'adresse de Win en montrant un Rothko. Même moi, je peux faire ça.

— Ah, ça, c'est de l'art abstrait. Ça touche à l'universalité de l'expression. Et croyez-le ou non, tous ces artistes ont été influencés par les grands maîtres de la Renaissance.

— Franchement, je ne vois pas le rapport.

— Disons qu'ils savaient qu'un grand tableau peut susciter une émotion chez celui qui le regarde. Mais le monde n'est plus comme il était à l'époque de la Renaissance, quand la beauté était aussi nécessaire que l'oxygène et que la religion était l'une des clés de voûte de l'art. Les artistes contemporains ont donc essayé de trouver d'autres moyens d'inspirer le même déferlement de joie ou de douleur ou d'émerveillement. C'est à ça que ressemblerait la sensation, sur une toile, dans sa forme la plus dépouillée.

J'étudie le Rothko, les blocs de couleurs sombres, sourdes.

— Ça me déprime, dis-je.

— Ouais. Votre réaction est le reflet de votre état émotionnel. À partir de là, vous pouvez vous demander pourquoi vous ressentez ça.

— Quand les tableaux remplacent les psys, fais-je d'un ton songeur.

— Exactement.

— C'est quoi, votre tableau préféré ?

— *Un dimanche après-midi à l'île de la Grande Jatte*, répond Win sans hésiter. De Georges Seurat.

— Les petits points, c'est ça ?

— Le pointillisme, oui. Pour moi, ce tableau réunit deux aspects de l'art que j'adore. Il y a d'abord l'exécution qui est tout simplement magnifique : l'artiste a réussi à insuffler une pulsion de vie dans chaque centimètre carré de la toile. Mais il n'y a pas que ça : le pointillisme est une métaphore de la société et de la politique. Peindre par petites touches évoque la révolution industrielle et sa manière d'empiéter sur la sphère des loisirs dans la société. Je pourrais écrire tout un article là-dessus, dit-elle avant d'esquisser un sourire. *J'ai* écrit tout un article là-dessus.

— Le mariage parfait de la maîtrise technique et du message politique, fais-je observer.

— Le mariage parfait, répète Win. Exactement.

Nous nous arrêtons devant une fresque de Pollock. Win l'étudie en silence et j'en fais autant. Les volutes et les arêtes, les éclaboussures jaunes, bleues et pourpres me font penser aux giclées de sang dans un épisode des *Experts*.

— J'aime bien le bleu dans celui-ci, dis-je.

— Oui, murmure Win. Le bleu.

— Quand vous peigniez, ça ressemblait plutôt à ça ou à un tableau de Manet ?

— Ni l'un ni l'autre.

Ses lèvres sont exsangues. J'ai l'impression qu'elle est en train de se dissoudre de l'intérieur.

— Je ne me sens pas bien. Rentrons.

Je lui communique aussitôt un peu de ma force physique. Enroulant un bras autour de sa taille, je lui sers de canne. Elle est légère comme une plume. Tandis que nous traversons les galeries, je sens un picotement le long de ma colonne vertébrale et mon regard est attiré sur la droite, comme par un aimant.

Par la porte, j'aperçois les maquettes en bois découvertes dans la tombe de Djehouty-nakht et de son épouse éponyme. Si je fais trois pas dans cette direction, je verrai les cercueils installés dans une vitrine, contre le mur. Et les ondulations du Livre des deux chemins, dessinées sur la paroi de l'un d'eux.

J'aimerais bien savoir qui, en voyant ça, a été le premier à penser que c'était une carte.

Et soudain je l'aperçois, accroupi devant la vitrine.

Je retiens mon souffle tandis qu'il se lève. Plus jeune. Moins blond. Un inconnu, pas un fantôme.

— Dawn ? articule Win d'une voix faible.

— Je suis là, je réponds en la soutenant.

On peut raisonnablement avancer que toutes les peurs sont liées à la mort. La peur des araignées ? Ce qui fait vraiment peur, c'est de se faire mordre et de mourir. La peur du vide ? Tomber et mourir. La peur des avions ? S'écraser et mourir. Pareil pour les serpents, le feu… Jerry Seinfeld prétend même que les gens ont plus peur de prendre la parole en public que de mourir – le mort dans son cercueil est beaucoup plus à l'aise que la personne chargée de lire son éloge funèbre pendant l'enterrement. Mais pourquoi avons-nous tous aussi peur de mourir ? La raison est simple : nous avons un mal fou à concevoir un monde sans nous.

Au fur et à mesure que l'état de santé de Win se dégrade, son angoisse grandit et elle n'arrive plus à dormir. Felix me dit qu'elle mange moins et je vois bien que la peur de sa femme le ronge aussi, comme des termites grignotant la charpente d'une maison.

— Que faisiez-vous pour vous détendre, avant ?

— De temps en temps, je prenais un Xanax, me répond Win. Mais je n'ai pas trop envie de passer le temps qui me reste à dormir.

— On peut essayer le magnésium, s'il n'y a pas d'interaction avec votre traitement.

Elle grimace.

— Je veux plus de comprimés.

— Alors des méthodes plus holistiques, peut-être ? La méditation, l'aromathérapie, les massages, le bain sonore, la…

— Vous savez quoi ? coupe-t-elle. J'ai envie d'être *stone*.

Le cannabis est légal dans le Massachusetts, ce qui simplifie pas mal les choses. Le choix est même assez vaste : on trouve plusieurs qualités de marijuana, des sucettes, des pilules de CBD et même des milk-shakes. Finalement, j'opte pour des oursons gélifiés.

Je n'ai pas l'intention d'y goûter mais Win qui, contre toute attente, n'a jamais fumé d'herbe, est tellement angoissée par cette nouvelle expérience que cela risque fort d'anéantir tous les effets bénéfiques. Je finis donc par céder et elle m'oblige à mâchouiller les nounours en gélatine devant elle, comme l'infirmière Ratched dans *Vol au-dessus d'un nid de coucou*. Je m'installe à côté d'elle sur le canapé et regarde tranquillement les contours de la pièce se déliter tandis que mes paupières s'alourdissent.

— Vous êtes mariée depuis combien de temps ? murmure Win.

Je lui lance un regard de biais. Elle a croisé les bras sur sa poitrine, adoptant la position des morts en Égypte ancienne. Évidemment, je m'abstiens de le lui faire remarquer.

— Quatorze ans.

— Pourquoi est-ce que vous vous êtes mariée ?

Je cligne des yeux, décontenancée par la question. En général, on demande à la personne comment ou pourquoi elle est tombée amoureuse. Comment elle a su qu'elle avait trouvé l'âme sœur. J'hésite à répondre, pas seulement parce que je n'ai pas très envie de remuer le couteau dans la plaie, mais surtout parce que dans ma relation avec Win, c'est moi qui suis censée l'aider et pas l'inverse.

D'un autre côté, je suis en plein trip avec ma cliente.

— Parce que c'était la bonne décision. À l'époque. Vous saviez que les Égyptiennes pinçaient la future mariée pour lui souhaiter bonne chance ? je fais, pressée de ramener la conversation en terrain neutre.

— Quelle guigne.

— Il y a tout un tas de superstitions autour du mariage. Le voile protégeait la mariée des esprits malfaisants. Les demoiselles d'honneur étaient censées confondre le diable au cas où il serait venu enlever la mariée. Et la longue traîne entravait la fuite de la future épouse, s'il lui prenait l'envie de prendre ses jambes à son cou.

— Waouh. Certains hommes souffrent vraiment d'un gros manque de confiance en eux.

Je ris.

— L'expression "accorder la main de sa fille" en dit long sur la nature de l'acte, non ? C'était un transfert de propriété, ni plus ni moins.

Win fait tourner son alliance autour de son doigt.

— Quand on est allés acheter mon alliance, Felix a demandé quelle différence il y avait entre le platine et l'or blanc. La vendeuse nous a expliqué qu'en vieillissant, le platine prendrait des reflets gris. Alors Felix m'a montrée du doigt en disant : *"Oh, comme elle, alors ?"*

Win examine ses mains d'un air perplexe, comme si elle ne les reconnaissait pas.

— Mais moi, je ne prendrai pas de reflets gris. Tout simplement parce que je ne vivrai pas assez longtemps pour ça.

Je me redresse, me rappelant soudain que si l'herbe n'a aucun effet sur certaines personnes, elle peut en rendre d'autres paranoïaques et les stresser au lieu de les détendre. Je n'ai pas envie que ça la mette sens dessus dessous.

— Win…

— Depuis quelque temps, j'essaie d'analyser ce que cette maladie m'aura appris, déclare-t-elle d'une voix lente.

— Sur la mort ?

— Non. Sur la vie.

Elle caresse le coussin du canapé, ébouriffant les fibres de la suédine.

— Je veux dire, la vie est censée nous faire grandir, pas vrai ? Nous rendre meilleurs ? Si c'est le cas, qu'est-ce que la mort va bien pouvoir me faire ?

— La mort ne se produit pas comme ça, simplement. D'ailleurs, en anglais, le verbe mourir est un verbe d'action qui n'a pas de forme passive. On doit *mourir.*

Je hausse les épaules avant de reprendre la parole :

— Trois cent soixante mille bébés naissent chaque jour tandis que cent cinquante mille personnes meurent. Physiologiquement, on est encore en vie quand le corps cesse de fonctionner. Le cœur s'arrête de battre mais les cellules du cerveau ont encore assez d'oxygène pour rester actives pendant un court laps de temps, même si le docteur nous a déclaré mort. La vie et la mort sont les deux facettes d'une même médaille. On ne peut pas avoir l'une sans connaître l'autre.

— Peut-être que pour grandir et devenir meilleur, une partie de nous-même doit mourir pour faire de la place aux nouvelles choses, dit Win en pesant ses mots. Comme un cœur brisé.

Je me tourne vers elle. Ses yeux sont remplis de larmes.

Elle les essuie d'un revers de main en laissant échapper un petit rire gêné.

— Attention, scoop du jour : il est plus difficile d'affronter la mort d'une personne qu'on aime que sa propre mort. Allez comprendre quelque chose…

Je glisse mes doigts entre les siens et les serre légèrement.

— Win. Je veillerai à ce que Felix soit bien entouré pendant cette épreuve. Je serai auprès de lui pour les obsèques et je continuerai de prendre de ses nouvelles après. Je vous promets de ne pas le lâcher avant d'être sûre qu'il peut s'en sortir seul.

Elle me regarde d'un air surpris.

— Ça me rassure, merci. Mais je pensais à Arlo.

Son fils. Décédé.

— J'aimerais que vous me parliez de lui. Si vous en avez envie, bien sûr.

Elle s'enfonce dans les coussins du canapé.

— Qu'est-ce que je pourrais bien vous dire ? Il est né un mois avant terme. Ses poumons n'étaient pas complètement développés et il a passé plusieurs semaines en néonatalogie. Mais il est arrivé sur terre en riant. Je sais ce qu'on dit, que les bébés ne rient pas tout de suite, qu'il faut attendre un peu mais lui a ri très vite. Et tout le temps. Quand il s'accrochait aux barreaux de son petit lit ; quand je lui donnais son bain ; quand je lui chantais une berceuse. Et pour être franche, les gens ont plutôt tendance à faire la grimace en m'entendant chanter.

L'ombre d'un sourire flotte sur ses lèvres.

— Il rigolait tout le temps… jusqu'au jour où il s'est mis à pleurer pour un oui ou pour un non. On ne savait pas ce qu'il avait. Arlo ne le savait pas non plus. Il avait soit trop chaud soit trop froid. L'étiquette de son T-shirt lui faisait mal. À l'école, la maîtresse ne le comprenait pas. Les autres enfants ne l'aimaient pas.

Elle marque une pause avant de poursuivre :

— C'était toujours la faute de quelqu'un d'autre. Certains jours, il allait se cacher dans le dressing et pleurait toutes les larmes de son corps jusqu'à tomber de fatigue. D'autres fois, il cassait toutes les fenêtres de la maison à coups de batte de baseball.

Elle retient son souffle.

— On l'a emmené voir un psychologue. On a entrepris une thérapie familiale. La totale. On lui a diagnostiqué un trouble oppositionnel avec provocation. Vous savez ce que c'est ?

J'ai déjà entendu parler de ça, en effet, à propos d'une élève de la classe de Meret à l'école primaire. Adoptée dans un orphelinat ukrainien, la fillette avait eu beaucoup de mal à s'habituer à sa nouvelle famille. Elle mordait, griffait, chouinait sans cesse.

— Est-ce que ce n'est pas dû à une incapacité à nouer des liens affectifs ?

Win avale sa salive.

— Si. Imaginez ce que j'ai ressenti. Arlo est resté trois semaines en néonatalogie et j'étais avec lui tous les jours. *Tous les jours.* Personne ne l'a aimé plus que moi.

Elle se penche en avant, pose les coudes sur ses genoux.

— Rien ne marchait. Ni les récompenses, ni les punitions, ni même… j'ai honte de l'admettre : les fessées. Je me disais que mon vrai fils avait été enlevé par des fées ; que ce… cette créature que je ne comprenais pas… n'était qu'un substitut temporaire. Je sais, c'est idiot. Mais c'était plus facile qu'admettre que j'aurais parfois préféré qu'Arlo ne soit pas né. Quelle mère peut formuler ce genre de pensée et se considérer encore comme une maman ? Et puis un jour, ma pédiatre m'a parlé de la thérapie de l'étreinte forcée. C'est une méthode assez controversée. Il y avait des conférences où on pouvait venir avec son enfant pour apprendre les bons gestes mais c'était au-dessus de nos moyens. Alors j'ai lu pas mal de bouquins sur le sujet et je me suis lancée. Chaque fois qu'Arlo piquait une crise, Felix ou moi le serrions dans nos bras. Je l'ai tenu tellement de fois comme ça… Je le serrais fort, pendant des heures. Les règles étaient simples : il pouvait hurler et brailler tant qu'il voulait, il pouvait m'insulter, dire des trucs horribles mais au bout de deux heures, il devait me regarder dans les yeux. C'est tout. Et après ça, je le libérais. Ça a bien fonctionné, déclare Win. Mais il a grandi et ce n'était plus possible de continuer.

Son visage s'éclaire comme une lanterne.

— Arlo avait encore des sautes d'humeur mais il venait me voir quand il sentait que ça n'allait pas, vous comprenez ? Je n'étais pas une ennemie. Je me battais *à ses côtés*. J'étais une sorte de refuge, pour lui. Jusqu'au jour où tout s'est écroulé.

Elle croise ses mains.

— Je ne sais pas à quel moment il a commencé à se droguer. Je ne sais pas qui lui a refilé ça. C'était facile, pas cher et il était heureux quand il était défoncé.

Win me lance un coup d'œil.

— Il riait de nouveau. Je veux dire, tout le temps.

C'est terrible, l'addiction. Je me souviens d'un patient dont je m'occupais au centre de soins palliatifs : il était retourné chez lui avec un patch de fentanyl et son petit-fils l'avait décollé pour le faire bouillir dans de l'alcool avant de se l'injecter. Encore aujourd'hui, quand un de mes clients meurt et qu'il reste des opiacés dans les armoires à pharmacie, je les détruis en les mélangeant à de la litière pour chat ou à de l'eau de Javel.

— J'ai supplié Arlo d'aller faire une cure de désintoxication. Il a accepté mais il a vite replongé. Il est mort d'une overdose six jours avant ses seize ans, murmure Win en cachant son visage dans ses mains. Et c'est ma faute parce que mon corps n'a pas réussi à le porter – pas avant sa naissance et pas suffisamment longtemps, après.

— Non, Win. Vous n'êtes pas responsable de sa prématurité et vous n'avez pas la preuve que son séjour en néonatalogie était la source de sa colère. Vous ne devez surtout pas vous sentir coupable de ne pas avoir réussi à le sauver.

— J'ai prié pour qu'Arlo soit soulagé de ses souffrances, lâche-t-elle d'une voix atone. Et c'est ce qui s'est passé.

Elle se lève soudain, légèrement chancelante.

— J'aimerais vous montrer quelque chose.

Je bondis sur mes pieds et lui prends le bras. Win m'entraîne à l'étage, s'arrête devant un vieux bureau et prend dans un tiroir une clé ouvragée ornée d'un ruban jaune. Puis elle me conduit tout au bout du couloir, devant une porte close.

Petite et octogonale, la pièce est située dans la tourelle de la maison de style victorien. Une odeur de renfermé s'en échappe. De lourds rideaux de velours la plongent dans l'obscurité jusqu'à ce que Win se dirige vers une fenêtre et tire brusquement la tenture. Des tortillons de poussière valsent dans l'air, semblables à des nuages de poudre magique. Elle répète le même geste devant les deux autres fenêtres et la lumière remplit l'espace tout en rondeurs.

Un tabouret et une table basse maculée de taches de peinture sont les seuls meubles de la pièce. Plus un chevalet vide.

Au pied des murs incurvés, des dizaines de toiles sont empilées, imbriquées. Quelques-unes sont tournées à l'envers, des traînées de couleur ornent les baguettes de bois, laissant deviner la tonalité du tableau. D'autres me fixent d'un air provocateur.

Je m'accroupis devant l'une d'elles. Un garçon à la peau sombre auréolé d'un halo de cheveux blancs hirsutes tient dans sa main un pissenlit orné d'une couronne similaire. La technique me rappelle celle des impressionnistes que nous avons vus au MFA : c'est texturé, confus. La couleur évoque l'objet tandis que les contours restent flous. Les lignes de Win ondoient, frémissent et à certains endroits la couche de peinture est tellement épaisse qu'elle apparaît en relief. Ça me fait penser à la perception du monde quand on plonge au fond d'une piscine et qu'on essaie de repérer le soleil. Pour réellement voir ce tableau, il ne faut pas trop s'en approcher. Il vaut mieux prendre du recul et laisser son esprit faire le reste.

Ce n'est pas un simple portrait d'Arlo. C'est l'instantané d'un vœu, juste avant qu'il ne soit formulé. Avant d'être déçu, probablement.

Je soulève d'autres toiles, contemple d'autres portraits du même garçon – à l'évidence son modèle préféré – et également une étude de mains appartenant sans doute à Felix et un paysage ressemblant au Maine. Une bouffée de tristesse m'envahit. Pas seulement parce que Win a perdu son fils, mais aussi parce qu'elle a renoncé à ses talents artistiques. Je suis triste pour tous ces beaux moments de vie, condamnés à croupir dans une pièce fermée à clé.

— J'aimerais beaucoup en descendre quelques-uns au salon, dis-je à mi-voix.

— Pas moi, répond-elle, catégorique.

Elle passe sa main sur une palette, gratte avec l'ongle du pouce une croûte de peinture noire, pareille à un œil réprobateur.

— Vous saviez que les arts plastiques étaient nés d'une histoire d'amour ? lance-t-elle. Pline l'Ancien raconte que la fille de Boutadès, amoureuse d'un garçon qui devait quitter la ville, avait tracé la silhouette de son amant sur un mur tandis qu'il dormait et ce fut le premier dessin au trait. Le truc, c'est que quand elle l'a dessiné, il était déjà parti. On ne peut jamais regarder son modèle et ce qu'on dessine en même temps. Elle ne faisait en fait que dessiner son ombre.

Elle se tait un instant avant d'ajouter :

— L'art, ce n'est pas ce qu'on voit. C'est ce qui reste en mémoire.

Elle s'assied par terre, effleure un tableau du bout des doigts. Arlo est plus âgé dans celui-ci. Il flotte dans une grosse bouée posée sur la ligne d'horizon, prêt à basculer de l'autre côté du monde.

— Je veux emporter la couverture d'Arlo quand je mourrai, déclare-t-elle.

— Je veillerai à ce que vous l'ayez, je lui promets.

Je le note dans un coin de mon esprit ; je demanderai à Felix de m'indiquer où elle se trouve. Pendant que Win s'abîme dans ses souvenirs, je passe en revue une autre série de toiles appuyées contre le mur d'en face.

L'une d'entre elles se démarque des autres.

Il s'agit d'un nu à l'exécution très académique. Tellement réel que je vois la marque des dents plantées dans la lèvre inférieure ; je ressens la chaleur du soleil éclaboussant la vitre, dans le coin du tableau. Le modèle a une main posée sur le front, l'autre glissée entre les cuisses. Son attitude me rappelle celle de l'*Olympia* de Manet, à la différence que chaque détail a été minutieusement reproduit par l'artiste, au point qu'on croirait admirer une photo. Le rendu est tellement vivant que j'entends la respiration saccadée. C'est Win. À l'époque où des hanches et des seins remplissaient les creux de son corps anguleux ; l'époque où elle était épanouie, en bonne santé. Amoureuse. Et malgré ce qu'elle vient de me dire, je sens presque la caresse du pinceau sur sa peau au moment où l'artiste lui donnait vie – c'était bien elle, pas un simple souvenir.

— Qui a peint ce tableau ?

Win ne répond pas. Elle se lève, marche vers moi et me prend la toile des mains. Son visage s'empourpre.

— Ça ne devrait pas être là, dit-elle en retournant la toile avant de la ranger derrière une pile de tableaux.

Ma montre vibre contre mon poignet. Une alarme que j'ai programmée.

— C'est l'heure de vos médicaments.

Je me sens coupable en voyant son expression soulagée. Elle referme la porte derrière nous et au lieu de remettre la clé dans le tiroir du bureau la glisse dans son soutien-gorge.

Felix a dosé les médicaments dans la cuisine. Je les apporte à Win qui se décide enfin à rompre le silence.

— Vous croyez qu'Arlo sera… là où je vais ?

— Je ne sais pas.

— J'aimerais bien. Revoir toutes les personnes que j'ai perdues.

Ce n'est que beaucoup plus tard que je repense au mot qu'elle a utilisé. *Perdues.*

Les morts ne sont pas les seuls êtres qui nous manquent.

Nous sommes en train de regarder un navet sur la chaîne de télé Hallmark quand les bonbons au CBD font enfin effet : Win s'endort comme une masse. Je reste auprès d'elle jusqu'à ce que la voiture de Felix s'engage dans l'allée. Je l'observe quelques instants depuis la porte d'entrée : il jette un coup d'œil dans le rétroviseur, tire le frein à main, rassemble ses affaires sur le siège passager. Je me demande ce que ça doit faire d'être aimé par quelqu'un dont le métier consiste à veiller sur la sécurité des autres.

Il sort de la voiture et accélère le pas en me voyant.

— Ça va ? demande-t-il.

— Oui, oui, tout va bien.

Aussi bien que possible en tout cas, vu les circonstances.

— Elle dort.

Ses épaules se décontractent. Je ne vais pas lui annoncer la nouvelle qu'il redoute le plus.

— Oh. Tant mieux.

Je le suis dans la cuisine et lui fais un rapide compte rendu de la journée : les médicaments que Win a pris, ce qu'elle a mangé, si elle est allée aux toilettes. C'est le passage de relais des aidants.

— Win m'a montré ses tableaux aujourd'hui.

Occupé à sortir une carafe d'eau du réfrigérateur, il suspend son geste quelques instants. Puis il remplit un verre, le boit d'un trait et le repose sur le plan de travail.

— Ah bon ?

— Et on a parlé d'Arlo. Elle veut sa couverture quand elle mourra.

Felix tressaille en entendant le dernier mot.

— Vous savez où elle est ?

— Au grenier, répond-il en levant une main vers le plafond. Quelque part là-haut. Comme toutes ses affaires. Au début, Win m'avait fait promettre de laisser sa chambre intacte et puis un jour, en rentrant du travail, je l'ai trouvée en train de déchirer les draps, de lacérer les vêtements, de bousiller son ordinateur…

Sa voix dégringole du haut d'une falaise.

— Alors j'ai tout rangé dans des cartons. Au cas où elle en aurait besoin un jour.

Je cherche son regard.

— Ça doit être horrible… de perdre Win, après avoir perdu votre fils il n'y a pas si longtemps.

Felix cligne des yeux.

— Arlo n'était pas mon fils, dit-il avant de baisser la tête d'un air penaud. Je veux dire, il l'était – dans le sens où je l'aimais. Mais il avait déjà six ans quand j'ai rencontré Win.

Je repense au portrait d'elle en pleine extase.

— Oh. Elle ne m'en a pas parlé.

Quand je rentre à la maison, je trouve Brian en train de faire les cent pas dans la cuisine.

— Te voilà ! Merci Albert.

Il ne croit pas en Dieu, mais il croit en Albert Einstein.

Une bouffée de panique m'assaille. Quel rendez-vous important ai-je failli louper ? Soudain, tout me revient : Meret va à une soirée dansante organisée par son camp d'ados et nous sommes invités à dîner chez le doyen de la faculté.

Compte tenu de la nature de mon travail, j'ai généralement beaucoup de mal à tenir ce genre d'engagement mais je sais que ce dîner compte beaucoup pour Brian. Il est question d'une éventuelle promotion au poste de président. J'ai promis de l'accompagner. De son côté, il a promis que Gita ne serait pas là.

— J'enfile une robe et c'est parti. Meret est prête ?

— Elle a changé d'avis.

Je m'arrête au pied de l'escalier.

— Pourquoi ?

— J'en sais rien, répond Brian en consultant sa montre. Elle est assez grande pour rester toute seule. Et je ne veux pas être en retard.

Elle peut rester toute seule, d'accord, mais là n'est pas le problème. Si Meret se complaît dans sa phobie sociale, elle met le doigt dans un engrenage dangereux. Ses copines s'amuseront sans elle. Elles ne l'appelleront pas, ne lui enverront pas de message. Et elle passera sa soirée à ressasser des pensées stupides : *Tu vois, tu avais raison de ne pas vouloir y aller. Tu ne manques à personne, de toute manière.*

Je monte l'escalier en courant et frappe à la porte de Meret. Elle a mis la musique à fond ; on se croirait dans la tête d'un migraineux. Comme elle ne répond pas, je tourne la poignée et pousse le battant. Elle bouquine allongée sur son lit en bas de survêtement et T-shirt, indifférente au vacarme. Les basses cognent si fort que mon pouls bat en cadence, une nouvelle lune et sa marée.

— Coucou, fais-je en décidant de jouer l'innocente. À quelle heure est-ce que la mère de Sarah passe te chercher ?

— J'y vais pas, lâche-t-elle d'un ton sec.

— Tu n'as pas envie d'aller danser ?

Je me dirige vers son ordinateur portable et baisse le volume, pressée de ramener les décibels à un niveau supportable.

Il n'y a aucune mélodie, juste un rythme syncopé et des improvisations chantées. Est-ce le propre de chaque génération de trouver un style de musique que les précédentes ne peuvent absolument pas comprendre ?

Meret se mure dans le silence. Elle soulève son livre pour échapper à mon regard.

— Ça m'étonne… tu avais super envie d'y aller, à cette soirée.

C'est la vérité. Sarah était venue passer un moment à la maison après le camp d'activités scientifiques et il y avait eu des messes basses et des petits mots secrets et j'avais même réussi à capter un nom au milieu de tout ça : Todd. C'est qui, ce garçon ? Est-ce qu'il a dit ou fait quelque chose qui aurait pu la blesser ?

J'ai très envie de lui faire mal en retour. Je n'y peux rien, c'est mon instinct de mère.

— C'est même pas une soirée dansante, grommelle Meret. C'est juste un groupe d'ados qui se frottent les uns contre les autres.

— Bah, ça reste une expérience scientifique, la friction, non ?

Elle pose son livre.

— Non mais je rêve, là.

Je lui serre doucement le bras.

— Ce sera peut-être mieux que ce que tu crois. En plus, t'as pas trop le choix. On a un dîner de travail, papa et moi.

— Je n'ai pas besoin d'une baby-sitter.

— Meret, fais un petit effort…

— J'ai pas envie de passer pour la loseuse de service, figure-toi ! gronde-t-elle en roulant sur le côté pour me tourner le dos. En plus, j'ai rien à me mettre.

Je me lève et vais ouvrir la porte de sa penderie.

— Et ça, alors ? dis-je en sortant une robe sur un cintre.

— Je l'ai mise pour aller à un *enterrement.*

— Un jean ?

— Maman. C'est une soirée, quand même.

Je lui prends les mains pour l'obliger à se lever.

— Viens, on va te trouver quelque chose.

Elle me suit à contrecœur dans notre chambre à coucher puis dans le dressing. Je la revois encore s'y glisser en douce quand elle était petite, essayer mes robes et mes bijoux puis descendre au salon pour nous faire un défilé de mode. J'attrape le haut à sequins qu'elle adorait mais qui coûtait beaucoup trop cher pour lui servir de déguisement.

— Tiens, dis-je.

Elle écarquille les yeux.

— Sérieusement ?

— À condition que tu ne te frottes pas avec.

Elle se retourne pour retirer son T-shirt en gloussant. Je l'aide à baisser la fermeture éclair et à enfiler le haut par la tête. Lorsqu'elle le déroule, les coutures tirent sous les aisselles.

— La coupe de ce machin m'a toujours paru bizarre, dis-je en cherchant autre chose. Tiens, essaie ça.

Je lui passe une tunique ample qui flotte sur ses épaules et autour de son corps et la fais pivoter face au miroir.

— J'ai l'impression de porter une tente.

— Une tente de créateur, je rectifie mais elle a raison : elle nage là-dedans.

Je retourne fouiller dans ma penderie, fais glisser les cintres les uns après les autres. Il y a beaucoup de vêtements noirs mais il est vrai que j'assiste à pas mal d'enterrements. J'hésite devant deux ou trois robes – j'ai peur qu'elle ne réussisse pas à remonter complètement les fermetures.

— Tu sais quoi ? dis-je soudain. C'est des vêtements de vieille bonne femme.

Meret me regarde en plissant les yeux.

— En revanche, j'ai des chaussures d'enfer.

Je plonge dans les entrailles de ma penderie. Ma main effleure le joint de la cloison de placoplatre. Quand j'étais petite, ma mère cachait une chaussure de bébé dans la couche d'isolant pour éloigner le diable. Ça m'avait toujours paru ridicule et pourtant, j'ai fait exactement la même chose en emménageant chez Brian. Même si on pose un revêtement mural par-dessus, on sait que c'est là.

On chausse toutes les deux du 39. Je tends à Meret une paire d'escarpins probablement trop hauts pour elle.

Elle les prend sans me regarder, les yeux rivés sur les chaussures. Nous savons toutes les deux que c'est un compromis. *Ne le dis pas*, implore-t-elle silencieusement.

Je vais l'emmener faire les boutiques. Je lui achèterai des habits dans lesquels elle se sentira belle. Je lui montrerai ce que je vois quand je la regarde. Mais pour le moment, tout cela ne sert à rien.

— Peut-être que ça va le faire, un jean, au final, murmure-t-elle et ses paroles me fendent le cœur.

Elle pivote sur ses talons pour retourner dans sa chambre, les épaules basses. Diminuée. Incroyable qu'une personne aussi préoccupée par sa stature puisse se faire toute petite comme ça.

— Attends, dis-je en lui prenant la main.

Je l'emmène dans notre salle de bains et lui fais signe de s'asseoir sur l'abattant des toilettes. Puis je sors du fond de teint et un eye-liner, du fard à paupières et du blush. Petite, Meret adorait me regarder pendant que je me maquillais et me suppliait de la maquiller aussi. Penchée vers le miroir, je gainais mes cils d'une couche de mascara, refermais le tube et faisais semblant de lui en mettre. Puis je répétais l'opération avec le fard à joues. Le rouge à lèvres et le gloss.

Cette fois, je ne fais pas semblant. Meret est une toile vierge. Mais je ne crée rien du tout : je me contente de mettre en valeur une œuvre d'art déjà existante.

Avant, je lui tendais un miroir et elle tournait son petit visage à droite puis à gauche, comme si elle voyait vraiment la transformation imaginaire. *Maman*, disait-elle alors, *est-ce que je suis belle, maintenant ?*

Je l'embrassais sur le front. *Tu étais déjà belle.*

Horace Germaine, le doyen de la faculté, habite dans une *brownstone* sur Massachusetts Avenue. Bien que ce soit l'été, la façade arbore encore les décorations de Halloween. C'est peut-être parce que sa femme, Kelsey Hobbs, est soi-disant la descendante d'une famille dont la fille fut jadis condamnée pour sorcellerie à Salem. C'est en tout cas le bruit qui court. Quoi qu'il en soit, elle m'est plus sympathique que lui. Pendant que Brian discute avec toutes les personnes susceptibles de jouer un rôle dans le processus de nomination des présidents de départements, je sirote mon troisième verre de vin blanc dans un coin, feignant de m'intéresser à une conversation sur la circulation à Cambridge.

— Et vous, Dawn, lance soudain le mari d'une économiste, que faites-vous dans la vie ?

— Je suis doula de fin de vie.

— Euh… c'est-à-dire ?

— Je travaille pour des personnes qui ont besoin d'un accompagnement parce qu'elles sont en fin de vie.

Une autre épouse hoche la tête.

— Un peu comme une infirmière ?

— C'est tout sauf ça, dis-je avant de décrire rapidement mon rôle et mes missions.

Je perçois un changement tangible dans leur attitude. C'est toujours pareil : dès qu'on dit qu'on travaille auprès des mourants, on passe aussitôt pour un saint.

— J'ai beaucoup souffert de la mort de ma mère, déclare une femme en posant une main sur mon bras. Vous êtes un ange.

Voici ce que j'aimerais lui répondre : Non, je ne suis pas un ange. C'est un travail utile, c'est vrai, mais je n'ai rien d'une mère Teresa – en fait, je peux même être insupportable. Ce n'est pas parce que je côtoie de près quelque chose qui met presque tout le monde mal à l'aise que je suis quelqu'un d'extraordinaire. Non, ça veut juste dire que je n'ai pas peur de côtoyer cette chose qui met mal à l'aise. C'est tout.

Et voici ce que je lui dis :

— Merci.

Que je sois encore capable de m'autocensurer prouve au moins que je ne suis pas aussi pompette que ce que je croyais.

Le mari de l'économiste se penche plus près et me demande sur le ton de la confidence :

— Est-ce que quelqu'un vous a déjà demandé de… d'accélérer le cours des choses ?

On a tous en tête quelques histoires de meurtriers par compassion – puisque c'est ainsi qu'on les appelle – qui augmentent la dose de morphine afin que leurs patients sombrent dans un sommeil éternel. J'ai été confrontée à ce genre de problématique une seule fois, avec une cliente catholique qui prenait un traitement pour le cœur. Si elle arrêtait de prendre ses médicaments, est-ce que cela serait considéré comme un suicide ? m'avait-elle demandé un jour. Je lui avais répondu que je ne pensais pas, non :

il y a une différence entre mettre activement fin à ses jours et laisser une maladie progresser naturellement, comme s'il n'existait pas de traitement.

Elle a continué à prendre ses médicaments et est décédée d'une crise cardiaque deux semaines plus tard.

— Ma grand-mère a reçu une fausse balle dans la tête pendant un match de baseball au Dodger Stadium, intervient une jeune femme. Elle est morte sur le coup.

— Ça a dû être un choc terrible pour vous et votre famille, dis-je poliment.

— Il paraît que sur l'Everest des cadavres gelés depuis des années servent de repères sur les sentiers de randonnée…

C'est le problème quand on est spécialiste de la fin de vie : les gens s'imaginent qu'on sait tout sur la mort. Kelsey Hobbs me prend soudain par le bras, comme si nous étions des amies de longue date alors que nous avons fait connaissance une demi-heure plus tôt.

— Dawn, j'aimerais vous montrer un *memento mori* dans la bibliothèque.

Un objet d'art funéraire. Je n'aurais pas cru que Kelsey était une collectionneuse. Mais en voyant ses yeux bleus s'arrondir, je capte le message.

— Oh. Oui, bien sûr, fais-je en la laissant m'extraire du petit groupe.

Nous disparaissons dans le couloir. À ma grande surprise, la pièce abrite effectivement un bibelot macabre. Il s'agit d'une photographie accrochée au mur, en face d'une imposante bibliothèque. Dans le cadre, un couple prend la pose, entourant une petite fille. Les deux adultes sont flous ; l'enfant parfaitement nette. À l'époque victorienne, la photographie *post mortem* était une technique très en vogue pour garder un souvenir des défunts. Les parents de la fillette sont troubles parce que le temps d'exposition était trop long et qu'ils ont bougé. Les morts, en revanche, restent forcément immobiles.

— Qui est-ce ?

— Mystère et boule de gomme, répond Kelsey. Elle était là quand on a acheté la maison. J'ai cru pendant des années que les parents étaient des fantômes, ce qui expliquait pourquoi on les voyait à peine. Et puis j'ai fait quelques recherches.

Elle ouvre le tiroir d'un bureau massif et en sort deux cigares.

— Vous en voulez un ?

— Non, merci.

Je crois que Kelsey Hobbs est en passe de devenir ma connaissance préférée à Harvard.

Elle allume son cigare, tire longuement dessus.

— Je n'ai pas pu m'empêcher de voler à votre secours. Je me trompe peut-être mais je me suis dit que si vous aviez passé toute la journée avec des personnes en fin de vie, vous n'auriez peut-être pas envie de parler encore de la mort.

— En fait, ça ne me dérange pas de parler de la fin de vie. Mais mes connaissances sur la mort ont des limites et c'est normal : je n'en ai pas fait l'expérience personnellement.

— Imaginez le succès de votre petite entreprise si vous en étiez revenue, plaisante Kelsey. Ça doit être déprimant, quand même, non ?

— De temps en temps, oui, admets-je sincèrement. Mais ça permet surtout de relativiser.

Elle tapote son cigare sur le bord d'un cendrier.

— Je risque fort de mourir plus vite qu'à mon tour à cause de ces machins, marmonne-t-elle. Peut-être que je vous embaucherai.

La porte s'ouvre et la tête de Brian apparaît dans l'entrebâillement. Horace Germaine se tient derrière lui.

— Ah, te voilà ! lance ce dernier à l'adresse de sa femme. On ne peut vraiment pas compter sur toi pour jouer le rôle de la parfaite hôtesse.

— Tous ces gens m'enquiquinent, réplique Kelsey. Oh, et puis j'ai engagé Dawn pour qu'elle m'aide à mourir.

Le sourire de Brian se fige.

— Me cacherais-tu quelque chose ? demande Horace d'un ton léger.

— On va tous mourir, dis-je avec entrain.

Le doyen de la faculté hausse les sourcils.

— C'est lugubre.

— Pas vraiment.

— Dawn… intervient Brian en rougissant.

— Non, mais c'est plutôt sain d'en discuter, je continue sur ma lancée. Je veux dire, on peut parler de sexe sans tomber enceinte, eh bien là, c'est la même chose : on peut parler de la mort sans qu'elle nous emporte brusquement.

— Personne n'a envie de parler de la mort dans une soirée entre collègues, gronde Brian.

— Pourquoi pas ? Tu nous rebats bien les oreilles avec tes histoires de chat mort, toi.

— Si on allait chercher quelque chose à boire ?

— Mon verre est plein.

— Tu veux peut-être autre chose ? Viens, ordonne Brian en me saisissant par le bras pour m'entraîner vers la porte.

Il se retourne brièvement avant de quitter la pièce et ajoute à l'adresse d'Horace :

— Je suis sincèrement désolé.

Je traîne les pieds derrière lui comme une enfant qui sait qu'on va la punir. Quand nous arrivons au fond du couloir, près des toilettes, Brian fait volte-face. Il est tellement remonté que les mots lui manquent.

— Tu savais que cette soirée était importante pour moi, dit-il finalement.

— J'ai parlé de mon travail, c'est tout. Tu préférerais peut-être que je me présente comme l'épouse de Brian Edelstein ?

— Ne déforme pas mes paroles.

— Ça, c'est la meilleure ! Je suis venue avec toi à cette soirée. Et tu m'as abandonnée.

Je me rends compte en disant cela à voix haute que Gita n'est pas au cœur du problème – elle ne l'a peut-être même jamais été. Elle est le symptôme, pas la maladie. J'ai toujours cru que Brian serait là pour moi. C'est pour cette raison que je suis tombée amoureuse de lui – petit à petit, de seconde en seconde, me reposant sur sa force, comptant sur le réconfort qu'il m'offrait, jusqu'à ce que je ne me rappelle plus ce que c'était de vivre sans tout ça. Puis est arrivé le moment où Brian n'a plus été là pour moi. Et puisque c'était possible, cela signifiait peut-être que je m'étais menti à moi-même pendant toutes ces années. Auquel cas, c'était toute notre relation de couple qui allait à vau-l'eau.

Tu m'as abandonnée. Les mots résonnent dans ma tête. Mais suis-je furieuse contre Brian qui m'a laissée de côté ou contre moi qui ai toujours pris son amour pour de l'acquis ?

Il y a un bruit de chasse d'eau et la porte s'ouvre. Une femme avec un gros collier de perles nous dévisage à tour de rôle avant de se faufiler entre nous en murmurant quelques mots d'excuse.

La pièce tangue autour de moi et je ne sais pas si c'est parce que j'ai bu trop de vin ou parce que je pleure. Brian tend une main vers moi mais je suis plus rapide. Je traverse le couloir en courant, dépasse la femme qui vient de sortir des toilettes et déboule dans une cuisine où un chef privé est en train de garnir les plateaux de quatre serveurs blasés. J'évite de justesse une table encombrée de verres à pied et m'échappe par la porte du fond comme si le diable était à mes trousses.

Dehors, dans ce jardin de Cambridge baigné de calme et de fraîcheur, je longe la clôture et finis par tomber sur un portillon fermé par un loquet. Je sors sur le trottoir, marche jusqu'au bout de la rue puis m'arrête dans le halo d'un réverbère pour m'essuyer les yeux et retirer mes escarpins. Deux étudiants passent à côté de moi, trop absorbés par leur conversation enflammée pour remarquer ma détresse.

L'amour n'a rien d'une symbiose parfaite, loin de là. Les amants sont des cailloux prisonniers d'un tonneau à polir. Au début, ils se cognent, s'égratignent, s'accrochent. Mais à chaque collision, leurs aspérités s'érodent au contact de l'autre, jusqu'à ce qu'ils deviennent lisses. Et avec un peu de chance, à la fin du processus, ils s'accordent parfaitement.

Deux semaines après mon installation chez Brian, nous sommes allés dîner dans un restaurant Olive Garden. En rentrant à la maison, il se réjouissait déjà à l'idée de manger le deuxième poulet *alla parmiginia* que le serveur avait mis dans un doggy bag. Ce serait son déjeuner du lendemain. Mais alors que nous étions arrêtés à un feu rouge, un SDF nous a fait signe et, sans dire un mot, Brian a baissé sa vitre et lui a donné le sac en papier contenant le fameux poulet. Sa bonté m'a touchée en plein cœur. J'avais envie d'être comme lui. J'espérais qu'il allait déteindre sur moi.

Aujourd'hui encore, alors que je suis assise sur le bord du trottoir avec des traînées de mascara sur les joues et une furieuse envie d'effacer les vingt dernières minutes, je n'arrive pas à imaginer ce qu'aurait été ma vie si Brian ne s'était pas invité dedans. Qui lèverait les yeux au ciel avec moi en pensant au concept même d'une pizza à l'ananas ? Qui saurait quelle chanson trouver à la radio sans avoir besoin de me demander ? Qui d'autre que lui me connaîtrait assez bien pour savoir comment me faire de la peine ?

La voiture se rapproche lentement, m'aveuglant de ses puissants yeux jaunes. Elle s'arrête ; la portière claque. Brian s'assied à côté de moi sur le trottoir. Sa main se pose à côté de la mienne, sur le béton.

Mon petit doigt s'accroche au sien.

— Je n'avais pas l'intention de tout gâcher.

— Je suis désolé, murmure Brian. J'aimerais pouvoir tout effacer.

Ma gorge se noue.

— Moi aussi.

Parlons-nous de la même chose ? Pas sûr, mais tant pis. J'appuie ma tête sur son épaule.

— Quand tu seras président du département, on servira du meilleur vin.

Nous rentrons à la maison dans une bulle de paix fragile.

— Je… prendrais bien une douche, dis-je.

C'est notre code pour dire à l'autre qu'on ferait bien l'amour. Nos ébats sexuels étaient beaucoup plus spontanés, autrefois. Mais au fil du temps, on a organisé ces moments, précisément parce qu'on s'aime. Brian se rase pour que sa barbe ne m'irrite pas les cuisses. J'attrape une serviette que je cache sous l'oreiller pour éviter de mouiller les draps après.

Il me serre doucement la main.

— Tu auras peut-être besoin de quelqu'un pour te frotter le dos.

— Peut-être, oui.

La porte s'ouvre et nous nous écartons brusquement, comme si nous n'étions pas chez nous, que nous n'étions pas mariés. Meret fait son apparition, visiblement aussi surprise de nous voir que nous le sommes de la voir, elle. Elle est pieds nus et tient mes chaussures dans une main. Son visage est barbouillé de mascara et elle lutte pour ravaler ses larmes.

— Ma puce, dis-je dans un souffle. Qu'est-ce qui s'est passé ?

Les pires scénarios pilonnent mon esprit à grands coups de bélier : elle a été violée par un type du camp d'ados, elle a eu un accident de voiture. Ses traits se déforment tandis qu'elle secoue mes escarpins.

— J'ai cassé la bride, sanglote-t-elle avant de courir vers l'escalicr.

Je regarde Brian d'un air hébété. Il serre et desserre les poings – il n'a jamais su gérer les trop-pleins d'émotions.

— J'y vais, dis-je.

Dans la chambre de Meret, je m'assieds sur le lit à côté d'elle. Je lui masse le dos en attendant que ses pleurs se tarissent.

— Tu veux en parler ?

Elle secoue la tête mais l'histoire coule toute seule de ses lèvres.

La soirée dansante sous les guirlandes de lumières clignotantes au bord du lac. Le DJ qui passe *Cotton-Eyed Joe*. Meret et Sarah, assises un peu à l'écart autour d'une table de pique-nique et puis deux garçons qui les rejoignent. Todd et Eric ne ressemblent pas aux autres types du camp d'activités scientifiques. En gros, ce ne sont pas des geeks. Ils jouent dans l'équipe de foot et se sont inscrits uniquement parce que c'est bien pour le dossier scolaire qu'ils devront présenter aux universités dans quelques années.

Ils avaient une flasque d'alcool.

Sarah en a bu une gorgée. Meret aussi.

C'est Todd qui a eu l'idée de voler la barque, même si l'accès à la plage était interdit. Ils ne partiraient pas longtemps. Et puis c'était hyper romantique, avait minaudé Sarah. Meret s'était laissé convaincre. L'idée était drôle, c'est vrai. C'était un peu risqué et loufoque, c'était interdit et, pour une fois, elle faisait partie de l'aventure.

Eric est monté dans la barque et a aidé Sarah à venir le rejoindre. Mais lorsque Meret a voulu monter à son tour, Todd l'en a empêchée. *Elle va nous faire couler*, a-t-il lancé et Eric a éclaté de rire.

C'est pas sympa de dire ça, a protesté Sarah.

Meret l'a remerciée d'un regard plein de reconnaissance.

Alors Sarah a souri aux deux garçons avant d'ajouter : *De toute manière si elle tombe à l'eau, elle flottera forcément.*

Ils ricanaient tous les trois quand Todd est monté dans la barque et ils ont continué à rire en ramant pour emmener Sarah au milieu du lac comme une princesse. Meret les a encore entendus discuter des propriétés scientifiques de la graisse – fait-elle plutôt couler ou flotter ? – juste avant de partir en courant.

Je la prends par les épaules et plante mon regard dans le sien.

— Tu n'es pas grosse, dis-je lentement.

Les larmes jaillissent de ses yeux.

— Maman. Ne me mens pas. Pas toi.

J'aimerais savoir comment elle est rentrée à la maison mais j'ai peur de la réponse. J'aimerais l'envelopper dans un rouleau de papier bulle pour la protéger. J'aimerais retrouver ces petits cons et leur refaire le portrait.

Elle finit par s'endormir avec ses cils humides collés en petits paquets, les mains croisées sur sa poitrine.

Quand sa respiration devient régulière, je vais rejoindre Brian dans notre chambre. Les lumières sont éteintes, il est déjà couché. Je lui raconte brièvement ce qui s'est passé.

Il a de la peine pour Meret, c'est sûr, mais il évacue le problème d'une phrase lapidaire :

— Je t'avais dit qu'elle aurait dû rester à la maison.

J'avais espéré qu'on pourrait se retrouver tous les deux, ce soir. Mais mes espoirs s'envolent en fumée dès que ses paroles s'abattent sur nous à la manière d'une épée destructrice, déchirant les draps en lambeaux. Je prends mon oreiller et m'en vais dormir dans mon bureau.

Scène de vie d'un couple marié :

BRIAN *(entrant dans la cuisine)* : J'ai pas entendu le réveil.

DAWN : Il y a du café.

BRIAN : À propos d'hier soir…

DAWN : Je ne sais pas à quelle heure je vais rentrer.

(Il verse du café dans un mug isotherme.)

BRIAN : Est-ce que Meret…

DAWN : Elle n'ira pas aux ateliers aujourd'hui. Et n'y retournera plus du tout.

(Une pause.)
BRIAN : Je rapporterai un truc à manger pour ce soir.
(Il quitte la pièce.)
(Fin de la scène.)

LES CHOSES À NE PAS FAIRE quand quelqu'un est en train de mourir :

Ne lui parlez pas de la mort de votre tante ou de votre grand-mère ou de votre chien. Ce n'est pas de vous qu'il s'agit et ce n'est pas à la personne malade de vous consoler – c'est l'inverse. La douleur et la tristesse fonctionnent par cercles concentriques : le patient est au centre, puis vient la personne aidante, puis les enfants, puis les amis proches et ainsi de suite. Essayez de savoir dans quel cercle vous vous situez. Quand vous regardez vers l'intérieur des cercles, vous apportez du réconfort aux autres. Quand vous regardez vers l'extérieur, vous en recevez de leur part.

Ne dites pas des choses qui ne sont pas vraies : *Tu vas avoir sa peau, à ce foutu cancer ! Ce qui compte, c'est de rester positif ! Tu as meilleure mine !* Vous ne dupez personne.

Ne vous forcez pas à être joyeux. C'est normal d'être triste avec une personne qui est en train de mourir. Elle vous a invité auprès d'elle à un moment particulièrement délicat et ce sont des instants de grâce que vous partagez ensemble.

Ne vous sentez pas obligé de parler de sa maladie. Une personne souffrante a parfois besoin de faire une pause. Et en lui demandant sans détour si elle a envie – ou pas – de parler de ce qu'elle ressent, vous lui donnez l'occasion de prendre une décision à une période de sa vie où elle ne peut guère exprimer ses préférences.

N'ayez pas peur du silence. C'est bien aussi de ne pas parler.

Enfin, n'oubliez pas : personne ne sait ce qu'il faut dire à une personne en train de mourir. Tout le monde a peur de mettre les pieds dans le plat. Ce qui importe, c'est d'être là, pas de trouver les mots justes.

Win et moi avons atteint le stade où nous pouvons rester assises en silence, sans la radio ni la télé en fond sonore. C'est un moment important dans l'évolution de notre relation. Je sais qu'à cet instant, Win est en train d'examiner ses souvenirs comme s'il s'agissait de bijoux précieux. De mon côté, j'analyse tout ce que m'a dit Meret hier soir et je m'efforce de trouver une solution à base de consolation et de courage.

Win se demande comment il faut s'y prendre pour mourir ; je me demande comment il faut s'y prendre pour vivre.

Ce n'est pas un bon jour. Elle n'a rien mangé. Pour la première fois depuis que je m'occupe d'elle, elle n'a pas voulu se lever de son lit. Il y a toujours un moment quand on approche de la mort où la vérité nous éclate à la figure. On connaît le diagnostic, on sait que notre corps ne réagit pas comme on le souhaiterait… pourtant, on se réveille un matin en prenant conscience qu'on n'était pas vraiment sûr de se réveiller. On visualise un rideau à travers lequel rien ne filtre, le bout de nos orteils commence à effleurer ce tissu opaque et il nous est impossible de faire marche arrière.

En entendant Win se racler la gorge, je lui tends aussitôt un verre d'eau avec une paille. Elle prend une gorgée, s'humecte les lèvres.

— Quelle est la demande la plus farfelue qu'on vous ait faite ?

— On m'a demandé de transformer les cendres d'un mort en diamant. Il y a une boîte qui fait ça – LifeGem.

— Ça ne m'étonne pas, tiens, murmure Win.

— La veuve de mon client a porté la pierre jusqu'à sa mort, et elle a demandé à être enterrée avec le collier autour du cou, dis-je en lui jetant un coup d'œil. Pourquoi ? Vous voulez devenir un bijou pour Felix ?

— Transformez-moi plutôt en cilice, riposte-t-elle du tac au tac.

Je vois bien qu'elle est fatiguée, sans ressort.

— Vous devriez peut-être fermer les yeux quelques instants.

— J'ai trop peur de ne jamais pouvoir les rouvrir.
— Et ça vous angoisse ?
— Ça vous surprend ? contre-t-elle en haussant les sourcils. J'aimerais tellement pouvoir jeter un petit coup d'œil à ce qui m'attend. Mis à part un gros tas de peur accompagné d'une rasade de Dieu sait quoi, bon sang.
— Nous avons tous nos propres angoisses face à la mort. Certaines personnes ont peur de souffrir. D'autres de ne pas pouvoir terminer ce qu'elles sont en train de faire. D'autres encore de quitter ceux qu'elles aiment. Il y a même une peur plus globale de passer à côté des choses, de savoir que le monde va continuer de tourner sans qu'on soit là pour voir ce qui s'y passe.
— Je n'arrive pas à savoir si le fait de rater l'élection présidentielle de 2020 est une bonne ou une mauvaise chose.
— Ça dépendra sûrement du vainqueur, dis-je dans un petit sourire.
— Ne pas savoir. C'est ça qui me tue, murmure Win. Enfin, ça et le cancer.
Elle se tait, me glisse un regard.
— Ça ne me pose pas de problème de mourir. Vraiment. Mais je ne veux pas faire ça n'importe comment, vous comprenez ? Vous trouvez ça ridicule ? J'aimerais juste savoir ce qui va se passer. Comment je saurai que c'est le moment.
Ça fait pas mal de temps que je n'ai pas pensé à mon doctorat abandonné – depuis que j'ai déchiffré les hiéroglyphes avec Win, en fait. Mais je me rappelle que ce qui me fascinait le plus dans le Livre des deux chemins, c'était cette idée ô combien réconfortante de posséder une carte qui nous guide vers l'au-delà. Les anciens Égyptiens savaient déjà que la connaissance résidait dans la différence entre une bonne mort et une mauvaise mort.
— Je ne peux pas vous dire combien de temps il vous reste à vivre, dis-je le plus délicatement possible. Et je ne sais pas ce que vous ressentirez au moment de partir. Ce que je peux faire, en revanche, c'est vous aider à comprendre ce qui va se passer dans votre corps.
En général, c'est aux personnes en bonne santé que je propose des séances de méditation guidée sur la mort, afin de leur donner des clés pour aider les malades en phase terminale. Mais je crois

que ça pourrait soulager Win, lui apporter un peu d'apaisement. Cette méditation a été mise au point par Joan Halifax et Larry Rosenberg, d'après les neuf contemplations sur la mort d'Atīśa, un célèbre moine tibétain du XIe siècle.

Win veut bien essayer. Je l'aide donc à sortir de son lit et la fais s'allonger par terre, en position de relaxation. Puis je m'assieds en tailleur auprès d'elle.

— Si je dis quelque chose qui vous angoisse, levez le doigt.

Elle me regarde en hochant la tête.

— Concentrez-vous sur ma voix, dis-je encore avant de commencer la séance, modulant mes intonations pour les rendre aussi douces et fluides que possible. Chacun de nous mourra un jour, tôt ou tard. Personne ne peut éviter la mort ; elle est l'aboutissement de notre venue au monde. Elle est inéluctable. Pas un seul être sensible – aussi spirituellement éclairé, aussi puissant, aussi fortuné ou motivé qu'il soit – n'a jamais échappé à la mort. Ni le Bouddha ni Jésus ni Mahomet n'ont échappé à la mort. Tous les cadeaux reçus au cours de votre vie – l'éducation, l'argent, le rang social, la célébrité, la famille, les amis – ne vous seront d'aucune utilité face à la mort. En fait, ils peuvent même rendre son acceptation plus difficile parce qu'ils nous retiennent et qu'on y est attaché. Que faites-vous en ce moment précis qui vous aidera à mourir ? Gardez la réponse dans un coin de votre esprit. Sur l'inspiration, pensez : *La mort est inévitable.* Sur l'expiration, pensez : *Moi aussi, je vais mourir.*

J'enchaîne avec la deuxième contemplation en me redressant sur mes genoux pour tamiser la lumière près du lit.

— Votre durée de vie se raccourcit à chaque seconde écoulée. Il y a le moment de votre naissance et le moment de votre mort et votre marche vers la mort ne s'arrête jamais. Chaque inspiration et chaque expiration vous rapprochent d'elle. Appréciez le moment présent car demain n'existera peut-être pas. Si votre durée de vie se réduit de jour en jour, que faites-vous à cet instant pour apprécier ce qui vous reste ? Qu'est-ce qui donne un sens à votre vie ?

Le doigt de Win se crispe et j'attends. Elle finit par se détendre.

— Chaque parole prononcée, chaque respiration vous rapproche de la fin de votre vie. Sur l'inspiration, inhalez de la gratitude pour tous les instants que vous recevez en supplément. Sur l'expiration, pensez aux instants qui se sont écoulés tout au long de votre vie.

J'observe sa poitrine qui se soulève et s'abaisse.

— La mort viendra, que vous y soyez préparée ou non. Sur le million trois cent mille pensées formulées chaque jour par notre cerveau, très peu concernent la mort et les moyens de l'appréhender. À présent, pouvez-vous m'écouter en pensant qu'il n'y aura pas de lendemain ? Êtes-vous prête à mourir ?

J'avance dans les contemplations suivantes : la mort a de nombreuses causes ; le corps est fragile et vulnérable ; les personnes que l'on aime ne peuvent nous empêcher de mourir. Je lui demande de s'imaginer sur son lit de mort, de plus en plus faible, de visualiser sa maison, ses vêtements et ses bijoux, ses tableaux, son compte en banque et sa cave à vin – tout ce confort obtenu à la sueur de son front, désormais inutile.

— Mourir, c'est accepter de tout laisser derrière soi, lui dis-je. Imaginez que tous vos biens seront récupérés par des parents proches et des amis. Certains objets finiront peut-être même dans une boutique de seconde main ou à la poubelle. Vous ne pouvez rien emporter. Sur l'inspiration, pensez à ça. Sur l'expiration, renoncez à tout ce qui vous appartient.

Je termine par le corps, l'élément qui l'aura trahie, justement.

— Vous avez passé tellement de temps à vous occuper de votre moi physique. Vous l'avez nourri, abreuvé, habillé et déshabillé. Vous lui avez fait faire de l'exercice, vous avez soulagé ses douleurs, éprouvé du plaisir. Vous avez passé des heures à vous regarder dans des miroirs, à essayer de vous sentir belle. Vous avez chéri votre corps. Vous l'avez méprisé. Et au moment de votre mort, vous le perdrez. Imaginez l'instant précédant votre mort. Vous avez déjà longuement réfléchi aux pertes subies : votre argent, les personnes que vous aimez, votre place dans la société, votre identité. Et vous allez perdre également la coquille par laquelle tout cela se concrétise. Que pouvez-vous faire pour accepter cette idée ? Pour vous y préparer ?

Penchée au-dessus d'elle, je l'invite à contracter puis à relâcher différents muscles, membres et pensées.

— Maintenant, imaginez que vos organes cessent de fonctionner, dis-je dans un murmure. Vous n'avez plus envie de manger ni de boire. Puis c'est au tour de votre système nerveux central. Vous ne pouvez plus bouger. Vous perdez le contact avec vos membres. Vos yeux peuvent basculer dans leurs orbites, ou vous n'êtes plus capable de les garder ouverts. Finalement, votre système respiratoire va commencer à ralentir. La respiration sera difficile, de moins en moins naturelle.

Je reste assise en silence. L'absence totale de bruits parasites cogne contre mes tympans et ma peau.

— Vos jambes. Vos mains. Votre tête. Votre cerveau. Votre abdomen. Vos reins, votre foie, vos intestins. Tous vos os et vos muscles, du plus grand au plus petit. Ils ne sont plus là. Votre conscience se déplace vers votre cœur, votre centre. Vous vous repliez sur vous-même, autour d'un point lumineux. Votre respiration est de plus en plus faible. Votre énergie se consume. La température de votre corps chute. Vous ne sentez plus le sol sur lequel vous reposez parce que vous êtes en apesanteur. Vous êtes à présent consciente que vous êtes en train de mourir mais c'est la seule conscience qu'il vous reste. Vous faites partie de tout ce qui est depuis toujours et de tout ce qui sera à jamais. Vous lâchez prise. Enfin.

Je contemple Win à travers mes larmes.

— Vous êtes en sécurité. Vous regardez ce corps allongé par terre, qui ne respire plus. Vous voyez des gens autour de lui.

Je laisse passer quelques instants.

— Nous sommes quelques jours plus tard, maintenant. Le corps est nu et froid.

Je compte jusqu'à vingt.

— Quelques mois plus tard. C'est la phase de dégradation. Le corps rempli de gaz se décompose.

Win ne bouge pas.

— Un an s'est écoulé, dis-je à mi-voix. Il n'y a plus que de vieux ossements.

Baissant de nouveau les yeux, j'imagine le monde sans elle.

— Cinquante ans. Tout n'est plus que poussière. Vous n'êtes plus là. Mais vous êtes en sécurité.

Nous nous imprégnons longuement de cette vérité, si petite et si opaque.

Puis je la ramène à la réalité – d'abord avec une respiration superficielle, puis en lui demandant de s'étirer, d'allonger ses muscles, de sentir ensuite ses os bouger, ses organes vitaux s'activer, son sang irriguer son cœur, l'air remplir ses poumons et sa conscience se déployer jusqu'au bout de ses orteils et à la racine de ses cheveux.

— Que sentez-vous sous votre corps ? je demande. Sentez-vous la moquette contre les paumes de vos mains ? Qu'entendez-vous ? L'eau qui coule dans les canalisations ? Votre propre cœur qui bat ? Sentez-vous des odeurs ? Les notes citronnées de votre shampooing, le parfum de la lessive sur vos draps ? Que voyez-vous ?

Win bat des paupières, ouvre les yeux.

— Vous, répond-elle. Je vous vois, vous.

On est souvent surpris de découvrir ce que les gens regrettent de ne pas avoir fait quand ils savent que la fin est proche. Ce n'est pas écrire un roman, escalader le sommet du Machu Picchu ou remporter une médaille de patinage artistique. Non, c'est plutôt savourer une glace nappée de caramel, arroser plus souvent les plantes vertes. Jouer aux cartes avec leur petit-fils. Passer du temps avec un vieux copain.

Le dernier souhait de ma mère avant de mourir était tout aussi simple : elle voulait voir l'océan encore une fois. Le centre de soins palliatifs n'était pas en mesure d'organiser ce genre de sortie mais j'étais déterminée à tout faire pour exaucer son vœu. J'en ai parlé aux docteurs et demandé un devis pour un véhicule de transport médicalisé. J'ai dégoté pour ma mère un chapeau de paille dans une friperie. J'ai averti le collège que Kieran serait absent le mardi suivant. La veille de notre virée, hélas, l'état de ma mère a brusquement empiré. Alors Kieran est allé au collège et j'ai roulé seule jusqu'à la côte. Là, j'ai rempli d'eau de mer des jerricanes vides. Ramassé du sable dans un sac plastique. Récolté des coquillages que j'ai fourrés dans mes poches.

De retour au centre, les infirmières m'ont aidée à installer ma mère dans son fauteuil. J'ai calé des oreillers sous ses genoux et trempé ses pieds dans une bassine d'eau de mer. J'ai versé le sable dans des haricots que j'ai posés sur les bras du fauteuil et j'ai enseveli ses doigts. Je lui ai dit de fermer les yeux et j'ai approché de son visage le bras flexible de la lampe de chevet pour qu'elle sente la chaleur du soleil. Puis j'ai parsemé son corps de coquillages, des clavicules jusqu'au nombril.

Mais.

Je pouvais raviver en elle le souvenir de l'océan mais je ne pouvais pas masquer le bruit du moniteur cardiaque.

Je pouvais recréer un morceau de plage mais je ne pouvais abattre les murs de la pièce.

Je pouvais la déguiser en sirène mais elle ne plongerait pas dans l'eau.

Voilà pourquoi je suis toujours prête à remuer ciel et terre pour mes clients. Pourquoi je veille toujours à ce que leur dernier souhait soit exaucé. Je veux qu'ils puissent partir sans avoir le sentiment de ne pas avoir eu le temps de faire quelque chose.

À deux reprises au cours de la journée, j'ai appelé Meret pour prendre de ses nouvelles. La deuxième fois, elle m'a demandé d'arrêter de la traiter comme un de mes clients et j'ai failli pousser un cri de joie. Je préfère mille fois la savoir en rogne qu'en pleurs ou, pire encore, murée dans le silence et l'apathie.

Après le dîner, Win a de la fièvre et se plaint d'avoir mal quand elle fait pipi. C'est très certainement une infection urinaire. J'attends la visite de l'infirmière qui confirme le diagnostic et lui prescrit des antibiotiques. Il est presque 23 heures quand je me gare devant la maison.

Toutes les lumières sont éteintes, même celles de la chambre de Meret. J'ouvre la porte en m'efforçant de ne pas faire de bruit. Une petite bougie brille dans l'entrée, simplement posée par terre, au beau milieu du passage. Un peu plus loin, au croisement de l'entrée et du salon, vacille la flamme d'une deuxième bougie.

Je souffle la première puis me dirige vers la suivante. Là, je découvre une autre bougie sur le chemin de l'escalier puis trois autres posées sur les marches, pareilles à des phares miniatures.

La dernière bougie brûle devant la porte close de notre chambre à coucher.

Je pousse le battant. Enroulées autour des quatre colonnes du lit, des guirlandes de Noël lumineuses éclairent discrètement la pièce, assez pour que je puisse voir les photos suspendues au plafond par du fil de pêche. Elles dansent, balayées par le souffle de l'air conditionné. Il y a une photo de Brian tenant dans ses bras le singe en peluche qu'il place dans un canon pour expliquer les vecteurs à ses étudiants de première année. Une de Kieran, adolescent efflanqué, brandissant un homard qu'il vient de piéger. Et Meret toute petite, coiffée d'un bonnet fraise pas très symétrique – j'ai laissé tomber le tricot après ça. Une deuxième photo de Meret nourrisson et encore une d'elle prise à l'école élémentaire, à l'occasion d'un concert de Noël, vêtue d'une robe de velours rouge. J'aperçois la photo de Brian posté à côté du panneau indiquant le sommet du mont Washington et une autre de lui en smoking. Il y a aussi la dernière photo que j'ai prise de ma mère, souriant sur son lit d'hôpital.

Un mouvement attire mon regard dans le coin de la pièce. Brian s'avance vers moi. Il m'observait.

— Qu'est-ce que c'est que ça ?

— On ne peut pas voir les trous noirs, tu sais, dit-il en éludant ma question.

Sa voix tremble, comme s'il était nerveux.

— Ils t'engloutissent et c'est tout. Aucune source de lumière ne leur échappe. Autant dire que tu ne leur échapperais pas non plus. Si une personne s'approchait d'un trou noir, elle serait très certainement déchiquetée par la force de gravité d'une puissance extraordinaire.

Je m'assois au bord du lit.

— Comme les astrophysiciens ne peuvent pas voir les trous noirs, ils ont imaginé une autre manière de les localiser. Ils observent les déplacements et les réactions des planètes et de tout agrégat de matière autour d'eux. Ils voient des choses tomber dedans ou rester tout au bord.

Les images tournoient au-dessus de ma tête.

— Il n'y a pas de photo de moi, fais-je remarquer.

— Non.

Brian me rejoint et me pousse au milieu de la chambre.

— Parce que tu es notre étoile. C'est toi qui nous maintiens ensemble. Sans toi, il n'y a pas de vie. Pas de gravité. Pas de moi.

Il hésite avant d'ajouter :

— Pas de nous.

Il essaie de communiquer dans un langage qu'il connaît et maîtrise bien. Pour lui, tout semble d'une extrême limpidité.

— On croit connaître les limites de son univers, reprend Brian. Jusqu'au jour où on s'aperçoit qu'il y a plein de matière noire tout autour. Je suis sorti de mon orbite, Dawn.

Je regarde les reliefs familiers de son visage, le contour de son menton, la cicatrice en forme de faucille qui barre son sourcil. Il essaie de faire la paix. Je peux le rejoindre à mi-chemin. Alors je pose mes mains sur ses joues.

— Comment on fait pour revenir sur les rails ?

En guise de réponse, il se penche en avant mais s'immobilise avant que nos corps se touchent. J'inspire l'air qu'il expire. Ça me fait penser à l'artiste Marina Abramović et son amant, tombés dans les pommes à force d'avoir respiré le même volume d'air.

— Est-ce que… articule Brian. Tu crois que je peux…

Je me hisse sur la pointe des pieds et presse mes lèvres sur les siennes.

Il ne bouge plus. Son cœur tout contre le mien bat vite et fort. Puis il me prend dans ses bras, ses paumes glissent de mes épaules à ma taille, comme si je risquais de m'envoler loin de lui s'il relâchait son étreinte.

Cela fait une éternité que nous ne nous sommes pas embrassés comme ça – à croire que nous allons en rester là, que nous savourons le monde dans la bouche de l'autre. Nous nous allongeons sur le lit et y restons des heures, des siècles. Je me colle à lui – j'ai envie de plus – mais il me force à garder mes mains de chaque côté du corps. Il trace un sillon de baisers le long de ma mâchoire, mordille la naissance de mon cou. Lorsque j'attrape le bas de son T-shirt et essaie de le lui retirer, il s'écarte rapidement. Puis explore mon corps du bout des doigts. Brian est un scientifique dans l'âme et je suis devenue l'objet de ses recherches.

Je suis nue alors qu'il est encore tout habillé. Je me cambre contre lui, tente de l'emprisonner entre mes jambes. Mais il quitte le lit, m'abandonne avec ma frustration. Je me redresse sur les coudes en espérant le voir se déshabiller. Au lieu de quoi il s'agenouille. Et se penche sur moi, faisant glisser ses mains le long de mes cuisses, jusqu'à ce que sa bouche se referme sur mon sexe.

C'est ça. Être vivante – c'est ça.

J'ai l'impression d'être foudroyée lorsqu'une onde de jouissance me parcourt. C'est tellement intense que je baisse les yeux sur mes doigts crispés sur le drap, m'attendant presque à voir une brûlure.

— Excuse-moi, je murmure, pantelante.

Brian me jette un regard surpris.

— J'aurais voulu qu'on jouisse ensemble, dis-je.

C'est la vérité. Je m'en rends compte avec une once de stupeur.

Usant d'une force dont je ne soupçonnais pas l'existence, j'attire Brian dans mes bras et bascule au-dessus de lui pour le tenir à ma merci. Je veux ma part du festin. Je goûte chaque parcelle de peau dénudée. Il attrape quelques morceaux de moi au passage – un poignet, une épaule, le dessous d'un sein – mais je suis partout à la fois. Je le chevauche, j'ondule. Le regard soudé au sien.

Depuis quand n'avons-nous pas fait ça ? D'habitude, nous nous cachons dans notre propre plaisir. Nous nous servons de l'autre pour atteindre nos sommets privés, coincés dans nos petites bulles hédonistes. C'est tellement plus sûr que de regarder dans les fenêtres de ses yeux et risquer d'y trouver quelque chose que je n'ai pas envie de voir.

Tellement plus sûr que de le laisser plonger dans mes yeux.

Quand je le sens tressaillir en moi et qu'aucun de nous ne cille, je me demande si la lune ressent la même chose lorsqu'elle commande les marées et change la forme du monde.

Il n'y a pas de serviette sous l'oreiller. La barbe naissante de Brian m'a irrité la peau. Ses grandes mains vont et viennent dans mon dos, mes cheveux humides se collent à mes joues.

— Il va falloir apporter le couvre-lit au pressing, dis-je dans un souffle.

— Ça valait la peine, grogne Brian.

Je contracte mes jambes autour de lui.

— C'est mon nouvel exercice de gym préféré.

Il enfouit son visage dans le creux de mon cou.

— Imagine le nombre d'abonnements que tu pourrais vendre à la salle de sport.

Je ris et il glisse hors de moi. C'est poisseux et humide mais je m'en fous. Je lui tourne le dos, nous nous emboîtons et il me serre contre lui en jouant distraitement avec mes cheveux. Je lève les yeux vers le plafond, vers la guirlande de petites lumières semblables à des étoiles et les photos où je ne suis pas.

— C'est possible de s'approcher trop près du soleil ?

— Pas dans ma métaphore, répond Brian.

— Va dire ça à Icare.

Il bâille.

— Qui ?

La respiration de Brian devient régulière, une soufflerie s'allume derrière moi. Je le crois endormi lorsque ses mots tombent dans le creux de ma nuque :

— J'ai besoin d'aide.

Moi aussi. J'emprisonne ses doigts pour contrer le silence et l'espace.

— J'ai réussi à blesser la personne que j'aime le plus au monde, confesse-t-il. Et j'aimerais demander à ma meilleure amie comment faire pour rattraper le coup mais le problème, c'est que c'est la même personne.

Je ne sais pas trop de quoi il aimerait se faire pardonner. D'une seule chose ou de plusieurs ? En fait, je ne veux pas le savoir. Je me rends compte que je devrais lui présenter des excuses, moi aussi, mais c'est peut-être ça, le problème dans notre couple : nous sommes restés trop longtemps accrochés à notre passé, il faut que nous allions de l'avant.

Je ne veux pas retourner en arrière. J'étais étudiante en histoire, alors je suis bien placée pour savoir ça. L'ombre d'une chose n'existe pas si celle-ci n'est plus là pour être projetée. Dans le lit asséché coulait jadis une rivière. Une cloche qui ne sonne pas n'en demeure pas moins une cloche.

Je reçois en pleine nuit un appel du centre de soins palliatifs où ma mère était hospitalisée et où l'une de mes clientes longue durée, atteinte de la maladie de Parkinson, ne va pas bien du tout. Je me lève aussitôt en prévenant Brian que quelqu'un est en train de mourir. Arrivée sur place, je m'entretiens avec les infirmières au sujet de Thalia. La respiration difficile, les marbrures sur le corps. Puis je vais dans sa chambre pour vérifier qu'elle est effectivement en train de mourir.

Ce n'est pas une surprise pour moi : cela fait plusieurs semaines qu'elle est plongée dans un état comateux. Je sors mon téléphone et cherche une playlist des plus célèbres comédies musicales de Broadway. Thalia était danseuse de cabaret, elle faisait partie de la troupe des Rockettes. Elle est restée mariée soixante ans au même producteur, décédé en 2012. Ils n'ont pas eu d'enfant. Elle a survécu à tous ses amis. À Amsterdam, s'il ne vous reste aucun proche vivant, on engage un poète qui écrit et lit quelques lignes lors de vos funérailles. Cette pratique n'existe évidemment pas aux États-Unis, raison pour laquelle Thalia a fait appel à mes services : elle ne voulait pas mourir seule.

Je m'assois à côté d'elle et prends sa main. Sa peau est fine comme du papier à cigarette, ses veines dessinent une carte violacée. Ses cheveux, une touffe blanche, sont peignés en arrière et retenus par un ruban rose. Ses joues sont creusées et sa bouche est ouverte. Un chaton tigré – descendant plus ou moins éloigné de la Chatte, je suppose – dort roulé en boule au pied du lit.

La dernière fois que j'ai bavardé avec Thalia, elle m'a raconté que, gamine, elle se carapatait en douce par l'escalier de secours chaque fois que ses parents se disputaient et fonçait à Broadway. Le lever de rideau avait lieu à 19 heures, ce qui signifiait qu'à 20 h 30, tout le monde sortait pour fumer une cigarette. Les ouvreuses ne vérifiaient pas les billets après l'entracte, Thalia se fondait dans la foule et restait discrètement au fond de la salle de spectacle pour repérer les fauteuils vacants. De temps en temps, un couple de richards la zyeutait bizarrement – une ado seule dans un théâtre – mais comment être sûrs qu'elle n'était pas la fille d'un couple assis dans la rangée devant eux, ou sur leur droite ? Elle ne s'était jamais fait pincer et a ainsi assisté à la deuxième partie de plus d'une centaine de spectacles, sans dépenser un kopeck. "À l'époque, avait-elle ajouté, je me suis souvent demandé pourquoi les Sharks haïssaient tellement les Jets…"

— Thalia, dis-je parce que l'ouïe est le dernier sens à s'évanouir, c'est moi, Dawn. Je suis là, avec vous.

Je presse doucement sa main.

Sa respiration siffle, crachote. Le chat remue la queue. C'est pour bientôt.

Je ne dors pas ; je l'accompagne. Les airs de Broadway passent en boucle : *Kiss Me, Kate* et *West Side Story*, *Showboat* et *A Chorus Line*. *Kiss Today Goodbye.*

Mon téléphone émet une brève sonnerie. C'est un texto de Brian. *Le lit est trop grand sans toi.*

Je commence à rédiger une réponse mais ne trouve finalement pas les mots qu'il faut.

Après plusieurs heures de veille, mes paupières picotent et j'ai l'impression d'avoir mâché de la craie. Les infirmières entrent et sortent de la chambre à intervalles réguliers pour vérifier les fonctions vitales de Thalia et me demander si j'ai besoin de quelque chose. Juste avant le lever du soleil, Thalia ouvre les yeux. "Vous êtes venue me chercher ?" articule-t-elle.

Ce n'est pas la première fois qu'on me prend pour l'ange de la mort. Lorsque la fin est toute proche, mes clients ont un pied dans ce monde et l'autre dans le monde d'après. Certains aperçoivent une lumière. D'autres voient des personnes de leur entourage mortes avant eux. Un de mes clients âgés appela un certain Herbert qui s'avéra être un ancien camarade de lycée mort pendant la Seconde Guerre mondiale. Un lycéen atteint d'une tumeur au cerveau inopérable m'a confié avoir vu, assis au bord de son lit, un jeune homme impassible et silencieux en pantalon à bretelles et godillots. *Il s'appelait Garmin*, m'avait expliqué l'adolescent, *et il m'a dit qu'il était censé veiller sur moi.* Lorsque j'ai raconté ça à son père, celui-ci est devenu pâle comme un linge : Garmin était le prénom du frère de son grand-père qu'il n'avait jamais connu parce qu'il était mort à vingt ans dans un accident à l'usine où il travaillait.

Je ne sais pas d'où viennent ces visions. Elles sont peut-être dues à la dopamine ou au manque d'oxygénation. Aux médicaments. À moins qu'il ne s'agisse du dernier baroud d'honneur des cellules cérébrales ou d'un court-circuit entre les synapses. Ou peut-être est-ce une façon de se dire qu'on ne sait pas ce qui nous attend, mais que, malgré tout, ça va aller.

Je ne dis pas à Thalia que je suis venue la chercher mais je me penche tout près d'elle, si près que mon souffle est comme une bénédiction.

— Reposez-vous. Vous avez fait ce que vous deviez faire.

Lorsque Thalia rend son dernier soupir, j'imagine le filament d'une vieille ampoule qui continue de briller quelques instants après qu'on l'a éteinte puis perd son éclat et sa lumière. Un instant, elle est là. L'instant d'après, elle n'est plus. Il reste sur terre un espace de la taille de son corps frêle mais elle, elle n'est plus là.

Le chat saute du lit et se faufile hors de la pièce.

Je laisse passer quelques minutes avant d'aller avertir les infirmières. Je garde la main de Thalia dans la mienne et contemple son visage. Les traits d'une personne qui vient de mourir n'expriment ni effroi, ni douleur. Juste de l'apaisement. Pas seulement parce que les muscles se relâchent et qu'elle ne respire plus, non. On lit réellement une profonde satisfaction, une conclusion. La même émotion me traverse chaque fois – c'est un tel privilège d'assister à ce moment, d'être le dépositaire de leur histoire.

Je sors mon téléphone, ouvre le calendrier et commence à lire.

Manoy Dayao qui a rêvé de gagner au loto pendant dix-neuf ans pour pouvoir quitter les Philippines et venir s'installer aux États-Unis avec sa femme. Trois mois après son arrivée sur le sol américain, les médecins lui ont diagnostiqué un cancer. Il était déjà inconscient quand on m'a demandé de m'occuper de lui. Il ne parlait pas anglais, je ne parle pas philippin. J'ai donc demandé à sa femme le titre de sa chanson préférée. *New York, New York*, m'a-t-elle répondu. Frank Sinatra. Lorsque j'ai chantonné la première phrase – *"Start spreading the news"* –, Manoy a brusquement ouvert les yeux et s'est mis à brailler : *"I'm leaving today."* Je m'en vais aujourd'hui. Et c'est ce qu'il a fait, trois heures plus tard.

Savion Roarke qui avait la couleur absolue – comme d'autres ont l'oreille absolue – et pouvait mémoriser n'importe quelle nuance pour l'assortir instantanément à d'autres tons.

Stan Wexler, employé pendant quarante ans chez Western Union, à qui l'arrière-petit-fils apprenait à rédiger des SMS. En code télégraphique, m'avait-il expliqué, *LOL* signifiait autrefois *loss of life* – perte de vie.

Esther Eckhart dont le fils était chanteur sur un paquebot de croisière et qui s'éteignit en l'écoutant fredonner d'une voix sirupeuse au téléphone, branché sur haut-parleur.

Je tape un nouveau nom dans le répertoire.

Thalia O'Toole qui n'a jamais su que dans *La Mélodie du bonheur* Maria avait épousé le capitaine von Trapp, ni que Harold Hill était un escroc avant de se faire passer pour un professeur de musique dans *The Music Man*, ni que l'Eliza Doolittle de *My Fair Lady* n'était pas née avec une cuillère d'argent dans la bouche.

En venant voir Win ce matin, je décide de discuter un peu avec Felix. L'état de santé de sa femme s'est dégradé ces derniers temps, je suis sûre que cela ne lui a pas échappé. Win dort davantage, communique moins. Elle ne mange plus qu'un repas par jour. Ne se maquille plus.

— Il lui reste combien de temps, à votre avis ? me demande-t-il.

— Si je pouvais répondre à cette question, Felix, je serais millionnaire.

Il sourit en me tendant une tasse de café. Je fais partie des meubles, maintenant. J'ai mon mug attitré et Felix a acheté le lait vanillé que j'aime ajouter dans mon café. Dans un sac de courses recyclable que j'ai laissé dans la buanderie, il y a une brosse à dents et un bas de survêtement au cas où je devrais rester tard dans la nuit. J'ai ma place habituelle quand nous dînons ensemble dans la cuisine.

C'est là que je m'assois ce matin et j'attends que Felix s'installe en face de moi pour relancer la conversation.

— Comment vous sentez-vous ?

Il prend une gorgée de café en haussant un sourcil.

— Comment dire…

— Est-ce que vous arrivez à dormir ?

— Non. Au moindre bruit, un insecte qui se cogne à la vitre par exemple, je suis debout et je cours voir si elle va bien.

Nous avons installé Win dans la chambre d'amis. Elle dort dans un lit médicalisé prêté par l'unité de soins palliatifs. Et il y a le fauteuil roulant qui occupe désormais l'espace entre le mur et le réfrigérateur. Les aidants sont tellement absorbés par leurs missions quotidiennes – ne pas oublier de donner les bons médicaments à la bonne heure, rester forts, courageux, attentionnés, disponibles et surtout cacher leur peur – qu'ils ne voient généralement pas le niveau d'eau monter.

— Elle ne va pas bien, Felix. Elle est en train de mourir.

— Ça, je le sais, dit-il sèchement avant d'écarquiller les yeux. Je suis désolé.

— Ne le soyez pas. C'est horrible. Vous avez le droit d'être en colère, triste, frustré, tout ce que vous voudrez.

Il passe une main sur son visage, ébouriffe ses cheveux d'un côté.

— On ne s'est pas dit une seule fois au revoir depuis qu'on est mariés. Je sais, ça peut paraître bizarre. Mais chaque fois que je partais bosser ou qu'elle sortait avec des amies, on se faisait juste un petit signe de la main, c'est tout, parce qu'on *savait* qu'on allait se revoir quelques heures plus tard. Ça fait partie de nos petites superstitions, je suppose.

Il lève les yeux vers le plafond, comme s'il pouvait voir Win en parlant.

— Mais maintenant, je vais devoir le faire. Je vais devoir lui dire au revoir.

Je tends le bras par-dessus la table et lui prends la main.

— Je sais.

Un sanglot le secoue au niveau de la taille.

— Je l'aime. Je l'aime à en mourir.

— Vous l'aimerez *à travers* la mort, dis-je doucement. On n'arrête pas d'aimer quelqu'un sous prétexte qu'il ou elle n'est plus physiquement avec nous.

L'un de mes concepts préférés en Égypte ancienne s'appelle le *kheperou*, la transformation. Un être ne se réduit pas à son *khet*, son corps. Il est composé de l'*ib*, le cœur ; du *ka*, l'énergie vitale de l'âme transmise de génération en génération ; du *ba*, qui désigne l'autre partie de l'âme et reflète la personnalité et la réputation ; du *shout*, l'ombre ; et enfin du *ren*, le nom. Après la mort, tandis que le *ka* reste sur terre dans le corps momifié, le *ba* s'envole jusqu'à Rê, le dieu du Soleil. Dans un tombeau de la XVIIIe dynastie près de Louxor, une fresque montre une procession transportant toutes les composantes du défunt. La dimension physique de la mort n'en affecte qu'une seule et l'au-delà promet une réunification de tous les éléments.

— Elle sera là, dis-je à Felix. Dans la décoration de votre salon. Ou dans les fleurs qui pousseront au printemps. Chaque fois que vous vous souviendrez de votre lune de miel pluvieuse.

— Elle vous a parlé de ça ? murmure Felix en rougissant.

— Elle m'a dit que vous aviez trouvé d'autres façons de tuer le temps.

Je lui souris.

— Et si jamais vous vous remariez, elle sera là aussi. Parce que c'est elle qui vous a appris comment aimer.

— Je ne pourrai jamais aimer une autre femme.

— D'accord, dis-je en pensant l'inverse.

Les personnes sincères retombent souvent amoureuses, parce qu'elles gardent en mémoire le goût du bonheur. Il ne s'agit évidemment pas de remplacer. Mais plutôt de capturer l'écho.

La voix de Win s'élève soudain derrière moi.

— Tu as le droit de te remarier, Felix. Attends juste que je sois partie.

Il y a un sourire dans ses mots et elle a meilleure mine qu'en début de semaine. Un foulard de couleur vive enveloppe son crâne. Elle porte une robe d'été et ses yeux dansent, lumineux. Si l'on ne regarde pas les bleus sur ses bras aux endroits où l'infirmière lui fait les prises de sang, on ne la croirait même pas malade.

Felix se lève, l'enlace et pose un baiser sur sa tempe.

— Ne plaisante pas avec ça.

— Bon, dit Win, j'aimerais beaucoup prendre l'air.

Felix hoche frénétiquement la tête, prêt à exaucer son vœu.

— Oh, mon cœur, murmure Win en lui caressant le bras. Tu es resté toute la nuit à mon chevet. Tu ferais mieux de te reposer un peu pendant que je vais me balader avec Dawn.

Elle a l'air en forme mais peut-être pas au point d'envisager ce genre de promenade. J'ouvre la bouche mais elle me prend de vitesse.

— Ce que je voulais dire, c'est que Dawn marchera et que je resterai assise dans le fauteuil.

Joignant le geste à la parole, elle se dirige vers le réfrigérateur et s'installe dans le fauteuil roulant.

— Il fait un temps magnifique.

Franchement, ce n'est pas l'adjectif que j'aurais utilisé. L'atmosphère est tellement gorgée d'humidité que ma peau ressemble à une éponge. Une chaleur moite règne dans les rues et le ciel menace de s'ouvrir pour déverser des trombes d'eau. Mais cela fait un bon moment que Win n'a pas émis le souhait de sortir. Si elle a envie de prendre l'air aujourd'hui, qu'à cela ne tienne : nous irons nous promener, même s'il nous faut pour cela affronter une tempête de neige totalement inopinée en cette saison.

J'attrape mon sac à main et un parapluie. Puis je pousse le fauteuil dehors et manœuvre précautionneusement en marche arrière pour descendre de la terrasse.

— On va où ?

Elle tend le bras.

— Par là, indique-t-elle en levant le menton vers le soleil.

Nous longeons plusieurs pâtés de maisons et nous arrêtons devant un parc réservé aux chiens. Un chihuahua survolté aboie des ordres à un mastiff pendant qu'un corniaud se frotte vigoureusement contre la jambe de son maître.

— Il devrait prendre un chien, déclare Win.

— Felix ? Il aime les chiens ?

— Je ne sais pas. Je suis allergique alors on n'en a jamais parlé.

Elle hoche la tête avec conviction.

— Ouais. Un chien.

— Je peux toujours lui suggérer l'idée.

— Et pourquoi pas une femme ? lance Win.

— À la place d'un chien ? Ou en plus ?

Elle rit.

— Vous croyez qu'il se remariera un jour ?

— Comment est-ce que vous réagiriez si c'était le cas ?

Elle réfléchit un instant avant de répondre à voix basse :

— Je trouverais ça normal.

Que veut-elle dire par là, au juste ? Pense-t-elle qu'il mérite de rencontrer une autre femme parce qu'elle l'abandonne ? Et que si Felix était en train de mourir, elle aimerait pouvoir envisager cette perspective pour elle ?

— Je veux qu'on se souvienne de moi, annonce-t-elle soudain.

— Nous parlions justement de ça avec Felix, tout à l'heure. Ça ne sera pas un problème pour lui, rassurez-vous.

— Je ne parlais pas de Felix, objecte Win.

— Est-ce que vous faites des dons à une association en particulier ? On pourrait peut-être créer une bourse à votre nom, pour aider des étudiants aux beaux-arts ou…

— Je ne veux pas entendre parler d'art, coupe-t-elle d'un ton neutre.

Le trottoir exhale un souffle chaud qui m'enveloppe par vagues.

— Pourquoi pas un legs, dans ce cas ? Une trace que vous laisseriez derrière vous, comme un reflet de la personne que vous êtes.

— Pas d'art, répète Win.

— OK, OK, fais-je en levant les mains en signe de reddition. On n'est pas obligées de se lancer dans un projet artistique. J'ai bourré des ours en peluche Build-A-Bear avec les T-shirts d'une cliente pour les offrir à ses petits-enfants à sa mort. J'ai rédigé des livres de recettes et couché sur papier des histoires qui se transmettaient oralement. Une de mes clientes confectionnait de magnifiques édredons mais quand ses crises de polyarthrite rhumatoïde l'ont empêchée de terminer l'un de ses ouvrages, elle m'a dicté des instructions pour que sa fille puisse prendre la relève. J'ai même eu un client maître jardinier atteint de démence sénile qui commençait à oublier les noms des plantes, alors je lui ai fabriqué un album photos qu'il consultait régulièrement pour exercer sa mémoire. Parfois, il s'énervait mais vous auriez dû voir la joie sur son visage quand il trouvait la bonne réponse…

Je m'interromps. Win ne m'écoute plus : elle est perdue dans ses pensées.

— Et il y a cette artiste de Seattle, Briar Bates, je reprends prudemment, qui est morte d'un cancer. Comme elle voulait que ses créations lui survivent, elle a imaginé la chorégraphie d'un ballet aquatique que ses amis ont exécuté dans l'esprit d'une *flashmob* après sa mort. C'est elle qui avait dessiné les costumes et organisé la mise en scène et ils se sont tous réunis dans une grande pataugeoire en plein air pour danser. Elle voulait qu'ils soient tous ensemble pour lui rendre un dernier hommage et elle voulait que ça se passe dans la joie, pas dans la tristesse.

— Comme… une façon de laisser son ombre sur terre, même quand on n'est plus là, murmure Win.

Je hoche la tête.

— C'est joliment dit.

Un chiot s'élance vers la clôture et saute en pivotant sur lui-même pour rattraper une balle de tennis.

— Felix serait nul dans un ballet aquatique, déclare Win au bout d'un moment.

— Mais il le ferait pour vous.

— Je sais, dit-elle d'une voix étranglée. C'est ça, le pire.

Elle relève le bas de sa robe pour s'essuyer les yeux. Je me dépêche de trouver un mouchoir.

— Vous m'avez demandé pourquoi je ne peignais plus.

Après lui avoir donné le mouchoir, je me rassois en tournant le dos au caniparc pour pouvoir la regarder.

— Un artiste, c'est quelqu'un qui n'arrive pas à contenir les choses qui jaillissent en lui. Ça peut se traduire par des phrases, ou un grand jeté ou un coup de pinceau. Le résultat peut prendre une multitude de formes. Mais la graine, elle, est toujours la même. C'est une émotion sur laquelle il est impossible de mettre des mots. Des sensations trop fortes pour rester enfermées dans un corps. Il faut saigner pour dévoiler son âme à quelqu'un. Les gens qui se sentent bien, qui sont satisfaits de leur vie… ceux-là ne peuvent pas créer au sens artistique du terme.

— Vous avez arrêté de peindre parce que vous avez cessé de souffrir.

Elle opine en silence.

J'attrape sa main, la serre entre les miennes.

— Mais vous souffrez en ce moment, Win.

— Je sais. Mais pas parce qu'il y a trop de choses en moi, dit-elle en prenant une courte inspiration. Parce qu'il ne reste plus rien.

Je secoue la tête.

— Désolée, je n'y crois pas. Je vous connais. Je vous *vois.*

— Vous voyez ce que je veux bien vous laisser voir, rétorque-t-elle.

Le propriétaire d'un chien lance une balle qui passe par-dessus le grillage du parc. Win l'attrape juste à temps et la garde en l'air, surprise de la trouver dans sa main. Puis elle la fait tourner délicatement, comme s'il s'agissait d'un œuf Fabergé.

— Vous vous êtes déjà demandé qui vous auriez pu être si vous n'étiez pas devenue la personne que vous êtes aujourd'hui ? dit-elle d'un air songeur.

Je récupère la balle et la lance par-dessus la clôture.

— Vous voulez dire, une joueuse de baseball, par exemple ?

— Non, Dawn. Vous savez très bien ce que je veux dire. J'en suis sûre et certaine.

Il y a des moments qui ressemblent plus à du sucre filé qu'au temps qui passe inexorablement. Une soirée d'été sur un bout de pelouse avec une glace à l'eau qui fait la langue bleue. Un battement de cœur lorsqu'un colibri s'immobilise juste assez longtemps pour vous regarder dans les yeux. Un premier baiser. Une étoile qui scintille une dernière fois dans le ciel avant le lever du soleil. Un au revoir. On cligne des yeux, et c'est comme si rien de tout cela n'était arrivé.

— Et si j'avais envie de laisser une trace dans la mémoire d'une personne qui ne se souvient peut-être pas de moi ? lance Win.

Je ne dis rien – j'attends la suite.

— J'ai grandi à New York. J'étais douée pour la peinture, je le savais déjà. J'étais étudiante en première année à l'université de New York quand le propriétaire d'une galerie a remarqué mon travail lors d'une exposition et m'a proposé de représenter quelques-uns de mes tableaux. En troisième année, j'ai eu la chance de partir étudier un semestre à Paris. Je m'étais inscrite à un cours de peinture et le prof était toujours derrière moi, à critiquer telle courbe ou telle intention. Il me reprochait d'être trop technique, comme si c'était un défaut. Un jour, je suis allée le voir dans son bureau pour lui dire que j'en avais marre de son attitude de vieux con et il m'a entraînée dans l'atelier. Là, il m'a bandé les yeux avec un vieux chiffon et m'a demandé de peindre ce que je ressentais quand je pensais à lui.

Elle triture le tissu de sa robe entre ses doigts.

— Je ne savais pas quoi faire et il continuait à m'engueuler, alors j'ai attrapé la palette et je l'ai jetée à travers la pièce. Il a dénoué le bandeau et m'a regardée en souriant. *Maintenant, on va pouvoir avancer.* Voilà ce qu'il m'a dit. Ce que j'ai peint ce soir-là… je n'avais encore jamais rien peint de la sorte. Ce n'était pas une simple création artistique. Ce n'était pas réfléchi, pas calculé. J'avais l'impression d'être un médium, comme si un esprit s'exprimait à travers moi. Je me suis mise à passer de plus en plus de temps à l'atelier. J'allais boire le café avec mon professeur. Il avait le double de mon âge mais on était inséparables. Il m'a emmenée au Louvre, on se lançait des défis : trouver l'artiste le plus amoureux de son modèle, le chien le plus miteux, la madone la plus laide. Il m'a appris à copier des tableaux de maîtres et à les déconstruire dans la foulée. Et puis un jour, il m'a demandé si je voulais bien poser pour lui. Il a réservé l'atelier et fermé la porte à clé. Il m'a fait asseoir près d'une fenêtre. Au début, il a dessiné quelques esquisses pendant qu'on parlait de la pluie et du beau temps – du Premier ministre qui s'était fait surprendre avec sa maîtresse, du restaurant où l'on mangeait les meilleurs falafels. Il n'arrivait pas à faire ce qu'il voulait, je sentais qu'il s'énervait. Alors il m'a demandé de fermer les yeux. Je l'ai entendu se lever et se déplacer, j'ai senti son haleine de café. Puis la caresse à peine perceptible du pinceau sur mon front. Le long de mon nez. Sur ma joue, mon menton et mes cils. J'ai ouvert les yeux et l'ai trouvé en train de me peindre, comme il en avait eu envie. Mais avec un pinceau sec. Il a continué à tracer mon oreille et ma mâchoire et mon cou. Mes lèvres.

Elle retient son souffle, expire bruyamment.

— Vous avez deviné la suite, poursuit-elle. Je suis tombée enceinte. J'allais lui annoncer la nouvelle quand j'ai découvert qu'il était marié. Et que sa femme était censée accoucher deux mois plus tard. Alors je suis partie.

Je baisse les yeux sur mes genoux croisés.

— Vous êtes en train de me juger, lâche-t-elle.

— Non.

— Je me plais à croire que je l'aimais tellement que je n'ai pas pu l'obliger à faire un choix. Mais en réalité, je crois que j'avais surtout peur de sa décision. Je suis rentrée chez moi et j'ai porté des vêtements amples jusqu'à ce qu'il ne me soit plus possible de cacher ma grossesse. J'ai dit à mes parents que j'abandonnais mes études pour m'occuper du bébé et que le père était un type que j'avais rencontré dans une boîte de nuit à Paris, qu'on avait couché ensemble et qu'on ne s'était plus jamais revus. Quelques années plus tard, j'ai épousé mon moniteur d'auto-école. Il faut croire que j'ai un gros faible pour les figures d'autorité.

— Felix, dis-je.

— Eh oui. Je l'ai aimé. Je l'*aime.* Mais je n'ai jamais oublié Thane.

Elle plonge son regard dans le mien.

— Je veux qu'il le sache. Je veux qu'il sache qu'Arlo… a existé. Je veux tout ça avant que nous disparaissions tous les deux de cette terre.

D'un geste vif, Win déroule l'écharpe qui lui enserre la tête. Passe la main sur son crâne lisse.

— Il reste déjà si peu de choses. Avant que tout s'évanouisse, je veux qu'il se souvienne de moi.

Mes lèvres se crispent.

— Pourquoi est-ce que vous m'en parlez maintenant ?

— Parce que c'est mon projet de fin de vie, répond-elle. Je veux écrire une lettre à Thane. Je veux que vous le retrouviez et que vous lui remettiez l'enveloppe en main propre.

Je la fixe sans mot dire.

— J'ai souvent pensé à ce qu'aurait été ma vie si je n'étais pas partie, poursuit-elle. Même si c'est moi qui ai pris la décision.

Une vague de chaleur me submerge.

— Et Felix, dans tout ça ?

Les coins de sa bouche se relèvent.

— Je ne crois pas qu'il aurait très envie d'accepter cette mission.

— Vous ne pouvez pas faire ça sans lui en parler. Il vous aime tellement.

— Et je l'aime aussi, insiste Win. Suffisamment pour ne pas vouloir le faire souffrir plus qu'il ne souffre déjà en me regardant mourir.

Elle tire sur ma manche.

— S'il vous plaît ?

Non. La réponse tombe en silence. *C'est trop intime.* Ce serait franchir une limite. Ce serait bafouer mon éthique. Ce serait mal.

Mais j'entends les paroles que j'ai prononcées à l'adresse de Felix tout à l'heure : on n'arrête pas d'aimer quelqu'un parce qu'on n'est plus ensemble physiquement.

Je me lève et me retourne vers le parc où deux bâtards courent en rond.

— Je ne peux pas vous répondre tout de suite.

L'un des deux mord la queue de l'autre qui pousse un glapissement en fuyant un ami changé en ennemi.

— Dawn, insiste Win d'un ton suppliant. Personne ne s'est éloigné de vous, dans votre vie ?

Je passe plusieurs heures à fouiller dans les cartons remisés au grenier. Meret me rejoint et, repérant une panière pleine de vêtements de bébé, les passe en revue un à un en poussant des cris de ravissement – oh, cette petite robe avec un écureuil géant… et cette grenouillère de bourdon à rayures noires et jaunes ! Nous dénichons la robe de mariée de la mère de Brian, jaunie dans sa boîte hermétiquement fermée. Il y a les albums souvenirs des années universitaires de Brian. Sur les photos, ses oreilles pareilles à des soucoupes pointent sous ses cheveux trop longs.

— Qu'est-ce que tu cherches ? demande Meret.

— Je saurai quand j'aurai trouvé.

Elle part peu de temps après et c'est un soulagement parce que je ne peux pas lui expliquer ce que je suis en train de faire.

Il fait une chaleur étouffante sous le toit. La sueur ruisselle le long de mon cou, mouille mon débardeur. Je m'essuie le visage d'un revers de main. On se croirait presque en Égypte.

Je trouve ce que je suis venue chercher au fond d'une caisse de livres : la *Grammaire égyptienne* de Gardiner, une des premières traductions du Livre des deux chemins et d'épais ouvrages rédigés en allemand, en néerlandais et en français que je consultais fréquemment dans le cadre de mes recherches. Enveloppé dans un torchon ourlé de bleu, un éclat de calcaire presque triangulaire, aux contours émoussés. Le poids des volumes a écrasé l'une des deux faces mais l'inscription est pratiquement intacte, griffonnée au feutre noir. Mes connaissances en hiératique sont un peu rouillées mais je n'en ai pas besoin, de toute façon : je connais la traduction par cœur.

Je l'embrasserai devant tout le monde,
Pour que tous puissent comprendre mon amour.
Elle est celle qui a dérobé mon cœur –
Posé sur moi, son regard n'est que fraîcheur.

TERRE/ÉGYPTE

Contrairement à ses prévisions, Wyatt n'est pas en mesure de déblayer la chambre funéraire le lendemain, ni même le surlendemain. D'abord parce que le puits révèle des fragilités et qu'il faut consolider ses parois. Ensuite parce que Moustafa Awad, le directeur des antiquités dont la présence est nécessaire à cette étape de l'excavation, vient d'annoncer qu'il a un contretemps qui l'empêche de se déplacer. Résultat : Wyatt erre dans la maison et sur le site comme un ours blessé, critiquant tout et tout le monde. Joe me confie que lorsque le professeur Armstrong est dans cet état, mieux vaut s'absorber dans son travail en attendant que l'orage passe.

Jusqu'à présent, nous n'avons eu que deux échanges un tant soit peu personnels, Wyatt et moi. À la fin de ma première et très longue journée de travail, alors qu'il était en train de décharger le Land Rover, il m'a tendu un trépied en me demandant : "Alors, comment ça s'est passé ?" "Très bien !" ai-je répondu en le gratifiant d'un large sourire. Le deuxième a eu lieu à 4 h 30 du matin. Après avoir frappé à ma porte, il a balancé sur le lit deux pantalons en toile beige, deux chemises en lin à manches longues, des sous-vêtements de coton blanc et des chaussettes en laine. J'aurais bien voulu savoir qui s'était chargé d'aller m'acheter un lot de vêtements de rechange. Était-il à l'origine de cette initiative ? Mais je me suis contentée de le remercier. "Je veux que tu me rendes ma chemise", a-t-il grommelé en retour.

Au moment de ranger les habits, je me suis rendu compte qu'il m'avait également apporté un téléphone prépayé, le genre d'appareils bon marché qui pullulent dans les échoppes du Caire, avec un forfait international.

Au terme de ma deuxième journée de travail dans la tombe, je termine de tracer les hiéroglyphes situés tout près de l'entrée du puits et les remets à Alberto pour qu'il puisse les numériser. Dans l'équipe, il est le seul à se montrer distant avec moi, malgré mes efforts pour être joyeuse, sympathique et attentionnée avec tout le monde. Cet après-midi, alors que nous avons regagné la maison pour échapper à la chaleur caniculaire, je décide d'aller lui parler.

— Salut. Je voulais savoir si tu avais eu le temps de regarder mon fichier.

— Je suis un peu occupé, là, répond-il sans lever les yeux de son écran.

— Si tu me montrais comment il faut faire, je ne serais plus obligée de t'embêter avec ça.

Il me jette un bref coup d'œil. Ses doigts pianotent frénétiquement sur le clavier et j'entends la petite sonnerie indiquant la réception d'un fichier. *"Prego"*, lâche-t-il d'un ton laconique. *Il n'y a pas de quoi.*

Absorbé dans le catalogage de ses silex, Joe croise mon regard et hausse les épaules.

Soudain, la consistance de l'air se modifie. Wyatt pénètre à grands pas dans l'espace de travail commun, son téléphone collé à l'oreille. "C'est pas mon problème, fulmine-t-il. S'il vous faut des formulaires, vous devrez d'abord nous les fournir…"

Il sort comme une flèche par les portes donnant sur la véranda. Les battants se referment derrière lui.

Je me dirige vers la fenêtre, le regarde arpenter le plancher de la terrasse en continuant à pester. Comme nous avions de la chance, il y a quinze ans, d'être les sous-fifres de Dumphries qui tenait alors le rôle de *mudir*, le directeur censé gérer tous les problèmes… Je repense à cette époque et plusieurs questions me viennent à l'esprit. Pendant que nous étions pris par notre propre histoire, comment Dumphries vivait-il les choses, de son côté ? Savait-il déjà qu'il était malade ? Qu'il était engagé dans une course contre la montre s'il voulait publier ses travaux avant d'être obligé de démissionner de son poste à Yale ?

Wyatt a des allures de prince autoritaire, oint par le soleil, l'agacement flottant dans son sillage comme les pans d'une chape royale. D'un geste brusque, il fourre son portable dans sa poche et pose les avant-bras sur le parapet en pierre. Il reste là sans bouger, la tête baissée.

Le désir irrépressible d'aller le rejoindre me submerge. J'ai envie d'effleurer son bras, de masser ses épaules. De le délester de ses responsabilités un court moment, pour qu'il puisse souffler.

C'est sans doute parce que c'est mon métier : j'ai l'habitude d'aider les gens. Wyatt n'a pas besoin de mon soutien ; ce serait plutôt l'inverse, vu les circonstances.

Mais au même moment il se retourne et, à travers la vitre, ses yeux perçants rencontrent les miens, comme s'il savait depuis le début que j'étais en train de l'observer.

À la nuit tombée, Wyatt monte une bouteille de cognac sur le toit-terrasse et organise une réunion pour expliquer à son équipe le déroulement de l'ouverture de la chambre funéraire, étape par étape. Il sera bien entendu le premier à pénétrer à l'intérieur. Joe devra s'assurer du bon fonctionnement du groupe électrogène – la niche sera plongée dans l'obscurité, il nous faut de l'électricité pour l'éclairer. La mission d'Alberto consistera à photographier tout ce que nous trouverons avant de toucher à quoi que ce soit.

— Dawn, continue Wyatt, tu viendras avec moi.

Sans laisser à Alberto le temps de protester, il s'empresse d'ajouter :

— C'est la plus menue d'entre nous et, compte tenu de la taille réduite de la chambre, Dawn sera peut-être la seule à pouvoir se déplacer autour du cercueil.

Personne n'ose le contredire.

Alberto se lève en allumant une cigarette puis jette l'allumette par-dessus la balustrade.

— Ma mère disait qu'il ne fallait jamais allumer trois cigarettes avec la même allumette, dis-je à mi-voix.

Wyatt se tourne vers moi.

— Encore une superstition ?

— En fait, non. Elle tenait ça de son père qui avait fait la guerre : si tu laissais une allumette se consumer trop longtemps, l'ennemi repérait la flamme et te tirait dessus sans sommation.

Wyatt remplit de nouveau son verre.

— Buvons à la connaissance qui nous maintient en vie.

Je secoue la tête.

— Si mon métier de thanadoula m'a appris quelque chose, c'est bien que nous ne connaissons rien de la vie. Pas avant qu'il ne soit trop tard, en tout cas.

— Une preuve ! exige Wyatt.

— Bah, il faut s'approcher de très près de la mort pour prendre conscience de la valeur de la vie, dis-je lentement. Sinon, il nous manque le recul nécessaire. On croit qu'on a encore le temps de passer ce coup de fil à notre mère qu'on n'arrête pas de repousser. On laisse pourrir les vieilles querelles. On corne la page d'un magazine en se disant qu'un jour, on ira à Istanbul ou à Santorin ou on retournera dans la ville qui nous a vu naître. On a l'impression d'avoir tout le temps, jusqu'au moment où on ne l'a plus. Et là, tout s'éclaire : on sait enfin ce qui compte le plus.

Un silence gêné s'abat sur le petit groupe.

— Waouh, fait Joe au bout d'un moment. Tu dois mettre une ambiance d'enfer dans les soirées.

Je cherche son regard.

— Qu'est-ce qui pourrait t'empêcher de dormir ?

Joe fronce les sourcils.

— Le changement climatique ?

— Quelque chose de plus personnel.

— Je suis un mec plutôt cool…

— Tu frottes la lampe et le génie te dit : *Je te donnerai la clé d'une seule énigme, pas plus.* Qu'est-ce que tu lui demanderais ?

— Pourquoi est-ce que mon père est parti ? lâche Joe.

— Ça, ce n'est pas sur ton lit de mort que tu le sauras, je réponds avec douceur. Sauf si tu consacres ta vie à trouver la réponse.

Alberto plisse les yeux.

— C'est pour ça que tu es venue ici, toi ?

Je lui décoche une œillade glaciale.

— Moi, je sais pourquoi mon père est parti, dis-je en feignant de ne pas comprendre le sens de sa question. Il était militaire, on l'a envoyé en mission et il est mort dans un accident d'hélicoptère.

Alberto écrase son mégot sous le talon de sa chaussure.

— Peut-être que, finalement, ce qu'on sait n'est pas aussi important que cc qu'*on ne sait pas*, non ?

Sur ces paroles sibyllines, il lance un regard entendu à Wyatt avant de se diriger vers l'escalier.

Joe se lève.

— Bon, je crois que je vais aller réfléchir. J'aimerais vraiment savoir ce que j'ai fait pour que mon père disparaisse dans la nature, ajoute-t-il en s'éloignant.

— Je devrais peut-être aller lui présenter des excuses, fais-je en pliant les genoux tandis qu'un grognement s'échappe de mes lèvres. Je suis nulle.

Wyatt hausse les épaules.

— Non, au contraire : tu es très intelligente. Tu manques juste un peu de tact.

— J'ai parfois du mal à garder à l'esprit que tout le monde ne passe pas ses journées avec des personnes en train de mourir.

— Exact, approuve Wyatt. Certains d'entre nous passent toutes leurs journées avec des personnes déjà mortes.

Il me donne un petit coup d'épaule.

— En plus, tu n'as pas tort. C'est pour ça que les Textes des sarcophages ont été écrits. Quel serait l'intérêt de la vie si ce n'était d'accumuler les connaissances ?

Je le regarde d'un air hébété.

— Ce n'est absolument pas ça, l'intérêt de la vie. Ce qui compte, c'est de savoir qui tu auras marqué au cours de ton existence. Qui aura changé parce qu'il ou elle aura croisé ton chemin. Tu ne trouveras pas une seule tombe sans une fresque représentant une scène d'échanges, que ce soit entre un père et ses enfants, un homme et ses épouses, ou même un haut dignitaire et ses citoyens. *Ce que* tu connais ne compte pas autant que *les personnes* que tu connais. À qui tu manqueras. Et qui te manquera.

Wyatt me dévisage.

— À qui manques-tu ? demande-t-il à voix basse. Qui te manque ?

Depuis le jour de nos retrouvailles, nous n'avons pas reparlé de Meret mais j'ai soudain tellement envie de la voir que tout mon corps me fait mal. Je soutiens le regard de Wyatt tandis que l'appel à la prière se déverse sur nous aussi puissamment que les flots d'une rivière.

J'imagine Rê dans le monde souterrain, je le vois se baisser pour se glisser dans l'enveloppe corporelle d'Osiris comme s'il se drapait dans une couverture.

Je pense aux raisons de ma présence ici.

Je pense à toutes les personnes à qui j'ai tenu la main pendant qu'elles se jetaient du haut d'une falaise, dans l'inconnu. Le courage de mes congénères me stupéfie chaque fois. Et chaque fois, je prends conscience de ma lâcheté abyssale.

— Beaucoup de choses me manquent, dis-je d'un ton faussement léger. Mais surtout la nourriture sans grains de sable dedans.

— Les glaces.

— L'air conditionné, je renchéris en riant.

— Oh, il y a de très beaux hôtels en Égypte. Paraît-il.

— Je ne suis pas venue ici pour les vacances.

— Très juste, approuve Wyatt en peaufinant le piège qu'il m'a tendu. Pourquoi es-tu venue ?

J'hésite.

— J'avais besoin de clarté.

Il penche la tête sur le côté.

— Je suis peut-être complètement à côté de la plaque mais j'ai l'impression que tu as quitté une maison bien confortable avec une fille et un mari qui t'aiment parce que tu voulais te prouver quelque chose.

— Tu n'as pas complètement tort, j'admets en m'esquivant. C'était mon rêve de petite fille de devenir égyptologue et j'ai tout foutu en l'air.

— Y avait un paquet de trucs qui me faisaient rêver quand j'étais gosse et j'ai dû renoncer à pas mal d'entre eux.

Je l'enveloppe d'un regard compatissant.

— Comme quoi ? Des amis ?

Il me tapote l'épaule.

— Non. Mais… les frites.

— Tu n'as jamais mangé de frites ?

— Pas celles que tu vas chercher dans un fast-food. Les miennes s'appelaient des pommes frites. Et aussi, j'aurais tellement voulu un gâteau d'anniversaire avec plein de petites boules en sucre de toutes les couleurs dans la pâte.

— Un *funfetti cake* ?

Son visage s'illumine.

— Oui ! J'avais vu ça, un jour, à la télé.

J'éclate de rire.

— Tu te plains d'avoir eu un chef privé en cuisine ?

— Tu connais le vieux dicton : l'herbe est toujours plus verte, etc. J'ai l'impression d'avoir loupé une espèce de rite obligatoire de l'enfance en n'ayant jamais mangé de gâteau d'anniversaire acheté chez le pâtissier.

— J'avais oublié que tu étais né avec une cuillère d'argent dans la…

— Quand j'y pense, coupe Wyatt, je crois bien que je n'ai jamais eu de fête d'anniversaire à proprement parler. Sans doute parce que j'étais en pension. Il me semble qu'une année, ma mère m'a quand même envoyé un gâteau. De chez Fortnum & Mason. Mais juste parce qu'elle avait annulé sa visite au pensionnat pour aller en France, explique-t-il avant de hausser les épaules. C'est l'avantage d'être obsédé par le passé : ça t'empêche d'accorder trop d'importance au présent.

Il parle d'un ton désinvolte, les mots coulent comme une traînée de mercure, je faisais la même chose quand je ne voulais pas lui montrer mes émotions. Pourtant, ses paroles me rappellent qui se cache vraiment derrière l'image qu'il projette.

— Tu es marquis, maintenant. Pourquoi est-ce que tu n'es pas retourné en Angleterre ?

— Il se trouve qu'aux yeux de certains, un poste de directeur de recherche dans une université de la prestigieuse Ivy League est une occupation beaucoup plus honorable qu'un vague boulot d'égyptologue en herbe.

Nous contemplons en silence par-dessus la balustrade la ligne veloutée de l'horizon et la lune voilée de rose.

— Ton père était encore en vie quand on t'a proposé ce poste à Yale ?

— Oui, répond Wyatt en plongeant la main dans sa poche pour sortir son téléphone et activer sa messagerie vocale. Il m'a appelé et m'a laissé un message. Je suppose qu'il a demandé le numéro à ma mère parce qu'il ne m'avait jamais appelé avant. Je n'ai pas répondu. J'aurais pu, pourtant, mais je ne savais pas quoi lui dire – je n'ai jamais eu de vraie conversation avec lui.

— Qu'est-ce qu'il t'a dit, dans son message ?

— J'en sais rien. Je ne l'ai jamais écouté.

— Tu… *quoi* ?

Il baisse les yeux sur l'écran nimbé d'une lumière verdâtre.

— Je n'en ai jamais eu le courage, confesse-t-il à mi-voix. Au début, parce que j'avais peur de l'avoir déçu encore une fois. Et plus tard, après sa mort, j'ai eu peur de découvrir que je m'étais peut-être trompé.

Un changement se produit en nous quand on perd un de ses parents, je suis malheureusement bien placée pour le savoir. On continue son petit bonhomme de chemin en faisant semblant que tout va bien mais on sait que ce n'est qu'une mascarade. Ce n'est qu'à la mort du père ou de la mère qu'on devient acteur à part entière dans la mise en scène de sa propre vie.

Je tends la main vers lui.

— Donne-moi ça.

— Non.

— Je vais l'écouter pour toi.

Il écarquille les yeux.

— Pas question.

— Pourquoi ? C'est une combine pour te faire plaindre, c'est ça ? En fait, le seul message dans ta boîte vocale vient d'un restaurant du Caire qui confirme ta réservation à dîner pour vendredi, 20 heures, je me trompe ?

Sourcils froncés, Wyatt me passe son téléphone. J'appuie sur la petite flèche et plaque l'appareil contre mon oreille.

La voix ressemble beaucoup à celle de Wyatt mais en plus profonde, plus râpeuse aussi, comme du vieux bois. *Il semblerait que les félicitations soient de rigueur.*

Un battement de cœur.

Bon.

Bien joué.

Fiston.

Le père de Wyatt aurait très bien pu ne pas conclure sur ce petit mot. Le reste aurait suffi. Mais.

Je lui rends son téléphone.

— Ton père n'était pas déçu par son fils, dis-je. Crois-moi.

Il range l'appareil dans la poche de sa chemise et tripote le bouton de son poignet.

— Mais… pas déçu comment ? Sur une échelle de 1 à l'infini ?

— Tu n'auras qu'à l'écouter le jour où tu voudras réellement savoir.

— C'est pathétique, non ? De continuer de mendier des miettes de reconnaissance à quarante-trois balais. C'est forcément pour ça que j'ai accepté de souffrir si longtemps sous le joug de Dumphries.

En battant des paupières, je revois Dumphries danser le fox-trot avec sa femme.

— Est-ce qu'il savait ? Qu'il était malade ?

Wyatt me jette coup d'œil.

— Je crois, oui. Mais il ne me l'a pas dit tout de suite. Je ne sais pas si c'est parce qu'il était plutôt du genre discret sur sa vie privée ou s'il voulait d'abord s'assurer que j'avais les compétences nécessaires avant de me désigner comme son successeur. Quelle ironie du sort, tu ne trouves pas ? Il nous a mis en compétition pendant toutes ces années et, finalement, tu lui aurais été beaucoup plus utile que moi pendant sa lente agonie.

— Je n'étais pas doula de fin de vie, à l'époque.

— Non, c'est vrai.

— Je regrette de ne pas l'avoir su. J'aurais voulu lui dire à quel point il avait compté pour moi.

Cette fois, Wyatt se tourne complètement pour me faire face.

— J'ai essayé de te prévenir.

— Dumphries est tombé malade plusieurs années après mon départ.

— Mais je t'ai écrit. Tous les jours, au début. Toutes mes lettres me sont revenues. Et quand je suis rentré à New Haven, je t'ai envoyé un mail sur la messagerie de Yale mais j'ai reçu un message comme quoi l'adresse était invalide. Après ça, une fois par an, je consultais le site des anciens étudiants pour voir s'ils avaient reçu des nouvelles de toi. Mais c'était carrément incroyable. Comme si Dawn McDowell n'avait jamais existé.

Son regard me transperce.

— Je sais pourquoi tu es partie. Ce que je n'ai jamais compris, c'est pourquoi tu n'es pas revenue.

J'ai la tête qui tourne, comme si tout mon sang venait de quitter mon cerveau. L'acheminement du courrier en provenance d'Égypte est généralement assez lent et incertain mais à supposer que les lettres de Wyatt soient bel et bien arrivées à Boston, je passais à l'époque toutes mes journées auprès de ma mère et j'étais bien trop préoccupée par son état de santé pour prêter attention à autre chose. Plus tard, lorsque j'ai emménagé chez Brian, ce dernier a patiemment entrepris de trier une caisse en plastique remplie de factures et de publicités, réglant le plus urgent et jetant le reste à la poubelle. Les lettres de Wyatt se trouvaient-elles dans le lot ? Brian les avait-il délibérément fait disparaître ?

Je venais d'apprendre que j'étais enceinte. Tout était fragile – le deuil, l'amour, la vie –, peut-être avait-il cru bon d'écarter ce qui aurait pu menacer cet équilibre précaire.

J'avale ma salive.

— Je n'ai jamais reçu tes lettres.

Wyatt prend ma main et la retourne comme s'il était un devin d'un genre spécial, capable de lire le passé au lieu de l'avenir. Ses doigts sont zébrés de fines cicatrices. Doux. Chauds.

— J'ai cru que tu m'évitais.

Je nous revois dans le Land Rover garé devant l'aéroport. Les essuie-glaces balayaient le pare-brise en cadence, semblables aux battements d'un cœur partagé. Je me disais qu'il fallait que je sorte de cette voiture mais je ne bougeais pas. Je me revois arriver au centre de soins palliatifs et entrer dans la chambre de ma mère – après vingt heures de voyage, j'avais trouvé la force de me précipiter à son chevet. Je me revois à Boston, taraudée par mille réflexions. Je me disais qu'il fallait que l'un de nous deux s'accroche à la vie dont il rêvait, et si ça ne pouvait pas être moi, eh bien qu'à cela ne tienne, ce serait Wyatt.

Ne fais pas ça.

Non.

Mon pouce se replie pourtant sur ses phalanges puis mes doigts enveloppent les siens. Chaque mot prononcé ricoche entre nous.

— Je ne savais pas que tu me cherchais.

Je ferme les yeux, retire ma main et me lève.

— On a une grosse journée, demain, dis-je avant de faire ce que je fais le mieux.

Partir en l'abandonnant.

Dans ma chambre minuscule, je m'allonge en sous-vêtements sur le matelas constellé de princesses. Il est minuit mais il fait encore tellement chaud que la pièce semble respirer avec moi. Debout sur une caisse de lait retournée, un ventilateur ronronne, soufflant dans ma direction une langue de tissu d'un jaune fané.

Chaque fois que je pense à ma vie, il y a un avant et un après, organisés autour de plusieurs lignes de faille. L'Égypte. La mort de ma mère. Meret. C'est comme s'il y avait une Dawn qui occupait l'espace d'un côté de la ligne et une deuxième Dawn, distincte de la première, de l'autre côté de la ligne et il m'est difficile de voir comment l'une a évolué à partir de l'autre. Une nouvelle ligne de faille serait-elle en train de se créer ici et maintenant ? Est-il possible d'effacer une ancienne ligne en revenant sur les lieux où tout a basculé ?

J'ai entendu suffisamment de fois Brian débattre de cette théorie pour savoir que la réponse est non : il n'est pas possible de défaire pour refaire différemment et l'état de conscience dans lequel nous évoluons, quel qu'il soit, annule l'état de conscience qui pourrait être le nôtre dans un autre espace-temps. Pourtant, certaines histoires tendent à démontrer le contraire : le vétéran de la Seconde Guerre mondiale qui décroche son diplôme universitaire avec cinquante ans de retard ; l'homme qui épouse son amoureuse de l'école primaire soixante-dix ans après avoir partagé avec elle un sandwich au beurre de cacahouètes ; l'orphelin africain dont les parents ont succombé au virus Ebola et qui, après avoir terminé ses études de médecine, retourne dans son pays natal pour soigner la population atteinte de cette maladie. Dans tous ces cas, le destin s'est finalement accompli – même si l'acteur principal n'était plus celui qu'il était au début de la trajectoire, plein de candeur et d'optimisme. Entre-temps, il avait *vécu.* Et le jour où il a tenu son diplôme ou la main de sa femme ou son stéthoscope, il a très certainement pensé : *Eh ben dis donc. Ça a pris une éternité.*

Wyatt n'est peut-être pas le seul à se tromper sur l'intérêt de la vie. Il ne s'agit peut-être ni d'accumuler des connaissances, ni d'emmagasiner de l'amour. Mais juste de collectionner les regrets.

Je n'arrive pas à dormir et me surprends à faire tourner mon alliance autour de mon doigt. Brian et moi nous sommes mariés un mardi après-midi, un peu moins d'un an après le décès de ma mère. Je n'ai jamais vraiment dit à Brian que je voulais bien l'épouser. À l'époque, Meret était âgée de quelques mois et Kieran commençait à voir en lui une figure paternelle. Sa maison était devenue la mienne : je n'avais plus besoin de lui demander dans quelle armoire étaient rangés les draps ou dans quel tiroir se cachait le minuscule tournevis qui servait à resserrer les lunettes. Tout ça pour dire que le jour où Brian a suggéré que nous devrions officialiser notre relation parce que ce serait plus simple pour les impôts et l'assurance santé, sa proposition m'a paru logique. Nous nous étions installés dans une routine rassurante ; ce n'était pas un bout de papier qui changerait grand-chose à mon quotidien. À cette période de ma vie, Wyatt s'était éloigné dans les confins de mon esprit, au point que je me demandais parfois s'il n'était pas le fruit de mon imagination.

Je ne connaissais pas grand-chose des rituels du mariage moderne. Après tout, mes propres parents avaient réussi à me cacher jusqu'au bout qu'ils n'étaient jamais officiellement passés devant monsieur le maire. Je me suis souvent demandé pourquoi ils ne s'étaient pas mariés, d'ailleurs. Y avait-il une raison particulière, en dehors du fait que la famille de mon père ne voyait pas d'un très bon œil cette jeune Irlandaise qui aimait tellement l'océan qu'elle n'était plus qu'une ombre sur la terre ferme ?

Le mariage tel qu'il était pratiqué en Égypte ancienne, en revanche, ne différait pas beaucoup de ce que proposait Brian. Nous ne possédons aucune information sur le déroulement de la cérémonie en elle-même mais les spécialistes de l'Égypte ancienne savent qu'il s'agissait d'un partenariat économique : les finances fusionnaient et la maison et les enfants résultant de l'union étaient considérés comme les fruits de cette fusion. Cela ressemblait tellement à une microentreprise qu'en guise de petits noms affectueux, les époux s'appelaient parfois “frère” et “sœur”. Il n'y avait aucune connotation incestueuse dans ces vocables, cela signifiait simplement que d'un point de vue juridique et financier ils détenaient tous les biens de manière équitable. Même en cas de divorce, les femmes pouvaient obtenir un tiers des richesses du couple et la garde exclusive des enfants. En Égypte, les lois sur le divorce privilégiaient tellement les femmes que certaines Grecques prenaient des noms égyptiens, préférant se marier et peut-être divorcer dans ce pays.

Une semaine après que Brian avait évoqué l'idée d'un mariage autour d'un rôti et d'une purée de patates, nous nous retrouvâmes tous les quatre dans la salle d'attente de la mairie. Meret était dans mes bras et Kieran était assis entre Brian et moi. Je ne sais pas ce que pensaient de nous les autres personnes présentes ce jour-là dans la petite pièce grise et caverneuse mais toutes traînaient leurs propres casseroles : le premier couple ne semblait pas être en âge de procréer et encore moins de se marier, et il y avait cette femme vêtue d'un élégant tailleur blanc, tenant dans ses mains un bouquet de pois de senteur, qui chuchotait à l'oreille d'un homme assez vieux pour être son grand-père.

En jetant un coup d'œil à la future mariée, Brian avait blêmi.

— Je reviens tout de suite, avait-il lancé avant de se précipiter hors de la pièce.

— Bien joué, avait raillé Kieran. Tu lui as fichu la trouille.

En fait, Brian avait foncé comme une flèche jusqu'à la supérette au bout de la rue parce qu'il venait de se rendre compte que je n'avais pas de bouquet. Il revint avec une rose orange vif collée à une petite plaque en plastique sur laquelle on pouvait lire : PROMPT RÉTABLISSEMENT.

— C'était tout ce qu'ils avaient, murmura-t-il sur un ton d'excuse.

Il m'avait également acheté un ticket à gratter.

Nous nous étions mis d'accord pour écrire des vœux sobres qui ajouteraient toutefois un peu de fantaisie à cet acte purement administratif. C'était notre mariage tout de même, pas une simple apposition de signatures sur un bout de papier un mardi après-midi ordinaire. Mais lorsque vint le moment de prendre la parole, Brian rosit de la base du cou jusqu'à la pointe des oreilles. "Je ne pensais pas que… qu'on allait devoir les lire à voix haute…" bredouilla-t-il devant l'officier d'état civil.

Ça sert à quoi d'écrire des vœux, sinon ? "Tant pis, lui dis-je néanmoins d'un ton conciliant. C'est pas grave."

Je le pensais sincèrement. Je jetai un coup d'œil à Kieran qui tenait tant bien que mal Meret dans ses bras tandis que Brian et moi nous prenions les mains. Puis je regardai Brian dans les yeux et promis de l'honorer et de le chérir. Lorsque nous sortîmes dans la salle d'attente à la fin de la cérémonie, des cris et des applaudissements nous accueillirent. C'était un peu l'équivalent du permis de conduire, sauf qu'il était question d'amour.

Nous avions décidé de fêter ça en allant dîner dans un restaurant italien. Nous nous rendîmes aux toilettes à tour de rôle parce que nous ne voulions pas laisser Kieran seul avec Meret. Devant les lavabos, je sortis de mon sac les vœux que je n'avais pas lus pendant la cérémonie. J'avais recopié un poème du Nouvel Empire que j'avais étudié en cours à Yale, intitulé *Le Chant de la fleur*. J'avais écrit le texte en hiéroglyphes, suivi de sa traduction :

Le son de ta voix est aussi doux que du vin de grenade !
Je ne vis que pour l'entendre !
Si chacun de mes regards pouvait t'être destiné,
Ce serait plus revigorant pour moi que de boire et de manger.

Je jetai la feuille avec la serviette en papier avec laquelle je venais de m'essuyer les mains.

Pendant que Brian s'absentait à son tour, je grattai le ticket de loterie avec une pièce de dix cents.

Perdu.

Lorsque nous nous retrouvâmes dans notre chambre ce soir-là, Brian me toucha comme si j'étais en verre, comme si des gestes trop rapides ou des étreintes trop vigoureuses risquaient de me faire disparaître. Un moment plus tard alors que, couché sur le flanc, il caressait la courbe de mes épaules, il me tendit un bout de papier.

— Tiens, voilà mes vœux.

— Je croyais que tu ne les avais pas écrits.

— Je ne pouvais pas les lire, nuance.

$$9x - 7i > 3\,(3x - 7u)$$

La plupart des concepts scientifiques manipulés par Brian me dépassaient complètement, j'étais habituée. Celui-ci ne me parut pas familier, contrairement au vecteur accélération ou à la théorie de la relativité.

— Je suis censée savoir ce que c'est ?

— Il faut chercher l'inconnue *i*.

La feuille glissa sur le lit tandis que je me redressais pour fouiller dans le tiroir de la table de chevet. Je ne trouvai pas de stylo mais réussis à exhumer un crayon à papier.

$$9x - 7i > 3\,(3x - 7u)$$
$$9x - 7i > 9x - 21u$$

— Et après ?

Brian me prit le crayon des mains et inscrivit $-\,9x$ de chaque côté de l'équation.

$$-\,7i > -\,21u$$

Trouve l'inconnue i, pensai-je.

$$\frac{-\,7i}{-\,7} > \frac{-\,21u}{-\,7}$$

Un sourire étira mes lèvres.

$$i < 3u$$

I love you…

Juste avant de m'endormir dans les bras de Brian, je murmurai :

— Tu t'es déjà demandé si ta grand-mère était morte et si ma mère était tombée malade uniquement pour que nous nous rencontrions, tous les deux ?

Il resserra son étreinte et souffla la réponse contre ma peau :

— Je t'aurais trouvée, de toute manière.

Je me suis endormie le soir de ma nuit de noces en me demandant ce qui aurait bien pu pousser un physicien à venir en Égypte si ma mère n'était pas morte et que nos chemins avaient dû se croiser là-bas. Ou ce qui aurait pu inciter une égyptologue à faire appel à un physicien dans le but d'en apprendre davantage sur le passé.

Aujourd'hui, au beau milieu de l'Égypte, je sors le téléphone prépayé que m'a donné Wyatt. Il est presque 19 heures à Boston. Le réseau téléphonique n'est pas toujours très fiable en Moyenne-Égypte mais Brian répond à la première sonnerie.

— Oui, allô ? dit-il de la voix atone qu'il réserve aux téléprospecteurs et aux numéros inconnus.

— Brian, c'est moi.

— Dawn, lâche-t-il dans un souffle. *Dawn ?* Est-ce que ça va ? Tu es *où*…

— J'ai envoyé un texto à Meret. Je lui ai demandé de te dire que tout allait bien, dis-je en grimaçant, consciente de la stupidité de mes paroles. Je ne voulais pas que tu t'inquiètes.

— Nom de Dieu, Dawn. Tu es partie depuis plusieurs jours. Tu as dit que tu rentrerais bientôt… J'ai cru que c'était *tout de suite*, moi.

Je déglutis péniblement.

— C'est ce que je croyais, moi aussi.

J'entends une succession de petits bruits puis de nouveau le silence, comme si Brian s'était enfermé dans un placard.

— Je ne comprends pas, lâche-t-il d'une voix assourdie par la panique. Je t'en prie, Dawn. Rentre à la maison.

Je me frotte la tempe.

— Pas tout de suite. Je ne peux pas.

— Tout va bien, tu es sûre ?

Les larmes bousculent ses mots. Ma gorge est brûlante, enflée. Si j'avais tellement envie de revenir ici, pourquoi est-ce que cela me fait aussi mal d'entendre Brian ?

On frappe doucement juste au moment où je réponds *Oui* dans l'appareil.

La porte s'ouvre.

— Dawn, lance Wyatt d'un air hagard, ce que tu as dit là-haut…

Il se tait en apercevant le téléphone pressé contre mon oreille. Comprend soudain que le *oui* ne lui était pas destiné.

— C'est qui, ça ? demande Brian.

Je garde les yeux rivés sur Wyatt. À la raideur de son corps, je sais qu'il a deviné à qui je suis en train de parler.

— Personne, je réponds dans un murmure et l'expression de Wyatt se voile instantanément. Il faut que j'y aille, dis-je encore mais la communication a été coupée.

Wyatt et moi sommes figés dans un tableau lugubre, où nous ne savons ni l'un ni l'autre ce qu'il faut dire ou faire. Il est venu me voir parce qu'il n'arrivait pas à dormir. J'ai appelé Brian pour la même raison.

Est-ce que cela veut dire quelque chose ou rien du tout ?

Je glisse le téléphone sous ma cuisse.

— Je… j'appelais chez moi.

— Désolé de t'avoir dérangée, dit-il d'un ton guindé qui fait surgir en moi l'image d'un château protégé par des douves.

Il baisse la tête. La porte se referme dans un cliquetis.

Chez moi. Ces deux petits mots s'entrechoquent dans mon esprit. Je ne suis plus très sûre de savoir où est cet endroit.

À 4 h 30, Wyatt est déjà parti sur le site pour accueillir Moustafa et organiser le déroulement de la journée de travail.

Je me demande si, comme moi, il a ressassé les répliques de notre conversation d'hier soir.

Un silence chargé d'électricité plane dans la salle commune. Nous avalons notre petit-déjeuner en vitesse puis rassemblons nos affaires et partons vite en direction de la tombe. Aujourd'hui est un grand jour que personne n'a envie de louper.

En arrivant sur le site, j'aperçois presque aussitôt Wyatt, debout dans la lumière d'un projecteur alimenté par le groupe électrogène. Il est penché sur des documents que lui présente Moustafa mais il lève les yeux en nous entendant.

— C'est pas trop tôt, lance-t-il d'un ton sec alors que nous avons un quart d'heure d'avance sur l'horaire habituel.

Puis il se met à aboyer des ordres, assignant les missions évoquées hier soir. Mon nom est le dernier qu'il appelle.

— Dawn. Tu viens avec moi.

Après avoir salué Moustafa d'un petit signe de tête, je me dépêche de suivre Wyatt qui s'éloigne déjà sans un mot ni un regard.

Professionnel jusqu'au bout des ongles, comme s'il ne s'était rien passé hier soir.

Mais ce n'est ni l'endroit ni le moment de revenir là-dessus et puis objectivement, c'est moi qui l'ai rembarré hier soir. S'il me traite comme une assistante de recherche ou une étudiante en doctorat qui aurait la chance inouïe de graviter dans la lointaine orbite de cette découverte, je ne peux m'en prendre qu'à moi.

Wyatt s'arrête devant la barrière de sécurité érigée autour de l'ouverture du puits. Plusieurs ouvriers égyptiens conversent rapidement en arabe, gesticulant et débattant de la meilleure façon de sécuriser l'extrémité d'une longue échelle de corde. Les barreaux de bois ondulent dans le trou sombre, semblables à une langue de vipère. Le plafond de la chapelle funéraire est trop bas pour pouvoir installer une échelle métallique, il n'y a donc pas d'autre solution pour descendre dans le puits. D'un mouvement souple, Wyatt escalade la barrière, plaque ses hanches contre les panneaux de bois. Je le regarde tirer légèrement sur les deux cordes avant de déposer un pied sur le premier échelon, puis l'autre sur le deuxième et commencer à descendre. Lorsque sa tête affleure le sol de la chapelle, il lève les yeux vers moi.

— Y a un problème ?

Je secoue la tête en enjambant à mon tour la barrière de sécurité.

J'attends que l'échelle se détende, signe que Wyatt est arrivé en bas. Sa voix flotte jusqu'à moi.

— La chambre a l'air intacte, annonce-t-il.

Je pose le pied sur le premier échelon qui vacille sous mon poids, jette un coup d'œil aux deux hommes chargés de maintenir les pieux en place. Le puits conduisant à la chambre funéraire mesure environ cinq mètres cinquante de profondeur et son diamètre est relativement étroit. J'aspire une grande bouffée d'air avant d'entamer ma descente souterraine, croisant les doigts pour qu'ils ne lâchent pas l'échelle.

J'ai l'impression de glisser dans la gorge desséchée du monde. Plus je m'enfonce, plus il fait sombre. La lampe frontale de Wyatt clignote au pied du goulot, point de lumière mouvant vers lequel je m'achemine. Tandis qu'au-dessus de ma tête, la clarté s'évanouit, j'imagine les parois rocheuses se resserrer autour de moi, m'avaler.

Je suis peut-être à mi-chemin lorsque l'échelle glisse d'un cran. Je pousse un petit cri en m'accrochant aux deux cordes. La pierre érafle mon épaule. Wyatt lance quelques mots en arabe et l'échelle se tend de nouveau. *"Ana asif !"* entends-je au-dessus de moi – les deux ouvriers me présentent leurs plus plates excuses.

Je crois bien que mon épaule saigne. Je n'ai même pas la place de plier le bras pour vérifier.

— Dawn ? appelle Wyatt.

— Oui, dis-je à mi-voix, le cœur battant à tout rompre, les paumes moites. J'arrive.

Mais je suis tétanisée.

À cet endroit, le puits est à peine plus large que mon bassin. Que se passera-t-il si l'échelle cède complètement ? Si l'air vient à manquer quand nous serons tous les deux en bas, Wyatt et moi ? Si…

— Dawn, reprend Wyatt, je veux que tu m'écoutes, d'accord ?

— Je suis tout ouïe, je marmonne entre mes dents.

— Descends encore d'un échelon.

Je secoue légèrement la tête, ma chaussure glisse sur le barreau. J'entends de minuscules fragments de roche dégringoler dans le fond du puits et Wyatt étouffer un juron lorsqu'il reçoit les gravillons en pleine figure.

— Tu as déjà entendu parler d'Archie Hall ? me demande-t-il quelques instants plus tard.

— Non, dis-je en me forçant à poser le pied sur le barreau du dessous.

— C'était l'un des épigraphistes de l'université de Chicago dans les années 1960 ou 1970, continue Wyatt comme si nous bavardions tranquillement autour d'une tasse de café au lieu d'être pratiquement enterrés vivants. En fait, ça m'étonne vachement que son nom ne te dise rien. T'étais quel genre de griffon, dis-moi ?

Un deuxième pied tremblant.

— Un phénix, dis-je. Notre mascotte était un phénix, pas un griffon.

— Ah, d'accord. Quoi qu'il en soit, Hall était occupé à transcrire une inscription dans un temple de Karnak ou de Médinet-Habou, je ne sais plus trop. Et au lieu de monter et descendre son échelle métallique pour la déplacer le long de la paroi qu'il était en train de déchiffrer, il s'accrochait aux montants et la bougeait horizontalement en sautillant comme s'il était perché sur des échasses géantes.

Un pied. Puis l'autre. Le bout de ma chaussure effleure la paroi, un nuage de poudre calcaire tombe de nouveau.

— Dawn ?

— Je suis toujours là.

— OK. Le truc, c'est que Hall ne s'était pas rendu compte que l'échelle était appuyée contre une colonne et quand il a voulu la déplacer avec sa super-technique, le montant n'a rencontré que du vide.

Je m'immobilise.

— Mais merde, Wyatt, pourquoi tu me racontes ça maintenant ?

— Hall s'est pété les deux talons en dégringolant à travers les barreaux de l'échelle, conclut-il d'un ton goguenard.

J'ai l'impression d'être dans l'eau et de respirer grâce à un roseau.

— Tu connais la chute de l'histoire ? lance Wyatt.

— Je sais pas.

Je descends d'un cran et sens sa main se refermer sur mon mollet. Elle est ferme, chaude et puissante et je le laisse me guider jusqu'à ce que mes pieds touchent le sol.

Wyatt oriente sa lampe de manière à ne pas m'éblouir.

— Qu'est-ce qu'il foutait avec des talons dans le temple ? C'est ça, la chute de l'histoire.

Il y a tout juste assez de place pour nous deux.

— Ça va ? murmure-t-il.

— Ça va.

Nous sommes collés l'un à l'autre des épaules jusqu'aux chevilles. Nous bougeons tant bien que mal jusqu'à ce que je me retrouve derrière lui, les yeux rivés sur son dos. Quand il s'accroupit, l'espace se libère un peu. Nous sommes dans la partie qui a dû être étayée ces derniers jours. Un peu plus loin se trouve la vraie chambre funéraire, bouchée par quelques blocs de calcaire empilés à la va-vite.

— J'ai besoin de lumière, déclare Wyatt et je m'efforce de braquer vers lui le faisceau lumineux de ma lampe frontale tandis qu'il s'aplatit et enroule ses doigts autour de la pierre.

Un grognement s'échappe de ses lèvres, sa chemise se plaque sur ses épaules tandis qu'il essaie de déloger le bloc de calcaire. Je regarde sa colonne vertébrale se tordre, son dos se raidir sous l'effort. Je m'apprête à lui suggérer de demander un pied-de-biche lorsque la pierre bouge de quelques centimètres. Le souffle de plusieurs millénaires nous enveloppe soudain, comme un soupir chaud et sec.

Wyatt dégage un passage assez grand pour lui, rajuste sa lampe et s'enfile en rampant dans l'étroit tunnel de pierre. Je le suis sans perdre de temps. Je m'égratigne les mains et mon dos frotte le haut du goulet. C'est exigu mais par chance, plutôt court. Devant moi, Wyatt ne bouge plus. Il bloque mon champ de vision.

— Tu vois quelque chose ? dis-je à voix basse.

Il reste un long moment silencieux. Quand enfin il me répond, il reprend les paroles prononcées par Howard Carter le jour où celui-ci a jeté un premier coup d'œil dans la chambre funéraire de Toutankhamon et que Lord Carnarvon lui avait posé la même question :

— Oui, murmure-t-il. Des merveilles.

— Il y a un cercueil ?

Il hoche la tête.

— Et il est intact.

Il s'extirpe du tunnel pour déboucher dans une autre pièce de la sépulture creusée dans la pierre, légèrement plus grande, celle-ci. Sa lampe éclaire la cuve en bois qui occupe presque tout l'espace. Sa surface est recouverte d'une pâle pellicule de poussière de roche. Trois maquettes tout aussi poussiéreuses trônent sur les planches du couvercle. Quelques éclats de peinture colorée filtrent néanmoins à travers leur habit poudreux. Sous la couche de poussière, on devine une ligne de hiéroglyphes ornant le couvercle de la cuve – des symboles qui justifient les quinze années de recherches de Wyatt :

Djehouty-nakht.

Comme tout le monde, je meurs d'envie de découvrir ce qui se cache à l'intérieur de ce sarcophage mais notre première mission consiste à répertorier tous les éléments présents dans la chambre funéraire. Avec les méthodes classiques – celles que nous utilisions lorsque j'étais étudiante en doctorat –, cette étape prendrait un temps fou. Le directeur des antiquités vient jeter un coup d'œil à l'intérieur puis Alberto et moi échangeons nos places dans la minuscule tombe afin que Wyatt et lui établissent une planimétrie succincte de la pièce. À l'aide d'un télémètre et de goniomètres laser, ils dessinent directement le plan sur un iPad. Alberto manipule les logiciels pendant qu'à l'étage du dessus, Wyatt calcule la profondeur et l'orientation de la tombe sur une carte. Pendant plusieurs heures, je fais la navette entre eux dès qu'il y a un pépin et à la fin de notre séance de travail, nous avons sous les yeux une modélisation en trois dimensions de l'ensemble de la chambre funéraire. Alors seulement, les objets se trouvant dans la pièce sont prélevés par Safiya, la conservatrice égyptienne, qui les répertorie et les emballe un à un avant de les extraire de la tombe. C'est un travail à la fois fastidieux et fabuleux.

À l'intérieur de la chambre, la hauteur de plafond ne dépasse pas un mètre cinquante. Il y a très peu d'espace entre le cercueil et le mur et je suis la seule à pouvoir me glisser tout au bout pour l'observer et essuyer la poudre de calcaire.

En plus du couvercle, la cuve extérieure comporte cinq parois : deux longues, deux courtes et le fond. Les parois latérales sont biseautées et maintenues par des chevilles et des languettes de cuivre. Les bords du haut sont assemblés en bout à bout tandis que le fond est emboîté par un assemblage à feuillure, consolidé par d'autres chevilles et bandes de cuivre fixées dans les lattes de bois. Ceci explique sûrement sa longévité – quatre mille ans. Une guirlande horizontale de hiéroglyphes peints dans des couleurs vives court le long des quatre parois de la cuve. C'est la longue liste de titres de Djehouty-nakht. Le seul autre décor peint à l'extérieur est une paire d'yeux *oudjat* orientés vers l'est. Peut-être trouverons-nous d'autres détails ornementaux sur les parois intérieures de la cuve, en plus du cercueil niché en son sein. Il n'y a pas de trésor en or mais des maquettes et des figurines funéraires, déposées en offrande sur le couvercle de la cuve. Le coffre à vases canopes est tombé d'une étagère creusée dans la pierre.

Accroupie dans le fond de la pièce, je passe plusieurs heures à examiner les sculptures en bois : l'une représente une procession conduite par un homme en pagne suivi de trois femmes élancées portant du vin, du grain et une boîte à offrandes peinte en noir et ivoire ; la deuxième maquette est une grande barque funéraire taillée dans une seule pièce de bois, les rameurs sont fixés par des chevilles et les rames sont remarquablement préservées ; la dernière est un bateau de plaisance transportant sur le Nil un haut dignitaire probablement missionné pour régler des affaires d'État. Si le cercueil est entièrement dédié à la mort de Djehouty-nakht, ces objets figurent les piliers de sa vie : son travail et ses responsabilités politiques, sa famille et les amis qui le pleureraient.

Je me rends compte avec stupeur que cet instantané de Djehouty-nakht n'est pas très éloigné des clients dont je m'occupe aujourd'hui : comme lui, ces derniers souhaitent se préparer pour la suite en même temps qu'ils ne veulent pas oublier la personne qu'ils ont été sur terre.

Trois jours après notre entrée dans la chambre funéraire, les maquettes ont été déplacées et le cercueil est prêt à être ouvert. Les ouvriers locaux descendent et montent l'échelle de corde, déroulant des rallonges et disposant des projecteurs reliés au groupe électrogène placé devant la tombe. L'engin fait un boucan d'enfer et Wyatt se couvre les oreilles.

— Ma mère disait que quand ton oreille gauche siffle, c'est qu'une personne que tu aimes est en train de parler de toi, dis-je en hurlant pour me faire entendre. Si c'est ton oreille droite, c'est que quelqu'un te souhaite du mal.

— Et si c'est les deux ? demande Wyatt.

Je le gratifie d'un sourire moqueur.

— Ça s'appelle une migraine.

Nous nous tenons en haut du puits, engloutis par le bruit du générateur tandis qu'Alberto, seul dans la chambre funéraire, photographie la pièce sous tous les angles. Omar, l'inspecteur, lui fait suffisamment confiance pour le laisser travailler en solo. Sa source de lumière provient d'une batterie qui flashe chaque fois qu'il prend une photo et, à chaque clic, l'image apparaît instantanément sur l'iPad que Wyatt tient entre ses mains.

Je jette un regard impatient en direction du goulot plongé dans l'obscurité. Il y a un autre éclat de lumière et une photo clignote sur l'écran de la tablette.

— Pourquoi est-ce que ça dure aussi longtemps ?

— Tu sais combien de temps a mis Carter pour vider la tombe de Toutankhamon ? réplique Wyatt. Dix ans. Il a tout comptabilisé, tout répertorié. Tout photographié. Tout dessiné.

Il laisse échapper un rire désabusé avant de conclure :

— Ça fait quinze ans que j'attends ce moment. L'expression "ronger son frein" n'a plus de secret pour moi.

Il y a beaucoup de monde autour de la tombe et pourtant, une personne manque étrangement à l'appel.

— Dailey, dis-je en allant fouiller dans les recoins de mon esprit pour retrouver le nom mentionné par Joe l'autre jour. Pourquoi est-ce que ton généreux donateur n'est pas là aujourd'hui ?

Si je finançais ce genre d'expédition, il serait hors de question que je loupe le jour de la grande découverte. Wyatt relève brusquement la tête. Un flot de sang envahit ses pommettes.

— D'après ce qu'on m'a dit, il y a une grève de la compagnie aérienne en Italie.

— Ton mécène est italien ?

Alberto nous appelle avant qu'il ait le temps de répondre. C'est enfin l'heure d'ouvrir le cercueil.

Nous descendons l'échelle de corde l'un après l'autre avec une fébrilité palpable. Wyatt ouvre la marche, je le suis puis c'est au tour de Safiya la conservatrice et enfin Omar. Il ne reste quasiment plus de place lorsque nous entrons tous dans la chambre funéraire. Sont également présents une demi-douzaine d'ouvriers qui discutent avec Wyatt de la meilleure façon de soulever le couvercle de la cuve. L'inspecteur propose d'aller patienter près de l'ouverture du puits. La sueur ruisselle sur mon visage, s'infiltre sous le col de ma chemise. Il fait facilement 38 degrés dans ce mouchoir de poche souterrain et l'air ne circule pas à l'intérieur. Les ventilateurs sont évidemment interdits. Ce qui est une bénédiction pour la conservation des tombes se transforme en véritable calvaire pour nous.

Wyatt retient finalement le plan d'Abdou et aide les ouvriers à soulever l'imposant couvercle avant de le faire basculer précautionneusement sur la tranche. Dans la lumière fragmentée générée par l'assourdissant groupe électrogène, j'aperçois un cercueil en cèdre niché à l'intérieur de la cuve, assez semblable à ceux que nous avions vus au musée des Beaux-Arts de Boston quand nous étions étudiants. Je ne parviens à distinguer aucune des inscriptions mais les couleurs sont encore plus éclatantes que sur les parois de la cuve.

Il faut presque une heure pour retirer le couvercle en cèdre et nous sommes obligés d'étudier nos mouvements comme dans une partie de Jenga pour faire de la place au battant de bois délicatement posé à la verticale. Alberto se faufile entre nous puis contourne le groupe pour continuer à prendre des photos.

Wyatt s'essuie le front avec la manche de sa chemise.

— C'était tellement amusant, ironise-t-il. Y a plus qu'à recommencer.

Indiquant d'un geste le cercueil intérieur, il passe les doigts sous le rebord du deuxième couvercle.

Il est moins lourd mais tout aussi encombrant et la chambre funéraire peut à peine contenir le nombre de personnes nécessaires pour l'ouvrir et le soulever. Je suis tout au fond de la pièce, coincée entre la paroi rocheuse et l'extrémité rétrécie du cercueil.

Lorsqu'on l'ouvre enfin, aucune odeur de mort ne s'en échappe. Juste des effluves de résine, puissants et entêtants. La momie desséchée de Djehouty-nakht est allongée sur le côté, tournée vers l'est, son corps dissimulé par plusieurs épaisseurs de bandelettes serrées, enveloppé dans un linceul effiloché. La lumière ricoche sur un masque funéraire ; les premières bandes de tissu ont été perforées par les insectes. En face du mort sont peintes plusieurs formules des Textes des sarcophages ainsi qu'une porte en trompe-l'œil par laquelle son âme *ba* pouvait circuler librement. La momie est plaquée contre la paroi opposée mais au-dessus de sa hanche et de son crâne, je distingue une frise d'offrandes composée de sandales, de cruches de vin et de pièces de gibier. Nous restons un moment bouche bée et Alberto immortalise notre émerveillement teinté de respect avec son appareil photo.

— Bon, lance Safiya en nous ramenant tous à la réalité. Mettons-nous au travail.

Courbée en deux, elle sort de la chambre et monte rapidement à l'échelle en demandant aux ouvriers d'apporter des bâches en tissu matelassé et des cordages qui serviront à protéger la momie au moment de l'extraction des cercueils ouverts, soulevés en tandem. Alberto lui emboîte le pas. Lorsque le reste de l'équipe descendra pour préparer le transport de la momie dans la chapelle principale, l'espace se rétrécira encore.

Sur le point de partir aussi, Wyatt pivote sur ses talons en s'apercevant que je me tiens toujours à côté du cercueil, les mains délicatement posées sur le rebord du sarcophage intérieur, les yeux rivés sur la momie de Djehouty-nakht.

— La réponse est : *je n'en sais rien*, déclare-t-il.

— Et quelle est la question ?

— Y a-t-il un Livre des deux chemins sous la momie ?

Je scrute l'épaisse couche de poussière tapissant le fond du sarcophage.

— Pour ta gouverne, ce n'est pas à ça que je pensais.

— Ah non ? Tu prenais des notes pour ton prochain déguisement de Halloween, peut-être ?

— Reconnais quand même que ce n'est pas une journée ordinaire.

J'examine le masque funéraire. Il est orné d'une feuille d'or mais en dehors de ce détail décoratif, les caractéristiques marquantes du visage sont reproduites avec une grande précision : une narine est plus dilatée que l'autre, le coin des yeux est piqueté de rouge. Les artistes ont imité les traits du nomarque de manière stylisée pour permettre à son âme de reconnaître sa momie lors de sa résurrection quotidienne.

Ça me fait penser aux masques mortuaires modelés sur les visages des rois, des scientifiques et des artistes depuis le Moyen

Âge jusqu'à la guerre de Sécession, depuis Henri VIII jusqu'à Napoléon et Nikola Tesla, autrefois exhibés lors des funérailles, aujourd'hui exposés dans plusieurs musées.

— Tu as déjà entendu parler de *L'Inconnue de la Seine* ?

Wyatt secoue la tête.

— Elle est morte noyée à Paris vers 1880. Un employé de la morgue a fait un moulage de son visage et c'est… magnifique. On dirait qu'elle s'est endormie en souriant, même si certains prétendent qu'elle s'est suicidée. On l'a beaucoup comparée à *La Joconde* et les riches de l'époque accrochaient des reproductions du masque dans leur salon, comme si c'était une œuvre d'art. Dans les années 1960, son visage a servi de modèle au premier mannequin de secourisme.

Wyatt enfonce ses mains dans ses poches.

— Le comble de l'ironie.

— Ce qui est troublant dans cette histoire, c'est de se dire qu'on peut passer de la vie à la mort très paisiblement.

Je baisse les yeux sur Djehouty-nakht avant de demander :

— Tu crois que ça a marché, pour lui ?

— Quoi donc ?

Je fais un geste en direction des formules inscrites sur le cercueil.

— Tout ça. Tous ces préparatifs. Tu crois qu'il est arrivé là où il voulait aller ?

Wyatt hausse les épaules.

— J'espère pour lui parce que ça a dû être un sacré boulot de merde de le descendre jusqu'ici et ça va être un sacré boulot de merde pour le faire sortir.

Sur ce, il tourne les talons et j'entends le grincement des cordes tandis qu'il monte à l'échelle. J'enveloppe la momie d'un dernier regard. D'un point de vue philosophique, je sais que le seul moyen d'en savoir plus sur le mode de vie des peuples anciens consiste à faire ce que nous sommes en train de faire, à savoir démanteler ce qu'ils croyaient être leur dernière demeure. L'avancement de la recherche universitaire justifie nos méthodes de travail. Je sais aussi que les croyances religieuses sont ce que nous voulons bien qu'elles soient. D'un autre côté… et si Djehouty-nakht – et tous les autres – avaient raison ? Que se passera-t-il lorsque le soleil se couchera ce soir ? Regagnant le cercueil, son âme *ba* découvrira que la momie avec laquelle elle est censée faire corps a disparu et… ?

Et si la partie essentielle de notre être est justement celle qui n'est plus là ?

J'ai toujours entendu dire que l'amour et la haine étaient les deux faces d'une même médaille, ce qui explique forcément pourquoi je suis tombée amoureuse de Wyatt aussi vite et aussi passionnément. Pendant mes années de doctorat, je l'avais affronté dans une course de vitesse perpétuelle. Nous étions tous les deux sur la piste et l'un de nous prenait la tête régulièrement. J'avais consacré tellement de temps à essayer de le surpasser que ce fut une vraie révélation d'être enfin sur un pied d'égalité, de cesser de courir assez longtemps pour le voir réellement.

Wyatt n'était pas celui qu'il prétendait être, à savoir un Britannique doté d'un ego boursouflé et d'une grande vivacité d'esprit, qui aimait faire le malin en toutes circonstances. J'ai vite découvert que c'était un rôle qu'il jouait. La nuit, ses cauchemars le faisaient tressaillir dans mes bras. Drôle et farceur, il laissait à mon intention des messages hiéroglyphiques coquins qui apparaissaient sur le miroir embué de la salle d'eau quand nous prenions une douche. Il me caressait comme si j'étais faite d'or ou de brume ou de souvenirs.

Ce n'était pas facile de cacher notre histoire à huit personnes vivant sous le même toit mais nous étions fermement décidés à garder le secret. Comme nous devions travailler ensemble sur le *dipinto* récemment découvert dans l'oued, nous faisions exprès de nous chamailler ou de ne pas supporter trop longtemps la présence de l'autre alors qu'en réalité, Wyatt frôlait d'une main le creux de mes reins chaque fois qu'il passait derrière moi et quand nous mangions côte à côte dans la salle commune, j'accrochais mon petit doigt au sien et attirais sa main sur ma cuisse, sous la table.

L'après-midi, alors que les occupants de la maisonnée faisaient une sieste pour échapper à la chaleur de ces heures brûlantes, je guettais les pas de Wyatt dans le couloir. Près de la porte de ma chambre, deux dalles descellées s'entrechoquaient chaque fois, même si l'on avançait à pas de loup. Je comptais alors jusqu'à cent puis me levais et sortais à mon tour. Je devais parfois me faufiler en douce à côté de Hasib, le père de Harbi, assoupi dans la cour ombragée, sous les voiles bigarrées du linge qui séchait au soleil. Dès que j'avais franchi les grilles de la maison des fouilles, je scrutais la piste sablonneuse, protégeant mes yeux de l'éclat aveuglant du soleil. Wyatt avait dessiné une flèche avec une poignée de cailloux ou tracé un trait le long du sentier menant aux rives du fleuve. À mi-chemin du Nil, je l'apercevais qui m'attendait. Ou bien il surgissait d'un champ de maïs cultivé par un petit paysan et se jetait sur moi pour me prendre dans ses bras.

Nous profitions à fond de ces quelques heures volées ensemble. Le soleil ne nous gênait jamais. Il rosissait nos joues, blondissait nos cheveux. Nous nous accommodions de sa présence. Nous parcourions les sentes étroites sillonnant les potagers en terrasses et nous nous embrassions dans le parfum entêtant des oignons sauvages. Nous nous allongions sur un lit de foin et Wyatt me peignait de la nuque au nombril avec un plumeau d'herbes sèches pendant qu'un âne se roulait dans le sable en chantant bruyamment. Assis au bord du fleuve, nous parlions pendant des heures – de son père, qui avait ruiné la famille en investissant son argent dans des placements catastrophiques mais tenait malgré tout à envoyer ses fils à Eton pour sauver les apparences ; de ma mère qui cumulait deux emplois pour rembourser mon prêt étudiant. De ce que ça ferait de voir nos deux noms imprimés côte à côte. De notre rapport distendu au temps, nous qui passions nos journées à le remonter, plongés dans un passé lointain.

Le soir, j'attendais que tout le monde ait pris sa douche – sauf Wyatt – avant de m'éclipser dans la salle de bains. Quelques instants plus tard, il me rejoignait en douce. J'entrebâillais la porte, il se glissait à l'intérieur et nous nous serrions dans l'étroite cabine. Emprisonnant mes hanches, il me soulevait et me plaquait contre le mur. Ou il se laissait tomber sur le carrelage et se délectait de mon sexe jusqu'à ce que je vacille de plaisir. Je revois sa tête rejetée en arrière, nimbée de vapeur ; les bleus laissés par ses doigts sur mes cuisses. Je nous revois tellement soudés l'un à l'autre que l'eau ne coulait pas entre nous.

Lorsque Howard Carter découvrit la momie de Toutankhamon et tenta de soulever le sarcophage, il ne se rendit pas compte que ce dernier était en or massif et l'opération faillit tomber à l'eau. Pour la momie de Djehouty-nakht, Safiya a fait installer un treuil au-dessus du puits funéraire, perché sur de longs pieds en bois. La conservatrice a déjà supervisé l'exhumation des deux couvercles qui reposent à présent dans la chambre principale et rembourré le cercueil abritant la momie avant de l'attacher soigneusement pour éviter qu'elle ne bouge lorsque les ouvriers hisseront les deux sarcophages gigognes. La momie sera ensuite placée dans une caisse en bois percée de trous d'aération. Les séances de débandelettage ne sont plus nécessaires maintenant que les momies sont passées au scanner. Wyatt a déjà contacté l'équipe médicale d'un hôpital de Minya. N'étant pas spécialiste d'anthropologie physique, il ne se concentrera pas sur cet aspect-là de la découverte. Pour le grand public, l'égyptologie se résume souvent aux momies mais en réalité, elles ne nous livrent pas tant d'informations que ça. Djehouty-nakht est mort il y a plusieurs milliers d'années, d'accord. C'est toujours bon d'en avoir la confirmation. Mais c'est ce qui se trouve à l'intérieur du cercueil, sous le cadavre embaumé, qui nous aidera sûrement à mieux comprendre le mode de vie de Djehouty-nakht, ses croyances, ses aspirations.

La chapelle de la sépulture est de nouveau noire de monde : Moustafa Awad est de retour, accompagné de plusieurs directeurs des antiquités que je n'ai jamais vus. Safiya a réuni autour d'elle sa propre équipe qui l'aidera à sortir la momie du cercueil pour la placer dans la caisse. Nous aurions objectivement tous de quoi nous occuper mais nous vivons une de ces journées mémorables que nous raconterons inlassablement dans les années à venir, et puis Wyatt ne semble pas enclin à nous envoyer recopier sur-le-champ les textes inscrits sur les parois. Nous restons donc autour du puits, écoutant les instructions du contremaître maniant le treuil et les réponses synchronisées des ouvriers chargés de surveiller depuis le bas la progression du système de poulie. Les sarcophages sont hissés centimètre par centimètre. Postée juste derrière Wyatt, j'aperçois enfin le bord du cercueil en cèdre, émergeant lentement du puits.

L'entreprise prend une bonne partie de la matinée : une fois sorti de l'étroit boyau, l'ensemble du cercueil reste suspendu au bout du treuil, au-dessus de l'ouverture du puits. Il faut trois heures de plus pour le dégager précautionneusement de son carcan de poulies et de cordages et l'installer sur des palettes gainées de mousse de protection, dans la chapelle funéraire. Nous continuons de nous activer bien après l'heure du déjeuner, lorsque le soleil blanchit le sable et qu'autour de nous, la pierre et la chaleur se transforment en créature vivante – personne ne veut quitter les lieux avant la fin de l'opération.

Lorsque enfin le cercueil est en sécurité dans son nouvel emplacement, c'est au tour de l'équipe de conservation d'intervenir. Après avoir prudemment extrait la momie couchée sur le flanc, les spécialistes la déposent tout aussi délicatement sur le dos dans la caisse en bois. Tel un chirurgien attendant l'arrivée de l'organe qu'il s'apprête à greffer, Wyatt va se poster au cœur de l'action. Alberto court dans tous les sens, photographiant sans relâche le transfert de la momie, le masque funéraire en or et le dévoilement du cercueil intérieur.

Le transport des sarcophages et l'exhumation de la momie ont délogé une bonne quantité de poussière. Avec une impatience grandissante, Wyatt attend qu'Alberto ait terminé de documenter l'intérieur de l'étroite caisse en cèdre avant de sortir de sa poche une brosse propre. Il se plie en deux, s'étire pour atteindre le fond, balaie soigneusement les résidus de calcaire afin de pouvoir examiner les planches sur lesquelles reposait la momie.

Avec un cri de joie, il jette la brosse, me soulève dans ses bras et me fait tournoyer au milieu de la chapelle. Je me raidis, consciente de tous les regards surpris posés sur lui. Sur nous.

Mais lorsqu'il relâche son étreinte, j'oublie totalement les sourcils arqués et les mines étonnées. Car devant mes yeux, au fond du cercueil intérieur de Djehouty-nakht, se trouvent une ondulation bleue, une longue bande noire et un mince rectangle rouge. Voici la dernière découverte dans le monde de l'égyptologie : la plus ancienne version du Livre des deux chemins.

Pendant la saison où nous vivions clandestinement notre histoire d'amour, Wyatt me rejoignait toutes les nuits et nous nous collions l'un à l'autre pour pouvoir tenir tous les deux sur l'étroit matelas. Je m'étais tellement habituée à m'endormir à côté de lui que je n'arrivais plus à fermer l'œil s'il n'était pas là. Raison pour laquelle un soir où il ne m'avait rejointe ni sous la douche, ni dans mon lit, je décidai d'aller le voir dans sa chambre.

Je le percutai de plein fouet au milieu du couloir plongé dans l'obscurité. Il me retint par les épaules, lâchant la couette qu'il tenait sous le bras.

— Changement de décor, murmura-t-il.

Je devinai aussitôt où il voulait m'emmener : dans l'oued où nous avions découvert le *dipinto*. Un gardien surveillait les lieux la nuit, à présent, mais il comptait expliquer au *gaffir* que nous voulions étudier l'inscription à la lumière artificielle, comme cela se faisait parfois. Il me donna une lampe frontale et nous nous précipitâmes dehors – deux étoiles filantes dans la nuit.

Wyatt déplia la couette sous le *dipinto* et désigna la couche improvisée d'un geste théâtral :

— Après vous, ma reine.

Je m'allongeai.

— Ma reine ? Je ne peux pas être un roi, plutôt ?

Il rit.

— Comme Hatchepsout ?

Fille du pharaon Thoutmôsis Ier, Hatchepsout devint reine d'Égypte en épousant son demi-frère, Thoutmôsis II. À la mort de celui-ci, elle continua de régner jusqu'à ce que son beau-fils, Thoutmôsis III, fût en âge d'assurer ses fonctions de roi. Mais du fait de sa lignée royale et de ses connaissances rituelles, Hatchepsout n'abandonna jamais entièrement son rôle et devint corégente autour de 1473 avant notre ère, récupérant les titres royaux habituellement réservés aux hommes.

— Elle avait les dents sacrément longues, fit observer Wyatt.

Je me redressai sur mes coudes et dardai sur lui un regard noir.

— Tu peux m'expliquer pourquoi on reproche aux femmes d'avoir les dents longues ou d'être ambitieuses dès qu'elles accèdent au pouvoir alors que pour les hommes, c'est dans l'ordre naturel des choses ? Ce n'est pas incompatible d'être une femme et de vouloir s'engager politiquement, que je sache. Pour en revenir à Hatchepsout, le contexte familial avait l'air assez mouvementé. Peut-être que quelqu'un voulait empêcher son beau-fils de régner et qu'elle a été obligée de trouver une solution pour qu'il puisse conserver son trône. Elle a agi comme une bonne mère, c'est tout.

— *Maman chérie* – pourquoi pas ? Toujours est-il qu'à sa mort, Thoutmôsis III a fait détruire tous ses monuments et effacer son nom…

— Pas avant que son propre fils, Amenhotep, soit en âge de prendre le pouvoir. La féminité est un détail négligeable dans le parcours d'Hatchepsout. Sur les fresques, elle est coiffée du némès, torse nu et vêtue d'un simple pagne… mais sa poitrine est quand même dessinée.

Wyatt entreprit de déboutonner ma chemise.

— Tu m'en diras tant…

— Même quand elle était roi, les écrits indiquent qu'elle était à la tête des nobles dames. Et tous les textes royaux qui la décrivent utilisent des pronoms féminins.

Il enfouit son visage dans mon cou, baissa mon pantalon.

— J'adore quand tu fais ta féministe.

Je le gratifiai d'une petite tape.

— Elle a aussi fait construire un temple funéraire grandiose à Deir el-Bahari et a conduit une expédition commerciale énorme au pays de Pount…

— Tu veux savoir ce qui est énorme, aussi ?

— … mais rien de tout ça n'avait de rapport avec son sexe. C'est comme si on avait une femme présidente et qu'on attribuait toutes ses actions et ses réalisations au fait qu'elle soit une femme et pas au fait qu'elle soit un bon chef d'État.

— Hatchepsout a fait un paquet de trucs géniaux, je suis d'accord, susurra Wyatt en prenant mon visage en coupe pour m'embrasser.

Son baiser me laissa pantelante.

— T'as un problème avec les femmes intelligentes et ambitieuses qui font des trucs géniaux ?

Wyatt roula sur le dos et je me retrouvai sur lui, à califourchon.

— Tu connais le proverbe, non ? demanda-t-il dans un souffle. Sous chaque femme puissante se trouve un homme très très heureux.

J'aimais me chamailler avec lui à propos des rois et des reines d'Égypte en pleine nuit, au milieu du désert. J'aimais ne pas être obligée de lui expliquer qui était Hatchepsout. J'aimais la dynamique de notre relation : nos discussions étaient aussi impétueuses que nos orgasmes. J'aimais cette sensation de savourer des instants précieux, juste avant un orage.

J'aimais Wyatt.

Si je garde un souvenir aussi précis de cette nuit-là, c'est sans doute parce que c'était la première fois que je formulais cette idée et au lieu d'en être angoissée ou troublée, j'eus l'impression qu'une couverture moelleuse et douce se posait sur moi. C'était comme regarder par la fenêtre de sa chambre le lendemain d'une tempête de neige, découvrir les collines et les vallons d'un paysage inconnu et avoir la certitude de pouvoir le parcourir les yeux fermés.

L'autre raison pour laquelle cette nuit est restée gravée dans mon esprit avec une telle acuité, c'est que nous avions oublié de nous réveiller à l'heure habituelle. La couette sous le bras, nous traversâmes le désert au pas de course pour regagner la maison pendant que les autres dormaient encore. Mais lorsque nous déboulâmes dans la cuisine, les cinq étudiants étaient déjà assis autour de la table du petit-déjeuner en compagnie de Dumphries.

— Que les dieux soient loués ! claironna ce dernier sans lever les yeux de son café. On va enfin pouvoir arrêter de faire semblant de ne pas savoir que vous vous envoyez en l'air, tous les deux.

Je piquai un fard terrible – je crus un instant que mon visage allait fondre. Wyatt marmonna quelques paroles inintelligibles en tendant l'édredon à Hasib puis vint s'asseoir à côté de moi. Nous fîmes attention de ne pas nous toucher. C'est à peine si nous osions respirer.

— Figure-toi que tu n'es pas la seule à entendre bouger les carreaux du couloir, reprit Dumphries en se tournant vers moi. Tu peux me passer le lait ?

En raison d'une grosse fuite d'eau dans le magasin des antiquités de Minya et contrairement au plan initial, les sarcophages ne peuvent être acheminés là-bas. Par chance, aucun objet remisé sur place n'a été endommagé mais le bâtiment reste difficilement accessible. La décision est donc prise de tout transporter à la maison des fouilles et d'entreposer les trouvailles dans le magasin afin d'en commencer l'étude détaillée. Une poignée d'agents de police supplémentaires viendra surveiller le site.

Ce qui veut dire que nous aurons accès au sarcophage vingt-quatre heures sur vingt-quatre, Wyatt et moi. Je sauterais littéralement du lit pour aller étudier le Livre des deux chemins. Mais mon rêve de pouvoir examiner l'image peinte au fond de la cuve aux côtés de Wyatt, nos deux têtes penchées au-dessus du sarcophage, s'évanouit rapidement lorsque je réalise que cette découverte va générer un surcroît de travail, et que ce ne sera pas moi qui déciderai de ce qu'il faut analyser en premier.

Il y a quinze ans, j'étais en train de rédiger une thèse avançant que le cercueil était un microcosme de la tombe et de l'univers. À première vue, chaque texte funéraire livrait au défunt les informations dont il avait besoin dans l'au-delà. Mais si l'on s'éloigne un peu, le cercueil en lui-même devient un cosmos miniature, depuis le ciel peint sur le couvercle jusqu'à la carte du Livre des deux chemins dessinée sur le fond, en passant par la momie qui emplissait l'espace restant. Et si l'on prend davantage de recul, la tombe elle-même – avec sa superstructure comprenant une chapelle publique et une chambre funéraire souterraine abritant le cercueil – constitue une autre représentation symbolique des différentes couches de l'univers.

Mais ici, dans le magasin de la maison des fouilles, nous décortiquons minutieusement nos trouvailles. Posés l'une et l'autre sur des tréteaux, la cuve extérieure et le sarcophage intérieur sont tous deux intacts et particulièrement imposants, avec des parois de plus d'un mètre de haut. Nous avons installé des échafaudages pour pouvoir monter et regarder à l'intérieur mais le texte reste malgré tout trop éloigné et trop petit pour que nous puissions le voir distinctement. Nous nous appuyons donc sur les talents de photographe d'Alberto qui continue d'immortaliser les différentes étapes de l'exhumation avec son appareil photo fixé au bout d'une longue perche.

J'ai déjà commencé à recopier les hiéroglyphes dessinés dans les cercueils directement sur l'iPad afin qu'Alberto puisse utiliser ces données pour créer une reproduction numérique tridimensionnelle. Wyatt m'a fortement recommandé de commencer par les peintures situées à l'intérieur de la cuve, qui sont d'une telle beauté que je peine à leur rendre justice. Sur mon écran, je détecte les coups de pinceau de l'artiste, les ombres et les détails qui ressortent en blanc, terre de Sienne et bleu, presque pile en face de l'endroit vers lequel était tournée la tête de Djehouty-nakht. Il y a la tête d'un bouquetin avec ses cornes annelées et son oreille ourlée. Une imposante jarre à vin en terre cuite, utilisée dans les cérémonies, encore agrandie par un feston blanc peint d'un seul côté. Des tables croulent sous une débauche de fruits, de légumes, de viandes et de cônes de pain, une cuisse de bœuf sous un pelage tacheté, un rouleau de corde dont chaque brin, chaque fibre s'articule séparément et une oie remarquablement exécutée, dotée de grandes ailes aux plumes mouchetées rassemblant toutes les nuances de gris. L'élément le plus élaboré du tableau reste toutefois la porte en trompe-l'œil délicatement ouvragée par laquelle le *ba* faisait la navette entre la sépulture et le monde souterrain. Le texte inscrit au-dessus réclame de la part du roi et d'Osiris des offrandes les jours de célébration et s'assortit, à l'extrémité droite de la paroi, d'une liste d'idées cadeaux, toujours pratique.

J'ai les yeux qui brûlent au bout d'une heure de travail minutieux sur l'iPad. Je les frotte avant de jeter un regard en direction de Wyatt. Il est concentré sur sa tablette et ses lèvres remuent tandis qu'il lit à voix basse les translittérations des textes qu'Alberto a déjà photographiés sur les parois du cercueil intérieur. Les Textes des sarcophages comprennent en tout mille cent quatre-vingt-cinq formules et incantations. Il lui faut à présent repérer lesquelles ont accompagné Djehouty-nakht dans son voyage vers l'au-delà.

Comme il ne prête aucune attention à ce que je fais, j'en profite pour examiner rapidement le cercueil intérieur. Déjà présents sur la cuve, des yeux *oudjat* ornent le panneau de devant, à l'extérieur. Ils s'accordent avec une autre paire d'yeux *oudjat* peints de l'autre côté, au-dessus d'une fausse porte, comme si la momie pouvait regarder à travers les deux paires d'yeux pour admirer les magnifiques dessins décorant l'intérieur de la cuve. Et au fond du cercueil, la présence révélatrice de la carte du Livre des deux chemins, tout en ondulations. Je fais défiler les fichiers numériques et trouve enfin les photos qu'Alberto a prises.

Lorsque j'ai commencé à étudier le Livre des deux chemins, je n'ai pas pris l'Égypte comme point de départ. Je me suis d'abord penchée sur les cartes : la carte du monde qu'Anaximandre le Grec a tracée au VIe siècle avant J.-C., la carte médiévale de Fra Mauro, l'Atlas Maior, les cartes de l'Atlantis et de la Terre du Milieu, la carte de ce qu'auraient été les États-Unis si le Sud avait fait sécession et celle de l'Europe si le débarquement n'avait pas eu lieu. Les cartes n'ont pas nécessairement besoin de reproduire la réalité. Ni d'être à l'échelle ou tangibles. On peut les dessiner pour représenter le monde réel, pour rêver un espace fictionnel ou encore pour évoquer un endroit symbolique – comme au Moyen Âge, les plans des cathédrales conçus de la porte à la nef jusqu'à l'autel, telle une allégorie du voyage vers Dieu. De ce point de vue, la carte reflète le système de croyances de son créateur – exactement comme le Livre des deux chemins. Les artistes du Moyen Empire dessinaient une image détaillée des chemins permettant d'accéder à l'au-delà : on y voyait des points d'entrée, des portes infranchissables et des lacs de feu. Réussir à traverser ce paysage revenait à remporter la saison la plus corsée du jeu télévisé *Survivor*, avec à la clé une demeure éternelle située dans le quartier des divinités. Ici, à Deir el-Bersha, le Livre des deux chemins a été découvert dans quatre générations de cercueils. Chaque version a été publiée. Celle de Wyatt sera la plus ancienne de toutes.

Le sarcophage de Djehouty-nakht contient la version longue du Livre des deux chemins, soit cent une formules, recouvrant deux longues bandes du fond du cercueil en cèdre découpées en segments. Elle commence au lever du soleil, lorsque Djehouty-nakht monte à bord de la barque du dieu du Soleil. La carte géographique reconnaissable entre toutes apparaît ensuite : la voie d'eau tracée au-dessus en bleu et la voie terrestre peinte en dessous, en noir. Les deux itinéraires sont séparés par une langue rouge, le “Lac de Feu des porteurs de couteaux”. Les inscriptions remplissant l'espace restant décrivent les montagnes, les champs, les fleuves, les autels et indiquent les noms des créatures monstrueuses qui tenteront de terrasser le défunt en chemin. Dans les creux, les collines et les vallées se cachent de minuscules dessins de ces bêtes féroces, à peine visibles. Finalement, le mort revêt des habits et des accessoires spécifiques pour montrer qu'il a accompli avec succès cette partie du voyage et qu'il est bien arrivé à Rosette, le lieu de halage, où le cercueil doit être transporté dans une tombe.

Dans le segment suivant, les choses se compliquent encore. Trois salles encerclées de murs de flammes sont gardées par des vigiles. Si le défunt survit à cette épreuve, il est poussé sur les sentiers de la confusion ornant les murs de silex à Rosette – les illustrations montrent un entrelacs de chemins tarabiscotés. Un peu plus loin surgissent des démons à tête de scarabée, d'autres brandissant des serpents et des lézards qui doivent être vaincus avant que le défunt n'atteigne Osiris et la vie éternelle.

La version abrégée du Livre des deux chemins s'arrête généralement ici mais dans le cercueil de Djehouty-nakht, elle continue : on trouve en effet un appel au dieu Thot, patron de cette zone géographique, puis un épais pavé de texte ne contenant aucune anecdote ou description de l'au-delà. Ce passage tient lieu de justification de la vie du défunt, sommé de prouver qu'il est digne de s'embarquer aux côtés de Rê. Sept portes se dressent ensuite, surveillées chacune par des gardiens tous plus effrayants les uns que les autres. Passée cette dernière épreuve, le défunt accède enfin à l'immortalité. Il est comparé à Rê au lever du soleil et à Osiris dans le monde souterrain.

Cette carte montre non seulement comment les Égyptiens de l'époque atteignaient la vie après la mort, mais aussi comment ils *concevaient* l'au-delà. Il n'était pas question de portes joliment ouvragées et de chérubins jouant de la harpe. Ici, les portes étaient en feu et les créatures terrifiantes : armées de couteaux, les chimères à tête humaine et torse d'animal côtoyaient des serpents ailés à pattes griffues. Dans ce Livre des deux chemins, je repère une créature composite mi-babouin mi-serpent nageant dans le fleuve avec un coutelas et un monstre doté d'un corps de léopard et d'une tête de vache couronnée de cornes divines.

Une autre image retient mon attention. Je fais défiler la photo, zoome sur la partie qui m'intéresse : un homme assis, coiffé d'une couronne blanche, tenant dans les mains une crosse et un fléau. Ce n'est pas un monstre mais plutôt une représentation d'Osiris typique du Moyen Empire. Installé sur une estrade, le dieu est accompagné de Thot, perché au-dessus de lui et représenté sous la forme d'un babouin – allusion directe à la salle du Jugement dernier d'Osiris que l'on retrouvera bien plus tard dans les Livres du monde souterrain. À côté de lui se trouvent les plateaux vides d'une balance. Ce tableau apparaît dans la section du Livre des deux chemins habituellement consacrée au texte seul, sans illustration.

Je me décale légèrement sur l'échafaudage, désireuse de comparer la photo et l'image originale. C'est étonnant. Je n'ai jamais croisé Osiris et la balance dans le Livre des deux chemins. En fait, cette scène n'apparaît que dans la formule 125 du Livre pour sortir au jour, lorsque le cœur du défunt est pesé en face de la plume de vérité.

Le problème, c'est que ce texte a été écrit quatre cents ans plus tard.

— Wyatt, tu devrais venir jeter un coup d'œil.

Levant la tête de son iPad, il me regarde en fronçant les sourcils.

— Tu es censée travailler sur la cuve, dit-il en me rejoignant toutefois sur l'échafaudage.

— Mes connaissances sont peut-être un peu rouillées, dis-je prudemment, mais j'ai bien l'impression que nous sommes en face de la salle du Jugement dernier.

— Celle qu'on trouve dans le Livre pour sortir au jour ? Impossible. Ça date du Nouvel Empire.

— Et si un élément du Texte des sarcophages avait évolué dans ce sens ?

Je regarde Wyatt fouiller activement dans son impressionnante base de données mentale.

— C'est la formule 47 du Texte des sarcophages qui s'en approche le plus.

Il fait défiler les photos qu'Alberto nous a transférées. Son index glisse sur les hiéroglyphes tandis qu'il commence à lire – je n'ai jamais pu traduire aussi vite que lui. Il tombe enfin sur le texte en question, tracé sur la paroi tournée vers l'ouest du cercueil intérieur : *"Tout dieu, tout esprit de tout défunt qui s'opposera à tes dignités… sera écrasé et rejoindra les confédérés des Terribles de Face. Ton siège sera spacieux à l'intérieur du disque. Tu seras pesé sur les plateaux de la balance comme Thot. Ta réputation sera évaluée par Celui qui est dans son Disque, le dieu qui se tient à côté de lui. Tu mangeras du pain dans la grande salle. Tu recevras des repas tout comme Rê, apportés par ceux qui tiennent les garde-mangers d'Héliopolis. Ton cœur t'appartient. Il ne sera pas volé par les gardiens des routes… Prépare-toi à vivre pour toujours !"*

Le mort procédant à la pesée de son propre cœur. Le résultat d'une promotion dans l'immortalité : tenir compagnie à Rê. La grande salle des deux Maât – les deux vérités. Héliopolis, aujourd'hui située sous la banlieue la plus proche de l'aéroport du Caire, principal centre de culte de Rê. Ils sont tous là, les ingrédients que l'on retrouvera dans la formule 125 au Nouvel Empire. Mais jusqu'à présent, aucune iconographie du Moyen Empire n'avait pu relier les deux.

En me penchant pour repérer l'emplacement du texte original à l'intérieur du cercueil, je remarque quelque chose d'étrange. Il y a bien une ligne d'écriture hiératique mais elle est coupée en deux par une fente creusée dans le cèdre qui n'apparaît pas sur la photo de l'iPad.

— Où est la fissure ?

Wyatt incline la tête, intrigué. Il plisse les yeux, examine attentivement l'ensemble du sarcophage.

— La formule est reproduite sur les *deux* parois du cercueil, dit-il finalement.

— C'est normal ? De répéter deux fois la même chose ?

— Ça arrive. Dans ce cas précis, il n'est pas impossible que ce soit intentionnel. La salle des *deux* Maât.

Depuis notre poste d'observation sur l'échafaudage, nous sommes trop loin pour lire la formule. Je passe en revue les photos d'Alberto, m'arrête sur celle de la paroi opposée puis recherche la formule 47 du Texte des sarcophages. Ensuite, nous rapprochons nos tablettes pour pouvoir lire les deux formules similaires inscrites sur les parois orientale et occidentale du cercueil.

Mais elles ne sont pas complètement identiques.

Tout dieu, tout esprit de tout défunt qui portera atteinte à ton âme… tu as le droit d'entrer dans la salle des deux Maât. Tu es pur ! Tu es pur ! Tu es pur ! Tu es pur ! Tu es pur ! Ta pureté est la pureté de Celui qui est dans son Disque. Il ne peut t'arriver aucun malheur sur cette terre, dans cette salle des deux Maât, car tu connais les noms des dieux qui s'y trouvent. Prépare-toi à vivre pour toujours !

— Celle-ci est presque un copié-collé de la formule 125 du Livre des morts, sauf qu'elle est rédigée à la deuxième personne, comme le reste des Textes des sarcophages…

— Wyatt, regarde.

Je pose la pointe du stylet sur cette formule ornant la paroi tournée vers l'est puis sur l'autre, peinte sur la paroi opposée. J'imagine ensuite la momie telle que nous l'avons trouvée, couchée sur le flanc. Si l'on traçait une droite pour relier les deux formules, celle-ci transpercerait très certainement le cœur de Djehouty-nakht.

Moi qui ai toujours rêvé d'une preuve démontrant que les inscriptions et leur emplacement sur le cercueil étaient deux éléments inextricablement liés, me voilà servie.

— Dawn, murmure Wyatt, je crois qu'on vient de trouver le chaînon manquant.

Peu de temps après la découverte de notre histoire d'amour secrète par Dumphries, Wyatt et moi étions allongés, corps nus enchevêtrés, sur mon petit lit. L'après-midi touchait à sa fin. L'air soufflé par le ventilateur séchait lentement la sueur qui luisait le long de sa colonne vertébrale. Sa touffe lumineuse de cheveux emmêlés voilait son profil. Le soleil filtrait à travers la fenêtre, incorrigible voyeur. C'était l'heure où tout le monde faisait une sieste, et Wyatt s'était endormi après m'avoir fait l'amour. Le sommeil m'échappait bizarrement ce jour-là. Je promenais mon doigt sur son épaule, comme pour dessiner la carte du monde où je voulais vivre.

Nous avions joui ensemble dans une explosion des sens, comme d'habitude – comme si le temps nous manquait et que nous étions consumés par le désir de nous embraser mutuellement. Mon soutien-gorge s'était enroulé au pied du ventilateur, là où Wyatt l'avait jeté. Son pantalon était entortillé dans les draps. Une de ses chaussures avait roulé dans un coin de la pièce et atterri à l'envers.

Ma mère aurait dit qu'il fallait vite la remettre à l'endroit parce que ça portait malheur. Mais je n'avais pas envie de me détacher de lui pour m'occuper d'une godasse.

Wyatt marmonna dans sa barbe puis se frotta la nuque avant de capturer ma main dans la sienne.

— Laisse-moi tranquille, jeune gueuse, tu vas finir par me tuer.

Il roula sur le dos, les yeux mi-clos, un sourire espiègle au coin des lèvres.

— Mais quelle mort, mes aïeux… ajouta-t-il dans un murmure.

— Jeune gueuse ? m'indignai-je en m'asseyant sur lui à califourchon. Espèce de salaud misogyne.

Il m'attrapa par la taille, m'attira vers lui.

— Oh oui, dis-moi des choses cochonnes.

Mon éclat de rire se perdit entre nous, vite avalé par un baiser. D'un mouvement souple, il me fit basculer sur le dos et me lécha le cou. Ma peau rafraîchissait en séchant tandis que Wyatt traçait un chemin vers mon nombril.

Nous n'entendîmes pas tout de suite les coups frappés à la porte. Et lorsqu'ils atteignirent nos cerveaux, Wyatt cria à l'importun de foutre le camp.

— Dawn.

La voix de Dumphries était empreinte de gravité.

Jetant un coup d'œil à Wyatt, je ramassai sa chemise tombée par terre et l'enfilai en tirant sur les pans qui frôlaient mes cuisses. J'attendis qu'il soit enveloppé dans les draps pour ouvrir la porte.

— On a reçu un message, déclara Dumphries.

À l'époque, je n'avais pas de téléphone portable avec un forfait international. Peu de personnes possédaient ce genre d'équipement mais Dumphries en avait un, lui. C'était le numéro que nous laissions tous à nos familles, en cas d'urgence. Il me tendit l'appareil.

— Tu devrais appeler ta mère.

Il me laissa avec le téléphone, avec Wyatt. Dès que la porte fut refermée, je composai l'indicatif des États-Unis puis le numéro de chez moi et en attendant que la communication s'établisse, je fixai la chaussure retournée de Wyatt.

Il se recroquevilla autour de moi lorsque je vins m'asseoir au bord du lit, enroula son bras autour de ma taille, comme s'il sentait que j'aurais besoin d'être soutenue physiquement.

— Maman ? dis-je d'une petite voix.

Dès qu'elle ouvrit la bouche pour me parler de son cancer, je me changeai en statue. Je me disais que si je ne bougeais plus, le flot de mots s'arrêterait net. Mais ils continuèrent de se déverser dans mon oreille : *ovaires... soins palliatifs.. semaines.*

Je ne sais pas si Wyatt pouvait l'entendre mais il devina qu'il se passait quelque chose de grave. De très grave. Je sentis ses doigts se glisser entre les miens, les serrer fort.

Ma mère continuait de parler. Elle me racontait la chimio qui n'avait pas marché, m'expliquait pourquoi elle ne m'avait pas prévenue plus tôt, m'interdisait d'interrompre le cours de ma vie à cause de sa mort.

— Je rentre à la maison, déclarai-je et me levai brusquement, me libérant de l'étreinte de Wyatt.

Les textes que Wyatt et moi avons trouvés dans le cercueil intérieur ne parlent que de moralité : après sa mort, le défunt doit être capable de se tenir debout face aux dieux et de déclarer en toute honnêteté qu'il a été bon et n'a rien fait de mal tout au long de sa vie terrestre. Mais qu'est-ce que cela signifie vraiment d'être bon ? S'agit-il d'aider les autres ? De se précipiter au chevet d'une personne mourante ? De faire passer les besoins de son entourage avant les siens propres ? On peut avancer que ces actions ne sont pas toujours purement altruistes mais qu'elles touchent à notre désir inconscient de passer pour un martyr. Qu'elles ne sont pas seulement motivées par l'éthique mais aussi par la culpabilité.

D'un autre côté, qu'est-ce que cela signifie d'être *im*moral ? Est-ce poursuivre ses rêves à tout prix ? Est-ce mentir aux autres, ou se mentir à soi-même ? Est-ce tomber amoureux d'une personne alors qu'on est déjà censé en aimer une autre ? Est-ce que c'est grave d'avoir des sentiments mais de les refouler ?

Tout ce que je sais avec certitude, c'est que la moralité n'est pas une ligne droite déjà toute tracée. Les choses évoluent. Les tuiles tombent. Ce que nous sommes ne se résume pas à nos actions. Ce qui compte, ce qui constitue notre être profond, c'est la manière dont nous justifions notre conduite.

Wyatt loupe le repas parce qu'il est en conversation téléphonique avec le doyen des études doctorales de Yale puis avec le service communication de l'université. Ils doivent rédiger le message qui sera diffusé demain matin, après que le ministère des Antiquités égyptiennes aura adressé un communiqué officiel aux organes de presse. L'annonce ne sera évidemment pas aussi détaillée que l'article relatant la découverte du cercueil mais comme il faudra attendre encore plusieurs mois avant sa publication, ce premier message apportera à Wyatt – et à Yale – une bonne dose de reconnaissance au sein de la communauté des archéologues et des universitaires.

Tout le monde est parti se coucher, la maisonnée a retrouvé son calme et je suis montée sur le toit-terrasse, trop énervée pour trouver le sommeil. Wyatt mentionnera mon nom dans son article, j'en suis sûre. Longtemps après mon départ, mes travaux resteront dans les annales pour les futurs égyptologues. J'ai dit à Wyatt que c'était ce que j'étais venue chercher, la raison de mon retour ici.

Mon regard suit une éphémère en train de voleter au-dessus de la balustrade, bientôt rejointe par deux autres. Une voix grave me fait sursauter.

— Ah, te voilà ! J'ai cru que je t'avais perdue.

J'ai cru que je t'avais perdue.

Je plaque un sourire radieux sur mon visage avant de me retourner.

— C'est fini, les appels téléphoniques ?

— Pour le moment, oui.

— Tu as réussi à joindre Dailey ?

Il fronce légèrement les sourcils.

— Pourquoi tu me poses cette question ?

— Bah, j'imagine que quand tu finances ce genre d'opération, tu aimes bien être tenu au courant en cas de découverte majeure…

— Je n'ai pas très envie de parler de Dailey, élude Wyatt en s'appuyant sur la balustrade, chassant une éphémère d'un geste de la main.

— Oh non, laisse-la.

— Je t'en supplie, dis-moi que tu ne fais pas partie de ces gens qui capturent les araignées dans un gobelet pour les remettre dehors en leur souhaitant une belle et longue vie…

— Les éphémères ont l'espérance de vie la plus courte de tous les occupants de la terre. Vingt-quatre heures, un truc comme ça. Tu ne t'en voudrais pas d'écourter encore plus la vie de celle-ci ?

Wyatt observe l'insecte.

— Merde, pas de bol. Tu sais quoi, mon vieux ? J'espère que tu as passé une journée extraordinaire.

La mienne le fut, en tout cas.

Il marque une pause avant de demander :

— À quoi ça occupe son temps, ce genre de bestioles ?

— Ça danse en petits groupes et ça s'envoie en l'air.

— C'est clairement plus évolué que nous. Quand tu as si peu de temps à vivre, autant profiter de chaque instant.

Je n'arrive même pas à croiser son regard.

— Olive, reprend Wyatt à voix basse en faisant glisser ses coudes sur la rambarde, qu'est-ce qui s'est passé ?

Inutile de faire semblant de ne pas comprendre. J'appuie mon dos contre la balustrade, de sorte que nous regardons tous les deux dans des directions opposées. Un rire sans joie s'étrangle au fond de ma gorge. C'est tellement vrai, au sens propre comme au figuré.

— Je n'avais pas le choix. Ma mère avait un cancer. Elle me l'a caché aussi longtemps que possible. Elle allait entrer dans un centre de soins palliatifs.

— Je sais pourquoi tu es partie. Ce que je veux savoir, c'est pourquoi tu n'es jamais revenue.

C'est donc ça. L'heure des explications a sonné. Quand il faut palper la cicatrice, on cherche à l'enfouir sous une épaisse couche de manteaux et de foulards et, en agissant ainsi, on se souvient exactement de ce qu'on a ressenti au moment de la blessure. Je tâte délicatement les bords de la fissure, cette ligne de faille qui sépare la vie que je pensais avoir de celle que j'ai en réalité. *Et si, et si, et si.*

— J'étais obligée de rester auprès de ma mère.

Mes paroles résonnent dans la nuit, pleines de conviction, et mes pensées se tournent de nouveau vers Djehouty-nakht en train de justifier ses actions dans la salle des deux Maât.

— Et ensuite, j'ai dû m'occuper de Kieran.

— Ton… frère, murmure Wyatt en tirant sur un fil de sa mémoire.

— C'est ça. Il est devenu médecin, dis-je non sans fierté. Neurochirurgien.

Wyatt bouge de manière à pouvoir me regarder.

— Et pendant ce temps… tu…

— Je suis devenue doula de fin de vie. Mais ça, tu le savais déjà.

Tout comme nous savons que ce n'était pas l'objet de sa question. Qui tournait plutôt autour de ce que je *ne suis pas* devenue. Docteur, moi aussi. Égyptologue.

Sa femme.

Pendant des années, je me suis répété que tout était lié à Brian, que tout était à cause de lui. Je me disais que j'avais trop honte d'avouer à Wyatt que je m'étais jetée dans les bras d'un autre aussi vite. Mais Brian n'y est pour rien. Tout vient de *moi.*

— Si tu avais reçu mes lettres, insiste Wyatt à mi-voix, est-ce que tu serais revenue ?

Je me tourne vers lui, plonge dans le bleu lumineux de ces yeux qui n'ont jamais cessé de briller en moi.

— Je ne pouvais pas.

— Mais moi, je t'aurais rejointe.

Peut-être existe-t-il un monde où les choses se sont passées comme ça. Un monde où Wyatt a terminé son doctorat, décroché un poste à l'université, où il participe deux fois par an à un chantier de fouilles et s'épanouit dans une carrière qui m'est passée sous le nez. Dans ce monde-là, il n'est pas impossible que je lui en veuille alors même qu'il n'y est pour rien.

Dans ce monde-là, je n'ai pas cédé aux avances d'un autre homme – un homme foncièrement bon et gentil qui a tout fait pour me rendre la vie plus facile alors que tout me semblait si compliqué. Dans ce monde-là, je ne suis pas tombée enceinte de cet homme.

Dans le monde réel, j'ai refermé la porte sur Wyatt pour choisir la sécurité et la stabilité.

Ma gorge me brûle, j'aimerais pouvoir lui expliquer tout ça mais c'est au-dessus de mes forces.

— L'autre jour, tu m'as demandé pourquoi j'étais revenue. C'est simple : je croyais que ce serait ça, ma vie, mais le destin en a décidé autrement et j'avais besoin de savoir à quoi ça aurait pu ressembler. Toi, moi, un chantier de fouilles. Une découverte. Je sais que c'était mon choix de tout laisser tomber. Mais j'avais envie de voir, juste une fois, à côté de quoi j'étais passée.

Je ne me suis même pas rendu compte que je pleurais. C'est en sentant les doigts de Wyatt effleurer ma joue que je m'en aperçois. Il frotte son pouce contre son index comme si ma tristesse pouvait imprégner sa peau.

— On a peut-être pris le même chemin, toi et moi, malgré tout, dit-il. Tu côtoies des personnes qui finissent toujours par te quitter. La différence, c'est que tu appelles ça du travail. Alors que, pour moi, c'est de l'amour.

Il s'éloigne en direction de l'escalier. J'ignore combien de temps je reste sur la terrasse, sous les étoiles accrochées à un ciel enfiévré. Assez longtemps pour que mes larmes se tarissent. Assez longtemps pour pouvoir avaler une bouffée d'air sans avoir l'impression de me disloquer.

La maison est plongée dans le silence et l'obscurité. Dans la salle commune, la seule lumière provient de l'ordinateur d'Alberto : sur l'écran de veille, une forme géométrique ressemblant à un ruban de Möbius se tortille dans tous les sens, comme en proie à une douleur intense.

Je m'assois à son bureau et ouvre un nouvel onglet. Le chargement de mon compte Gmail prend quelques minutes. Dix autres secondes s'écoulent tandis que je filtre les messages dans la boîte de réception réservée à la famille.

Parce que je suis lâche, je commence par celui-ci de Kieran.

Dawn, Brian refuse de me dire où tu es passée. C'est quoi, ce bordel ?

Ses mots m'arrachent un sourire ; Kieran n'est pas du genre à tourner autour du pot.

Dawn. Tout le monde flippe, là.

Dawn. Si tu es en galère, dis-le-moi, OK ?

En ouvrant les messages de Meret, je fonds de nouveau en larmes.

Maman, papa dit que tu vas bien mais si c'est la vérité, pourquoi est-ce que tu ne rentres pas à la maison ?

Maman, si tu es vraiment allée voir ta tante qui habite en France comme le prétend papa, alors envoie-moi une carte postale parce que, franchement, je crois qu'il ment. En plus, je t'ai envoyé des centaines de textos, pourquoi est-ce que tu ne réponds pas ?

Mamounette, est-ce que j'ai fait quelque chose de mal ?

En lisant ce dernier message, je craque complètement. Je m'affale sur le clavier en pensant que mes larmes vont sûrement court-circuiter toutes les données du super-logiciel d'Alberto mais c'est bien le cadet de mes soucis. J'imagine Meret en train de taper cette phrase sur son ordinateur portable, son visage baigné par la clarté spectrale de l'écran.

Je ne me souviens pas du jour où elle m'a appelée “maman” pour la première fois mais je me souviens du jour où elle m'a donné du “mamounette”, comme pour adoucir ses propos. J'étais venue la chercher à la sortie de l'école, elle était en CM1, et elle avait invité une amie à la maison. Jusqu'à ce fameux jour, elle me prenait la main chaque fois que nous traversions la rue, comme si elle ne savait pas comment avancer sans moi. Mais quand j'ai voulu lui prendre la main pour traverser le parking ce jour-là, elle s'est écartée d'un air gêné. *Mamounette*, a-t-elle murmuré, *je ne suis plus un bébé mais je t'aime fort quand même.*

Sauf que ça ne marche pas comme ça. Meret sera toujours mon bébé, même quand elle aura des enfants. Je veillerai toujours sur son bien-être et m'efforcerai toujours de la protéger. Autant de choses que je ne peux pas faire si je suis à l'autre bout du monde.

Son dernier message électronique ne contient pas de texte. C'est une photo de nous deux qu'elle a scannée et envoyée en pièce jointe. Je ne sais même pas où elle l'a dénichée – dans un vieil album, je suppose, enfoui au fond d'une caisse au grenier. Nous sommes à la plage, Meret doit avoir deux ans. Une étoile de mer est étalée dans le creux de sa main et elle a la tête levée vers le ciel. *Elle est tombée ?* avait-elle demandé juste avant que Brian ne prenne la photo. Je me souviens d'avoir fortement ressenti la présence de ma mère, à cet instant, et quand on observe bien la photo, on distingue un halo d'embruns qui ressemble un peu au profil d'un fantôme.

Au fond, Meret avait peut-être raison au sujet de cette étoile de mer. J'aurais remué ciel et terre pour elle. Et c'est encore le cas.

Finalement, j'aspire une grande bouffée d'air et me décide à ouvrir les messages de Brian, du plus ancien au plus récent.

Où es-tu ?

Sérieusement, Dawn.

Tu crois peut-être que c'est suffisant de me baratiner en me faisant croire que tout va bien, que tu as juste besoin d'air et de temps et de je sais trop quoi encore mais franchement, Dawn, il n'y a pas que toi dans l'histoire.

Un jour plus tard : *Ce n'est pas ce que je voulais dire. J'étais furax. Je retire ce que j'ai écrit.*

Puis : *J'ai réfléchi et je me dis que tu attends peut-être quelque chose de moi et si c'est le cas, tu aimerais sans doute que je te présente des excuses alors OK, c'est bon : je suis désolé. Mais je suis triste, aussi. Et paumé. Et j'ai peur.*

Est-ce que tu mentais quand tu disais que tu m'aimais ?

Plusieurs jours passent sans messages, puis le dernier :

Je sais que tu penses que je ne t'écoute pas la plupart du temps, que je suis dans ma bulle, mais tu te trompes. Je suis à l'écoute. Et j'ai beaucoup réfléchi à ce que tu as dit avant de partir : que le passé compte parfois plus que le présent. Si l'on retient cette hypothèse, il ne peut pas compter plus que le futur. Parce que sinon, d'un point de vue scientifique, nous régresserions au lieu d'évoluer. Tu sais que je ne suis pas doué avec les mots. Et que j'ai du mal à remarquer quand quelque chose ne va pas. Mais je sais une chose avec certitude : ton état et mon état sont enchevêtrés. |moi> = |nous> L'état quantique de moi *est* nous. *S'il te plaît, Dawn, reviens vite.*

Je serre les poings si fort qu'ils tremblent au-dessus du clavier.

C'est à Meret que je réponds en premier.

Tu me manques trop.

J'hésite. *Je ne suis pas partie à cause de toi, Meret, mais tu es la raison pour laquelle je vais rentrer à la maison.*

Puis j'écris trois mots tout simples à Kieran : *Je vais bien.*

J'envoie ensuite un message à l'assistante sociale du centre de soins palliatifs pour demander des nouvelles d'une cliente.

Et pour finir, je rédige ma réponse à Brian. Je commence à taper : *Je suis désolée*, courte phrase que j'efface aussitôt. Parce que c'est faux, je ne suis pas désolée.

Je tape plutôt : *Je ne voulais pas te faire de peine.*

Ça sonne comme un adieu, alors j'efface encore pour retrouver une page vierge.

Je ne sais pas quoi écrire, je décide donc de répondre à la question qu'il m'a posée.

Je ne t'ai jamais menti en disant que je t'aimais.

Je clique sur *envoyer*, regarde les mots s'envoler de l'écran. Puis je pense : *Je ne t'ai juste jamais dit toute la vérité.*

En 2003, j'ai quitté l'Égypte en pleine tempête ; les anciens Égyptiens appelaient ça *neshni.* Wyatt m'a accompagnée jusqu'à l'aéroport du Caire. La circulation était infernale, les véhicules roulaient pare-chocs contre pare-chocs. Sur l'autoroute, les flaques se transformaient en pataugeoires que les voitures traversaient en projetant des gerbes d'eau sur les ânes qui tiraient tant bien que mal leurs charrettes dans la boue en poussant des braiments effrayés. Plusieurs véhicules abandonnés encombraient la chaussée ; des conducteurs sortaient de leur voiture pour s'insulter sous la pluie battante. Le chagrin et la peur me soulevaient le cœur et j'avais entrouvert la vitre pour mieux respirer.

— Je devrais rentrer avec toi, marmonna Wyatt en plissant les yeux pour tenter de voir à travers l'écran de pluie.

Mais nous savions tous les deux que c'était trop récent, trop vivace. Ç'aurait été de la folie de donner autant d'importance à notre relation si rapidement, alors que nous n'étions ensemble que depuis quelques semaines. Ce que nous avions vécu tous les deux avait été aussi inattendu qu'intense, à l'image des éléments déchaînés ce jour-là.

Mon esprit avait déjà commencé à tracer une ligne entre *l'avant* et *l'après*. Alors même que j'étais assise à côté de Wyatt, si près de lui que je voyais les poils de sa barbe naissante, je pensais à ma mère allongée dans un lit qui n'était pas le sien, aux mains inconnues qui nettoyaient son corps et lavaient ses cheveux. L'idée que j'allais devoir m'occuper d'elle comme elle s'était occupée de moi quand j'étais enfant me paraissait tellement étrange.

— Merde, lâcha Wyatt, c'est pas possible. Y a encore un barrage ?

La multiplication des accidents de la route nous avait obligés à prendre un itinéraire deux fois plus long pour nous rendre à l'aéroport.

— Je vais peut-être louper mon avion, murmurai-je en consultant ma montre.

— *Inch'Allah*, fit Wyatt dans un souffle.

Les forces de l'univers avaient beau s'être liguées pour me retenir en Égypte, nous arrivâmes à temps à l'aéroport. Wyatt gara la voiture le long du trottoir, dans la zone d'arrêt minute. Aucun de nous ne fit mine de vouloir sortir. Devant le capot, un homme vêtu d'un gilet de sécurité jaune fluo gesticulait d'un air furieux – nous prenions de la place et bloquions le flot des autres voitures.

Je cherchai le regard de Wyatt.

— Ça va aller, déclarai-je avant qu'il ne prenne la parole.

— Olive. Si tu as besoin de quoi que ce soit… n'importe quand. Et puis merde. Je ferai n'importe quoi pour toi, dit-il en emprisonnant ma main. N'importe quoi. N'importe quand. Il n'y a pas de date d'expiration.

L'habitacle du 4×4 commença à se remplir de mots que nous n'avions pas eu le temps d'échanger, embuant les vitres et faisant grimper la température. J'étais tiraillée entre Wyatt et Boston.

Il porta ma main à ses lèvres, l'embrassa, puis replia mes doigts.

— Je t'aime, chuchota-t-il contre mon poignet.

Si je prononçais à mon tour ces trois petits mots, je n'aurais pas la force de partir, je le savais d'avance : la transaction serait conclue, un serment donné, un serment reçu. Alors j'ouvris ma main comme une étoile pour laisser ses mots s'échapper.

— Je sais, dis-je d'une voix tremblante avant de sortir de la voiture, et de partir sans me retourner.

La porte de la chambre de Wyatt n'est pas fermée à clé. Lorsque je me faufile à l'intérieur, il dort en travers du lit, les draps enroulés autour de la taille, torse nu. La lune l'a peint en doré, comme s'il était son modèle préféré. Je l'observe longuement. Bien sûr, j'ai remarqué le gris dans ses cheveux et les ridules autour de ses yeux mais le voir comme ça me rappelle brutalement le nombre d'années écoulées depuis que je suis partie. Tant de changements… Chez lui. Chez *moi.*

Il se redresse d'un coup.

— Dawn ? Quelque chose ne va pas ?

— Je t'aime, dis-je d'une traite en réalisant que ma confession répond précisément à sa question.

Wyatt semble prendre conscience qu'il est nu et que quelqu'un qui pourrait tout aussi bien être une étrangère se tient dans sa chambre au beau milieu de la nuit. Il rassemble les draps autour de ses hanches et lève les yeux sur moi.

— Je sais, murmure-t-il en plissant les yeux. C'est la réplique classique, non ?

— J'aurais dû te le dire il y a quinze ans. Mais j'avais peur de ne plus avoir le courage de partir si je prononçais ces mots.

— Alors pourquoi me le dire maintenant ?

J'hésite un instant.

— Parce que je ne veux pas arriver à la fin de ma vie en regrettant de ne jamais te l'avoir dit.

Son regard cherche le mien.

— Tu vas bien ?

— Je ne devrais pas mourir bientôt, si c'est le sens de ta question. En tout cas, pas à ma connaissance.

Wyatt se détend.

— Bon, c'est déjà ça, fait-il en tapotant le lit.

Je vais m'asseoir à côté de lui. Ses mots glissent lentement de ses lèvres.

— C'est long, quinze ans, Olive.

— Oui.

Je baisse les yeux sur le drap blanc, sur nos mains séparées par quelques centimètres. Ses doigts effleurent les miens et je frissonne.

Nous nous sommes touchés plusieurs fois au cours des dernières semaines. Wyatt m'a passé des instruments, dirigée en me donnant une petite tape sur l'épaule et m'a même aidée à descendre une échelle de corde. Mais c'est la première fois que nous entrons délibérément en contact. Je sens ses yeux rivés sur mon visage, qui me demandent ce qu'il n'arrive pas à formuler avec des mots.

Avant que j'aie le temps de changer d'avis, je l'embrasse.

C'est rapide. Et étourdissant. Une caresse aérienne comme un prélude, une mise en bouche. Ses lèvres ont toujours un goût de caramel. Je m'écarte avant lui.

— Tu as une autre vie, murmure-t-il.

Je laisse passer quelques secondes avant de réagir :

— Et si, pour une nuit, c'est celle-ci que je voulais ?

Sa main enveloppe ma hanche.

— Alors dans ce cas, je suis l'éphémère la plus heureuse du monde, plaisante-t-il en se déplaçant légèrement pour m'attirer vers lui avec lenteur, comme s'il voulait me laisser le temps de changer d'avis.

Puis sa bouche se referme sur la mienne.

Dans un environnement propice, il suffit de gratter une allumette pour déclencher un brasier. Cette pensée me traverse l'esprit lorsque nos lèvres s'unissent et que je suis propulsée dans le passé, sur un autre matelas étroit, pour un autre moment volé dans les mêmes bras. Wyatt est partout à la fois, allumant des feux çà et là. Ce n'est pas comme avec Brian, une expérience tranquille et confortable, pas du tout : c'est un plongeon vertigineux dans les montagnes russes et il n'y a pas de main rassurante pour tenir la mienne pendant le voyage.

— Olive, souffle Wyatt. Seigneur Dieu…

Nous ne sommes plus qu'un entrelacs de bras et de lèvres, de boutons et de manches. Mais alors qu'il s'apprête à me débarrasser de mon dernier vêtement, je retiens les pans de ma chemise. Il suspend son geste.

— Tu ne veux plus ?

Je secoue la tête.

— J'ai changé, Wyatt.

— Tu es magnifique.

— Tu dis ça parce que tu as envie de me sauter.

— Oui, aussi, admet-il avec un sourire espiègle. Mais il se trouve qu'en plus, c'est la vérité.

— J'ai eu un enfant. Je suis vieille…

— Je te rappelle que j'ai trois ans de plus que toi.

Il prend mon visage entre ses mains.

— Dawn. Si ça peut te rassurer, je veux bien te montrer ma cicatrice d'appendicite et là où j'ai peur de devenir chauve et toi, tu me montreras tes vergetures et tes rides. Mais très franchement, je préférerais me concentrer sur tout ce que je trouve beau chez toi.

Je lui tire doucement les cheveux.

— Je n'ai pas de rides. Et ta tignasse n'est pas près de tomber.

— Alléluia, susurre Wyatt en ôtant ma chemise.

Sa main effleure ma taille, glisse sous la dentelle de mon soutien-gorge. Mon cœur cogne sous sa paume.

Rabattant le drap d'un geste sec, j'enroule mes doigts autour de lui, je le caresse. Les tendons de son cou se contractent tandis qu'il se cambre contre moi.

— Pas tout de suite, murmure-t-il en me faisant rouler sur le dos.

Il m'embrasse longuement, lentement, délicieusement.

— *Comme une divinité à part entière tu es arrivée sur terre*, récite-t-il. *Ta tête est Rê. Ton visage est l'Ouvreur des chemins, ton nez est le divin chacal…*

Il effleure d'un baiser mes paupières closes.

— *Tes deux yeux sont les enfants de Rê-Atoum. Ta langue est Thot. Ta gorge est Nout. Ton cou est Geb.*

Ses mains encerclent mes bras ; sa langue dessine des spirales sur ma poitrine.

— *Tes deux épaules sont Horus. Ta poitrine est Celui qui plaît au* ka *de Rê.*

Il lève les yeux avant d'ajouter d'une voix sourde :

— *Nota bene* : elle me plaît vachement, à moi aussi.

Je sens ses mains remonter le long de mes cuisses.

— *Tes flancs sont la Formule divine et le Scarabée divin… ton ventre est le Double Lion…*

Il écarte mes jambes, se penche lentement au-dessus de moi.

— *Tes fesses sont Isis et Néphtys*, chuchote-t-il. *Aucune partie de toi n'est dénuée de divinité.*

Sa bouche se colle à mon sexe.

À cet instant précis, tous les moments passés loin de lui me submergent. Il m'insuffle la vie. Et lorsque, levant la tête, il se redresse et plonge en moi, je l'enlace avec mes bras et mes jambes comme si cela pouvait suffire à le retenir ici pour toujours.

Un peu plus tard, je roule sur le côté et Wyatt se presse contre mon dos. Il rit quand j'étouffe un bâillement.

— Dire qu'on faisait ça trois fois par nuit, fais-je observer en souriant.

— On est peut-être vieux, tu as raison.

Je tâte le terrain, sonde mes pensées à la recherche d'éventuels regrets mais n'en trouve aucun. Je ne ressens pas la moindre culpabilité, pas une once de honte.

Mais que se passe-t-il, après ça ?

Wyatt étale sa main sur les rondeurs de mon ventre, les deux kilos et des poussières que je n'ai jamais réussi à perdre.

— J'aurais bien aimé voir ça, tu sais.

— Me voir grossir ?

— Te voir enceinte. Mettre un bébé au monde.

J'appuie ma main sur la sienne et ferme les yeux si fort que c'en est douloureux. Puis je me retourne entre ses bras pour me retrouver face à lui.

— Je veux que tu penses à moi comme si j'étais un instant. Celui qui précède un baiser, quand tu es tellement proche que ta vue se brouille et que tu sens ton pouls battre dans le vide. Voilà.

Wyatt approche son visage centimètre par centimètre.

— Maintenant ? chuchote-t-il.

Je hoche la tête.

— Maintenant.

Je l'embrasse jusqu'à ce qu'il ondule contre moi, jusqu'à ce que je sente son odeur sur ma peau, jusqu'à ce que j'arrive à le voir en gardant les yeux fermés. Lorsque nous nous séparons enfin, Wyatt m'adresse un sourire langoureux et coince une mèche de cheveux derrière mon oreille.

— Tu comptes partir où, s'il faut déjà que je me souvienne de toi ?

Je l'embrasse encore pour avaler ma réponse.

Neheh djet. Le temps cyclique, le temps linéaire. Dans l'esprit des anciens Égyptiens, le monde était structuré par ces deux aspects du temps. Blottie dans les bras de l'homme que j'ai aimé et que je n'ai sans doute jamais cessé d'aimer, je prends cruellement conscience qu'il s'est écoulé une éternité – et qu'en même temps c'était hier.

Que m'arriverait-il si je devais me présenter là, tout de suite, dans la salle des deux Maât pour justifier mes actes ? Aurais-je le droit d'aller rejoindre les *akhou*, les morts bienheureux, ou serais-je tout bonnement damnée, *mout*, chassée ? Ai-je commis une faute impardonnable ou ai-je simplement cherché à me rapprocher de la personne auprès de qui j'étais censée vivre ?

Dans le monde souterrain, les morts bienheureux et les damnés partagent le même espace. Dans le Livre des portes qui apparaît plus tard, au Nouvel Empire, on trouve un lac dont les eaux rafraîchissent les bienheureux mais brûlent les damnés.

Je sombre dans un sommeil agité, peuplé de flammes et de noyades, et me réveille en sursaut en entendant la porte s'ouvrir à toute volée. Je me redresse, un instant désorientée. Wyatt a la bonne idée de rabattre le drap sur moi. Le soleil inonde la petite chambre. Avons-nous oublié de nous réveiller ? Mais non, c'est vendredi, jour de repos. Mon estomac se noue lorsque j'aperçois Alberto dans l'encadrement de la porte – il aura une bonne raison de me mépriser, à présent. Mais on dirait qu'il ne m'a même pas vue.

— Dailey est là, lance-t-il d'un ton sec.

— Merde.

Wyatt bondit hors du lit, récupère ses vêtements posés sur la chaise, s'habille en vitesse et saute dans ses chaussures. Puis il se passe les mains dans les cheveux pour tenter d'y apporter un semblant d'ordre.

— Merde, merde, merde, *merde*, grommelle-t-il avant de foncer comme une flèche dans le couloir en me laissant dans la chambre – dans son lit.

Alberto me lance un coup d'œil.

— Tu ferais mieux de t'habiller.

Wyatt s'est peut-être attiré des ennuis s'il n'a pas parlé de moi à son mécène, s'il m'a engagée dans l'équipe sans l'aval de ce dernier.

— Tu crois que ma présence va contrarier Dailey ?

— Ouais, répond Alberto. On peut dire ça comme ça.

J'esquisse un geste en direction de la porte et lève les yeux en l'air pour lui faire comprendre que j'aimerais qu'il parte. Une fois seule, je me lève et enfile mes vêtements de la veille. Je suis en train d'attacher le bout de ma tresse quand je déboule dans la cuisine, bien décidée à prendre la défense de Wyatt. S'il est dans le pétrin, c'est ma faute…

Une femme est assise à la table. Ses cheveux noir de jais sont empilés au sommet de sa tête, elle porte une fine chemise de lin et le genre de jean savamment déchiré qui coûte une fortune dans les boutiques de créateurs. Wyatt est en face d'elle et ils boivent le thé ensemble.

— Il est déjà parti ? je lance, hors d'haleine.

La femme se retourne. Un rouge carmin souligne ses lèvres, ses yeux ont la couleur de l'ambre, elle se tient parfaitement droite et c'est très certainement le plus bel être humain qu'il m'ait été donné de rencontrer. En face d'elle, Wyatt, écarlate, tire nerveusement sur le col de sa chemise déjà déboutonné.

— Anya, dit-il, je te présente Dawn. Elle travaille dans mon équipe.

Il pousse sa chaise, se lève.

— Dawn, je te présente Anya Dailey. C'est elle qui finance l'expédition. Elle est venue voir le cercueil.

Anya se lève à son tour et va se pendre au bras de Wyatt.

— Entre autres choses, minaude-t-elle en souriant.

Je regarde la main d'Anya Dailey, posée dans le creux du coude de Wyatt. À son annulaire brille un diamant monté sur une bague ancienne, glissée là par son fiancé qui me frôle pour l'entraîner hors de la pièce.

EAU/BOSTON

Abigail Beauregard Trembley était étudiante en deuxième année à l'université lorsqu'elle a commencé à s'intéresser à la mort en tant que secteur d'activité. Partie visiter l'Indonésie pendant ses vacances d'été, elle s'est vite retrouvée sur la paille et a été obligée de se dégoter un petit boulot : pleureuse aux enterrements, payée à l'heure. Elle revêtait alors la seule robe noire de sa valise et suivait le cortège funéraire, pleurant et gémissant au milieu d'une foule de consœurs. "Je n'avais pas l'impression d'être malhonnête, m'a-t-elle raconté des années plus tard, alors que nous étions toutes les deux assistantes sociales en soins palliatifs. Dans certaines cultures, plus les enterrements sont tapageurs et plus le passage vers l'au-delà se fait en douceur. Mais on n'arrive pas toujours à rassembler un nombre suffisant de pleureuses. C'est le cas par exemple quand le mort a survécu à sa famille et à ses amis. Pour autant, tout le monde a droit à des adieux dignes de ce nom, tu ne crois pas ?"

Abigail travaillait déjà au centre de soins palliatifs lorsque ma mère est morte. C'est elle qui m'a donné envie de faire ce métier. Je ne faisais confiance à personne d'autre quand j'avais besoin de conseils ou que je devais digérer la mort d'un client. Lorsqu'elle me rejoint à Perkatory aujourd'hui – le café où nous essayons de nous retrouver au moins une fois par mois pour échanger les dernières nouvelles –, j'en suis à ma deuxième tasse et je viens d'attaquer une part de cake à la banane.

— Je sais, je sais… je suis à la bourre, dit-elle en s'asseyant en face de moi, posant par terre sa besace géante. Les risques du métier.

Je ris.
— Tu as déjà commandé ?
— Sache, ma belle, que j'ai commandé mon *chaï latte* soja alors que j'étais encore sur la route.
Au moment où elle prononce ces mots, la serveuse lui apporte sa tasse.
— Ça fera l'affaire, reprend Abigail, mais ce qu'il me faudrait vraiment, c'est un bon shot de vodka.
— J'en suis là, moi aussi.
— Oui, on m'a dit que tu étais auprès de Thalia quand elle est morte. Quelle femme adorable.
— Une perle, renchéris-je et nous observons toutes les deux un petit moment de silence en mémoire de la disparue. Et toi, qu'est-ce que tu voudrais noyer dans l'alcool ?
— La femme d'un de mes patients n'a pas réussi à se faire à l'idée que son mari allait mourir.
— Le diagnostic est tombé brutalement ?
— Non, même pas. Il a la maladie de Charcot. C'est juste que ça a mis du temps à faire son chemin dans sa tête et que la réalité l'a terrassée d'un coup, comme si le ciel lui tombait sur la tête. Sans exagérer, je crois avoir passé plus de temps à la préparer elle à affronter l'inévitable alors que j'étais censée accompagner son mari. Mais l'histoire ne s'arrête pas là : en arrivant chez eux aujourd'hui, je les ai trouvés tous les deux au lit, blottis l'un contre l'autre, gavés de morphine. Elle lui avait fait une injection et s'était piquée ensuite. Foutu Nicholas Sparks et son putain de bouquin… *Les Pages de notre amour*, mon cul, oui.
Abigail lâche un soupir.
— Résultat des courses : *elle* est morte. Pas lui. Et je me retrouve avec un patient atteint de la maladie de Charcot sur les bras, sans aidant pour l'accompagner.
— C'est horrible.
— Je sais.
Elle me dévisage par-dessus sa tasse.
— Bon, et toi ? Pourquoi as-tu convoqué le grand *pow-wow* d'urgence ?
— Une de mes clientes veut faire une confession avant de partir.

— OK.

— Le genre de confession qui peut faire beaucoup de mal à ceux qui restent.

Chaque fois que je dois prendre en compte une confession comme celle de Win, propre à faire basculer le monde d'une autre personne, je prends le temps de réfléchir à ce qu'il convient de révéler, à ma part de responsabilité dans l'histoire.

— Je me suis occupée d'un patient de trente-huit ans qui m'a confié avoir tué son meilleur ami, déclare Abigail. Ça s'était passé vingt-cinq ans plus tôt. Son copain avait trop bu, il marchait sur le parapet d'un pont. Il a glissé, il est tombé. L'autre a cru qu'il regagnerait la rive à la nage, il n'a pas sauté tout de suite. Le problème, c'est que le gamin s'était cogné la tête contre une poutre métallique en tombant. Il a coulé. Sur le coup, mon patient n'a rien dit de peur d'avoir des problèmes parce qu'ils avaient bu de l'alcool alors qu'ils n'avaient pas l'âge légal. Et puis le temps a passé et il a gardé ça pour lui.

— Qu'est-ce que tu as fait ?

— Après sa mort, j'ai retrouvé la famille du gosse et je leur ai dit la vérité. Je ne pouvais pas faire autrement – pour ma tranquillité d'esprit.

— C'est bien ça qui m'inquiète. Ma tranquillité d'esprit.

— Ta cliente est une tueuse en série, un truc dans le style ?

— Non, il n'y a rien d'illégal dans son histoire.

Je marque une pause, cherche le regard d'Abigail.

— Elle m'a demandé de faire quelque chose pour elle. Et ce quelque chose pourrait faire beaucoup de mal à son mari quand elle ne sera plus là.

— Le client est roi.

— Je sais. Le problème, c'est que… ce qu'elle me demande m'oblige à repenser à des choses que j'avais enterrées il y a bien longtemps.

— Des choses ? répète Abigail. Ou des personnes ?

Je soutiens son regard mais hausse les sourcils.

— Enterrées au sens propre du terme ? insiste-t-elle. Ou au figuré ?

— Au figuré, je réponds dans un demi-sourire.

— Dawn, rappelle-moi la première règle de ce boulot ?

Tu n'es pas la personne concernée.

Je joue avec le cake à la banane. Une pensée surgit soudain dans mon esprit. Aux XVIIIe et XIXe siècles au Royaume-Uni, on plaçait un morceau de pain sur la poitrine du défunt pour éponger ses péchés. Une fois l'opération terminée, le mangeur de péchés du village était payé pour l'avaler, absorbant la culpabilité, la honte et les mensonges du disparu pour que son âme, enfin légère, puisse s'envoler au paradis.

— Qu'est-ce que tu vas faire ? demande Abigail.

Je mords dans le gâteau en pensant à Win Morse et à son amant perdu. Aux mangeurs de péchés en train de mâchouiller leur bout de pain – sentaient-ils à chaque bouchée le goût du poison ? Et que devenaient-ils lorsqu'ils mouraient à leur tour et qu'il n'y avait personne pour les absoudre ?

Avant de partir, Abigail me demande des nouvelles de Brian.

Quand il est entré dans la cuisine ce matin, répandant autour de lui des effluves de shampooing et de savon, ses cheveux encore humides plaqués en arrière, je lui ai tendu son mug isotherme rempli de café fraîchement passé. C'est une scène tellement banale entre nous que nous devrions être perclus de douleurs à force de répéter les mêmes mouvements. Mais aujourd'hui, au lieu de prendre le mug d'un air distrait en rassemblant toutes les affaires qu'il emporte au labo puis de quitter la pièce sans me dire au revoir, il s'est arrêté devant moi.

— Ma grand-mère disait toujours que faire la cuisine, c'était donner de l'amour. Je ne sais pas si le café entre dans la catégorie des aliments mais… merci quand même. Pour le gobelet rempli d'amour.

Il a rougi comme un écolier en disant cela. Ça ne lui ressemblait tellement pas de dire ce genre de choses que j'ai failli éclater de rire mais j'ai réussi à me retenir à temps. Ce sera peut-être ça, le nouveau *nous* : savoir apprécier ce que l'on a, au lieu de considérer que c'est normal. “De rien”, ai-je répondu.

Et à Abigail, je dis que Brian se porte comme un charme.

Après ce qui s'est passé, Meret refuse de retourner aux ateliers d'activités scientifiques et je suis obligée de lui trouver autre chose. Je tombe sur un programme qui n'est pas exclusivement scientifique mais qui valorise une approche de l'éducation dans l'esprit de la Renaissance, visant à stimuler les dons et les inclinations de chacun en associant sciences technologiques, lettres, latin et activités sportives. Nous avons choisi sa tenue hier soir, un haut dont la couleur donne à ses yeux une couleur bleue surnaturelle.

À la fin de la journée, je vais la chercher et l'attends dans la voiture, près de l'entrée principale de l'établissement scolaire où se tiennent les cours. Je lui fais signe lorsqu'elle sort du bâtiment. La fille qui l'accompagne lui dit quelque chose en souriant. Meret est un miroir, elle lui retourne le même sourire. *Bon*, pensé-je en exhalant la bouffée d'air que je retenais sans même m'en rendre compte *Jusqu'ici, tout va bien.* Quelques instants plus tard, elle se glisse sur le siège passager.

— Comment ça s'est passé ?

Les cheveux de Meret balaient son visage tandis qu'elle s'écarte de moi.

— Bien.

— Comment sont les autres ?

Elle hausse les épaules.

— Plutôt sympas. J'étais assise à la table de trois filles qui seront dans le même lycée que moi, à la rentrée.

— Super, dis-je en me demandant si celle que j'ai aperçue fait partie du trio. Et les profs ? Ils sont intéressants ?

Meret détourne les yeux. En voyant son menton trembler, je pose une main sur son bras.

— Hé, qu'est-ce qui se passe ?

Aussitôt, un flot de larmes inonde son visage.

— Rien. C'est débile. Tout le monde est gentil. Mais *vraiment*, articule-t-elle en s'essuyant les joues. Tout était parfait, t'imagines ? Je me suis même sentie à l'aise. Et personne ne s'est moqué de moi. Ils n'ont pas eu besoin de le faire… À midi, je me suis assise avec d'autres gens mais je n'ai rien mangé parce qu'ils ne mangeaient pas non plus. Quelqu'un a commencé à parler d'un type qui souffrait d'alopécie en disant que ça devait être affreux d'être comme ça et j'ai rigolé. J'ai *rigolé* parce que j'étais trop contente de ne pas être la cible, pour une fois. Et même s'ils sont méchants, je préfère encore être comme eux que comme moi.

— Meret…

— Après ça, on a eu sport. On a juste fait le tour des vestiaires avec Mme Thibodeau, aujourd'hui. C'est notre prof de tennis. Elle nous a montré les casiers et les douches et ensuite, elle m'a regardée de la tête aux pieds en disant qu'il y avait aussi une cabine avec un rideau si on préférait être tranquille. J'ai cru qu'elle insinuait qu'il valait mieux que je me cache, mais…

C'est à peine si je suis consciente de bondir hors de la voiture. C'est ce que je fais, pourtant, avant de contourner l'école à petites foulées en direction des courts de tennis où une femme en survêtement porte un panier métallique rempli de balles jaune vif. La colère me donne des ailes.

— Excusez-moi, vous êtes madame Thibodeau ?

Elle se retourne en souriant.

— Oui. Bonjour.

— Je suis la mère de Meret Edelstein.

— Meret, répète-t-elle en faisant un effort pour retrouver le bon tiroir dans sa mémoire probablement surchargée de noms – ça y est, je vois que ça lui revient.

— Elle m'a dit ce que vous lui aviez dit pendant le cours de gym.

La femme me dévisage d'un air perplexe.

— Qu'elle devrait essayer de se mettre au tennis ?

— Maman.

Derrière moi, j'entends la voix mortifiée de Meret.

— Mme Thibodeau m'a demandé si ça m'intéresserait de faire partie de l'équipe de tennis. Tu ne m'as pas laissée finir ma phrase.

La coach pose le panier de balles.

— J'ai commencé à jouer en troisième, explique-t-elle en sortant son téléphone.

Elle fait défiler les photos dans sa galerie puis me tend l'appareil. Une version d'elle plus jeune et plus potelée avec une coupe de cheveux improbable prend la pose, raquette de tennis en main.

— Je n'étais pas très rapide, je n'avais pas beaucoup de force mais j'étais douée pour les jeux vidéos. Ça demande le même genre de coordination œil-main que le travail en laboratoire et

Meret est très forte pour ça aussi, dit-elle en se tournant vers ma fille. J'espère vraiment que tu vas y réfléchir.

— Je vais y penser, oui, fait Meret en me tirant fermement par le bras. Euh, il faut qu'on y aille, maintenant.

Interloquée, je fixe un instant la femme en survêtement avant de la remercier. Nous longeons le bâtiment de l'école et juste avant d'arriver à la voiture, Meret me prend dans ses bras – là, devant les autres élèves.

— Je suis désolée. Je pensais que…

— Je sais ce que tu pensais, coupe Meret avec un petit sourire. C'était trop drôle.

Nous montons dans la voiture, je tourne la clé de contact.

— Donc, ce n'était pas méchant, sa réflexion sur le vestiaire individuel.

— Non. Je la trouve vraiment cool, en fait. C'est la première personne qui me dit que je pourrais être performante avec mon corps et pas seulement avec mon cerveau. Les autres croient tous que je suis fainéante parce que je suis grassouillette.

— Tu *as* de la graisse mais tu n'es pas grassouillette, nuance. Tout comme tu as des ongles, mais tu n'es pas tout en ongles.

Meret me coule un regard de biais.

— Je crois bien que c'est la première fois que tu reconnais que je suis… Que j'*ai* de la graisse.

Ça fait du bien de pouvoir en parler, au lieu de tourner sans cesse autour du pot.

— On n'a pas tous le même physique. Celui ou celle qui essaie de te faire croire ça essaie juste de se rassurer en s'en prenant à quelqu'un d'autre.

— D'accord mais quand tu donnes ton avis, quand tu dis que tu n'es pas d'accord, les gens t'écoutent. Alors que quand c'est moi, tout ce qu'ils remarquent, c'est mes kilos en trop. J'ai l'impression d'être le fameux éléphant dans la pièce, je t'assure, fait Meret en haussant les épaules. C'est vraiment bizarre. Ils ne peuvent *pas* ne pas me voir et en même temps, j'ai l'impression d'être invisible. Par exemple, je marche dans un couloir du collège et tout le monde détourne les yeux.

— Je suis désolée, Meret.

La surprise se peint sur son visage.

— Pourquoi ? Parce que tu es allée trouver Mme Thibodeau ?

— Oui, ça aussi. Mais surtout parce que je t'ai empêchée de me parler de tout ça. Je pensais que si j'acceptais d'aborder le sujet avec toi, ça reviendrait à admettre que j'étais d'accord avec ce que tu penses de ton physique.

Je lève les yeux vers elle avant d'ajouter :

— Parce que je ne suis pas d'accord.

— OK, je note.

— D'un autre côté, le fait que je te trouve parfaite ne compte pas si tu ne te sens pas bien dans ta peau, toi.

Je laisse passer quelques instants.

— Tu crois que tu vas jouer au tennis ?

— Tu crois que ça me ferait maigrir ?

— Ça, c'est bien le cadet de mes soucis. Et ça ne doit pas être ta motivation principale. Nos corps sont de simples enveloppes, tu sais. Ils ne reflètent pas qui nous sommes vraiment. On est tous obligés de les laisser derrière nous, au bout du compte.

— Peut-être mais personnellement, je préférerais mourir maigre, rétorque Meret.

Je lève les yeux au ciel.

— Les minces ne sont pas forcément plus heureux, fais-moi confiance.

— T'es bien placée pour le savoir, c'est clair. Tu sais quoi ? Quand j'étais petite, j'étais sûre qu'on m'avait échangée à la maternité.

— Et quand *j'étais* petite, les gens demandaient sans cesse à ma mère si elle me nourrissait correctement. Je coupais les étiquettes de ma veste en jean pour que personne ne voie que je faisais un 00. Moins que rien, littéralement.

— Je suis sûre que je ne rentrais même pas dans du 00 à ma naissance.

— Si, pourtant, dis-je en lui adressant un sourire radieux avant d'appuyer sur l'accélérateur. Et je suis bien placée pour le savoir.

Brian m'envoie un SMS juste avant 17 heures. En entendant la petite sonnerie de mon téléphone, je me demande quelle excuse il aura trouvée pour louper le dîner de ce soir, tout en m'efforçant de ne pas imaginer le pire.

Je pense à toi et j'ai eu envie de te le dire.

Il rentre à la maison avec un gros bouquet de fleurs – des roses et des pivoines.

Leur odeur me rappelle le parfum qui traînait sur ses vêtements. Et donc Gita. Mais il a l'air tellement fier de lui, comme s'il avait pourfendu une meute de dragons et traversé des taillis de ronces pour me rapporter ça.

J'ai déjà mangé mais je m'assieds à table avec lui. Puis je mets le bouquet dans un vase en disant qu'il est superbe.

Un peu plus tard, alors que Brian est en train de se brosser les dents, je roule de son côté du lit pour éteindre la lampe de chevet et fais tomber par mégarde le livre qu'il est en train de lire.

Je me redresse en grognant pour l'attraper par la tranche. C'est encore un de ces bouquins horribles sur les mesures et les incertitudes mais quand je le soulève, un bout de papier s'en échappe et volette jusqu'au sol.

C'est un article de presse féminine. Sur la photo, une femme rit à gorge déployée dans les bras d'un homme. Mon regard tombe sur le titre : *19 façons de dire à votre moitié que vous l'aimez !*

Mon cœur se serre en imaginant Brian assis devant son ordinateur, en train de chercher ce genre d'article. Je parcours les conseils prodigués : *1. Ne parlez pas, écoutez ! 2. Pensez à dire merci. 3. Quelques fleurs illuminent toujours une journée. 4. Envoyez un texto quand vous pensez à elle/lui. 5. Tenez-vous par la main…*

À côté des quatre premiers points, quatre petits traits ont été soigneusement tracés.

Un sourire aux lèvres, je glisse l'article entre les pages du livre que je pose sur sa table de nuit. Puis j'attrape mon téléphone et lui envoie un texto.

J'entends son portable tinter dans la salle de bains. Un moment plus tard, il fait son apparition, enroulé dans une serviette nouée à la taille, les yeux rivés sur l'écran de son téléphone.

Salut, toi.

— Salut, dit-il.

— Tu m'as manqué.

— J'étais à six mètres de toi.

Je tire sur le bout de la serviette.

— Trop loin…

Mon frère doit prendre un jour de repos par mois, pas plus, alors quand il me demande de venir manger avec lui à midi, j'accepte sur-le-champ. Je prépare des sandwichs poulet-salade et pars le rejoindre au Public Garden – c'était sa seule exigence : manger dehors. On s'installe sous les branches noueuses d'un vieil arbre, face aux canards barbotant près de la rive.

— C'est les canards qui gardent le même partenaire toute leur vie ? demande Kieran.

— Je crois plutôt que c'est les oies.

Il pointe le menton en direction d'un colvert.

— Alors éclate-toi, mon pote.

— À propos… tu vois quelqu'un en ce moment ?

Kieran lève les yeux.

— Tu ne veux pas me lâcher la grappe, un peu ?

— Impossible : je suis ta grande sœur, c'est comme ça que ça marche.

— Si tu veux tout savoir, je passe beaucoup de temps en compagnie de ma main droite…

— Beurk, dis-je en grimaçant.

— Qui fait tout un tas d'opérations chirurgicales, termine-t-il avec un sourire malicieux.

— Je suis choquée. Tu aurais pu formuler ça autrement.

— Impossible : je suis ton petit frère, c'est comme ça que ça marche.

— Qu'est-ce qui s'est passé avec Adam, ton infirmier ?

— Il a préféré trouver quelqu'un de moins stressé par le boulot. Un contrôleur aérien, en l'occurrence.

Je ris et il secoue la tête.

— Je le jure devant Dieu.

— Avec la main droite ?

Il me jette une chips.

— Passons à autre chose. Comment va Meret ?

— Elle envisage de se mettre au tennis et elle adore la science.

— Tellement plus réjouissant que mes quinze ans à moi.

— Ah oui ? Qu'est-ce que tu faisais, toi, à son âge ?

— J'essayais d'expliquer à mes profs pourquoi c'était ma sœur qui venait aux réunions parents-enseignants. Et je me faisais violence pour éviter de me pâmer devant les Jonas Brothers.

Il se tait un instant, cherche mon regard.

— Tu as assuré, tu sais. Tu t'es bien occupée du petit orphelin honteux de son homosexualité.

— Merci.

Il croise les jambes, arrache quelques brins d'herbe.

— Je sais que je me plains beaucoup et que je suis en carence de sommeil mais j'aime ce que je fais, Dawn. Et si j'ai la chance de faire un boulot qui me plaît, c'est parce que, *toi*, tu as renoncé à ta passion.

— J'aime mon travail, je proteste.

— OK, d'accord. Mais ce n'était pas ce que tu voulais faire à la base.

Je hausse les épaules.

— Il y a eu un petit changement de trajectoire, c'est tout.

— Si maman n'était pas morte, je ne sais pas si j'aurais fait des études de médecine, déclare Kieran d'un ton songeur.

— Ah bon ? fais-je, sincèrement étonnée.

— Je me suis senti tellement... impuissant quand c'est arrivé. Je ne voulais pas que d'autres gamins vivent la même chose, alors j'ai songé à devenir oncologue, je me souviens. Mais les tumeurs cérébrales m'ont détourné de cette voie.

— Il faut dire qu'elles ne manquent pas de charme...

— Elles sont aussi plus neutres pour moi, fait observer Kieran. Je ne pense jamais à maman en examinant un patient.

Le silence s'installe, s'étire. Kieran termine son sandwich et lance les miettes aux canards.

— Tu sais ce qui fait bizarre ? C'est de se dire que j'ai vécu plus longtemps sans elle qu'avec elle et pourtant, elle me manque toujours.

— Ouais, je sais.

— Je veux dire... quand je me coupe les ongles, je continue de les ramasser et de les jeter tout de suite à la poubelle...

— … pour éviter que les souris viennent les prendre et volent ton âme, conclus-je en riant.

— C'est quoi, toutes ces superstitions irlandaises à la noix, franchement ?

— Tu te souviens du Noël où elle t'avait offert un couteau suisse en te réclamant un penny en échange parce que, sinon, vous risquiez de vous fâcher ?

— Et quand elle nous disait que si on s'asseyait à l'angle d'une table, on ne se marierait jamais ? renchérit Kieran avant d'ajouter : Ceci dit, quand j'y repense, c'était toujours ma place, à table.

— Elle serait tellement fière de toi.

— De toi aussi.

Pourquoi voulons-nous toujours entamer de longues discussions avec les personnes qu'on aime quand il est trop tard ? Les Égyptiens écrivaient des lettres à leurs morts : ils peignaient le message sur un bol qu'ils remplissaient d'offrandes puis plaçaient le tout dans la tombe. Même si le défunt n'avait jamais appris à lire, on supposait que ce n'était plus un problème dans le monde souterrain. Une femme écrivait par exemple à son époux disparu si leur fille était malade et qu'elle craignait une attaque d'un esprit *ba* malveillant. Le mari pouvait alors traîner cet esprit devant le tribunal de l'au-delà.

Qu'écrirais-je à ma mère, là, tout de suite, si elle pouvait me lire ?

Pourquoi ne m'as-tu pas dit plus tôt que tu étais malade ?

Pourquoi m'as-tu abandonnée ?

Comment suis-je censée être une bonne mère si tu n'es plus là pour me donner des conseils ?

Comment suis-je censée comprendre les relations conjugales alors que papa et toi n'étiez même pas mariés ?

Un souvenir afflue soudain à ma mémoire, surgi de nulle part. Nous avions passé une nuit à l'aquarium, Kieran et moi, dans le cadre d'une animation spéciale pour les enfants, une espèce de pyjama party au musée baptisée Dormir avec les poissons. Ma mère avait accepté de s'en occuper pour faire des heures supplémentaires et, un soir, elle nous avait emmenés. Nous avions préparé nos sacs de couchage et notre pique-nique ; des jouets pour Kieran et mes devoirs. J'avais quinze ans et j'étais censée surveiller mon petit frère de trois ans pendant qu'elle travaillait.

Ce soir-là, elle avait expliqué le cycle des marées à un groupe de gamins de CM1 passablement agités. "L'eau des océans n'arrête jamais de bouger, leur avait-elle dit. Est-ce que quelqu'un peut me dire qui la fait bouger ? Je vais vous donner un indice… regardez par la fenêtre."

J'avais suivi son conseil et contemplé la lune. La force gravitationnelle était un concept terriblement romantique pour moi, à l'époque. Comme si deux personnes séparées par des années-lumière ne pouvaient s'empêcher de se caresser de leurs mains invisibles.

Combien de temps l'ai-je écoutée avant de m'apercevoir que Kieran avait disparu ?

Objectivement, ça n'a rien d'extraordinaire de perdre de vue son frère ou sa sœur mais ça arrive rarement dans un bâtiment qui abrite des requins, dans des aquariums munis d'échelles, sachant que le petit frère en question adore grimper partout. Comme je ne voulais pas inquiéter ma mère, je me suis éclipsée discrètement et me suis mise à murmurer le nom de Kieran en déambulant dans l'exposition psychédélique sur les méduses avant de m'approcher de l'aquarium de la pieuvre. Le dernier endroit que j'ai inspecté fut l'aquarium géant placé au milieu du musée. J'ai vu les carapaces des tortues de mer tournoyer en orbite, mais aucune trace de Kieran.

Paniquée, je me suis élancée sur la passerelle encerclant le bassin, cherchant des yeux une basket colorée piégée dans les coraux en priant de toutes mes forces de ne rien voir de la sorte.

Finalement, j'ai retrouvé Kieran juché sur un rocher dans l'enclos des pingouins. Je ne sais pas trop comment il était arrivé là sans tomber à l'eau. Toujours est-il que j'ai sauté par-dessus la barrière, atterri dans le bassin – l'eau m'arrivait à mi-mollets – et attrapé mon frère en pestant.

De retour dans le présent, je me tourne vers Kieran.

— Tu te souviens de la fois où tu t'es perdu dans l'aquarium ?

— Bien sûr. Les pingouins avaient l'air si mignons… alors qu'en fait, ils puent le poisson et la merde.

— J'étais à deux doigts de faire une crise cardiaque et toi tu étais assis là… tranquille.

— Je t'attendais. Je savais que tu viendrais me chercher. Tu l'as toujours fait.

Ses paroles me trottent dans la tête. Kieran avait six ans quand je suis entrée à l'université. Je n'étais pas à la maison pour le voir grandir. Je révisais, je passais des partiels, je fumais mes premiers joints, je postulais pour décrocher une place en doctorat. Boston n'était plus qu'un souvenir pour moi. Je ne me serais sans doute jamais rapprochée de mon frère si ma mère n'était pas tombée malade.

— Les choses prennent toujours la tournure qui leur était destinée, finalement.

Je suis en train d'appliquer ma crème de nuit quand Brian, debout devant la vasque voisine, se tourne vers moi.

— Aujourd'hui, j'ai lu un article sur les problèmes non résolus de la physique quantique, déclare-t-il. Ça parlait du concept du temps et à supposer qu'il n'y ait qu'un seul passé, est-ce que ça voudrait dire que le présent est physiquement distinct du futur…

Je le coupe tout de suite.

— Brian. Tu m'as perdue à la fin de la première phrase.

— Oh, dit-il d'un air penaud. J'avais juste envie de connaître ton opinion.

— Pourquoi moi ? Je peux te citer le nom de dix personnes à Harvard, voire plus, qui seraient ravies de converser avec toi sur ce sujet.

— Peut-être mais ma femme, c'est toi.

Soudain, tout s'éclaire. Je me masse les mains avec le surplus de crème.

— Oh. C'est le numéro 17 de la liste, c'est ça ? 18, peut-être ?

Un flot de sang envahit son visage. Je crois ne l'avoir jamais vu rougir aussi souvent.

— Tu es au courant pour la liste ?

— Oui, fis-je en me rapprochant de lui puis en m'appuyant contre le plan de toilette. Et je n'ai pas besoin d'un mari qui m'offre des fleurs ou des chocolats. J'en veux un qui regarde les infos avec moi à la télé et qui se plaigne comme moi du nombre de coupures publicitaires. Je veux le type qui croit dur comme fer que la deuxième phrase de *We Wish You a Merry Christmas*, c'est : *"Oh bring us some friggin' pudding."*

— Mais oui : *figgy* n'est pas un adjectif, insiste-t-il. C'est forcément *friggin' pudding*.

J'esquisse un petit sourire.

— J'ai juste envie que tu sois toi… pas le type que *Cosmo* a décidé que tu serais.

J'aime bien l'idée qu'il ait envie de me plaire. Et qu'il ne sache pas comment s'y prendre – après tout, je suis bien infoutue de résoudre un problème de physique quantique. J'aime aussi qu'il pense à moi de tout son cœur.

Pourtant, rien de tout cela n'empêche mon esprit d'aller vagabonder vers un autre que lui.

Cette nuit-là, je rêve d'Égypte pour la première fois depuis des années.

Je me rappelle un épisode de ma première saison là-bas, à l'époque où je détestais Wyatt Armstrong. J'étais assise sous une tente, occupée à retirer le sable de mon sandwich au fromage pendant que Wyatt et deux étudiants de premier cycle parlaient sexe et mythologie.

— Les mythes grecs sont les plus tordus, déclara l'un d'eux. Il faut quand même savoir que Zeus se transformait en cygne pour baiser.

— Et Pan a harcelé une nymphe qui s'est changée en roseaux pour lui échapper. Il a fabriqué une flûte avec plusieurs tiges pour pouvoir la suçoter, renchérit l'autre.

— Tellement prévisible, marmonnai-je.

— Quel génie ! fit Wyatt au même moment. Mais j'ai encore mieux que ça. Notre histoire commence avec Seth et Osiris, qui sont les Sonny et Michael Corleone de l'Antiquité. D'un côté, on a Seth, la tête brûlée, en conflit permanent avec Osiris, roi d'Égypte, qui est la zénitude incarnée même quand il massacre ses ennemis. Cerise sur le gâteau, Osiris est marié avec sa sœur Isis parce que les pharaons et toute leur clique ne voyaient pas l'inceste d'un mauvais œil, surtout quand le frangin ou la frangine était sexy.

Il racontait le mythe d'Osiris et le tribunal de Horus, mais en version soap-opéra. Je levai les yeux vers la toile de tente qui claquait sous les assauts du vent.

— Seth est hyper jaloux de son frère, alors il tue Osiris et le découpe en quarante-deux morceaux. Isis et sa sœur Néphtys partent à la recherche des lambeaux et les retrouvent tous, sauf un : sa bite. Anubis, le dieu à tête de chacal, momifie Osiris. Après ça, Isis se métamorphose en oiseau, vient se poser sur le cadavre de son mari, s'empale sur lui et tombe enceinte de Horus.

— Attends une seconde, intervint l'un des étudiants, je croyais qu'il n'avait plus de bite ?

— Oh, elles avaient fini par la retrouver, répondit Wyatt. Horus grandit et affronte Seth dans une baston épique. Seth est synonyme de chaos, il n'aurait évidemment pas dû débiter son frère en petits morceaux, mais d'un autre côté, c'est lui qui tue Apophis, le serpent du diable, donc il tient plus de Loki que de Thanos. Horus triomphe et devient le modèle divin du roi sur terre pendant que papa accède au rang de roi du monde souterrain. Tout ça parce que sa mère a baisé avec un macchabée.

— C'est trop malsain, mec, lança l'un des deux autres. Comme dans Hamlet.

Un sourire ravi joua sur les lèvres de Wyatt.

— Mesdames et messieurs, c'est tout pour aujourd'hui.

Je me levai. Je n'avais plus faim.

— Toutes mes excuses, reprit Wyatt sans avoir l'air désolé du tout. Je crois qu'on a coupé l'appétit d'Olive.

Par esprit de contradiction, je mordis dans mon sandwich et faillis me casser une dent sur un grain de sable plus gros que les autres.

— Tu n'as qu'à fermer les yeux et imaginer que tu manges un sablé, blagua Wyatt.

Je quittai la tente et me dirigeai vers l'oued pour faire pipi. J'étais en train de reboutonner mon pantalon quand la voix de Wyatt s'éleva derrière moi.

— Ne te gêne surtout pas pour moi, Olive.

— Qu'est-ce que tu fiches ici ?

— La même chose que toi, je suppose.

Je passai à côté de lui d'un pas rageur, la tête pleine de réflexions bizarres. Est-ce qu'un homme pouvait prendre un coup de soleil sur son pénis ? Comment Wyatt se débrouillait-il pour m'exaspérer aussi facilement ? Bon, d'accord, il avait fait son malin pendant la pause déjeuner mais j'aurais dû être habituée, et puis les autres le trouvaient drôle.

— Pourquoi est-ce que tu tournes toujours tout en dérision ? lui demandai-je.

Il suspendit son geste, les mains sur sa ceinture.

— Peut-être parce que c'est l'image que j'aime présenter aux gens, Olive.

— Si tu veux mon avis, tu n'as pas besoin d'en faire des tonnes pour attirer l'attention.

— Tu as sûrement entendu dire qu'il y a une aile au Met qui porte le nom de mon grand-père et qu'avant moi, quatre générations de ma famille ont étudié à Yale ?

Quel connard méprisant.

— Ouais, et alors ?

— Ce que personne ne t'a dit, en revanche, c'est que mon père a dilapidé la fortune familiale en un temps record et qu'il ne peut pas m'encadrer parce que l'un de ses deux fils est mort et que ce n'est pas moi. Et aussi que je suis sorti de Cambridge avec une mention très bien parce que j'ai bossé comme un taré, pas parce que j'ai été pistonné. De toute manière, ça arrange tout le monde de me prendre pour un de ces abrutis de privilégiés.

Il cligna des yeux avant d'ajouter d'une voix sourde :

— En fait, je vois vraiment pas pourquoi je te raconte ça.

— Tu devrais le dire aux autres. Ils t'apprécieraient encore plus.

Wyatt resta silencieux quelques instants avant de reprendre la parole.

— Tu sais, les anciens Égyptiens pensaient que les mots étaient tellement puissants que si tu les prononçais, il t'arriverait des choses que tu aurais préféré éviter. C'est la raison pour laquelle quand tu lis les textes sur le meurtre d'Osiris, ils n'en parlent que par allusions. Et c'est probablement pour ça qu'on garde pour nous les vœux qu'on fait en soufflant nos bougies d'anniversaire, et aussi qu'on ne raconte jamais à voix haute nos rêves les plus dingues. C'est beaucoup trop flippant de penser à tous les changements qui pourraient chambouler notre vie si on balançait tout.

La boucle de sa ceinture cliqueta.

— Maintenant, je te conseille de partir… sauf si tu es plus délurée que tu en as l'air.

En quittant le *wadi*, je me fis la réflexion que cela faisait trois ans que je travaillais avec Wyatt Armstrong, que je le côtoyais presque tous les jours, mais je venais seulement de faire sa connaissance.

Je ne dors pas bien et jette finalement l'éponge une heure avant l'aube. Assise à la table de la cuisine, je bois du café en grattant une tache sur le set de table. Je sais d'où viennent ces rêves troublants. C'est cette discussion avec Win au sujet de son passé laissé en suspens – j'ai beau essayer de toutes mes forces de rester concentrée sur Brian, le souvenir de Wyatt n'arrête pas de resurgir.

Brian débarque dans la cuisine en traînant les pieds, vêtu de son bas de pyjama et d'un T-shirt, les yeux mi-clos, l'air aussi épuisé que moi. Il se plante devant moi, bascule sur ses talons.

— Salut, dit-il en scrutant mon expression. J'ai fait quelque chose qu'il fallait pas ?

Ça me rend triste que ce soit la première pensée qui l'effleure ; que je le pousse à se poser ce genre de question. Parce que ça ne vient pas de lui. Nous sommes dans le même bateau, tous les deux. Je me force à le regarder dans les yeux.

— Ça t'arrive de te sentir… brisé ?

Brian me dévisage longuement sans mot dire, comme il le fait parfois dans son laboratoire, absorbé dans un silence perplexe quand une expérience ne prend pas la tournure souhaitée. Puis il m'attire dans ses bras.

— Je te connais par cœur. Je vais pouvoir te réparer.

Il a cru que je parlais de moi, pas de notre couple. Logique : notre relation a toujours été solide comme le roc. C'est d'ailleurs la raison pour laquelle il a suivi Gita sans arrière-pensée et qu'il est tombé des nues devant ma réaction. Je lui ai toujours fait une confiance aveugle. Pourquoi cela changerait-il maintenant ?

Mon cerveau est en pleine ébullition.

Tu as tellement de chance d'avoir un mari aussi formidable. Arrête de faire une fixation sur ce qui aurait pu déraper et concentre-toi plutôt sur ce qui peut être amélioré.

Je me penche vers lui.

— Brian ? Même si je ne te le dis pas très souvent… Je t'aime.

Sa main se promène le long de mon dos.

— Je sais.

Je sais.

Me voici soudain au Caire, au milieu de pluies torrentielles, les yeux fixés sur le monde qui tangue autour de moi. Je me mets à trembler.

Brian me prend par les épaules.

— Ça va ?

— Oui.

Et j'ajoute, comme pour me convaincre moi-même :

— Oui, tout va bien.

En arrivant chez Win, je la trouve endormie et Felix est au travail. Après avoir nettoyé la cuisine et vérifié le stock de médicaments, je vais chercher la clé ornée d'un ruban dans le tiroir du bureau. Quelques instants plus tard, je pénètre dans la pièce fermée à double tour où sommeillent toutes les toiles.

Je sais exactement où est le portrait de Win peint par Thane. Pour le sortir de sa cachette, je soulève trois autres toiles puis sonde le regard énigmatique. Elle défie le spectateur, l'invite à devenir son complice.

Mais je lis peut-être entre les lignes.

J'étudie les courbes douces de sa poitrine, la niche de son nombril, sa main entre ses jambes. Combien de fois ai-je aidé Win à s'habiller et à se déshabiller ? Combien de fois lui ai-je fait sa toilette ? Son corps est une responsabilité pour moi et je guette chaque fois les signes de sa faiblesse. Mais ce tableau… ce tableau est un autel édifié par l'artiste à la gloire de Win.

Je remets la toile à sa place, referme la porte et range la clé dans le tiroir du bureau. Win est assise dans son lit, parfaitement réveillée, quand je rentre dans sa chambre.

— J'ai écrit quelque chose pour vous, annonce-t-elle. C'est dans ma coiffeuse.

Je note au passage qu'elle ne s'est pas maquillée. Des cernes sombres soulignent ses yeux. Felix m'a dit que son sommeil était agité mais qu'elle dormait davantage. Je traverse la pièce en direction de la petite table blanche surmontée d'un miroir. Son coffret à bijoux trône en bonne place. Dans un des tiroirs, au milieu d'un fatras de fards à paupières, de tubes de rouge à lèvres et de crèmes pour le visage, se trouve une liste.

CE QUE JE NE VEUX PAS

1. Des lys
2. Un office religieux
3. Des porteurs de cercueil
4. Des moustiques
5. Du noir
6. Un cercueil ouvert

CE QUE JE VEUX

1. Un *red velvet cake**
2. Un feu d'artifice
3. Des sidecars

Je tire une chaise près de son lit.

— Je suppose que c'est pour vos obsèques, dis-je en fronçant les sourcils. Des moustiques ?

— Je n'ai pas envie que les gens aient hâte que ça se termine parce qu'ils se feront dévorer tout crus, explique-t-elle avant d'esquisser un sourire espiègle. Vu les circonstances, on pourrait presque parler de vampirisation…

— Et qu'est-ce qui ne doit pas être noir ?

— Les vêtements. Dites aux gens de venir habillés de couleurs éclatantes.

— Ce sera fait. Pour les sidecars, je suppose que vous parlez des cocktails, pas des motos avec un attelage ?

* Le *red velvet cake* est un gâteau de fête nappé d'un glaçage de couleur pourpre.

— Est-ce que j'ai l'air d'une Hells Angel ?

Elle se redresse contre ses oreillers.

— Oh, encore une chose : je ne veux pas de photo de moi toute retouchée sur un chevalet.

— On peut choisir une photo que vous aimez.

— Peut-être plus tard. Le jour de mon mariage, je me souviens d'avoir pensé que ce serait certainement la seule et unique fois, en dehors de mon enterrement, où toutes les personnes que j'aime seraient réunies dans la même pièce.

Elle se tourne vers moi et demande sans transition :

— Vous croyez qu'il se passe quoi ? Après ?

— Je n'en ai pas la moindre idée. En même temps, quand on est dans l'utérus de notre mère, on n'image probablement pas qu'il existe une autre vie que celle-là. Et quand on débarque ici, on ne se souvient plus de la précédente.

— Vous croyez aux fantômes ? demande Win.

— Je crois aux débordements de l'imagination causés par le chagrin d'une personne en deuil. Une de mes clientes continuait de mettre l'assiette de sa femme à tous les repas. J'ai l'impression que dans l'esprit des gens, la mort, c'est tout ou rien. Quelqu'un est là ou il n'est plus là. Mais ça ne se passe pas comme ça, si ? Votre écho est toujours présent – dans vos enfants ou vos petits-enfants ; dans les tableaux que vous avez peints tout au long de votre vie ; dans les souvenirs que d'autres personnes gardent de vous.

— Moi, je crois que les fantômes traînent dans les parages s'ils n'ont pas eu le temps de finir un truc, déclare Win. Donc vous avez tout intérêt à m'aider à écrire cette lettre à Thane. Parce que, sinon, je vais vous hanter comme jamais.

Le tableau enfermé à double tour surgit dans mon esprit.

— Je vais vous aider à le retrouver, promets-je à Win.

Tout ce que je sais des larmes me vient de Meret qui a fait un exposé sur le sujet, en cours de sciences. Elle avait installé quatre photos géantes sur des chevalets, des cristallographies de quatre types de larmes observées au microscope : les larmes qui coulent quand on épluche des oignons, les larmes qu'on verse en riant, celles qui accompagnent un changement émotionnel et enfin les larmes de tristesse. Les larmes émotionnelles, par exemple, sont composées d'hormones protéiques comprenant un neurotransmetteur, la leucine encéphalique, qui est un antidouleur naturel. Les larmes causées par l'épluchage des oignons sont moins collantes et sèchent plus rapidement.

Bien que toutes les larmes contiennent du sel, de l'eau et du lyzozyme, leur principal enzyme, leur cristallisation produit des formes différentes en fonction des autres ingrédients entrant dans leur composition. Ainsi, les larmes qui coulent quand on épluche des oignons sont denses comme du brocart. Celles déclenchées par un changement émotionnel ressemblent à un essaim d'abeilles industrieuses dans une ruche. Les larmes de rire rappellent les circonvolutions d'une lampe à lave, en plus gracieux. Quant aux larmes de chagrin, elles font penser à la Terre, vue de haut.

Brian me donne une leçon – ou plutôt, il répète son cours devant moi. Je suis censée être attentive mais je travaille en même temps sur mon ordinateur. J'essaie de retrouver la trace de Thane Bernard, l'homme que Win a laissé derrière elle.

— Dans les années 1990, les physiciens se sont lancés dans des expériences ultra sophistiquées pour tenter de comprendre comment les neutrons se transformaient en protons. Cela n'avait en soi rien d'original : c'est le principe fondamental de la radioactivité. Mais des choses étranges se sont produites.

Il marque une pause, alors je souris en levant le pouce.

— Les neutrons créés dans un faisceau de particules…

— Qu'est-ce que c'est que ça ?

— C'est un instrument de physique des particules, un réacteur nucléaire qui propulse des milliards de…

— OK, laisse tomber.

— Bref, les neutrons créés dans des faisceaux de particules avaient une durée de vie approximative de quatorze minutes et quarante-huit secondes avant de se transformer en protons.

Google donne plus d'un million de résultats pour "Thane Bernard".

— En revanche, les neutrons placés dans un flacon de laboratoire se transforment légèrement plus vite. En quatorze minutes et *trente-huit* secondes, poursuit Brian.

En ajoutant "France" dans la barre de recherche, le nombre de résultats tombe à cinq cent trente-sept mille.

Bernard est le deuxième nom de famille le plus porté en France.

— Je sais exactement ce que tu es en train de penser.

Thane était-il français ? Ou bien était-il juste de passage en France, comme Win ?

— Dix secondes de plus ou de moins, qu'est-ce qu'on en a à fiche ? continue Brian. Le problème, c'est que cet écart, si infime soit-il, ne devrait pas exister du tout. Tous les neutrons sont identiques ; il n'y a donc aucune raison qu'ils changent de comportement selon l'endroit où ils se trouvent.

Thane Bernard n'est ni sur Facebook, ni sur Twitter, ni sur Instagram ni sur Snapchat. Je ne peux pas m'adresser à un site de personnes disparues parce qu'il n'a objectivement pas disparu. Il n'y a aucun T. Bernard dans les pages blanches françaises mais dans notre monde inondé de téléphones portables, cela ne veut plus rien dire. Je trouve bien un Thane Bernard dans le secteur de l'enseignement, mais il travaille à l'université de Californie du Sud et sa spécialité est la danse classique.

— Il y a deux explications possibles, enchaîne Brian. Soit les neutrons ne se transforment pas en protons mais en autre chose – bien qu'on n'en ait aucune preuve –, soit ils passent d'une manière ou d'une autre dans un monde miroir où ils deviennent des neutrons miroirs pendant dix secondes avant de retrouver leur place initiale. Si c'est le cas, il est possible d'envisager l'existence d'un autre monde – et pourquoi pas d'un multivers.

Je tape Thane Bernard dans la barre d'un site international spécialisé dans la recherche de personnes. L'accès à la base de données coûte cinquante dollars. J'entre mes coordonnées de carte bancaire.

— Avant que vous n'appeliez les urgences psychiatriques pour faire interner votre prof de sciences physiques, laissez-moi ajouter un dernier mot : nous savons depuis les années 1970 que la matière noire de l'univers est plus importante que la matière visible dans une proportion de six à un. Mais personne n'a jamais pu la trouver. Il existe réellement un monde dans lequel se cache toute cette matière noire. Si c'est effectivement le cas, le monde miroir dans lequel disparaissent les neutrons dont je vous parlais tout à l'heure est immense. Bien plus grand que le nôtre, en tout cas.

Le téléphone de Brian émet un tintement. Il jette un coup d'œil à l'écran, fronce les sourcils.

— Je crois bien que notre carte de crédit a été piratée, annonce-t-il. Je viens de recevoir un message d'alerte pour un site qui s'appelle locatethelost.com.

Je rabats brusquement l'écran de mon ordinateur.

— C'est moi.

— Qui est-ce que tu recherches ?

— Je cherche quelqu'un *pour* quelqu'un. Une de mes clientes.

— Ta cliente a disparu ?

— Non. Elle veut écrire une lettre à une personne qu'elle a perdue de vue il y a des années.

— Qui ça, un enfant secret qu'elle a été obligée d'abandonner ?

L'intelligence mathématique de Brian ne l'empêche pas de nourrir un vrai penchant pour le mélodrame. Il tient à voir les derniers films Marvel dès leur sortie et s'arrange pour traîner dans les parages chaque fois que je regarde *The Bachelor.*

— Non. Un homme qu'elle aimait. Elle veut aussi que j'aille lui remettre la lettre en mains propres.

— Attends, comment ça ? C'est Win ? Celle qui a un cancer des ovaires ?

Je hoche la tête.

— Tu ne peux pas faire ça, décrète-t-il.

Depuis que j'exerce mon activité de doula de fin de vie, je peux compter sur les doigts d'une main le nombre de fois où Brian a remis en cause mes décisions. Le plus gros différend que nous ayons eu concernait une cliente qui voulait que je prenne des dispositions pour qu'elle puisse recourir au suicide assisté. Je n'avais pas voulu m'en occuper personnellement et l'avais adressée à une autre thanadoula. Brian m'avait vertement reproché de ne pas avoir cherché à l'en dissuader. Elle avait un fils adolescent et il trouvait que j'avais agi de manière irresponsable en me contentant de refiler le bébé à une collègue.

— Son mari est moniteur d'auto-école, c'est ça ?

En entendant la question de Brian, je me rends compte que, contrairement à ce que je pensais, il n'a pas perdu une miette de ce que je lui ai raconté ces derniers temps.

— Felix. Oui, c'est ça.

— Et il est d'accord ?

— Il ne le sait pas. Et il ne le saura jamais.

— Tu crois ça, vraiment ? Et si le fameux type répond à Win ?

— Nous n'indiquerons pas son adresse sur l'enveloppe.

Brian secoue la tête.

— Je crois qu'il vaut quand même mieux être au courant plutôt que de découvrir le pot aux roses par hasard. Imagine qu'en vidant la penderie de Win ou en triant ses livres après son décès, Felix tombe sur un mot de ce type ou une place pour un spectacle qu'il n'est jamais allé voir, ou une photo de sa femme qu'il reconnaît à peine parce qu'il ne l'a jamais vue aussi radieuse pendant leur mariage ?

Je pense au tableau enfermé dans la tourelle mais me garde bien d'en parler.

— Le type est déjà en train de mourir à petit feu, Dawn. Tu risques de le tuer deux fois.

— N'exagère pas. C'est Win ma cliente, pas Felix. Et puis qu'est-ce qui te dit que dans un autre univers, dis-je en montrant ses notes de cours, elle n'est pas en train de mener une vie très heureuse auprès de cet homme ?

— Qu'est-ce qui te dit que c'est le cas ?

— Franchement, j'ai du mal à comprendre comment tu es devenu expert en accompagnement du jour au lendemain, dis-je d'un ton froid.

— Parce que tu es hypocrite.

À ces mots, je repense à mon rêve avec Wyatt et un flot de sang envahit mon visage, m'obligeant à tourner la tête.

— Tu aides une femme agonisante à garder un secret, reprend Brian. Non, en fait, c'est pire que ça : tu es l'allumette qui pourrait réduire ce couple en cendres, même après la mort de ta cliente. À côté de ça, tu es montée sur tes grands chevaux parce que j'aurais dû te parler de toutes les fois où j'ai vu Gita et qu'il ne s'est absolument rien passé entre nous.

— Je serais montée sur mes grands chevaux même si tu m'en avais parlé ! La seule différence, c'est que si tu m'avais tout dit, j'aurais su dès le départ que notre mariage battait de l'aile puisque tu éprouvais le besoin d'aller voir ailleurs !

Ma voix résonne dans le silence qui s'est abattu sur nous. Je dis toujours à mes clients et à leurs aidants que les dernières paroles sont celles qui restent.

C'est une question qui me taraude depuis longtemps : est-il préférable de savoir le pire ou vaut-il mieux rester dans l'ignorance ? Est-il préférable de savoir que le diagnostic est mauvais et de compter les jours qui nous séparent de la mort tout en ayant le temps de dire adieu aux personnes et aux choses que l'on aime ? Ou bien vaut-il mieux mourir sur le coup – d'un accident, d'une crise cardiaque, d'une rupture d'anévrisme – sans avoir à attendre l'inévitable ? La réponse est sans doute : ni l'un ni l'autre. Car l'issue est terrible, quels que soient les chemins empruntés.

— Il y a des choses que… que je ne t'ai jamais demandées sur ta vie… avant notre rencontre, lance Brian d'un ton hésitant, et soudain la raison de son indignation m'apparaît clairement. Après tout ce temps, je pensais que tu m'avais tout dit.

Il y a des choses que tu préfères ne pas savoir, me dis-je. Pourtant, je le regarde dans les yeux avant de répondre :

— Je t'ai tout dit.

Qu'est-ce qu'un mensonge de plus, au fond ?

Tous les jours, je transmets à Win les résultats de mes recherches sur Thane Bernard. Elle a un regain d'énergie depuis peu, ce qui arrive souvent quand la fin approche.

Elle sait qu'il n'y a pas eu d'avancée majeure mais je crois que la simple idée que quelqu'un soit en train de chercher Thane lui donne l'impression que le monde se remet doucement d'aplomb.

— Peut-être qu'on devrait écrire cette lettre, lui dis-je à plusieurs reprises mais chaque fois, Win ignore ma remarque.

— Nous devons faire autre chose d'abord, me dit-elle jusqu'au jour où elle m'envoie faire une course.

Je rentre du magasin de fournitures avec tout ce que Win avait inscrit sur sa liste. Trop faible pour tendre une toile sur un châssis, elle me confie cette mission et me guide avec des instructions d'une précision militaire. Pour savoir si la toile est bien étirée, m'explique Win, il faut vérifier sa tension.

J'agrafe puis enduis la toile et, pendant qu'elle sèche, Win m'envoie chercher ses tubes de peinture dans la pièce fermée à clé. Son matériel est rangé dans une mallette à compartiments en plastique. Les bouchons de plusieurs tubes sont enrobés d'une croûte de peinture et je dois les nettoyer avec un chiffon imbibé d'eau chaude pour pouvoir les dévisser. Je dispose des oreillers sur la banquette installée sous la fenêtre pour que Win puisse travailler dans un endroit lumineux. Lorsqu'elle est bien calée, je la regarde presser les tubes et déposer de petites touches de couleur sur une palette en verre : du blanc, du magenta, du jaune et du cyan. En mélangeant ces couleurs primaires, elle obtient du violet, du vert et de l'orange. Elle fabrique un nuancier complet du rouge au bleu, remplissant le milieu avec des ombres violacées. Elle donne naissance à des arcs-en-ciel.

Je jette un coup d'œil par la fenêtre pour m'assurer que la voiture de Felix n'est pas encore arrivée et me tourne vers elle :

— Est-ce que vous connaissez la date de naissance de Thane ? Ça me serait très utile.

— Pourquoi ?

— Parce que c'est la première chose que demandent les moteurs de recherche qui s'occupent de retrouver les personnes disparues.

— Il n'a pas disparu.

— C'est justement l'autre problème. Et pour couronner le tout, il vit à l'étranger. Presque toutes les bases de données que j'ai trouvées pour le moment sont américaines. Et comme mon français est plus que rouillé, je dois me servir de Google Translate pour tout ou presque.

— Il est du signe du Lion, c'est tout ce que je sais. Nous n'avons jamais parlé de notre âge.

Rien d'étonnant à cela, au fond : Thane était son professeur et évoquer leur écart d'âge n'aurait fait que souligner leurs différences.

— Il avait presque quarante ans, ajoute toutefois Win. Ce qui me paraissait très vieux, à l'époque.

Normal, pour une jeune fille de vingt ans. Win m'a dit l'autre jour que la femme de Thane était enceinte. Quel âge pouvait-elle bien avoir ?

— Parlez-moi encore des pistes que vous avez explorées, demande-t-elle en effleurant la toile avec son pinceau.

— Facebook. Twitter. Instagram. Les sites de généalogie. Les pages blanches. L'administration pénitentiaire française.

— Quoi ?

— Il n'est pas en prison, si ça peut vous rassurer. Et il n'apparaît dans aucun jugement de tribunal.

Ce que je ne lui dis pas, c'est que j'ai également consulté les avis de décès. Je crois que Win n'imagine même pas que Thane ait pu quitter ce monde sans l'avoir avertie, *elle*.

— Qu'est-ce que vous allez peindre ?

— La mort. Quoi d'autre ? dit-elle en me coulant une œillade. Ne regardez pas.

Pendant qu'elle peint, je l'observe avec attention. Ses poignets sont si ténus que sa peau n'enrobe que les os ; elle a le teint cendreux, les ongles jaunis. Mais ses yeux sont plus vifs que la semaine dernière, je les regarde naviguer rapidement entre la palette et le chevalet. Il se dégage d'elle une vibration quasi mystique tandis qu'elle contemple la toile vierge où des choses encore invisibles aux yeux des autres semblent lui apparaître. On dirait presque qu'elle entraperçoit le monde d'après, par-delà celui qui la retient encore.

Soudain, la porte d'entrée s'ouvre et la voix de Felix appelle Win.

— Par ici ! répond-elle et, l'instant d'après, il entre dans la salle à manger.

Ses yeux se posent immédiatement sur sa femme.

— Mais regardez-moi ça ! s'exclame-t-il. Ça fait une éternité que je ne t'ai pas vue avec un pinceau à la main.

Il l'embrasse sur les cheveux. Elle lève le visage vers lui, pareille à une chatte s'étirant au soleil.

— Vous ne devinerez jamais le nombre de pinceaux Loew Cornell que j'ai déposés dans sa chaussette de Noël et qu'elle n'a jamais touchés, me lance Felix. Vous êtes une faiseuse de miracles.

Win rencontre mon regard, notre secret se love entre nous.

— N'est-ce pas ? dit-elle.

Felix ne peut s'empêcher de toucher sa femme : sa main frôle son bras, son cou, glisse entre ses épaules. Il ignore totalement que Win a retrouvé des forces parce qu'elle tient à nouer la dernière boucle de sa vie en écrivant une lettre à un homme qu'elle a aimé davantage que lui.

— Je peux te demander un service, mon cœur ? J'ai une folle envie de biscuits au babeurre mais le problème, c'est qu'on n'a pas de babeurre.

Felix cligne des yeux, interloqué. Cela fait belle lurette que Win n'a pas fait de vrai repas et plus longtemps encore qu'elle n'a pas eu d'envie particulière.

— Je m'en occupe, dit-il. Je vais les préparer moi-même.

Par-dessus la tête de Win, il fait un signe de tête en direction du couloir pour m'indiquer qu'il veut me parler. Nous quittons ensemble la salle à manger.

— Je me fais peut-être des idées mais elle a l'air d'aller mieux, vous ne trouvez pas ? Je veux dire, les médecins peuvent se tromper, c'est même fréquent…

— Je ne voudrais pas que vous ayez de faux espoirs, Felix. Win est en phase terminale. Ce que vous voyez arrive très souvent, généralement peu de temps avant la mort. C'est un peu comparable à une explosion électrique. Je ne sais pas combien de temps ça va durer. Mais c'est temporaire… Je suis désolée.

— OK. D'accord, murmure-t-il en se frottant la nuque. Alors je ferais mieux de me dépêcher d'aller chercher le babeurre.

Je retourne à la salle à manger, furieuse contre Win. Je lui en veux de me mettre dans cette position délicate ; je lui en veux de faire passer Felix au second plan alors qu'il l'idolâtre totalement. Je lui en veux aussi de donner raison à Brian : en tant qu'aidante, je ne devrais pas cautionner cette trahison.

— Est-ce que vous vous rendez compte que cet homme vous adore ?

Win hoche la tête.

— J'en suis consciente depuis le début.

— Et vous n'avez pas l'impression de lui être infidèle ?

Elle me regarde sans ciller par-dessus la toile.

— Je me demande parfois si ce n'est pas Thane que j'ai trompé en épousant Felix. Si c'était vraiment *ça*, la vie que j'étais censée vivre. J'appartenais à Thane bien longtemps avant d'appartenir à Felix. Je ne suis pas en train de dire que je n'ai pas été capable d'aimer deux hommes. Juste que si j'étais restée avec Thane, il n'y aurait pas eu de place pour Felix dans mon cœur.

Je me laisse choir dans un fauteuil, face au chevalet qui me tourne le dos. Ses quelques phrases ont chamboulé mes réflexions. Elle s'est retrouvée avec Felix… mais il n'était pas là au début de l'histoire.

— Je n'arrête pas d'y penser, c'est plus fort que moi, continue Win. Je me demande qui je serais peut-être devenue si je m'étais battue pour garder Thane. Une artiste… Avec une certaine renommée, qui sait ? Une mère, évidemment. Mais est-ce que je me serais installée en France ? Est-ce que mon fils serait encore en vie ? Est-ce que j'aurais eu un cancer ? Et si une simple décision déclenchait tous les autres événements ?

Je pense au multivers de Brian.

— En admettant que Thane reçoive votre lettre… vous ne connaîtrez jamais sa réponse.

— Ce qui ne m'empêche pas de me poser tout un tas de questions, rétorque Win.

— Ce qui ne vous empêche pas non plus de penser que cette vie était peut-être la meilleure. Celle que vous étiez *censée* avoir.

— C'est vraiment ce que vous croyez ? demande-t-elle en posant son pinceau. Donc, je mérite mon cancer ?

— Ce n'est pas ce que j'ai voulu dire…

— Parce que, personnellement, je ne le crois pas. Je pense que *personne* ne mérite ça. Pour moi, la vie est un coup de dés. J'ai fait un *un*, j'aurais très bien pu faire un *six*. C'est comme ça. Mais ça n'a rien à voir avec la destinée. La vie n'est pas déterminée par trois vieilles sorcières qui coupent un fil le jour de notre naissance. Rien n'était écrit à l'avance : ni mon cancer, ni mon métier, ni même qui j'ai aimé. La seule vraie question, c'est : est-ce que je serais en train de mourir si j'avais fait d'autres choix ?

Elle cherche de nouveau mon regard.

— Pensez-vous que quoi que vous ayez fait dans le passé, quelles que soient les décisions que vous ayez prises, vous auriez de toute manière atterri dans cette pièce, à ce moment précis, pour parler de tout ça avec moi ?

— Oui, dis-je. Probablement.

Win laisse échapper un petit rire.

— Ce sont deux réponses différentes. En plus, je peux vous prouver que j'ai raison.

— Ah oui ? Comment ?

— Fermez les yeux. Maintenant, imaginez la personne avec qui vous pensiez faire votre vie.

Je le vois aussi nettement que s'il se tenait devant moi. En train de boire de l'eau à la bouteille, la tête renversée en arrière, sa glotte effectuant de légers mouvements d'ascenseur. Son sourire, quand il me surprend en train de l'observer.

— Posez la question autour de vous. Vous verrez que les gens ont toujours quelqu'un dans la tête. *Toujours.* Et ce qui est intéressant, Dawn… c'est que c'est rarement la personne qu'ils vont retrouver chez eux le soir.

Je revois nos jambes emmêlées dans le sable rafraîchi, sens sa main comme une étoile dans le creux de mes reins.

Win hausse les sourcils.

— Je le savais. Qui est-ce ?

— Quelqu'un que j'ai rencontré en doctorat, dis-je à voix basse.

— Vous n'êtes plus en contact ?

— Non.

— Mais vous pensez encore à lui.

C'est une affirmation, pas une question.

— Pas très souvent. Pas avant que vous m'ayez parlé de Thane.

Un sourire étire les lèvres de Win.

— Tiens, tiens. La doula fait trop de protestations, ce me semble.

— Je vous rappelle que je suis mariée et heureuse en couple.

— Moi aussi, assure-t-elle en reprenant son pinceau. Alors racontez-moi… Comment est-ce que ça s'est terminé ?

— Je ne me souviens plus.

— Mais oui, bien sûr. Je suis persuadée que vous pourriez me rapporter au mot près votre dernière conversation.

Elle plonge le pinceau dans le bleu puis le rouge et dessine sur la palette un petit cœur violet. *Comme sur la médaille du courage.*

— Pourquoi avez-vous attendu aussi longtemps avant de rechercher Thane, si vous n'avez jamais cessé de l'aimer ?

— Parce que je n'ai jamais cessé d'aimer Felix non plus, répond simplement Win. Et puis vous avez déjà vu une femme faire sa crise de la quarantaine ? On ne s'autorise pas à tout plaquer pour se reconnecter à nous-mêmes.

Je réfléchis à ses propos. Les hommes mariés sont en effet plus nombreux à partir en quête d'un bonheur illusoire. Tous les jours, des hommes quittent femme et enfants et ça ne choque personne. Comme si le chromosome Y qu'ils sont les seuls à posséder les autorisait à se découvrir eux-mêmes, à se réinventer.

Est-ce ce que Brian a ressenti avec Gita ? Cette idée ébranle mes certitudes. Brian a toujours été mon point d'attache, mon ancre, le chevalier accouru à mon secours. La simple pensée qu'il puisse vaciller revient à imaginer la Terre en train de dévier de son orbite, les saisons s'écouler à rebours. Et si, tout comme moi, il s'était mis dans la tête que notre couple était indestructible… mais qu'il ne pouvait empêcher ses pensées de tourner autour de quelqu'un d'autre ? Win prétend que l'amour n'est qu'une question de hasard. Partant de cette théorie, la seule manière de se sentir rassuré consiste à ne jamais lancer le dé deux fois.

Brian est sorti au deuxième lancer de dés.

Felix revient avec le babeurre et des effluves de pâtisserie embaument bientôt la maison. Il nous apporte une assiette de biscuits encore fumants, accompagnés d'un peu de miel. Win en mange deux et lorsque Felix part faire la vaisselle, elle reprend le fil de notre conversation.

— Ce n'est pas mal, vous savez.

— Quoi donc ?

— D'admettre que vous pensez à ça. À l'endroit où vous pourriez être en ce moment, et avec qui. Que seriez-vous devenue si. Ce n'est pas être infidèle, ça. Ce n'est même pas dire que vous ne referiez pas les mêmes choix, si vous pouviez revenir en arrière. Ça fait juste…

Nos regards s'accrochent.

— Partie de la vie, conclus-je à sa place.

— Partie de la vie, répète Win.

Elle tapote le centre de la toile du bout des doigts.

— La peinture acrylique sèche tellement vite, fait-elle remarquer d'un ton satisfait avant de retourner le tableau vers moi.

Son portrait de la mort vit dans les ombres. Il y a du bleu nuit, du violet sombre et du noir cru mais quand on regarde de plus près, on distingue deux profils à peine esquissés, séparés d'un souffle, si près d'échanger un baiser mais figés pour l'éternité.

— Maintenant, reprend-elle, nous allons dégrafer la toile du châssis.

Tout en parlant, elle plonge la main dans les compartiments de sa boîte, attrape une dégrafeuse et entreprend d'ôter une à une les agrafes maintenant la toile sur le cadre de bois. Un angle se recourbe à la manière d'une rangée de cils.

— Vous allez abîmer le tableau !

— Quel tableau ? fait Win d'un ton désinvolte.

La toile n'est plus qu'une bobine de couleurs, un rouleau de pigments. Elle la retourne.

— Tout ce que je vois, moi, c'est un support pour une lettre qu'il me faut écrire.

Sur internet, je débusque toutes sortes de Thane Bernard qui ne sont pas celui de Win. Il y a le capitaine d'un bateau de pêche au crabe en Alaska. Un directeur de travaux publics à Johannesburg. L'employé d'un fonds spéculatif qui vend sa maison à Margaret River, en Australie. Trois autres Thane Bernard se sont mariés ces derniers mois, mais ils sont tous trop jeunes pour être le Thane de Win, et quatre sont morts, trop vieux quant à eux pour faire l'affaire.

Je trouve enfin une piste prometteuse, un homme dont l'âge correspondrait à peu près et qui donne des cours de dessin académique dans une université belge. Je télécharge une photo de lui sur mon téléphone. Assise dans son lit, Win se redresse un peu pendant que je tapote sur mon écran. Elle rajuste les pans de son peignoir et applique du baume sur ses lèvres gercées avant de prendre le téléphone que je lui tends, comme si l'homme allait la voir.

Ça me fend le cœur.

— Un instant, dit-elle. Que savez-vous sur lui ?

Je sais qu'il enseigne depuis dix ans dans cette même université. Je sais qu'il fait partie d'un club d'aviron et qu'il participe à des courses en quatre de couple avec barreur. Je sais qu'il a adressé une lettre au rédacteur en chef d'un journal local pour dénoncer un arrêté municipal qui nuirait aux pistes cyclables.

Je sais aussi que ce n'est pas ce que Win veut savoir.

— Il est toujours marié, dis-je à mi-voix.

Ses doigts se crispent sur le bord de l'édredon puis se détendent. Elle prend le téléphone. Je guette sa réaction tandis qu'elle examine la photo, effleure l'écran pour grossir les traits de son visage.

Elle ferme les yeux.

— Ce n'est pas lui.

Sa voix est brusque, teintée d'un soulagement palpable.

— Ce n'est pas lui, murmure-t-elle encore.

Après le repas ce soir-là, je dis à Brian que j'ai des papiers à classer et je vais m'enfermer dans mon bureau. J'ai reçu une notification d'un nouveau moteur de recherche sur mon ordinateur portable. Aussi surprenant que cela puisse paraître, celui-ci a trouvé un Thane Bernard dans un article paru en 2009 dans le magazine *Rolling Stone.* David Bowie avait donné une interview depuis son domicile londonien dans lequel il évoquait sa collection privée de tableaux de maîtres anciens – Rubens, Balthus, le Tintoret – et parlait de deux artistes contemporains, Henry Moore et Jean-Michel Basquiat. Il confiait également avoir fait l'acquisition récente d'un tableau de Nathaniel Bernard qui lui avait coûté 10 500 dollars. Intitulée *Prométhée,* l'œuvre s'inspirait du célèbre tableau de Rubens mais l'artiste avait remplacé les chaînes enroulées autour du poignet du Titan par des câbles Ethernet, des cordons de téléphone et des fils électriques. Dans ce tableau, l'aigle mythique n'était pas en train de picorer le foie de sa victime mais tenait dans son bec une poignée de billets, des livres anglaises. Le plaisir procuré par l'art, racontait Bowie, provenait en partie de la découverte d'artistes que personne ne connaissait encore – *comme Thane.*

Voilà pourquoi je n'ai pas trouvé le professeur Thane Bernard : il n'enseigne plus la peinture. Il *crée*, et signe ses œuvres de son vrai prénom.

Partant de cette information, je continue de fouiner et tombe sur des ventes aux enchères en France, en Belgique et en Italie. Les dates d'une exposition à la galerie Gagosian. Une apparition à Art Basel. Malgré les traces électroniques de son parcours professionnel, peu d'informations personnelles transparaissent sur internet. Il n'a pas de page Wikipédia. Je ne trouve aucune photo de lui.

Ah, si. Enfin. Dans Google Images : une photo prise lors d'une soirée de bienfaisance organisée à Londres en faveur d'un centre d'accueil pour les sans-abris. Cinq hommes en smoking. *De g. à dr. : A. Rothschild, T. Haven-Shields, H. Ludstone, R. Champney, N. Bernard.*

N. Bernard.

J'agrandis la photo jusqu'à ce qu'elle ne soit plus qu'un agrégat de grains grisés. Il est chauve. Ses yeux sont noirs comme la nuit, ses iris et ses pupilles se distinguent à peine.

Je l'imprime pour pouvoir l'apporter à Win demain.

Puis je réponds au mail du site qui a déniché la seule piste intéressante sur Thane Bernard. Pour cinquante dollars de plus, ils me proposent de trouver sa dernière adresse connue. Est-ce que je souhaite poursuivre mes recherches ?

Oui. Bien sûr.

Je ferme ma messagerie. J'ai accompli la mission que m'avait confiée Win. Je devrais éteindre mon ordinateur et rejoindre mon mari qui est au lit devant le *Late Show* de Stephen Colbert. Au lieu de ça, je clique sur Facebook et mes doigts, comme mus par une volonté propre, tapent le nom de Wyatt dans la barre de recherche.

Je ne suis pas sûre d'être déçue ou soulagée quand la phrase "Aucun résultat trouvé pour votre recherche" s'affiche sur l'écran.

Je devrais me contenter de ça. Me dire que je l'ai échappé belle. Mais la petite voix de Win chantonne dans ma tête : *Imaginez la personne avec qui vous pensiez faire votre vie.*

Ce n'est pas une tromperie, puisque c'est lui que j'ai aimé en premier. Puisque je ne ferai rien de ces informations. Puisque

Brian était le premier à regarder ailleurs. Ce n'est pas une tromperie.

Cette facilité que j'ai de me mentir à moi-même m'impressionne.

Si notre relation de couple finit par retrouver un certain équilibre et que nous ne pouvons pas revenir en arrière, je ferais peut-être bien de réduire la distance qui nous sépare. Comme l'a dit Brian : il ne s'est rien passé. Mais pendant un battement de cœur, il s'est demandé ce que ça ferait d'être avec quelqu'un d'autre. Je veux faire la même expérience.

Contrairement à Thane Bernard, Wyatt Armstrong est très présent sur la toile. Après avoir terminé sa thèse en 2005, il a publié un essai d'analyse sur le texte et la grammaire du Livre des deux chemins. Puis il a succédé au professeur Dumphries à la tête du département d'égyptologie de Yale. Je parcours l'éloge funèbre qu'il a rédigé dans le journal des anciens étudiants. Je suis l'avancement de ses recherches de la tombe oubliée de Djehouty-nakht puis sa découverte, il y a cinq ans. Il n'a rien publié à ce sujet pour le moment.

Et je clique sur l'onglet images.

J'ai l'impression de recevoir un coup de poing dans le ventre. Wyatt est toujours aussi élancé. Plié en deux dans un étroit puits funéraire, il jette un coup d'œil à l'objectif par-dessus son épaule. Son visage me semble à la fois familier et étranger. Son regard d'un bleu perçant – qui pénètre au lieu d'effleurer – est adouci par une sorte de méfiance et un réseau de fines ridules griffe le coin de ses yeux. Cela me rappelle brutalement tout ce qui nous a séparés : les gens, la distance, le temps.

Comme si nous avions simplement *subi* les événements.

Comme si je n'étais aucunement responsable.

— Oh, murmure une voix dans mon dos.

Je me retourne. La peine et la contrariété assombrissent le visage de Brian.

L'espace d'un court moment terriblement oppressant, je prie pour que le sol m'avale. Mais comme rien ne se passe, je suis Brian dans notre chambre et ferme la porte derrière moi. Mon cerveau cogite pour trouver une explication et les mots jaillissent déjà de ma bouche.

— J'étais en train de chercher l'ancien amoureux de Win…

— Et tu as retrouvé le tien à la place ? ironise Brian.

Son air abattu me déstabilise.

— Tu… tu sais qui est Wyatt ?

— Je ne suis pas débile.

— Je ne comprends pas, dis-je en me laissant tomber sur le lit.

— Dans ce cas, on est deux.

Il vient s'asseoir à côté de moi. Je jette un coup d'œil à ses cheveux bruns, ses phalanges anguleuses, la courbe de ses épaules, et je me demande depuis quand je n'ai pas regardé vraiment, attentivement, mon mari ; depuis quand je ne l'ai pas vu, lui, et pas seulement l'homme que je voulais qu'il soit.

— Tu as l'intention de me quitter ? demande-t-il.

— Non, je réponds sans hésiter, mais c'est plus par réflexe, comme quand le docteur nous tapote le genou avec son petit marteau et qu'on ne peut rien faire d'autre que de regarder notre jambe tressauter.

— Pourquoi tu l'as recherché sur internet, alors ?

— Parce que mes recherches sur l'ex de Win ont ravivé des souvenirs… J'ai eu envie de savoir ce que devenait Wyatt, dis-je avant de tester sur lui la fameuse question : il n'y a pas quelqu'un avec qui tu pensais faire ta vie, avant de tourner une page ?

— Non. C'est un miracle que je t'aie trouvée, toi.

— De toute façon, je mettrais ma main au feu que Wyatt m'a complètement oubliée.

— Pourquoi est-ce que tu dis ça ? À l'heure qu'il est, il est peut-être dans une pyramide ou il est en train de te chercher sur internet, lui aussi.

— Je ne savais même pas que tu connaissais son nom.

Il hésite.

— J'avais retrouvé les lettres qu'il t'avait envoyées dans le courrier de ta mère. J'aurais dû te les donner. Mais j'étais déjà amoureux de toi. Et tu avais l'air de m'aimer aussi.

Il se tait un instant, lève les yeux sur moi.

— Je suis physicien, Dawn. Je sais ce qui fait bouger les choses. Tu es venue ici pour ta mère… mais personne ne dévie aussi vite et aussi soudainement de sa trajectoire sans la présence d'une force extérieure.

Je suis prête à tout pour effacer l'angoisse qui assourdit sa voix.
— C'est *toi* que je voulais. *Toi* que j'ai choisi.
— À l'époque. Mais maintenant ?
Je ravale ma réponse : *Tu viens de me dire que tu ne pensais pas passer ta vie auprès de moi, à la base.* Mais ce n'est pas une surenchère. Œil pour œil, dent pour dent… tout ça ne m'intéresse pas. Il s'agit plutôt de retirer ensemble les couches d'enduit et de découvrir que le mur qu'on a mis à nu est en train de se désagréger.
— Tu crois que nous formons un couple heureux ?
Il réfléchit quelques instants.
— Comment peut-on former un couple heureux si l'un des conjoints n'y croit plus ?
De qui parle-t-il ? De lui ou de moi ?
— J'ai eu une vie avant toi, dis-je d'un ton posé. Je n'ai jamais cherché à le cacher.
— Je ne te l'ai jamais demandé. Mais ma femme m'a dit récemment qu'éviter délibérément de parler de quelque chose peut être aussi néfaste que d'en faire étalage.
Mes joues s'enflamment.
— Au bout de quinze ans de mariage, tu crois vraiment que je ne t'aime pas ?
Brian reste silencieux un long moment. Je vois presque les rouages de son esprit tourner méthodiquement.
— Au bout de quinze ans de mariage, répond-il enfin, l'amour n'est plus un simple sentiment. C'est un choix.

Après une nuit sans sommeil, je choisis la voie de la lâcheté et me débrouille pour partir chez Win avant que Brian ne se réveille. Felix vient m'ouvrir. Il a l'air aussi épuisé que moi.
— La nuit a été difficile ?
— Elle n'a pas réussi à trouver de position confortable. Malgré tous mes efforts.
— Je vais voir ce que je peux faire.
Quand j'entre dans la pièce, Win est en train de gigoter dans le lit médicalisé. Ses pieds remuent frénétiquement sous la fine couverture de coton. Elle ouvre les yeux en m'entendant.

— Je suis toujours là, lance-t-elle.

— Je vois ça.

— Dawn.

Sa voix n'est plus qu'un mince filet. Contenue, comme recroquevillée sur elle-même.

— Je ne pensais pas que ce serait si dur.

Au cours des semaines que j'ai passées à ses côtés, Win s'est montrée tour à tour courageuse, irascible et pragmatique. Mais je ne l'ai encore jamais vue vaincue. Jusqu'à ce jour.

— Qu'est-ce qui est dur ?

Ses doigts se resserrent sur la couverture.

— De lâcher prise. Je repense à toutes les fois où j'ai lu un avis de décès… toutes les fois où j'ai appris par un voisin qu'un tel ou une telle était mort. Ça me fait tellement bizarre de me dire que c'est mon tour, maintenant. Que je serai la prochaine.

— Je sais, Win, dis-je simplement.

— Ce monde est tellement pourri… Qui aurait cru que j'allais avoir envie d'y rester plus longtemps ?

— Moi. Parce qu'on se ressemble, toutes les deux : on n'est pas du genre à baisser les bras facilement.

Je sors de ma poche la photo imprimée et la lisse du plat de la main. Win s'en empare, l'approche de son visage au point de pouvoir l'embrasser. Au lieu de quoi, elle observe Thane Bernard et j'ai soudain l'impression que le monde en noir et blanc vient de se parer de couleurs.

Puis elle se laisse aller contre les oreillers, toujours agrippée à la feuille, et ferme les yeux. Une larme solitaire coule le long de sa joue.

— Dawn, chuchote-t-elle, je veux écrire cette lettre tout de suite.

TERRE/ÉGYPTE

Sur le papier, Anya Dailey est la compagne parfaite pour Wyatt. C'est une *lady* au sens aristocratique du terme, une cousine éloignée de la reine ou quelque chose dans ce goût-là. Elle comptait parmi les invités au mariage du prince William et a offert comme cadeau de naissance à la princesse Charlotte la tenue dans laquelle celle-ci fut photographiée officiellement pour la première fois. Élève dans un prestigieux pensionnat privé, elle intégra plus tard le King's College. Elle est membre du conseil d'administration d'une douzaine d'associations caritatives. Son père est propriétaire de la moitié des terres sur lesquelles fut bâtie la ville de Londres.

Elle a rencontré Wyatt au British Museum où elle était venue organiser une soirée de bienfaisance. Wyatt donnait une conférence ce jour-là. Elle a entendu sa voix en passant près de l'auditorium et, *dixit* l'intéressée : il était le miel et elle, la mouche.

Son enfance a été bercée par l'égyptologie : son grand-père était un ami du célèbre Lord Carnarvon et, petite, il l'avait emmenée en visite à Highclere Castle bien avant que le château ne devienne le décor de la série *Downtown Abbey*. Dans les entrailles du château sommeillait un trésor d'artéfacts glanés par Lord Carnarvon dans ses multiples concessions égyptiennes, à savoir tous les objets qui n'avaient pas été vendus au Metropolitan Museum. Son grand-père était un véritable égyptomaniaque. À sa mort, Anya avait donc eu l'idée de lui rendre hommage en investissant dans un chantier de fouilles en cours. Elle était entrée en contact avec l'associé de Wyatt. Et de fil en aiguille…

Je savais tout cela cinq minutes après l'avoir rencontrée.

Et maintenant, je suis assise à l'arrière du Land Rover bringuebalant, derrière Wyatt et Anya parce que ce dernier nous a ordonné, à moi et à Alberto, de les accompagner sur le site. Anya aimerait voir la découverte financée par son argent.

Je lance des poignards dans la nuque de Wyatt pendant qu'il conduit. Qu'il ait insisté pour qu'Alberto vienne avec eux, passe encore : ce dernier prendra des photos de l'archéologue et du mécène qu'ils pourront envoyer aux médias. En revanche, la raison pour laquelle il tient à ma présence m'échappe totalement, sauf s'il veut me faire souffrir.

À présent que nous avons exhumé de la tombe les trésors les plus précieux, il n'y a plus qu'un *gaffir* sur le site que nous trouvons assoupi sur un morceau de carton, à l'entrée.

— Payé pour dormir ? murmure Anya tandis que Wyatt l'aide à descendre du véhicule.

Le *gaffir* se lève tant bien que mal. Elle ne sait sans doute pas combien gagne le gardien – une misère que nul employeur digne de ce nom n'oserait verser à ses employés dans un pays développé, et une partie infime du montant de son investissement. *"Mudir"*, lance-t-il à Wyatt en guise de salutation avant d'aller ouvrir la porte de la tombe fermée à clé.

Trop absorbés par les cercueils entreposés dans le magasin de la maison des fouilles, nous n'avons pas pensé à recharger le groupe électrogène censé éclairer la tombe. Il fait une chaleur étouffante dans la chambre principale plongée dans l'obscurité. Je braque un projecteur sur les murs recouverts d'inscriptions et Wyatt traduit les hiéroglyphes qu'Anya pointe du doigt. Lorsqu'il commence à décrire une scène de pêche et de chasse aux oiseaux, la concentration de l'Anglaise semble se relâcher et ses yeux se détachent de la paroi rocheuse. Soudain, elle sursaute puis se jette contre le torse de Wyatt.

— Une araignée !

Je croise le regard d'Alberto dans son dos – nos esprits se rencontrent pour la première fois.

Quand Wyatt entreprend de lui expliquer la phase d'exhumation des cercueils, Anya jette un coup d'œil dans le puits. L'échelle de corde pend dans le vide.

— Viens, je vais te montrer, propose Wyatt.

— Oh, je ne vais jamais réussir à…

— Tu veux ton moment Indiana Jones, oui ou non ? coupe-t-il en la gratifiant d'un grand sourire avant de poser une main sur sa taille. Je descendrai juste derrière toi.

Il demande à Alberto de vérifier les pieux auxquels est accrochée l'échelle puis se tourne vers moi.

— Dawn, tu vas descendre en premier avec la lampe torche, ordonne-t-il. Comme ça, Anya verra que l'échelle est bien arrimée.

Cette dernière phrase peut être interprétée de plusieurs façons : je suis l'agneau sacrificiel. Je suis obligée d'obéir à ses ordres. Je pèse plus lourd que la gracile Anya, ce qui veut dire que si l'échelle supporte mon poids, elle supportera forcément le sien. Je fixe la lampe frontale autour de ma tête, pose le pied sur le premier barreau et comprends soudain à qui appartiennent les chaussures que je porte.

Nom de Dieu de bordel de merde.

Je m'enfonce graduellement dans la gorge brûlante de la tombe puis allume la lampe torche et braque le faisceau à l'intérieur du boyau pour qu'Anya entame gracieusement sa descente. Je suis sûre qu'elle fait exprès de heurter la paroi avec son talon pour m'envoyer une pluie de gravillons. Mais je reste stoïque tandis qu'elle se rapproche de moi.

Je me suis déjà avancée dans la chambre funéraire quand Wyatt nous rejoint. Il n'y a plus grand-chose à voir maintenant que la pièce a été vidée. Wyatt explique à Anya ce qu'il a vu en dégageant les blocs de pierre qui bouchaient l'entrée. Pendant quelques minutes, j'oublie où nous sommes et me laisse pénétrer par son récit, ajoutant les détails qu'il omet de mentionner : l'instant où, plaquée contre lui, j'ai jeté un coup d'œil à l'intérieur par-dessus son épaule. Le moment où il m'a fait virevolter dans la chapelle après avoir découvert les dessins et les inscriptions du Livre des deux chemins à l'intérieur du cercueil. Je m'accroche à ces images, les savoure dans mon coin.

— Passe-moi ton téléphone, lance-t-il à l'adresse d'Anya.

Étant donné qu'Alberto est resté en haut afin de s'assurer que l'échelle ne se décroche pas mystérieusement, nous bloquant tous dans la tombe souterraine, Wyatt se propose de jouer au photographe. Anya pose en souriant et il prend une rafale de photos.

À peine a-t-il terminé qu'elle s'empare de l'appareil pour examiner le résultat.

— Recommence. La lumière n'est pas bonne, ajoute-t-elle en me lançant un regard.

Wyatt se tourne vers moi en se raclant la gorge. Je braque le faisceau lumineux directement dans les yeux d'Anya.

— Oh, désolée, dis-je d'un ton laconique.

Au bout de plusieurs autres essais, Anya finit par valider une photo.

— Et maintenant, j'en voudrais une de nous deux, déclare-t-elle en me tendant le téléphone.

Wyatt va se placer à côté d'Anya, près de la niche dans laquelle se tenaient à l'origine les vases canopes. Il l'enlace par la taille. Au moment où je prends la photo, Anya se tourne vers lui et presse ses lèvres sur sa joue.

Je lui redonne son téléphone en espérant leur avoir coupé la tête.

— Donc il y a combien de tombes dans cette nécropole ? demande-t-elle.

— Il y en avait trente-neuf, répond Wyatt. Et voici la quarantième.

— Est-ce qu'elles se ressemblent toutes ?

— À peu de chose près, oui. Certaines comportent deux chambres funéraires, pour le mari et son épouse.

— Comme c'est pratique, susurre Anya en palpant la paroi rocheuse. Je me demande combien d'esclaves il fallait pour construire une nécropole. Au moins autant que pour ériger les pyramides, je suppose.

— Ça risque de vous étonner mais leur nombre était exactement identique, je réponds en croisant les bras : zéro. Votre grand-père vous a sûrement expliqué que les pyramides ont été construites par des ouvriers qui percevaient un salaire ou qui payaient leurs impôts de cette manière. Nous n'avons absolument aucune preuve de la présence de captifs étrangers sur les chantiers des pyramides. De plus, ces ouvrages étaient de véritables prouesses de technique et de précision. Par exemple, les pierres angulaires des pyramides étaient alignées dans la direction de la pierre de Benben, point central du culte solaire à Héliopolis.

Pour atteindre un tel niveau de perfection, il fallait s'entourer d'experts. C'est aussi pour ça que vous avez choisi Wyatt, non ?

— Dawn… murmura ce dernier sur un ton d'avertissement.

— Oh. Désolée. Je voulais dire le *docteur Armstrong*, susurré-je en me tournant vers lui. Tiens, débrouille-toi avec ta foutue lampe.

Sans attendre sa réaction, je lui colle la lampe dans les mains, gravis l'échelle à toute vitesse et m'enfuis en courant avant de m'effondrer.

Sans cesser de courir, je m'enfonce dans l'oued. Les mugissements du vent emplissent mes oreilles. Wyatt m'a presque rattrapée quand j'entends sa voix qui m'appelle. Il est plus robuste et plus rapide que moi – impossible de le distancer. Lorsqu'il me saisit par le bras, je m'arrête sans même essayer de résister. Où pourrais-je bien aller me réfugier, de toute manière ? Alors j'attaque la première :

— Pourquoi tu ne m'as rien dit ?

— Je croyais que tu savais, répond-il en me libérant et en reculant d'un pas. Tu connaissais son nom.

— Sauf que je croyais que c'était un homme.

— Quelle importance ? Tu es mariée, non ?

— Je le sais, merci, dis-je d'un ton sec.

— Dans ce cas, tu sais aussi que je ne te dois aucune explication sur ce que j'ai fait pendant les quinze années qui viennent de s'écouler, bordel ! hurle-t-il.

J'ai envie de le gifler. J'ai envie de l'enlacer.

— Mais tu m'as laissé croire que…

Je ravale le reste de ma phrase en donnant de petits coups de pied dans le sable.

Capturant mon menton entre ses doigts, il m'oblige à lever le visage vers lui.

— Croire quoi ? dit-il d'une voix si douce que mon cœur se fendille.

— Croire que je comptais pour toi.

— C'était la vérité, répond Wyatt. *C'est* la vérité, Olive.

Sa bouche s'abat sur la mienne, j'enroule mes mains autour de ses bras et serre fort, comme si je voulais lui faire mal, en même temps que je l'attire vers moi. Ses doigts fourragent dans mes cheveux, renversent mon chapeau, dénouent ma tresse. Le vent tourbillonne violemment autour de nous, comme si nous avions déchaîné les éléments.

Lorsque nous nous séparons, pantelants et frissonnants, Wyatt appuie son front contre le mien.

— Tu t'es volatilisée, dit-il d'une voix rauque. Comme tu ne répondais pas à mes lettres, j'ai essayé de te retrouver. Mais c'était comme si tu avais disparu de la surface de la terre.

Dawn McDowell avait disparu, en effet. Pour céder la place à Mme Brian Edelstein.

— Tu sais pourquoi j'avais tellement envie de localiser la tombe de Djehouty-nakht ?

— Oui.

— OK, dit-il en rigolant. Mais je me disais aussi que si la découverte était relayée par les médias, tu en entendrais parler.

— Et qu'est-ce que j'aurais fait ?

— Je ne sais pas.

Il cherche mon regard.

— Tu lui as parlé de moi ?

Je secoue la tête.

— Pourquoi ?

Je ne sais pas comment formuler ça avec des mots. Pourquoi ? Sans doute parce que j'aime suffisamment Brian pour vouloir le protéger. Si on ne dit pas à un homme qu'on a laissé un morceau de nous en chemin avant de le rencontrer, il n'aura jamais l'idée d'aller le chercher.

Mais il y a une autre raison : je voulais garder Wyatt pour moi toute seule. Il était à moi et à personne d'autre. D'une certaine manière, j'aurais eu l'impression de renoncer à lui si j'en avais parlé à Brian.

Je pose ma main sur sa joue, sens sous ma paume sa barbe naissante. Il n'a pas eu le temps de se raser avant l'arrivée d'Anya, ce matin. Nous pensons à l'unisson, car il déclare dans un souffle :

— Je lui dirai tout, si tu veux.

— Tu perdras ton investisseur.

— J'en trouverai un autre.

Mes yeux picotent.

— Je ne peux pas te laisser faire ça.

La suite plane entre nous : *parce que, moi, je serai toujours avec un autre.*

Wyatt prend ma main et embrasse le creux de ma paume.

— Nous étions destinés l'un à l'autre, murmure-t-il. Deux personnes qui vivent dans le passé.

Je l'entoure de mes bras et profite encore un peu de ce moment. Il sent le cèdre et l'été. Depuis toujours. Le bouton de sa chemise s'enfonce dans ma tempe et j'appuie plus fort en espérant qu'il laissera une marque.

Puis nous retournons à la nécropole. Que va-t-il raconter à Anya ? Aura-t-elle l'intelligence de ne pas lui demander pourquoi il s'est lancé à ma poursuite ?

Nous marchons en nous tenant par la main mais en quittant l'intimité de l'oued, nos doigts se détachent naturellement.

Alberto et Anya nous attendent devant la tombe de Djehoutynakht. Wyatt gravit les marches de pierre d'un pas sautillant en demandant :

— Tu as vu tout ce que tu voulais ?

— Plus qu'il n'en faut, oui, répond Anya.

Nous nous figeons mais Wyatt se ressaisit plus vite que moi. Il se penche vers elle et lui murmure quelques mots à l'oreille. Anya part d'un éclat de rire en se blottissant dans ses bras. Le soleil fait scintiller le solitaire de sa bague de fiançailles et des vagues de lumière dansent sur les colonnes de pierre, derrière eux.

Par-dessus l'épaule d'Anya, les yeux de Wyatt sont rivés aux miens.

Anya demande que le repas du soir soit servi dans la chambre de Wyatt, ce qui suffit à me couper l'appétit. Je passe la soirée dans le magasin, à recopier méticuleusement les images sur mon iPad jusqu'à ce que ma vue se brouille. Je regagne alors ma chambre mais il y fait tellement chaud que j'ai l'impression d'étouffer.

Je ressors, déambule dans la maison et me retrouve devant une armoire fermée par un cadenas, dans laquelle Wyatt a entreposé une caisse de cognac français très bon et très cher. Harbi et sa famille ne boivent pas d'alcool. Le cadenas est là pour le reste de l'équipe. Je me dis que Wyatt me doit bien ça.

Je n'ai pas crocheté de cadenas depuis mes années de doctorat, lorsque nous ouvrions cette même armoire pour voler les bouteilles de Dumphries, mais ça revient vite. J'utilise deux trombones, le premier comme barre de tension et le deuxième pour farfouiller dans le mécanisme. Le cylindre tourne, le verrou cède. À l'intérieur se trouvent une caisse de cognac Tesseron et, posé sur le couvercle, un coffret capitonné abritant une bouteille en cristal de Louis XIII Rémy Martin. Un petit mot de Richard Levin, l'ancien président de Yale, est scotché sur le couvercle – un message de félicitations adressé à Wyatt pour sa nomination au poste de directeur du programme Langues et civilisations proche-orientales.

C'est cette bouteille que je prends.

La maison est silencieuse – trop silencieuse. Je tends l'oreille pour essayer de capter un rire de femme ou la voix de Wyatt. Je l'imagine au lit avec Anya et je me demande s'il a changé les draps, s'il pense à moi en ce moment… mais ai-je seulement le droit de me poser ce genre de questions, moi qui ai passé une décennie et demie dans le lit d'un autre ?

Je n'ai pas envie de retourner dans ma chambre, alors je traîne dans la salle de travail où les ordinateurs portables et les iPad sont branchés, en train de charger.

Je me laisse tomber sur la chaise d'Alberto, ouvre la bouteille de cognac et bois directement au goulot.

Le Sphinx emplit l'écran de veille de l'ordinateur. Sans doute est-ce une photo prise par Alberto : tête d'homme et corps de lion, queue enroulée sur la droite, la stèle du Songe entre les pattes. J'ai déchiffré la stèle du Songe, comme tous les étudiants en égyptologie. Le texte raconte que le pharaon Thoutmôsis IV, père d'Amenhotep III et grand-père d'Akhenaton, après une promenade en char autour de la nécropole de Gizeh, s'était assoupi à l'ombre du Sphinx à moitié enfoui sous le sable. Ce dernier lui apparut alors en rêve et lui demanda de retirer le sable qui l'ensevelissait petit à petit, en échange de quoi il deviendrait roi. Et la prophétie se réalisa.

Je ne sais pas combien de temps je reste assise là, à boire de grandes lampées de cognac avant qu'Alberto ne fasse son apparition, mais ses traits ne me semblent pas tout à fait nets.

— Qu'est-ce que tu fais là ? me demande-t-il.
— Ça se voit pas ? fais-je en soulevant la bouteille.
— Tu es assise à mon bureau.
— C'est exact.
Comme je ne bouge pas d'un poil, il soupire et approche une autre chaise à roulettes. Puis il attrape un mug, me le tend. Je lui sers une bonne rasade de cognac. Nous trinquons, céramique contre cristal.
— J'ai une énigme de Sphinx pour toi, dis-je.
— L'Homme.
— Quoi ?
— C'est la réponse, fait Alberto.
— Mais je ne te l'ai pas encore donnée…
Il hausse les épaules.
— *Qu'est-ce qui marche à quatre pattes le matin, à deux pattes l'après-midi et à trois pattes le soir ?* Attention spoiler : Œdipe a trouvé la solution.
— Je voulais t'en proposer une autre : pourquoi est-ce que la queue du Sphinx est toujours rabattue sur son flanc droit ?
Alberto rigole.
— Ah mais tu en as vraiment une… !
— Parce que ça correspond au hiéroglyphe, je réponds en sentant ma gorge se serrer. C'est Wyatt qui m'a appris ça.
— Merde… Ne me dis pas que tu vas pleurer…
— Qu'est-ce que ça peut faire ? Tu me détestes déjà, de toute manière.
— C'est faux.
J'avale une grande gorgée de cognac.
— Ah ouais ? T'es hyper distant avec moi depuis le début.
— Normal, fait Alberto en levant les yeux au plafond. Depuis que t'as débarqué, ça s'est mis à grésiller de tous les côtés.
— Tu peux décoder ?
— Dès que j'ai vu comment il te regardait, j'ai compris qu'on était grillés côté financement. Mais j'espérais qu'il allait se reprendre. Ça fait cinq ans qu'on bosse sur cette tombe. Remettre tout ça en cause, surtout la saison où on allait enfin accéder à la chambre funéraire…
Il ne termine pas sa phrase. C'est inutile.

— Il est amoureux d'elle ? je demande.

Alberto me considère longuement avant de me tendre sa tasse. Je lui sers une autre rasade de cognac.

— Je ne sais pas. Je crois que ce qu'il aime, c'est *l'idée* qu'il se fait d'elle.

Je repense à ce que m'a dit Wyatt un peu plus tôt, qu'il tenait absolument à trouver cette tombe pour que j'entende parler de lui, où que je me trouve. Je pense à Anya, à ses jambes interminables, à sa peau laiteuse. Si Wyatt s'est sacrifié sur l'autel de l'égyptologie, ça n'a pas dû être si désagréable que ça.

— Tu es venue ici pour le retrouver ?

Je sens la chaleur de ses yeux posés sur moi tandis qu'il attend une réponse. Comme si son gagne-pain dépendait de ce que j'allais dire. Et c'est une bonne question – une de celles que j'aurais vite chassées dans un coin de mon esprit si je n'avais pas sifflé plus du quart d'une bouteille d'excellent cognac.

— Je suis venue ici pour me trouver, moi, dis-je à voix basse. Le problème, c'est que je ne suis pas sûre d'aimer ce que j'ai découvert.

Dans quelle intention étais-je venue jusqu'ici ? Je voulais voir Wyatt, d'accord. Et après ? Allais-je lui balancer ce que j'étais venue lui dire et repartir comme si de rien n'était – comme si mes mots n'avaient causé aucune ride sur les eaux étales de sa vie ?

— Je dois rentrer chez moi, dis-je sans transition. Ma fille et mon mari m'attendent.

Alberto reste de marbre. Wyatt a dû lui dire que j'étais mariée.

— Donc tu es venue pour lui faire du mal, c'est ça ?

— Non ! Pas du tout. Pourquoi est-ce que tu dis ça ?

— Pourquoi es-tu venue lui rappeler qu'il t'aime si c'est pour disparaître tout de suite après ? Encore.

Je n'avais pas vu ça sous cet angle mais Alberto a raison : c'est exactement ce que je m'apprête à faire.

— Je croyais que tu étais remonté contre lui, pas contre moi.

— Je suis remonté contre vous deux, en fait.

Nous restons silencieux pendant quelques minutes en continuant de siroter du cognac. Finalement, Alberto lève les yeux.

— Les Grecs croyaient qu'à l'origine, chaque être humain était composé de deux têtes et de deux corps. Mais Zeus a eu peur qu'ils deviennent trop puissants comme ça, alors il les a coupés en deux. De cette manière, au lieu de lui chercher des noises, ils se sont mis à passer leur vie à tenter de retrouver leur moitié.

Leur âme sœur, dis-je.

— Tu crois qu'on n'est destiné qu'à une seule personne et qu'on est condamné à farfouiller parmi sept milliards d'êtres humains pour essayer de la trouver ?

— Non. Je crois qu'il est possible d'aimer plus d'une personne dans une vie. Il y a celle qui t'apprend ce qu'est l'amour, même si ça ne dure pas.

Wyatt.

— Et il y a celle au contact de qui tu deviens une meilleure personne et cette amélioration est réciproque.

Brian.

— Et il y a la dernière, ajoute Alberto. Celle avec qui tu ne passeras jamais assez de temps. Mais qui t'accompagne jusqu'au bout.

Quand je songe aux aidants que j'ai vus au chevet des mourants, je trouve sa description pleine de justesse. La dernière âme sœur d'une personne peut être son conjoint, ou son enfant. Ça peut être son meilleur ami ou parfois même une doula de fin de vie. Dans tous les cas, c'est la personne qui lui tiendra la main quand elle quittera ce monde.

Alberto pose sa tasse vide avant de continuer :

— Je ne te connais pas. Je ne sais pas ce que tu as fait pendant tout ce temps. Ce que je vois, en revanche, c'est la façon dont tu termines ses phrases et lui qui sait toujours ce que tu vas dire avant même que tu ouvres la bouche : vous êtes comme des jumeaux qui parleraient un langage secret. Et puis je vois bien comment vous vous regardez, tous les deux. Pas comme si vous aviez envie de vous sauter dessus mais plutôt comme si vous aviez envie de fusionner véritablement. Personnellement, je crois que la situation est très simple, Dawn : avec qui souhaites-tu être quand ton heure sera venue ?

Il se lève.

— Je vais me coucher. Ne fous pas la merde sur mon ordi, dit-il avant de s'éloigner mais arrivé au seuil de la pièce, il se retourne : Je trouve que c'est salaud de sa part de ne pas t'avoir parlé d'elle. Je voulais que tu le saches.

Ma mère disait que si des mauvaises ondes circulaient dans une maison, il fallait placer un verre d'eau en haut du réfrigérateur pour les absorber et quand on la vidait dans l'évier le lendemain, tous les soucis s'en allaient avec. Jouant le tout pour le tout, j'entre d'un pas mal assuré dans la cuisine de Harbi et remplis d'eau un gobelet en plastique que je pose sur le frigo fatigué. Puis j'en remplis un autre pour emporter dans ma chambre.

Mais je passe d'abord par le magasin. La pièce est plongée dans le noir, j'allume une lampe de travail qui projette une lumière vacillante sur le cercueil extérieur posé sur des cales. J'imagine tellement bien Wyatt penché au-dessus, le tissu de sa chemise tendu sur ses épaules tandis qu'il s'étire pour mieux voir le texte inscrit au fond de la cuve. Le rai de lumière éclaire le *peret kherou* peint sur le cercueil, l'offrande accompagnée d'une invocation. C'est d'une simplicité tellement touchante de croire qu'il suffit de formuler un vœu à voix haute pour qu'il se réalise.

— Dawn, dis-je dans un souffle. Wyatt.

Mais on n'est pas en Égypte ancienne, je suis seule et j'ai trop bu.

Je longe le couloir en retenant ma respiration pour ne pas perturber le silence. J'ai tellement peur de les entendre tous les deux… J'entre dans ma chambre, m'affale sur le lit et écarquille les yeux : un fragment de pierre est posé sur mon oreiller, orné d'un message hiéroglyphique tracé au feutre :

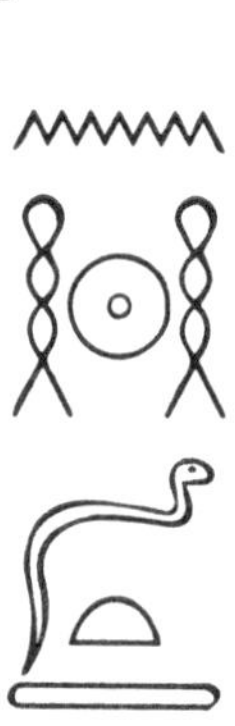

Neheh djet. *Pour toujours et à jamais.*

EAU/BOSTON

Je ne sais pas trop comment commencer cette lettre. Bonjour *me semble trop formel, et* Tu te souviens de moi ? *me paraît ridicule. En plus, je sais que tu te souviens de moi, puisque je me souviens de toi. Ça, ça ne m'a jamais inquiétée. Le vrai problème, c'était plutôt de savoir si nous réussirions à oublier.*

Ça doit être un choc, pour toi, de lire cette lettre. Ça remonte à si longtemps. Je suis peut-être un peu présomptueuse en pensant que tu seras heureux de recevoir de mes nouvelles. Après tout, tu as peut-être mieux réussi que moi à enfouir le passé sous plusieurs couches d'enduit. Maintenant que j'ai pris la décision d'avoir cette conversation, même à sens unique, j'ai du mal à mettre de l'ordre dans mes pensées, à savoir ce que je veux te dire.

Alors je crois que je vais commencer par ça : je n'ai pas pensé à toi tous les jours. Mais je n'ai pas non plus jamais *pensé à toi. Et quand ça m'arrive, ce n'est pas le genre de souvenir léger et réconfortant, non. C'est viscéral, semblable à une entaille toute fraîche laissée par la lame d'un couteau. Un instant, tu n'es pas dans mes pensées et l'instant d'après, tu les envahis avec une telle force que toute mon attention est concentrée sur toi.*

Donc, tu vois, même après toutes ces années, tu arrives encore à me couper le souffle.

Voici comment meurt le corps : doué d'une grande intelligence, il conserve le cœur, les poumons et le cerveau. Et commence à se débarrasser de toutes les choses non essentielles. La circulation sanguine périphérique s'arrête en premier : le sang cesse d'irriguer les mains et les pieds. Quand on appuie sur les ongles, la couleur ne revient pas. Puis ce sont les reins qui cessent de fonctionner. Les intestins ne font plus de bruit. La tension artérielle chute. Le rythme cardiaque augmente. La température corporelle baisse. La respiration devient difficile. On bascule finalement dans l'inconscience.

Win est entrée dans la phase active de la mort. Comme elle me l'a demandé, je passerai plus de temps auprès d'elle. Il y a des jours où elle n'est pas capable de tenir une conversation. Et d'autres où elle recouvre sa lucidité. Quand elle se sent bien, nous écrivons sa lettre. Comme elle est trop faible pour tenir un stylo, j'écris ses mots en tout petits caractères au dos de son tableau. Elle s'interrompt parfois au milieu d'une phrase et sombre pendant quelques minutes, voire plusieurs heures.

Avant que ma mère ne meure, je passais beaucoup de temps à la toucher, même quand elle ne réagissait plus, comme si j'étais celle qui la reliait à la vie. Je lui tenais la main. Lui massais le bras. Je m'allongeais sur son lit et me blottissais contre elle. Je faisais tout ça parce que je savais qu'après sa mort, lorsque les pompes funèbres viendraient chercher son corps, je ne pourrais plus jamais la toucher.

Je passe beaucoup de temps auprès de Win et la maisonnée est endormie quand je rentre dans la nuit. Je me faufile toujours sur la pointe des pieds dans la chambre de Meret et dépose un baiser sur son front pendant qu'elle dort. Puis je me déshabille à la va-vite dans la salle de bains et vais me coucher auprès de Brian.

Nous avons réussi à maintenir une paix fragile, malgré notre dispute au sujet de Wyatt. Je ne sais pas si c'est parce que nous passons tellement peu de temps ensemble que nous essayons de ne pas gâcher ces rares moments ou bien si c'est parce que nous redoutons de rouvrir la plaie. Même s'il ne se réveille pas, je colle mon corps contre le sien, glisse mon bras sous le sien ou j'entrelace nos doigts. Il n'y a rien de sexuel là-dedans – ce sont juste des gestes de désespoir, comme quand ma mère était en train de mourir.

Est-ce que je touche Brian parce que je sais que mon temps passé auprès de lui arrive à sa fin ?

Te rappelles-tu le jour où nous avons essayé de trouver le bleu parfait ? Certains détails sont flous mais je sais qu'il pleuvait. Nous étions dans l'atelier le plus agréable, celui où la lumière entrait à flots et où le radiateur ne rotait pas comme un vieux bonhomme. Je n'arrivais pas à mélanger mes couleurs pour obtenir ce que j'avais en tête. J'essayais bien de t'expliquer ce que je recherchais mais je ne trouvais pas les mots justes, ni en anglais ni en français. Je fulminais, tu pestais, et au bout d'un moment, tu m'as attrapée par le poignet pour m'entraîner hors de l'atelier, hors du bâtiment, direction la station de métro. On est d'abord allés au Louvre où on est passés de salle en salle, d'un tableau à l'autre : de La Dame en bleu *de Corot drapée de soie d'un bleu profond, métallique, sur lequel se détache la bordure orange d'un éventail, à* La Rencontre *d'Abraham et de Melchisédech de Colin Nouailher, avec ses bleus de cobalt éclatants* ; *de la salle Henri II avec* Les Oiseaux *de George Braque peints au plafond, d'un bleu nuit profond flirtant avec les violets.* Comme ça ? *me demandais-tu à chacune de nos haltes mais je secouais la tête obstinément. Alors tu m'as emmenée au musée d'Orsay où nous avons plongé dans les bleus mêlés de vert des* Nymphéas *de Monet avant de nous glisser dans* La Nuit étoilée *de Van Gogh. Finalement, nous nous sommes retrouvés devant* L'Église d'Auvers-sur-Oise, *dressée sous les volutes du ciel azuré.* On s'en approche, *t'ai-je dit alors*, mais ce n'est pas encore ça.

Nous sommes allés nous asseoir sur les quais de la Seine et avons sondé les profondeurs du fleuve. Nous nous sommes allongés sur le dos et avons chassé les nuages avec nos deux imaginations jusqu'à ne plus voir que du bleu, du bleu douloureux, du bleu qui se fondait dans le noir de l'univers. Mais qu'est-ce que tu recherches ? *m'as-tu encore demandé et je t'ai répondu :* Je le saurai quand je le verrai.

Nous avons essayé de trouver mon bleu dans les poteries d'un étal de marché tenu par un Turc, et dans une poignée de myrtilles fripées. Nous nous sommes arrêtés devant la vitrine d'un restaurant chinois où des poissons nageaient dans un grand aquarium et avons scruté leurs écailles arc-en-ciel. Nous avons effleuré du bout des doigts les corolles des pensées dans les bouquets des fleuristes et compté les sacs à dos bleu marine des écoliers en uniforme.

Finalement, nous sommes retournés à l'atelier et tu as mélangé des couleurs : du turquoise et du bleu céruléen, de l'indigo et du saphir. Puis tu as pris ton pinceau et tu as tracé de longs traits sur le dos de ma main, à l'intérieur de mon bras. Sous nos regards attentifs, tous les bleus nocturnes s'animaient sur ma peau tandis que tu me transformais en tableau.

C'est quand je t'ai senti bouger en moi, quand tu as crié mon nom, que j'ai trouvé la couleur que je cherchais désespérément. Ce bleu intense de tes yeux. Je n'ai jamais cessé de le chercher depuis.

On ne peut pas mourir sans naître d'abord. Les Égyptiens anciens croyaient que l'unité précédait la création – il n'y avait ni mort, ni naissance, ni lumière, ni obscurité, ni terre, ni ciel. Juste une unicité indifférenciée qu'il fallait façonner.

Atoum était le dieu androgyne de la création. Son nom signifie littéralement *Tout*. Les Textes des sarcophages racontent qu'Atoum engendra le premier couple homme/femme. C'est en se masturbant qu'il donna la vie à Shou – l'espace lumineux entre le ciel et la Terre – et en crachant qu'il créa Tefnout, la déesse de l'humidité. En égyptien du Moyen Empire, le mot *main* est féminin. Atoum possède donc un élément féminin qu'il utilise pour modeler le monde.

Le concept de syncrétisme cher au culte religieux égyptien découle d'ailleurs de cette croyance. Deux divinités apparaissant comme deux dieux distincts dans les temples peuvent ne former qu'une seule entité avant d'être séparés. Amon-Rê est l'union de l'Amon caché et de sa forme visible, Rê. On commence par un ensemble unifié puis au fil du temps, on se différencie, on s'organise, on se divise. La création, par définition, est séparation. On ne peut avancer sans se désunir.

Voici les pensées qui me traversent quand je n'arrive pas à m'endormir, le soir. Quand je regarde Brian, assis en face de moi à la table du dîner, et que j'essaie de me rappeler qui j'ai épousé.

Le temps est une construction de l'esprit. Il faut à nos cerveaux quatre-vingts millisecondes pour assimiler une information, est-ce que tu savais ça ? Quiconque te somme de vivre dans l'ici et le maintenant est un menteur. À peine as-tu réussi à appréhender le présent qu'il fait déjà partie du passé.

Si tu m'avais demandé à l'époque d'imaginer où nous serions dix ans plus tard, j'aurais ri en demandant à quoi bon, puisque nous avions l'instant présent ! Je n'aurais jamais avoué, ni à toi ni à personne d'autre, qu'il m'arrivait de temps en temps de soulever la tête de ton épaule pour m'aventurer dans le futur et que, dans ces moments-là, je t'imaginais toi, et moi, mais jamais nous.

Je crois que ça fait partie des choses que personne ne te transmet. On peut aimer quelqu'un jusqu'à en souffrir physiquement, jusqu'à avoir l'impression qu'il ou elle se promène avec notre cœur dans sa cage thoracique, mais rien de tout cela n'a d'importance si l'on ne trouve pas le moyen d'être ensemble. C'est comme si on nous disait qu'on peut être immortels en respirant de l'azote alors qu'on sait pertinemment qu'on ne peut pas se passer de l'oxygène terrestre.

J'étais le météore qui s'est écrasé dans ta vie alors que tu suivais ton petit bonhomme de chemin. Mon atterrissage était aussi incontrôlé que ta réaction stupéfaite, les yeux levés sur le ciel où se produisait l'inexorable. Tu avais un passé, des projets et des responsabilités. Quelqu'un qui t'aimait déjà. Notre rencontre fut comme une giclée d'essence sur un feu. Avec toi, je me suis embrasée deux fois plus vite, deux fois plus violemment.

Voilà pourquoi nous n'aurions pas pu vivre ensemble. Nous nous serions consumés mutuellement jusqu'au néant.

Lorsque j'ai rencontré l'homme que j'ai fini par épouser, j'ai cligné des yeux pour le faire disparaître. Il était calme, attentionné, équilibré, fiable – tout ce que tu n'étais pas, toi. Quel ennui, *me suis-je dit de prime abord.* Où sont les explosions de couleur ? Pourquoi ne parle-t-il pas en même temps que moi parce que nous avons tellement de choses à nous dire… ? *Quand tu as l'habitude de voler, ce n'est pas facile de reposer les pieds par terre pour marcher tranquillement. Pourtant, il s'est passé une chose étrange. En avançant à petits pas, j'ai remarqué des choses qui m'avaient échappé jusqu'alors : son habitude de ne jamais démarrer la voiture tant que je n'avais pas attaché ma ceinture ; sa façon de me demander la permission avant de m'embrasser, comme s'il ne voulait pas prendre d'autorité ce que j'avais à lui offrir ; son inquiétude démesurée le jour où je me suis fait retirer l'appendice, alors que je ne me faisais moi-même aucun souci. Sa manière de commander mes plats préférés au lieu de prendre ce qui lui faisait envie. De recharger mon téléphone portable quand j'oubliais de le brancher. Comment, lorsqu'il me prenait la main, je ne ressentais pas simplement des choses. Je ressentais tout. Il n'était pas mou et passe-partout. Il était solide. Quand j'ai quitté pour de bon l'ascenseur émotionnel, je ne me suis pas ennuyée. Je me suis sentie en sécurité.*

Je t'en ai voulu pendant un temps d'avoir failli me priver de tout ça, de cet homme avec qui j'avais non seulement envie de vivre mais surtout à qui j'avais envie de ressembler. Tu étais le petit point brillant et lumineux aux confins de ma conscience. Et je me suis forcée à détourner les yeux.

Comme il est interne en neurochirurgie, Kieran croule sous le travail et il peut se passer plusieurs semaines sans que nous réussissions à nous voir. Je le connais toutefois tellement bien que je devine tout de suite que quelque chose ne va pas en le rejoignant chez Saks, sur Copley Square. Je sais aussi qu'il aura du mal à m'en parler, alors j'avance prudemment.

— Je ne comprends pas pourquoi tu as besoin d'un costume, dis-je d'un ton dégagé tandis que nous déambulons dans le magasin, caressant des blazers en cachemire doux comme un rêve et des chemises dont l'étoffe soyeuse coule entre mes doigts.

— Parce que je ne peux pas présenter mes travaux en tenue chirurgicale dans un auditorium noir de monde, répond Kieran en jetant un coup d'œil à une étiquette – son visage blêmit d'un coup. C'est plus que mon salaire mensuel.

— Je croyais que les neurochirurgiens gagnaient des fortunes.

— Pas les internes.

Il ne tient pas en place, exactement comme quand il était plus jeune et que quelque chose le tracassait – l'année où il a passé ses entretiens d'admission à l'université, par exemple, ou le jour où il m'a enfin confié son homosexualité. Alors je fais ce que j'ai toujours fait dans ces moments-là : je prends sa main et la serre une fois dans la mienne, comme un pouls. Puis j'attends qu'il en fasse autant. Et nous entretenons ce petit battement de cœur entre nous.

Si j'avais eu besoin d'être confortée dans ma décision de rester à Boston au lieu de retourner en Égypte après la mort de ma mère, il m'aurait suffi de penser à Kieran. Après de brillantes études de médecine à Harvard, il travaille désormais comme interne à l'hôpital du Massachusetts et vient d'être contacté, à l'âge de vingt-huit ans, pour présenter ses travaux de recherche sur le traitement des ruptures anévrismales par l'utilisation des spires détachables de Guglielmi. Je sais ce que cela représente pour lui. Mais j'aimerais tellement lisser ses cheveux en arrière, comme quand il avait de la fièvre, en lui disant simplement que tout ira bien.

— Hé, tu vas assurer, j'en suis sûre.

Il pose sur moi des yeux semblables à ceux de ma mère. Hoche la tête et avale sa salive, mais je sens ses doigts agrippés aux miens. Alors je continue :

— Tu pourrais arriver avec un sac à patates sur le dos. Personne ne remarquera la couleur de ta cravate une fois que tu auras ouvert la bouche.

— C'est facile, pour toi, de dire ça, marmonne Kieran. Ce n'est pas toi qui seras sur le gril. Je connais bien mon affaire mais je ne sais pas si je serai capable de l'expliquer devant un amphi plein à craquer.

— Tu donnes des cours à des étudiants en médecine, Kieran.

— Par groupes de cinq. Pas cinq cents.

— Imagine-les tous en sous-vêtements.

— Les étudiants en médecine ? Ceux que je connais n'en portent pas parce qu'ils n'ont pas le temps de les laver.

Il plaisante mais son pouls galope toujours aussi vite sous mes doigts. C'est mon boulot de décrypter les signaux émis par le corps humain pour voir s'il est proche du point de rupture.

— Tu ne veux pas plutôt me dire ce qui ne va pas, vraiment ?

Il s'immobilise au milieu des portants.

— Et si c'était ça… vraiment ? J'ai été premier de ma classe. Deux fois. J'ai décroché une place dans l'université que je voulais. Tout a toujours roulé comme sur des roulettes. Est-ce que l'heure n'est pas venue de tomber de haut ?

Il baisse la tête avant de reprendre :

— Ce n'est pas rien d'avoir été sollicité pour présenter mes travaux alors que je débute tout juste dans le métier. Je n'aurais peut-être pas dû accepter.

— Kieran, si tu en es là aujourd'hui, c'est parce que tu as travaillé d'arrache-pied. Respire à fond, dis-je en inspirant profondément pour donner l'exemple.

Je tressaille violemment. L'odeur de Wyatt emplit mes narines.

Ça sent le sucre et le soleil et quelque chose de plus cher. Détachant ma main de celle de Kieran, je fais volte-face comme si j'étais poursuivie.

— Dawn ? fait Kieran mais sa voix me parvient étouffée – on dirait que des kilomètres nous séparent.

Je suis entortillée dans des draps blancs, blottie dans ses bras. Je resserre les pans de sa chemise autour de moi, comme un peignoir. J'inhale son odeur qui m'enveloppe totalement.

Les anciens Égyptiens croyaient que lorsqu'un dieu prenait sa véritable forme, un parfum irrésistible se répandait dans l'air. Dans la scène de conception de la reine Hatchepsout à Deir el-Bahari, la mère de Hatchepsout s'accouple avec Amon qui a pris l'apparence de son mari. Elle sait toutefois qu'elle se donne à un dieu car elle reconnaît son odeur.

Je sens sur mes épaules les mains de Kieran qui me secouent doucement pour me ramener à la réalité.

— Dawn ? Tout va bien ?

Je veux être forte pour lui, comme je l'ai été pendant toutes ces années. Mais à ma grande stupeur, mes yeux s'emplissent de larmes.

— Non. Je ne crois pas, non.

Il m'entraîne vers le fond du rayon pour hommes, trouve le salon d'essayage, me pousse à l'intérieur et ferme la porte derrière nous.

— Mais merde, qu'est-ce qui se passe ?

Je tremble comme une feuille, impossible de me contrôler. Et lorsque j'ouvre la bouche, les mots coulent en cascade, c'est l'inondation. Je lui parle de Gita et de Brian, de notre dispute le jour de l'anniversaire de Meret. Je lui raconte tout, depuis le moment où j'ai quitté la maison jusqu'à l'autre soir où Brian m'a surprise devant une photo de Wyatt sur l'écran de mon ordinateur.

Je conclus en disant que j'ai fait une bêtise.

— En cherchant Wyatt sur internet, précise Kieran mais je secoue la tête.

— Combien de fois ai-je entendu Brian parler d'univers parallèles ? dis-je en tirant sur le fil d'un manteau suspendu derrière nous. J'ai l'impression d'avoir ouvert la boîte de Pandore… mais dans mon esprit. Je ne peux pas ne pas le voir.

— Ne pas voir quoi ?

— Ce que ma vie aurait pu être.

Des picotements de honte parcourent ma nuque. Quelle mère, quelle épouse ose formuler ce genre de pensée à voix haute ? Ma seule consolation, c'est que Kieran ne pourra pas me détester plus que je ne me déteste moi-même.

Mais mon frère ne me traite pas de monstre. Il enroule ses doigts autour des miens. Presse. Attend que j'en fasse autant. Comme rien ne vient, il essaie de nouveau et, tout à coup, mes doigts se contractent autour des siens, une pulsation s'installe entre nous. Ténue, erratique… mais bien présente.

En observant son visage, je vois tour à tour le garçon qu'il était lorsqu'il s'endormait à force d'avoir trop pleuré après la mort de notre mère, l'adolescent qui a prononcé le discours d'adieu de sa promotion, au lycée, l'homme qui a connu son premier chagrin d'amour.

— Toi, dis-je finalement, tu vas être un grand médecin.

Kieran lève la main, probablement pour me caresser les cheveux ou la joue – les gestes d'un enfant consolant un adulte. Au lieu de quoi, il touche le manteau accroché au mur, retourne d'un doigt l'étiquette du prix et esquisse un sourire désabusé.

— Je les emmerde, lâche-t-il. Viens, on va chez T.J.Maxx.

Je pensais à toi chaque fois que je peignais. Chaque fois que j'entrais dans un musée. Je me demandais ce que tu racontais sur nous, si c'était très différent de ma version de notre histoire. Pour toi, j'ai traversé ta vie et c'est tout. Sans doute crois-tu que j'ai cessé de t'aimer. Tu n'as jamais su que j'étais partie parce que je t'aimais trop, justement.

Je n'avais pas envie de devenir un cliché et je ne voulais pas que tu en sois un non plus. Mais surtout, je ne voulais pas être celle qu'on abandonne et le seul moyen d'éviter ça, c'était de partir la première. Je n'arrêtais pas de penser à ta femme, à ce qu'elle ressentirait si tu choisissais de rester avec moi. C'était tellement facile de me mettre à sa place. Je ne pouvais me résoudre à être celle qui te poussait à la faire souffrir, alors que je reste ou non, j'étais perdante.

Je t'ai menti, tout à l'heure. Je t'ai dit que je pouvais te voir dans le futur et me voir aussi mais que je ne nous voyais pas tous les deux ensemble. C'est faux. Je nous ai vus réunis pendant quinze ans, j'ai vu le meilleur de nous… en la personne de notre fils.

Là, tu as le droit de me haïr – car non seulement je ne lui ai jamais parlé de toi, mais je t'ai également caché son existence et maintenant, il est trop tard pour y remédier. Il s'appelait Arlo, il avait tes yeux bleus et ta taille et ma dent de devant un peu de travers. Il aimait les petits pots de crème glacée, mais ne mangeait que la moitié au chocolat. Il détestait les petits pois. Il était incapable de tracer une ligne droite, comme quoi le talent artistique n'est pas une question de génétique. Il n'était pas facile… mais ça voulait dire que lorsqu'il avait décidé de t'aimer, c'était un vrai cadeau. Je me dis parfois qu'il est né avec du feu dans les veines, pas du sang.

Sans doute tenait-il ça de nous deux.

Était. Tenait. *Au passé. Tu as sûrement remarqué. Je sais que nous n'aurions pas tenu le coup, tous les deux, à cause d'Arlo. Je n'ai jamais compris ce qui se déchaînait en lui mais on pouvait l'apaiser, en tout cas provisoirement. D'abord avec un jouet. Un bonbon. Une étreinte. Mais en grandissant, il n'y avait plus qu'une chose qui l'aidait à s'évader de lui-même – la drogue.*

Il est mort il y a trois ans.

Je l'imaginais souvent en train de marcher dans les rues de Boston et je te voyais toi, marchant ici ou là, capables tous les deux de ressentir la présence de l'autre à travers l'épaisseur de cette planète. Comme un écho dans tes pas ou un frissonnement de ton pouls.

J'imaginais ça parce que l'idée que tu n'aies jamais su qu'il existait m'est insupportable. Et c'est mon entière faute.

Il était une fois un monde plongé dans les ténèbres. Tu y erres à l'aveuglette, tu t'approches tellement du vide que tu es sûre d'y tomber un de ces quatre et, pour être franche, tu te sens déjà tellement mal que tu te dis que ce ne serait peut-être pas une mauvaise chose. Et puis un jour, tu rencontres quelqu'un.

Il te trouve agenouillée tout au bord du précipice et au lieu de te dire de t'en éloigner, il s'assied à côté de toi. Il essaie de voir ce que tu vois. Il ne te pose pas de questions, ne te supplie pas de te ressaisir, ne te rappelle pas que des gens ont besoin de toi. Il attend juste que tu te retournes et que tu plisses les yeux en pensant : *Mais oui, ça y est, je me souviens. C'est à ça que ressemble la* lumière.

Tu ne sais pas comment ça arrive, mais vous devenez amis. Tu te surprends à chercher sa voiture dans le parking. Tu vois un reportage à la télé ou tu lis un article dans un journal et tu penses : *Il faut absolument que je lui en parle.* Tu apprends à connaître ses goûts en matière de café et sa couleur préférée – pas en posant des questions, juste en l'observant. Puis tu te rends compte que les journées passent plus vite quand tu es avec lui. Tu sens les poils se dresser sur tes avant-bras quand son épaule cogne la tienne dans l'ascenseur. Sa présence est enveloppante, son absence douloureuse.

Tu commences à remanier les pièces du puzzle de ta vie pour pouvoir l'y inclure. Tu n'as pas envie de passer du temps loin de lui, si ce n'est pas nécessaire. Tu le présentes à ta famille. Tu supportes leurs coups de coude complices et leurs haussements de sourcils parce que tu sais que vous en rirez plus tard. Tu aimerais pouvoir le présenter aux membres de la famille qui ne sont plus de ce monde. Ils l'auraient adoré. Tu le vois jouer avec les enfants et tu penses : *Un jour.*

Quand il te demande en mariage, tu respires mieux tout à coup. Le jour de la cérémonie, les traits de ton visage se crispent à force d'afficher des sourires radieux. Ta vie n'est pas simple mais est-ce si important que ça maintenant que tu as quelqu'un comme lui pour t'aider à porter le fardeau qui pèse sur tes épaules ? L'argent, le boulot, les promotions, les échecs… ce ne sont que des ralentisseurs sur une route qui durera toujours.

Vous avez un enfant. Tu as toujours cru qu'il n'aimerait jamais personne d'autre que toi jusqu'au jour où tu le vois avec le bébé. Elle n'est pas seulement un trésor qu'il faut protéger à tout prix. Elle est la preuve vivante que vous étiez destinés l'un à l'autre.

Si tant est qu'une preuve fût nécessaire.

Tu veilles sur ce bébé comme si c'était ta seule mission au monde.

Une nuit, alors qu'elle est malade et que tu t'es occupée d'elle pendant des heures, tu es tellement épuisée que tu vas dormir dans le bureau, sur le canapé. Tu crois que tu ne trouveras jamais le sommeil sans lui. Tu te trompes.

En fait, tu dors même très bien.

Ça se reproduit quand il s'enrhume ; quand tu rentres tard du travail ; quand vous vous disputez. Ce n'est plus un bureau, plus une chambre d'amis – c'est un sanctuaire. Ta fille demande si vous allez divorcer. *Non*, réponds-tu sans hésiter. *On s'aime.*

Le soir même, tu regagnes le lit conjugal. Tu dis *Je t'aime*, mais ce n'est plus comme si tu ouvrais en grand les fenêtres de ton cœur. Tu pourrais aussi bien dire *On est mardi* ou *Je suis brune* : d'un ton neutre, tu énonces une vérité, un constat. Il n'y a plus d'exaltation. Ce n'est plus un miracle. Tu te demandes à quel moment l'essence même de ton amour a cessé de se nourrir de passion pour se muer en compassion.

Tu ne le rejoins plus dans la douche par surprise. Il éteint sa lampe de chevet quand tu es encore en train de lire et te tourne le dos. Tu te souviens qu'avant, il posait toujours une main sur ta taille quand vous sortiez, dans un geste à la fois possessif et protecteur. Maintenant, c'est la main de ta fille qu'il tient plutôt que la tienne.

Les choses qui te faisaient craquer chez lui t'exaspèrent désormais au plus haut point. Ses raclements de gorge incessants. Sa manie de ne jamais remplacer le rouleau de papier-toilette vide, de chanter faux sur les chansons qui passent à la radio. Mais tout ça ne compte pas, te répètes-tu tous les jours. Ce n'est pas l'amour hollywoodien – c'est l'amour vrai. Vous avez un enfant. Voilà ce qui est important.

Il y a des jours pourtant où tu te disputes avec lui simplement parce que ça te procure des *sensations.*

Tu commences à te demander si tu l'aimes encore. Si tu l'as jamais aimé. Tu te dis que le contraire de l'amour, ce n'est pas la haine. C'est le contentement.

Et puis un jour, tu te retrouves de nouveau dans l'obscurité, en train d'avancer à tâtons au bord d'une falaise. Il est là aussi.

Mais il n'est plus la lumière – peut-être même ne l'a-t-il *jamais* été. Il absorbait plutôt ce qui restait de *ta* lumière à toi pour éclairer ses propres ombres.

Tu as changé. Tu n'as pas envie de te jeter dans le vide. C'est inutile, puisque la source de ta souffrance se trouve juste à côté de toi.

On tombe amoureux quand on rencontre quelqu'un qui remplit tous nos manques.

On n'est plus amoureux quand on se rend compte qu'on est tous les deux brisés.

Pourquoi maintenant ? Pourquoi t'écrire vingt ans plus tard ? Pourquoi me manifester comme un fantôme tourmenté, remuant mes chaînes, perturbant la tranquillité que tu as sans doute réussi à trouver au fil des années ?

Parce que le temps m'est compté.

C'est la seule chose que nous n'avons jamais eue et ça ne s'est pas arrangé, hélas.

Je suis malade, mon amour. Je suis malade et pendant que mon corps se délite lentement, mon esprit continue de fonctionner. J'ai passé de longues heures au lit à ressasser tout ça, et même si nous n'étions pas faits pour rester *ensemble, nous étions faits pour* être *ensemble. Même si nous devions finalement nous perdre, nous étions faits pour nous trouver. Je ne me serais jamais mariée, je n'aurais pas profité de mon fils pendant presque seize ans si je ne t'avais pas rencontré d'abord. Je ne crois pas qu'il aurait pu en être autrement et je ne crois pas non plus qu'il aurait* dû *en être autrement. Tu es le catalyseur de l'équation chimique, à défaut d'en être le résultat. Il était écrit que tu passerais ta vie avec elle, et que je passerais ma vie avec lui mais le temps d'un battement de cils, nous nous sommes donnés l'un à l'autre et il n'y avait que nous. Je ne pouvais envisager de quitter cette terre sans t'avoir dit que tu as été l'homme de ma vie. Celui que je n'ai jamais pu oublier – que je n'ai jamais voulu oublier.*

Lorsque tu liras cette lettre, je ne serai probablement plus là. Mais parce que tu la lis, je sais que tant que tu seras là, toi, je le serai aussi.

Plus l'état d'une personne malade empire, plus le matériel médical prend de la place. La table de chevet de Win est encombrée de flacons de médicaments, de gobelets avec des pailles, de lingettes adoucissantes pour rafraîchir sa peau quand elle a trop chaud. Il y a une pile de Chux, les alèses jetables que l'on glisse sous les draps quand les problèmes d'incontinence surviennent. La canne qu'elle utilisait quand je l'ai rencontrée a d'abord cédé la place à un déambulateur, puis à un fauteuil roulant. La chaise percée qu'on laissait dans la salle de bains reste désormais près du lit.

Win a le visage tourné vers la fenêtre. Felix a suspendu à la traverse une mangeoire pour les oiseaux et les juncos ardoisés viennent picorer fébrilement, entre deux visites d'écureuils et le passage furtif d'un geai bleu.

— C'est une feuille rouge, là ? demande-t-elle.

Je me penche en avant pour voir ce qu'elle voit. Nous sommes en été, entourées d'un océan de vert.

— Je ne crois pas, non. Il est encore trop tôt pour que les feuilles changent de couleur.

Elle soupire en roulant sur le dos.

— J'espérais pouvoir tenir jusqu'à l'automne.

— C'est votre saison préférée ?

— Non. Je déteste. Le mélange d'épices pour la tarte à la citrouille ne peut être que l'œuvre du diable, dit-elle en croisant les mains sur son ventre. C'est drôle, les gens qui vont bientôt mourir parlent toujours des choses qui vont leur manquer. Une journée de printemps. Les sorbets à l'orange. Les petits-enfants qui grandissent. Personne ne parle de tous les trucs qu'on ne regrettera pas : déblayer la neige devant la maison, remplir sa déclaration d'impôts, souffrir d'arthrose… et la fameuse épice citrouille. Le pire, c'est que tout ça va quand même me manquer.

Elle me jette un coup d'œil avant de continuer :

— Je trouve qu'il devrait y avoir un mot pour désigner ce sentiment. Quelque chose de long avec des sonorités allemandes, un peu comme la *Schadenfreude.* Peut-être que vos Égyptiens en avaient un, eux.

Il y a un texte du Moyen Empire intitulé le *Dialogue du désespéré avec son ba* dans lequel un homme se dispute avec son âme parce qu'il veut se suicider. L'âme tente de l'en dissuader, arguant qu'on ne sait pas vraiment ce qui se passe après la mort, alors pourquoi prendre un tel risque ? Le texte ne condamne pas l'homme qui veut se suicider : il n'y est pas question d'enfer ni de péché. Ce n'est même pas une mise en garde. Il s'agit plutôt de ne pas passer à côté des plaisirs de la vie terrestre.

Win tend la main et je la prends dans la mienne. Ses os sont légers, à peine perceptibles. Elle est comme un sablier et il reste peu de sable dans le bulbe du haut.

— Je ne regrette qu'une chose, dit-elle. C'est de ne pas vous avoir rencontrée dans des circonstances plus réjouissantes.

Je sens mes yeux picoter.

— Win, j'ai été très heureuse de faire votre connaissance.

— Je crois qu'on aurait pu être amies.

— Je crois que nous *sommes* amies.

Elle opine.

— C'est la raison pour laquelle je veux que vous partiez.

Je la dévisage d'un air perplexe.

— Remettre ma lettre, complète-t-elle.

Je secoue la tête.

— Je vous ai promis que je l'apporterais à Thane mais pour le moment, Win, c'est vous, ma priorité.

— Et moi, je vous demande de vous en occuper tout de suite. Je sais que ça ne changera rien. Mais j'ai l'impression qu'il me sera plus facile de… partir… en sachant qu'il pense à moi.

La phrase de Win se termine dans un murmure.

— Je vous fais confiance, Dawn.

— Mais…

— Vous m'avez assuré que j'aurais tout ce que je veux, tout ce dont j'ai besoin quand la fin viendra. J'ai besoin de ça. C'est tout ce que je veux.

— Win, dis-je d'une voix claire en pesant mes mots, vous allez peut-être mourir pendant que je serai partie voir Thane.

— J'ai Felix avec moi.

Je hoche la tête, incapable de parler pendant quelques instants.

— Je demanderai à mon amie Abigail de venir vous voir, dis-je finalement. Elle est assistante sociale dans un centre de soins palliatifs.

— Ce serait bien, approuve Win. Pour Felix aussi.

Je trouve qu'il y a cinq choses importantes à dire aux personnes qu'on aime avant qu'elles meurent, et j'en parle toujours à celles et ceux qui les accompagnent : *Je te pardonne. S'il te plaît, pardonne-moi. Merci. Je t'aime. Au revoir.* Je leur explique aussi qu'ils peuvent interpréter ces messages comme ils le sentent, et rien ne sera laissé de côté.

Je pardonne Win de m'obliger à faire ça.

J'espère qu'elle me pardonnera de ne pas être auprès d'elle, si elle meurt pendant que je suis loin.

Je la remercie de m'avoir montré une partie de moi que j'avais oubliée.

— Je vous aime, dis-je en déposant un baiser sur son front.

Quand je rencontre son regard, elle pleure aussi.

— Au revoir, dis-je encore.

Elle se redresse au prix d'un effort immense et referme ses deux mains autour de la mienne, comme si elle aussi avait du mal à lâcher prise.

D'un tiroir du bureau, je sors la toile enroulée sur elle-même, avec le tableau qu'elle a peint d'un côté et de l'autre mon écriture serrée. Retenue par un bout de ficelle, elle ressemble au papyrus du Livre pour sortir au jour.

— Dawn ?

La voix de Win me rattrape alors que je m'apprête à franchir le seuil de la pièce.

— J'espère que vous le trouverez.

— Thane ? Je vais le trouver. Je vous le promets.

— Pas le mien, dit-elle. Le vôtre.

Lorsque Brian rentre à la maison, je suis en train de préparer mes affaires. J'ai déjà acheté un billet pour Londres. En me voyant fourrer une tenue de rechange et des sous-vêtements dans un sac à dos, il s'immobilise dans l'encadrement de la porte. Une idée me traverse l'esprit : il croit sans doute que je le quitte.

Encore.

— Je pars à Londres. Pour Win.

Il vient s'asseoir au bord du lit.

— Elle est morte ?

— Non. Mais je crois qu'elle n'en a plus pour très longtemps. Elle m'a demandé d'aller remettre sa lettre maintenant, au lieu d'attendre avec elle.

Brian hoche la tête en tirant distraitement sur un fil de notre couette.

— Je sais que tu ne veux pas que j'y aille. Mais je lui ai fait une promesse.

— Une promesse, répète Brian. Tu m'en as fait une aussi, il y a très longtemps de ça.

— Qu'est-ce que tu essaies de me dire ?

Brian plonge son regard dans le mien.

— Je t'ai surprise en train de rechercher ton ex-petit copain sur internet mais je ne suis pas parti. Tu n'arrêtes pas de dire que c'est moi, le problème, que c'est à cause de ce que j'ai fait ou failli faire, mais je suis là. Je reste. Je me bats pour sauver notre couple. C'est toi qui essaies par tous les moyens de mettre de la distance entre nous.

Sa voix se brise mais il poursuit :

— Nom de Dieu, Dawn. Je ne demande rien d'autre que d'être avec toi. Alors que, pour toi, c'est une torture de vivre avec moi.

— C'est faux. Je t'aime… Et je nous vois bien dans vingt ans, avec des rides et des cheveux blancs et des petits-enfants – la totale. Je ne sais juste pas comment faire pour aller d'ici… jusque là-bas.

Il enserre ma main entre les siennes, la retourne comme s'il pouvait lire l'avenir dans ma paume.

— Mais moi, je sais. Je ferai tout mon possible pour que tu te sentes bien de nouveau. Je démissionnerai, je demanderai une mutation dans une autre université. Je suivrai une thérapie. On partira en vacances. En Égypte, pourquoi pas ? Tu pourras me servir de guide ! On assistera aux matchs de tennis de Meret et on criera à tue-tête pour l'encourager… on sera les parents les plus gênants de la Terre. Essayons de nous souvenir comment être *nous* de nouveau.

Ça me fait envie. Tellement que c'en est douloureux. Le problème, c'est qu'il m'est impossible de savoir comment être *nous* si je ne sais pas d'abord qui *je* suis.

— J'ai l'impression d'avoir déjà vécu cette scène, poursuit Brian. On dirait que la chose que je redoute le plus se produit plusieurs fois de suite. Dès que tu quittes la maison, je me dis que, cette fois, tu ne reviendras pas.

Je ne sais pas quoi dire. La dernière fois que je suis partie, j'ai bien cru que je ne reviendrais pas, moi aussi.

La respiration de Brian s'accélère.

— Tu crois que je ne sais pas que tu as renoncé à tes rêves quand tu m'as rencontré ?

— Je n'ai renoncé à rien du tout. Je me suis retrouvée exactement à l'endroit où j'étais censée être.

— Dans ce cas, ne pars pas.

La logique. L'atout de Brian, depuis toujours. De son point de vue, tout est simple : il faut rester ici et se battre pour sauver notre couple. Sauf que je dois remettre la lettre de Win à son destinataire.

— Je ne suis pas en train de dire que tu ne devrais pas accomplir ta mission, insiste Brian en devinant mes pensées. Je dis juste que tu ne devrais pas le faire *tout de suite.*

— Parfois le passé compte plus que le présent, je réponds, et il lâche ma main.

Nous sommes sauvés par Meret qui entre dans la chambre comme une flèche, brandissant d'une main une enveloppe.

— Ça y est, c'est arrivé ! Enfin !

Brian et moi reprenons instantanément notre apparence de parents normaux, imperturbables.

— Genomia ? demande Brian.

Je fronce les sourcils.

— Genomia ? Qu'est-ce que c'est que ça ?

Meret s'assied entre nous.

— Le test ADN que papa m'a offert pour mon anniversaire.

Je me souviens vaguement de l'avoir entendue remercier Brian pour son cadeau tardif… mais je n'avais même pas demandé de quoi il s'agissait.

— Avec ça, tu peux savoir si tu as par exemple des prédispositions génétiques à l'intolérance au gluten ou au cholestérol ou à la maladie d'Alzheimer… ou à l'obésité, explique Meret. Je me disais que ce serait cool de comprendre pourquoi je suis comme je suis.

Une fille qui ne ressemble pas à ses parents, qui essaie de trouver sa place dans le monde. Je croise le regard de Brian par-dessus sa tête.

— Alors ? dit-il. Prête pour la grande révélation ?

Elle déchire l'enveloppe.

— La première page donne des infos sur l'hérédité familiale, déclare Meret. Mais je sais déjà que je suis irlandaise et…

— Quatre-vingt-dix-huit pour cent ? s'étonne Brian en étudiant le diagramme en forme de camembert imprimé sur la feuille. C'est bizarre. Ta grand-mère et ton grand-père étaient des juifs ashkénazes de Pologne. C'est quoi, la marge d'erreur de ce test ?

Toujours le scientifique.

Meret émet un ricanement.

— Et maintenant vous allez me dire que vous m'avez adoptée, c'est ça ?

Je baisse les yeux sur le diagramme et me pétrifie. Mon sang, celui-là même qui coule dans les veines de Meret, circule moins vite, tout à coup. Ce graphique circulaire presque complet. Britannique et Irlandaise, quatre-vingt-dix-huit pour cent.

C'est mon père, le marquis. Moi, je suis seulement comte.

Anglais pure souche, avait déclaré Wyatt. *Avec des ancêtres descendant de Guillaume le Conquérant, j'en ai bien peur.*

TERRE/ÉGYPTE

Une légende égyptienne raconte qu'Isis, désireuse de voler son pouvoir à Rê pour le transmettre à son fils, terrassa le dieu du Soleil en créant un serpent venimeux avec la salive de ce dernier. Rê ne peut combattre le poison parce qu'il vient de lui. C'est ce que je ressens le lendemain, quand Wyatt entre dans la remise alors que je suis en train d'y travailler.

Je sais déjà qu'Anya est repartie. J'ai entendu le moteur du Land Rover mais je pensais que c'était Wyatt qui l'avait accompagnée à l'aéroport du Caire.

— Je suis surprise de te voir.

Il s'adosse aux étagères de rangement.

— Alberto devait aller au Caire pour acheter des câbles informatiques. Il a proposé ses services de chauffeur.

— Il mérite une augmentation, dis-je avant de reporter mon attention sur une ligne d'écriture hiératique que j'ai déjà lue quatre fois.

Wyatt s'approche et monte sur l'échafaudage en face de moi, de sorte que le gouffre du cercueil nous sépare.

— Tu es fâchée.

— Tu l'as dit toi-même : je n'ai pas le droit d'être fâchée.

Je détache mon regard du sien.

— J'ai vu ton mot. C'est un message de rupture ?

J'ai envie de lui demander ce qu'il a dit à Anya. Et en même temps, je ne veux pas savoir. Parce que, quoi qu'il en soit, je ne vois pas où tout cela va nous mener.

— Merde, Olive. J'ai besoin de te parler. Vraiment.

— Alors parle.

— Pas ici.

Il descend de l'échafaudage et me tend la main, debout au pied de la cuve, tel un chevalier venu secourir une gente damoiselle enfermée dans un donjon.

— Allons faire un tour en voiture.

Le jour où nous avons découvert le *dipinto* en 2003, tout le monde s'était accordé un jour de congé. Wyatt et moi étions restés seuls à la maison : les autres étaient partis visiter Tell el-Amarna, la ville où Akhenaton avait régné avec son épouse, Néfertiti. Ce n'est qu'à une douzaine de kilomètres du site, une demi-heure de voiture, et c'est étonnant que je n'aie jamais mis les pieds là-bas, sachant qu'Akhenaton est l'une des figures les plus fascinantes de l'Égypte ancienne. Pharaon de la XVIIIe dynastie sous le Nouvel Empire, il est surtout connu pour être le père de Toutankhamon et pour avoir initié une révolution religieuse au cours de son règne.

Il est évident que les divinités – au pluriel – tenaient une place importante dans la vie des anciens Égyptiens. La plupart des dieux fonctionnaient par triades ou par multiples de trois : on trouve ainsi Atoum, Shou et Tefnout ; Amon, Rê et Ptah ; Osiris, Isis et Horus, et l'Ennéade, le groupe des neuf divinités primordiales vénérées à Héliopolis. Les temples étaient alors de véritables scènes accueillant des processions spectaculaires. Les Égyptiens venaient y assister et après que les dieux avaient absorbé toute la substantifique moelle contenue dans les offrandes, les nourritures terrestres étaient distribuées à la foule amassée devant le temple. Les célébrations de l'époque ressemblaient au Noël d'aujourd'hui.

Si l'on file la métaphore, Akhenaton endossa le rôle du Grinch lorsqu'il accéda au pouvoir. Il ferma les temples et interdit les fêtes religieuses. Au lieu de célébrer plusieurs dieux, les Égyptiens furent sommés de n'en vénérer plus qu'un : Aton, le disque solaire. Pour autant, Akhenaton n'était pas monothéiste. Il trouva plutôt le moyen de s'introduire lui-même dans le système théologique, créant une nouvelle triade divine incluant son épouse royale Néfertiti. Tous les jours à Amarna, sa cité inondée de soleil, étincelante, de grandes fêtes étaient données à sa gloire ainsi qu'à celle de sa femme et de ses filles. Une escorte militaire l'accompagnait dans tous ses déplacements. C'est la seule période de toute l'histoire égyptienne où des fresques et des reliefs montrent des sujets s'inclinant constamment devant leur roi.

Akhenaton ne s'est pas contenté d'annuler Noël. Il a également éradiqué l'au-delà. Bien qu'il ait régné au Nouvel Empire, son tombeau – contrairement aux autres sépultures de la Vallée des Rois – ne comporte aucune représentation de rites funéraires avec des divinités telles que Rê et Osiris afin de ne pas anéantir son identité d'Akhenaton dieu créateur. Par définition, aucune de ces divinités n'était censée exister avant lui.

Nous roulons en silence jusqu'à Amarna. Nous nous arrêtons d'abord devant l'une des stèles frontières avant de poursuivre notre chemin jusqu'à la nécropole.

Wyatt vient souvent par ici. Le gardien le connaît de vue et lui remet la clé afin que nous puissions visiter le site seuls. Tandis que nous descendons dans la tombe royale, je respire l'odeur suave et fumée du guano de chauve-souris. Les images ornant les murs me happent aussitôt ; elles sont tellement différentes des représentations picturales de Deir el-Bersha et de tous les autres vestiges de l'Égypte ancienne, d'ailleurs.

Il n'est pas facile de différencier Néfertiti d'Akhenaton : leurs silhouettes ne sont ni masculines ni féminines. Ils sont sculptés dans la pierre avec des têtes allongées et des ventres ronds, à l'image des dieux créateurs androgynes de l'Égypte antique. Leurs filles sont représentées avec les mêmes crânes et les mêmes abdomens d'extraterrestres, comme si elles aussi étaient éternellement figées dans l'instant de la création. Dans les scènes rituelles ornant les temples et les tombes privées, Akhenaton n'est représenté qu'à travers ses filles car un dieu créateur pouvait avoir autant de manifestations féminines qu'il le souhaitait mais dès lors qu'une autre figure masculine était représentée, l'horloge universelle se mettait en marche.

Je comprends soudain pourquoi Wyatt m'a amenée ici : Akhenaton a toujours rêvé de remonter le temps.

— Je n'ai rien dit à Anya, confesse Wyatt, parce que je me suis rendu compte qu'il fallait que je te parle d'abord.

Je me tourne lentement vers lui. Il se tient devant un lever de soleil symbolisant la famille royale. Ses cheveux blonds sont exactement à la même hauteur que le disque solaire et, pour une raison qui m'échappe, cela me donne envie de pleurer.

— Reste avec moi, Olive. Publions cette tombe ensemble. Il n'est pas trop tard pour repartir de zéro.

C'est tellement tentant d'imaginer que ma vie aurait pu être différente. Que c'est encore possible de prendre une autre direction. Mais alors même que Wyatt capture ma main, je sais déjà ce que je vais lui dire.

Comme Akhenaton, on peut faire semblant. On peut se terrer à Deir el-Bersha, juste tous les deux. On peut s'inventer une histoire épique pour se persuader qu'on est faits l'un pour l'autre depuis le début. Mais comme Akhenaton, on ne pourra jamais revenir en arrière.

Je me libère et vais me réfugier dans une autre pièce en appuyant le talon de mes mains sur mes yeux. Je ne peux pas faire ça. Je ne peux pas le quitter une deuxième fois.

Je l'entends entrer dans la chambre funéraire derrière moi. Nous nous trouvons dans la tombe de Mâkétaton, la deuxième fille d'Akhenaton. Elle mourut au cours de la treizième ou quatorzième année de règne de son père. Sur les bas-reliefs décorant les murs, elle gît, sans vie, sur une bière. C'est un tableau terriblement bouleversant de l'affliction.

Une deuxième scène montre Akhenaton et Néfertiti esquissant les gestes rituels de l'abattement – s'arracher les cheveux, *nwn* – devant la momie debout ou la statue de Mâkétaton. Sur cette fresque, un bébé est emmené par une nourrice.

Quand j'étais étudiante en égyptologie, les discussions allaient bon train au sujet de ce bébé, de son identité. Selon certains universitaires, le nourrisson était la preuve que Mâkétaton était morte en couches, et que le père du bébé était son propre père, Akhenaton. Mais Mâkétaton n'avait que onze ans, ce qui est sans doute trop jeune pour tomber enceinte, même à l'époque. D'autres avançaient que le bébé était Toutankhamon (baptisé alors Toutankhaton), malgré la présence d'un hiéroglyphe déterminatif représentant une femme assise plutôt qu'un homme. D'autres encore croyaient qu'il s'agissait de Mâkétaton, ressuscitée par les rayons réparateurs de l'Aton, seul moyen d'accéder à la vie après la mort puisque aucune référence n'était faite à Rê ou à Osiris sous le règne d'Akhenaton.

Bien qu'il s'agisse très probablement de Toutankhaton d'un point de vue purement universitaire, j'ai toujours préféré la dernière analyse. Selon l'angle que l'on choisit de retenir, Akhenaton peut être considéré comme un souverain, un narcissique, un visionnaire – mais il est dans tous les cas un père endeuillé, terrassé par la mort de son enfant. Nul doute qu'au fond de son cœur, il aurait voulu que sa fille revienne à la vie et c'est à mes yeux la seule interprétation porteuse d'une lueur d'espoir.

Quand on est parent, on est prêt à tout pour ses enfants. On s'en sort tant bien que mal mais on fait tout ce qui est en notre pouvoir pour les rendre heureux. On trébuche sur les obstacles à leur place pour leur dégager le chemin. On leur offre des choix qu'on n'a pas eus nous-mêmes.

Je m'approche des parents de Mâkétaton, courbés par le chagrin. Cette scène est un formidable fragment d'histoire. Ma vie n'a évidemment rien à voir avec celle d'un pharaon et pourtant, je sais ce que c'est de me réveiller dans un monde où j'ai une fille et de devoir, le lendemain, envisager un avenir où je n'en aurai peut-être plus.

Voilà pourquoi je ne peux pas rester ici.

Ma mission la plus difficile en tant que doula de fin de vie fut aussi la plus courte. J'avais été engagée par un couple qui savait que leur bébé allait naître sans cerveau. Un pur cauchemar, pense-t-on d'emblée – devoir mener une grossesse à terme alors que le fœtus n'a aucune chance de survivre. Mais dans ce cas précis, l'ambiance n'avait rien de sinistre. La maman adorait ses consultations chez le gynécologue. Pour elle, rien que le fait d'entendre les battements cardiaques de sa fille était un moyen de passer un peu de temps avec elle. Elle disait que lorsqu'elle devait se lever à deux heures du matin pour faire pipi, elle faisait comme si sa fille était en pleine crise d'adolescence et qu'elle réclamait toute son attention. Elle vivait juste les choses en différé.

Je leur avais dit que je ne voulais pas connaître leur projet de naissance mais leur projet de *vie*. Si leur fille ne vivait que cinq minutes, qu'est-ce qui était le plus important pour eux ? Qui viendrait en salle d'accouchement ? Si le bébé vivait cinq heures, qui pourrait leur rendre visite ? Si elle vivait cinq jours, voudraient-ils la ramener chez eux ?

Ils m'avaient répondu qu'ils voulaient célébrer toutes les grandes fêtes du calendrier pendant le peu de temps dont ils disposeraient. Ils voulaient un condensé de sa première année. J'ai donc contacté un photographe et nous avons pris des photos du bébé dans un pyjama de père Noël, puis entouré de cotillons du Nouvel An et avec un petit cœur en papier de la Saint-Valentin. Nous savions à quel moment les grands-parents pouvaient la prendre dans leurs bras, quelle musique passer et quand demander au prêtre de venir administrer les derniers sacrements. Le bébé fut baptisé Felicity. Elle a vécu trente-sept minutes.

J'ai raconté cette histoire très souvent et chaque fois les gens me demandent comment je fais pour travailler avec des personnes mourantes. Il y a toujours une part de grâce et de beauté, leur dis-je invariablement, même pour les bébés comme Felicity. Elle n'aura jamais connu la guerre, les chagrins d'amour, la douleur. N'aura jamais tiré le diable par la queue. Elle n'aura pas été harcelée à l'école, n'aura pas découvert qu'une promotion lui est injustement passée sous le nez et ne se sera pas fait larguer le jour de son mariage. Durant sa courte vie, elle n'aura connu rien d'autre que l'amour.

Je ne sais pas d'où vient l'expression “perdre quelqu'un” quand on parle de la mort. Il ne s'agit pas de personnes disparues ou égarées dans la nature. Mais bien de personnes arrachées aux étreintes les plus vigoureuses.

Dans un monde où certains parents ne peuvent garder leurs enfants près d'eux, il m'est impossible d'abandonner la mienne pour tourner une nouvelle page avec Wyatt.

Je fais volte-face, consciente qu'il attend ma réponse.

— Tu sais ce qui est le plus dur quand une personne meurt sous tes yeux ? C'est de penser à celles et ceux qu'elle laisse derrière elle.

— C'est exactement pour ça que tu dois rester, Olive, insiste Wyatt. Je t'aime.

— Je sais.

Voilà qu'après toutes ces années, je me répète. Des larmes inondent mon visage.

— Le problème, c'est que tu n'es pas la seule personne que j'aime. Même si j'étais capable de le quitter… je ne pourrais pas la quitter, elle.

— Ta fille.

— Oui. Meret.

Je prends une longue inspiration avant d'ajouter dans un souffle :

— Le diminutif de Meretseger.

Wyatt est l'une des rares personnes à qui je n'ai pas besoin d'expliquer qui est Meretseger, la déesse à tête de cobra associée à la colline surplombant la Vallée des Rois. Son nom signifie *Celle qui aime le silence* et elle était vénérée par les ouvriers de Deir el-Medineh qui construisaient les tombes royales. Elle rendait aveugle ou terrassait tous les voleurs et les criminels, mais elle savait aussi faire preuve de miséricorde.

J'avais eu du mal à trouver une divinité du panthéon égyptien capable de pardonner.

— Les gens font n'importe quoi, dis-je finalement. On commet des erreurs, on prend de mauvaises décisions, on envoie bouler les personnes qu'on aime et si on a de la chance, une déesse comme Meretseger prend pitié de nous.

Mon regard plonge dans celui de Wyatt. Je suis venue jusqu'ici parce que j'avais un aveu à lui faire. C'est le moment ou jamais.

— Voilà pourquoi j'ai choisi ce prénom pour notre fille.

EAU/BOSTON

Quand j'avais quitté l'Égypte en pleine *neshni* il y a quinze ans, que les routes étaient inondées et que Wyatt m'avait accompagnée à l'aéroport du Caire, je me souviens d'avoir eu mal au cœur dans la voiture. J'avais même failli lui demander de s'arrêter une ou deux fois. Je sais maintenant que ce n'était pas la contrariété.

À l'exception de notre première nuit ensemble, Wyatt et moi avions utilisé des préservatifs – alors quelles étaient les probabilités ?

Nous avions autant de chances, je suppose, de trouver des inscriptions sur une pierre en plein désert.

Autant de chances de tomber amoureuse d'un type qu'on croit détester.

Autant de chances de rencontrer l'âme sœur.

La formule 148 des Textes des sarcophages me revient en mémoire : *Les éclairs jaillissent ; les dieux prennent peur. Isis se réveille enceinte.*

Une étincelle dans le ciel, une autre *neshni*, un autre enfant. C'était aussi simple que ça. Et aussi inattendu.

Assise sur l'abattant des toilettes, je m'efforce de ne pas craquer complètement quand Brian entre dans la salle de bains. Ce n'est plus l'homme qui, une heure plus tôt, me suppliait de ne pas partir. Son visage est dur, ses yeux vides et distants.

— Meret s'est endormie. J'ai réussi à trouver trois études sur internet qui montraient que les résultats des tests ADN pouvaient être erronés quand il y avait des corps étrangers dans les prélèvements.

J'essaie de hocher la tête mais même ça, c'est au-dessus de mes forces. J'ai peur de voler en éclats si je fais le moindre geste. Brian s'appuie contre le plan de toilette en marbre où ma crème hydratante côtoie sa mousse à raser, comme si c'était aussi évident que ça.

— Pourquoi est-ce que tu ne m'as rien dit ? demande-t-il finalement.

— Parce que je ne savais pas.

C'est la vérité, même si je me demande maintenant si je n'ai pas essayé de m'en persuader, inconsciemment. Ma mère était déjà morte quand j'ai découvert que j'étais enceinte. J'avais eu de légers saignements que j'avais pris pour des règles. Les miennes ont toujours été irrégulières, et puis le temps semblait s'être dilaté dans l'unité de soins palliatifs – j'avais l'impression d'avoir quitté Wyatt des mois auparavant plutôt que des semaines. À présent je me souviens que Meret est née deux semaines avant la date prévue et que la sage-femme m'avait rassurée en disant qu'elle était aussi robuste qu'un bébé né à terme. Je me souviens de l'avoir prise dans mes bras, d'avoir contemplé les volutes de son oreille en pensant à celle de Wyatt. Mais c'est Brian qui avait bercé Meret quand elle avait des coliques. Brian qui, plus tard, la lançait en l'air pour l'entendre crier de joie. Brian qui lui avait appris à sauter dans une piscine. Peu à peu j'ai cessé de chercher mon passé dans mon avenir.

J'avais peut-être été aveugle. Ou je n'avais pas *voulu* voir.

— Je ne savais pas, dis-je encore en sentant les larmes rouler sur mes joues. Je ne savais pas.

La mâchoire de Brian est tellement crispée que cela déforme les traits de son visage. Je le reconnais à peine.

— Excuse-moi mais j'ai du mal à te croire. Je peux te poser une question ? Juste une. Est-ce que tu m'as choisi parce que j'étais une cible facile ?

— Non. Je suis tombée amoureuse de toi.

Il secoue la tête.

— Les mecs comme moi vivent dans le sous-sol de leurs grands-parents où ils collectionnent des bandes dessinées et bouffent les restes de la veille au petit-déjeuner. Il se peut qu'on rencontre des filles drôles, intelligentes et jolies, des filles qui n'ont pas besoin de savoir à l'avance de quoi elles vont parler en entrant dans une pièce pleine de monde, des filles qui voient en nous autre chose que des matheux plongés dans leurs équations… mais ces filles-là, on ne les ramène jamais chez nous. Et on n'a jamais, mais jamais, la chance de devenir leur mari.

Il me décoche un regard glacial qui me fait frissonner.

— J'aurais dû m'en douter.

— Je te jure, Brian. Je ne savais pas que Meret n'était pas ta fille.

— Mais c'est ma fille, bordel de merde ! Dans tous les cas de figure.

Je hoche la tête en avalant ma salive.

— Oui. Bien sûr.

J'essuie mes larmes d'un revers de main avant de murmurer :

— Alors qu'est-ce qu'on va faire ?

— On ? répète Brian. Je ne sais même pas qui tu es.

Il sort de la salle de bains. Je lui emboîte le pas mais arrivé devant la porte de Meret, il me lance un coup d'œil qui me coupe dans mon élan. Je le regarde disparaître dans la chambre où il va veiller toute la nuit sur Meret.

Elle est entre de bonnes mains, je pense soudain. Bien plus en sécurité que dans les miennes.

Si Brian ne sait pas qui je suis, moi je le sais. Je suis une lâche.

Pour cette raison, je récupère le sac de voyage que j'étais en train de préparer avant que notre monde ne tombe en miettes et je quitte la maison sans faire de bruit.

Quand je suis partie il y a quelques semaines, je n'étais pas la fautive. Brian avait oublié le repas d'anniversaire de Meret et lorsqu'il était rentré tout penaud de chez Gita, j'avais pris ma voiture et j'étais allée faire un tour.

Il m'avait envoyé plusieurs textos. *Je t'en prie, Dawn, je suis désolé.*

Il faut qu'on parle.

J'ai fait une bêtise.

Je commence à m'inquiéter.

Ses messages s'étaient affichés sur l'écran du GPS mais je les avais tous ignorés.

Jusqu'à ce que Meret m'en envoie un. Elle était dans sa chambre au moment de la dispute. Elle ne connaissait pas l'existence de Gita. Elle ne s'était même pas rendu compte que je n'étais plus à la maison, avais-je cru sur le moment.

Tu viens me dire bonne nuit ?

C'est ainsi qu'une heure après avoir claqué la porte de la maison, j'y entrais de nouveau et Brian me présentait ses excuses. Il s'était approché de moi prudemment, comme s'il tentait d'approcher un animal sauvage ou une personne dont le monde vient de s'effondrer. "J'ai cru que tu étais partie pour de bon", m'avait-il dit. J'étais montée voir Meret et lui avais dit bonne nuit comme si de rien n'était. Comme si je n'étais pas partie.

Mais c'était un leurre.

Le temps a passé, plusieurs semaines, et je n'ai pas dit à Brian où j'allais quand Meret m'avait envoyé un SMS.

À l'aéroport.

Le temps a passé, plusieurs semaines, et je n'ai pas dit à Brian pourquoi j'étais partie. Il croit que j'étais effondrée après ce qu'il m'avait dit au sujet de Gita.

J'étais en état de choc, c'est vrai. Mais pas à cause de lui.

Quand il m'avait tout raconté, se préparant à accueillir ma fureur ou mon absolution ou quelque chose entre les deux… je n'avais éprouvé aucune colère. Aucune tristesse.

Je n'avais pas ressenti grand-chose, en fait.

Et ça m'a collé une trouille bleue – plus que l'infidélité ; plus que le constat que j'avais peut-être confondu confort et amour. Alors j'ai fait ce que j'ai toujours fait quand les choses n'ont plus de sens : j'ai pris la fuite. Si Meret ne m'avait pas envoyé de message, si l'univers ne s'en était pas mêlé… j'aurais embarqué à bord d'un avion.

Il y a trois semaines, je croyais partir loin de Brian.

Alors qu'en réalité, sans même le savoir, j'allais peut-être rejoindre quelqu'un d'autre.

Quand j'arrive en Angleterre, j'ai perdu une journée entière. L'avion a décollé tôt ce matin et atterrit à Londres dans la lumière du soleil couchant. La circulation est infernale, les gens rentrent chez eux après une journée de travail. Les faisceaux des phares ressemblent à un serpent fluorescent, comme quand Meret agitait un cierge magique dans la nuit et que je la suivais grâce à la trace incandescente qu'elle laissait derrière elle.

Meret.

Le bus me dépose dans le centre de Richmond. L'agence de recherches internationales m'a communiqué l'adresse de Thane Bernard mais je me suis aperçue trop tard que je n'avais pas de forfait international sur mon téléphone. Je m'arrête donc dans un pub où un groupe de femmes et d'hommes, probablement des collègues de travail, boivent des pintes de bière en participant à un jeu télévisé diffusé sur un écran derrière le bar. Je commande une ale et une tourte à la viande et demande des indications pour trouver mon adresse.

J'ai l'impression d'avoir franchi des lignes temporelles. Cette version-là de Dawn pourrait très bien sympathiser avec les clients bruyants du pub en essayant de se remémorer les noms des personnages de la sitcom *Three's Company.* Comme si j'avais emménagé ici après mon doctorat et que j'enseignais à Cambridge. Sauf que cet autre moi ne serait pas juché sur un tabouret de pub avec l'impression désagréable d'avoir perdu toutes ses valeurs morales.

— Une autre bière, mademoiselle ? lance le serveur en pointant le menton vers mon verre vide.

Je pourrais rester ici toute la soirée pour repousser l'inéluctable. Mais j'ai un avion à prendre pour Boston demain matin – il me faudra alors rassembler le courage qui me fait cruellement défaut et affronter le chaos que j'ai semé.

Je marche le long de la Tamise puis traverse un très beau parc où je croise plusieurs adeptes de la course à pied, perdus dans leur musique. Je m'arrête pour caresser un chien portant autour du cou un bandana imprimé du drapeau britannique. Et me retrouve finalement devant la maison de ville de Thane Bernard.

Elle est en briques rouges, protégée par une grille noire délicatement ouvragée, de style victorien. Je penche la tête en arrière pour essayer de voir jusqu'au toit. La bâtisse est étroite, les pièces sont empilées sur trois étages au lieu de s'étaler sur de larges surfaces. Plusieurs fenêtres sont auréolées d'une pâle lumière jaune, semblables à des yeux de chat.

— Win, dis-je à mi-voix, c'est pour toi.

Une lettre peut être un début ; j'essaie en tout cas de m'en persuader. Plusieurs mythes de la création existent en Égypte et dans le mythe memphite, Ptah conçoit par son Verbe et les hiéroglyphes deviennent le monde.

Je sors la toile roulée de mon sac à dos, ouvre la grille et gravis les marches du petit perron. Il n'y a pas de boîte aux lettres, juste une fente dans la porte. Avant que j'aie le temps d'y glisser le rouleau, un mouvement attire mon regard. Derrière la grande fenêtre à double vantail située à droite de la porte d'entrée, une femme apporte un poulet rôti et pose le plat sur la table de la salle à manger.

Voici donc l'autre espace-temps de Win. Elle pourrait être là, en train de préparer le dîner en criant "À table !" En bonne santé. Vivante.

La femme est jolie. Plus grande que Win mais moins longiligne. Elle a des épaules carrées, des hanches rondes, un corps tout en courbes. Au même instant, un adolescent entre dans la pièce, pique une cuisse de poulet dans le plat et commence à la rogner. La femme lui jette un regard réprobateur mais il sourit en s'asseyant à table. Une fille le rejoint, plus jeune de quelques années. Occupée à tapoter sur l'écran de son téléphone, elle se laisse choir sur une chaise.

— Est-ce que je peux vous aider ?

Je fais volte-face et me retrouve nez à nez avec Thane Bernard. Il est mince et élancé, vêtu d'un short de cycliste en lycra. Il porte un casque de vélo dans une main et essuie de l'autre son crâne chauve luisant de sueur. Il a un léger accent, les consonnes s'envolent dans sa bouche comme des ballons gonflés à l'hélium. J'essaie de graver son image dans mon esprit pour pouvoir le décrire à Win – avant de me souvenir qu'elle ne sera peut-être plus en vie.

Pour la première fois, je me demande si c'est une bonne chose de laisser Win disséminer sa frustration avant de quitter ce monde. Je voulais tellement lui permettre de boucler la boucle que je ne me suis pas rendu compte que son geste risquait de briser le tracé paisible d'autres vies que la sienne.

— Je… je crois que je me suis trompée d'adresse, je bredouille en le frôlant pour franchir la grille.

Je m'éloigne sans me retourner, le cœur battant à coups redoublés.

Quatre pâtés de maisons plus loin, je m'autorise à ralentir le pas. Je m'assieds au bord du trottoir et aspire de longues bouffées d'air. Les étoiles me regardent du coin de l'œil et la honte m'envahit.

Je ne peux pas faire ça.

Je ne peux pas briser deux familles en l'espace de vingt-quatre heures.

Cachée dans les replis de la nuit, je longe de nouveau la grille de la maison. Derrière la vitre, Thane Bernard et sa famille sont en pleine conversation autour des restes de poulet et d'un plat de purée de pommes de terre presque vide.

Ce n'est pas à moi de terminer *cette* histoire-là.

Pas la peine de trouver un hôtel. Je reprends un bus en direction de Heathrow puis reste plantée un moment devant les gigantesques panneaux d'affichage de la British Airways dans le hall des départs internationaux, m'efforçant de trouver le comptoir d'enregistrement pour Boston. Je m'avance vers la file d'attente, passeport en main. La femme devant moi porte le genre de tailleur-pantalon blanc hyper élégant que j'ai toujours rêvé de porter pour voyager, à la place d'un pantalon en toile et d'un simple T-shirt.

— Où allez-vous aujourd'hui, madame ? lui demande l'hôtesse avec son accent anglais un brin guindé.

— Au Caire, répond la femme.

L'hôtesse vérifie son passeport, tape sur le clavier du terminal et enregistre les deux bagages assortis. Puis elle lui tend une carte d'embarquement.

— L'embarquement commence dans une demi-heure.

La femme disparaît dans la foule en direction des contrôles de sécurité.

— Oui ? lance l'hôtesse et je m'avance vers elle, lui tends mon passeport et patiente tandis qu'elle entre mon nom dans l'ordinateur. Mme Edelstein. Vous allez à Boston, c'est bien ça ?

Mes doigts se crispent sur la sangle de mon sac à dos.

— Est-ce qu'il me serait possible de modifier mon billet ?

Ma mère, qui a vécu et s'est éteinte avec des superstitions plein la tête, nous obligeait à prononcer cette phrase quand on partait en voyage : *Nous n'allons nulle part.* C'était censé repousser le diable. Je ne peux pas dire que je crois en ce genre de fadaises mais d'un autre côté, je n'ai pas prononcé la formule avant de quitter la maison et voilà où ça m'a menée.

Quand on émerge de l'aéroport du Caire en plein mois d'août, on a l'impression de marcher sur la surface du soleil. Même tard le soir, la chaleur glisse sur la peau en vagues insistantes, pareille à la lame d'un couteau. Je sens déjà une rigole de sueur couler le long de ma colonne vertébrale. Je débarque comme ça, sans avoir préparé mon voyage, et me retrouve au milieu d'autres humains en mouvement : un groupe de touristes hébétés et chiffonnés qui s'entassent dans une fourgonnette ; un adolescent occupé à décharger des bagages fermés par du ruban adhésif, empilés dans une remorque stationnée le long du trottoir ; une femme en train de replacer sur ses cheveux le foulard chahuté par la brise.

Me voilà soudain entourée d'hommes braillards. "Taxi ? Vous voulez un taxi ?"

Impossible de cacher mes origines occidentales : elles sont visibles depuis la pointe de mes cheveux roux jusqu'au bout de mes baskets, en passant par mon pantalon cargo. Je hoche la tête et croise le regard de l'un d'entre eux, un chauffeur à l'épaisse moustache, vêtu d'une chemise rayée à manches longues. Les autres se dispersent, semblables à des mouettes lancées à la recherche d'une nouvelle miette de pain.

— Vous avez une valise ?

Je secoue la tête. Tout ce que je possède se trouve dans le petit sac que je porte en bandoulière.

— Américaine ? demande-t-il encore.

J'acquiesce et un large sourire fend son visage, dévoilant une rangée de dents blanches.

— Bienvenue en Alaska !

Des avions, et des trains, et des taxis. Il me faut plusieurs heures pour atteindre la Moyenne-Égypte. Tandis que le chauffeur prend la direction du sud et me ramène à Deir el-Bersha, je regarde de nouveau par la vitre, frappée par la beauté du ciel étalé au-dessus du désert. Des zébrures bleutées, rosées, orangées annoncent la naissance d'un nouveau jour. Une étoile me fait un clin d'œil avant d'être avalée par le soleil.

Sothis. Sirius. L'étoile signale les fêtes célébrant la crue du Nil. C'est le début de l'*akhet*, la saison des récoltes abondantes et de la renaissance. Dans les temps plus reculés, l'étoile apparaissait en juillet. Mais après toutes ces années de lentes rotations terrestres, elle se lève désormais un matin du début du mois d'août.

Aujourd'hui. Et elle avait exactement le même aspect il y a plusieurs millénaires, lorsque le Nil sortait de son lit et que les Égyptiens se rassemblaient pour faire la fête et que l'un d'eux laissait une inscription sur une paroi rocheuse abritée par une corniche, un *dipinto* que découvriraient, des milliers d'années plus tard, deux étudiants en égyptologie.

Je fixe l'endroit où l'astre a presque déjà disparu, petite tache de rousseur sur la joue rose du firmament.

Et comme les anciens Égyptiens, je vois en elle un signe.

LE CAIRE/BOSTON

Mon agenda grouille de personnes mortes.

En entendant une sonnerie de téléphone, je plonge la main dans la poche de mon pantalon cargo et récupère rapidement l'appareil. J'ai oublié d'éteindre l'alarme avec le décalage horaire. Encore à moitié endormie, je vérifie la date et lis les noms qui s'affichent : *Iris Vale. Eun Ae Kim. Alan Rosenfeldt. Marlon Jensen.*

Je ferme les yeux pour faire ce que je fais tous les jours à la même heure : me souvenir d'eux.

Tous ont été mes clients. Ils sont désormais des histoires que je garde à l'esprit.

Je me demande si Win est partie. Je me demande où j'inscrirai son nom dans mon calendrier.

Les passagers de ma rangée sont tous endormis. Après avoir rempoché mon téléphone, j'enjambe délicatement la femme assise à ma droite en veillant à ne pas la déranger – exercice de yoga du passager aérien – puis me dirige vers les toilettes situées à l'arrière de l'appareil. Là, je me mouche et contemple mon reflet dans le miroir. J'attrape une poignée de mouchoirs en papier et déverrouille la porte pour regagner mon siège mais une grappe d'hôtesses et de stewards rassemblés autour de l'office exigu me bloque le passage. "Madame, s'il vous plaît, regagnez votre siège", m'ordonne l'un d'eux.

J'enjambe de nouveau la passagère endormie et boucle ma ceinture. Une main se pose sur la mienne, nos doigts s'entremêlent. Je pose ma tête sur l'épaule de Wyatt, je respire son odeur et je le touche simplement parce que c'est possible. Malgré tout ce qui s'est passé au cours des six dernières semaines – les tentatives pour réparer les accrocs dans mon couple, la lettre de Win et mon voyage à Londres ; mon départ en Égypte sur un coup de tête, mes retrouvailles avec Wyatt et l'exhumation du cercueil –, me retrouver ici, à ce stade, me semble à la fois inéluctable et monumental.

Wyatt ouvre les yeux. Un sourire étire paresseusement ses lèvres. "Tu étais où ?" murmure-t-il d'une voix enrouée par le sommeil. Au même moment, les lumières s'allument au-dessus de nos têtes, éclairant la cabine qui s'anime aussitôt.

La deuxième conversation la plus éprouvante de ma vie eut lieu dans une tombe à Amarna. Après que j'ai annoncé à Wyatt que Meret était sa fille, il m'a fixée d'un air interdit, comme s'il n'avait pas compris tous les mots. Mais qu'avais-je espéré ? Au bout de quinze ans ? Sachant que, comme Brian, il pensa d'instinct que je lui avais délibérément caché la vérité...

Ils avaient au moins ça en commun, tous les deux.

Alors j'ai comblé le silence. Je lui ai raconté l'hospitalisation de ma mère en soins palliatifs. La sensation de me noyer et la brusque apparition de Brian. Je lui ai dit que j'avais couché avec Brian parce que j'avais oublié le goût de la joie et parce que le temps d'une nuit, j'avais besoin qu'on s'occupe de moi, besoin d'inverser les rôles. Je lui ai parlé de ma grossesse. Et de notre mariage, un an plus tard.

Ensuite, je lui ai parlé de Gita et de la soirée d'anniversaire de Meret que Brian avait loupée. Je lui ai dit que, ce soir-là, j'avais claqué la porte de la maison et sérieusement songé à partir pour de bon. Mais je ne l'avais pas fait. Je lui ai parlé de Win, de son amour perdu, de mes recherches sur Thane Bernard qui m'avaient conduite à le retrouver lui – Wyatt Armstrong. Je lui ai raconté le jour où Meret avait débarqué dans ma chambre en brandissant son test ADN. Et comment, ce jour-là, toutes les pièces du puzzle s'étaient assemblées.

Je lui ai dit qu'au lieu de retourner à Boston, j'avais changé mon billet à la dernière minute pour venir au Caire – parce que ça me semblait normal de le mettre au courant pour Meret, maintenant que je connaissais la vérité.

À la fin de mes explications, ma chemise collait à mon dos dégoulinant de sueur. On manquait d'air dans cette tombe. Mais j'étais gelée intérieurement. J'étais un insecte emprisonné dans un morceau d'ambre. Au bout d'un moment, Wyatt a levé la tête. Son expression était distante, prudente.

— Il ne t'est jamais venu à l'idée que j'étais peut-être le père quand tu as découvert que tu étais enceinte ?

Comment lui expliquer que les semaines passées au chevet de ma mère mourante avaient transformé le temps en une matière étrangement élastique : les heures se dissolvaient en jours et plus rien ne semblait linéaire. Comment lui expliquer que j'étais tiraillée entre mon chagrin de l'avoir abandonné et la honte de m'être servie de Brian comme d'une béquille ? Que je m'enlisais dans les perspectives d'un avenir incertain et que j'avais eu besoin de m'accrocher à quelqu'un de fiable et de solide ? Qu'en apprenant que j'étais enceinte, j'avais sincèrement cru que Brian était le père, comme si le destin pointait une grosse flèche lumineuse dans une seule direction. Comment lui expliquer ?

J'ai préféré me taire.

Un muscle a tressauté sur la mâchoire de Wyatt.

— C'était si facile que ça de m'oublier ? Ou bien est-ce que tu étais juste terriblement égoïste ?

Sans un mot de plus, il est passé à côté de moi et a disparu dans les autres pièces de la tombe, suivi par l'écho de ses pas.

Il m'a abandonnée – et je le méritais bien.

Je me suis laissée choir devant la scène des parents endeuillés et j'ai fondu en larmes. Néfertiti et Akhenaton avaient perdu leur fille chérie. J'avais perdu presque toutes les personnes que j'aimais. Je n'en voulais pas à Wyatt. De son point de vue, c'était au mieux de la bêtise, au pire une trahison. Soit je l'avais chassé de mon esprit en un temps record, ce qui laissait croire que notre histoire était sans importance, soit j'avais pris la décision délibérée de lui cacher l'existence de sa fille. Je l'imaginais en train de sortir de la tombe et de rendre les clés au *gaffir.* Dans plusieurs milliers d'années, des touristes viendraient peut-être contempler mon corps desséché : *Ci-gît la femme qui a détruit sa propre vie.*

Au bout d'une heure, j'ai entendu quelqu'un s'approcher de la chambre funéraire. Wyatt s'est assis à côté de moi, les épaules plaquées contre la roche.

— Quand tu es partie de chez toi la première fois, où comptais-tu aller ?

De toutes les questions qu'il aurait pu poser, celle-ci était la dernière à laquelle j'aurais pensé.

— Je ne sais pas. Je n'avais pas de plan en tête.

J'ai avalé ma salive avant d'ajouter :

— Ce qui est sûr, en revanche, c'est que je m'agitais dans tous les sens depuis un bon moment parce que je savais que si je m'arrêtais, je finirais par atterrir là où tu es.

Dans cette tombe où le temps s'était arrêté, j'ai attendu des secondes, des semaines, une vie… avant de sentir la main de Wyatt recouvrir la mienne, posée sur le sable.

— J'ai déjà perdu une fois ce que j'aimais, je n'ai pas l'intention que ça se reproduise, dit-il à voix basse. J'aimerais rencontrer ma fille.

— Mesdames et messieurs, annonce une voix, le commandant de bord vient de nous informer que nous devons prévoir un atterrissage d'urgence. Nous vous prions d'écouter attentivement les consignes communiquées par le personnel de cabine.

Bien qu'il soit au beau milieu d'une phase importante de son chantier, Wyatt a insisté pour prendre le premier avion en partance du Caire *(Il est cané depuis quatre mille ans, Olive, il ne risque pas de s'échapper…)*. J'aurais pourtant préféré qu'il s'accorde le temps de la réflexion – la nuit porte conseil, après tout. J'ai cru sur l'instant que mon appréhension provenait de ce qui nous attendait à Boston. Même si elle était incontournable, la confrontation ne serait pas facile. Alors qu'en fait, j'ai peut-être eu une sorte de sixième sens m'alertant qu'il ne fallait pas que nous prenions cet avion.

Une clameur parcourt les fauteuils mais on n'entend aucun hurlement, aucun éclat de voix. "On va s'écraser, murmure ma voisine. Oh mon Dieu, on va s'écraser."

Attachez vos ceintures. Quand vous entendrez "position de sécurité", penchez-vous en avant et adoptez la position de sécurité. À l'arrêt complet de l'appareil, nous vous demanderons de détacher vos ceintures. Vous vous dirigerez alors vers les sorties en laissant vos affaires à bord.

Lorsqu'on est sur le point de mourir, il paraît qu'on voit sa vie défiler devant ses yeux.

Mais moi, je ne vois ni Brian, ni Meret. Aucune image de ma mère ou de Kieran ne se forme dans mon esprit.

À leur place, je pense à Wyatt. À lui et à personne d'autre.

J'imagine Wyatt en plein désert égyptien, le soleil embrasant son chapeau, le cou strié de poussière dans le vent soufflant sans relâche, les dents étincelantes comme un éclair de lumière. Un homme qui ne fait plus partie de ma vie depuis quinze ans. Un endroit que j'ai laissé derrière moi.

Une thèse que je n'ai jamais terminée.

Un avenir que nous n'aurions jamais.

J'essaie de nous imaginer, Wyatt, Meret et moi, formant une famille. Je pense à toutes les personnes que nous avons fait souffrir, juste en tombant amoureux quinze ans plus tôt. Je pense à la plume de Maât – pourrai-je accéder à l'au-delà, compte tenu de ce que j'ai fait ?

Je cherche fébrilement mon téléphone, songeant un instant à l'allumer pour envoyer un message. Je sais pourtant que je ne capterai aucun signal. De toute façon, je n'arrive pas à déboutonner la poche de mon pantalon. La main de Wyatt attrape la mienne, l'agrippe.

Je baisse les yeux sur nos poings, serrés si fort qu'aucun secret ne pourrait s'échapper de nos paumes.

— Dawn.

La voix de Wyatt transperce la panique qui cherche à m'envelopper.

— Écoute-moi. On n'est pas censés mourir comme ça, toi et moi. On est Orphée et Eurydice. On est Roméo et Juliette. Catherine et Heathcliff. Notre histoire ne peut pas s'arrêter avant d'avoir commencé.

A-t-il seulement conscience qu'aucun de ces exemples ne se termine bien ?

Ses ongles s'enfoncent dans ma peau.

— Je t'aime, Olive. Depuis toujours. Et pour toujours.

Comme j'aimerais que son *toujours* dure plus longtemps que les trois prochaines minutes…

Position de sécurité ! hurlent en chœur les hôtesses et les stewards. *Position de sécurité !*

L'avion plonge à la verticale. Des sacs jaillissent des compartiments à bagages et les masques à oxygène dégringolent au bout de leur tuyau, semblables à de macabres marionnettes. Quelqu'un pousse un cri et je tourne brusquement la tête.

— Regarde-moi, ordonne Wyatt – ses mots sont avalés par le rugissement de l'appareil en train de se disloquer.

Mon monde se rétrécit autour de ces yeux bleu vif qui m'ont critiquée, défiée, surprise, séduite, aimée.

Qui se souviendra de moi ? Voilà la question qui me traverse tandis que nous tombons à pic.

J'ai sombré dans le lac de feu, entre les routes du Livre des deux chemins. Ça gronde autour de moi, des panaches de fumée tourbillonnent, tapissent l'intérieur de ma bouche, s'infiltrent sous mes paupières. Des larmes brûlantes baignent mon visage. Des flammes lèchent mes vêtements, mes épaules, mes cheveux. Je hurle mais personne ne m'entend.

La connaissance. J'ai besoin de la connaissance. C'est elle qui m'aidera à franchir les portes, à vaincre les démons. Ils sont partout : un monstre dont le corps a été coupé en deux. Sur un siège lacéré, un homme en train de vociférer, prisonnier de sa ceinture consumée par les flammes. Une fillette dont les tresses se sont transformées en langues de feu. Leurs regards sont aussi hagards que le mien tandis que j'essaie de me frayer un chemin en hurlant le nom de Wyatt.

Il y a deux issues : la terre et l'eau. C'est un savoir viscéral, gravé au fond de mon cœur. Mais je ne partirai pas sans lui.

Wyatt !

Je l'appelle encore et encore. La fumée se mue en bête sauvage, ses volutes dessinent une silhouette noircie qui avance dans ma direction. Je recule en titubant. *Wyatt ! Wyatt !*

Une hôtesse émerge de l'épais nuage comme si elle se débarrassait d'une peau usée. Elle m'attrape par le bras. *Venez avec moi.* Je lis sur ses lèvres mais aucun son ne parvient à mes oreilles.

Je ne veux pas partir d'ici. Je me libère de son étreinte, contourne un morceau de fuselage, pareil à un cerceau enflammé. Je cours, trébuche et tombe à plat ventre sur un homme allongé par terre, qui amortit ma chute. Chemise blanche. Visage au sol. Cheveux blonds. *Wyatt.*

Au prix d'un effort désespéré, je parviens à le retourner. Je tousse, mes poumons sifflent et les yeux de l'homme, ses yeux sans vie, fixent le ciel opaque.

Il porte des lunettes. Et une moustache. Ce n'est pas Wyatt.

Secouée par de violents sanglots, je n'arrive pas à me relever. Une légère brume recouvre mon visage et mes cheveux. Le chemin d'eau. Je me tourne dans cette direction et distingue au loin l'éclat des tuyaux d'incendie, hydres magiques luttant contre le souffle des dragons.

Mais la fumée s'épaissit et devient visqueuse, j'ai l'impression d'inhaler un horrible magma et je ne sais plus où aller. Le chemin de terre est un enfer. Je suis prise au piège.

Soudain, l'écran de fumée se fend comme la bûche sous une hache et un autre monstre avance vers moi à grands pas. Celui-ci a le visage maculé de sang.

Celui-ci crie mon nom.

Je me lève et il m'attire dans ses bras, emprisonne ma tête entre ses mains et m'embrasse comme s'il voulait me faire don de l'oxygène stocké dans ses poumons.

Au même instant, je l'aperçois : une issue. Une vie nouvelle.

APRÈS

Lorsque j'ouvre les yeux, tout est blanc, si blanc et si lumineux que je fais la grimace. Il y a des objets, immobiles, flous, soulignés de halos.

La première chose que je remarque, c'est la douleur.

Ma tête est trop lourde, impossible de la soulever, et un martèlement cogne à l'intérieur. Ma gorge est un long ruban déshydraté. Rouvrir les yeux me demande un effort herculéen.

Je ne peux pas être morte si j'ai mal, si ? Le problème, c'est que personne ne sait ce que nous réserve l'au-delà. Peut-être n'y a-t-il rien d'autre que de la douleur, de ce côté-ci.

Soudain, comme tamisée par une couverture, la lumière s'adoucit. Mes yeux s'ajustent et je réalise qu'on vient de tirer le rideau devant une fenêtre. Les objets prennent lentement forme : une chaise, un lavabo, le pied d'un lit d'hôpital. Puis j'entends la voix de Brian.

— Ça va mieux ?

Sa main chaude enveloppe la mienne. Son visage apparaît dans mon champ de vision, pareil à une lune rouge, à la fois familier et inattendu.

Il me sourit. Des larmes brillent dans ses yeux et il semble avoir autant de mal que moi à trouver ses mots.

— Tu étais blessée, dit-il finalement. Il a fallu t'opérer pour réduire la pression dans ton cerveau.

Je lève prudemment la main et promène mes doigts sur les bords du bandage qui enveloppe toute ma tête. J'essaie de garder mon sang-froid mais au fond de moi, je suis terrifiée. Mon frère m'a parlé de certains patients en neurochirurgie : des ouvriers tombés d'une échelle qui ne se réveillent jamais. Des professeurs émérites qui, à la suite d'une crise d'épilepsie, ne savent plus s'habiller seuls. Le cerveau est un organe à la fois fascinant et insaisissable, dit souvent Kieran. On ne peut jamais prévoir ce qu'il va faire.

Je comprends mieux la raison du martèlement incessant. Je m'efforce de me remémorer ce qui s'est passé, où je suis, où j'étais.

Wyatt.

L'Égypte.

L'accident d'avion.

Lorsque je tourne la tête sur le côté, une gerbe d'étoiles explose sous mes paupières tant la douleur est fulgurante. Je roule mes yeux de droite à gauche pour tenter d'apercevoir quelque chose. Mais il n'y a que Brian, comme s'il marquait le nord et que j'étais une boussole déréglée.

Ai-je imaginé tout cela ?

L'Égypte et la tombe ne sont-elles que le fruit d'un rêve enfiévré ? Mes retrouvailles avec Wyatt le simple échauffement d'une synapse sous la sonde d'un chirurgien ?

À cette pensée, ma vue se brouille. Je ferme les yeux tandis qu'une larme dévale le long de ma joue.

— Tout va bien, murmure Brian d'un ton apaisant en serrant ma main. Ça va aller, ne t'inquiète pas. Je vais m'occuper de toi.

Je vais m'occuper de toi.

Mes lèvres se referment autour d'un mot qui éclate comme une bulle.

— Meret, dis-je dans un souffle.

— Elle est à la maison. Avec Kieran. Elle va bien.

Brian hésite un instant avant d'ajouter :

— Quand on m'a appelé pour me prévenir… j'ai préféré venir seul d'abord.

Pour vérifier que je n'étais pas reliée à des dizaines de tuyaux ou peut-être même tronquée, brûlée au troisième degré. *Que m'est-il arrivé ?*

J'essaie de me rappeler mais mon esprit est rempli de textures vivaces : le picotement du sable, la couronne du soleil, le chatoiement du désert. Des images qui tranchent avec cette chambre d'hôpital, sa chaise bleue, son pichet d'eau en plastique et son grand écran de télé noir, installé au mur.

Je me souviens d'autre chose, en dehors de l'Égypte : le test ADN de Meret. Je ferme les yeux.

— Désolée. Tellement… désolée.

Brian secoue la tête.

— Ce n'est pas grave. Ce qui compte, c'est que tu te rétablisses vite pour pouvoir rentrer à la maison.

À la maison. Trois petits mots lourds de non-dits. Est-ce encore chez moi si l'une des dernières choses dont je me souvienne, c'est d'avoir quitté cette maison ?

Ça me fait mal de tourner la tête et ça me fait mal de réfléchir. Voilà ce qui s'est peut-être passé : en quittant la maison, en laissant derrière moi Brian et Meret, je n'ai jamais atteint ma destination.

Cette pensée déclenche une flopée d'instantanés : Thane, l'Angleterre, Win.

Perdre.

Peut-on se languir d'une chose qu'on n'a jamais réellement possédée ?

D'une personne ?

Cette question est encore plus douloureuse que mon pauvre crâne.

Brian promène son pouce sur le dos de ma main. Sa caresse est aérienne, délicate, comme s'il effleurait les ailes d'un papillon prêt à s'envoler d'un instant à l'autre.

— Je vais appeler une infirmière. Je dois les prévenir que tu es réveillée.

Il étouffe un sanglot, se penche en avant pour embrasser nos doigts enlacés.

— J'ai cru que tu étais partie pour de bon, murmure-t-il encore d'une voix étranglée.

C'est la deuxième fois qu'il me dit ça.

Je soulève ma main libre, la pose sur la nuque de Brian. Ses cheveux sont doux comme du duvet. Mes ongles glissent sur sa peau, ma paume enveloppe sa joue. Je ferme les yeux et me remets entièrement à lui, comme je l'ai toujours fait.

Un brouhaha s'élève dans le couloir, une discussion étouffée, animée. Puis la porte s'ouvre à toute volée et une voix passe par-dessus les autres :

— Peu importe que je ne sois pas de la famille. Vous ne pourrez pas m'empêcher de la voir, c'est tout.

Wyatt fait irruption dans la pièce et s'arrête net, promenant autour de lui un regard égaré. Ma tête enturbannée, les appareils auxquels je suis reliée, mon mari qui s'est levé d'un bond sans pour autant lâcher ma main.

Ses yeux se posent enfin sur moi. Réveillée. Sur le qui-vive.

Un sourire illumine son visage et j'ai l'impression que le soleil se lève en moi. *Tu es là, je ne t'ai pas rêvé.* C'est exactement ce qu'il pense aussi, j'en ai la certitude.

— Dieu soit loué, dit-il dans un souffle en avançant d'un pas. Comment te sens-tu ? Ça va ? Vraiment ? Dis quelque chose, ajoute-t-il d'un ton implorant.

Je m'humecte les lèvres :

— Wyatt. Je te présente Brian.

Ma mère disait que les malheurs arrivent toujours par trois et, comme d'habitude, elle avait raison.

Les résultats du test ADN.

L'accident d'avion entre Le Caire et Boston.

Et mon cœur. Qui sortira forcément brisé de tout ça.

J'explique à Brian que j'ai pris un avion pour me rendre au Caire depuis Londres ; que j'ai retrouvé Wyatt en Égypte ; que je lui ai dit pour Meret ; et que nous rentrions ensemble à Boston quand l'avion s'est écrasé. Je croyais m'en être sortie indemne parce que j'avais réussi à m'extraire de la carlingue. Les médecins ne m'avaient pas encore examinée parce que Wyatt était blessé à la tête et qu'il saignait abondamment. J'étais en train de me renseigner auprès d'une hôtesse de la compagnie aérienne sur les prochains vols pour Boston quand la pièce s'était mise à tourner. À partir de là, je ne me souviens plus de rien.

Les deux hommes se mesurent du regard sans mot dire. Finalement, Wyatt tend la main à Brian qui la fixe d'un air méprisant.

— C'est une blague ou quoi ? gronde-t-il.

Par chance, un interne en neurochirurgie me sauve la mise. Il vient m'examiner et se réjouit de me trouver réveillée. Brian et Wyatt se retirent dans deux coins de la pièce pendant que le médecin braque une lumière dans mes yeux, me pose un tas de questions et appuie sur mes orteils pour vérifier le système nerveux central. Il m'explique que j'ai subi une craniectomie d'urgence parce que le scanner avait révélé la présence d'un hématome épidural. Les chirurgiens ont libéré la pression intracrânienne en aspirant le sang coincé entre les méninges et la cavité osseuse dans l'espace épidural. Pour faire simple, ils m'ont percé un trou dans le crâne, ont détaché un volet osseux, évacué le caillot sanguin, refermé à l'aide de minuscules plaques de titane puis suturé mon cuir chevelu. J'ai la chance d'être encore jeune et d'avoir atterri dans un hôpital spécialisé en traumatologie, ce qui signifie que j'ai été prise en charge immédiatement. Autant d'éléments concourant à un pronostic favorable. Je vais rester en observation deux ou trois jours ici, en Caroline du Nord, puis je serai suivie par un centre hospitalier près de chez moi.

Chez moi. À la maison.

Ces mots, de nouveau.

Lorsqu'il a terminé, je suis assise dans mon lit, mon mal de tête est en train de disparaître et ma voix est plus assurée.

— On peut dire que globalement, ajoute l'interne, vous avez eu beaucoup de chance.

Sur cette conclusion pleine d'un optimisme joyeux, il quitte la chambre pour remplir mon dossier ailleurs, peut-être dans le bureau des infirmières.

Je jette un coup d'œil à Brian. Puis à Wyatt. Et déglutis nerveusement.

— Wyatt, est-ce que tu peux nous laisser une minute ?

L'accablement qui se peint sur son visage me déchire le cœur.

— Je ne partirai pas d'ici, dit-il d'un ton buté. J'attends devant la porte.

Il toise Brian en plissant les yeux, comme s'il craignait qu'il me fasse du mal.

Alors qu'en réalité, c'est l'inverse qui s'est produit.

La porte se referme derrière lui dans un cliquetis.

— Brian…

Il vient s'asseoir au bord du lit.

— Dawn, tu viens de subir un traumatisme crânien. Cette conversation… peut attendre un peu.

Il sort son téléphone avant d'ajouter :

— En revanche, je connais quelqu'un qui aimerait beaucoup te parler.

Il pianote rapidement et avant que j'aie le temps de protester, le beau visage de Meret éclôt sur le petit écran.

— Maman ! s'exclame-t-elle, et son sourire est une galaxie.

— Salut, ma puce.

— Comment ça va ? Qu'est-ce qui s'est passé avec ta tête ? Tu as encore des cheveux ?

Je réprime tant bien que mal un sourire.

— Ça *va* aller, oui – à l'instant où je prononce ces mots, je sais que je me battrai bec et ongles pour tenir ma promesse, rien que pour elle. Ils m'ont fait un trou dans la tête. Et pour les cheveux, je n'en ai pas la moindre idée.

— C'est vrai ?

— Je ressemble peut-être à une boule de bowling sous ce bandage. Tu n'auras pas trop honte de sortir avec moi, si c'est le cas ?

— Quand est-ce que tu rentres à la maison ?

Je coule une œillade en direction de Brian.

— Dans quelques jours. Dès que les docteurs m'auront donné le feu vert.

L'image chavire puis tourbillonne et le visage de Kieran tangue soudain sur l'écran.

— Salut, lance-t-il en fixant la caméra de l'ordinateur de Meret. Brian m'a dit qu'on avait dû t'opérer pour résorber un hématome épidural avec effet de masse. Sexy…

— Ne te demande pas pourquoi tu es toujours célibataire, je réplique et il rit de bon cœur.

— Tu vas très bien, on dirait, ironise-t-il avant de reprendre son sérieux. Je te préviens, je n'ai déjà pas beaucoup de famille, alors il est hors de question que tu me fasses faux bond.

Je sens ma gorge se serrer. Nous sommes tellement proches, tous les deux.

— Je sais.

La voix de Meret se mêle à celle de Kieran tandis qu'elle essaie de récupérer sa place devant la caméra. J'ai tant de choses à lui dire, mais ce n'est pas le bon moment. Pas avec Brian dans la pièce. Et puis je ne sais même pas ce que me réservent les cinq prochaines minutes, alors l'avenir…

Je la regarde longuement, me délecte de son visage tourmenté par une farandole d'émotions : la peur, la colère, le soulagement. On dirait qu'elle cherche ses mots et je me demande ce que lui a dit Brian avant mon réveil. Et pendant mon séjour en Égypte. Je me souviens du mail qu'elle m'avait envoyé, de la question qui la tourmentait : était-ce sa faute si j'étais partie ?

Je voulais que Wyatt tisse des liens avec sa fille mais peut-être aurai-je du travail à faire de ce côté-là, moi aussi.

— Maman ? murmure-t-elle finalement. Tu m'as manqué.

— Tu m'as manqué encore plus.

Dans l'obscurité ses yeux brillent comme des étoiles.

— Ne meurs pas, OK ?

— Promis.

Elle coupe la communication et je redonne son téléphone à Brian qui le glisse dans sa poche. Des larmes perlent au coin de mes yeux et lorsque je les essuie avec la main, Brian m'apporte un mouchoir.

— Je ne m'étais pas rendu compte que…

Mes mots s'évaporent comme la neige au soleil. Brian fixe ses pieds.

— Je suppose que ce n'est pas facile de penser à ce que tu n'as pas devant les yeux, dit-il à voix basse avant de secouer la tête, comme pour mettre de l'ordre dans ses idées.

— Est-ce qu'elle sait la vérité ?

Il ne répond pas tout de suite.

— Tu dois te reposer…

— Brian.

— Oui. Elle a presque tout compris toute seule. Il faut dire que tu es partie en *Égypte*. Ça aurait pu paraître anodin, comme destination, si tu…

Il ne termine pas sa phrase.

— Tu ne devrais pas penser à ça maintenant, tranche-t-il plutôt.

— Brian, on ne peut pas faire comme si de rien n'était.

— Tu as failli mourir, dit-il d'une voix à peine audible.

— Mais je suis vivante.

— Ça change tout.

J'attends de croiser son regard.

— Ah bon ?

Ce n'est pas parce que je suis dans un lit d'hôpital et qu'il a pitié de moi que tous les sentiments amers qu'il éprouvait encore hier à mon égard ne bouillonnent plus sous ce vernis de fausse sérénité.

Il s'éclaircit la gorge.

— Tu as couché avec lui ?

Encore une question à laquelle je ne m'attendais pas.

— Est-ce que tu as couché avec lui ? répète-t-il d'un ton impatient.

J'avale ma salive.

— Oui.

Le chagrin qui assombrit son regard me donne la nausée. C'est *moi* la cause de sa souffrance. Moi et personne d'autre. Son mutisme est plus éprouvant que ses explosions de colère. Il s'assoit dans le fauteuil à côté du lit, enfonce les coudes sur ses genoux.

— Tu es tombée amoureuse de lui ?

La franchise s'avère parfois moins douloureuse que des tergiversations sans fin. Alors je passe aux aveux.

— Je n'ai jamais cessé de l'être.

Brian hoche la tête en évitant soigneusement mon regard.

— Tu sais, dans les conférences de sciences physiques, les physiciens étudient toujours des situations hypothétiques. Par exemple : tu es passager d'un avion dont le réacteur lâche, l'appareil va s'écraser et tu es sur le point de mourir… Est-ce que ça te consolera de savoir que d'autres versions de toi continueront de vivre quelque part ? Ou à l'inverse, est-ce que tu te sentiras encore plus malheureux si tu sais qu'une version de toi a une vie désastreuse : imagine un autre toi qui a arrêté l'école ou sombré dans la criminalité ou qui s'est fait larguer comme un malpropre et qui a divorcé.

Il daigne enfin lever les yeux sur moi.

— Ce ne sont que des hypothèses, bien sûr.

— Je n'avais pas l'intention que ça se passe comme ça, dis-je d'une voix tremblante.

L'ombre d'un sourire joue sur les lèvres de Brian.

— Là, tu prêches un convaincu.

Dans un monde idéal, l'avion ne se serait pas écrasé. Je ne serais pas allongée dans un lit d'hôpital avec un trou dans le crâne. J'aurais eu le temps de présenter Wyatt à Brian, puis à Meret.

Dans un monde idéal, je n'aurais pas été *obligée* de.

— Je retourne auprès de Meret, déclare Brian.

Je le fixe d'un air ahuri.

— Quoi ?

Il hoche la tête et se penche vers le lit. Me prend la main.

— Je suis venu dès que j'ai su. Je voulais m'assurer que l'opération s'était bien passée, que tu étais sortie d'affaire. Je parlerai aux médecins avant de partir mais le pronostic est bon. Meret a besoin d'un de ses parents. Je suppose qu'il te ramènera à Boston quand tu auras l'autorisation de quitter l'hôpital.

— Oui, mais…

— Dawn. Tu veux être avec lui.

Il prononce cette phrase avec un tel détachement que je retiens mon souffle dans l'attente du fameux *mais.*

Au lieu de quoi il se lève et le coin de ses yeux verts se plisse en éventail, même si le sourire ne parvient pas à les éclairer.

— C'est ce que j'ai toujours essayé de faire – te donner ce que tu voulais.

Il s'incline vers moi et avec une délicatesse, une tendresse infinies, m'embrasse sur le front en prenant mon visage en coupe.

— C'est vers moi que tu revenais quand l'avion s'est écrasé, dit-il. Tu ne le sais pas encore, c'est tout.

Wyatt refuse de quitter ma chambre et charme les infirmières avec son accent et ses fossettes, de sorte qu'on l'autorise exceptionnellement à passer la nuit auprès de moi. Il prend contact avec Yale et s'entretient longuement avec le doyen de la faculté. Le neurochirurgien me rend visite à deux reprises et déclare que mon rétablissement se passe encore mieux que prévu. Je fais une sieste et à mon réveil j'ai l'impression d'avoir récupéré toutes mes capacités. On fait des mots croisés ensemble puis on regarde quelques épisodes de *New York, unité spéciale.* Wyatt mange la *jelly* sur mon plateau-repas. Il me dit ce que je ne sais pas : il y a eu trente-six rescapés, tous transportés dans cet hôpital. Je me suis sentie faiblir en le regardant se faire recoudre et j'ai quitté la pièce pour prendre l'air. En entendant du bruit, il s'est précipité dans le couloir et m'a trouvée allongée par terre, entourée d'une armada de soignants.

— C'est dingue, quand même, cet esprit de compétition qui ne te quitte jamais, plaisante-t-il. J'avais une plaie à la tête bien sanguinolente mais tu as quand même trouvé le moyen de gagner la partie catastrophe aérienne.

La dérision permet d'esquiver la réalité et c'est pour ça qu'on la pratique. Il aurait suffi que je sois assise à une autre place ou que je ne percute pas le sol de la même manière pour disparaître de la surface de la Terre. Notre histoire, qui venait tout juste de recommencer, se serait brutalement terminée. Quelque part, dans un univers parallèle, un autre moi assiste à ses propres funérailles.

Ce qui me fait penser à Win. Est-elle encore en vie ? Si j'étais morte, l'aurais-je trouvée en train de m'attendre ?

Cette idée, plus encore que l'énorme pansement autour de ma tête, me rappelle que j'ai frôlé la mort de très, très près. Des tremblements incontrôlables me secouent violemment. Wyatt s'allonge près de moi.

— Hé, murmure-t-il en m'attirant dans ses bras. Doucement, Olive. Tout va bien.

— Tout ne va pas bien.

J'ai du mal à respirer. Comme si je venais d'ouvrir les yeux sur mes chances de survie infimes et que le poids de cette prise de conscience m'écrasait.

— Ça va aller, assure-t-il et je n'ai jamais autant aimé son arrogance.

— Et si le docteur se trompe ? Si je m'endors et que je ne me réveille pas ?

Wyatt darde sur moi un regard ardent.

— Tu n'as pas le droit de mourir. Point barre.

Ces mots m'arrachent un sourire.

— Tu sais quoi ? dis-je dans un murmure. Si on devait en arriver là malgré tout, je suis sûre que tu pourrais conclure un marché avec Osiris en personne.

— Si tu as peur de t'endormir, je te tiendrai éveillée. Si tu ne crois pas ce que disent les médecins, j'en trouverai cent autres qui réussiront à te convaincre.

Un sourire narquois passe sur ses lèvres.

— Sans compter que tu as intérêt à rester en vie, ne serait-ce que pour ma propre sécurité : si tu meurs alors que je suis à ton chevet, ton mari me tuera.

— Je ne voulais pas que votre rencontre se passe comme ça.

— Si l'on met de côté l'hématome, je ne vois franchement pas dans quelles circonstances ce moment aurait pu être moins tendu.

Il se tait un instant avant d'ajouter :

— Je n'arrive pas à croire que je suis en train de dire ça mais à sa place, je serais resté avec toi.

Comment lui expliquer que Brian n'est pas parti parce qu'il ne m'aime pas, mais au contraire parce qu'il m'aime trop ?

Si les rôles avaient été inversés, Wyatt m'aurait-il laissé le temps et l'espace nécessaires pour faire mon choix ?

Il prend ma main et la pose sur son cœur qui bat fort et régulièrement.

— Tu crois que ça arrive que des gens fassent l'amour dans un lit d'hôpital ?

J'étouffe un petit rire.

— Je crois surtout que si tu es à l'hôpital, c'est que tu es trop malade pour penser à ça.

— Qu'est-ce qu'ils en savent ? réplique-t-il en glissant son bras autour de ma taille et en posant sa main sur ma hanche. On dirait que c'est sa place naturelle. Comme si on avait été sculptés dans la même roche, ajoute-t-il.

Je pense à la statue de Ramsès II à Louxor, taillée dans le même bloc de pierre que son épouse Néfertari représentée en plus petit, nichée entre les jambes du colosse.

— Sauf que quand ils construiront un temple à notre gloire, fait Wyatt, ta statue aura la même taille que la mienne.

— Comment se fait-il que tu saches toujours à quoi je pense ?

Il baisse les yeux sur moi.

— C'est peut-être parce que ça fait quinze ans que j'essaie de m'infiltrer dans ton esprit, dit-il en mêlant ses doigts aux miens. J'avais une espèce de fantasme, tu sais : j'imaginais que tu m'écrivais une lettre dans laquelle tu me disais que tu n'étais pas heureuse.

— C'était ça, ton fantasme ?

— Celui-là fait partie des plus sages. J'en rêvais et puis je réalisais que ce n'était qu'un rêve, et je travaillais encore plus dur pour tenter d'oublier.

— Tu me répondais ? Dans ton rêve ?

Il acquiesce d'un signe de tête.

— Je te donnais des solutions pour aller mieux. Mais en général. Prendre l'avion pour voyager. Veiller toute la nuit. Embrasser un inconnu. Alors qu'en réalité, je brûlais d'envie que tu prennes l'avion pour venir me voir. Que tu passes une nuit blanche avec moi. Que tu m'embrasses.

Alors je presse mes lèvres sur le contour rugueux de son menton.

— Qu'est devenu ton fantasme ?

— Il n'a pas tenu le choc face à la réalité.

Mais la réalité, c'est un crash aérien, un traumatisme crânien, un nœud de relations gordien qui n'est pas moins inextricable qu'à mon départ de Boston.

Un texte littéraire de l'Égypte ancienne explique que les dieux ont créé la magie pour permettre aux humains d'éloigner le malheur. Mais même s'ils pouvaient essayer de limiter les dégâts causés par l'infortune, ils ne l'évitaient jamais tout à fait.

Je regarde la main de Wyatt parsemée de multiples cicatrices après des années passées sur des chantiers archéologiques. Je regarde la mienne, toujours ornée d'une alliance.

— Qu'est-ce qu'on fait, maintenant ?

Nous avons pris le même avion, d'accord, et Wyatt veut rencontrer sa fille, normal, mais en dépit de tout cela, nous n'avons pas vraiment parlé de notre avenir. Ni d'Anya. D'un côté, je m'en fiche. J'ai trop peur d'entendre ce qu'il veut.

Trop peur d'entendre ce que *je* veux.

— On quitte cet hôpital et on le laisse loin derrière nous. Avec un peu de chance, on devrait en partir plus tôt que prévu.

— Je parlais au sens figuré.

— Ça va peut-être te paraître présomptueux de ma part, mais j'espère que tu iras où j'irai.

— Tu es fiancé.

— Oh, excuse-moi, je n'ai pas eu le temps de rompre : j'étais un peu occupé à survivre à un crash aérien.

Comme je ne ris pas, il effleure mes lèvres d'un baiser.

— Je sais que nous avons pris des engagements envers d'autres personnes, toi et moi. Et que nous avions l'intention d'aimer ces personnes jusqu'à la fin de nos jours. Mais les choses ne se passent pas toujours comme prévu. Je crois qu'on est bien placés pour le savoir, tous les deux.

— J'ai peur, Wyatt.

— Tu as un trou dans la tête, chuchote-t-il en embrassant ma tempe protégée par le bandage. T'es une dure à cuire, Olive.

— C'est pas la même chose. J'ai beaucoup à perdre.

— Moi aussi… et je n'ai pas encore fait sa connaissance.

— Je veux qu'elle t'aime.

— Comment pourrait-elle ne pas m'aimer ?

Il ponctue sa question d'un sourire insolent, plus fanfaron que jamais. Au fond de ses yeux pourtant, je détecte autre chose : une étincelle de peur, de l'appréhension à l'idée d'être projeté dans un rôle auquel il n'est pas préparé. Pour deux personnes obsédées par l'histoire, nous sommes particulièrement nuls quand il s'agit de se colleter avec la nôtre.

Je pense à Meret, à son visage quand elle a vu le mien sur l'écran, à tout ce que je vais devoir faire pour réparer ce que j'ai cassé.

— Je ne pourrai pas aller vivre à l'étranger.

— Je ferai la navette.

— Entre ici et l'Égypte ?

— Entre ici et la foutue planète Mars, s'il le faut.

Il me sourit, et la lumière remplit mes ténèbres.

— Tu ne comprends pas ou quoi, Olive ? C'est la partie facile, ça.

Il m'entoure de son autre bras. L'infirmière va débarquer d'un instant à l'autre et nous passer un savon. Mais en attendant, je ne bouge pas.

— Et tes autres fantasmes, alors ? fais-je d'un ton mutin. Les moins sages… ?

Je sens son sourire dans mon cou.

— Il y en avait un particulièrement croustillant dans lequel je peignais des formules du Livre pour sortir au jour.

— Mais c'est *affreux*, comme fantasme.

— Ton corps nu était mon papyrus.

Je ris.

— Raconte-moi tout.

Je repasse un scanner le lendemain. Il n'y a pas de nouvelle accumulation de sang et aucune présence d'air intracrânien. Au dire du docteur, je ne garderai aucune séquelle du traumatisme. Je reste toutefois un jour de plus en observation.

Mon téléphone a miraculeusement survécu à l'accident. L'écran est fissuré mais ça ne m'empêche pas de parler régulièrement avec Meret. Brian lui a dit que je devais passer quelques jours de plus à l'hôpital et qu'un ami s'occupait de moi. Bousculée par les événements, Meret ne cherche pas à en savoir davantage. On se parle en FaceTime la première fois que j'arrive à me redresser toute seule sur mon lit, puis quand je pars en balade dans le service. Je lui fais visiter la salle réservée aux patients avec la télévision constamment allumée sur la chaîne espagnole Boomerang et filme au passage l'infirmier qui ressemble à Alec Baldwin. Elle est avec moi quand le docteur enlève mon pansement et que je découvre la petite cicatrice bien nette en forme de point d'interrogation, maintenue par de la colle et des agrafes. Mes cheveux ont été rasés d'un seul côté et Meret décrète que je ressemble à Natalie Dormer dans le premier volet de *Hunger Games*. Elle cherche une photo sur Google pour me la montrer. Elle remporte son premier match de tennis en simple et m'appelle sur le chemin du retour, folle de joie.

Chaque fois que nous sommes en communication, Wyatt sort de la chambre. Je sais qu'il veut me laisser tranquille avec Meret, mais je devine aussi qu'il est tétanisé à l'idée d'avoir son premier échange avec elle par écran interposé. À moins qu'il ne soit tétanisé tout court d'avoir son premier échange avec elle.

Je m'efforce d'être toujours souriante et pleine d'entrain, même quand j'ai mal à la tête ou que je suis fatiguée. De son côté, Meret veille à n'aborder que des sujets anodins. Dès que la conversation se crispe un peu, nous le sentons aussitôt toutes les deux, comme quand on marche sur un étang gelé et qu'on s'écarte prudemment des endroits où la glace semble plus fine.

Chaque fois, Brian demande à me parler avant qu'elle ne raccroche.

Il m'examine attentivement, me dit que j'ai meilleure mine. Je lui transmets les derniers commentaires des médecins. Le silence retombe vite parce que je ne veux pas parler de Wyatt et lui ne semble pas disposé à me raconter ses journées. Nos échanges sont détendus mais légèrement décalés, un peu comme quand on regarde un film à la télé et que le son n'est pas parfaitement synchronisé avec les mouvements des lèvres des acteurs. Il n'est ni triste, ni en colère. En fait, je n'arrive pas à savoir ce qu'il ressent vraiment. Il semble d'humeur égale. Dans l'expectative.

Lorsque Meret m'appelle le troisième jour, elle ne parle pas du tout de Brian.

— Bon, dis-je au bout d'un moment, je suppose que tu vas me passer…

J'hésite un quart de seconde. Quels mots dois-je utiliser ? *Ton père ?*

— Oh, coupe Meret. Il n'est pas là.

— Ah. D'accord.

Qu'il soit encore à son laboratoire ne devrait pas me surprendre et pourtant, je suis un peu décontenancée. Je m'attendais à ce qu'il soit là, juste parce que j'ai demandé à lui parler.

Après avoir raccroché, je fixe le téléphone d'un air absent en pensant à Brian et à sa finesse d'esprit. N'est-ce pas moi qui lui ai appris cette leçon : qu'il faut être privé de quelque chose pour prendre conscience du manque ?

Quatre jours après avoir frôlé la mort dans une catastrophe aérienne, je remonte à bord d'un avion.

Au vu de mon dernier scanner, les médecins m'ont donné l'autorisation en multipliant les recommandations. Le vol ne dure pas longtemps et l'équipe de neurochirurgie de Boston me prendra aussitôt en charge en cas de complications. À la boutique de l'aéroport, Wyatt m'achète un foulard en soie que j'enroule autour de ma tête sans réussir à cacher tout à fait mon crâne rasé d'un seul côté. J'ai peur de ne pas pouvoir franchir la passerelle reliée à l'appareil mais contre toute attente, je me sens beaucoup moins angoissée que ce que je craignais. Je regarde les autres passagers ranger leurs bagages à main et boucler leur ceinture de sécurité. *Savez-vous que vous avez une chance inouïe de voyager avec moi ?* ai-je envie de leur dire. *Le scénario catastrophe s'est déjà produit ; il y a mathématiquement très peu de risques que cela m'arrive de nouveau.*

À l'atterrissage cependant, j'agrippe la main de Wyatt et la serre si fort que la trace de mes ongles reste incrustée dans sa peau.

Combien de fois ai-je arpenté les terminaux de l'aéroport de Boston ? En rentrant d'Orlando avec Meret ou d'une conférence à Londres avec Brian… Mais c'est la première fois que je débarque ici avec Wyatt. La première fois que je voyage avec lui, en fait, en dehors de nos trajets entre Yale et l'Égypte. Le voir évoluer dans cet espace géographique que j'appelle mon "chez-moi" me trouble profondément.

Nous avons décidé que Wyatt séjournerait à l'hôtel et nous louons une voiture parce que j'avais indiqué l'emplacement de la mienne dans un mail adressé à Brian depuis l'Égypte de sorte qu'il puisse venir la récupérer.

Au comptoir d'Avis, un employé demande à Wyatt avec un accent bostonien à couper au couteau s'il veut une berline, une compacte ou une petite citadine.

— C'est tellement américain, cette obsession de la taille, ironise-t-il. Donnez-moi une compacte. Je n'ai pas besoin de compenser quoi que ce soit.

L'employé reste de marbre.

— Si votre femme a l'intention de conduire, j'aurai également besoin de son permis.

Son postulat nous laisse sans voix.

— Je… je ne conduirai pas, je bredouille finalement.

Les docteurs m'ont interdit de prendre le volant pour le moment et c'est surtout tellement plus simple de répondre ça que d'expliquer que nous ne sommes pas mariés. Je revois Wyatt obligé de forcer l'entrée de ma chambre d'hôpital quelques jours plus tôt parce qu'il n'est pas de ma famille. Je ne suis rien pour lui

– légalement, concrètement, aux yeux de la société dans laquelle nous vivons. Ce constat me rappelle avec force la gravité du chemin que nous avons choisi.

— Je serai le seul à piloter, confirme Wyatt en tendant sa carte bancaire – aussi incroyable que cela puisse paraître, son portefeuille n'a pas bougé de sa poche pendant l'accident – avant de m'enlacer par la taille. C'est à Boston qu'on mange du homard, non ?

— Hum… oui.

— Ça me fait très envie. Ce n'est pas une des spécialités de la cuisine égyptienne.

Un flot de gratitude m'envahit. Grâce à Wyatt, ce moment qui aurait pu tourner à l'épreuve rentre dans une espèce de normalité réconfortante. Grâce à lui, j'arrive à faire comme si, ne serait-ce que pour une demi-heure, je n'étais pas sur le point de détricoter entièrement la vie qui m'enveloppait.

— OK, je m'en occupe.

Il est un peu plus de 19 heures quand Wyatt me dépose devant chez moi. D'un commun accord, nous avons décidé qu'il valait mieux que je rentre seule à la maison, dans un premier temps. Nous restons quelques minutes dans la voiture, nos deux mains réunies sur le levier de vitesse.

— Quoi qu'il arrive, Olive, sache que je ne t'en voudrai pas. Je sais pertinemment que je ne suis pas le bienvenu dans cette maison. Et si elle n'est pas prête à me voir tout de suite, ajoute-t-il d'une voix soudain rauque, j'ai déjà attendu quinze ans. Alors je peux très bien patienter encore.

Je hoche la tête en ouvrant la portière mais il ne lâche pas ma main.

— Je n'arrête pas de me dire qu'une fois que tu auras franchi cette porte, tu ne ressortiras plus jamais, chuchote-t-il avant de se pencher pour déposer un baiser sur mes lèvres, comme un sceau.

Je sors de la voiture avant de changer d'avis, monte les marches du perron et m'immobilise devant la porte, hésitant à frapper. Wyatt n'a toujours pas démarré, comme s'il savait que j'allais peut-être faire demi-tour pour venir me réfugier auprès de lui.

J'inspire profondément, et entre dans ma maison.

J'entends de l'eau couler et suis le ruissellement jusqu'à la cuisine. Debout devant l'évier, Brian me tourne le dos, occupé à rincer les assiettes avant de les mettre dans le lave-vaisselle. Un souvenir me frappe comme un éclair : l'été où la machine était tombée en panne et que nous n'avions pas de quoi la remplacer, on jouait tous les soirs à pile ou face pour savoir qui ferait la vaisselle. Et quand je perdais, Brian venait toujours me donner un coup de main.

— Je suis là, dis-je simplement.

Je l'avais prévenu que j'allais sortir de l'hôpital sans toutefois préciser quand je rentrerais à Boston. Peut-être a-t-il cru que je préférerais faire le voyage en voiture, ce qui m'aurait pris un jour de plus. Ses épaules se raidissent. Il ferme le robinet et pivote sur ses talons en s'essuyant les mains dans un torchon. Son regard se pose sur moi, debout, en pleine santé, si ce n'est la fine cicatrice en forme de point d'interrogation. L'espace d'un moment aussi inattendu que délicieux, la joie éclaire son visage, pareille au voile d'or illuminant une statue. En une enjambée, il est près de moi, me prend dans ses bras et me plaque contre lui. Puis il s'écarte légèrement et fait glisser ses mains le long de mes bras comme s'il avait besoin de se convaincre que j'étais bien réelle. Mais soudain, l'espace entre nous se solidifie et nous maintient à distance. Nous ne nous touchons plus.

— Les docteurs ont dit qu'il faudrait plus qu'un crash aérien pour se débarrasser de moi, dis-je en essayant de blaguer mais ma plaisanterie tombe à plat.

— Tant mieux, fait Brian. Tant mieux.

— Je dois faire retirer mes agrafes dans quelques jours. Kieran s'en chargera.

Il hoche la tête. Nous nous regardons sans mot dire et pourtant, la conversation que nous n'avons pas bourdonne dans la pièce. Il ne demande pas : *Où est Wyatt ?* Et je ne réplique pas : *Qu'est-ce qu'on fait maintenant ?*

C'est moi qui romps le silence :

— Où est Meret ?

Brian jette un coup d'œil en direction de l'escalier.

— Dans sa chambre.

Chacun de mes muscles désire éviter la discussion à laquelle nous n'échapperons pourtant pas pour courir rejoindre Meret.

— Où est-il ? demande à son tour Brian.

Je me force à rencontrer son regard.

— À l'hôtel.

Il serre les poings. Au prix d'un effort visible, il parvient à détendre les traits de son visage.

— Tu ne peux pas continuer à agir comme ça, dis-je.

— C'est-à-dire ?

— Tu me traites comme si j'étais en verre.

— Pas du tout.

— Pourtant, si. Parce que j'ai failli mourir. Mais je ne suis pas morte, fais-je en avançant d'un pas. Il faut qu'on parle, Brian, et peu importe l'accident d'avion.

— Si tu ne t'étais pas enfuie de la maison, tu n'aurais jamais eu cet accident, gronde-t-il en reculant, comme bousculé par la force de sa colère.

Il parle d'une voix sourde et véhémente, une allumette effleurant les braises. *N'oublie pas que c'est toi qui as déclenché ça.* C'est vrai, c'est moi. Avant que la maison ne disparaisse dans les flammes, je tends la main vers lui pour l'entraîner dans le jardin, là où nous pourrons parler tranquillement. Mais dès que mes doigts touchent son bras, il s'écarte comme si mon contact le brûlait.

Ce qui est peut-être le cas.

— Je ne veux pas que Meret nous entende, dis-je.

— Ah parce que, maintenant, tu penses à elle ?

Mon pouls résonne tellement fort dans mes oreilles qu'il doit l'entendre aussi.

— Je n'ai pas voulu tout ça. Je suis désolée, Brian, vraiment.

— Désolée de quoi ? lance-t-il d'une voix doucereuse. De m'avoir menti ? De nous avoir abandonnés après la révélation explosive ? De m'avoir laissé tout expliquer à Meret ?

Ses yeux se plissent.

— De t'être envoyée en l'air avec lui ?

Je tressaille. Un souvenir tourbillonne dans mon esprit : je m'entends demander à Win si elle avait l'impression de tromper Felix. Et la réponse de Win : *Je me demande parfois si ce n'est pas Thane que j'ai trompé en épousant Felix.*

— Tu es partie en laissant *ta fille*, continue Brian d'un ton accusateur. Tu l'as abandonnée alors qu'elle venait tout juste d'apprendre que…

Il secoue la tête, incapable d'évoquer le test ADN.

— Est-ce que tu sais combien de fois je l'ai surprise en train de pleurer ces trois dernières semaines, tout ça parce qu'elle avait l'impression d'avoir perdu son père *et* sa mère ? Je ne sais pas si tu t'en rends compte, mais c'était hyper égoïste de ta part !

Quand je rejouerai plus tard cette scène dans mon esprit, je saurai que c'est ce dernier adjectif qui a rompu les digues, pulvérisant au passage la carapace que je m'étais façonnée il y a bien – trop ? – longtemps.

— Égoïste… Égoïste ? Tu veux que je te rappelle toutes les personnes que j'ai fait passer avant moi depuis quinze ans ? Ma mère. Mon frère. Mes clients. Meret. Toi. Et même Wyatt. Le bien-être des autres a toujours été plus important que le mien, à mes yeux. Je ne pense jamais à moi. Alors, oui, d'accord : pour une fois je me suis écoutée. Une fois. Je sais que je m'y suis prise n'importe comment. J'aurais dû te parler, te dire où j'allais. Mais il fallait que je parte, pour ma tranquillité d'esprit. Je ne pouvais pas rester là et faire comme si tout allait bien, comme d'habitude. Ça m'aurait rongée petit à petit, je n'aurais pas arrêté de me demander ce qui se serait passé si. Et en fin de compte, je n'aurais eu que mes yeux pour pleurer.

Je me tais, à bout de souffle, comme si j'avais couru un marathon. L'image me semble très proche de la réalité.

Cette colère incandescente est l'émotion la plus brute que Brian et moi partageons depuis un bon moment et je crois qu'il s'en rend compte aussi. Quand nos regards se rencontrent de nouveau, l'orage est passé. Il n'y a plus que lui et moi, comme avant, debout dans des flaques de regrets.

— Pourquoi est-ce que ce n'était pas suffisant ? demande-t-il à voix basse. Pourquoi est-ce que *nous* n'étions pas suffisants ?

— Je voulais que ça le soit. Je suis allée au Caire parce que j'avais besoin de savoir si je n'avais pas tout imaginé. Tu vois ce que je veux dire ? J'aurais très pu m'attacher à un souvenir et le grossir démesurément.

— Si tu te sentais déconnectée, tu aurais dû m'en parler et on aurait trouvé une solution. Au lieu de t'accrocher à une nouvelle lubie.

À une ancienne lubie, je rectifie en silence.

— Je croyais qu'on formait une équipe, tous les deux, poursuit Brian. On a surmonté ensemble la mort des personnes qu'on aimait. On a mené des carrières professionnelles. On a élevé une fille qui est aujourd'hui une adolescente. Je croyais que tu te reposais sur moi et que je me reposais sur toi et que si c'était parfois bancal, ça finissait toujours par s'équilibrer.

— C'est ce que je pensais moi aussi.

— Alors… pourquoi ?

Je n'ai pas de réponse à lui donner… Pourquoi sommes-nous attirés par telle ou telle personne, pourquoi certains êtres humains réussissent-ils mieux que d'autres à nous comprendre ?

Brian ferme les yeux.

— Je n'arrête pas de penser que tout ça, c'est ma faute.

En l'entendant battre sa coulpe, je m'aperçois que cela fait bien longtemps que je n'ai pas pensé à Gita. Est-il allé la voir pendant que j'étais hospitalisée en Caroline du Nord ? A-t-il pleuré sur son épaule ?

Ai-je encore le droit d'avoir mal comme si on venait de me balancer un coup de poing dans l'estomac quand je pense à ça ? Ai-je jamais eu le droit de ressentir ça ?

Jusqu'à ce que je réalise que Brian ne parlait pas du tout de ça :

— Quand tu étais en Égypte, j'allais me coucher le soir, j'avais un mal fou à m'endormir et je te souhaitais tout le malheur du monde. Tu m'avais menti pendant quinze ans… tu m'avais pris pour un con et tu avais roulé notre fille dans la farine… et tu t'en sortirais comme ça, impunément ? dit-il avant de déglutir. J'ai l'impression d'avoir provoqué cet accident d'avion.

Il se trompe. Le crash n'était pas une punition mais il y a bel et bien un prix à payer, dans l'histoire. Même si je me sens heureuse auprès de Wyatt, cette joie sera toujours ternie. Parce qu'elle sera à l'origine du malheur d'un autre.

Brian tend le bras. Sa main s'immobilise à quelques centimètres de mon crâne rasé.

— Je voulais que tu souffres. Mais pas comme ça, Dawn. Jamais de la vie.

Que Brian le scientifique, l'hyper-rationnel, puisse croire un seul instant que ses pensées noires aient pu déclencher un accident d'avion me stupéfie.

— Il existe un autre univers où j'ai vu rouge et où tu es partie pour toujours. Alors… je ne sais pas. C'est peut-être de la superstition mais je me dis que si je n'étais pas sorti de mes gonds, tu… serais restée.

J'ouvre la bouche, la referme.

— Je suis désolée, dis-je finalement – encore une fois.

Les yeux de Brian s'assombrissent, s'adoucissent. Ils se détachent des miens pour se poser sur l'arabesque de ma cicatrice puis sur mes lèvres.

— Je sais. Moi aussi.

Par-dessus son épaule, à travers la vitre, j'aperçois un faisceau de lumière balayant la route. J'imagine que c'est Wyatt qui s'en va.

Quand j'ouvre la porte, Meret est assise sur son lit avec son ordinateur portable. Elle se redresse aussitôt, retire ses écouteurs, se fige. J'avance prudemment, comme si j'allais à la rencontre d'un animal sauvage et m'assois au bord du lit.

Elle se jette sur moi.

Je l'enveloppe de mes bras, enfouis mon visage dans ses cheveux. La réalité de mes actes – je l'ai quittée, je suis partie d'ici – me fait l'effet d'un coup sur la tête. J'ai le vertige, une sensation de nausée me submerge à l'idée que j'ai failli ne pas voir la femme qu'elle va devenir. Je suis consciente de la serrer trop fort, de l'étouffer presque, mais mes bras refusent de desserrer leur étreinte. Quand elle était bébé, je me penchais vers elle, fourrais mon nez dans son cou et faisais de drôles de petits bruits de bulles avec ma bouche qui lui arrachaient des éclats de rire.

— Tu sens toujours le bain moussant, murmure-t-elle.

— Ah bon… tu trouves ?

— La semaine dernière au camp d'été, j'ai senti l'odeur de ton gel douche en sortant d'une salle de cours et je me suis mise à regarder partout parce que j'étais sûre que tu étais là.

Elle se tait, s'écarte de moi.
— Mais tu n'étais pas là.
J'essaie de l'imaginer, gonflée d'espoir, tournoyant sur elle-même mais ne me voyant nulle part.
Elle examine mon crâne.
— Ça fait mal ?
— Un peu, dis-je en effleurant mon cuir chevelu. C'est très Frankenstein chic, tu ne trouves pas ?
— C'est pas drôle.
Elle essuie une larme d'un revers de main.
— Tu aurais pu mourir.
— Tout le monde peut mourir, dis-je doucement. D'un instant à l'autre.
— Mais tu es partie sans dire au revoir, débite-t-elle d'un trait et je me demande comment j'ai fait pour ne pas voir ce qui me saute aux yeux : le manque d'estime de soi qui tapisse les murs, l'insécurité enchevêtrée dans les draps du lit où elle se réfugie.
Je décide de jouer la carte de la vérité.
— Si je t'avais dit au revoir, je n'aurais pas eu le courage de partir.
— De partir en me laissant, corrige-t-elle d'un ton empreint d'amertume.
— Il fallait que je retrouve quelqu'un.
— Mon père biologique.
J'inspire profondément.
— C'est la raison de mon voyage en Égypte, oui. Je sais que ton – je m'interromps pour essayer de trouver le mot juste – ton autre père t'a tout raconté.
— C'est mon seul père, proteste Meret, loyale. Je ne sais même pas comment s'appelle l'autre.
— Je peux te parler de lui si tu veux, dis-je d'une voix douce. Il s'appelle Wyatt.
Elle tremble presque de – de quoi, d'ailleurs ? De peur ? De colère ? Et lève finalement les yeux. Où je lis une permission.
J'invite donc Wyatt dans la maison, d'abord métaphoriquement. Je lui parle de ce garçon que j'ai détesté au premier regard, avec sa tignasse dorée, ses yeux bleus comme le ciel et son air vaniteux. Je lui parle de la compétition que nous nous livrions

sans relâche pour obtenir les meilleurs résultats de notre promotion. Je lui parle de l'éducation de Wyatt en Angleterre, du décès de son frère et de son titre. Je lui parle de la maison des fouilles et de la beauté du désert à l'heure où rougeoient les premiers rayons du soleil et de nos chamailleries incessantes avant la découverte du *dipinto*. Je lui parle de notre premier baiser, de ce moment où j'ai enfin compris pourquoi je l'avais tenu à distance pendant tout ce temps, comme si je savais inconsciemment que si nous nous rapprochions, je serais incapable de me séparer de lui.

— Je ne savais pas pour toi, dis-je finalement. Je ne savais pas que j'étais enceinte quand j'ai quitté l'Égypte.

— Tu crois vraiment que je vais gober ça ? lance-t-elle avec véhémence. Après tous les sermons que tu m'as faits sur les précautions à prendre, les préservatifs et tout le reste ? Dès que j'ai eu mes règles, j'ai eu l'impression qu'il fallait que je porte une armure si je ne voulais pas finir comme… bah, comme toi, en fait.

— OK, je l'ai mérité.

— Si je comprends bien, tu l'as largué et tu t'es mise avec papa par dépit ?

Je grimace.

— Bien mérité aussi, j'imagine. Mais ce n'était pas par dépit. Ma vie venait de s'écrouler et Br… ton père m'a aidée à recoller les morceaux. Comment aurais-je pu ne pas tomber amoureuse de lui ?

Je marque une pause, prends le temps de respirer.

— Je n'attends pas de toi que tu me pardonnes. Même pas que tu comprennes. Mais ce que j'ai vécu avec Wyatt, eh bien… j'ai été obligée de l'enfouir tout au fond de moi parce qu'il fallait que j'avance, que j'évite à tout prix de m'enliser dans le passé. Je voulais vivre avec ton père. J'ai voulu fonder une famille avec lui. Quand je pensais à l'Égypte, je ne voyais plus qu'un tas de points d'interrogation parce que je n'avais pas les moyens de reprendre mes études de doctorat. Je devais tenir mon rôle de mère et de sœur. Alors que quand je me tournais vers l'avenir où m'attendait ton père, je voyais des réponses.

Je m'éclaircis la gorge avant de poursuivre :

— Mes sentiments pour Wyatt ont juste été déplacés. Ils ont pris racine ailleurs. Et ont continué de grandir. J'essayais pourtant de les couper, Meret. Mais chaque fois que je les rabattais, je ne pouvais pas m'empêcher de revenir à l'endroit où ils s'épanouissaient librement.

— Et moi, dans tout ça ? demande Meret d'une petite voix mal assurée.

— Et toi…

Un sourire réchauffe mes mots.

— Il veut te rencontrer.

Elle relève brusquement la tête.

— Maintenant ? *Ici ?*

Ses pensées se cristallisent à la vitesse de l'éclair.

— C'est lui qui était avec toi à l'hôpital.

— C'est lui qui m'a ramenée jusqu'à toi. Il est à l'hôtel en ce moment. C'est à toi de décider si tu veux ou non le rencontrer.

Elle tire sur ses vêtements, écarte sa chemise de ses rondeurs, signe de nervosité chez elle.

— Tu n'es pas obligée de l'aimer. Tu n'es pas obligée de le faire entrer dans ta vie.

Elle me dévisage d'un air intrigué, comme si elle venait de remarquer quelque chose qu'elle n'avait encore jamais vu sur moi. Un doigt tordu qui cache une histoire de fracture mal ressoudée ; un tatouage habituellement enfoui sous plusieurs couches de vêtements.

— Et qu'est-ce qui se passe pour nous ? Je veux dire, pour papa et toi et moi ?

— Je ne sais pas.

Une étincelle brille dans ses yeux.

— Pourquoi tu continues de mentir ?

— Je ne mens pas, Meret.

— Ah, d'accord. Alors il est juste venu me dire *Salut, ma fille, je suis heureux de faire ta connaissance*, et ensuite il va partir, il va retourner en Égypte et toi tu resteras ici en faisant comme si rien n'avait changé ?

Que puis-je lui répondre ? Tout me paraît tellement inapproprié.

— Bah voyons, bougonne Meret. C'est bien ce que je pensais.

Dans une vie d'adulte, il y a toujours un moment où l'on se rend compte que l'enfant à qui on s'adressait depuis sa naissance n'en est plus un. Avec Kieran, ce moment s'est produit le jour où je lui ai annoncé que notre mère était morte. Je le regardais dans les yeux et me souviens d'avoir décelé en lui comme une fissure, le constat brutal que les fondations solides sur lesquelles il se tenait venaient de s'écrouler et qu'il était en train de tomber. Pour Meret, c'est maintenant. Je ne lui ai épargné aucun conte de fées sur l'amour quand elle était petite : l'amour qui ressuscite les morts, l'amour qui triomphe du mal, l'amour qui enrichit les pauvres. Aujourd'hui cependant, je lui révèle l'envers du décor, l'endroit où les jolies petites histoires ont cédé la place au réel : l'amour peut aussi tuer, l'amour rend heureuses certaines personnes en en blessant d'autres ; la richesse que procure l'amour se paye souvent cher.

— Je ne sais pas ce qui va se passer avec ton père. Nous devons encore discuter de beaucoup de choses. Mais je ne vais pas te dire que je n'ai pas envie d'être avec Wyatt. Je l'aime comme je ne pensais jamais aimer quelqu'un.

La vérité vibre d'une manière spécifique quand elle s'accompagne de souffrance. Meret perçoit cette note et m'écoute attentivement.

— Il y a des gens qui n'auront jamais la chance de ressentir ça, et encore moins de trouver quelqu'un à aimer… et j'ai aimé ton père. Je l'aime. Mais je n'ai jamais ressenti d'amour aussi fort que celui que je te porte.

Je cherche sa main. Elle ne se dérobe pas.

— J'ai perdu Wyatt une fois, et j'ai survécu. Je vais peut-être perdre ton père, et je survivrai. Mais toi ?

Dans son visage, je vois mes yeux, la mâchoire de Wyatt, notre force à tous les deux.

— Je ne survivrais pas si je devais te perdre.

Étouffant un sanglot, Meret se jette de nouveau dans mes bras. Je la serre contre moi et lui caresse les cheveux, comme quand elle était toute petite et que des monstres élisaient domicile dans sa chambre. Ils n'existaient pas mais sa peur était bien réelle et c'était tout ce qui m'importait.

— Et s'il ne m'aime pas ? demande-t-elle, et je comprends que sa décision est prise.

J'enserre son visage entre mes paumes.
— Mon cœur… comment pourrait-il ne pas t'aimer ?

J'envoie un texto à Wyatt. Ça ne me semble pas très délicat de le faire entrer dans la maison sachant que Brian y est aussi, alors il gare la voiture le long du trottoir et attend sur la véranda, assis sur la petite balancelle en bois que nous avons achetée il y a cinq ans et que nous n'avons jamais beaucoup utilisée. Lorsque j'ouvre la porte, Meret sur mes talons, il se lève.
Et s'enflamme comme la mèche d'une bougie.
— Bonsoir, dit-il.
Elle se balance d'un pied sur l'autre.
— Bonsoir.
— Est-ce que tu, euh… est-ce que tu veux t'asseoir ?
Comme elle ne bouge pas, je pose ma main dans le creux de son dos et la pousse légèrement. Ils s'installent tous les deux sur la balancelle, semblables à deux boxeurs postés chacun dans un coin du ring pour mieux s'observer.
— Bon, dis-je, je crois que je ferais mieux de vous laisser quelques minutes…
— Non, objecte Meret au moment où Wyatt lance :
— Reste, s'il te plaît.
Je m'appuie donc contre la solide ossature de la maison en m'efforçant de me fondre dans les bardeaux.
Wyatt joint ses mains entre ses genoux. Meret croise les bras.
— Il paraît que tu es une scientifique.
— Ce n'est pas la peine d'essayer de m'amadouer.
— Ce n'était pas mon intention. J'essayais juste de…
Il passe une main sur sa nuque. C'est la première fois que je le vois se débattre dans une situation inconfortable.
— Ta mère m'a un peu parlé de ton camp d'été.
— Je peux te raconter le reste. J'ai toujours rêvé d'avoir un bouvier bernois, je connais par cœur toutes les paroles de la comédie musicale *Hamilton*, et j'ai super peur d'avaler une arête quand je mange du poisson. Je suis nulle en cuisine mais je sais préparer de l'agar-agar. Oh, ajoute-t-elle d'un ton mielleux, et je suis Taureau.

Wyatt éclate de rire.
— OK. Je vois bien la ressemblance.
— Il y a un test ADN pour ça, si tu as besoin de preuves.
À la décharge de Wyatt, il ne m'appelle pas au secours du regard.
— Je n'ai pas besoin de voir les résultats, réplique-t-il en gardant les yeux rivés sur Meret qui reste fermement campée sur ses positions. Ce que j'aimerais te dire, en fait… c'est que je suis content. Je ne sais pas encore comment je vais m'y prendre, mais j'aimerais bien essayer d'être ton père.
Je me raidis. Je sais que c'est exactement ce que Meret ne veut pas entendre.
— Merci mais j'en ai déjà un, en fait. Toi, tu es juste du matériel génétique.
— Du super-matériel génétique remarquablement brillant, j'espère, plaisante Wyatt.
— Je sais pas. On n'a pas l'air d'avoir grand-chose en commun, en tout cas.
— Mais c'est là où tu te trompes.
Il lève les yeux sur moi en souriant.
— On aime tous les deux ta mère.
Meret pince les lèvres mais Wyatt poursuit :
— Et moi aussi, je connais toutes les paroles de *Hamilton.*
Elle écarquille les yeux.
— C'est vrai ?
— Non. Mais je fredonne assez bien le premier morceau.
Son visage redevient sérieux.
— Écoute, je sais que tu n'as rien demandé. Tu as sûrement l'impression qu'une main invisible vient de tirer sur le tapis sur lequel tu te tenais tranquillement. Encore un point que nous avons en commun, il me semble. Je sais aussi que ce ne serait pas juste de te demander de m'inclure dans ta vie et de m'accorder plus d'importance qu'à un inconnu croisé dans la rue. Je ne me fais pas d'illusions. Tu ne me considères pas comme un ami. Mais tout ce que j'espère, c'est que tu me laisseras une chance de le devenir.
Il plonge la main dans sa poche pour sortir son téléphone.
— Oh, et il y a ça aussi.
Il fait défiler des photos et s'arrête sur un cliché à la richesse chromatique des vieux tirages Kodak. On y voit un garçon aux

cheveux blonds et au sourire moqueur, deux signes distinctifs chez Wyatt, assis à côté d'un bouvier bernois sur les marches d'une bâtisse en pierre.

Il a sélectionné cette photo pour nous montrer son chien mais c'est le jeune Wyatt qui capte toute notre attention : Meret et moi fixons d'un air interdit le garçonnet trapu et replet, avec ses joues rebondies et un début de double menton.

— Je ne sais pas si l'attirance pour une race de chien particulière est génétique, mais…

— Tu ne ressembles plus du tout à ça, coupe Meret en lui prenant le téléphone des mains.

Il jette un coup d'œil à la photo, hausse les épaules.

— Non. C'est vrai. J'ai toujours été robuste pour mon âge. Enfin, c'est comme ça qu'on me décrivait à l'époque pour rester poli. Quand j'ai compris que j'étais archinul au rugby, j'ai été obligé de trouver une solution pour échapper à l'entraîneur de l'équipe. Il ne mettait jamais les pieds à la bibliothèque du collège – je suis à peu près sûr qu'il n'avait même jamais ouvert un bouquin de sa vie. Moi, en revanche, j'ai lu des tas de livres. Sur les pyramides, les momies et les dynasties pharaoniques.

Je l'observe attentivement. J'ai toujours cru que Wyatt était un être parfait et pourtant, il fut un temps où lui aussi s'était senti mal dans sa peau et dans sa tête.

Meret pose son doigt sur la photo et l'agrandit, comme s'il fallait qu'elle l'examine de plus près pour croire à son existence. Elle retient son souffle et je vois toutes les réponses s'aligner dans son esprit. Enfin. *Voilà d'où je viens.*

— Les gens changent, déclare Wyatt d'un ton posé.

Il cherche mon regard mais continue à parler à Meret :

— Tu es encore trop jeune pour t'en rendre compte, mais parfois ça fait du bien de se rappeler qui on était avant.

Je sens mes paupières picoter. Avec une simple photo, Wyatt a non seulement offert à Meret un signe concret de son histoire personnelle, mais il m'a également absoute.

Meret lui rend son téléphone.

— J'adorais ce chien, fait Wyatt, plongé dans ses souvenirs. Je voulais l'appeler Narmer, en hommage au premier roi de l'Égypte unifiée. Mais en réalité, c'était le chien de mon frère. Et donc il s'appelait Bailey. Tellement classique, ajoute-t-il en faisant la moue.

— Tu écoutes des émissions en podcast, des fois ? demande Meret et je me réjouis en silence de cette tentative de rapprochement.

— Non.

— Il y en a une géniale qui s'appelle *The Weirdest Thing I Learned This Week**. Par exemple, ils expliquent comment les cheveux peuvent devenir blancs du jour au lendemain ou comment la mélasse a fait plein de morts au siècle dernier. Ils ont raconté que des chevreuils avaient été surpris en train de manger des restes humains. Une fois, ils ont parlé de moines qui s'automomifient. Je t'enverrai le lien, si ça t'intéresse.

Wyatt hoche gravement la tête.

— Je veux bien, merci.

Un sourire transforme le visage de Meret.

— Je viens de commencer le tennis. La coach dit que je suis douée.

— Ça ne m'étonne pas. Au pensionnat, j'étais le joueur le mieux classé en simple quand j'avais ton âge.

— C'est vrai ?

— Oui… Ça fait un moment que je n'ai pas joué. On pourrait peut-être échanger quelques balles, un de ces quatre.

— Oui, dit Meret. Peut-être.

Je les observe encore un peu qui conversent comme s'ils jouaient aux dames, un pion blanc prend un pion noir et vice versa, jusqu'à ce que chacun détienne le même nombre de pions de l'autre couleur. Une heure passe, puis une autre. Je me demande ce que fait Brian. Ronge-t-il son frein, assis quelque part dans la maison ? Redoute-t-il qu'un inconnu soit en train de lui voler la dévotion de sa fille ?

Comme si je l'avais appelé en pensant à lui, la porte s'ouvre et il sort sur la véranda. Wyatt se lève aussitôt. Je m'aperçois que je suis assise exactement à mi-distance entre eux deux.

Brian le toise sans mot dire, la mâchoire contractée. Wyatt soutient son regard sans ciller.

* *La chose la plus bizarre que j'ai apprise cette semaine.*

On dirait un bras de fer à distance. Meret les regarde à tour de rôle.

— Il est tard, lance Brian en se tournant vers elle. Tu ne vas jamais pouvoir te lever demain matin.

Elle se lève de la balancelle.

— J'espère qu'on pourra poursuivre notre discussion, fait Wyatt.

Je la vois qui hésite sur la conduite à tenir – que doit-elle faire : lui serrer la main ? Le prendre dans ses bras ? Ni l'un ni l'autre ?

Wyatt lui sauve la mise en descendant les marches de la véranda.

— Bon, dit-il d'un air gêné. Bonne nuit.

J'esquisse un pas vers lui mais Meret me retient par le poignet.

— Tu ne repars pas, hein ?

Nous n'avons pas abordé ce sujet, avec Brian : où vais-je habiter, vais-je rester ici ? Le visage de Meret dégage une telle candeur, une telle fragilité… Je viens tout juste de la retrouver ; comment pourrais-je l'abandonner de nouveau ?

— Non, je réponds d'un ton ferme, comme si je n'avais jamais eu l'intention de la laisser. Bien sûr que non.

Brian tourne les talons et rentre dans la maison. Meret adresse un petit signe à Wyatt avant de disparaître à son tour.

— Tu viendras me dire bonne nuit ? dit-elle en refermant la porte.

Wyatt se tient debout sous un champ d'étoiles.

— Je suis désolée. Je…

— Je sais. Je comprends.

Il sort de sa poche les clés de la voiture de location et les lance en l'air.

— Meret a plus besoin de toi que moi ce soir, reprend-il d'un ton plein de sagesse. Je suis prêt à partager.

— Tu détestes partager.

— OK, je l'admets. Je suis prêt à partager *pour cette fois.* Mais je camperai devant la maison aux premières lueurs de l'aube.

Il s'éloigne dans l'allée, se retourne.

— Elle est extraordinaire, murmure-t-il un sourire aux lèvres.

— Je t'avais prévenu.

— Tu mourais d'envie de me dire ça, pas vrai ? fait-il en riant.

Lorsque les feux arrière de la voiture disparaissent au bout de la rue, je regagne la maison où j'habite depuis quinze ans. Je connais toutes les lames descellées du parquet, les endroits où des fuites d'eau ont abîmé le plafond, je sais quelles pièces ont été repeintes récemment mais ce soir, tout me semble étranger. C'est un mausolée. Une crypte.

Brian est en train de faire le lit dans mon bureau.

— Tu… tu n'es pas obligé de faire ça.

Il se tourne vers moi. Ses joues s'empourprent.

— Je me suis dit que tu voudrais… Je ne savais pas si…

Maintenant, c'est moi qui rougis.

— Euh non, ce n'est pas ce que je voulais dire. Je peux m'en charger. Tu… tu n'as qu'à laisser ça comme ça.

Il pose la couette et les oreillers sur le drap-housse qu'il a déjà installé sur les coussins du canapé. Il est à quelques pas de moi et le souvenir de notre lune de miel afflue soudain à ma mémoire. Nous étions partis à Miami avec Meret bébé et Kieran. Ce dernier avait repéré un triton tacheté de rouge qui s'était carapaté sous une haie avant qu'il ait de temps de bien l'observer et Brian avait passé une demi-heure à semer un chemin de miettes et de sucre puis attendu patiemment que l'amphibien daigne enfin sortir de sa cachette.

Voilà la différence entre Wyatt et lui : Wyatt creusera obstinément jusqu'à ce qu'il trouve quelque chose. Alors que Brian, lui, attendra que ce qu'il cherche vienne à lui.

— Je vais dire bonne nuit à Meret.

— Je laisserai ma porte ouverte, déclare Brian au moment où je franchis le seuil. Si tu as besoin de quoi que ce soit cette nuit, appelle-moi.

Jusqu'à présent, Wyatt et une infirmière veillaient sur moi la nuit ; ce sera la première fois que je dormirai seule. Brian y a pensé à ma place.

Sans qu'il ait besoin de le dire, je sais qu'il se réveillera comme il le faisait quand Meret était petite et qu'elle avait les bronches prises. Il viendra sur la pointe des pieds s'assurer que ma respiration est régulière.

Dans la chambre de Meret, je m'assois au bord du lit. Quelques minutes avant de sombrer dans le sommeil, sa voix s'élève en volute par-dessus son épaule.

— C'est comme avant, murmure-t-elle.

Mais non. Ça ne l'est pas.

La porte de la chambre à coucher est grande ouverte et les lumières sont éteintes quand je regagne le bureau. Je m'allonge sur le convertible. Fixe le plafond. Très vite, je me tourne puis me retourne, incapable d'attraper le sommeil lorsqu'il passe à ma portée.

De guerre lasse, je récupère mon téléphone et appelle Wyatt en FaceTime. Son visage vacille sur l'écran. À en juger par ses traits tirés, il dormait profondément.

— Dawn ? Ça va ?

Je réalise trop tard que je lui ai fait peur – les nouvelles sont rarement bonnes quand le téléphone sonne à cette heure-ci.

— Tout va bien, oui. Comment tu savais que c'était moi ?

— Qui d'autre je connais aux États-Unis ?

Je me glisse sous la couette et le cale à côté de moi.

— Alors, susurre Wyatt. Tu m'espionnes, c'est ça ? Tu voulais vérifier que je n'avais pas ramené une égyptologue en herbe dans ma chambre ?

— Tu me manquais, c'est tout.

— J'aimerais tellement que tu sois là, dit-il d'une voix pleine de tendresse.

— Moi aussi, j'aimerais être avec toi.

— On dirait que tu vas pleurer, pourquoi ?

Parce que je viens de me rendre compte qu'obtenir ce que l'on désire ne procure pas forcément une satisfaction immédiate. En l'occurrence, c'est un lent remodelage, un réalignement des os et des tendons. Ce n'est pas indolore. On se cogne et on s'égratigne.

— Je ne sais pas, dis-je simplement. Je n'arrive pas à dormir.

— Tu n'arrives pas à dormir *sans moi*, rectifie-t-il et sa vantardise m'arrache un sourire.

Je m'en veux soudain de l'avoir attiré dans mon insomnie.

— Tu étais crevé et je t'ai réveillé. Je suis une petite amie détestable.

— Une petite amie, répète-t-il avec une pointe d'amusement dans la voix. C'est comme ça que tu te décrirais ?

Étant donné qu'il est encore fiancé et que je suis toujours mariée, je ne vois pas quel autre mot je pourrais utiliser. J'ai l'impression d'avoir treize ans et de parler en secret à mon amoureux. Les battements de mon cœur s'accélèrent tandis que j'essaie de trouver une réponse.

— Coparent ?

— Trop médical.

— Je suis ouverte à toutes les suggestions.

— Ah oui ?

Sa voix caresse l'intérieur de mon oreille.

— Dans ce cas, que dirais-tu de *ma moitié* ? *Mon cœur. Mon amour.*

Je m'affale sur les oreillers, submergée par une myriade d'étoiles.

— Mmm, ça sonne bien, tout ça.

— Parfait. Maintenant, me donnes-tu la permission de me rendormir si je te promets de rêver de toi ?

— Oui, je te la donne, je réponds en souriant. Bonne nuit.

— Olive, soupire Wyatt. Je te laisse raccrocher.

— Toi d'abord.

— On compte jusqu'à trois ?

— Un, dis-je.

— Deux, chuchote-t-il.

Je coupe la communication. J'ai l'impression de flotter sur un petit nuage. Je ferme les yeux mais au bout de quelques minutes, je jette l'éponge et descends sans bruit à la cuisine.

La réalité retombe brutalement sur mes épaules. Dans un petit halo de lumière diffusé par la hotte de la gazinière, Brian est attablé devant une bouteille de whisky. Il se retourne lorsque je m'arrête à quelques pas de lui, me regarde comme si mon apparition était inévitable. Des cernes soulignent ses yeux, ses cheveux sont ébouriffés par le sommeil – ou l'insomnie. Il est debout en un éclair, sur le qui-vive.

— Ça va ? Tu as mal quelque part ?

J'ai mal partout. Mais pas comme tu l'imagines.

— Non, non, ça va. Je venais boire un verre d'eau.

Pendant que je remplis un verre au robinet, j'entends Brian se rasseoir lourdement sur sa chaise. Je pivote sur mes talons, scrute son visage.

— Tu ne bois jamais d'alcool.

Il lève son verre et le vide d'un trait.

— Il y a un tas de choses que je ne faisais pas avant et que je fais maintenant.

C'est tellement bizarre de le voir ici, dans notre cuisine, vêtu de la robe de chambre en flanelle que je lui ai offerte à Noël il y a deux ans, de savoir ce que ça fait d'être dans ses bras, nos deux corps s'épousant parfaitement, et de penser que je ne ressentirai probablement plus jamais ça. Je ne l'embrasserai plus jamais, je ne goûterai plus jamais le sel sur sa peau, je ne collerai plus jamais ses hanches aux miennes.

Nous nous sommes retrouvés des dizaines de fois autour de cette table, en pleine nuit – pour célébrer une promotion de Brian, parler d'un de mes clients, pour tromper notre inquiétude parce que Meret avait de la fièvre, pour jongler avec les chiffres à l'époque où les fins de mois étaient difficiles. Cette sensation d'étrangeté familière m'assaille de nouveau.

Comment défait-on l'intimité ? Comment redevient-on de simples relations quand l'autre connaît chaque repli et chaque recoin, chaque peur irrationnelle, chaque rouage ?

Il se tourne vers moi, m'interroge du regard.

— Il y a un truc que je ne comprends pas. Pourquoi est-ce que tu étais furax après moi à cause de Gita ?

Aussi surprenant que cela puisse paraître, son nom me fait encore tressaillir.

— Je ne sais pas. Peut-être parce qu'une partie de moi croyait que j'avais renoncé à Wyatt des années plus tôt et que ce n'était pas juste que, toi, tu aies le droit de penser à quelqu'un d'autre.

J'hésite avant d'ajouter :

— Peut-être aussi parce que tu as su t'arrêter à temps… dans l'infidélité. Et que je n'étais pas sûre de pouvoir en faire autant.

En entendant mes aveux, Brian laisse échapper un rire surpris.

— Waouh. OK.

Le silence qui s'étire entre nous résonne contre mes tympans.

— Je sais que ça ne servira pas à grand-chose de te dire ça, mais je t'aimerai toujours.

— Pas assez, c'est tout, murmure-t-il et je me raidis.

Mais lorsqu'il lève la tête, son regard est empreint de douceur.

— Tu devrais aller dormir. L'un de nous deux doit y aller, en tout cas.

Je hoche la tête, pose mon verre dans l'évier.

— C'est idiot, je sais, mais la maison n'est pas pareille quand tu es là. Elle paraît plus… normale.

Je me retourne. Ses mains enveloppent le verre de whisky.

— Ce n'est pas idiot, dis-je à voix basse en le laissant dans la semi-obscurité.

Je nage au milieu des flammes. Une couche de cendre tapisse ma langue, ma peau. Je roule sur le côté et vois un dragon de fumée, sa gueule béante crachant du feu. Je me tourne de l'autre côté et me retrouve face à des yeux sans vie.

Je me relève péniblement, essaie de retrouver ma voix mais elle est étouffée par les cris des autres. Je marche sur un tapis de cadavres. Je dois le trouver. Je dois le trouver.

Sous mes pieds nus, un lit de braises. Je baisse les yeux, m'efforce de distinguer quelque chose à travers les bourrasques de cendres. J'aperçois une ligne à peine visible. Bleue. Et à côté d'elle, une autre. Noire.

Je commence à avancer.

Des démons vocifèrent sur mon passage. L'un en forme d'enfant sans visage. Le deuxième est une femme empalée sur un pic métallique, bras et jambes tournoyant encore dans le vide. Je regarde mes pieds et avance pas à pas. Deux syllabes rythment ma progression. *Wyatt. Wyatt.*

Devant moi rugit un brasier. Dans mon dos s'agite un océan furibond. Je suis censée connaître la réponse à une question mais je n'arrive pas à m'en souvenir.

Un monstre surgit sous mon nez, maculé de sang. S'agrippe à moi.

Mais celui-ci crie mon nom. *Dawn ! Dawn.*

J'articule le sien.

— Dawn !

J'ouvre les yeux, le souffle court. Je suis dans les bras de Brian, tremblante, ruisselante de sueur.

— Tu as fait un cauchemar.

Sa main glisse dans mon dos. Il prend sûrement conscience qu'il est assis sur le convertible et que je ne porte qu'une culotte et un T-shirt parce qu'il me relâche brusquement, comme si j'étais en feu.

Je sens encore la forme de ses mains sur ma peau.

— Tout va bien, murmure-t-il, et je le crois.

Ce qui me surprend le plus, c'est la lenteur de la rupture. Ce n'est pas une cassure nette, une mort par guillotine, mais plutôt un long processus de tiraillements et de déchirures. Une dislocation. Il y a encore tellement de choses à faire avant l'ultime séparation. Cette sensation de pesanteur provient en partie du fait que ni Brian ni Wyatt ne veulent me forcer la main. J'arrive à me projeter dans l'avenir, mais il se superpose à mon passé. Quand je suis avec Wyatt, j'ai l'impression de découvrir le monde pour la première fois, paré de couleurs si profondes que je ne saurais les nommer. Quand je suis avec Meret et Brian, j'explore avec délectation tous les trésors cachés dans les replis de la mémoire. Qui pourrait choisir l'un et renoncer à l'autre ?

Le lendemain de mon retour à Boston, Kieran insiste pour que j'aille passer un scanner de contrôle à l'hôpital où il travaille. Il veut faire lire les résultats par son chef de service, le meilleur neurochirurgien de la ville. Je ne souffre plus, il n'y a eu aucune complication postopératoire mais je sais que mon frère ne sera pas rassuré sur mon état de santé tant qu'il ne m'aura pas vue de ses propres yeux.

Wyatt m'emmène à l'hôpital et va nous chercher un café pendant que je patiente dans la salle d'attente. Je suis en train de feuilleter un vieux magazine quand mon frère entre dans la pièce, encore en tenue de bloc opératoire.

Il me serre dans ses bras.

— Nom de Dieu, Dawn, marmonne-t-il. Tu n'as pas le droit de me lâcher comme les autres.

— Je fais mon maximum, crois-moi…

Je ferme les yeux et m'accroche à ses épaules. Cela fait quinze ans que je suis à Boston avec mon frère. Je me suis tellement concentrée sur Meret dans cette situation pour le moins compliquée que j'ai complètement oublié qu'en partant en Égypte avec Wyatt, je devrais aussi quitter Kieran.

Il me repousse doucement, examine ma cicatrice d'un œil critique.

— Joli boulot, déclare-t-il finalement. Comment s'appelle le chirurgien qui t'a fait ça ? Quand doit-on retirer les agrafes ?

Wyatt fait son apparition avec deux gobelets de café. Un sourire chaleureux étire ses lèvres tandis qu'il cherche une solution pour serrer la main de Kieran.

— Tu dois être Kieran. Je suis Wyatt Armstrong. J'ai beaucoup entendu parler de toi, dit-il en me donnant mon *latte*. Tiens, Olive.

— Il ne sait pas comment tu t'appelles ? chuchote Kieran. Ou bien ai-je reçu un coup sur la tête, moi aussi ?

— Il connaît mon prénom, rassure-toi. C'est une longue histoire.

Interloqué, Kieran serre la main de Wyatt.

— Je ne savais pas qu'il était rentré avec toi…

— Il est venu faire la connaissance de Meret. C'est son père biologique.

Les yeux de Kieran s'arrondissent.

— Je l'avais pas vue venir, celle-là.

— Tu n'es pas le seul, figure-toi, dis-je dans un souffle.

Une infirmière m'attend au bureau d'accueil.

— Madame McDowell ?

— Tu as repris ton nom de jeune fille ? s'étonne Kieran.

Pendant que j'enfile une blouse d'hôpital et un peignoir, Kieran patiente devant la cabine exiguë.

— J'ai pas tout compris, là. Tu as ramené ton petit copain chez ton mari ?

— La ferme, Kieran.

Je sors et le suis jusqu'à la salle du scanner.

— J'avais un plan, à la base. Et puis je me suis retrouvée sur le billard pour une opération du cerveau.

— Si on devait me donner ne serait-ce que dix cents chaque fois qu'on me sort cette excuse…

Mon frère s'entretient avec les manipulateurs qui m'aident à monter sur la table et à m'allonger. On me recouvre d'un drap. Kieran se retire dans la cabine de verre et me regarde, bras croisés, glisser à l'intérieur du tube métallique.

— OK, Dawn. Ça ne sera pas long.

J'entends sa voix dans le haut-parleur. Elle est ferme, apaisante, et pourtant, j'y détecte une pointe d'anxiété. Je le connais tellement bien. Il redoute autant que moi ce qu'il pourrait découvrir sur les images.

— Reste comme ça. Ne bouge surtout pas.

Comme si je n'étais pas déjà tétanisée.

Je ferme les yeux en espérant de toutes mes forces que ce qui apparaît sur l'écran en ce moment, ce que Kieran est en train d'examiner, est normal, net, impeccable. *Je vous en supplie, faites que tout aille bien.*

Je viens tout juste de le retrouver.

Quelques minutes plus tard, j'émerge du tube. Kieran appuie sur un bouton et s'adresse à moi à travers la vitre.

— Je ne pensais pas te dire ça un jour, mais ton cerveau est parfait.

Un long soupir de soulagement s'échappe de mes lèvres. Si seulement les choses pouvaient être aussi simples avec mon cœur.

— En revanche, poursuit Kieran, ta coupe de cheveux est un pur cauchemar.

Je m'assieds sur la table en plaquant le drap contre ma poitrine.

— Docteur McDowell, dis-je en détachant chaque syllabe. Allez vous faire foutre.

Le lendemain, Wyatt vient à la maison pendant que Brian est au travail. Je lui prête mon ordinateur portable pour qu'il commence à rédiger son article pendant que je me plonge dans un roman. Un peu plus tard, nous allons faire une petite balade autour du réservoir. Puis nous passons récupérer Meret à son nouveau camp d'activités. En fin d'après-midi, après une longue partie de Monopoly avec Meret, Wyatt déclare qu'il va mourir d'ennui si je ne lui prête pas tout de suite un jeu de cartes. Il veut apprendre *Spite and Malice* à Meret.

— OK, le but du jeu, c'est de se débarrasser le premier de toutes ses cartes, explique-t-il. Tu as cinq cartes en main. Tu dois jouer les as et les deux. Les jokers peuvent remplacer n'importe quelle carte sauf l'as, le deux, le sept et le roi… Prépare-toi à en chier, conclut-il en rigolant.

Les yeux de Meret pétillent lorsqu'elle l'entend jurer.

— Merde. Je suis pas censé dire des gros mots, c'est ça ? fait-il en souriant de plus belle.

Nous évitons soigneusement de nous toucher en présence de Meret. Ou peut-être est-ce moi qui fais attention et Wyatt respecte simplement mon espace vital. Il me laisse flâner en marge de leurs échanges pendant que je m'invente des occupations : nettoyer les plans de travail de la cuisine, répondre à mes mails.

Je suis justement en train de consulter d'un œil distrait la tonne de messages restés sans réponse dans ma boîte mail lorsqu'ils terminent leur première partie. Wyatt bat les cartes en prévision du prochain tour.

— C'est ce qu'on appelle la chance du débutant, marmonne-t-il.

— Quel mauvais perdant…

— Que tu crois. Tu vas plonger, *sukar.*

— *Sukar ?* répète Meret.

Il a l'air lui-même surpris d'avoir dit ça.

— C'est de l'arabe. Ça veut dire *sucre*, explique-t-il en rougissant. C'est comme un… surnom.

Par-dessus l'écran de mon ordinateur, je regarde les cartes qu'il bat vigoureusement entre ses mains. On dirait une cascade, un éventail défiant les lois de la gravité.

— Tu vas retourner en Égypte ? demande Meret et les cartes s'envolent.

Il me jette un regard furtif avant de les rassembler.

— J'en ai l'intention, oui. Plus tard.

Sans même m'en apercevoir, je retiens mon souffle jusqu'à ce que la voix de Meret brise le silence :

— Je pourrai venir ?

Un sourire illumine le visage de Wyatt.

— Ce serait super, oui.

— J'aimerais voir la grande pyramide.

— Je te le déconseille. C'est exigu et ça grouille de touristes. Je t'emmènerai visiter des tombes qui n'ont pas vu la lumière du jour depuis plusieurs millénaires…

— Peut-être, mais c'est dans la grande pyramide qu'ils ont découvert une nouvelle chambre funéraire en se servant des muons.

— Des quoi ?

Ils se tournent tous les deux vers moi. Je n'ai pas pu m'empêcher d'intervenir.

— Des muons, répète Meret. Des particules subatomiques. Un peu comme des électrons mais avec plus de masse. Ils percutent la Terre sans cesse et peuvent traverser la pierre et la matière solide mais ensuite, ils se désintègrent. Les physiciens les ont utilisés pour explorer des endroits de la grande pyramide et ils ont traversé plusieurs espaces vides.

— C'est une équipe de chercheurs franco-japonais qui s'est chargée d'explorer Gizeh avec ce type d'équipement, renchérit Wyatt. Mais ça n'a pas donné grand-chose. Il semblerait que cette nouvelle chambre funéraire soit en réalité un élément architectural destiné à soulager la grande galerie d'une partie du poids de la pyramide.

Meret hausse les épaules.

— Peut-être, mais c'est quand même un instrument hyper cool qui permet d'utiliser des radiations naturelles pour faire des cartes et des maquettes.

— Hyper cool, d'accord, mais super cher, fait observer Wyatt.

Je les regarde se chamailler gentiment. Les yeux de Wyatt dansent lorsqu'il écoute les répliques de sa fille.

Mon imagination se met à galoper. Peut-être irons-nous tous les trois à Gizeh. Nous avancerons tant bien que mal dans l'étroit tunnel de la grande pyramide, inhalant des relents de sueurs mêlés à l'odeur de renfermé, puis déboucherons enfin au centre de la grande galerie, enveloppés par l'histoire.

Reportant mon attention sur l'écran de mon ordinateur, j'ouvre un message d'Abigail Trembley. L'objet du mail tient en trois lettres : *WIN*.

J'avais appelé mon amie assistante sociale avant de partir voir Thane en Angleterre. Win avait mis fin à notre contrat mais je n'avais pas envie de les laisser seuls, Felix et elle. Abigail avait accepté de garder un œil sur eux. Je lui avais envoyé un mail pendant mon séjour en Égypte mais elle ne m'avait pas répondu.

Je clique sur le message et attends qu'il se charge en craignant le pire.

Wyatt distribue les cartes d'une nouvelle partie. Sans transition, Meret demande :

— Comment est-ce que je dois t'appeler ?

Je prie en silence : ne réponds pas papa. *Elle n'est pas prête pour ça.*

— La justice de Rê est puissante ? L'Élu de Rê ? suggère Wyatt en citant les traductions du nom égyptien de Ramsès II.

Meret esquisse une moue.

— Je pensais plutôt à *Wyatt.*

— Ça marche aussi.

Le message apparaît sur l'écran.

Chère Dawn,

Tu n'étais pas encore rentrée la dernière fois que j'ai eu Brian au téléphone. Au cas où tu consulterais tes messages, sache que Win est toujours parmi nous. Elle est inconsciente et s'éteint lentement. Mais elle est là.

Je crois qu'elle t'attend.

Fais-moi signe quand tu rentreras.

Bises,
Abigail.

Je vérifie la date du message : Abigail l'a envoyé il y a deux heures.

Je me lève tellement vite que Meret et Wyatt se tournent vers moi de concert.

— Tout va bien ? murmure-t-il en se levant à son tour.

— Il faut que j'aille voir quelqu'un. Une cliente.

— Maintenant ?

Il lance un regard à Meret.

— Ne triche pas, OK ?

Puis m'entraîne dans le couloir.

— Quelqu'un est en train de mourir ?

— Oui, dis-je, pressée de partir. C'est ce qui arrive à tous mes clients. Je dois me rendre à son chevet.

— Olive, tu es sûre que c'est une bonne idée ? Tu te remets à peine d'une opération…

— Je ne suis pas mourante. Elle, si.

Il hoche la tête.

— D'accord. Va chercher tes affaires, je t'accompagne.

Je n'aurais jamais cru qu'il veuille venir. D'un autre côté, je dois dire certaines choses à Win. Je dois lui faire des confidences qui resteront entre nous.

— Je préférerais que tu restes ici, dis-je avec douceur. Joue au baby-sitter jusqu'au retour de Brian, d'accord ?

Wyatt se frotte la nuque.

— Ce n'est pas du baby-sitting quand c'est ton enfant, répond-il simplement.

Le chauffeur Uber me dépose devant chez Win et je trouve la clé qu'ils me laissaient à l'endroit habituel, cachée sous un pot de fleurs.

— Bonjour, il y a quelqu'un ? Felix ?

Une vague odeur de moisi flotte dans les pièces plongées dans la pénombre. Mais la cuisine est impeccable, la vaisselle propre sèche sur l'égouttoir. Nul doute qu'Abigail a pris soin d'eux pendant mon absence, tandis que l'inéluctable se rapprochait à toute vitesse.

— Dawn ?

Felix a beaucoup maigri : ses vêtements pendent de ses épaules et autour de ses hanches. Ses cheveux sont plaqués sur son crâne et ça ne m'étonnerait pas qu'il n'ait pas pris de douche depuis un ou deux jours. Ses yeux sont rougis par la fatigue et les larmes.

Je le prends dans mes bras, le sens frissonner contre moi.

— Ça va aller, dis-je dans un souffle. Je suis là pour vous soutenir tous les deux.

Il s'écarte et m'examine attentivement, comme s'il n'en croyait pas ses yeux. Son regard s'attarde sur ma cicatrice et la partie rasée de mon crâne.

— Que… qu'est-ce qui vous est arrivé ?

— C'est une très longue histoire et ça n'a pas d'importance pour le moment. Ce qui compte, c'est vous. Et Win. J'aimerais beaucoup la voir, si c'est possible.

Assise au chevet de Win, Abigail est en train de lire à voix haute quand nous entrons dans la pièce. Ses sourcils se soulèvent jusqu'à la racine de ses cheveux lorsqu'elle nous aperçoit, moi et ma vilaine cicatrice pourprée, mais elle se reprend vite et au lieu de me questionner, elle dit à voix basse :

— Win, Dawn est venue vous rendre visite.

Puis elle pose le livre et se lève, me cédant la place auprès de Win. Une onde de communication silencieuse circule entre nous, tissée de gratitude, de curiosité et d'acceptation. Je prends la main de Win entre les miennes. Sa peau translucide peine à recouvrir ses os. Ses yeux ne sont plus que deux cavités ténébreuses, ses pommettes deux lames de couteau. Nous avons le même âge, mais elle paraît deux fois plus vieille. Sa respiration est irrégulière et chuintante.

— Cheyne-Stokes ? dis-je à mi-voix.

Abigail acquiesce d'un signe de tête.

— Toute la matinée. Ça fait à peu près douze heures qu'elle ne réagit plus.

Elle me serre doucement l'épaule.

— Je suis contente que tu aies pu venir.

Parce qu'il ne reste plus beaucoup de temps.

Abigail se tourne ensuite vers Felix.

— Profitez-en pour aller vous rafraîchir un peu, d'accord ? Je vais préparer du café pendant que Win et Dawn passent un petit moment ensemble.

Il hoche la tête, visiblement soulagé qu'on lui indique la marche à suivre. C'est tellement moins effrayant d'obéir à des consignes que de regarder l'inconnu dans les yeux.

Je m'assois à côté de Win. La couverture de son fils est étendue sur elle. La porte se referme derrière Abigail.

— Je vous avais dit que je serais là quand le moment viendrait, dis-je dans un murmure alors qu'au fond de moi, je pense : *Merci de m'avoir attendue.*

Sa peau est froide et sèche. L'air s'échappe de ses poumons par rafales sifflantes et erratiques.

— Je l'ai retrouvé, Win. Il est très beau. Il rentrait d'une promenade à vélo et il avait les joues toutes rouges.

Sous ses paupières closes, ses yeux papillonnent.

— J'ai un aveu à vous faire. Je ne lui ai pas donné votre lettre. J'avais promis, je sais. Mais il a une fille, un garçon et une femme. Et quand j'ai vu ça, j'ai tout de suite pensé : *Ce n'est pas ce que voudrait Win.* J'ai réfléchi encore un peu et je me suis dit que si, peut-être. Mais ce que je crois surtout, c'est que vous m'avez envoyée là-bas parce que vous aviez besoin de savoir. Vous aviez besoin d'éléments que vous pourriez emporter avec vous au moment de partir. Savoir qu'il va bien. Qu'il est heureux dans sa vie comme vous-même l'avez été.

Je marque une pause, souris tristement.

— Je veux dire, qui parmi nous a la chance d'avoir l'embarras du choix ? Qui a la chance de vivre un amour qui vous propulse dans les étoiles… et un autre qui vous ramène tranquillement à la maison ?

J'essuie une larme d'un geste rapide avant de reprendre la main de Win.

— Si vous voulez me détester parce que je n'ai pas tenu ma promesse, je comprendrai. Mais j'espère que ce ne sera pas le cas. Parce que même si c'était moi qui étais censée vous donner les outils pour profiter au maximum du temps qui vous restait à vivre, finalement, c'est vous qui m'avez montré la voie. Ce que j'ai fait… ce que j'ai trouvé… Oh, Win. Il n'y a pas de bon choix ni de mauvais choix dans la vie. Ce n'est pas nous qui prenons des décisions. Ce sont nos décisions qui nous façonnent.

Je me mordille la lèvre, laisse filer quelques instants avant de continuer :

— Un jour, vous m'avez demandé ce que ça fait de mourir et je vous ai répondu que je n'en savais rien. Mais maintenant, je sais. J'ai failli mourir dans un accident d'avion. Et je me suis efforcée de me souvenir de tout, de revivre chaque instant de ce moment, pour pouvoir mieux préparer les autres, à l'avenir. J'avais l'impression de devoir me rendre quelque part, mais j'avais un mal fou à suivre le chemin. On ressent la même chose que quand on arrive au sommet d'une montagne après des heures de randonnée. On baisse les yeux et on se rend compte qu'on est minuscule, en comparaison. On a la gorge serrée parce que c'est beau et terrifiant à la fois et si quelqu'un nous demande de décrire nos sensations, on est incapable de trouver les mots justes parce que c'est quelque chose d'indicible : comment est-il possible de se sentir si seul et si insignifiant et en même temps si serein et épanoui ? dis-je en secouant la tête. Je sais que vous vous attendiez à autre chose. Vous vouliez savoir s'il y avait une grande lumière blanche ou une meute de chiens ou un ange qui vient vous prendre par la main. Tout ça, franchement, je n'en sais rien. Ce que je sais, en revanche, c'est que toutes les réponses se trouvaient là-bas. Des réponses à des questions auxquelles je n'ai même jamais songé.

La poitrine de Win ne bouge plus. Je l'observe attentivement, tous les sens en alerte. Cherche le frémissement de son pouls.

— Mais je suis revenue, dis-je encore. Peut-être que je n'étais pas prête à entendre toutes ces réponses.

Je la sens tout à coup, la pression à peine perceptible autour de mes doigts.

Une courte respiration de nouveau. Une longue pause.

— Felix ? Je crois que vous devriez venir.

Je me penche vers elle, appuie ma joue contre la sienne et chuchote :

— C'est bien de lâcher prise, Win.

La porte s'ouvre à toute volée sur Felix qui me jette un regard angoissé.

— Est-ce qu'elle est… ?

— Pas encore. Mais c'est le moment de lui dire ce que vous avez à lui dire.

Felix se laisse choir au bord du lit. Il s'incline vers sa femme, lui murmure à l'oreille des mots que je n'entends pas. La respiration de Win s'emballe, son souffle balaie légèrement les cheveux de son mari. Et c'est fini.

Il l'enveloppe de ses bras, se recroqueville autour d'elle, origami de chagrin.

Je m'éclipse pour leur laisser un dernier moment d'intimité. D'un geste lent, je sors mon téléphone de ma poche et ajoute le nom de Win à ma liste de fantômes.

Abigail me dévisage, examine ma cicatrice et déclare qu'elle se chargera de contacter les pompes funèbres et qu'elle préférerait que je ne craque pas sous la pression. En d'autres termes, elle me somme de rentrer chez moi. Elle appelle un Uber et je trouve le moyen de m'endormir pendant le trajet qui ne dure pourtant qu'un quart d'heure. Passagère invisible, la tristesse m'accompagne.

J'envoie un texto à Wyatt pour le prévenir que Win est morte puis j'avertis Brian mais aucun des deux ne me répond.

En entrant chez moi, je suis témoin d'une scène que je n'aurais jamais cru voir un jour. Assis autour de la table de la cuisine, Brian, Meret et Wyatt sont en train de manger des pizzas. Les deux hommes boivent des bières et Wyatt raconte le jour où, étudiant en doctorat, il a léché un fragment de fossile pour savoir s'il s'agissait d'un os ou d'une pierre. Pris au même moment d'une quinte de toux, il a avalé son objet d'étude.

— À l'heure qu'il est, je me balade peut-être avec un bout de pharaon dans le corps, conclut-il avant de se retourner en entendant la porte se refermer.

Il bondit aussitôt sur ses pieds, réagissant à ce qu'il lit sur mon visage, et fait deux pas dans ma direction. Plus qu'un et je pourrais m'effondrer dans ses bras. Mais il s'arrête net et enfonce les mains dans ses poches, comme s'il venait de se rappeler où il est.

— Ta cliente… ?

— Est morte, dis-je et pour la première fois, ces mots ne sont pas un simple constat, un fait irrévocable, mais quelque chose de délicat – un œuf que je dois pousser sur un chemin cahoteux en veillant à ne pas le briser.

— Je suis désolé, Olive.

Le surnom affectueux lui échappe. Les yeux de Brian se rétrécissent.

Il se lève aussi, sort une assiette du placard. En regagnant la table, il me presse doucement l'épaule.

— Assieds-toi. Je te coupe une part de pizza.

Même Meret m'entoure d'attentions. Elle m'apporte une serviette en papier et me prend dans ses bras. C'est elle, le ciment de cet étrange assemblage d'êtres humains.

Je pousse mon chagrin derrière un rideau. C'est un vêtement mal coupé que je ressortirai pour l'enfiler plus tard, avant de le ranger au fond de la penderie jusqu'à la prochaine fois. Je me force à sourire.

— J'espère que vous en avez pris une à la saucisse.

— Oh non, maman… Est-ce que tu sais que les cochons savent jouer à des jeux vidéos et qu'ils sont plus intelligents que les chimpanzés ?

Et comme ça, tout simplement, la vie devrait reprendre son cours normal. Si tant est qu'il soit normal que Wyatt et Brian soient assis à côté de moi autour d'une table. Et que je mange consciencieusement une part de pizza alors qu'il me manque la moitié de mes cheveux. Oh, et l'essentiel : que je sois là. Alors que Win n'est plus.

J'espère qu'Abigail s'occupe bien de Felix. J'espère aussi que la première nuit qu'il passera seul dans sa maison vide ne l'anéantira pas. C'est toujours la pire.

Si mes clients ont peur de mourir, ceux qui les accompagnent redoutent de se retrouver seuls. Un monde où la personne qui nous connaît par cœur n'existe plus paraît atrocement vide et lugubre.

J'observe Brian pendant qu'il décrit une de ses expériences en laboratoire. Si c'était une compétition, il gagnerait. Il connaît tous les détails minuscules qui fabriquent une vie : l'endroit où je cache les cookies au gingembre pour éviter de trouver le paquet vide quand j'ai une fringale. Dans quel tiroir je range mes chaussettes, mes soutiens-gorges et mes pulls. Il n'oubliera pas de retirer les brins de coriandre dans mon assiette parce que je trouve que ça a le goût de savon. Il sait quelle partie du dos me fait le plus souffrir quand il propose de me masser. Et comment défaire l'attache du collier que je n'arrive jamais à enlever seule.

Wyatt, d'un autre côté, sait qui je *pourrais* être. Une chercheuse. Une autrice. Une archéologue.

Une collègue dont les idées le nourrissent, avec qui il aime échanger des théories.

Une femme qui jouit tellement facilement, tellement intensément dans son lit qu'il m'arrive parfois de devoir le mordre pour garder les pieds sur terre.

La mère de son enfant.

La première personne qu'il voit le matin, la dernière qu'il voit le soir.

Lorsque je me concentre de nouveau sur la discussion, Meret est en train de parler de son prochain match de tennis.

— Je ne joue pas super bien, mais…

— Tu ne joues *pas encore* super bien, corrige Wyatt.

Elle lève les yeux au plafond.

— Y a des filles qui jouent depuis l'âge de trois ans.

Brian lève sa bière.

— Justement : les progrès que tu as faits en si peu de temps sont encore plus impressionnants.

Voilà peut-être ce dont Meret avait besoin depuis le début : un parent en plus qui l'aide à se construire quand elle est convaincue de ne pas avoir sa place dans ce monde.

— Je manque peut-être d'objectivité, continue Brian, mais cette jeune fille est drôlement futée. Elle n'a peut-être pas un service à cent soixante kilomètres-heure…

— Je ne sers clairement pas à cent soixante kilomètres-heure…

— Mais elle compense ce léger handicap par des coups hyper tactiques.

Meret se tourne vers moi.

— Il a assisté à tous les tournois. Il a même décalé l'heure de l'examen des cours d'été pour pouvoir venir au dernier match.

Brian la gratifie d'un sourire radieux.

— Il faut vraiment la voir sur le court.

— Oui, j'imagine, fait Wyatt.

Un silence gêné s'installe dans la pièce tandis que chacun d'entre nous se rappelle pourquoi Brian est le seul à avoir vu Meret jouer au tennis.

Ce dernier plie sa serviette en quatre, puis en huit.

— C'est ça qu'il fallait que je te dise, Meret. Je vais être obligé de louper un de tes matchs, finalement. Je ne pourrai pas venir à celui de jeudi. J'ai essayé de me libérer mais ils ont ajouté une réunion pour les prochaines titularisations et je suis obligé d'y assister.

Il se tait un instant, s'éclaircit la voix.

— Peut-être que ta mère et… Wyatt pourraient aller te voir jouer à ma place.

C'est l'un des cadeaux les plus purs, les plus humbles qu'il m'ait été donné de recevoir.

À l'époque où je faisais des gardes dans les services en tant qu'assistante sociale, j'avais été envoyée dans une salle d'accouchement où régnait une agitation de tous les diables. Les pieds dans les étriers, une fille qui devait à peine avoir l'âge d'aller au lycée venait de mettre au monde un bébé prématuré. Auprès d'elle se tenait un adolescent aux joues encore duveteuses, visiblement sous le choc. La pièce grouillait de médecins et d'infirmières qui tentaient de réanimer la minuscule fillette. On m'avait appelée parce que la jeune mère était hystérique et que personne n'avait le temps de s'occuper d'elle. Je l'ai tout de suite saisie par les épaules pour l'obliger à me regarder mais devant l'insuccès de mon entreprise, j'ai suivi son regard, rivé sur son bébé.

La peau du nouveau-né était bleutée et fine comme du papier. À chaque nouvelle compression, elle se déchirait, laissant apparaître une estafilade d'où perlait le sang. L'air était saturé des hurlements de l'adolescente auxquels se mêlait la sinistre mélodie des appareils de réanimation. Les efforts de l'équipe médicale ne servaient à rien, c'était évident. Sans cesser d'appuyer sur la petite cage thoracique avec ses mains ensanglantées, le docteur m'a décoché un regard par-dessus son épaule. "*Faites* quelque chose", a-t-il ordonné.

J'ai relâché la fille et effleuré l'épaule du garçon.

— Vous devez être le père, ai-je dit fermement. L'équipe aimerait connaître votre décision.

Ses traits juvéniles se sont distordus.

— Je croyais que… qu'on aurait plus de temps.

— C'est ce que tout le monde croit. Mais au bout du compte, un père doit toujours laisser partir sa fille et ce jour-là, pour vous, c'est aujourd'hui.

L'adolescent a relevé la tête, le regard vide.

— Arrêtez, a-t-il articulé. Arrêtez tout.

Ce soir, Wyatt sourit à Meret.

— J'adorerais assister à ton match. Dis-moi quelles sont les couleurs de ton club que je puisse me maquiller et sortir toute la panoplie du supporter et crier à tue-tête pour t'encourager.

Meret rigole. Il s'en sort à merveille : il sait comment gagner les faveurs d'un enfant.

Au moment où cette pensée me traverse, je pose les yeux sur Brian qui, de son côté, accepte de perdre certains privilèges avec une élégance admirable.

Un peu plus tard dans la soirée, je raccompagne Wyatt à sa voiture. Nous nous appuyons contre la carrosserie et il m'attire dans ses bras, caresse mes cheveux rescapés. Il est fort, costaud et plein d'énergie – le meilleur remède à la mort qu'on puisse imaginer.

— Voilà ce que je voulais faire quand tu es rentrée, murmure-t-il. Tu avais l'air tellement… abattue.

Je resserre mon étreinte.

— Voilà ce que je voulais que tu fasses quand je suis rentrée. Mais je sais pourquoi tu t'es retenu.

Sa silhouette se découpe sur le ciel bleu nuit, coiffée d'une couronne étoilée.

— J'ai failli mourir à mon tour en te voyant attablé avec Brian.

— J'avoue que je ne m'attendais pas à ce qu'il me propose de rester. Il… c'est un type bien, Olive. Puisque je n'ai pas pu être avec toi, je suis heureux qu'il t'ait accompagnée pendant toutes ces années.

Je sais combien lui coûte cette phrase, en dépit de son assurance nonchalante.

— Mais je ne vais quand même pas sauter au plafond, ajoute-t-il avant de m'embrasser.

Pourquoi ai-je toujours la sensation que c'est la première fois avec lui ? Y a-t-il une explication rationnelle ? Je me cambre contre lui, électrisée par une vague de désir, incapable de me contrôler. Ça ne devrait plus me surprendre et pourtant, si : dès que mes sens s'imprègnent de Wyatt, je deviens insatiable.

Il appuie son front contre le mien.

— Tout doux, Olive. Tu n'as pas besoin d'en rajouter, tu sais : je t'ai déjà dans la peau.

— Ça me manque de ne plus dormir avec toi.

— Ça me manque de ne plus me réveiller à tes côtés. Tu ne trouves pas qu'on dirait une espèce de conte de fées gothique

– tu es à moi la journée mais il te récupère à la nuit tombée, tu vois le genre ?

Son visage s'éclaire.

— Et si on faisait une sieste demain après-midi, histoire de rompre le sort…

Si seulement c'était aussi simple. Si seulement je n'étais pas responsable de ce sort.

Je le regarde monter en voiture et s'éloigner. Au lieu de rentrer dans la maison, je vais m'asseoir sur la balancelle. Je pense à Win, à Meret. Au moment où mes pensées se tournent vers lui, Brian sort sur la véranda.

Il ne parle pas, vient juste s'asseoir à côté de moi. Les stridulations des criquets emplissent la nuit tandis que quelques rainettes coassent dans une mare, au fond des bois.

— La saison est bien avancée pour elles, fait remarquer Brian. On est presque en automne.

Nos conversations se limiteront-elles à des sujets aussi anodins que la météo, la flore et la faune parce que c'est moins risqué, jusqu'à ce que nous n'ayons plus rien d'autre à nous dire ?

Je me force à le regarder dans les yeux.

— Merci pour ce que tu fais.

Il sait de quoi je parle : du match de tennis de Meret qu'il n'ira pas voir pour céder la place à Wyatt. Brian hausse une épaule.

— Bah, je ne peux pas faire comme si de rien n'était. Alors voilà.

Autrement dit, il ne peut pas ignorer l'existence de Wyatt. Alors voilà.

Il se penche en avant, joint les mains entre ses genoux.

— À propos de Win…

— Oui.

— Est-ce que ça s'est passé paisiblement ?

— Je crois, oui. Son mari était là quand c'est arrivé.

Je lui jette un coup d'œil.

— Au fait, je n'ai pas donné la lettre.

Il me regarde d'un air surpris. Assis dans une flaque de lumière, nous regardons une feuille rouge s'agiter dans le vent avant de se détacher prématurément de sa branche pour entamer une spirale mortelle.

— Dawn, je suis désolé.

J'esquisse un sourire.

— Je crois qu'on a suffisamment prononcé ces trois mots pour le restant de notre vie.

Mais Brian ignore ma remarque.

— Je me sens comme elle, reprend-il en montrant la feuille qui ressemble désormais à une tache de sang sur l'herbe. Secoué dans tous les sens par des vents contraires, sauf que ce sont des *sentiments.*

Il prononce ça comme si c'était un gros mot.

— Pour un scientifique, ça ressemble à de la kryptonite.

Je ne bouge pas. J'attends qu'il aille au bout de son raisonnement.

— J'étais furieux contre toi quand tu es partie. J'avais hâte que tu reviennes pour te dire tes quatre vérités. Mais j'ai bien failli ne jamais en avoir l'occasion et ça a tout changé. Les choses me sont apparues sous un autre angle, tout à coup. Nos fondations datent d'il y a quinze ans. L'ouragan a peut-être abattu la maison mais l'ossature est toujours là.

Avec une lenteur délibérée pour me laisser le temps de m'esquiver si je le souhaite, il glisse ses doigts entre les miens.

— On peut reconstruire sur les mêmes fondations et, cette fois, la maison sera deux fois plus solide parce qu'on a localisé ses fragilités, on sait comment les réparer.

Son regard emprisonne le mien.

— Tu ne peux pas jeter aux orties tout ce qu'on a vécu, Dawn. Je sais que tu en es incapable.

En rentrant de l'école primaire un jour, Meret a fondu en larmes. Elle avait confié à une amie qu'elle aimait en secret un garçon et à la fin de la récréation, tout le monde était au courant. *Je ne ferai jamais plus confiance à personne*, avait-elle sangloté. Instinctivement, j'avais eu envie d'abonder dans son sens : *Tu as raison, ma fille, il n'y a qu'à moi que tu peux faire confiance pour toujours.* Au lieu de quoi, je lui avais demandé comment elle s'y prenait pour savoir si quelqu'un méritait sa confiance. Elle avait réfléchi un moment, comptant sur ses doigts le nombre de ses amies. Une fille avait partagé son Kit Kat avec elle. Une autre s'était poussée sur le banc de la cantine pour lui faire de la place. Des actes anodins, et pourtant tellement importants. On fait confiance aux personnes qui nous accueillent dans leur vie… alors quand nous partons, forcément, notre absence ne passe pas inaperçue. On offre son cœur vulnérable, dénué de protection, emballé dans une question unique : *Que vas-tu en faire ?*

La voix de Brian m'arrache à mes réflexions.

— C'est difficile de ne pas voir un signe du destin dans tout ça… Tu as survécu à une catastrophe aérienne pour vivre avec lui. Mais si le concept même de destin implique que chacun de nous est assigné à une trajectoire donnée, en fonction de qui nous sommes et de ce que nous étions censés faire, alors un adepte de la physique quantique est obligé de dire que tout ça, par définition, c'est de la connerie. D'un autre côté, si le destin signifie que le libre arbitre n'existe pas – autrement dit, on n'a aucun contrôle sur l'espace-temps dans lequel on atterrit –, alors on est juste un pion condamné à subir les caprices du multivers.

Il lève le menton.

— Auquel cas les chances que tu avais de te retrouver avec lui, ou avec moi, sont totalement aléatoires.

— Tu veux dire que ce n'est pas ma faute ?

Un pâle sourire se dessine sur ses lèvres.

— C'est ça. Enfin… d'un point de vue quantique. Ce qui ne veut pas dire que ça fait moins mal.

Il se penche vers moi, m'embrasse. Et je me laisse faire. Dans cette simple et douce caresse de ses lèvres sur les miennes se trouvent quinze années de vie de couple où chaque détail banal a son importance : plier ses T-shirts comme il le faisait avant de me rencontrer, acheter des mandarines satsuma qu'on ne trouve qu'une fois par an à la supérette parce qu'il en raffole, sentir dans ma main le paquet de M&M's qu'il a pris à la maison avant de partir au cinéma. C'est son épaule contre la mienne quand nous regardions le dos de Meret se soulever et s'abaisser régulièrement dans son lit de bébé, c'est l'odeur de sa peau et l'apparition magique, chaque année, des pneus neige sur ma voiture sans même que j'aie besoin d'y penser.

Ses mains encadrent mon visage.

— Dis-moi que tout cela n'a pas d'importance, murmure-t-il, et je te laisserai partir.

J'en suis incapable.

Il me laisse seule sur la véranda où je reste encore une bonne heure – ou peut-être une vie.

Je lis à deux reprises l'avis de décès de Win paru dans le journal. Ce n'est qu'une pâle imitation de l'amie que j'ai connue, mais les mots sont ainsi faits. Ils ne capturent jamais complètement ce qu'il faudrait, de la même manière que la photo panoramique d'un massif montagneux échoue parfois à transmettre l'éclat et la majesté du paysage.

Je sors la paire de ciseaux rangée dans le tiroir de la cuisine en compagnie de tous les ustensiles qui ne rentrent nulle part ailleurs et découpe soigneusement le rectangle de papier.

Puis je glisse l'avis de décès dans une enveloppe sur laquelle j'écris un nom et une adresse à Richmond upon Thames. Je n'indique pas mon adresse. Je colle un timbre et glisse l'enveloppe dans la boîte aux lettres.

Plus tard, je surprends Brian en train de lire le journal percé d'un large trou. Bizarrement, cette image me réconforte. Je me dis que tout le monde sera obligé d'imaginer l'histoire singulière qui rentrait autrefois dans ce cadre.

Quand on perd une personne qu'on aime, l'étoffe de l'univers se déchire. C'est la cicatrice qu'on ne cesse de triturer, le défaut qu'on ne peut pas s'empêcher de voir. C'est l'endroit sensible qui ne supporte aucun contact. C'est un vide.

Cependant l'univers tend vers le Maât, vers l'ordre, et c'est la raison pour laquelle la déchirure est vite camouflée. Les bords de la plaie se suturent et, avec le temps, on parvient presque à oublier qu'il y a eu autre chose à cet endroit. Si on appuie, on risque pourtant de passer au travers. Il peut aussi y avoir une odeur, une pensée ou un battement de cœur et, brusquement, tout devient limpide : une lumière aveuglante éclaire l'accroc effiloché et on se demande comment on a pu imaginer un seul instant que le tissu ait pu se raccommoder parfaitement.

Le quatrième jour après mon retour à Boston, j'assiste aux funérailles de Win. Il y a un *red velvet cake* et des sidecars préparés avec de l'excellent cognac. La cérémonie a lieu à la nuit tombée parce qu'il y a aussi un feu d'artifice. Vêtus d'un arc-en-ciel de couleurs, les gens racontent à tour de rôle des anecdotes sur Win. Wyatt est venu avec moi. Il me serre fort la main et me tend un mouchoir quand j'éclate en sanglots.

Win hantera toujours mes pensées, même si ce n'est pas ainsi qu'elle avait prévu de le faire. Quand on perd quelqu'un, on le voit partout, sous mille formes différentes. Je penserai à elle quand je visiterai un musée ou que je passerai devant un parc réservé aux chiens. Je penserai à elle en voyant une toile vierge. En mangeant un biscuit au babeurre.

Le ciel ressemble à un hématome géant. Violet au milieu, bleu sur les bords – une contusion incroyablement esthétique. Je la vois s'étaler lentement, recouvrir toute la voûte. Assis sur des couvertures, la famille et les amis de Win attendent le feu d'artifice. Avec Wyatt, nous nous allongeons pour regarder le spectacle. La tête calée sur son épaule, j'imagine que ces étoiles filantes ne retombent jamais ; qu'elles forment une toute nouvelle constellation autour de Win.

La foule se disperse peu à peu. J'étreins longuement Felix et promets de passer le voir dans quelques jours. Mais au lieu de partir, je secoue la couverture et me rassois.

Wyatt s'installe à côté de moi.

— Tu fais un vœu ?

J'attrape sa main.

— Je cherche la Grande Ourse.

Je repère l'étoile située au milieu du manche de la casserole. En compagnie de la deuxième étoile de la Petite Ourse, elle tourne toute la nuit autour du pôle Nord. Ces étoiles immortelles qui ne se couchent jamais étaient les parfaits emblèmes de la vie après la mort pour les âmes des anciens Égyptiens. À l'instar des défunts qui souhaitaient intégrer le cycle solaire avec Rê, les âmes voulaient aussi rejoindre les étoiles circumpolaires.

— Celles qui ne connaissent pas la destruction, murmure Wyatt, citant le nom donné à ces étoiles par les Égyptiens. Nous sommes comme elles.

— J'ai très envie de le croire.

— Je veux les quinze ans que je n'ai pas eus avec toi.

— Quinze ans, c'est tout ? Et après ?

— Après, je renégocierai.

Je me tourne vers lui et me heurte à son regard empreint de gravité.

— Combien de temps ?

Je sais ce qu'il me demande. Combien de temps allons-nous rester là, coincés dans les limbes de l'incertitude ?

— Ça ne fait que quelques jours. J'ai besoin de… de reprendre mon souffle.

Son pouce caresse le dos de ma main.

— Je sais. Mais j'ai déjà perdu quinze ans. Et ensuite j'ai failli tout perdre. J'ai passé tellement de temps à croire que tu avais disparu de la surface de la Terre que je ne peux pas te laisser partir de nouveau, et si ça fait de moi un salaud, qu'à cela ne tienne. On est encore jeunes, toi et moi. Il y a plein d'égyptologues qui ne décrochent pas la timbale avant d'être vieux et à moitié gâteux. On a loupé beaucoup de choses, Olive. Mais il y en a encore tellement devant nous.

C'est tellement plus facile de rêver à un avenir avec lui que de démêler le nœud complexe du présent. C'est sans doute ce qui me séduit le plus : la simplicité. La fluidité.

— Je ne veux pas laisser Meret, dis-je.

— Tu n'es pas obligée de la laisser.

— Je ne peux pas l'éloigner de Brian.

— Dans ce cas, c'est moi qui viendrai m'installer ici. Je demanderai une mutation à Harvard.

Je secoue la tête.

— Tu n'es pas fait pour rester assis dans une salle de cours, Wyatt. Et puis la concession de Bersha n'appartient pas à Harvard.

Il se redresse.

— Tu commences à douter, dit-il avec lenteur, comme s'il n'avait jamais croisé ce verbe dans sa vie.

— Pas de toi, fais-je d'un ton précipité parce que c'est ce qu'il veut entendre et que j'en ai besoin aussi. Plutôt de… de l'organisation domestique.

Wyatt m'embrasse avec une douceur infinie et son baiser est déjà presque un souvenir.

— Un chez-soi n'est pas un endroit géographique, Olive. Un chez-soi, c'est avant tout des personnes.

Dans l'*Histoire de Sinouhé*, ce dernier s'enfuit d'Égypte, son pays natal, en prononçant ces mots : *Mon cœur n'est pas dans mon corps.* Chez les anciens Égyptiens, le cœur était le siège de l'intelligence, des émotions et de la foi et, dans ce contexte, les paroles de Sinouhé revenaient à dire : *J'ai perdu la raison.*

Quoi qu'il advienne, ce que je gagnerai sera terni par la sensation d'avoir perdu autre chose.

Mon cœur n'est pas dans mon corps.

Cette nuit-là, je rêve en bleu.

J'imagine Win et Thane flânant dans Paris à la recherche du pigment parfait.

Je revois Meret au moment de sa naissance, sa peau couleur de porcelaine de Chine avant que l'oxygène ne vienne la rosir comme un lever de soleil.

Je me souviens des mains tremblantes de Brian le jour où il a tendu le bras au-dessus de la nappe bleue pour me demander en mariage, comme si, au bout d'un an de vie commune, il doutait encore que j'accepte de revenir chaque soir auprès de lui.

Et je me rappelle les yeux de Wyatt après l'accident, lorsque les murs de l'hôpital s'étaient mis à valser et que je m'étais écroulée, incapable de parler et de bouger. Penché au-dessus de moi, son visage avait rempli mon champ de vision. Et malgré le bourdonnement qui vrombissait dans mes oreilles, j'ai lu sur ses lèvres :

Olive.

Olive.

Je t'aime.

Je…

“T'aime”, avais-je alors soufflé, persuadée d'avoir prononcé mon dernier mot avant de mourir.

Une semaine après mon retour à Boston, Kieran vient me retirer les agrafes. Wyatt est resté à l'hôtel. Il doit avoir une conversation téléphonique avec Moustafa, le directeur des antiquités.

Brian est au travail. Meret vient me rejoindre dans la salle de bains où je suis en train d'examiner ma cicatrice après le départ de Kieran. Une tresse tristement diminuée serpente sur mon épaule.

En 499 avant notre ère, Hérodote écrit que Histiée, tyran de Milet, cherchant des alliés pour mener une révolte contre les Perses, tatoua un message sur le crâne d'un esclave et le dépêcha quelques mois plus tard auprès d'un de ses amis. Ce dernier rasa alors la tête de l'homme et lut le message sans être inquiété.

Même lorsque mes cheveux auront repoussé, je n'oublierai pas l'histoire qui se cache en dessous.

— Ça va repousser, déclare Meret en observant le fin duvet qui assombrit déjà la surface rasée.

— Ouais. C'est une question de temps.

Meret me prend par la main et m'entraîne hors de la salle de bains puis vers l'escalier. Arrivée en bas, elle attrape mon sac à main avant de me pousser vers la porte d'entrée.

— On va où, comme ça ?

— Fais-moi confiance.

À Brookline, nous ne sommes qu'à quelques pâtés de maisons de Coolidge Corner. Meret me conduit vers le salon de coiffure où je viens faire mon balayage deux fois par an. En entendant sonner le carillon, Siobhan, ma coiffeuse, se tourne vers la porte. Elle me voit, découvre ma cicatrice. La stupeur se lit sur son visage.

— Bonjour, lance Meret d'un ton enjoué. Je sais qu'on n'a pas de rendez-vous mais ma mère a failli mourir et ce serait vraiment super si vous trouviez un petit moment pour vous occuper d'elle.

Toutes les clientes du salon me regardent fixement. Les cheveux enroulés dans une serviette, la femme dont s'occupe Siobhan se lève aussitôt.

— Je vous laisse ma place, si vous voulez.

Je m'installe dans le fauteuil et Meret vient se poster à côté de moi. Siobhan n'ose visiblement pas me demander pourquoi mon crâne est à moitié rasé ni d'où vient ma cicatrice.

— Opération du cerveau, dis-je en guise d'explication.

— Oh mon Dieu, murmure Siobhan. Qu'est-ce qui vous est arrivé ?

— J'étais à bord d'un avion qui s'est écrasé.

Je m'adosse au fauteuil, ferme les yeux.

— J'aimerais juste… avoir l'air plus normale ?

Ses yeux s'arrondissent. Elle m'examine attentivement puis s'empare d'une paire de ciseaux.

— On coupe court, déclare-t-elle.

Quelques instants plus tard, ma tresse tombe par terre.

Elle fait pivoter le fauteuil pour m'empêcher de regarder dans le miroir pendant qu'elle travaille. Puis rase à l'aide d'une tondeuse les petits cheveux dans le creux de ma nuque de manière à harmoniser l'ensemble. Vingt minutes plus tard, elle retourne le fauteuil pour que je puisse admirer le résultat.

Vue de droite, je ressemble à une Égyptienne de l'Antiquité. Mes cheveux ont été coupés à hauteur du menton dans un carré impeccable. Mais quand on regarde mon profil gauche, je ressemble plutôt à une punkette, le crâne rasé de près, tendance cyborg. Je suis à la fois le passé et le futur, selon le point de vue qu'on adopte.

— Qu'est-ce que vous en dites ? demande Siobhan, guettant ma réaction.

Je fonds en larmes.

Ce n'est pas parce que je trouve ça ridicule, pas du tout. Au contraire, c'est plutôt réussi, en matière de coupe de cheveux. C'est juste que l'évidence me saute aux yeux, tout à coup : je suis coupée en deux et je ne sais pas comment recoller mes morceaux.

Avant que Siobhan ait le temps de réagir ou de me consoler, Meret attrape le rasoir électrique posé sur la tablette et le passe dans ses cheveux, traçant une bande parfaitement similaire à celle que m'a laissée l'opération.

— À mon tour, lance-t-elle en se laissant tomber dans le fauteuil voisin.

Comme la coiffeuse ne réagit pas, Meret la toise d'un air de défi.

— Vous n'allez quand même pas me laisser sortir comme ça, si ?

Sidérée, je regarde Siobahn s'activer autour de Meret. Couper ses cheveux au carré à droite. Raser son crâne à gauche. La main de Meret émerge de la cape en plastique posée sur ses épaules pour attraper une boucle avant qu'elle ne tombe par terre.

— Ce ne sont que des cheveux, maman, dit-elle doucement en rencontrant mon regard dans le miroir. On s'en fiche, de l'apparence. Mais quand même, c'est sympa de savoir qu'on est assorti à quelqu'un, non ?

Nous prenons le plus long chemin pour rentrer à la maison, ma courageuse fille et moi. Nous longeons le réservoir, comme nous l'avons fait avant mon départ en Égypte. Des feuilles flottent à la surface de l'eau, semblables à de petits bateaux richement colorés.

Je me sens plus légère sans le poids de mes cheveux, comme si le vent n'avait été créé que pour me caresser. Meret et moi marchons du même pas. Je me rends compte qu'elle est plus grande que moi. Pas de beaucoup, peut-être d'un demi-centimètre, mais c'est troublant. Je la revois dans le salon de coiffure en farouche Walkyrie.

— Je t'aime, lui dis-je.

Elle me coule un regard de biais.

— *OK, boomer.*

Je ris.

— J'ai pensé qu'il fallait que je le dise à voix haute.

Nous continuons à avancer en silence.

— J'aime bien Wyatt, déclare-t-elle au bout d'un moment. Et franchement, je ne croyais pas que ce serait possible.

Je m'immobilise et prends une longue inspiration.

— L'amour, c'est chaotique. Parfois, tu fais souffrir les personnes que tu aimes. Et d'autres fois, tu aimes les personnes qui te font souffrir.

Voilà l'image que j'aimerais lui laisser : celle d'une femme qui lui aura dit la vérité, même quand celle-ci est aussi tranchante qu'une lame de rasoir. Une femme qui aura surmonté des épreuves pour lui dégager le chemin.

Je reconnais Wyatt dans les traits de son visage, et Brian dans ses manières. Je cligne des yeux et, tout à coup, Meret n'est plus seulement ma fille. Elle est un être humain en passe de devenir une femme. Une femme qui connaîtra un jour les mêmes pressions et les mêmes tiraillements émotionnels.

Elle plonge son regard dans le mien.

— Alors, qu'est-ce que tu vas faire ?

Et si c'était ça, l'amour ? Des routes jumelées, entrelacées de douleur et de plaisir. Ce n'est peut-être pas l'endroit où l'on arrive qui est extraordinaire, mais plutôt le fait même d'y être arrivé.

J'ouvre la bouche. Et je réponds.

NOTE DE L'AUTEUR

En 2010, mon fils Kyle Ferreira van Leer a obtenu son diplôme universitaire en égyptologie à Yale et mentionné peu de temps après le Livre des deux chemins au cours d'une conversation. "Ça ferait un excellent titre de roman", lui ai-je fait remarquer sans avoir la moindre idée de ce que c'était vraiment. Lorsqu'il a commencé à m'expliquer de quoi il retournait, j'ai tout de suite su qu'il fallait que j'écrive sur ces thèmes : la notion du temps qui passe, l'amour, la vie et la mort. J'ai programmé un voyage en Égypte pour me documenter. C'était l'année du Printemps arabe, mon voyage fut donc annulé et je me suis concentrée sur d'autres livres, d'autres histoires à raconter.

Mais l'idée est restée dans un coin de ma tête. En 2016, Kyle s'est marié. Sa directrice de thèse, le Dr Colleen Darnell, faisait partie des invités. Je lui ai parlé de ce projet de roman qui me tenait tellement à cœur mais qu'il m'était impossible de concrétiser avant d'être allée en Égypte. "Je vous y emmènerai", m'a-t-elle dit et, un an plus tard, je me suis retrouvée en Égypte où j'ai eu la grande chance d'être l'unique bénéficiaire d'un tutoriel privé donné par l'une des plus grandes égyptologues américaines. J'ai ainsi exploré les chemins que mes personnages emprunteraient par la suite.

Au nom de la fiction, certaines libertés ont été prises :

Les cercueils de Djehouty-nakht et de son épouse Djehouty-nakht exposés au musée des Beaux-Arts de Boston sont décrits tels qu'ils étaient présentés lors de l'exposition événement de 2009 accompagnée d'un catalogue : Rita E. Freed, Lawrence M. Berman, Denise M. Doxey et Nicholas S. Picardo, *The Secrets of Tomb 10A : Egypt 2000 B.C.* (Boston : MFA Publications, 2009). Pour préserver la cohérence chronologique du roman, j'ai daté l'exposition en 2003. Cependant… le FBI a bel et bien élucidé le mystère de la momie décapitée en 2018 : https://www.nytimes.com/2018/04/02/science/mummy-head-fbi-dna.html.

Yale n'est pas propriétaire de la concession de Deir el-Bersha – cette dernière appartient à la mission Louvain. Une équipe d'égyptologues est effectivement en train de travailler dans la tombe de Djehoutyhotep II, copiant les hiéroglyphes et conduisant d'importantes recherches épigraphiques et archéologiques au sein de la nécropole. Pour plus d'informations sur le travail mené par la mission Louvain, vous pouvez consulter le lien suivant http://www.dayralbarsha.com. La plupart des théories de Dawn s'inspirent des travaux de Harco Willems, le vrai directeur de cette mission, et notamment *Chests of Life : A Study of the Typology and Conceptual Development of Middle Kingdom Standard Class Coffins* (Leyde : Ex Oriente Lux, 1988) et *The Coffin of Heqata : A Case Study of Egyptian Funerary Culture of the Early Middle Kingdom (Cairo JdE 36418)* (Louvain : Peeters, 1996).

Je venais de remettre mon manuscrit à mon éditeur lorsque Harco Willems a publié une étude sur un puits funéraire rouvert par son équipe en 2012 à Deir el-Bersha dans lequel ont été retrouvés les restes du sarcophage d'une femme nommée Ankh. Deux parois de ce cercueil en cèdre étaient ornées des représentations du Livre des deux chemins. L'étude de ces inscriptions a permis de conclure qu'il s'agit de la version la plus ancienne du Livre des deux chemins – elle a environ quarante ans de plus que les versions précédemment découvertes.

Djehouty-nakht, fils de Téti, a réellement existé. De vrais graffitis tracés à l'encre en écriture hiératique attestent de ses fonctions de nomarque en Égypte ancienne. À ce jour, sa tombe n'a pas été retrouvée. Il n'est pas impossible qu'une telle découverte survienne tôt ou tard. Passionné par tout ce qui touchait au passé, Djehouty-nakht s'évertuait à perpétuer les noms de ses ancêtres. Je me plais donc à penser que ce livre le récompensera de ses efforts à titre posthume.

Le plan du Livre des deux chemins tracé dans le cercueil fictif de Djehouty-nakht a été emprunté à l'authentique représentation du Livre des deux chemins ornant le sarcophage de Sepi, d'après les travaux d'Adriaan de Buck.

Je tiens à remercier toutes les personnes qui m'ont fourni les éléments et les anecdotes émaillant ce roman :

Nicole Cliffe, pour son fil Twitter consacré aux superstitions.

NBC News pour les conférences de Brian sur les univers miroirs (https://www.nbcnews.com/mach/science/scientists-are-searching-mirror-universe-it-could-be-sitting-right-ncna1023206).

Ava et Stan Konwiser, pour les informations sur le trouble oppositionnel avec provocation et la thérapie de l'étreinte.

Le Dr Claire Philips, pour la science des larmes : https://twitter.com/DocClaireP/status/1163511118901448707?s=20.

Pour m'avoir permis d'utiliser leurs noms pour soutenir des actions associatives : Maureen Beauregard et Abigail Beauregard Trembley, pour Families in Transition New Hampshire ; et Lauri Nebel Cullen et Joe Cullen, pour Trumbull Hall Troupe.

Merci aussi à Eleni Lawrence qui m'a expliqué le système de notations à Cambridge et à Carolyn Mays qui a corrigé tout ce qui ne collait pas avec les us et coutumes britanniques.

Merci à Mania Salinger, ma grand-mère bonus, qui m'a confié l'histoire véridique de Dorie et du camp de travail de Pionki pendant la Seconde Guerre mondiale. C'est elle qui m'a demandé de l'inclure dans le roman.

Pour leurs conseils et leurs explications sur les accidents aériens : Chris Bohjalian, Heather Poole, Chris Manno, Ashleu Nelson.

Pour le flot intarissable d'informations (et les réécritures) sur la neurochirurgie : Dr Elizabeth Coon, Lisa Genova, Dr Eric Stiner, Dr Nevan Baldwin, Betty Martin, Dr Christopher Sturm, Dr Kamal Kalia et Julia Fox Garrison.

Pour les marches sportives de dix kilomètres durant lesquelles nous peaufinions les détails de l'intrigue, Joan Collison et Barb Kline-Schoder. Joan a soufflé à Brian l'anecdote sur Mars and Murries. Et grâce à Barb qui m'a gentiment raconté son expérience personnelle, j'ai compris que Dawn travaillerait auprès des patients hospitalisés en soins palliatifs.

À ma famille : Kyle Ferreira van Leer, passionné par le sujet depuis bien plus longtemps que moi et qui a traduit des textes en moyen égyptien jusqu'à la nausée pour ce livre ; Kevin Ferreira van Leer, l'un de mes premiers lecteurs ; Jake van Leer qui m'a donné tellement de tuyaux – que ce soit sur l'univers Marvel et les règles du jeu de cartes

Spite and Malice ; Melanie Borinstein pour son cours intensif sur l'art moderne ; Francisco Ramos pour avoir accepté de répondre à mes innombrables questions sur les traumatismes crâniens ; et Samantha van Leer Ramos pour m'avoir aidée à construire le canevas compliqué de ce roman.

À Jeremie Harris qui a réussi à m'enseigner les bases de la mécanique quantique pour que je puisse à mon tour vous les transmettre.

À toutes les personnes qui font un travail formidable auprès des malades en fin de vie : Todd Starnes-Williams, Alua Arthur, Amy Morales, Rebekah Duplechin, Marcela Navarro, Cara Geary, Samantha Colomer, Lynn Spachuk et Loren Goldberg. Le monde est meilleur parce que vous en faites partie.

À mes bêta-lecteurs, vous qui avez lu de nombreuses moutures de cette bête : Elyssa Samsel, Jane Picoult, Laura Gross, Katie Desmond, Gillian McDunn. Brigid Kemmerer mérite une ovation spéciale car il me semble qu'elle aime les personnages de ce roman encore plus que moi. Sans elle, nul doute que l'écriture de ce livre m'aurait pris deux fois plus de temps.

À mon équipe éditoriale, véritable petite armée : je vous suis tellement reconnaissante de tout ce que vous avez fait pour moi, de tout ce que vous faites encore. Vous êtes extraordinaires : Gina Centrello, Kara Welsh, Kim Hovey, Deb Aroff, Rachel Kind, Denise Cronin, Scott Shannon, Matthew Schwartz, Theresa Zoro, Paolo Pepe, Erin Kane, Madison Dettlinger, Emily Isayeff, Jordan Pace et toutes les personnes de la *Team Jodi* chez Ballantine.

Un merci tout spécial à Susan Corcoran qui ne s'occupe pas seulement des relations avec la presse : elle m'apporte une aide précieuse dans ma vie de tous les jours et je crois sérieusement que je ne pourrais pas exister sans elle, à ce stade.

Jennifer Hershey est la meilleure éditrice que je connaisse et ce roman est une preuve de son génie. L'histoire avait en effet une fin *très* différente et j'avoue avoir eu beaucoup de mal à m'en séparer. Mais tu sais quoi, Jen ? *Tu avais raison.* J'ai beaucoup de respect pour toi. Grâce à ton soutien, je m'améliore chaque fois que je me lance dans l'écriture d'une nouvelle histoire.

J'aimerais remercier de tout mon cœur celles et ceux qui ne m'ont pas seulement initiée à l'égyptologie mais qui m'ont immergée dans cette discipline. En plus de m'avoir procuré toutes les traductions et les théories issues de ces travaux, le Dr John Darnell a *créé* un faux *dipinto* spécialement pour moi – et ce n'est pas donné à tous les écrivains de pouvoir se vanter d'avoir reçu un tel cadeau ! J'ai eu le plaisir de rencontrer Alberto Urcia lors de mon séjour en Égypte et c'est lui qui m'a montré de quelle manière la technologie s'est immiscée dans le domaine de l'égyptologie (l'Alberto de mon roman lui doit son nom). Mais la personne qui a joué le rôle le plus important dans mes travaux de recherche est incontestablement le Dr Colleen Darnell. Elle est non seulement capable de rendre accessibles aux novices comme moi les informations les plus complexes en la matière mais elle peut aussi se faufiler dans une tombe vêtue d'une tenue merveilleusement vintage pour y traduire des hiéroglyphes au pied levé. Sa passion pour l'égyptologie est contagieuse, qu'elle soit en train de m'expliquer la signification d'un signe dans une ancienne nécropole ou qu'elle réponde à mon centième mail lui réclamant des précisions supplémentaires. Le souci du détail apporté à ce roman existe grâce à son extrême minutie, ses incroyables talents de pédagogue et sa belle générosité, qu'il s'agisse de donner de son temps ou de son énergie. Sans elle, Wyatt et Dawn n'existeraient pas ; qu'elle soit à la fois un mentor *et* une amie est un honneur pour moi.

Et enfin – parce qu'il s'agit d'une histoire d'amour –, merci à Tim van Leer que je retrouverais dans *n'importe quel* espace-temps.

JODI PICOULT, *décembre 2019.*

BIBLIOGRAPHIE

ÉGYPTOLOGIE

Baines John et Jaromir Malek, *Atlas de l'Égypte ancienne*. Nathan, 1981 ; Éditions du Fanal, 1990.

Darnell, John Coleman, "Hathor Returns to Medamûd", *Studien zur Altägyptischen Kultur 22* (1995) : 4794. *JSTOR* 25152711.

– "A Midsummer Night's Succubus – The Herdsman's Encounters in P. Berlin 3024 : The Pleasures of Fishing and Fowling, the Songs of the Drinking Place, and the Ancient Egyptian Love Poetry", in *Opening the Tablet Box : Near Eastern Studies in Honor of Benjamin R. Foster*, publié par Sarah C. Melville et Alice Slotsky, 99-140. CHANE 42. Leyde : Brill, 2010.

– "The Rituals of Love in Ancient Egypt : Festival Songs of the Eighteenth Dynasty and the Ramsesside Love Poetry", *Die Welt des Orients* 46 (2016), p. 22-61.

Darnell, John Coleman et Colleen Manassa Darnell, *The Ancient Egyptian Netherworld Books*. Atlanta : SBL Press, 2018.

– *Tutankhamun's Armies*. New Jersey : Wiley & Sons, 2007.

De Meyer Marleen. "Restoring the Tombs of His Ancestors ? Djehutynakht, Son of Teti, at Deir al-Barsha and Sheikh Said", *in* M. Fitzenreiter, éd., *Genealogie : Realität und Fiktion von Identität*, p. 125-136. Londres, 2005.

Dodson Aidan et Salima Ikram, *The Mummy in Ancient Egypt*. Londres : Thames and Hudson, 1998.

– *The Tomb in Ancient Egypt*. Londres : Thames and Hudson, 1998.

Faulkner, R. O., *The Ancient Egyptian Book of the Dead*, éd. rév. Londres : British Museum Press, 1985.

Gardiner Alan, *Egyptian Grammar*, 3e éd. Oxford : Griffith Institute, 1988.

Grajetzki Wolfram, *The Middle Kingdom of Ancient Egypt*. Londres : Duckworth & CO., 2006.
Griffith F. L. et Percy E. Newberry, *El Bersheh II*. Londres : Egypt Exploration Fund, 1895. Pour voir des images en couleur de la tombe de Djehoutyhotep II, http://www.griffith.ox.ac.uk/archive/GI-water-colours/Deir-el-Bersha/GI_wd_Deir_el_Bersha.html.
Haggard H. Rider, *She*. Oxford : Oxford University Press, 2008.
Hornung Erik, *Les Textes de l'au-delà dans l'Égypte ancienne*, traduit par Nathalie Baum. Éditions du Rocher, 2007.
– *Les Dieux de l'Égypte. Le un et le multiple*, traduit par Paul Couturiau. Éditions du Rocher, 1995.
Kemp Barry J., *Ancient Egypt : Anatomy of a Civilization*. Abingdon : Routledge, 2006.
Lesko, Leonard H., *The Ancient Egyptian Book of Two Ways*. Berkeley : University of California Press, 1972.
Parkinson R. B., *Voices from Ancient Egypt*. Londres : British Museum Press, 1991.
– trad. *The Tale of Sinuhe and Other Ancient Egyptian Poems 1940-1640 BC*. Oxford : Oxford University Press, 1997.
Robinson, Peter, "« As for them who know them, they shall find their paths »" : Speculations on Ritual Landscapes in the "Book of Two Ways", *in* D. O'Connor et S. Quirke, éd., *Mysterious Lands*, p. 139-159. Londres : UCL Press, 2003.
Shaw Ian, *The Oxford History of Ancient Egypt*. Oxford : Oxford University Press, 2000.
Sherbiny Wael, *Through Hermopolitan Lenses : Studies on the So-called Book of Two Ways in Ancient Egypt*. Louvain : Brill, 2017.
Taylor John H., *Death and the Afterlife in Ancient Egypt*. Chicago : University of Chicago Press, 2001.
Van de Mieroop Marc, *A History of Ancient Egypt*. West Sussex, UK : Wiley-Blackwell, 2011.
Wilkinson Richard H., *The Complete Gods and Goddesses of Ancient Egypt*. Le Caire : American University in Cairo Press, 2003.

MORT ET FIN DE VIE

Buckman Robert, *"I Don't Know What to Say…"*. Toronto : Key Porter Books, 1988.

Callanan Maggie et Patricia Kelley, *Final Gifts.* New York : Bantam Books, 1997.
Dunn Hank, *Hard Choices for Loving People.* Naples, FL: Quality of Life Publishing, 2016.

OUVRAGE RÉALISÉ
PAR L'ATELIER GRAPHIQUE ACTES SUD
ACHEVÉ D'IMPRIMER
SUR ROTO-PAGE
EN MARS 2021
PAR L'IMPRIMERIE FLOCH
À MAYENNE
POUR LE COMPTE DES ÉDITIONS
ACTES SUD
LE MÉJAN
PLACE NINA-BERBEROVA
13200 ARLES

DÉPÔT LÉGAL
1re ÉDITION : AVRIL 2021
N° impr. : 97979
(Imprimé en France)